살아야 한다, 나는 살아야 한다

살아야 한다
나는
살아야 한다

For Those I Loved

마르틴 그레이 지음 | 김양희 옮김

21세기북스
www.book21.com

내게는 여러분에게 들려줄 비밀이 하나 있습니다.

이 땅에 살기 시작한 때부터 사람들은 시간의 흐름을 피하려고 애썼습니다.

젊음의 속성인 힘과 믿음, 신뢰, 희망을 잃을까 두려워서였지요.

나는 35년 전에 내가 썼던 이 책이 젊음의 샘을 간직하고 있다는 사실을

오랫동안 알아차리지 못했습니다. 이 책은 나의 고통, 내가 치렀던 전쟁, 나의 비극,

내가 받은 박해, 생존을 향한 나의 투쟁을 담고 있습니다.

이 책이 출판된 후 나는 전 세계의 독자들에게서 거의 매일이다시피 수천 통의

편지를 받았습니다. 독자들은 "이 책에서 힘을 얻었다. 이 책은 내게 희망을 주었고

자신감을 주었다."고 말했습니다. 그것은 이 책 속의 단어들이

'희망은 살아 있다.'라는 것을 긍정하는 지혜에서 나왔기 때문입니다.

나는 살아 있습니다. 나는 희망을 간직하고 있기에 나이를 느끼지 않습니다.

이 책에는 당신에게도 도움이 되는 커다란 비밀이 있습니다.

나는 오늘날 세계의 모든 사람들이, 특히 당신이 이 비밀을 알기 바랍니다.

그것은 바로 삶의 비밀이 희망의 힘에 있다는 것입니다.

_마르틴 그레이

• 목차 •

생명의 힘

그 책은 부엌 식탁에 놓여 있었다. 나는 책을 집어 들고 몇 줄 읽어보다가 몇 챕터를 대충 넘기고는 끝부분부터 먼저 읽었다. 그러고는 "대단한데! 제2차 세계대전을 다룬 또 다른 책이군."이라고 혼잣말을 하고는 책을 도로 식탁에 올려 놓았다.

그런 나를 바라보던 아버지가 고개를 절레절레 흔들더니 말했다. "만약 네가 살면서 단 한 권의 책을 읽어야 한다면, 데니스, 바로 이 책을 읽어라."

그래서 나는 그 책을 읽었다. 그로부터 거의 30년이 지난 오늘, 삶이부당하다거나 견디기 힘들다고 느낄 때마다 나는 그 책을 생각했다. 그책에는 놀랍도록 강렬한 용기와 인내, 희망에 대한 메시지가 담겨 있다.그 책은 26개 언어로 번역됐고 전 세계에 3000만 부 이상 팔려나갔기에이 책에서 깊은 영향을 받은 사람이 나 혼자만은 아닐 것이다. 저자는 독자들에게서 100만 통도 넘는 편지를 받았으며, 그들은 자신과 인류에 대한 희망의 메시지에 감동을 받았다.

그 책은 바로 《살아야 한다, 나는 살아야 한다》다. 그리고 그 저자가 바로 마르틴 그레이다.

마르틴 그레이는 어제 가티노를 다녀갔다. 가티노 문화회관에서 '생명의 힘'이라는 주제로 세미나가 있었던 것이다.

내가 그 행사를 주최한 가티노 몽드 협회의 피에르 카르디날에게 마르틴 그레이와 인터뷰를 할 수 있겠느냐고 하자 그는 시간이 얼마나 걸리겠느냐고 물었다. 나는 무심코 "세 시간"이라고 대답했다.

나의 지나친 요구에 다소 놀란 카르디날 씨는 그레이 씨와 의논해 보겠다고 대답했다. 다음 날 그가 전화를 걸어와서 "그레이 씨가 점심 식사때 만났으면 좋겠답니다. 괜찮을까요?"라고 물었다.

"괜찮겠냐고요? 마르틴 그레이와 만난다는 건 어린 시절부터 평생 바라마지 않던 꿈이었어요! 물론 괜찮고말고요."

마르틴 그레이와 식사를 하다니……. 아버지가 살아 계셨다면 절대 믿지 않았을 것이다. 이래서 나는 언론인이 세상에서 제일 멋진 직업이라고 생각한다.

내일이면 84회 생일을 맞게 되는 그였지만, 여전히 의욕과 기력이 넘쳤다. 참나무처럼 꼿꼿한 몸매, 밝은 푸른 색 눈, 편안하고 인정어린 미소, 거기다 젊어 보이는 인상이었는데, 더부룩한 흰머리가 이상하게도 그를 더 돋보이게 했다. 아무도 그의 나이를 짐작하지 못할 듯했다.

건강을 유지하는 비결을 묻자 그는 곧 출판 예정인 책에서 그 비결을 알려주겠다고 했다. "이건 당신에게 주는 특종이오. 이 책을 낼 거라는 걸 아직 아무도 모르거든. 그리고 내 장담하는데, 이 책이 나오면 국제 의

학계에서 몇 가지 논쟁이 붙을 거요. 많은 사람들이 내가 틀렸다든가, 내 멋대로 말한다든가 하겠지만 나는 상관없어요. 내가 옳다는 걸 아니까. 내가 살아 있는 증거요. 나는 사고로 죽든가, 고령으로 죽겠지만 병에 걸려 죽지는 않을 거요. 나는 50년 동안 병에 걸린 적이 없소. 그 책을 읽으면 당신도 이유를 알게 될 거요." 그는 확신이 감도는 미소를 띠었다.

"내가 살아 있는 증거"라고 그는 말했다. 비범한 인생의 여정에서 숱하게 죽음을 직면했던 사람의 말이었다.

1922년 폴란드 바르샤바에서 태어난 그는 전쟁의 와중에서 독일군에게 체포돼 트레블린카의 유대인 수용소에 수감됐다가 탈출했다. 100명도 넘는 그의 일가친척이 홀로코스트 와중에 죽어갔다. 그의 아버지는 그의 눈앞에서 죽임을 당했다.

그는 소련의 붉은 군대에 입대했다가 1947년 군대를 떠나서 미국으로 건너갔다. 미국에서 골동품을 팔며 재산을 모았다. 1959년 그는 네덜란드 출신인 디나 쿨트와 결혼하고 네 자녀를 두었다. 11년 후, 그들이 살던 지역인 리비에라에서 일어난 산불로 아내와 네 자녀가 사망했다. 마르틴 그레이는 깊은 절망과 슬픔, 고독감에 빠져들었다.

"디나와 아이들이 세상을 떠났을 때 나는 더 살고 싶지 않았소." 그가 고백했다. "나는 어디로 가야 할지 모른 채 텅 비어버린 것 같았어요. 하지만 자살하고 싶은 마음은 없었소. 자살을 고려해 보기는 했지요. 하지만 내 가족의 죽음이 헛되이 묻히게 할 수는 없었소. 그래서 내가 사랑했던 사람들을 위해 내 인생의 이야기를 하기로 결심한 겁니다. 그 책을 쓰면서 죽음에 대해 깨닫게 되고 내 삶에 새로운 방향이 생겼지요."

"책이 출판되자 내 책에 감동받은 독자들의 편지가 수십 통이 오더니, 곧 수백 통, 수천 통씩 오더군요. 독자들이 내 운명과 삶에서 진실을 알고 용기를 얻게 되었기 때문이지요. 내 이야기를 통해서 자신들에게 잠재된 용기를 깨달았던 것입니다. 독자들은 편지에서 자신들의 심정을 들려주면서 내가 준 것보다 훨씬 큰 에너지를 내게 돌려주었습니다. 독자들의 에너지가 부메랑처럼 내게 돌아오자 나의 정신적 에너지도 커져 갔습니다. 내가 살면서 남에게 주었던 것들이 몇 배로 커져서 돌아오는 걸 경험했어요. 그게 《살아야 한다, 나는 살아야 한다》란 책이 이루어낸 기적이죠. 이 책은 다른 책과는 다릅니다. 나는 이 책을 나와 내가 사랑한 사람과의 사이를 잇는 고리를 만들기 위해 썼는데, 이 책은 내가 사랑한 줄도 몰랐던 수백만 명과 연결시켜주었지요."

"알겠지만." 그가 말을 이었다. "때로는 단어가 그냥 단어가 아니고 음절이 그냥 단순한 음절이 아닐 때가 있지요. 말들이 다른 영역에서 올 때, 깊은 곳, 마음에서, 피에서, 뱃속 깊은 곳에서 나올 때는 그 말은 예기치 않은 힘을 가집니다. 전쟁 동안 나는 수천 명을 죽음으로 몰아 넣는 말들을 들었어요. 반면에 희망의 말, 내 생명을 살리는 말도 들었습니다. 가령, 손을 내밀고 "이리 와요, 빵 한 덩이 줄게요." 같은 말이지요."

"손을 내미는 것, 그것이 현재 내가 하고 있는 일입니다. 그렇지 않으면 내 삶은 아무런 의미도 없으니까요. 내가 예전에 보고 겪었던 모든 불공평함과 잔학 행위들이 불행하게도 오늘날에도 나를 쫓고 있지만, 그때마다 언제나 나를 도우려는 손길 역시 있다는 걸 늘 발견하게 됩니다. 그래서 나는 인간에 대한 희망을 계속 지니게 되지요."

그럼, 마르틴 그레이가 '마르틴 그레이 군대의 병사들'이라고 부르는, 회의장을 가득 메운 독자들에게 그가 남기고 싶은 메시지는 무엇일까.

"나는 우리 한 사람, 한 사람이 자기 내부에 생각지도 못한 엄청난 생명력이 있다는 걸 깨닫기 바랍니다. 나는 조그만 예지요. 나도 성공했습니다. 그러니 당신들이라고 성공하지 말란 법은 없습니다. 모든 사람은 내부에 강력한 생명력을 가지고 있습니다. 그리고 사회가 너무도 자주 억누르는 이 에너지를 우리 모두는 자유롭게 해방시킬 수 있습니다. 나는 자기 내부에 있는 사랑의 욕구를 나타낼 용기를 찾아내, 충만함과 부유함, 창의력과 용기 그리고 세상에 대한 사랑을 표현하는 삶을 살기 바라는 사람들을 위해 이곳에 왔습니다."

점심식사가 끝나자 마르틴 그레이는 내게 저자 서명이 멋지게 된 책 두 권을 주었다. 심심한 감사를 드리는 바이다.

그리고 나는 그에게 감사를 표하려고 캐나다산 메이플 시럽 한 병을 선물했다. 내가 언론인의 윤리 강령을 어긴 건 이번이 처음이었다.

마르틴 그레이 같은 위대한 사람을 만났던 것도 내게는 처음이었다.

2006년 4월 26일 수요일자.
〈르 드르와〉지
데니스 그래턴 기자

머리가 터지기 전에

나는 살아 있다. 쉬운 일은 아니다. 어제 또 다른 기자가 나를 찾아왔다. 나는 이제 기자들이 어떤 사람인지 안다. 기자들은 상황에 어울리는 표정을 짓는다. 슬픈 표정이지만 끊임없이 질문을 해대면서 시선은 사방을 훑는다. 내가 슬픔에 빠져 있다는 정도로는 그들을 단념시키지 못한다. 이건 그들에게는 단지 일일 뿐이다. 어제 찾아온 기자는 베테랑이 아니었다. 수첩과 녹음기를 꺼낸 그는 일을 해내려 애썼지만 내 앞에서 꼼짝 못하고 제대로 쳐다보지도 못하며 어찌할 바를 몰랐다. 베테랑이 더 낫다. 그들은 고통이 무엇인지, 인생과 죽음이 무엇인지 잘 알고 있다.

콧수염을 짧게 기른 그 기자는 예의도 없고 무지했지만, 무엇보다도 나에게 상처를 주었다. 나는 그가 초조한 미소를 짓는 것 같아보여도 사실은 소리 없이 질문을 퍼붓고 있다는 걸 알았다. 왜 당신은 아직도 살아 있는가? 당신은 살았는데 왜 그들은 죽었는가? 살아 있는 것이 부끄럽지 않은가? 그런 질문들이었다.

그는 내 가족사진을 보며 고개를 절레절레 흔들었다. 사진 속에서 내 아내 디나와 내 아이들인 니콜, 쉬잔느, 샤를, 리샤르는 모두 미소 짓고 있다. 쉬잔느는 두 팔을 치켜 올린 채 서 있고 디나는 리샤르를 안고 있다. 우리 집 앞 들판에서 찍은 그 사진을 응시하면서 기자는 아무 말도 하지 않았다. 그냥 고개만 가로저었다. 나는 그 자의 멱살을 잡고 문밖으로 내던져 고통을 느끼게 하고 싶었다. 내 머리를 벽에 부딪고 싶었다. 머리를 수류탄처럼 최대한 세게 벽에 찧고 싶었다. 디나와 내가 가족을 위해 정성스럽게 수리한 이 집의 벽에다가 말이다. 그러면 내 머리는 터질 것이고 나는 마침내 평화를 얻을 터이다.

이 자가 무슨 생각을 하고 있는지 나는 알았다. 나 스스로 같은 말들을 1970년 10월 3일부터 끊임없이 독백해 왔기 때문이다. 머릿속에서라도 말을 하고 있지 않으면 즉각 아내와 아이들 생각이 밀려들어와 견디기 힘들다. 머리가 하도 욱신거려 아플 지경이다. 나는 어금니와 입술을 깨물며 비명이 터져나오는 걸 가까스로 막는다. 그래도 어쨌든 비명은 새어나온다. "나는 살아 있다!"고.

그건 바르샤바 슈하 거리에 있던 게슈타포 사령부의 지하실에서 내가 겁에 질려 내질렀던 외침과 똑같다.

나는 주로 저녁 무렵에 이런 기분을 느끼면서 내게 남아 있는 인생에 치를 떤다. 나는 라디오를 켜고 왁자지껄하는 말소리나 음악소리가 너무 커져 그냥 소음 그 자체가 될 때까지, 그래서 더는 견딜 수 없을 때까지 다이얼을 빙빙 돌린다. 그런 후에 소리의 파동에 푹 빠져 안정을 찾는다. 소음은 육체적으로 고통을 주며 그 고통은 위안이 된다. 이제 가족들을 생각할 수 있고 화재가 일어나기 전인 10월 2일의 그들의 모습을 떠올릴 수 있다.

그 날 아이들은 학교 가방을 머리 위로 흔들며 나를 향해 뛰어왔다. 날씨는 온화했고 하늘은 쾌청했다. 몇 달 동안 비가 내리지 않은 터에 차갑고 건조한 서북풍이 불기 시작했다. 나는 그날 사진을 찍었다. 내 앞에 있는 바로 이 사진이다. 그 다음날 내 인생은 폐허가 됐다. 탄느롱(프랑스 바르 주의 조용한 마을) 하늘 위로 검은 연기가 한줄기 피어올랐다. 나는 바르샤바 게토가 불탔을 때 이후로는 그렇게 높이 타오르는 불길을 본 적이 없었다.

나는 또다시 혼자 남겨졌다. 또다시 내 몸뚱이 말고는 남은 것이 하나도 없는 빈털터리가 됐다. 나는 바르샤바의 돌투성이 폐허와 하수도에서도 살아남고, 바르샤바 부근에 있었던 나치 수용소 트레블린카에서도 탈출했던 사람이다. 내가 알던 사람들은 모두 사라졌다. 외로운 시절을 보낸 후 아내와 아이들과 함께 살게 되면서 내게도 평화가 찾아왔다. 그런데 그 화재가 일어났던 것이다. 탄느롱 마을은 불길에 탁탁 소리를 내며 사그라졌다. 악취와 열기는 바르샤바 화재 때와 똑같았다. 생애 두 번째로 나는 또다시 아무것도 건지지 못하고 목숨만을 부지하게 됐다.

그 일이 실제로 일어났다는 걸 깨달으려 애쓰며 나는 수많은 밤낮을 보냈다. 나는 내 육신에 붙어 있는 생명이 끝나기를 원했다. 새로 일어서고 싶지 않았다. 친구들은 나를 돌보았다. 전쟁과 관계있는 일을 하는 사람들, 그리고 죽음을 목격하고 인간의 운명이 지닌 신비를 사색하는 데 시간을 투자하는 사람들이었다. 그 친구들이 내가 하루하루 계속 살아가도록 도왔다. 그래서 나는 살아 있다.

고통을 겪어본 적이 없는 사람들은 어제 나를 찾아왔던 그 기자처럼 무척 놀란다. 내가 배웅했을 때 그 기자는 내 아이들이 타던 그네가 나뭇가지에 그대로 매달려 있는 걸 보더니 또 고개를 절레절레 흔들었다. 그가 기사를 어떻게 쓰든 그 기사는 평범할 것이다. 그는 내가 생존했다는 사실이 수치스럽다는 자기 생각을 감히 인정하지 못하고, 또한 내가 살아 있다는 사실을 이해하지 못하기 때문이다. 유감이다. 그는 바르샤바, 잠브로프, 비아위스토크에서 왜 수십만 명이 죽었는지, 그리고 살아남은 우리들이 왜 계속 투쟁하고 있으며, 그 모든 일에도 불구하고 우리가 어떻게 살아 있는지 이해하지 못하는 부류다. 그에게는 그런 일들이 불가능해 보이고 상스러워 보인다. 그는 더구나 트레블린카에 묻힌 수천 구의 시체들, 죽은 아이들의 축 늘어진 머리와 허공을 응시하는 눈동자 위로 누런 모래를 던질 때 우리가 얼마나 가슴 아팠는지 이해하지 못할 것이다. 그런 것을 겪고도 탈출한 나 같은 사람들이 어떻게 다시 살아갈 힘을 얻고 다시 아이를 가질 수 있는지 이해하지 못할 것이다. 그는 내가 지금 산불과 의미 없는 죽음을 막겠다는 결심으로 살아가는 걸 이해하지 못할 것이다. 그는 결코 고통을 알지 못한다. 앞으로도 그가 모르기를 바랄 뿐이다.

그러나 한편, 어제는 그 기자 때문이었지만, 살아남은 이후 매일 저녁 머리가 터져나갈 듯한 기분으로 살아가는 나 자신 역시 이해가 되지 않는다. 왜 내가 아직도 살아서 기록들을 모으고 재단을 세우려고 동분서주하고, 사명을 실천하는 데 필요한 지원을 받기 위해 여러 기관에 면담을 간청하는지 정말 이해하지 못한다. 예전 폴란드 레지스탕스 시절처럼 권총을 지니고 다니는 것도 아닌데, 이따금씩 그때와 똑같은 힘이 내 안에 있다고 느낀다.

나의 인생, 우리의 인생이 어땠는지를 들려주고 싶은 이유가 바로 여기에 있다. 독자들에게 사실을 알리고, 우리의 삶, 내가 사랑하는 사람들의 삶을 지속시켜야 하므로.

프랑스 탄느롱에서 마르틴 그레이

제1부

생존

제1장

나는 전쟁에서 태어났다

나는 전쟁에서 태어났다. 공습사이렌이 울리고 폭격기들이 지붕을 스치며 날아다니고 폭격기 그림자가 길을 가로질러 미끄러지듯 지나갔으며 거리마다 사람들은 두 손으로 머리를 부여잡고 달리고 있었다.

나는 전쟁에서 다시 태어났다. 지하실로 내려가자 사방의 벽이 흔들리고 흰색 회반죽 조각들이 우리 머리 위로 떨어졌다. 어머니의 얼굴은 죽은 듯 창백했고 내 눈은 따가웠으며 여자들은 비명을 질렀다. 잠시 동안 잠잠했다가 소방차들이 사이렌 소리를 요란스레 냈고 여자들은 다시 비명을 질렀다.

1939년 9월(하인리히 히믈러가 폴란드를 침공했다)은 내가 진정 하나의 인간으로 태어난 때이다. 그 이전까지 살았던 14년에 대해서는 전혀 모른다. 기억을 떠올릴 수 없다. 그러고 싶지도 않고. 즐겁던 그 시절을 다시 떠올릴 필요가 있을까? 그 해 우리는 드로쉬카(말이 끄는 마차택시)를 타고 거리를 달려 바르샤바 중심부의 구시가 광장까지 가곤 했다. 아버지는 내 손을 잡고 공장으로 함께 들어갔다. 아버지 공장에 있는 기계들은 미국에서 온 것들이었다. 아버지는 미시간 주 맨체스터라는 도시와 회사의 이름과 강철에 깊은 인상을 받았는지 내게 그 기계들을 보여주었다. 나는 아버지 옆에서 기계들 사이를 자랑스럽게 누비고 다녔다. 아버지는 스타킹이나 장갑을 집어 들고는 내게 우리 상표인 '7777'을 설명해보라고 했다. 아버지는 커다란 공장의 동업자였으며 폴란드 전역과 해외에 스타킹과 장갑을 팔았다. 미국에도 친척이 있었다. 외할머니 한 분이 뉴욕에 살고 있다고 했다. 가끔 우리는 예루살렘 길을 따라 비슬라 강을 가로지르는 포니아토프스키(폴란드 최후의 왕) 다리를 건너기도 했다. 크라신스키(폴란드 소설가, 시인) 공원도 그 길목에 있었다. 유대인들은 서로 물건 값을 흥정했다. 그들은 언제나 똑같은 검은색 오버코트를 입는 듯했다. 가난했던 탓이다. 하지만 나는 가난함이 무언지 몰랐다. 나는 우리가 유대인이라는 사실조차도 몰랐다. 우리는 중요한 유대 축일을 지켰지만 우리 친척 중에는 가톨릭교도도 있었다. 우리는 두 종교 사이에 끼어 있는 셈이었다. 내게는 키 크고 등이 꼿꼿하며 손이 아주 단단한 아버지가 이 세상의 기원인 것처럼 보였다. 우리는 함께 집으로 돌아오곤 했는데 나는 세나토르스카 가(街)에 도착하기 전 마지막으로 거치는 공원인 사스키 공원에서 꾸물거리곤 했다. 집에 도착하면 아버지가 문을 열었다. 집에서 풍기는 달콤한 향기와 함성을 지르는 남동생들의 모습이 아직도 떠오른다. 어머니는 집안에 있었고 저녁 식사가 준비돼 있었다. 이런 정경은 내가 진정으로 태어나기 전, 오래 전의 이야기이다. 1939년 여름에 전쟁과 함께 종말을 고한, 근심 없던 시절의 이야기인 셈이다.

갑작스레 전쟁이 일어난다. 아버지는 장교복을 입고 있다. 아버지가 내 어깨를 꽉 잡는다. 그 때 나는 내 키가 아버지와 거의 같아졌다는 사실을 깨닫는다. 우리는 어머니와 남동생들을 집에 두고 함께 기차역으로 출발한다. 거리에 나서보니 이미 모든 것이 변해 있다. 무리지은 군인들, 트럭들이 보이고 가게 밖에 사람들이 줄 서는 광경도 처음으로 보인다. 우리는 나란히 어깨를 맞대고 길을 걷는다. 아버지는 내 손을 잡지 않는다. 나는 어른인 것이다. 기차를 탄 아버지가 기차 창문을 통해 무어라고 외쳤지만 잘 들리지 않는다. 이내 나 혼자 거리에 남겨진다. 나는 이 날이 우리가 처음으로 급습을 당한 날이라고 기억한다. 검은색 십자가 표시가 있는 은색 폭격기들이 세 덩어리로 무리를 지어 저공비행하는 것이 눈에 띈다.

"이리로 와."

겁에 질린 행인들이 모여 있는 현관에서 폴란드 경찰 한 명이 내 쪽을 향해 소리친다. 나는 텅 빈 거리를 따라 도망간다. 반드시 집에 가야 한다. 그 누구의 말에도 복종할 필요가 없다. 아까 아버지가 기차에서 무슨 말인가 외치는 것을 보지 않았는가. 나도 아버지처럼 강해져야 한다. 어머니가 나를 지하실로 밀어 넣는다. 벽의 회반죽이 떨어진다. 질식할 지경이 되고 여자들은 흐느끼거나 울부짖는다. 공습경보가 있은 후, 프라가 시장터 쪽 노동자 거주 지역에서 첫 불길이 솟아오르는 모습이 창문에서 보인다. 나는 신문을 읽기 시작한다. 프랑스, 영국, 미국, 모두가 우리를 도와줄 게 확실하다. 우리는 끝까지 싸울 터이고 독일군은 결코 바르샤바에 들어오지 못할 것이다. 라디오에서 바르샤바는 절대로 항복하지 않을 것이라는 바르샤바 시장의 성명서를 방송한다. 어머니는 운다. 두 남동생은 같이 놀고 있다. 어머니와 나는 라디오 앞에 앉아 있다. 뉴스가 나오기를 기다리는 동안 나는 가끔 팔로 어머니의 어깨를 감싼다. 국경지역 전역에서 전투가 벌어지고 판세가 불리하게 돌아간다. 우리는 독일어 방송도 듣는다. 방송은 수천 명의 죄수들을 발표하고 내일 히틀러가 바르샤바에 올 것이라는 말도 전한다. 경쾌한 목소리가 말한다.

"폴란드인이여, 당신들이 이런 곤경에 처하게 된 것은 유대인들 때문입니다. 전쟁을 원한 건 유대인들입니다. 유대인들은 대가를 치를 것입니다."

이어서 합창과 노래들이 방송된다. 나는 다이얼을 돌린다. 라디오 바르샤바는 애도하는 분위기의 긴 피아노곡들을 들려준다. 폭격기들은 정기적으로 돌아온다. 지하실이 흔들린다. 우리 피신처 근처인 유대인 구역에 소이탄이 떨어진다. 사람들과 같이 위층으로 다시 올라가보니 대기가 짙은 연기로 가득 차 있다.

"그들은 유대인들을 노리고 있어." 누군가가 자꾸만 같은 말을 되풀이한다.

우리를 보러 온 삼촌이 내게 주의를 준다.

"독일군이 바르샤바에 들어오면 먼저 유대인부터 공격할 거야. 그자들이 독일에서 어떤 짓을 했는지 너도 알거다. 네 아버지는 그들을 신뢰하지 않는단다."

나는 알고 있다는 듯 고개를 끄덕인다. 어머니는 근처에 앉아 아무 말도 않는다. 내가 알아듣는 독일어로 말하는 저들은 누구인가? 왜 그들은 우리의 삶을 파괴하려고 하는가? 왜 그들은 유대인을 증오하는가? 나는 이해가 안 되면서도 고개를 끄덕인다. 그 후 그들은 바르샤바를 폭격하기 시작하고 커다란 보험회사 건물도 폭격하려 한다. 은색 폭격기들은 매일 시내로 날아온다. 한군데서 불을 끄기 무섭게 무라노프와 프라가 구역,

스모차 구역, 그리고 구시가지에 다시 불이 붙는다. 이제 나는 늘 길에 나와 있다. 나는 직접 보고 알고 이해하고 싸우고 방어하고 싶다. 거리거리마다 소총도 없이 누더기 차림인 군인들이 깔려 있다. 인도에 드러누운 군인들도 있고 조용한 무리들 속에서 주먹을 움켜쥐고 화난 듯 흔들어대는 군인들도 있다. 그들은 죽은 말들이 길에서 썩고 있고 탱크 수천 대가 공격해온 그루지옹츠(폴란드 북부 토루니 주州의 도시)에 대해 이야기한다. 폴란드 군대가 주둔해 있는 그곳에는 우리 아버지도 있다. 나는 매일 아침 나가서 부상병들이 실려 오는 국립박물관 근처를 어슬렁거리면서 피로 얼룩진 들것에 누워 있는 지저분한 군인들과 울고 있는 여자와 아이들을 바라본다. 어떤 지역은 잡석 파편으로 길이 뒤덮여 있고 땅에서 하얀 먼지가 구름처럼 피어오른다. 여러 가족들이 무너진 건물의 잔해를 뒤지며 무언가를 찾는 바람에 그렇게 먼지가 피어오르는 것이다.

노비 쉬비아트(신세계) 가에 죽 늘어서 있던 가게들은 모두 문을 닫았다. 나는 군인들을 가득 태우고 졸리보시 쪽으로 달려가는 빨간색과 노란색 버스들 뒤를 따라 달렸다. 다른 사람들 몇 명과 함께 며칠 동안 거기서 땅 구멍과 참호를 파기도 했다. 우리는 끝까지 싸울 것이고 프랑스군과 영국군도 곧 올 터였다. 내가 먼지와 진흙을 온통 뒤집어쓴 채 집으로 돌아오면 어머니는 한 마디 말도 안 했다. 어느 날 저녁, 집에 돌아와 몸을 씻으려했더니 물이 하나도 없었다.

"오늘 아침부터 물이 떨어졌어." 어머니의 말이었다.

그런 후 식량마저 떨어졌다. 나는 참호를 파러 교외에 나가던 일을 그만두었다. 우리는 살아야 했다. 먹고 마시기 위해 짐승처럼 싸우는 법을 익혀야 했다. 거리는 이미 짐승처럼 변한 사람들로 가득 찼다. 나는 인간다운 인간이란 게 어떤 건지 안다. 그러나 인간이란 종은 사라진 것 같았다.

동네 빵집 앞에 길게 늘어선 줄에서 나는 자리를 지키려 안간힘을 썼다. 다른 사람들처럼 나도 여자들을 떠밀고 밀쳐냈다. 나는 강하다. 나는 내 가족 몫을 얻으려고 버티면서도 돌아가는 상황을 잘 이해하려고 신경을 곤두세웠다. 자기 한 몸이나 자기 가족을 지키기 위해 이렇게 싸워도 되는 건가? 모두들 누가 누구인지 구태여 알아보려 하지 않는 것 같았다. 가끔 군인들이 자기들 비상식량을 건네주는 때도 있었다. 우리가 살고 있는 집 근처에 있는 바르샤바의 공원에서 커다란 녹색 모자를 쓴 군인 두 명이 군용배낭을 열었다. 그들 주위에는 여자들, 아이들이 둘러 서 있었는데 그 중에는 턱수염이 있고 스컬 캡(유대교신자들이 쓰는 테두리 없이 정수리만 가리는 검은 모자)을 쓴 늙은 유대인도 있었다. 여자들이 악을 썼다. "유대인은 안 돼요. 폴란드 사람이 먼저예요! 유대인에겐 아무것도 주지 말아요!"

군인들은 어깨를 으쓱하고는 그 유대인에게 회색 빵 덩어리를 건네주려 했지만 한 여자가 달려들어 그 유대인을 밀치고 빵을 빼앗았다. 그 여자는 미치광이처럼 비명을 질렀다. "유대인은 안 돼! 폴란드 사람이 먼저라고!"

그 유대인은 한마디도 하지 않고 자리를 떠났다. 군인들은 계속 음식을 나눠주었다. 나는 이를 악물고 한마디도 하지 않았다. 나도 빵 한 덩어리를 얻었다. 나는 유대인처럼 보이지 않은 모양이었다. 거리마다 증오가 가득 차 있다는 걸 나는 이제 알았다. 항상 경계를 단단히 하면서 여차하면 도망갈 차비를 하고 있어야 한다. 나는 집에 물을 길어가기 위해 우물가에서 내 자리를 지키려고 안간힘을 썼다. 내가 간 곳은 비슬라 강가였다. 줄이 길어지고 있었다. 누군가가 마실 물을 나눠주고 있었다. 나보다 나이가 많아 보이지도 않는 젊은 폴란드인 두 명이 다가오더니 고함을 쳤다. "유대인들은 한쪽으로 서세요, 유대인들은 다른 줄에 서란 말이에요!"

그러자 유대인 몇 명이 발을 질질 끌며 나가더니 따로 줄을 섰다. 50명이 물을 받아간다 치면 그중에 유대인은 다섯 명 정도밖에 되지 않았다. 나는 원래의 줄에 그대로 있으면서 이를 악물고 끈질기게 기다렸다. 그러나 이웃들은 짐승들처럼 거칠어져서 서로 죽도록 싸웠다.

물 한 양동이를 들고 비슬라 강에서 돌아오는 길에 북쪽에서 졸리보시 쪽을 공격하는 폭격소리가 들렸다. 그 엄청난 소음에 땅이 흔들리더니 바로 폭발이 일어났고 연기가 하늘을 자욱하게 메우자 사람들이 비명을 질렀다. 거리 막다른 곳에 있던 내 앞에서 건물 정면이 순식간에 무너졌다. 불길도 일었다. 나는 머리를 물 양동이 속에 집어넣고 내달렸다. 폭격기가 머리 위를 날아갔다. 드로쉬카 한 대에 불이 붙어 있고, 드로쉬카를 끌던 말도 피하지 못하고 그 옆에 누워 있었다. 마부도 그 옆에 누워 있었는데 몸이 커다랗게 부풀어 올라 짐승처럼 보였다. 나는 다른 거리로 달려갔다. 사람들이 흙먼지 속에서 땅을 파고 있기에 나도 같이 팠다. 무너진 잡석들 틈에서 안에 파묻힌 사람들이 내민 손들이 삐죽이 보였다. 곧 나는 그곳을 떠났다. 다른 거리에서는 여러 무리의 사람들이 부서진 가게들을 약탈하고 있었다. 여자들은 앞치마에 음식 통조림을 가득 담은 탓에 잔뜩 부풀어 오른 배를 부여잡고는 도망쳤다. 세나토르스카 가 근처에서 이웃집 아이 타데크를 만났다. 그 아이는 나보다 나이가 많았다. 우리는 한 번도 같이 다녀본 적이 없었지만 이날은 나란히 걸어 다니기로 했다. 우리는 이 거리 저 거리를 쏘다녔다. 나는 배가 고팠지만 안내 역할은 내가 해야 한다고 생각했고 타데크도 순순히 나를 따라왔다. 우리는 이리저리 돌아다녔다.

스타프스키 가에서 사람들 한 무리가 양팔을 요란스럽게 흔들었다. 우리는 가까이 다가갔다. 그곳은 피클 통조림을 만드는 공장이었는데 정문이 박살나 있었다. 땅바닥과 공장 벽을 따라 설치된 선반 위에는 통조림이 지천이었다. 나는 머뭇거리지 않고 선수를 쳤다. 셔츠로 보따리를 만들어서 말없이 잽싸게 움직였다. 가끔씩 좌우를 돌아보면서 창문이 있는 것을 봐두었다. 그때쯤에는 언제나 나갈 곳을 마련해놓고 일해야 한다는 정도는 알았다. 타데크도 내가 하는 대로 따라 했다. 우리는 서둘러 그곳을 떠났다. 공장에 있던 여자들 사이에서 싸움이 났다. 우리는 세나토르스카 가로 도망쳤다. 그날 밤 우리 식구들은 배불리 먹었다. 소금에 절인 커다란 피클을 씹으면 잇몸이 얼얼했다. 그렇지만 더는 배고프지 않았기에 어머니는 아무것도 묻지 않았다. 어머니도 피클을 먹었다. 그날 밤 우리 가족 모두가 복통을 일으켰고 구토도 했지만 배는 고프지 않았다. 산다는 건 그런 것이다.

다음 날 나는 타데크와 함께 다시 나갔다. 거리에는 후퇴하는 군인들 사이에 농부들이 끼어 무거운 마차들을 몰고 덜커덕거리며 따라가고 있었다. 피난민들이 캔버스 천으로 된 가방과 담요를 든 채 인도에 앉아있었다. 나는 그들을 신경 쓰지 않고 지나갔다. 우리는 먹어야 했고, 살아가야 했다. 그러나 가게들은 텅 비어 있었고 카운터에도 사람 하나 얼씬거리지 않았다. 몇 사람이 뛰어오며 말했다. "역에 가봐, 거기에 밀가루가 열차 한 량분이나 있어." 우리는 그들을 따라 뛰어갔다. 역 승강장에서 사람들이 조용히 짐을 내리고 있었다. 우리가 개미 같다는 생각이 들었지만 신경 쓰지 않고 내 할 일만 생각했다. 나는 밀가루 포대 하나를 철길에 떨어뜨리고는 내려서 포대를 움켜잡았다. 포대 하나가 90킬로그램 정도 되었다. 안에 든 건 밀가루가 아니라 호박씨였다. 타데크와 나는 그걸 쏟아 부운 후 반씩 나누어 자루를 만들고는 등에 짊어지고 떠났다. 가족들이 집에서 기다리고 있었다. 우리 집 식구를 부양하는 사람은 나였다. 내가 등에 짐을 짊어지고 가자 어머니가 입을 맞춰주었다. 동생들은 신이 나서 하얀 호박씨 더미에 손을 집어넣었다. 사람들은 어쨌든 살아가야 하는 법이다. 나는 피곤해서 자리에 앉았다. 머리카락이 땀에 젖어 얼굴에 들러붙었다. 나는 배고픔조차 잊어버렸지만 가족들을 먹일 수 있어 마음이 편안했다.

매일, 매일이 그렇게 흘러갔다. 그러던 어느 날 오후 갑자기 거리가 텅 비었다. 화재 때문에 피어나는 연기만 도시 하늘에 자욱하게 서려 있었다. 비슬라 강 외곽에 있던 나는 문득 혼자라는 걸 느끼곤 달려갔다. 가끔씩 나처럼 달려가는 사람들을 만났다. 그들에게 소리쳐 물었다. "무슨 일이에요?"

"독일군들이야, 독일군들이라고! 우리 편이 항복했대!"

그들이 승리했다. 그들이 오고 있었다.

제2장

한 사람이 지닌 내면의 힘

나는 그들을 보았다. 도처에 그들이 있었다. 그들은 예루살렘 로와 5월 3일 로를 따라 빽빽하게 열을 지어 행군해 왔다. 천천히 행군하는 그들의 구두굽이 좁은 거리의 자갈에 부딪쳐 울렸다. 나는 호기심에 찬 구경꾼들 뒤에서 인도를 따라 걸었다. 나는 그들을 내 눈으로 직접 확인하고 싶었다. 그들은 키가 크고 멋지고, 패배라고는 모를 것 같았다. 군인들 몇 명은 헬멧 끈을 풀어 놓고 있었다. 자기들이 겁낼 것이 없다는 것과 우리가 지금 아무것도 할 수 없다는 걸 알고 있다는 듯이. 바르샤바 포위 공격이 시작된 이후부터 나는 전투에서 패배해서 수염도 깎지 못하고 고생에 찌든 폴란드 군인들을 보는 데 익숙해져 있었다. 그러나 지금 여기에는 강력한 군대가 끝없는 트럭과 탱크의 대열과 함께 행군하고 있었다. 그들의 비행기들이 예루살렘 로의 건물 지붕 위를 스치듯 날아다녔다. 정찰대는 인도를 따라 이동하고 있었다. 그들은 인도에 늘어선 사람들은 신경쓰지도 않았다. 사람들이 옆으로 비켜섰다. 나는 앵클부츠를 신고 기다란 총검을 차고 있는 군인 세 명을 잠시 따라갔다. 그렇다. 우리는 앞으로 고통받을 터였다. 나는 아버지를 떠올렸다. 우리 가족은 몇 주 동안이나 아버지 소식을 듣지 못했다.

하지만 내겐 생각에나 빠져 있을 시간이 없었다. 살아남아야 했다. 그러려면 싸워야 했다. 덮개를 씌운 커다란 트럭이 거리 모퉁이에 멈춰 서자 주위에서 기다리고 있던 폴란드인 몇 명이 손을 내밀었다. 군인 두 명이 커다란 빵 덩이들로 가득 찬 트럭 안에 서 있었다. 군인들은 웃어대며 빵 덩어리를 사람들에게 던져주었다. 트럭 근처에 주차돼 있던 오픈카에서 장교 한 명이 사진을 찍었고 다른 장교 한 명은 무비 카메라를 돌리고 있었다. 어쨌든 빵은 구해야 했다. 나는 사람들 속을 비집고 들어가 빵 두 덩어리를 받고는 품에 꼭 안고 도망쳤다.

다음 날 확성기를 단 소형트럭들은 독일인들이 빵 배급을 관리할 것이라고 알렸다. 그래서 나는 배급소 여기저기를 찾아다녔다. 군인들이 시에나 가 근처에 있는 텅 빈 유대인 가게에다 배급소를 차렸다. 이미 가게 앞에는 여러 동네에서 온 사람들이 길게 줄을 서서 속삭이며 대화했고, 독일인들이 수프도 나눠준다고 중얼거렸다. 키가 큰 군인 한 명이 가게 입구에 불쑥 나타났다. 대머리에다 군복 상의 소매를 걷어 올린 그가 양손을 엉덩이에 올리고 "유덴 라우스!(유대인들은 나가라)"라고 외치던 모습이 아직도 눈에 선하다. 줄 서 있던 사람들은 모두 움츠러들었지만 줄을 떠나는 사람은 없었다. "유덴, 라우스!" 군인이 다시 고함쳤다.

여자 두 명이 서둘러 나갔다. 검은 숄을 머리에 두른 한 여자는 자세히 보니 체구가 작은 할머니였다. 그 군인이 줄 선 사람들 곁을 왔다갔다 하며 우리를 자세히 뜯어보았다. 그러자 줄 맨 끝에서 모자를 쓴 남자 한 명이 군인에게 다가가더니 누군가를 손가락으로 가리키며 외쳤다. "저자는 유대인입니다." 사람들이 모두 뒤돌아보았다. 짧고 곱슬곱슬한 턱수염을 기르고 얼굴이 거무스레한 키 작은 남자가, 사람들이 멀찍이 물러서는 바람에 거기 혼자 동그마니 서 있었다. 군인이 손짓하자 그 남자는 천천히 앞으로 걸어 나왔다. 그 남자를 유대인이라고 고발한 남자는 흡족한 듯 싱긋 웃고 있었다. 유대인이라고 지목된 그 남자의 턱수염을 군인이 잡고 머리를 홱 잡아당겼다가 차버리자 남자는 도망쳐 버렸다. 줄에 선 사람들은 군인을 따라 웃음을 터뜨렸다. 나도 웃었다. 무서우면서도 화가 나서.

나는 빵과 수프를 받은 후 줄을 벗어나 다른 곳으로 갔다. 어디서나 사람들은 서로를 고발하고 있었다. 그 모습을 지켜보면서 나는 자기들과 같은 사람들을 유대인이라고 부르면서 줄 밖으로 쫓아내고 있는 남녀의 얼굴들을 머릿속에 깊이 새기려고 애썼다. 그러나 그런 얼굴들이 너무 많았고, 늙은 유대인들의 머리카락과 수염을 잡아당기는 군인들도 도처에 있었기에 다 기억할 수 없었다. 통금 시간 몇 분 전에 세나토르스카 가로 돌아오는데, 군인 두 명이 등을 꼿꼿하게 세우고 걸어가던 한 남자를 밀치는 모습이 보였다. 아버지 생각이 났다. 급히 달려가 보았지만 그 사람은 그냥 다른 유대인이었다. 군인들은 그에게 신을 벗으라고 하더니 발로 차버리고는 길에서 오랫동안 개구리처럼 펄쩍펄쩍 뛰라고 시켰다. 군인들이 소리내 웃어대자 거리를 지나가던 사람들도 함께 웃었다. 군인들이 그 유대인의 신발을 한 폴란드인에게 던져주자 그 폴란드인은 신발을 받았고 군인들은 그곳을 떠났다. 내가 아버지인지도 모르겠다고 생각했던 그 남자는 맨발로 거리 끝에 서 있었다.

집에서는 어머니가 나를 기다리고 있었다. 문은 이미 열려 있었다. 어머니는 요즘 내 걱정을 했고 자주 울었다. 낮에 우리는 관청마다 찾아다니며 아버지가 어디 있는지 묻고 다녔다. 그러나 가는 곳마다 쫓겨났었다. 그날 저녁에는 삼촌도 와서 나를 기다리고 있었다. 삼촌은 아버지의 공장에 다녀왔던 참이었다. 폭탄이 떨어져 공장 외벽과 계단이 부서진 탓에 겨우 작업실로 올라가 봤다고 했다. 기계와 장갑 수백 켤레가 아직 거기 있다고도 했다. 아무도 그걸 건드리지 않았던 모양이다. 약탈자들과 독일군은 건물 전체가 파괴된 걸로 생각했던 듯했다. 다음날 아주 일찍 우리는 일을 보러 나갔다.

추운 날이었고 가끔씩 눈이 내리기도 했으며 축축한 바람이 비슬라 강 쪽에서 불어왔다. 삼촌, 내 남동생들, 어머니까지 우리 식구들은 전부 다 나서서 공장으로 갔다. 한 명이 망을 보는 사이 우리는 폐허 속에서 장갑들을 긁어모아 한 부대씩 채웠다. 내다 팔 물건이 있으니 우리는 한동안은 살아갈 수 있을 터였다. 나는 마지막으로 공장에 가보았다. 남아 있는 거라곤 재봉틀 두 대뿐이었다. 아버지와 그곳을 돌아다니곤 했던 때가 먼 옛날처럼 여겨졌다. 나는 재봉틀 한 대를 어깨에 짊어지고 나왔다. 벌써 통금이 실시된 즈음이었다. 거리 모퉁이에 독일군 트럭이 한 대 서 있었다. 쉰 목소리로 누군가 명령하는 소리가 텅 빈 거리를 울리자 나는 문간에 몸을 숨겼다. 군인들이 부랑자들을 쫓아 달려오더니 그들을 트럭으로 끌고 갔다. 부랑자 한 명이 도망치려 했다. 총소리가 나더니 내 바로 옆에서 황백색 불빛이 번쩍하며 외마디 비명이 들렸다. 그 남자는 길 가운데 쓰러졌지만 군인들은 아랑곳하지 않은 채 트럭에 불을 켜고 달려갔다. 나는 재봉틀을 들어올려서 다시 출발했다. 그런 것이었다. 이를 악무는 수밖에 없었다. 나는 세나토르스카 가로 급히 질러갔다. 집 계단에 이르자 겨우 숨을 내쉴 수 있었다. 계단을 천천히 올라갔지만 문이 닫혀 있었다.

평소에는 나를 기다리느라 어머니가 문을 살짝 열어두었었다. 나는 두 번 노크를 했다. 어머니가 문을 열고는 생긋 웃으며 내게 입맞춤을 했다. 어머니는 옛날처럼 미소를 짓고 있었다. 내가 현관 앞 복도에 재봉틀을 내려놓자 어머니는 나를 침실로 밀어 넣었다. 침대 위에 정장을 한 아버지가 잠들어 있다가 금세 눈을 뜨고는 나를 꼭 껴안았다.

"마르틴, 괜찮다. 괜찮아." 아버지가 말했다.

아버지는 나를 으스러지게 껴안고는 옆에 앉혔다.

"나는 탈출했단다. 내일 아침에 갈 거야."

나는 아버지를 뚫어지게 쳐다보며 귀를 기울였다.

"독일군들, 게슈타포 말이야. 그들이 조만간 여길 분명히 찾아올 거다."

아버지는 침착하게 아버지로서 꼭 들려주어야 할 중요한 조언을 풀어놓기 시작했다. 아버지는 확신에 차서 모든 이야기를 내게 들려주었다.

"절대로 잡히지 마라. 하지만 만일 그들에게 잡혔을 때는 오직 한 가지만 생각해라. 탈출하는 것. 네가 옴짝달싹도 못할 정도로 겁을 먹었다 해도 탈출해라. 그들에게 잡혀 있으면 기회가 없다. 탈출하고 나면 늘 희망이란 게 있는 법이다. 절대로 기다리지 마라. 첫 번째 기회가 언제나, 예외 없이 최고의 기회다."

아버지는 말하다가 싱긋 웃었다.

"마르틴, 네가 말이 끄는 마차를 뒤쫓아 달리곤 했던 것 기억하지? 네가 그 말들을 어떻게 따라잡을 수 있었지? 그래, 그들이 언젠가 너를 잡으러 오면 발바닥에 불이 붙도록 잽싸게 도망가라."

그 표현은 우리가 자주 쓰던 것이어서 아버지와 나는 웃음을 터뜨렸다. 아버지는 이야기를 계속했다. 아버지는 바르샤바에 온 지 벌써 며칠 됐지만 우리를 보러오기 전에 집이 안전한지 살펴보고 싶었다고 했다. 현재

아버지는 가명을 사용하고 있었고, 부크강(우크라이나 서부에서 폴란드 동부로 흐르는 강)을 건너 러시아군 점령지역으로 가려는 사람들을 위해 길을 준비하고 있었다. 그런 사람들이 아주 많다고 했다. 지금부터 우리는 세나토르스카 가에 있는 우리 집에서는 절대 만나면 안 되고 길거리나 공원, 친구네 집에서만 만나야했다. 아버지는 아침이 되어 집을 떠나기 전에 나를 깨웠다. 아버지는 긴 가죽코트에 부츠를 신었는데 엄청나게 커 보였다. 하지만 나도 아버지만큼 키가 컸다. 거리에서 아버지를 봤다면 스바스티카(나치의 상징으로 끝이 구부러진 십자가 문양) 완장을 차고 거만하게 거리를 행진하는 나치로 생각했거나 국외거주 독일인으로 착각했을 것이다.

"아버진 꼭 나치 같아 보여요." 나는 소리내 웃었다.

"나를 따라 해라. 그들을 속여. 그리고 살아남아라."

우리는 세나토르스카 가에서는 서로를 더 이상 만나지 못했다.

살아남기 위한 몸부림

아버지는 떠났지만 우리 식구는 큰 힘을 얻은 기분이었다. '살아남아라.' 나는 거리를 걸어가면서 계속 그 말을 되씹었다. 날씨가 추워서 빨리 빨리 걸었다. 바람이 비슬라 강에 물결을 일으켜 강이 남쪽으로 흘러가는 듯 보였다. 다리 위에는 거리에서 끌려온 게 틀림없는 남자들이 서로 충돌한 트럭들을 밀고 있었다. 나는 프라가 지구에 있는 큰 시장에 가려고 서둘렀다. 광장이나 부근의 작은 길목, 건물들의 안마당, 건물 출입구에 있는 대기소 등에서 무엇이든 살 수 있었다. 그런 곳에 가면 감자 포대를 늘어놓고 파는 농부들도 있었고, 부츠를 파는 여자도 있었고, 옷을 파는 사람들도 있었다. 눈이 굵은 송이로 퍼부었지만 물건을 파는 사람들은 좌우로 몇 걸음 정도 옮겼을 뿐 움직이지 않았다. 물건을 팔려면 사람들 가까이로 내밀어야 했기 때문이다. 나는 장갑을 팔았다. 목 주위에 장갑을 짝 맞춰 매달고는 지나가는 사람들에게 권해보다가 어느 가게 안으로 들어갔다. 폴란드인 가게주인은 나를 속이지는 않으리라 싶었다. 장갑 한 켤레를 가게주인에게 내밀었다. 그는 장갑을 보다가 나를 자세히 뜯어보고는 길고 검은 머리를 뒤로 휙 넘기더니 카운터에 2즐로티(폴란드의 화폐단위)를 내놓았다. 말도 안 되는 값이라 나는 그에게 소리를 빽 지르고는 장갑을 도로 집으려 했다.

"경찰을 부를까? 이 쓰레기야?" 그가 을러댔다.

나는 도망쳤다. 그는 나를 도둑 취급했던 거다. 나는 입을 다물었다. 유대인이었기 때문에. 11월 말부터 유대인들은 적어도 2, 3센티미터 크기로 푸른색 다윗의 별이 그려진 완장을 오른팔 아래쪽에 차도록 돼 있었다. 그 완장은 '이 자는 당신이 약탈하고 때리고 죽여도 되는 사람이다'라는 걸 의미했다. 나는 완장을 차지 않았지만 다른 사람들이 나를 어떻게 대하든 속수무책이었다. 사람에게서 나를 보호하는 법을 익혀야 했다. 그래서 가게 안으로 들어가서 장갑을 파는 일은 그만두고 늘 경계심을 가지고 고객들을 선별했다. 우리가 집에서 살아가는 데 필요한 돈을 어떻게든 고객들에게서 받아냈다. 우리에게 즐로티가 있는 한 빵을 살 수 있었다.

장사가 잘 될 때도 더러 있었다. 아침 시간이 끝나기도 전에 세나토르스카 가에 있는 집으로 돌아가서 물건을 더 가지고 다시 나오기도 했다. 나는 아무 말도 하지 않고 어머니에게 돈을 건네주기만 했다. 빵을 가지고 집으로 돌아갔다가 다시 거리로 뛰어나오기도 했다. 프라가 시장이 있던 타르고바 가에 군인들 한 무리가 있었다. 그들은 길 한가운데를 한가하게 돌아다니며 말썽거리가 없나 살피고 있었다. 그들 중 얼굴에 주름이 굵게 파이고 입 한가운데에 금니를 박은 나이 많은 군인이 나를 소리쳐 불렀다.

"폴란드인, 뭘 팔고 있는 건가?"

나는 못 알아듣는 척했다. 폴란드 유대인만이 독일어를 아는 법이다. 나는 미소를 지으며 바보스럽게 굴었다. 인자해 보이는 그 군인이 다가오더니 내가 뒤돌아 뛰기도 전에 한 손으로 내 팔을 비틀고 다른 손으로 내 몸을 더듬었다. 그는 두꺼운 재킷 안에 있는 장갑 뭉치를 찾아내서 동료들에게 던져주고는 내게는 몇 즐로티를 건넸다. 그나마 정직한 군인이었다. 저항해 봤자 소용없었다. 그게 세상 돌아가는 이치였다.

그들은 하고 싶은 대로 했다. 폴란드인 경찰, 토트 조직(독일 아우토반 설계자였던 토트 박사가 설립한 건설회사로 나중에 강제노동 동원 기관으로도 이용되었다는 비난을 받았다)의 검은 제복을 입은 철도 기술자들, 탐욕스러운 가게 주인들, 사기꾼들 등 힘이 있는 자들은 내게 무슨 짓이든 마음대로 할 수 있었다. 나도 그걸 알고 있었다. 그러나 그들이 아무리 그렇다 해도 삶에 대처해가는 건 내게 달린 일이었다. 나는 돈을 신발 안에 숨기고 다녔다. 그래서 어느 날 크라신스키 공원에서 강도들 때문에 궁지에 몰리는 일이 있었어도 겨우 장갑 한 켤레밖에 뺏기지 않았다.

그런 후 어느 폴란드 경찰이 내 소매를 붙잡았다.

"너 그 장갑들 어디서 났냐?"

나는 어느 할머니와 흥정을 하느라고 그가 다가오는 소리를 듣지 못했다. 운이 나빴던 거다. 나는 찰나에 그 제복 차림의 남자가 어떤 상대인지 판단해야 했었다. 단 한 번의 실수로 나를, 내 가족을 위험에 빠트릴 수 있었다. 철모에 가려져 거의 보이지도 않는 그의 눈은 지쳐보였고 쌀쌀맞았다. 나는 소매를 조금 당겨보았다. 그는 내 소매를 그리 단단히 잡고 있지는 않았다.

"저는 배가 고파요. 배가 고파서요."

"너 어디서 그 장갑을 가져왔냐?"

"우리 거예요. 아버지가 하던 공장이 있었어요. 아버지는 돌아가셨지만요."

나는 그의 얼굴을 마주 바라보며 빠르게 말했다.

"너 유대인이냐?"

나는 고개를 흔들었다. 그가 받아들이기에 따라 그 고갯짓은 '그렇다'는 말을 의미할 수도 있었다. 그러나 그는 아무 말도 하지 않고 나를 보내주었다. 나는 도망쳤다.

굴복해야만 할 때도 더러 있었다. 언젠가 경찰 세 명이 나를 감시한 적이 있었다. 아마 가게 주인들 중 누군가가 나를 밀고한 듯했다. 경찰들은 나를 둘러싸고 때린 후 경찰서로 끌고 갔다. 복도에는 스무 명 정도 되는 사람들이 기다리고 있었다. 모두 유대인 완장을 차고 있었고 그중 두 명은 얼굴에 피가 묻어 있었다. 경찰들은 나를 그 사람들 쪽으로 떠밀었지만 나는 자리에 앉지도 않았다. 필사적으로 도망칠 작정이었다. 느낌이 그랬다. 그래야만 한다는 걸 나는 알고 있었다. 경찰들이 자리를 떠났다. 나는 아무말 없이 그들을 따라갔다. 문은 열려 있었다. 나는 경찰들 뒤에서 1미터 남짓 거리를 유지하며 따라가다가 갑자기 앞지르고는 도망쳤다. 절대 기다리지 말라, 절대 잡히지 말라. 다음날 나는 모자를 쓰고 긴 코트 차림으로 프라가로 다시 갔다. 위험한 일이었지만 먹어야 사는 법이니까. 나는 들키지 않았고 그래서 내 장사도 계속 됐다.

밤이면 나는 금방금방 잠이 들었고 언제나 같은 꿈을 꾸었다. 실제도 그랬듯이 우리 식구가 아버지를 만나러 가고 있었다. 우리는 한껏 조심하며 게슈타포 대원이 우리 뒤를 밟지 않는다는 걸 확인하기 위해 사람이 하나도 없다시피 한 도로를 몇 시간이나 걸어서 갔다. 우리는 계속 걸었다. 어머니가 남동생들과 앞에서 걸어가고 나는 혼자 뒤에서 거리를 두고 걸어갔다. 우리가 막다른 골목인 좁은 길에 도착하면 아버지가 그 끝에서 벽에 기댄 채 서 있곤 했다. 어머니와 남동생들이 아버지에게로 뛰어가는데 갑자기 육중한 독일군 트럭이 나타나 그들을 벽에 찌부러뜨릴 정도로 돌진했다. 나는 소리도 지르지 못했다. 그게 내가 매일 밤 꾸는 꿈이었다. 그 꿈 때문에 나는 잠에서 깨곤 했는데 눈을 뜨고서야 아침이라는 걸 기억했고 꿈이 끝났다는 걸 깨달았다. 나는 복잡한 거리인 게시아 가에서 보았던 장면을 꿈에서 다시 떠올렸던 것이다. 사람들은 모두 유대인 완장을 차고 있었다. 그곳은 유대인 거리였다. 군인들이 가득 탄 트럭이 파비아크 감옥으로 향하려는 듯 차 방향을 돌려서 게시아 가로 최고 속도로 달려왔다. 사람들이 고함을 치면서 문간으로 달아났고 나도 그들 속에 섞여 있었다. 트럭이 지그재그로 달리면서 거리를 텅 비게 하더니 인도로 돌진했다. 지금 그 거리는 텅 비어 있고 트럭은 보이지 않는다. 그러나 그 벽에는 두 팔을 여전히 위로 쳐든 채 한 남자가 짓뭉개져 벽에 붙어 있다. 우리는 모두 그곳을 떠나 개미들의 행렬처럼 거리를 걸어다니고 길마다 떼지어 모여 다니며 평소처럼 자기 사는 데만 골몰한다.

　나는 매주 일요일은 프라가로 가지 않았다. 식구들은 모두 집안에서 지냈다. 우리는 작은 화롯불이 꺼지지 않도록 보살폈다. 가끔 삼촌이 우리를 보고 얘기를 나누려고 오곤 했다. 우리는 유일한 재산인 장갑이 얼마나 남았는지 다 헤아려 보았다. 삼촌은 자기가 아는 소식을 전해주었고, 어머니에게 유대인 공동체 위원회에 서명을 하러 갔을 때 받았던 배급표인 생필품 카드에 대해 이야기했다. 그 카드에는 완장과 마찬가지로 커다랗게 'J' 자 표시가 돼 있어서 도둑들이나 살인자들이 우리가 유대인임을 알아보게 했다. 강제 노동도 있었고 유대인 학교는 문을 닫았으며 아이들은 얼어붙은 거리에서 맨발로 구걸하며 다녔다. 그리고 젊은 폴란드인들은 거리에서 "유대인 없는 폴란드 만세! 우리는 유대인 없는 폴란드를 원한다!"고 외치고 다녔다. 그들은 각목으로 무장하고 떼지어 몰려다니며 유대인 가게의 창문을 깨고 유대인들의 머리를 치곤 했다. 나는 그들을 죽이고 싶었다. 죽일 준비도 돼 있었다.

일요일, 그 사람이 우리 집을 찾아왔다. 30대인 그는 키 크고 힘 세고 거만했으며 검은 부츠를 신고 바르샤바에서는 흔히 볼 수 없는 회색 제복에 나치 기장인 스바스티카 완장을 차고 있었다. 국외 거주 독일인이었다.

"내 돈."이라고 그가 말했다.

그는 탁자에 서류 몇 장을 내려놓았다.

"나는 대리인이요. 로치에 있는 공장 주인에게서 인계받았소. 이것들이 당신네 빚이요. 전부 갚으시오."

그것들은 오래 전 전쟁이 일어나기 전에 아버지가 로치에서 사들였던 물품들에 대한 청구서들이었다.

"다 지불하시오."

어머니는 온순하게 대답했다. "우리에겐 아무것도 남은 게 없어요."

그가 같은 말을 반복했다. "갚으시오."

그가 무슨 짓을 한다면 나는 그를 죽여 버릴 작정이었다. 그러나 그는 그냥 고함만 치고 협박하다가 모욕적인 말을 퍼붓고는 문을 부수기라도 할 듯 쾅 닫고 가버렸다. 어머니는 의자에 앉아서 나를 불렀다.

"나는 겁이 났단다, 마르틴. 너 때문에 겁이 났어. 그들은 너보다 더 힘이 세. 살아남는 게 무엇보다 중요하단다. 그 사람들 앞에서 네가 성질을 부려서는 안 돼. 나중에, 마르틴, 나중에."

우리는 개미떼나 다름없었다. 나는 아버지를 만나러 갔다. 아버지는 필수트스키 광장에 있는 높은 기둥들 근처에서 기다리고 있었다. 커다란 가죽 코트 차림이어서 독일인이나 국외 거주 독일인같이 보였다.

"그들은 다시 올 거다, 마르틴. 그들은 절대 포기하지 않지. 아주 집요하단다. 하지만 우리도 그렇지. 최악의 상황에 대비해서 물건을 몽땅 옮겨놓아라."

나는 걸어갔지만 아버지의 발자국이 뒤에서 따라오는 걸 들을 수 있었다. 마치 서로 모르는 여느 행인들처럼 우리는 걸어갔다. 그러더니 아버지가 나를 따라잡고는 나를 보지 않은 채 말했다. "우리는 복수할 거다, 마르틴. 결국 우리가 더 강한 자가 될 것이다."

우리 식구들은 아파트를 비웠다. 이웃들이 도와주었다. 그들은 아직 옛 심성을 잃지 않았다. 남아 있는 거라곤 식구들의 침대와 의자 몇 개, 작은 도자기 하나뿐이었다. 이제 우리 집은 우리 삶을 그대로 비쳐주는 것 같았다. 차갑고 거칠며 텅 비어 있는 삶. 내가 좋아했던 널따란 푸른색 카펫, 청동상, 기다란 은제 촛대들이 다 없어졌다. 일자리는 없는데 물건 가격은 매일 오르는 탓에 가진 것은 무엇이라도 팔러 나온 사람들, 구걸하는 아이들이 있는 길거리나, 약탈당한 가게들이나 우리 집이나 다를 바 없었다. 우리 집은 그들의 야윈 얼굴과 움푹 들어간 눈을 닮았다. 거리에서와 마찬가지로 우리 집에서도 '그들'이 주인이었다. '그들'이 정말 우리 집을 다시 방문했다. 폴란드인뿐 아니라 긴 코트를 입은 게슈타포 대원들도 왔다.

"당신 남편은 어디 있소?"

어머니는 전쟁이 난 후엔 아무 소식도 못 들었다고 대답하고는 계속 말을 이었다.

"제게 말해주세요. 남편이 죽었더라도 말이에요. 저는 알고 싶어요."

그들은 아무 말도 하지 않고 우리를 바라보았다. 그러고는 아파트를 돌아다니다가 우리가 옮기지 않고 유일하게 남겨놓은 옷장을 열어보았다. 남동생들이 코를 훌쩍이며 울었다. 게슈타포들이 모자를 쓰고는 머뭇거리다가 갔다. 우리는 기다렸다. 그들이 다시 오리라는 걸 우리는 알고 있었다. 우리는 매일 저녁 그들이 오기를 기다렸다. 우리는 준비가 돼 있었다. 그리고 정말 그들이 다시 왔다. 전에 왔던 사람들과는 다른 사람들이었다. 그들은 우리가 로치에 갚아야 하는 빚에 대해 말했다.

"그걸 다 지불하지 않으면 우리가 물건을 전부 다 가져갈 거요."

어머니는 말없이 몇 안 되는 우리 가구들을 손으로 가리켰다.

"보석이라도 내놓으시오."

그러더니 그들은 떠나기 전에 다시 윽박질렀다. "당신 남편이 어디 있는지 말해야 할 거요."

그들은 문을 조용히 닫고 가버렸다. 텅 비다시피 한 아파트에서 우리는 근심에 싸였다. 어머니는 남동생들을 달랬고 나는 장갑을 헤아렸다. 그때 게슈타포 한 명이 문을 발로 차 열고는 문간에 서서 말했다.

"당신 남편이 있는 곳을 곧 불어야 할 거야."

그러고는 그는 떠났다. 살다보면 주먹으로 벽을 치고 싶은 순간들이 있는데 바로 그때가 그랬다. 왜 우리는 아무 짓도 못했던 걸까? 왜 그들은 그렇게도 강했을까? 왜 그들은 주인처럼 군림하고 우리는 노예처럼 순종해야 했던 걸까? 왜 모두가 그대로 순순히 받아들였던 걸까? 거리에서 그 하시딤(경건한 자들이라는 뜻, 정통파 유대교인)에게 원숭이처럼 춤추도록 군인들이 시켰을 때 지나가던 행인들은 왜 웃었을까? 왜 우리는 이렇게

42

증오 받으며, 왜 아무데서나 살해당해야 하며 괴롭힘을 당해야 하는 걸까? 나는 아버지를 보러갔다. 아버지는 친구에게 말하듯이 천천히 내게 말했다. 사스키 공원의 산책로에는 눈이 덮여 있었다. 아버지는 나치가 어떻게 폴란드인이 우리를 적대시하게 만들었는지를 설명했다. 폴란드인들의 탐욕과 우리 자리를 뺏으려는 그들의 욕망에 대해서 얘기하고, 우리가 가끔 이웃으로부터 도움을 받았듯이 도와주는 사람들도 더러 있다는 것을 차근차근 설명했다. 우리가 이야기하는 동안 고함치는 소리와 웃음소리가 들리더니 공중으로 총을 쏘아대는 군인들에게 쫓겨 벌거벗은 남자 하나가 공원을 가로지는 게 보였다. 우리는 자리를 옮겼다. 날레프키 가는 노점상들과 거지들로 발 디딜 틈이 없었다.

"게토(유대인 강제 거주 지역)가 생길 거야. 우리 모두가 함께 지내게 될 거다. 하지만 그것 역시 끔찍할 거다. 그들이 우리를 평화롭게 놔둘 리가 없으니까." 아버지가 말했다.

나는 대답하지 않았다. 나도 아버지처럼 나이 먹고 현명해진 기분이 들었다.

"그들이 벌써 로치에서 게토를 시작했어. 여기서도 그럴 거다. 게슈타포가 다시 올 테니 우리는 지금처럼 자주 만나지 못할 거다."

거리에서의 생활

우리는 커다란 시너고그(유대교 예배당) 맞은편에 있는 틀로마츠키에 광장에서 작별인사를 했다. 나는 아버지가 강하고 꼿꼿한 자세로 걸어가는 모습을 바라보았다. 만날 때마다 그것이 마지막 만남이 될 수도 있다는 생각이 들었다. 나는 완장을 차고 유대인 구역으로 들어갔다. 그곳에서 우리가 살아야 한다는 말은 이미 들었다. 나는 게시아 가와 밀라 가, 볼린스카 가, 니스카 가를 따라 죽 걸어갔다. 그 거리들이 이제 내 삶의 현장이었다. 걸어가면서 나는 프라가에 가서 장갑을 팔아야 하고, 외할머니가 뉴욕에서 보내온 달러를 바꾸러 어머니와 우체국에 가야 한다는 생각을 했다. 몇 달 만에 인생이 참 많이도 바뀌었다는 생각이 들었다. 생각에 잠겨 걷느라고 주변 경계를 게을리 했다. 나는 자멘호파 가의 지저분한 곳에 있었다. 트럭들이 인도를 따라 줄지어 주차돼 있었고 군인들이 발로 차고 소총으로 때리며 사람들을 몰아서 트럭에 싣고 있었다. 한 장교가 나를 밀었다. 그는 나를 쳐다보는 둥 마는 둥 하면서 내 등을 잡고는 트럭에 밀어 올렸다.

"저는 열다섯 살이에요, 열다섯 살밖에 안됐다고요." 나는 반항했다.

별로 희망은 없었지만 어쨌든 시도는 해봐야 했다. 열여섯 살이 돼야 징병되기 때문에 미미하지만 기회가 있었던 탓이다. 그는 눈동자가 없는 것처럼 거의 하얗게 보이는 엷은 색 눈으로 나를 노려보며 말했다.

"거짓말 마, 이 유대인! 거짓말하고 있어, 이 쓰레기!"

나는 아까 했던 말을 되풀이했다. 위험했다. 그들은 모자가 떨어져도 총을 쏘고, 말 한마디 했다고 많은 이들을 죽였던 사람들 아닌가.

"일어나!"

그 장교는 나를 발로 차서 트럭 아래 눈 위로 나자빠지게 했다. 나는 뒤도 돌아보지 않고 트럭에 기어올랐다. 덮개가 있는 트럭 안에 탄 사람들은 아무 말도 하지 않았다. 군인 한 명이 내 뒤를 따라 트럭에 오르자 트럭이 달리기 시작했다. 나는 뛰어내려야 한다는 생각만 했다. 이렇게 거리에서 무작위로 검거 당해 끌려갔던 수많은 유대인들처럼 비슬라 강 근처, 졸리보시 너머의 숲에서 총알 세례를 받고 죽지 않으려면 기회를 잡고 뛰어내려야 했다. 그러나 그 군인은 꼼짝도 하지 않았다. 그에게서 모직 옷 냄새와 땀 냄새가 났다. 그는 자기 부츠를 내 발에 대고 있었고 권총은 손가락을 방아쇠에 댄 채 무릎에 걸쳐놓았다. 트럭이 갑자기 멈춰섰다. 명령인지 고함인지가 들려왔다. 모양 좋은 집들과 정원을 보니 졸리보시 지역에 와 있는 듯했다. 독일인들이 원래 주민이었던 폴란드인들을 쫓아내고 그곳에 살고 있었다. 그곳에 왔으니 우리는 죽지는 않을 터였다. 우리는 삽을 받아서 거리에서 눈을 치우기 시작했다. 바람이 불자 내린 지 얼마 되지 않은 눈이 가루처럼 날렸다. 낮게 깔린 거무스레한 구름을 보니 눈이 더 올 것 같았다. 지금 눈을 치워도 소용이 없을 터였다. 그러나 어쨌든 우리는 눈을 퍼내야 했다.

"장갑을 벗어!"

눈동자 색이 엷은 그 장교였다.

"너는 장갑 없이 일해야 한다, 알고 있잖나."

그가 나를 때렸다. 나는 장갑을 벗고 계속 일했다. 손가락들이 울긋불긋해지더니 굼뜨게 움직였다. 그 장교가 멀어져갔다. 나는 장갑을 다시 꼈다. 그러나 그가 돌아오는 것을 나는 보지 못했다.

"이 쓰레기!"

그는 큰 소리도 내지 않고 나를 때렸다. 목을 한 대 치고는 얼굴을 몇 대 더 때렸다.

"장갑을 이리 내." 장교가 말했다.

내가 장갑을 주자 그는 다른 유대인에게 그것을 던지더니 소리내 웃었다. 그게 그들의 논리였다. 그들은 잔인하게 행동하는 걸 즐겼다. 우리는 하루종일 일하다가 눈이 다시 내리자 트럭에 다시 올라탔다. 밤이 됐다. 아마 이제 우리는 죽을지도 몰랐다. 언제든 무슨 일이라도 일어날 수 있는 이상한 때였다. 그 군인은 여전히 내 옆에 앉아서 휘파람을 불거나 담배를 피웠다. 그렇게 얌전한 사람이 사람을 죽이리라고 누가 상상이나 했겠는가? 고함 소리가 몇 번 더 들렸다. 우리는 포장이 된 공터에 뛰어내렸다. 사방에는 건물들이 서 있었고 가시철망이 둘러져 있었다. 비슬라 강 건너편, 그들이 점거하고 있는 병영이었다. 빨간 고수머리에 여윈 소년이 나에게 걱정하지 말라고 말했다. 우리는 군인들의 치다꺼리를 하러 갈 거라고 했다. 전에 와본 적이 있다고 했다.

바람이 몰아치는 가운데 우리는 거기서 꼼짝 않고 기다렸다. 기동 훈련을 하러 가는 두 개 중대가 모자도 쓰지 않고 노래를 부르며 지나갔다. 그 군인들 중 한 명도 우리를 눈여겨보는 것 같지 않았다. 우리는 돌이었고 물건이었으며 아무것도 아닌 존재였다. 우리는 곧 양동이와 가래를 들고 병영 구내 마당으로 달려가 건물 바닥을 닦아내고 마당의 눈을 치웠다. 우리가 식당을 지나갈 때 아까의 그 빨간 머리 소년이 나에게 손짓을 했다. 식당 안의 나무 식탁에 음식이 있었다. 그가 들어가더니 달려가 청어 몇 마리를 셔츠 속에 집어넣고는 양동이를 들고 나왔다. 우리는 밤새 일했다. 나는 가끔씩 병영 안으로 들어가 몸을 조금씩 녹이곤 했다. 서서히 날이 밝아왔다. 엷은 푸른색 하늘이 맑았다.

"저들은 우리를 돌려보내줄 거야." 빨간 머리 소년이 말했다.

그들은 우리를 마당에 모아놓고 2열 횡대로 세웠다. 그 눈동자 색이 엷은 장교가 앞으로 천천히 걸어나왔다. 그러더니 내 앞에 섰다. 그가 나를 죽이고 싶어 한다는 생각이 들었다.

"여기 도둑이 한 놈 있군." 그가 나직하게 말했다. "청어를 훔쳐간 놈은 순순히 자백하라. 5분을 주지. 그놈이 자백하지 않으면 너희들 열 명을 죽인다."

장교는 즉시 우리 중 열 명을 골랐다. 내가 첫 번째였다. 날씨가 너무도 쾌청한 아침이었다. 어머니는 나를 기다리고 있을 텐데 나는 아무 저항도 못하고 죽을 터였다. 장교가 우리 앞에서 왔다갔다 하며 즐거운 듯 양손을 비볐다.

"접니다."

빨간 머리 소년이 줄에서 나와 장교에게로 걸어가서 그 앞에 섰다.

"제가 그랬습니다." 그가 다시 말했다.

아마도 줄을 서 있던 모두가 나처럼 가슴이 터지는 듯한 느낌을 받았으리라. 눈동자가 하얀 그 장교는 멈춰서더니 빨간 머리 소년의 사타구니를 걷어찼다. 소년이 아무 소리도 못 내고 몸을 푹 구부렸다. 장교는 삽을 집어서 소년의 온몸을 때렸다. 이름도 모르는 그 친구는 머리를 움켜쥔 채 여전히 아무 소리도 못 내며 눈 위로 고꾸라졌다. 장교는 연발 권총을 꺼내서 발사했다. 우리는 쏟아지는 욕설을 들으며 일하러 돌아갔다. 우리가 돼지이며 인간쓰레기라고 군인들이 고함쳤다. 정오가 지난 지 얼마 되지 않아 군인들은 우리를 바르샤바로 데리고 왔다. 자멘호파 가에서 멀지 않은 곳에 트럭이 멈추자 우리는 즉각 뿔뿔이 흩어졌다. 집에서는 어머니와 남동생들이 나를 기다리고 있었다. 나는 아무 말도 하지 않았다. 목숨이란 그런 것이었다. 목숨이란 게 말 한 마디에 달려 있었다. 청어 몇 마리보다 하찮은 게 목숨이었다. 우리는 그걸 깨달았다. 목숨에 집착할 이유가 뭔가?

그 엷은 눈동자를 가진 장교를 잊어버리는 데 며칠이 걸렸다. 사방에서 그의 모습이 보였다. 도무지 알 길 없는 증오를 품고 나를 쫓아다니는 모습이었다. 제복 차림인 사람만 언뜻 봐도 그의 모습이 떠올랐다. 그러면 나는 그 사람과 멀리 떨어져 있는데도 도망을 쳤다. 그러고는 건물들로 둘러싸인 마당으로 가서 계단을 올라가 웅크리고 앉은 채 벌벌 떨며 오랫동안 기다리곤 했다. 나는 전쟁이 일어난 뒤 최초로 무서움을 느꼈다. 이성을 잃고 사람들을 죽이는 증오심을 만났던 탓이었다. 그 장교는 한 번도 만난 적이 없었는데도 나를 죽이고 싶어했다. 그가 삽으로 그 소년을 때려 죽이면서 보고 있던 건 나였다. 그가 죽이고 있는 건 나였던 것이다. 나는 몇 주 동안 내 마음 속 깊이 쌓여 갔던 두려움에 뿌리를 둔 격한 공포를 치유하기 위해 나 자신을 달래야 했다. 나는 아무에게도 그 일을 말하지 않았다. 나는 억지로 거리를 천천히 걸어다니며 최악의 경우를 고려해 보면서 그 메스꺼움을 스스로 조절했다. 그러던 어느 날 내가 승리했다는 걸 깨달았다. 나는 다시 프라가 시장에 갈 수 있었고 다시 휘파람을 불 수도 있게 됐다. 나는 잠시 편하게 생각하려고 했다. 나는 달리다가 천천히 걷다가 하며 강변을 따라 길게 우회해갔다. 나는 한 남자가 내면에 지니고 있는 힘을 발견했다. 그가 원한다면 그는 승리할 수 있었다. 그가 원한다면 그는 아무 불평 없이 죽을 수 있다. 그가 원한다면 그는 살아남을 수도 있다. 이름도 모르는 그 빨간 머리의 친구에게 감사한다. 그는 우리를 위해 한 마디 불평도 없이 죽었다. 나는 이제 더 이상 무섭지 않았다.

며칠이 흘러갔다. 프라가 광장에서 물건을 파는 일이 어려워졌다. 경찰과 독일군들이 더 자주 나타나서 출구를 막고 노점 판매대를 뒤엎고는 사람들을 체포해갔다. 오전 열 시 쯤, 내가 팔 물건들을 겨드랑이에 끼고 광장을 주시하며 그들이 오는지 분위기를 판단하느라고 한쪽에 서 있을 때 그들이 왔다. 폴란드 경찰들이었다. 그들은 달려와서는 사람들을 체포해서 자기들이 타고 온 짐마차에 던져올렸다. 비번인 독일군 몇 명도 체포를 도왔다. 나는 한 가게로 들어가서 아무 말 없이 문 뒤에 내 장갑들을 두고는 누가 부르기 전에 나왔다. 그런 후 광장을 돌아다니다가 얼굴을 찌푸린 채 땅바닥에 드러누워 버렸다. 사람들이 뛰어가고 있었다. 나는 차분히 있었다. 추위가 몰려왔고 몸 아래서 눈이 녹으면서 옷을 적셨지만 나는 꼼짝도 하지 않았다. 나는 곧 주위에 사람이라곤 나 혼자뿐이며 경찰들이 질서정연하게 나를 향해 다가오고 있다는 걸 깨달았다. 나는 그들이 거기로 오는 걸 눈치 채지 못했었다. 경찰 한 명이 내 갈비뼈를 찼다. 도망간 사람들의 고함 소리가 들려서 나는 그들이 광장의 끝 쪽에서 가로막혔고 비슬라로 이어지는 좁은 길들도 노상 바리케이드로 막혔다는 걸 어렴풋이 알게 됐다.

"이놈은 어떻게 된 거야?" 누군가가 나를 내려다보며 말했다.

그들은 다시 한 번 나를 찼다. 나는 꼼짝도 하지 않았다. 그러자 그들은 나를 눈 위에 그대로 둔 채 가버렸다. 나는 미동도 않고 누워 있느라 꽁꽁 얼었지만, 그러나 자유로웠다. 시간은 천천히 흘러갔다. 시장에서 장사하던 사람들이 경찰의 짐마차에 줄지어 탔다. 그들은 폴란드인이었다. 그들은 벌금만 내면 그만이었다. 조금 있으니 광장이 고요해졌다. 여자들이 눈물을 흘리며 와서 다시 노점을 차렸다. 나는 조금 더 기다렸다. 몇 사람이 내 주위로 모여들었다.

"그들이 저 청년을 죽였어요." 사람들이 말했다.

나는 그래도 조금 더 기다렸다가 일어나 아까의 그 가게로 뛰어갔다. 내 장갑들은 카운터 위에 있었다. 가게 주인은 뭔가 장황하게 말을 하고 있었다. 내가 급히 들어오는 걸 본 그가 소리쳤다. "누가 함부로 들어오……?"

나는 장갑 꾸러미를 들고 뛰어서 나왔다.

"이 녀석아!"

그가 고함치는 소리가 들렸다. 어쩌라고? 자기 몸은 자기가 지켜야 하는 법이었다. 나는 살아 있고 팔 물건도 가지고 있었다. 얼어붙은 셔츠가 몸에 착 달라붙어 있는 것조차 의식하지 못했다.

하지만 운을 믿고 있을 수만은 없었다. 인생이란 장애물 경기다. 처음 장애물을 뛰어넘었더라도 그 너머에는 더 높은 장애물이 또 기다리고 있다. 그리고 그 너머에는 더 가깝고, 더 어려운 장애물이 또 다가온다. 숨을 돌릴 짬도 없다. 우리는 나쁜 소식들로 의기소침해졌다. 독일군들은 모든 곳에서 우세했고 단속은 점점 더 심해졌으며 일제검거도 더 빈번해졌다. 다만 날씨가 온화해져 견디기가 나았다. 눈이 녹았다. 드디어 비슬라 강둑과 공원들마다 푸른 풀들이 다시 돋아났다. 나는 아버지와 함께 그랬던 것처럼 몇 시간이고 나무 사이를 뛰어다니고 숲속을 돌아다니고 싶었다. 그러나 산책이나 하던 나날은 이미 지나가버렸다. 나는 강물의 색깔을 보러 아침 일찍 나갔다. 동이 틀 무렵에는 도시가 조용하고 평화로워보였다. 거리는 아직 붐비지 않았고 거지들은 눈에 띄지 않는 검은 덩어리 같을 뿐이었다. 나는 공기를 한껏 들이마셨다. 차가웠다. 다시 내쉬면서 나는 자유로움을 느꼈다. 강둑에 고양이 한 마리가 있었다. 짧은 회색털이 난 덩치 큰 고양이었는데 몇 시간이나 공을 들인 끝에 다가갈 수 있었다. 나는 매일 아침 그 고양이에게 상냥하게 말을 걸었다. 고양이는 도망갈 태세를 하며 눈을 반쯤 감고 네 발을 구부린 채 나를 바라보았다. 나는 고양이에게 '라이다크'라는 이름을 지어주고는 말을 걸었다. 언제까지라도 고양이에게 말을 할 수 있을 것 같았다. 나는 계획을 들려주고 웃었다. 내가 시장 광장에서 수색할 때 빠져나온 게 얼마나 기분 좋은지를 라이다크에게 말해주었다.

"라이다크, 너도 유대인이냐?"

그 말을 하고 나니 웃음을 멈출 수가 없었다. 가끔 내가 음식을 조금 던져주면 고양이는 눈으로는 여전히 나를 보면서 그걸 통째로 삼켰다. 내가 움직이기라도 하면 고양이는 도망쳐버렸다. 라이다크가 어찌나 조심스러운지 나는 겨우 몇 번밖에 만져보지 못했다. 그 고양이 역시 전쟁을 겪으며 살아남았고 나도 고양이 같은 존재였다.

아침이 비록 조용하다 하더라도 저녁이 되면 위험해진다는 걸 나는 알았기 때문에 길거리에서 어정대지 않았다.

"네 아버지 있는 곳으로 우릴 안내해"

매일 밤 나는 세나토르스카 가에 있는 집으로 돌아가서 그날 밤에는 그들이 오지 않기를 바라며 아침을 기다렸다. 그들은 4주 동안 우리를 내버려두었지만 그래도 늘 불안에 떨게 만들었다. 그러다가 어느 날 그들이 문을 박차고 들어왔다. 새로운 얼굴들이었고 다섯 명이었으며 모자를 눈까지 눌러쓰고 있었다. 그들 모두가 계속 고함을 질렀다. 폴란드어로 말하는 사람은 한 명뿐이었다.

"당신 남편을 데리고 와."

어머니는 다시 설명했다. 전쟁이 일어난 후로는 아무 소식도 듣지 못했으며 그들이 경찰이니까 어머니에게 아버지 소식을 말해주었으면 좋겠다는 얘기였다. 그러나 나는 그날 저녁은 모든 것이 달라지리라는 느낌을 받았다. 폴란드어를 하는 남자가 통역을 했다. 한 명이 어머니에게 다가가 얼굴을 후려쳤다. 어머니의 쪽진 머리가 풀렸다. 나는 분노에 차 고함이 목까지 치밀어 올랐지만 꼼짝도 하지 않았다. 그 남자가 계속 화를 내다가 독일어로 말하자 폴란드어를 하는 사람이 통역했다.

"부인, 남편이 어디 있는지 말해야 합니다."

부인이라고. 나는 그 말을 속으로 되풀이 했다. 그 남자는 우리 어머니를 때리고도 부인이라고 불렀다.

"부인, 우리는 이 청년을 데리고 갈 거요. 우리 주소를 남겨두겠소. 24시간을 줄테니 남편을 찾아서 우리 앞에 데리고 오시오."

그가 내 기를 죽이려는 듯 째려봤다. 다른 사람들은 손에 잡히는 대로 물건을 바닥에 던지며 집을 수색했다.

"무슨 일이 생기면 이 청년을 돌려보낼 거요. 살려서든, 죽여서든."

어머니는 흐느껴 울었다. 그러고는 나에게 매달렸다. 나는 나무토막처럼 서 있었다. 어머니가 한 번만 봐달라고 빌었다. "이 아이를 여기 놔두세요."라고 끊임없이 말했다.

갑작스럽게 어머니가 침묵하더니 다시 말을 꺼냈다.

"나를 체포하세요. 아이들은 놔두세요."

그들 중 한 명은 글을 쓰고 있었다.

"이게 주소요, 부인. 이걸 남편에게 주시오. 그리고 24시간 안에 당신 아들을 데리러 오시오."

그들이 나를 계단으로 몰아내자 어머니가 급히 뛰어와 나를 껴안았다. "도망가, 마르틴. 도망가라고." 그들이 어머니를 내게서 떼어내서 바닥에 팽개치고는 나를 아래로 데려갔다. 계단 맨 아래에서 그동안 아무 말도 하지 않던 남자가 내 배를 무릎으로 치더니 연발권총을 뽑아들었다.

"네 아버지 있는 곳으로 우릴 안내해." 그가 독일어로 말했다.

나는 움직이지 않았다. 나는 그 말을 알아들었지만 폴란드어로 통역해줄 때까지 대답하지 않았다. 통역을 들은 후 나는 말했다. 나는 아무것도 모르며 그들을 아버지에게로 데려갈 수 있다면 나도 정말 좋겠지만 아버지가 떠난 후로는 한 번도 본 적이 없다는 얘기였다. 그들은 서로 눈짓을 주고받았다. 망설이는 분위기였다. 내가 잘 해낸 모양이었다. 그러나 아니었다.

"슈하 거리에 가면 너도 모든 게 기억날 거다."

슈하 거리에는 게슈타포 사령부가 있었다. 그들은 거리로 나가서 나를 밴에 집어넣었다. 차 안에는 군인 한 명이 있었지만 내게는 관심을 보이지 않았다. 그들이 타자 차가 출발했다. 차가 속도를 높였다. 나는 그 군인에게 말을 걸었지만 그가 소총 개머리판으로 때리는 바람에 밴의 반대편 끝으로 밀쳐져 비틀거렸다. 문득 고양이 라이다크가 떠올랐다. 만약 그 녀석이 잡힌다면 어떻게 할까? 잠자코 있다가 도망칠 거라는 생각이 들었다. 그 생각을 하자 힘이 났다. 차가 몇 번 정지했지만 그 군인은 내게서 눈을 떼지 않았다. 마침내 우리는 불이 환하게 밝혀진 거대한 건물인 게슈타포 본부 슈하 거리에 도착했다. 우리는 들어갔다. 문과 복도가 나오고 더 많은 문과 복도가 더 나왔다. 남자, 여자들이 벽에 붙어 줄을 선 채 기다리고 있었다. 그들의 눈에는 공포가 서려 있었다. 내게는 창문과 그 바깥의 어둠밖에 보이지 않았다. 우리 집에 왔던 사람들 중 하나가 내게로 다가왔다. 우리 어머니를 때렸던 그자였다. 그가 내 입을 때렸다.

"네 아비는 겁쟁이다. 너를 버릴 거야." 그가 서투른 폴란드어로 말했다.

그가 모자를 벗자 둥근 머리와 짧게 깎인 머리카락이 드러났다.

"유대인들은 모두 겁쟁이들이야." 그가 말을 이었다.

그런 후 그는 내게서 관심을 끊고 문을 열어둔 채 복도로 걸어갔다. 그곳 복도에 한 여자가 두 팔을 쳐들고 서 있는 게 보였다. 나는 창문으로 급히 다가갔다. 바깥은 깜깜했다. 나는 창문 손잡이를 쥐고 돌렸다. 살을 에는 듯한 공기가 밀려들었다. 그 여자가 겁을 먹고 놀라서 헉 하고 숨을 들이켰다. 나는 창문을 뛰어넘었다. 죽을 거라고 생각했지만 무사했다. 나는 마당을 가로질러서 담으로 갔다. 그리고는 담을 기어올랐다. 다른 마당이 나왔다. 나는 마당을 달려가서 철문을 기어올랐다. 거리가 나왔다. 나는 계속 달렸다. 그들이 쫓아오기 전에 도망가야 했다. 나는 위층 우리 집으로 올라가 문을 벌컥 밀어 열고는 외쳤다. "어머니, 애들아, 모두 놔두고 나와! 어서!"

우리는 아래층으로 서둘러 내려갔다. 남동생 하나는 맨발인 채였다. 우리는 인적이 없는 바르샤바를 달리고 또 달려갔다. 순찰대를 피해서 어둡고 텅 빈 광장을 달렸다. 삼촌이 프레타 가에 살고 있었다. 삼촌은 우리를 하룻밤 지내게 해주면서 아무 말 없이 내 말을 들었다. 어머니가 내게 몇 번이고 입맞춤을 하고는 말했다.

"나는 알고 있었어. 너는 네 아빠와 닮았어."

나는 자랑스러웠다. 다음날 통금이 해제되자 우리는 뿔뿔이 흩어졌다. 친구들이 우리를 받아주었다. 나는 이삼일 동안 밖에 나가지 않았다. 나는 시에나 가 끝 쪽에 커다랗고 어두운 아파트에 사는 어머니의 친구 집에 얹혀 있었다. 그 아주머니의 남편은 의사였는데 전쟁이 시작되기 전날 폴란드를 떠나서 돌아오지 않았다. 아주머니는 내가 숨이 막힐 정도로 나를 안아주었다. 아주머니가 말을 시켜서 나는 싫증이 날 정도로 많이 말을 했지만 밤에는 내 방문을 걸어잠갔다. 그곳, 먼지 냄새가 나는 낯선 방에 있으니까 낮 동안 그 아주머니 때문에 조금이나마 흥분했던 게 곧 사그라졌다. 우리는 이제 집이 없었고, 세나토르스토카 가에는 다시는 돌아가지 못하게 됐으며 식구들은 뿔뿔이 헤어졌다. 남동생 하나는 바르샤바 이쪽에 있었고 어머니와 다른 남동생 하나는 다른 쪽에 있었으며 아버지는 매일 주소를 바꿔가며 살고 있었다. 아버지가 우리에게 전갈을 보냈다. 곧 우리는 가짜 주소와 가짜 이름을 갖게 됐다. 원래의 주소나 이름마저도 제대로 간직하지 못한 채 우리의 과거는 사라져버린 것이다.

가족이란 이상하다. 그때까지는 가족이 내게 무슨 의미인지 깨닫지 못했다. 그 게슈타포는 나를 고문할 수도 있었겠지만 그래도 나는 아버지를 버리지 않았을 것이다. 그리고 그 남자가 어머니를 때렸을 때 나는 꼼짝하지는 않았지만 속으로는 비명을 지르며 미칠 듯한 기분이었다. 가족은 온전한 하나의 세계였다. 그러나 이제는 독일군들 때문에 그 세계가 산산조각 나버렸다. 나는 언젠가 나만의 세계인 새로운 가족을 꾸려갈 방법을 밤마다 생각했다.

그러나 그런 날이 오려면 평화가 회복되는 일만큼이나 오래 걸릴 것 같았다. 나는 매일 밤 꽤 오랫동안 방심하지 않고 순찰대의 발자국 소리에 귀 기울였고 차가 브레이크를 거는 소리에 놀라 벌떡 일어나곤 했다. 나는 그 아주머니와 같이 그 아파트에서 계속 살기가 힘들었다. 아주머니는 공포에 질려 한숨을 쉬면서, 내가 자기와 함께 바르샤바에서 멀리 떨어진 곳으로 가는 방법에 대해 말하곤 했다. 어느 날, 나는 아주머니가 외출한 틈을 타 도망쳐서 햇빛 아래 거리로 돌아왔다. 이렇게 넓고 푸른 하늘 아래에서라면 붙잡혀도 좋다는 생각까지 들었다. 아버지가 소식을 듣고 구시가지(스타레 미아스토)에서 만나자고 했다. 그곳은 길들이 좁고 마당이 어두워서 쉽게 빠져나갈 수 있었다. 아버지는 걱정스럽고 심각한 표정이었다.

"너는 정말 남자답다. 그들에게 잡혀놓고도 도망치다니. 그런데도 내가 있는 곳을 불지 않았다지."

나는 사는 데 애착이 생겼다. 아버지 말을 들으니 힘이 솟는 기분이었다. 아버지는 어떻게 말 한마디로 나를 이렇게 기쁘게 해줄 수 있을까? 나도 다른 사람에게 그런 힘을 줄 수 있을까? 언젠가 내가 낳아 기를 아이들에게?

"넌 뭘 하고 싶으냐?"

아버지가 물었다. 나는 친구들과 친척들이 함께 모았지만 프라가 시장에 두고 왔던 물건들을 되찾아야 한다고 말했다. 어머니가 내 대신 물건을 팔려고 해봤지만 내가 늘 해왔던 일이기 때문에 어머니는 제대로 팔지도 못하고 일을 잘 처리하지도 못했다. 사람들에게 물건을 강탈당하기까지 했다.

"세나토르스카 가나 슈하 거리 근처에는 얼씬도 하지 마라." 아버지가 웃었다. 그러고는 나를 안아주었다. 전에는 한 번도 그런 적이 없었다.

나는 다시 우리를 먹여 살릴 물건들을 팔기 위해 거리로 나갔다. 도처에서 만나는 사람들의 눈에는 공포가 서려 있었다. 빨간 머리 친구가 죽는 걸 보았을 때 내가 느꼈던 구역질과도 같은 감정을 그들도 느끼고 있다는 걸 나는 알아보았다. 나는 귀를 쫑긋 세우며 사람들의 말을 주의 깊게 듣고 다닌 끝에 사람들이 지카 가와 다른 거리 몇 곳에 벽돌담을 쌓고 있다는 걸 알아냈다. 나는 구경을 하러 갔다. 노동자들이 몇 명 있었다. 완장을 찬 유대인들이었다. 그들은 긴 벽돌을 쌓아놓고 회색 시멘트를 부었지만 고르게 수평으로 쌓지 못하고 있었다. 그들은 평범한 노동자들이었고 일자리를 찾아서 다행이라고 생각하는 게 분명했다. 담은 이미 2미터 가까운 높이로 쌓였는데 노동자 한 명이 사다리를 타고 올라가 여전히 벽돌을 더 쌓고 있었다. 거리 전체가 봉쇄될 판이었다. 우리는 곧 그 안에 동물처럼 가둬질 것이다. 사람들이 로치에 있는 게토가 이미 봉쇄됐다고 말해주었다.

도망치고 싶은 생각이 잠깐 들었다. 바르샤바를 떠나서 폴란드 농부들 밑에서 일하면 될 터였다. 유대인 말투를 표내지 않고 말하면 될 터였다. 그렇게 배를 채우며 살다가 전쟁이 끝난 후 돌아오면 될 거 아닌가. 나는 폭도들에게서, 공포로부터, 게토가 될 이곳으로부터 빠져나가야 한다. 날레프키 가를 걸으며 그런 몽상들을 할 때 트럭들이 멈추는 바람에 나도 다른 사람들처럼 엎드려야 했다. 나는 시키는 대로 개구리처럼 뛰어야 했고, 잘 해냈는데도 등을 얻어맞았다. 군인들은 웃음을 터뜨리며 나를 후려쳤다. 빨리 움직이지 못하는 늙은이들은 쓰러졌다. 내가 힐긋 올려다봤더니 거리에 있던 사람들이 모두 엎드리고 있었고 군인들은 머리가 하나라도 솟아오르면 총으로 쏘았다. 근처에 있는 거리에서도 총소리가 들려왔다. 대규모 검거 작전이 있는 날인 게 분명했다. 기분전환 삼아 공포를 조장하는 날이었다. 나에게서 몇 미터 떨어지지 않은 곳에 있던 여자가 길 가운데서 두 발을 벌리고 서서 반항하며 아기를 안으려고 안간힘을 쓰고 있었다. 덩치 큰 군인 두 명이 아기를 그 여자에게서 억지로 빼앗았다. 그 여자가 아기를 뚫어지게 바라보는 모습이 내게도 보였다. 그 눈은 공포에 질려 있었다. 군인들은 아기를 잡고 서로 주고받는 놀이를 하고 있었다. 그 여자는 두 팔을 벌리고 누구에게 가야 할지 모르는 채로 아기를 잡으려고 애를 썼다. 아기는 울지도 않았다. 그러다가 군인 한명이 아기를 떨어뜨렸다.

트럭들이 돌아가자 우리는 일어섰다. 나는 계속 걸었다. 트럭들이 날레프키 가에 멈췄을 당시에 내가 무슨 몽상을 하고 있었는지조차 잊었다. 아마 시골로 도망가는 몽상이었겠지. 그러나 남자라면 과연 가족들을 버리고 도망갈 수 있을까? 다음 며칠 동안 나는 프라가 시장으로 갔지만 팔물건이 거의 동났다. 여름이 오고 있으니 어차피 장갑을 살 사람도 없기는 했다.

사람들마다 바르샤바 거리, 거리에서 일어났던 대학살을 화제에 올렸다. 유대인 수백 명이 죽었으며 숲속으로 끌려간 사람들도 있었다. 날레프키 가에서 몇 번 뛰고 몇 번 얻어맞은 것만으로 그 현장을 피할 수 있었으니 나는 운이 좋았던 셈이다. 그때부터 은신하는 사람들이 더러 생겼다. 어머니는 나더러 밖에 나가지 말라고 간곡하게 말했지만 나는 내 눈으로 현장을 보고 싶었다. 물건을 팔려는 생각보다는 현장을 보고, 모든 걸 빨아들이고, 알아내기 위해서 밖으로 나갔다. 거리에서 일어나는 사건들은 내게는 독한 술과도 같았다. 나는 알아야 했고 이 잔인한 세계를 내 눈과 내 마음에 기록해서 언젠가는 내가 본 모든 것들, 우리가 받았던 모든 고통들을 말해줘야만 했다. 그러나 큰 대가를 치러야 할지도 몰랐다.

처음으로 체포되다

그 날 시에나 가에서 좀 더 머물면서 구경하고 싶었던 쪽은 나였다. 나는 스타시에크 보로프스키와 함께 있었다. 내가 그를 좋아해서 자주 함께 돌아다녔다. 그는 뚱뚱한데도 나만큼 빨리 달렸다. 우리는 벌써 몇 번이나 아슬아슬하게 도망친 적이 있었다. 근육으로 뭉쳐진 듯 몸매가 둥근 스타시에크는 시에나 가를 떠나고 싶어 했지만 나는 못 박힌 듯, 움직이고 싶은 생각이 없었다. 폴란드인들이 많이 사는 그 중산층 거리 가운데에 유대인들이 모여 있었다. 독일군들이 그 유대인들에게 춤추고, 뜀뛰기를 하고, 옷을 벗고 노래를 하라고 시키고 있었다. 몇몇 사람들은 박자를 맞춰 손뼉을 쳐야 했다. 군인들은 때리고 고함치며 그들을 부추겼다. 유대인들 무리 가운데서 한 늙은 유대인이 거의 벌거벗은 채로 한 발로 몸의 중심을 잡고 위를 올려다보며 주인에게 간청하는 곰을 흉내 냈다.

스타시에크와 나는 웃으며 구경하는 군중 속에 있었기에 내게 보이는 건 그 잘난 체하며 히죽거리는 군중들의 얼굴뿐이었다. 스타시에크가 내 소매를 잡아당기자 나는 그의 손을 떼어냈다. 우리는 유대인 완장을 차고 있지 않았다. 하지만 나는 발각되지 않으려고 계속 히죽거렸다. 유대인인 우리는 위험한 불장난에 익숙지 않았다. 나는 도망쳐야 한다는 걸 알고 있었다. 그러나 그 웃음소리를 듣고 싶었고 조끼를 입은 대머리 남자가 군중 속에서 배를 붙잡고 웃는 모습을 지켜보고 싶었다. 내가 정말 보고 싶었던 건 학살자와 희생자가 아니라 그것을 보고 있는 군중들 때문이었다. 스타시에크가 다시 내 옆구리를 찔렀지만 이미 너무 늦었다. 거리가 봉쇄됐다. 군인들이 어깨를 나란히 하고 가까이 오자 갑자기 침묵이 내려앉았다. 대머리 남자는 웃음을 멈추고 놀라서 좌우를 돌아보았다. 이후 주변의 폴란드인들이 체포되고 그들을 실은 트럭이 달려가자 그 벌거벗은 유대인이 천천히 옷을 입는 것이 보였다. 그는 미끼 역할일 뿐이었다. 그 날 나치들은 폴란드인들을 쫓고 있었던 것이다.

그 날 나는 바르샤바의 화젯거리였던 커다란 회색 감옥인 파비아크에 처음으로 들어갔다. 나로서는 처음으로 체포됐던 것인데 아마 나는 폴란드인으로 체포될 운명이었던 모양이다. 스타시에크 보로프스키는 평소처럼 사람 좋게 말했다.

"우리가 유대인 완장을 꺼내 보여주면 보내줄 거야. 마르틴, 한 번 해볼래? 너는 언제나 알고 싶어 했잖아. 이건 엄청난 기회야."

나는 입을 꾹 다물었다. 마당에는 우리 같은 사람들이 수백 명이 모여 있었다. 우리는 작은 그룹으로 나뉘져 발로 채이고 고함을 들어가며 축축한 복도들을 지나갔다. 스타시에크와 나는 붙어 있으려고 애를 쓰다가 사람들이 넘쳐나는 어느 감방으로 차례로 떠밀려 들어갔다. 움직이기도 힘들었다. 사람들이 훌쩍거리고 울었다. 담배를 좀 달라고 부탁하는 사람들도 있었고, 서로 큰 소리로 질문을 퍼붓는 사람들도 있었고, 그 유대인들 책임이라며 욕하는 사람들도 있었다. 나는 채광창이 있는 것을 보고 그쪽으로 가까이 가려했다. 감방 저쪽 끝에서 누군가가 소리쳤다. "닥쳐, 이 바보들아!"

그 목소리가 우리더러 진정하라고 명령했다. 사람들이 모두 서서히 그 말에 복종하면서 마침내 모두가 자리에 앉았다. 그 말을 한 사람은 30대에 접어든 죄수였으며 뺨에 기다란 흉터가 있었고 더러운 회색 고수머리가 눈을 거의 가리고 있었다. 그의 말투를 듣고 그가 바르샤바의 불량배라는 걸 알 수 있었다. 나는 그와 이야기하려고 했다. 내가 '탈출'이라는 말을 입에 담자 그는 참지 못하고 웃어대더니 그냥 잠이 들었다. 그러나 나는 그의 옆에 그대로 있었다. 감옥에서 해결책을 아는 사람은 나이 든 악당들이었기 때문이었다. 나중에 그 불량배 시비가 이야기를 시작했다. 그는 감옥에 있은 지 석 달째라고 했다. 술을 마시고 형사 한 명을 폭행했다가 결국 사랑하는 파비아크로 오게 됐다고 했다. 그는 파비아크 감옥이 마치 여자나 되는 것처럼 말했다.

"너는 파비아크를 떠날 수 없어. 하지만 너는 그녀를 좋아하고 그녀도 널 좋아해. 그녀는 널 잊지 않을 거야. 너는 늘 마지막에는 파비아크로 돌아오게 되지. 언제나."

다음 날 우리는 감옥 구내 마당에 모두 모였다. 나는 시비 가까이에 있었다.

"너희들은 일하러 여기 왔다." 내게는 보이지 않는 누군가가 고함을 쳤다. "폴란드는 독일과 전쟁을 시작해서 우리 독일군 동지들을 죽이고 있다. 폴란드인들은 노동을 해서 그 빚을 갚아야한다."

스타시에크와 나는 조심하면서 꼼짝 않고 기다렸다. 우리는 그들이 언제든 죽여도 되는 유대인이기 때문에 우리에게 어떤 일이 닥쳐올지 알아내려고 신경을 곤두세웠다. 폴란드인 위병이 담 옆에 탁자들을 갖다놓고 타자기를 가져오자 우리는 눈치를 챘다.

"완장 말이야, 우리가 몸수색을 당할 경우에 대비해야지." 스타시에크가 말했다.

나는 주머니에 손을 넣어 우리의 생사가 달려있는 천 조각을 움켜쥐었다. 손톱으로 천을 조각조각 찢고는 입에 넣었다. 스타시에크도 따라했다. 우리는 천 조각을 씹어넘기고는 마당에 줄지어 서 있는 죄수들 끝에 가서 섰다. 탁자 주위에는 군인 한 명이 소리치고 있었다.

"이름을 크게 말하고 주머니에 있는 걸 모두 꺼내놓아라. 하나라도 숨겼다가는 끝장이야!"

나는 가진 돈을 탁자에 내려놓았다. 나는 아무것도 없는 빈털터리가 되었고 스타시에크도 마찬가지였다. 하지만 우리는 또 한 번 목숨을 건지게 됐다. 다시 한 번.

우리는 몇 시간 동안 침묵 속에 기다렸다. 나는 담이나 지붕에 눈길을 주지 않으려고 애쓰며 하늘만을 바라보았다. 갑자기 나치 친위대가 나타났다. 우리는 검은 제복 차림인 군인들에 익숙해져 있었다. 그들 중의 하나가 얼마 전 거리에서 아기를 어머니에게서 빼앗았고, 그들 중 하나가 그 아기를 떨어뜨렸었다. 우리는 나치 친위대가 어떤 존재인지 다 알았다. 그들은 아무 말 없이 우리를 줄 세웠다. 폴란드인 위병들과 독일군들이 주인 주위에 몰려드는 개떼처럼 급히 달려왔다. 나치 친위대 사람들은 담 그늘에 계속 서 있다가 앞으로 나왔고 감옥 본관에서 검은 제복 차림의 장교들 한 무리가 나왔다. 스타시에크가 중얼거렸다. "저 사람이 히믈러*야." 장교들은 서로 잡담을 하다가 우리를 바라보고 소리내 웃는 사람들이 횡대로 서 있는 줄 앞에서 이리저리 걸어다녔다. 그러다가 우리가 있는 줄 앞에서 멈추었다. 내가 서 있던 줄에는 키가 매우 크고 여위었으며 검은 턱수염을 길게 기른 남자가 서 있었다. 교수나 의사처럼 보이는 사람이었다. 장교들이 그의 앞에서 멈춰섰다. 내 귀에도 간간이 말이 들려왔다.

"당신은 왜 체포됐나?"

"저도 무척 알고 싶습니다. 제국장관님."

그의 목소리는 교수의 목소리처럼 매우 신중했으며 마당으로 울려 퍼졌다가 나치 친위대 장교의 귀에 다다랐다.

"배신자들은 반드시 처벌받아야 한다, 부르쉐 교수."

"내 명예를 걸고 말하는데 나는 배신자가 아니오."

"너는 너의 조국을 배신했어."

"나는 조국을 절대로 배반하지 않을 거요."

웃음이 터지더니 장교들은 자리를 옮겼다. 검은 제복 단추를 목까지 단단히 잠가 여민 그 포동포동하고 덩치 작은 사람이 히믈러* 제국장관이란 말인가? 나치 친위대의 제국총통이며 살육자들의 왕이란 말인가?

트럭 몇 대가 멈춰섰다. 친위대 사람들이 우리를 트럭에 던져넣었다. 나는 시비를 따라갔고 스타시에크 보로브스키는 나를 따라왔다. 트럭 한 대마다 친위대 사람들이 탄 자동차 한 대씩이 뒤따랐다.

"시비, 우리는 반드시 도망가야해요." 내가 말했다.

"안녕, 파비아크. 안녕, 파비아크." 시비는 몇 번이고 말했다.

나는 그에게 수용소와 숲에서 처형한다는 걸 말해주었다. 그는 회색 머리카락을 뒤로 넘겨가며 내 말을 들었다.

나는 트럭이 스체슬리비체 역에 도착한 걸 알아차렸다. 그곳에서 나치 친위대원들이 고함을 치기 시작했다. 그들은 소총 개머리판으로 때리다가 두 번 하늘을 향해 발사했다. 그러자 우리는 양떼처럼 플랫폼으로 밀

---

*

히믈러 Heinrich Himmler(1900~1945), 독일의 나치 지도자 국가 비밀경찰 장관(1936~1945), 독일 제3제국의 권력 서열 제2인자였다.

려갔다. 나는 시비 곁에 붙어다녔다.

"시비, 저 사람들은 우리에게 총을 쏠 거예요."

우리는 가축운반용 화물차에 빼곡히 모여 탔다. 나는 문 근처에 있으면서 최대한 차 칸 벽 부분으로 천천히 다가가서 문의 나무를 시험 삼아 건드려 보았다. 밤이 됐다. 기절한 사람들도 몇 명 있었다. 드디어 기차가 움직이기 시작했고 환기가 좀 되면서 숨쉬기가 편해졌다.

"내가 칼을 가지고 있어. 네가 있는 쪽에 격자문이 있어. 밀어내!" 시비가 말했다.

우리는 조금씩 앞으로 나아갔다. 마침내 다리에 신선한 바람이 느껴졌다. 우리는 허리를 굽혀야 했다. 스타시에크가 다른 사람들의 몸을 뒤로 밀며 버텼다. 몇 사람이 어깨를 서로 맞대고 졸고 있었다. 시비가 행동을 개시했다.

"내가 뛰어내릴 게. 내가 너한테 몸을 기댈 테니까 나를 밖으로 밀어 줘. 뛰어내린 후에는 두 팔로 머리를 감싸고 가만히 누워 있어."

나는 그 말을 스타시에크에게도 전했다. 우리는 몸을 웅크렸다. 시비가 머리를 내밀고 몸을 구부리자 나는 그를 밀어주었다. 그러자 기차는 그대로 가고 있고 한 사람 자리만큼 공간이 넓어진 것 말고는 아무 일도 없었다.

"네가 먼저 해." 스타시에크가 말했다.

그가 나를 밀어주었다. 두 손에 자갈이 튀었지만 내가 떨어진 곳은 흙이었다. 딱딱하게 굳은 단단한 땅이었다. 몇 초 후, 총소리가 들리고 기차가 속도를 줄였지만 이미 거리는 멀리 떨어져 있었다. 스타시에크도 뛰어내렸을 터였다. 나는 시골길을 달려갔다. 풀들은 흠뻑 젖어 있었고 나뭇가지에 옷이 걸리곤 했다. 나무 울타리로 둘러싸인 개간지에 농장이 있었다. 그곳의 농부들이 나를 도와주었다. 농부들은 아무 질문도 하지 않고 내게 빵과 돈을 주었다. 나는 그들이 가르쳐준 대로 바르샤바 방향에 있는 숲속으로 도망쳤다.

아침이 되어 안개가 걷히자 들판 가운데 있는 지라르도프 역이 보였다. 나는 첫 기차를 탔다. 기차에는 통통하고 붉은 얼굴을 하얀 스카프로 감싼 여자 농군들이 가득 타고 있었다. 이곳 시골에서는 삶이 평화롭게 흘러가고 있었다. 나는 바르샤바 역까지 아무 일 없이 잘 갔다. 나는 다시 거지들과 누더기 차림의 아이들이 있는 낯익은 거리로 돌아왔다.

이틀 후, 아버지를 만났다.

"파비아크에 잡혀갔었어요."

나는 아버지에게 내가 경험한 최초의 대탈출에 대해 이야기했다.

"마르틴, 부주의했구나. 언제나 그렇게 운이 좋은 것만은 아니란다."

하지만 아버지는 내게 설교를 늘어놓을 시간이 별로 없었다. 최초의 비밀 작전에 막 가담을 한 상태였기 때문이었다. 아버지가 속한 단체가 바르샤바 교외의 한 식당에서 독일인 경찰 한 명을 살해했었다. 살육자로 알려진 경찰이었다. 그 때문에 바르샤바에 보복공격이 자행되고 있었다. 더 진한 공포가 도시를 괴롭혔다. 작전의 대가로 희생자가 자꾸만 늘어갔다.

내가 파비아크의 늙은 불량배 시비를 마지막으로 본 것은 그때 기차 안에서였다. 그리고 그날 밤 내가 뛰어내리게 도와주었던 내 친구 스타시에크 보로프스키도.

제3장

죽느냐 사느냐의 게임

　전쟁이 일어나서 내가 진정으로 태어나기 전, 아무 것도 모르던 시절, 우리는 숲속을 자주 거닐었다. 아버지는 숲을 기어다니는 개미떼를 방해하지 않으려 했다. 불그레한 빛을 띤 커다란 개미들은 행렬을 이루고 천천히 규율 바르게 이리저리 기어가고 있었다. 나는 개미탑까지 개미들을 따라가서 나뭇가지로 개미들이 들어간 구멍을 찔러 보곤 했다. 개미들로 가득 찬 그 덩어리에서 개미들이 우르르 도망치는 광경을 놓치고 싶지 않았다. 수천 마리나 되는 개미들이 허둥지둥 들락거리면서 순식간에 행렬 저 끝까지 그 혼란이 전달됐다. 아버지가 내게 소리쳤지만 소용없었다. 아버지가 내게로 다가왔다.

　"또 개미들을 건드렸군!"

　그러고는 아버지는 개미들의 작업과 자연의 질서와 함부로 훼방을 놓아서는 안 되는 이유를 설명했다. 나는 아버지 말은 귀담아 듣지 않고 그저 개미들만 지켜보았다.

10월초부터 우리는 바로 그 공포에 질린 개미들 같았다. 거리에서는 사람들이 삼삼오오 모여서 흥분한 몸짓으로 열변을 토했다. 집집마다 사람들이 들락거렸다. 누군가가 인도에 가구들을 쌓아놓으면 또 누군가는 그 가구를 위층으로 나르고, 또 누군가가 창문에서 던져버리곤 했다. 폴란드인들은 유대인들이 경매로 처분한 그림들을 놓고 말다툼을 했다. 내가 우리 집 마당으로 들어갔더니 어느 할머니가 입구에 앉아서 울고 있었다. 내가 지나가자 그 할머니는 나를 붙잡고 이야기를 하며 크게 소리쳤다. "나는 여기서 삼십칠 년을 살아왔어, 내 평생이지. 이제 모든 걸 두고 떠나야 한단다."

나는 감히 뭐라고 말할 수가 없어 그 자리를 피해버렸다. 침구와 짐들을 마차에 싣고 대담하게 떠나는 가족들도 많았다. 개미들이나 다를 바 없었다. 확성기를 단 트럭이 정기적으로 나타나 유대인 구역인 게토의 경계와 금지령, 예정된 이주 마감일 등을 발표했다. 게토 이주 1차 마감일은 10월 31일, 2차 마감일은 11월 15일이었다. 나는 그 모든 것을 보고 들었다. 아버지도 몇 번인가 왔다.

"그건 게토야. 저들은 우릴 더 괴롭힐 거야. 하지만 우리는 우리 민족끼리 있으면 잠시 동안은 견디기가 더 쉬워질지도 몰라. 잠시 동안은……"

우리가 가야 하는 곳은 밀라 가 23번지에 있는 건물이었는데 아버지가 비밀리에 쓰던 집이었다. 그러나 우리는 일정이 더 연기되거나 새로운 규정이 생기는 일이 없는지 확인하려고 마지막 시한까지 기다렸다. 하지만 확실한 건 하나도 없었다. 나는 그런 때에는 법도, 말도, 인생도 모두 불

확실하다는 것을 이미 배웠지만 아직도 더 배우는 중이었다. 폴란드인이 건 유대인이건 우리 모두는 운명과 기회의 지배를 받는 피조물일 뿐이다. 지엘나 가 31번지에서 나는 덩치가 크고 대머리인 하역인부가 창밖으로 가구를 던지며 웃는 걸 보았다. 브로니아 가에서는 눈이 초롱초롱한 한 유대인 아이가 외치는 소리를 들었다. "나는 독일인이에요, 나는 독일인 이라고요!"

그 아이의 새된 목소리가 내 귀를 뚫고 들어왔다. 한 노인이 그 아이의 머리를 쓰다듬으며 달래려 했지만 아이는 계속 외쳤다. 아버지는 늘 말했 다. "너는 분별력을 잃으면 안 된다. 늘 주의해라."

어머니는 즉시 떠나고 싶어했다. 나는 어머니를 껴안고 조용히 달랬 다. 어머니도 아버지처럼 우리가 밖에 나가지 말고 버텨내야 한다고 늘 말했다. 그 전날, 나는 치에프와 가에서 나치 친위대 무리를 만났었다. 그 들 중 책임자인 듯한 사람이 고개를 좌우로 흔들자 그의 주위에 서 있던 사람들이 웃었다. 나는 건물 출입구에서 출입구로 살짝살짝 몸을 숨기면 서 안전하게 거리를 두고 그들을 따라갔다. 그들이 도로 가운데를 걸어가 자 아무도 그 앞에 얼씬거리지 않았다. 그들이 어느 가게에 들어간 후 우 는 소리가 들려왔다. 울음소리가 계속 더 크게 들려오더니 여자 두 명이 발가벗은 채 옷을 움켜쥐고 뛰어나왔다. 같은 날, 더 멀리 있는 무라노프 스카 가에서는 스무 명 쯤 되는 유대인들이 벽에 붙어서 팔을 쳐든 채 기 다리고 있었다. 나는 그곳을 지나쳐버렸다. 거리마다 광분한 사람들이 가 득 차 서로 밀어붙이는 바람에 걷기도 힘들었다. 레슈노 가와 그지보프스 카 가에서는 사람들이 하도 **빽빽하게** 들어차서 팔꿈치로 사람들을 밀치 며 나아가야 했다. 아버지는 걱정하며 말했다.

"너는 밖에 나가면 안 된다. 지금 그들은 급습을 해서 사람들을 죽이고 있단다."

어머니는 눈물로 나를 말리다가 아버지에게 더 단호하게 내 발을 묶어 놓으라고 부탁했다.

"저는 알아야 해요."

나는 그 대답밖에 할 수 없었다. 나는 알고 싶었다. 그 벽돌담이 점점 높이 쌓아져 더 커지면서 우리를 봉쇄해버리는 걸 직접 보고 싶었다. 파리소프스키 광장 근처에서 보면 그 벽돌담은 감옥의 담같이 보였고 우리가 있는 구역은(아직도 게토라고 부를 정도가 못 된다고 확성기 목소리가 말했다) 감옥, 즉 바르샤바 유대인들의 파비아크가 될 터였다. 나는 그 속에 감금되기 싫었기에 돌아가는 사정을 알고 싶었다. 나는 군중들 사이를 걸어다니며 속으로 거듭 다짐했다. "잡히지 말자." 기분이 좀 좋아졌다. 날씨가 추워서 주위에 있는 사람들은 몸을 웅크리고 떨었다. 그래도 나는 추위가 느껴지지 않았다. 준비가 됐다는 느낌이 들었다. 나는 라이다크였다. 비슬라 강둑에서 만났던 그 고양이 라이다크는 자기를 가두게 내버려두지 않았다.

게토에서

11월 16일 토요일. 게토다. 어제 아버지는 우리를 데리고 밀라 가 23번지로 이사 왔다. 우리는 성당 근처 노볼립키 가를 지나면서 성직자 몇 명이 그 거리가 게토에 제외 되도록 청원하기 위해 서명을 받는 모습을 보았다. 모두가 자기 재산을 보호하려고 자기가 누렸던 삶에 매달리면서 몇 시간 동안 온갖 노력을 다하고 있었다. 프라가 광장의 유대인들은 트럭에 실려 게토에 왔다. 그들은 옷가방 몇 개말고는 아무것도 가진 게 없었다. 그들은 문밖 계단에 추위를 피해 모여 있었다. 아버지는 늘 말했다. "지금 필요한 건 연대의식이야. 그들에게 보여주어야 한다!"

나는 새로 옮겨온 아파트에 있는 방 네 개를 둘러보지도 않았다. 어머니와 남동생들을 보니 마음이 편했다. 우리에게는 우리만의 세계인 집이 있었다. 그러나 그냥 집에만 머물 수는 없었다. 일이 돌아가는 형편을 보고 싶었다. 아버지는 벌써 우리 곁을 떠났다. 아버지는 피난민들을 위한 안내센터를 조직하는 일을 하고 있었다. 아버지는 할 일이 있었던 것이다. 어머니가 나가지 말라고 부탁했지만 나는 어머니를 안고 입맞춤을 하며 안심시켰다. 어머니는 나에게 참 잘 대해주셨다. 동생들이 내게 매달렸다. 나는 웃고 농담했지만 아무 효과가 없었다. 그들을 위해서나 나를 위해서나 나는 바깥, 폭력이 난무하는 거리로, 다른 사람들이 살고 죽어가는 곳으로 나가야 했다.

11월 16일 토요일, 거리 구석구석마다 경찰들이 돌아다녔다. 푸른 제복을 입어 파랭이라고 불리는 폴란드 경찰들에게서 몇 미터 떨어져 철모를 쓴 독일군들이 따라왔다. 그 뒤에는 노란 완장을 차거나, 다윗의 별 표시가 있는 하얀 완장을 차고 독특한 벨트에 부츠를 신은 유대인 게토 경찰들이 따라왔다. 게토의 치안을 맡을 사람들이 그들인 까닭에 나는 궁금했다. 우리에게 우호적일까, 적대적일까? 그들은 행인들을 통제하고 가게 앞마다 길게 줄지어 선 사람들을 감독했다. 사방에 구경꾼들이 모였다.

캔버스 천으로 된 가방과 옷가방을 든 유대인들이 아리아인(비 유대계 백인) 구역 쪽에서 한 줄을 지어 폴란드인 경찰의 인솔을 받으며 입구 앞에 도착했다. 독일군들이 한쪽으로 비켜섰다. 그 유대인들은 지쳐있었고 추레했으며 아이들은 발을 질질 끌고 있었다. 저들은 어디서 온 걸까? 아마 프라가에서 왔을 것이다. 남자들은 독일군에게 모자를 벗어 경의를 표했다. 그 유대인들 중에서 한 젊은 남자가 모자를 벗지 않았다. 독일군들이 그를 보더니 뭐라고 명령을 내렸다. 행렬이 멈춰지더니 그 젊은이가 끌려나왔다. 줄에 서 있는 사람들은 아무도 그를 쳐다보지 않았다. 군인 한 명이 소총 개머리판으로 그의 모자를 벗겨 떨어뜨렸다. 초소 앞에서 팔짱을 끼고 서 있던 독일군 장교가 그 장면을 지켜보았다. 폴란드인 경찰이 젊은이가 길에 쓰러질 때까지 때리더니 유대인 경찰을 불렀다. 독일인 장교가 앞으로 걸어 나와서 명령을 내리자 군인들이 껄껄대고 웃었다. 얼마 후, 유대인 경찰이 상처 입고 쓰러져 있는 그 젊은이의 몸에다 대고 소변을 갈겼다. 그런 후, 유대인들은 다시 행진을 시작해 떠났고 군인들도 다시 길 한가운데서 잡담을 시작했다.

날레프키 가에서는 전차가 보였다. 전차 두 대가 방금 게토로 향하는 문을 통과했는데 바르샤바 아리안 구역에서 오는 전차와 크라신스키 공원에서 오는 전차였다. 첫 번째 전차의 승강구에는 독일군 한 무리가 타고 있었다. 그들은 게토가 동물원이거나 한듯 소리내 웃으며 모여 있는 군중들을 노려보았다. 두 번째 전차의 승강구에는 폴란드인 경찰관이 버티고 서서 전차가 게토를 통과하는 동안 아무도 타지 못하도록 감시하고 있었다. 전차에 탄 폴란드인들은 게토를 통과해서 다른 지역으로 가는 중이었다. 날레프키 가와 게시아 가의 모퉁이에 전차가 이르렀을 때 한 남자가 뛰어내리더니 군중 속으로 사라졌다. 나는 전차 뒤를 따라 달려갔다. 전차는 자멘호파 가를 따라 똑바로 달려가다가 지카 가에 있는 게토의 문에서 속도를 줄이고는 게토의 경계를 넘어서 계속 진행했다. 나는 되돌아서 자멘호파 가, 게시아 가, 날레프키 가를 달려왔다. 또다시 전차 두 대의 뒤를 따라갔다. 전차 한 대는 이쪽 정문에서 저쪽 문까지 게토를 통과해가며 날레프키 가에서 지카 가까지 운행하는 게 확실했다. 폴란드 경찰 한 명이 전차가 게토를 지나갈 때 게토 안의 사람들이 내리거나 타는 것을 막고 있었다. 하지만 전차를 타거나 내릴 수만 있다면 게토를 들락날락할 수 있는 건 확실했다.

나는 그날 밤 잠을 설쳤다. 다음날 아침 일찍부터 날레프키 가 쪽 정문 근처로 가서 망을 보았다. 계속 지켜보면서 전차 몇 대는 그냥 보냈다. 이른 아침이어서인지 전차 앞쪽 승강구에는 독일군이 없었다. 그들은 바르샤바의 매춘부들과 자고 있었다. 나는 게시아 가의 모퉁이에 자리를 잡았다. 전차가 덜컥거리며 다가왔다. 굳이 쳐다볼 필요도 없었다. 전차가 모퉁이를 돌려고 속도를 줄이는 소리가 들리더니 곧 첫 번째 전차가 게시아 가로 들어오는 모습이 보였다.

전차가 왔다. 승강구가 바로 앞에 있었다. 나는 뛰어올랐다. 전차는 계속 움직였다. 나는 승강구에 서 있었다. 폴란드인들은 나를 보는 것 같지 않았다. 그들은 외면하고 있었다. 벌써 자멘호파 가였다. 인도에 사람이 넘쳐 도로까지 사람들이 나와 있었다. 침울하고 비참한 사람들이었다. 전차는 밀라 가를 통과했다. 바람이 상쾌했다. 나는 그들의 법을 우롱하고 공포로부터 벗어났으며 감옥에서 탈출해서 살아 있다고 외치고 싶었다. 전차 지붕 위 쇠막대가 전선에 닿아 삐걱거리는 소리를 들으니 기운이 솟았다. 아직 게토를 벗어나지는 않았지만 나는 해냈다. 자멘호파 가가 끝나는 곳에서 전차가 속도를 줄였다. 지카 가 쪽 정문이 가까워지고 있었다. 나는 승강구에서 몸을 웅크렸다. 전차가 멈추었을 때 한 독일군이 보였지만 나치 친위대는 아니었다. 그도 승강구로 올라오다가 나를 보았다. 그 여위고 나이 든 얼굴, 그 숱 많은 회색 눈썹을 어떻게 잊을 수 있을까? 우리는 오랫동안 서로를 바라보았다. 그러더니 그가 나를 보고 눈을 찡긋했다. 전차가 다시 출발했다. 나는 게토를 벗어났다. 나는 인정 있는 사람을 만났던 것이다.

게토 밖에서

전차가 바르샤바 서쪽을 향해 가는 동안 나는 유대인 완장을 주머니에 넣어두었다. 내 목숨이 위태로워진 건 틀림없었지만 나는 그들의 법을 어겼기 때문에 자유로움을 느꼈다. 그들이 나를 죽인다 해도 자유로운 나를 죽이게 될 것이다. 그 점이 모든 것을 변화시켰다. 나는 공동묘지를 지나자마자 전차에서 뛰어내렸다. 사람들이 서로를 밀치고 다니지 않는다는 것만으로 거리가 텅 빈 듯한 느낌이 들었다. 아버지의 말을 빌리면 '굶어 죽으려고' 바르샤바와 타지방 유대인들이 게토로 들어오면서 게토는 거주자가 50만 명에 이를 정도로 인구과잉인 상태였다. 게토의 개미탑에서는 늘 사람들이 부딪치고 서로 밀치고 다녔다.

평온하고 넓은 바르샤바 아리안 구역에서는 거리를 다니는 행인들도 느긋해 보였고 조용하고 우아하게 움직였다. 나는 공포와 굶주림에 찌든 눈들을 잊어버렸다. 신시가지에 있는 카페들마다 사람들이 가득 차 있었다. 독일군들은 낄낄거리는 여자들과 거리를 한가로이 거닐고 있어서 가끔씩 구걸하거나 후다닥 달려가는 아이들 무리만 보이지 않았다면 전쟁 전 평화로울 때와 비슷했다. 그 아이들은 나처럼 게토의 담을 이미 넘어와 있던 유대인 아이들일 터였다. 하지만 나는 거기에 구걸하러 간 것은 아니었다. 나는 '탈출'이라는 행위로 게토라는 감옥에 저항한 것이다. 나는 그 살육자들보다 더 강했다. 나는 그들이 있어도 그들에게 저항하며 내 마음대로 할 수 있었다. 나는 이곳의 공원에서, 비슬라 강의 둑에서 힘을 추스르고 싶었다. 게토는 나무도 없이 콘크리트와 아스팔트로만 이루어진 세계였던 탓이다. 우리에게는 공원을 누릴 자격마저 없었다. 그래서 나는 크라신스키 공원을 거닐었다. 스비엔토예르스카 가 너머로 게토의 담과 보초를 선 독일군들이 보였다. 자신의 힘과 생각을 정확하게 아는 건 좋은 일이다. 나는 달리고 싶었다. 나는 바깥에 있었다. 이제 들어가고 싶었고 다시 나오고 싶었다. 그러면 살아 있다는 기분을 느낄 것 같았다.

나는 들루가 가의 길게 쭉 뻗어 있는 길을 따라 돌아왔다. 그 거리에는 아버지와 함께 우리 가족이 자주 들렀던 제과점이 있었다. 하얀색으로 꾸며진 가게 정면을 보고 바로 그 제과점임을 알아차렸다. 고골레프스키 제과점이었다. 가게 앞에 줄 서 있는 사람은 아무도 없었다. 거기서 상당한 값을 치르고 빵을 조금 사서 허겁지겁 먹었다. 그러고는 치즈케이크인 세르니크를 좀 사고 아버지가 우리를 위해 사오곤 했던 별식인 바야데르키를 좀 샀다. 그런 후 테아트랄니 광장 앞에 있는 정거장에서 전차를 기다렸다. 광장의 담 위로 웅대한 틀로마츠키에 시너고그의 지붕이 보였다. 나는 흰 빵을 안은 채 원기 왕성해져서 자진해서 전차를 타고 게토로 돌아가고 있었다. 게토로 들어가기 전 마지막 정거장에서 폴란드인 경찰이 두 번째 전차의 승강구로 뛰어올랐다. 나는 그의 근처에 있었다. 통통한 몸집인 그는 나에게는 관심이 없었다. 나는 그를 힐긋 볼 엄두도 못 냈지만 그의 옆에 그대로 있었다. 내게는 아직도 돈이 좀 있었다. 도박을 해야 한다. 그가 가죽으로 된 종을 잡아당기자 전차가 다시 움직였다. 도박이다. 나는 아무 말 없이 그의 손을 건드리고는 지폐 몇 장을 슬며시 쥐어주었다. 그는 지폐를 구기더니 주위를 둘러보지도 않고 주머니에 집어넣었다.

날레프키 가 쪽 정문에서 그 폴란드인 경찰이 신호를 하자 속도를 줄였던 전차가 속도를 높였다. 전차가 다시 게토 안으로 돌아왔다. 나는 게시아 가 모퉁이에서 전차에서 뛰어내렸다. 앞서 떠났던 첫 번째 전차가 아슬아슬하게 시야에서 사라져갔다. 나는 완장을 다시 팔에 찼다. 주위에는 다시 딱딱한 표정인 사람들, 쉴새없이 말을 하는 사람들, 거지들이 보였다. 나는 빵을 품에 안고 케이크는 손에 든 채 게시아 가를 따라 걸어갔

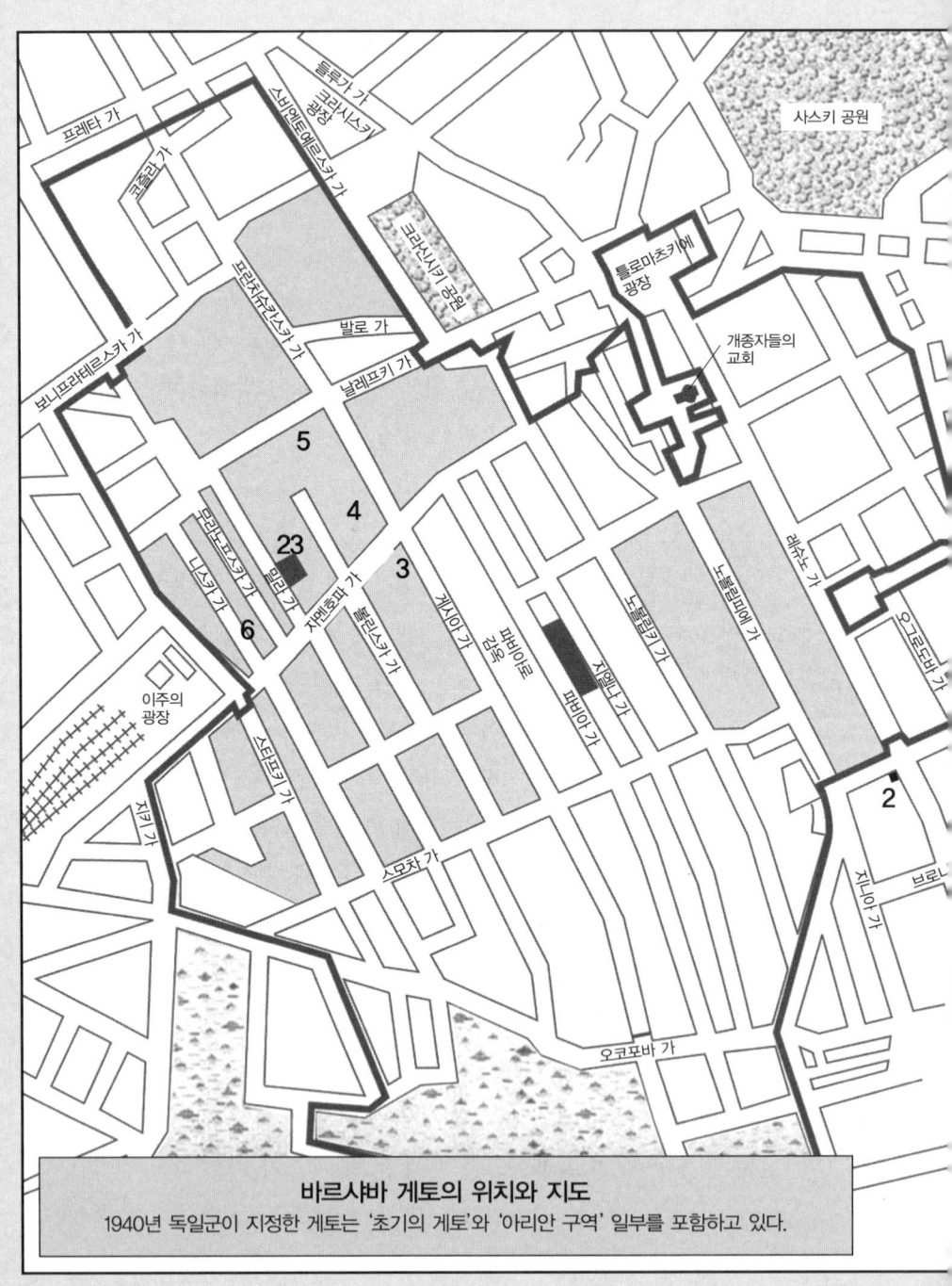

바르샤바 게토의 위치와 지도

1940년 독일군이 지정한 게토는 '초기의 게토'와 '아리안 구역' 일부를 포함하고 있다.

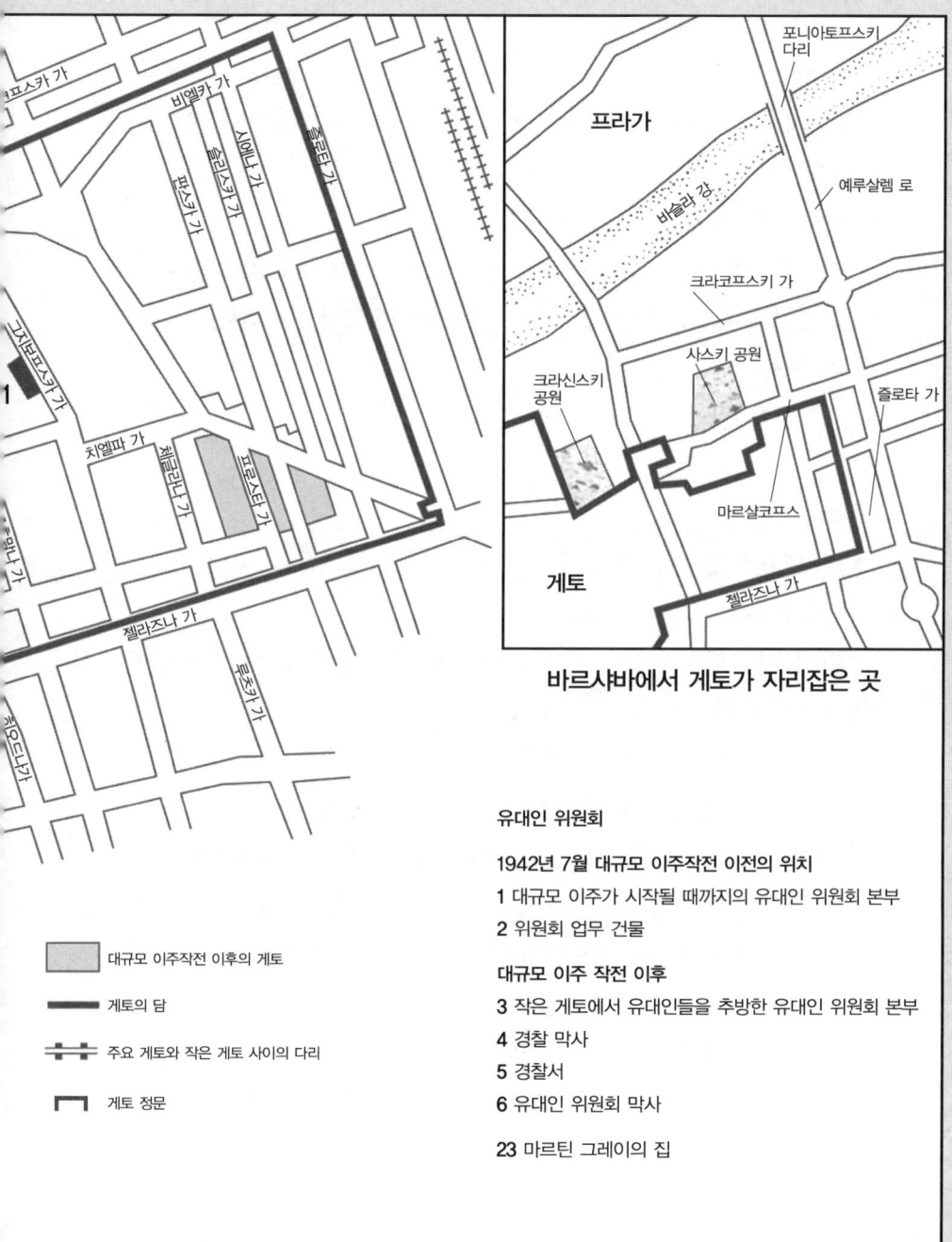

바르샤바에서 게토가 자리잡은 곳

유대인 위원회

1942년 7월 대규모 이주작전 이전의 위치
1 대규모 이주가 시작될 때까지의 유대인 위원회 본부
2 위원회 업무 건물

대규모 이주 작전 이후
3 작은 게토에서 유대인들을 추방한 유대인 위원회 본부
4 경찰 막사
5 경찰서
6 유대인 위원회 막사

23 마르틴 그레이의 집

대규모 이주작전 이후의 게토

게토의 담

주요 게토와 작은 게토 사이의 다리

게토 정문

다. 사람들이 나를 바라보았다.

"얼마냐?"

한 남자가 내 소매를 건드리며 물었다. 멋진 코트와 모자 차림인 나이든 사람이었다.

"여기 있지 마라, 나를 따라와."

그는 나를 팔꿈치로 살짝 찌르며 어느 집의 현관 쪽으로 이끌었다. 나는 경계를 하며 도망갈 수 있도록 오른쪽으로 몇 계단 올라갔다. 그나마 안심이 되었다.

"내가 살게. 얼마냐?" 그가 물었다.

"저는 빵만 팔 거예요."

"얼마냐?"

나는 꽤 높은 값을 불렀다.

"하나에 900그램씩이나 돼요."

그는 듣지도 않고 지갑을 꺼냈다. 바깥에는 우중충한 행색의 사람들이 있었고 발소리와 목소리들이 들렸다.

"나는 구매자야. 네가 가져오기만 하면 내가 매일 사마. 이게 내 주소다."

그가 지폐 몇 장과 쪽지 하나를 건네고는 빵 두 덩어리를 코트 안에 집어넣었다. 나는 그가 가는 모습을 보았다. 키가 커서 군중 속에서도 모자가 위로 보였지만 이내 승강구에 폴란드 경찰과 독일군이 서 있는 전차가 지나가면서 그의 모습도 가려졌다. 나는 사람들을 피해 아까 그 집 현관 입구로 다시 가서 그날 있었던 일들을 정리해 보았다. 나의 멋진 날, 굉장한 경험들을 말이다. 아까 그 남자와 대면했을 때 도망가려고 봐두었던 그 계단 첫 칸에 앉았다. 그러나 그 유복하고 점잖은 노신사는 내 빵에만 관심이 있었을 뿐이었다. 나는 내 손을 바라보았다. 그가 준 즐로티, 내 돈이 된 즐로티가 가득했다. 나는 전차를 타는 도박을 했고 독일군과 폴란드 경찰에게 도박을 했으며 내 인생까지 걸고 도박을 했는데도 모두 이겼다. 이 돈은 내가 받은 상품이었다. 나는 소리내 웃었다. 지폐는 분명히 내 손에 있었다. 아까 내 돈을 받았던 그 폴란드인 경찰의 통통한 팔이 옆에 있는 것만 같았다. 게토를 떠나려고 도망쳤고 자진해서 돌아왔던 유대인 아이가 주는 돈을 그 폴란드 경찰은 받았던 것이다. 내 생명을 걸고 도박을 했기에 새로 얻은 즐로티는 별 의미가 없었다. 그것은 내가 받은 상 중에서 가장 작은 것일 뿐이었다.

옛날, 아버지는 내게 시가를 건네주곤 했다. 우리 둘 사이의 놀이였다. 내가 시가를 깊이 빨아들여서 둥글게 피어오르는 연기에 둘러싸인 채 푸른 카펫에 주저앉으면 아버지는 소리내 웃곤 했다. 그럴 때마다 나는 머리가 핑핑 돌아가는 느낌을 받았는데 지금도 그런 기분이다. 행복감과 공포와 확신이 한꺼번에 소용돌이 쳤다. 나는 내 생각들을 하나씩 하나씩 차분하게 정리해야 했다.

나는 도박을 했고 한 번뿐일지는 몰라도 살육자의 제복을 입은 남자에게도 인정이 있다는 걸 알았고, 또 자기를 증오하는 사람에게도 뇌물이 가능하다는 걸 발견했다. 그러니 도박에서 이긴 셈이다. 그 사람들도 비슬라 강둑에 있는 진흙처럼 내 마음대로 빚어 만들 수 있는 진흙과 같다는 것을 알아냈으니 이긴 것이다.

볼린스카 가와 자멘호프 가가 만나는 모퉁이에 한 유대인 가족이 옷가방 몇 개를 주위에 둘러놓은 채 보도 연석에 앉아 있었다. 물건도 챙기지 못하고 저항도 못한 채 프라가에서 트럭에 실려와 여기 내려진 유대인들인 듯했다. 머리를 땋은 어린 소녀가 앞쪽을 뚫어지게 바라보고 있었다. 나는 길을 건너가 그 소녀의 무릎에 케이크 두 개를 놓아주었다. 별것 아니었지만 내가 자유롭게, 사는 듯이 살기로 결심했으니 다른 사람들의 삶도 조금은 도와주어야 했다. 자기만을 위해 산다는 게 무슨 소용이겠는가?

집 문 밖에서 아버지가 나를 기다리고 있었다. 어떤 남자가 아버지와 함께 있었다.

"너 늦었구나. 너무 늦었어." 아버지가 말했다.

아버지는 모든 사실을 즉시 알기가 두려운 듯 나를 외면했다.

"이 분은 첼마예스터 박사로 의사 선생님이시다. 우리 2층에 사시는 이웃이지. 우리는 가난한 사람들을 돕는 빈민구호위원회를 조직하는 중이란다."

나는 아버지의 말을 귀담아 듣지 않았다. 아버지는 나와 비슷했다. 살아남고 싶어했고, 싸우고 돕고 싶어했다. 나는 아버지에게 설명해야만 했다. 우리 두 사람 사이에서는 모든 것이 투명해야 했다.

"아버지, 저는 게토 바깥에 갔다 왔어요."

아버지와 그 이웃은 아무 말 없이 나를 말똥말똥 바라보았다. 나는 두 사람에게 케이크 봉지를 보여주었다.

"고골레프스키 제과점이군, 들루가 가에 있는 것 말이야." 첼마예스터 박사가 말했다.

아버지는 긴장한 얼굴로 내 말을 들었다. 나는 아버지에게 군인, 폴란드 경찰, 빵에 대한 이야기를 모두 다 했다. 아버지는 잠자코 있었다.

"그들이 우리를 굶겨 죽일 거라고 아버지가 말씀하셨잖아요. 우리를 목 졸라 죽일 거라고요."

나는 아버지가 화가 났다는 걸 느끼고는 더 큰 소리로 한 번 더 말했다.

"그런데 너는 그 일을 혼자 할 수 있다고 생각했다는 거지? 열다섯 살

된 아이가?"

그 때 나는 아버지에게 처음으로 반항했다. 속으로는 괴로웠다.

"난 누가 내 목을 조르게 내버려두지 않을 거예요, 아버지. 난 빵을 가져올 거예요. 우리는 그냥 앉아서 굶어죽진 않을 거예요."

나는 두 사람에게 다가갔다.

"우리는 이 사람들이 굶어죽지 않게 할 거라고요!"

첼마예스터 박사가 나직하게 말했다. "너는 체포됐을 수도 있어."

"차라리 체포되는 편이 낫지요."

두 사람은 입을 꾹 다물고 잠자코 있었다. 밀라 가에는 인적이 끊겼다. 우리는 아무 말 없이 위층으로 올라갔다.

"우리는 저 아이를 믿어야만 해요." 박사가 자기 집으로 가면서 말했다.

아버지와 나만이 계단에 남게 되자 아버지가 말을 꺼냈다. 내가 아버지보다 두 계단 위에 서 있었기에 아버지는 올려다보며 말했다. 나는 기분이 좋기도 하고 난처하기도 했다. 아버지가 말할 때마다, 수세에 몰릴 때마다 나는 아버지의 얼굴을 내 두 손으로 감싸고 '아버지, 저를 믿으셔도 돼요.'라고 다정하게 말하고 싶었다. 내가 가족들을, 아버지를, 내 동족을, 게토 전체를 모두 구하게 될 것 같은 기분이 들었다.

"그들이 사람을 죽이는 자들이라는 걸 너는 알아야 한다. 그들은 우리들 다수를 멸종시키려고 해. 굶겨 죽이고, 죽도록 노동을 시키려고 한다. 그걸 제발 알아라, 마르틴."

아버지는 더 설명했다. 그들을 이기기 위해서 우리는 싸우고 인내해야 하고 굴복하지 말아야 하지만, 필요하다면 속이는 방법도 알아야 한다고 말했다. 나는 귀 기울였다. 아버지가 말하는 내용이 바로 내 계획이었고 내 계략이었다.

"하지만 아버지, 살아남으려면 먼저 우리는 먹어야 해요. 저는 그 일에 신경을 쓰려고 해요." 아버지가 껄껄 웃었다.

"너 용기가 대단하구나." 아버지가 나를 계단 위로 밀었다.

"그럼, 잘 해봐라, 이 밀수꾼아."

밀수꾼 마르틴

아버지가 정곡을 찌르는 말을 했다. 나는 매일매일 밀수꾼 노릇을 했다. 전차에서 뛰어내리고 올라타면서 완장을 셔츠 안에 숨겼다가 다시 찼다가 하면서, 뇌물을 받고 '협력'해줄 사람들을 알아보고, 팔 만한 물건을 찾아내고, 그것들을 팔고, 비용과 이익을 계산했다. 그런 일들이 이제 내 생활이 되었다.

나는 통금시간이 끝날 때쯤 아직 추운 밤일 때 출발해서 전차를 살펴보곤 했다. 그날 아침엔 어느 폴란드 경찰이 근무할까? 더 기다려야 할 때도 있었고, 금방 좋은 기회를 잡을 때도 있었고, 요행에 맡길 때도 있었고 후퇴할 때도 있었다. 하지만 나는 도박을 했다. 하루에 몇 번이나 게토의 담을 넘어갔다가 돌아오곤 했다. 하루에 몇 번이고 내 생명을 걸고 도박을 했던 것이다. 하지만 나는 살아 있는 기분이었고 자유로웠다. 매번 나들이를 할 때마다 일하는 방법이 더욱 완벽해졌고 새로운 계획들이 연이어 떠올랐다. 생명이 위험에 처했을 때면 두뇌가 더 빨리 작동하는 법이다. 이제는 연줄도 생겼고 거래처도 생겼으며, 바르샤바의 아리안 구역에서 정식으로 물건을 공급해주는 사람과 단골도 생겼다. 위조문서들도 만들었다. 위조한 통행증 덕분에 무사했던 적도 벌써 서너 번이나 됐다. 그 통행증에는 내가 아리안 구역에 살며 순수한 폴란드인의 피가 흐르는 젊은이라고 보증돼 있었다. 날씨가 추웠지만 나는 작은 성모상 메달이 달린 가느다란 금 목걸이가 보이도록 목이 트인 셔츠를 입었다. 나는 저녁마다 카톨릭 미사에 쓰이는 라틴어로 된 주요 기도문들을 외웠다. 내 목숨이 몇 마디 말에 달려 있었던 탓이다.

게토에 있는 사람들이 춥고 굶주렸던 탓에 나는 이익을 많이 냈다. 크리스마스 전 며칠은 기온이 영하 17도까지 내려갔다. 카르멜리츠카 가에서 누더기 차림인 아이들이 삼삼오오 모여서 손을 내밀고 있는 것이 눈에 띄었다. 게토 도처에서 굶주린 고아들이 떼를 지어 다니며 구걸하고 있었다. 그 아이들은 무료급식소마다 진을 치고 있었다. 나는 줄 게 있으면 주었다. 밀라 가에서는 다리가 빼빼 마른 어린 소녀가 추위로 얼굴이 빨갛게 된 채 저녁마다 나를 습관처럼 기다리곤 했다. 그 소녀는 움직이지 않고 그냥 나를 바라보기만 하다가 슬며시 사라지곤 했다.

게토에서 불리는 노래 가사 중에 '거머리들이 우리 피를 빨아들이네.' 라는 구절이 있었다. 나는 이를 갈며 끊임없이 혼잣말로 그 가사를 되뇌었다. 그들은 굶주림과 추위와 노동, 그리고 잔인함을 통해 우리를 멸종시키려했다.

레슈노 가에 있는 정문에서 유대인 노동자들 한 무리가 집으로 돌아가고 있었다. 그 거리는 일제검거가 잦은 곳이어서 위험한 곳이었다. 그 노동자들은 아리안 구역에서 일을 했다. 지치고 볼이 홀쭉한 그들에게 독일군 보초병들이 늑대 떼처럼 덤벼들어서 소총 개머리판으로 위협하고 욕을 퍼부으면서 억지로 무릎을 꿇렸다. 그러더니 노동자들의 몸을 수색해서 빵 덩어리들, 감자, 작은 밀가루 포대들을 빼앗아 길바닥에 쌓았다. 보초병들은 노동자들에게 그 물건들을 게토의 담 바깥쪽으로 던지게 했다. 빵 덩어리를 몰래 조금 떼어내던 노동자들은 구타당했다.

그들은 우리가 죽기를 바랐다. 나는 가끔 물건을 팔고 내 배를 채우는 게 부끄러웠고, 행인들에게 들러붙는 시체 같은 아이들이나 죽어가는 거지들, 화장을 덕지덕지한 여자들이 손을 내밀며 억지로 웃는 모습들을 볼 때 부끄러웠다. 이런 상황에 어떤 도움도 안 되는 나 자신이 부끄러웠다. 가끔 나는 인도에 드러누워 추위와 배고픔으로 죽어가는 게 마땅하다는 기분이 들 때도 많았다.

그러나 부끄러움은 오래가지 않았다. 그들은 우리 모두가 죽기를 바랐지만 적어도 나를 포함한 몇 명의 생명을 빼앗아가지는 못할 터였다. 아버지가 야누시 코르차크 의사선생의 고아들에 대해 말했던 적이 있었다. 그 의사의 도움으로 수백 명이나 되는 아이들이 굶주림을 면할 수 있었다. 나는 능력껏 돈과 곡식을 가지고 왔다. 내가 그것들을 주면 어머니와 첼마예스터 부인이 식품을 나눠주는 일을 맡았다. 하지만 내가 구해주는 양으로는 언 발에 오줌 누기였다. 우리 게토는 지옥같이 비참했다. 오십만 개나 되는 상처로 고통 받는 병든 사람과도 같았다. 사람들마다 배고픔과 추위, 절망으로 울부짖었다. 우리는 살아남으려고 광분하는 개미떼와도 같았다. 폴란드인 보초병들과 독일군들, 그 죽음의 병사들은 우리가 담 안에서 썩어가고 죽어가는 것을 지켜보고 있었다. 우리가 게토를 탈출하려거나, 감옥과도 같은 게토 정문을 통과해 가려고 하면 그들은 우리를 죽일 터였다. 그들 중 선한 사람들이 눈을 찡긋하며 묵인해주는 일이 더러 있다 해도 결국은 아무 소용이 없었다. 그들은 우리가 죽기를 바랐다. 나는 나대로의 방식으로 그들의 의도대로 이루어지는 걸 막기 위해 몸부림쳤다. 게토의 생활이 이어질 수 있었던 까닭은 담을 넘어 다니는 사람이 나 하나만은 아니었기 때문이다. 사방에 밀수꾼들이 있었다. 아리안 구역 사람들도 게토로 들어와서 물건들을 팔고 갔다. 그들은 단단한 돈(금)이나 무른 돈(지폐)을 받았다. 아리안 구역 사람들과 접촉할 수 있는 곳은 코즐라 가에 있는 한 지붕 밑 방이었다. 50만 명이나 되는 사람들을 계속 추적하고, 그들을 일거에 죽이는 일은 아무리 살육자들이라 해도 쉬운 일은 아니었다. 그러나 그 살육자들은 열심이었다. 그들은 가게를 열고 공장을 돌렸다. 그래서 우리를 노예처럼 부렸다. 우리는 살육자들의 거대한 군대를 위해 군복과 군모, 허리띠들을 만들어냈다.

내가 점점 이기적으로 변했고 죽어가는 사람을 보면서도 멈추지 않고 길을 계속 갔다는 말은 사실이다. 복수를 하기 위해서는 어떤 대가를 치루더라도 나는 살아남아야 했기 때문이었다. 그리고 살아남기 위해서는 죽어가는 사람을 살피려고 멈춰 서지 말아야 했다.

이기심은 그들이 내게 심어준 무기였다. 나는 그것을 거머쥐고 이용했다. 내가 사랑한 사람들을 위하여.

시간이 흐르면서 나는 싸우는 일에 능란해져 갔다. 나는 자루를 하나 들고 전차 승강구로 뛰어오르곤 했다. 근무중인 폴란드 경찰은 사정을 잘 알았다. 전차가 나를 내려주려고 게시아 가의 모퉁이에서 속도를 줄여주는 때도 있었다. 그러면 난 물건을 파는 가게나 아파트로 달려갔다. 말 몇 마디, 몸짓 몇 번에 자루가 비었고 내 손에는 즐로티가 들려 있었다. 그러면 나는 또다시 한탕 하기 위해 날레프키 가로 돌아갔다. 손에는 폴란드 경찰에게 뇌물로 줄 돈을 접어 준비한 채.

나는 지쳤지만 의기양양하게 밀라 가로 돌아오곤 했다. 달콤한 과자를 가지고 돌아왔으며 가끔 오렌지도 사왔다. 아버지는 오래 전부터 아무 말도 하지 않았지만, 나를 걱정하면서도 존중한다는 느낌을 받았다. 어느 날 아버지에게 돈을 좀 주었다. 아버지가 아리안 구역에서 빚진 만큼의 액수였다. 아버지는 내게 고맙다고 말했지만 아버지가 그 돈을 받아줘서 내가 얼마나 기뻤는지 알지는 의문이다. 나는 싸우고 살아가는 어엿한 남자였다. 하지만 그 일은 힘에 겨웠다. 밀라 가 23번지에서 나는 이웃 친구인 파벨과 마주쳤다.

"파벨, 나를 좀 도와줘."

나는 우리 집 마당에서 파벨에게 내가 무슨 일을 하는지 알려주었다. 그는 안경을 끼고 곱슬머리에다 시오니스트 조직인 하쇼머 핫자이르*의 대원인 전형적인 지식인이었다. 내 말을 들은 파벨이 확신이 안 서는지 고개를 가로저었다. 나는 그를 안심시켰다.

"너는 담을 넘지 않아도 돼. 그렇게는 못 하겠지. 너는 유대인인 게 금방 드러나니까."

그가 소리내 웃었다. 아직도 확신이 없는 모양이었다.

"판다고?" 그의 목소리에 경멸스런 기색이 묻어 있었다.

"살아가는 거지."

나는 한참 더 설명하고는 다시 물었다.

"어떻게 할래?"

마침내 그가 동의했다. 나는 속으로 웃었다. 나는 사람들이 어떤지 파악해가고 있었다. 내게는 사람들이 속속들이 보였다. 늙었건 젊었건, 어떤 옷을 입었건 상관없이 그들과 이야기하는 방법을 나는 알았다. 그들의 약점이 무엇인지 알고, 내가 그 점을 지적하면 그들은 내가 예상했던 대로 행동을 했다. 오로지 그들보다 더 빨리 생각하고 그들보다 먼저, 그들

※

하쇼머 핫자이르 Hashomer Hatzair, 청년 방위대. 사회주의자-시오니스트 청년 운동 단체로 1913년 오스트리아-헝가리 제국의 갈리시아 지방에서 창설됐다. 제2차 세계대전과 홀로코스트가 일어나자 하쇼머 핫자이르는 나치에 저항하는 데 역량을 집중했다. 하쇼머 핫자이르 바르샤바 지부장은 유대인 저항조직과 바르샤바 게토 봉기의 우두머리가 됐다.

을 위해 결심만 하면 되었다.

파벨과 나는 이제 한 팀이 되었다. 나는 전차에서 뛰어내리지 않아도 되었다. 내가 물건이 든 자루를 던지면 그가 돈이 든 빈 자루를 내게 건네 주었다. 나는 아리안 구역으로 가서 물건 사는 일만 하면 되었다. 파벨은 빈 자루와 돈을 가지고 정해진 장소에서 늘 기다리고 있었다. 우리는 저녁이면 그날 벌어들인 이익을 계산했다. 언제나 다른 사람들을 도와줄 돈을 먼저 따로 떼어놓았다. 코르차크 의사의 고아들이나 거지들, 혹은 게토에 차려진 빈민용 무료급식소 등의 곤궁한 사람들을 돕는 일은 파벨이 맡았다. 지폐 한 장 한 장이 내게는 승리를 의미했다.

파벨은 내가 위험을 너무 많이 떠맡고 있다고 생각했다. 하루에 한두 번이면 족하지 않겠냐는 게 그의 생각이었다. 왜 그렇게 정신없이 급하게 다니느냐는 거였다. 공모자가 되기로 합의할 게 분명한 경찰 한두 명, 즉 단골을 정해놓고 그들만 상대하지 않는지 의아해했다. 파벨은 내 기분, 내 열정을 이해하지 못했다.

그는 저녁마다 자기 방에서 나를 설득했다. 우리는 조용히 담배를 피웠다. 나는 피곤하지만 기분이 좋은 상태로 다음날이 오기를 조급하게 기다리며 그의 말을 귀담아 듣지 않았다. 그러다가 파벨의 여동생인 폴라가 들어오면 나는 드러내놓고 불평을 했다. 나는 거물이나 된 듯 담배 연기를 뿜어대며 거만하게 이리저리 걸어다녔다. 몇 시간 동안 폴라는 한 마디도 없이 나를 바라보기만 했다. 그러던 어느 날 저녁 폴라가 입을 열었다.

"마르틴은 열정이 넘쳐서 그러는 거야."

폴라는 나를 이해했던 것이다. 파벨은 어깨를 으쓱하더니 말했다.

"내가 게토 담을 넘는 건 아니니까. 너는 살아남고 싶다고 말하지만 요행수를 너무 많이 바라고 있어."

지폐는 여전히 탁자 위에 놓여 있었다. 나는 그 지폐더미를 '다른 사람들'을 위해 떼어놓았다.

"어제보다 더 많아, 파벨."

"하지만 네가 실패하면 내일은 한 푼도 없을지도 모르지."

나는 폴라와 함께 마당으로 내려갔다. 담과 담 사이에 있는 우리들만의 공간이었다. 바깥은 지독하게 추웠고 깜깜했다.

"파벨은 네가 걱정되는 거야. 함께 담을 넘지 못해서 미안한 거지."

갑자기 총소리가 들렸다. 몹시 추웠다. 우리는 집안으로 들어와 어둠 속에서 위층 지붕에 마련해 둔 방으로 올라갔다. 아버지와 내가 은신처로 준비했던 곳이었다. "아무도 모르는 일이야. 그들은 여기 게토에서조차 우리를 평화롭게 내버려두지 않아."라고 아버지는 말했었다. 폴라와 나는 오랫동안 서로 기대고는 아무 말도 하지 않고 거의 움직이지도 않고 있었다. 그러다가 다시 내려왔다.

"잡히지 마, 마르틴."

강도들에게 털리다

나를 잡은 사람은 군인들이 아니었다. 어느 날 아침, 평소처럼 공동묘지를 지나 전차에서 내렸을 때 나는 무사하다고 생각했다. 아무 문제 없이 정문을 통과했던 터였다. 나는 곡식 상인에게 제시할 가격을 벌써부터 생각하며 걸음을 재촉했다. 그들이 달려오는 소리를 들었을 때는 이미 늦었다. 모두 네 명이었다. 진짜 불량배다운 얼굴들이었다. 그들 중 얼굴이 얽은 불량배 하나가 바보같이 싱긋 웃었다.

"야, 정말 멋진 고양이 새끼인데. 야옹, 야옹."

그들은 내 팔을 잡고 공터로 끌고 갔다.

"자기 먹을 것만 챙기는 커다랗고 살찐 방랑자군."

그는 보드카 냄새가 나는 입김을 내 얼굴에 뿜었다.

'고양이, 방랑자.' 나는 그 말뜻을 알았다. 그 말들은 유대인을 의미했다. 변장한 유대인, 사기꾼들이 쫓아와 약탈해가도 괜찮은 상대였다.

"자, 말해 봐라, 유대인."

그들은 나를 둘러싸고는 떠밀었다. 나는 도망가려 했지만 그들은 나를 때려 쓰러뜨리고는 내 몸 위에 걸터앉아 몸을 수색했다. 그들은 돈을 찾아냈다. 키가 큰 불량배가 내 돈을 세면서 휘파람을 불었다.

"정말로 멋진 고양이 새끼인 걸." 그가 다시 말했다.

그들은 내 신발을 벗겼다. 한 명이 그 신을 신어 보았다. 그들은 나를 찰싹 때리고는 다시 몸수색을 해보더니 가버렸다.

"또 보자." 보드카 냄새를 풍기던 자가 한마디 했다.

비가 내렸다. 나는 아무도 없는 공터에 신발도 없이, 가진 걸 모두 빼앗긴 채 앉아서 분노와 모욕감으로 울었다. 살육자들이 설치는 것만으로는 부족한 듯했다. 냄새를 맡고 쫓아오는 악당들까지 있었다. 그들이 내게 처음으로 패배감을 느끼게 만들었다. 나는 내 거래 상인을 설득해서 돌아올 차비를 빌렸다. 폴란드 경찰에게 뇌물을 줄 돈까지는 없었다. 그래서 나는 조심스레 다시 전차를 타고 출발해서 폴란드 경찰들을 피하기 위해 나중에 뛰어내렸다. 그러나 그 불량배들은 나를 잊지 않았다. 그들은 우리의 불운을 먹고 번성했다. 한번은 그들에게서 탈출하려고 전력을 다해 달아났다가 경찰에 체포될 뻔했던 적도 있었다. 내가 감당할 수 없는 싸움이었기에 나는 언제나 졌다. 며칠 만에 세 번이나 그들에게 털리기도 했다. 얼굴에 상처가 생겨서는 안 되었기에 고함치거나 방어하지도 못했다. 얻어맞은 표시가 나는 남자는 경찰들의 의심을 샀던 탓이다. 그들은 나를 쫓아오다가 나를 궁지에 몰았을 때는 요란하게 웃어댔다.

　나는 괜찮은 상품이었다. 저항하지도 않았으니 말이다. 그들은 머리끝에서 발끝까지 몸수색을 한 후에는 때렸다.

　"고집 센 방랑자 녀석이군."

　그러던 중 나는 얼굴이 얽고 머리가 붉은 루디라는 불량배와 안면을 트게 됐다. 나는 그들에게 말을 해보려 했지만 그들은 돈을 세서 나누고 말다툼만 할 뿐 나는 안중에도 없었다.

　"곧 다시 만나자." 그들은 말했다.

　어느 날 저녁, 나는 호기심에 차서 그들의 뒤를 밟았다. 그들은 어깨를 거들먹거리며 행인들을 밀치고 걸어갔다. 그들은 걸어가는 한 젊은 유대인을 쫓아가서 팔을 흔들며 저항하는 그를 때려서 반쯤 정신을 잃게 하고는 골목에 놔두고 그냥 가버렸다. 하지만 나는 그를 돌보려고 걸음을 멈출 수 없었다. 그들은 마침내 들루가 가 끄트머리에 있는 카페 겸 레스토랑에 들어가서 술을 마시기 시작했다. 나는 그들을 뚫어지게 바라보았다. 그들은 술을 마시며 함께 웃어대고 있었다. 탁자 위에 있는 돈은 내 돈이었다. 그들이 잔에 부어 마시고 있는 건 내 목숨이었고 500미터 정도 떨어진 게토에 있는 다른 굶주린 사람들의 목숨이었다. 그 돈이면 그 사람들의 목숨을 며칠 정도 연장할 수 있었다. 불량배들은 그걸 마시고 있었다. 그들이 한 병, 두 병, 연이어 술을 주문하는 것을 인도에서 지켜보다가 나는 억지로 발을 돌려야 했다. 돌아오려면 돈을 구하고 생명의 위험을 무릅써야 했다. 그 동안의 모든 수고가 허사가 됐단 말인가? 아버지와 파벨, 폴라에게 어떻게 설명할 것인가.

　파벨이 거듭거듭 말했다. "개자식들, 돼지들! 비겁한 놈들!"

　나는 그의 말을 들었다. 마치 내가 직접 말하는 걸 듣는 기분이었다. 파벨이 한 말과 똑같은 말을 몇 시간째 나도 하고 있었던 탓이다.

"어쩌겠니? 그게 그 자식들이 사는 방법인 걸." 내가 말했다.

"그들은 또 하나의 장벽이야. 우리는 게토의 담을 넘었을 때처럼 그 장벽도 넘어야 해. 그런데 그건 더 어려울 게 분명해."

나는 다음 날 하루 종일 게토를 걸어다녔다. 사람들이 북적거리는 그 거리를 걷는 것도 오랜만이었다. 아이들은 쓰레기통을 뒤지고 있었고 한 여자는 죽은 아기를 품에 안고 노볼립키 가와 스모차 가가 만나는 모퉁이에서 구걸을 했다. 팔짱을 낀 품위 있는 남자와 화장을 짙게 한 여자가 도로 가운데서 노래를 했다. 살육자들은 재미로 사람들을 검거했다. 자기들이 힘이요, 법이었기 때문이었다. 어머니는 겁에 질려서 밖에 나가지 않았다.

나는 게토의 거리에 만연해 있는 공포와 비참함을 한동안 잊고 있었다. 공모자들이 탄 전차를 타고, 내게 협력하는 폴란드 경찰의 손에 지폐를 몰래 건네주어 잠시 내 생명을 그들에게 의탁하며 일할 때는 여기 게토의 거리에 있을 때만큼 불행하지 않았다. 다시 나가서 그 불량배들의 장벽을 넘어야만 했다. 그 단순하고 탐욕스러운 불량배들. 나는 줄곧 걷다가 집으로 가 뒤숭숭한 채로 잠들었다. 그들은 술을 마시기 위해 강도짓을 했다. 좋다, 그들에게 마실 것을 주면 될 것 아닌가!

계약을 맺다

나는 다음 날 첫 전차를 타고 게토를 떠났다. 함박눈이 내리고 있었고 담 너머 도시는 텅 빈 듯 고요했다. 내 수중에는 돈이 별로 없었지만 몇 즐로티를 신발 안에 접어 넣었다. 바닥에 구멍이 난 제일 나쁜 신발이었기에 축축하고 차가워 발이 얼어들었다. 브로니아 가에서 보드카 두 병을 사고는 그들이 잘 다니는 들루가 가의 카페 레스토랑 앞으로 갔다. 눈은 여전히 내리고 있었고 바람이 거리로 불어와 눈발이 휘날렸다. 눈을 피할 곳은 어느 가게의 문간 구석뿐이었다. 나는 불량배들을 욕하면서 그 망할 카페 안으로 수류탄을 던져 넣어 바르샤바에서 악당을 전부 쓸어내는 상상을 했다.

빨간 머리 루디가 목깃을 세운 채 제일 먼저 카페에 도착했고 다른 두 명이 서로의 등을 두드리며 곧 따라 들어갔다. 좀 있다가 제일 나이가 많고 얼굴이 얽은 자가 모피코트로 몸을 감싼 여자를 데리고 도착했다.

좀이 쑤셨지만 나는 고양이 라이다크를 떠올리며 참는 법을 배워야 한다고 스스로를 다독였다. 라이다크는 내가 고기 덩이를 던져주었을 때 고기를 보고도 몇 분이나 꼼짝 않고 기다리다가 단숨에 먹이를 낚아챘었다. 나도 그들이 술에 취해서 얼근해질 때까지 내버려두어야 했다. 그러면 내게 유리할 터였다. 눈이 내려 '방랑자들'을 사냥하지 못했으니, 갈증이 얼마나 심했을까.

나는 길을 건너 카페의 문을 열고 들어갔다. 갑자기 고약한 양배추 냄새와 어둑한 연기, 터키탕 안 같은 습한 공기에 둘러싸였다. 누군가 "문 닫아!"라고 소리쳤다.

내가 문 닫는 것도 잊었던 모양이다. 땀이 났다. 그들이 술이 있는 탁자에 둘러앉아 벽에 몸을 기대고 있는 게 보였다. 여자도 금발을 늘어뜨린 채 똑바로 앉아 있었다. 그들은 내가 들어온 줄도 몰랐다. 나는 그들의 탁자 끄트머리에 앉아서 붉은 라벨이 붙은 커다란 보드카 두 병을 꺼내 내 앞 탁자에 올려놓았다.

"나는 마르틴이에요. 가끔 미에테크라고 불리기도 하지요."

그들이 나를 보고 술병을 보았다. 여자는 궁금한 듯 그들을 힐긋 쳐다보았다.

"그 방랑자잖아." 루디가 알아차렸다.

"나는 마르틴이에요."

내가 첫 번째 병의 마개를 따자 그들은 각자 잔을 내밀었다. 내가 말을 꺼냈다. "난 오늘은 가진 게 하나도 없어요. 신발도 엉망이고요. 나는 사업 이야기를 하려고 왔어요."

얼굴이 얽은 남자가 조용히 웃었다. 그가 잔을 들어올렸다. "재수 없고 고집 센 방랑자 녀석이군! 너희 녀석들을 때리고 나면 늘 사업 이야기를 하자면서 다시 오지. 너희들은 모두 똑같아. 방랑자 자식들."

"당신은 누구세요?"

"스테판, 스테판 지오바크다. 곰보 지오바크지."

그가 또 작은 소리로 웃었다. 그들이 한 명씩 자기 이름을 밝혔다. 거인 미에테크로 알려진 미에테크 스코베르란 자도 있었다. 핼쑥하고 둥근 얼굴에 수염이 거의 없고 꿰뚫어 보는 듯 심술궂은 눈에 키가 180센티미터 정도 되는 남자였다. 마지막에 자기소개를 한 과묵한 남자는 바르샤바 감옥을 나온 후 모코토프라는 이름을 얻었는데 그 금발 여자 마리는 그의 여동생이었다. 내가 설명하는 동안 그들은 술을 마셨다. 나는 게토와 그 속에서 굶어죽어 가는 사람들 이야기는 하지 않았다. 그럴 필요가 없었다. 나는 보드카, 매일매일의 수익, 풍부한 음식, 이익이 보장되고 위험은 적은 일에 대한 이야기를 했다.

"나는 동업을 하고 싶어요. 그러면 우리 모두 이익을 얻을 수 있지요."

그들은 말없이 술만 마셨다.

"너는 정말 유대인이구나. 유대인 중의 유대인이야." 곰보 지오바크가 말했다.

마리가 작은 소리로 뭔가를 작게 속삭였지만 모두 그녀의 말을 들었고 내게도 들렸다. "돈이 어디서 나오건 무슨 상관이야. 방랑자들이 우리보다 영리하다면……."

"무슨 말이야?"

모코토프가 심각하게 말하고는 잔에 남은 술을 다 들이켰다. 나는 두 번째 병을 땄다. 속으로는 기쁨이 넘쳐 올랐다. 승리의 기쁨이었다. 이제 새로운 장벽을 넘게 될 터였다. 나는 도망다니는 젊은 유대인일 뿐이었지만 여기 지하세계의 남자들, 악당들, 이 강도들이 내 말에 귀를 기울이고 있었던 것이다. 나는 그들을 믿어도 되냐고 물었다. 곰보 지오바크가 소리내 웃더니 모토코프를 가리켰다. "이 사람은 무덤 모토코프라고 알려져 있지. 그러니 조그만 방랑자야……."

그는 날이 튀어나오는 나이프를 꺼내 탁자 위에 놓았다. "우리가 널 그리 좋아하지 않았다면 우리가 벌써 네 혀를 잘랐을 거라는 건 몰랐지? 아니면 네 시시한 꼬리를 자르거나 말이야."

그들이 모두 웃음을 터뜨렸다.

"하지만 이 놈 꼬리는 이미 싹둑 잘렸는 걸." 거인 미에테크가 말했다.

그들은 재미있어서 탁자를 주먹으로 내리쳤고 나도 따라 웃었다. 마리만 웃지 않고 시무룩한 표정을 하고 있었다.

"거인 미에테크가 이미 있으니까 너는 싹둑 잘린 미에테크라고 부르기로 하지."

우리는 왁자하게 웃음을 터뜨렸다. 나는 그들과 술잔을 나눴다. 기분이 좋았다. 그들은 단순한 사람들이어서 내가 그들의 리더이자 친구가 돼야 했다. 그건 의문의 여지가 없었다. 나는 내 계획을 대강 말해주었다. 그들이 나를 보호해주는 대가로 내가 매일 정기적으로 돈을 준다는 계획이었다. 그들은 나와 함께 게토로 들어오기로 했다. 폴란드인들과 마찬가지로 그들은 아무 위험 없이 전차를 탈 수 있었던 때문이다. 나머지는 내가 알아서 하기로 했다. 방랑자들을 노리는 악당들이 많았던 탓에 그들은 내 주위에 서서 그들의 주먹으로 나를 보호해주기로 했다. 그 대가로 나는 즐로티와 보드카, 맛있는 음식을 주기로 했다.

"담을 넘어오는 방랑자들은 점점 줄어들 거예요. 나와 함께 매일⋯⋯."

나는 보드카 한 병을 더 주문했다.

"기다려. 야디아."

거인 미에테크가 웨이트리스의 팔을 잡았다. 그 웨이트리스는 금발에 건강하고 혈색이 좋은 생기발랄한 아가씨였다. 오렌지처럼 신선하고 촉촉해보였다.

보드카 덕택에 용기가 생긴 내가 말했다. "야디아는 아름다워요."

그녀가 소리내 웃느라 머리채가 아래 위로 출렁거렸다.

"여기 싹둑 잘린 미에테크는 어떤 것 같아?" 지오바크가 물었다.

야디아는 더 크게 웃으며 나를 바라보았고 나는 기분이 아주 좋아졌다. 나는 웃고 싶었다. 평생 처음으로 여자의 가슴 사이에 얼굴을 묻고 싶었다. 나는 그녀의 눈을 바라보고 웃으며 그렇게 말했다.

"우리 일은 언제 시작하지?" 모코토프가 물었다.

미에테크가 야디아를 밀어냈고 나도 빨리 정신을 차렸다. 내가 이겼던 것이다. 무덤 모토코프는 그들의 우두머리였다. 그가 말할 때 다른 사람들은 조용히 있는 걸로 미루어 보면 확실했다. 루디는 손톱을 손질하다가 머리를 긁었다가 하며 계속 꼼지락거렸다. 거인 미에테크는 눈을 감고 편히 앉아 있었다. 그는 모토코프의 말을 듣지 않는 것 같았지만 사실은 긴장하면서 한 마디도 놓치지 않았다. 곰보 지오바크는 우리가 대화를 시작할 때부터 지었던 그 기분 나쁜 조용한 미소를 계속 띠고 있었다. 이상한 친구들이었으며 강도들이었지만 나는 점점 그들과 카페에 있는 일이 편하게 느껴졌다. 그들에게 나와 함께 일하자고 이야기한 일뿐 아니라 그들이 꾸밈없고, 군복을 입지 않았으며 법과 질서를 표방하는 사람들이 아니었기 때문이었다. 그들은 바르샤바의 인간 쓰레기였다.

그들은 내 돈을 뺏어갔고 방랑자들을 갈취했지만 게토의 담을 쌓은 자들은 아니었다.

매일 몇 번씩 나는 폴란드 경찰에게 돈을 찔러주었다. 즐로티 몇 장에 양심을 파는 소위 존경받는 경찰이었다. 루디, 거인 미에테크, 곰보 지오바크, 무덤 모토코프는 사기꾼이며 깡패들이었고, 강도에 불량배였으며 악당들이었지만 사람을 속이거나, 겉과 속이 다르지는 않았다. 그들은 음식과 술을 좋아했다. 그들은 물건을 훔쳤다. 그들은 진짜 악당들이었다.

"내일부터 시작합시다." 내가 대답했다.

나는 그들을 장악해야 했다. 그래서 우리의 동업이 성과를 얻는 걸 즉시 보여주어야 했다. 일을 어떻게 해나갈지 아직 확실하지 않았고 실패할까봐 겁에 질리기는 했지만 이제는 돌이킬 수 없었다. 우리는 그들이 나를 덮쳤던 묘지 근처 한 장소에서 만나기로 약속했다. 모코토프는 내 말을 끝까지 듣더니 병을 비우며 잔 두 개에 술을 채웠다. 우리는 술잔을 서로 부딪치고는 단숨에 마시고 동시에 탁자 위에 잔을 탁 내려놓았다.

모토코프는 나와 함께 나왔다. 눈이 아직도 내리고 있었지만 바람은 잠잠해졌다. 그가 몇 걸음 걸었다.

"너는 우리를 믿어도 돼."

그 말을 하고는 그는 돌아섰다.

싹둑 잘린 미에테크

나는 게토로 돌아왔다. 폴란드 경찰이 자기 몫의 즐로티를 챙기자 전차가 속도를 늦췄고 나는 뛰어내렸다. 눈이 내리는 가운데 거리에는 사람들이 북적거리고 아이들은 구걸을 하고 있었으며 눈 쌓인 인도에 있는 반쯤 벌거벗은 시체에 종이 몇 장이 덮여 있었다. 일상적으로 되풀이되는 일이었다. 위험과 지옥. 그 후의 몇 시간은 대단히 중요했다. 나는 문제를 정리하고 성공시켜야 했다. 혼자 하던 수공업에서 여럿이 하는 사업으로 바꾸어야 했고, 아마추어에서 프로로 전환하는 중이었다. 이제는 돈을 주어야 하는 직원이 생겼고, 그들을 계속 거느리고 싶으면 그들에게 계속 임금을 주어야 했으니 거래량도 늘려가야 했다. 톱니들이 서로 맞물리기 시작했다. 나는 성장해야 했고 그러지 못하면 죽을 터였다. 나는 파벨과 폴라에게 내 계획을 말해주었다. 그들 남매의 어머니에게 저축이 조금 있다는 걸 알았기에 다음 날 그 돈이 필요하다고도 말했다.

그러고는 아버지에게 가서 말했다. 아버지가 있는 곳을 나는 알았다. 아버지는 독일군들이 유럽 전역에서 이쪽으로 보내는 유대인들을 맞아들이느라 매일 바빴다. 유대인들은 나치의 제3제국이나 오스트리아에서 옷가방과 종이 상자를 들고 도착했다. 편견과 오만함으로 똘똘 뭉친 교양 있는 서구 유대인인 그들은 갑자기 우리의 감옥인 폴란드 게토를 맞대면해야 했다. 이곳은 한 번 힐긋 보았다가, 혹은 말 한마디 잘못했다가 목숨을 잃는 곳이었다. 추위로 동사하거나 아사하는 곳, 장티푸스로 괴로워해야 하는 곳이었다. 아버지는 그곳, 프로스타 가 14번지 접수센터에서 단치히에서 추방돼 온 사람들과 회의를 하고 있었다. 내가 들어가자 그들 중 한 명이 지팡이를 휘두르며 자기는 가톨릭교도이며 자기 아버지는 개종까지 했고, 자기는 유대인을 증오하며 성당이 있는지 알고 싶다고 고래 고래 고함을 질렀다. 나는 그의 얼굴을 주먹으로 치고 싶었지만 아버지는 조용한 목소리로 대답했다. "그지보프스카 가에 개종자를 위한 성당이 있습니다."

아버지는 나를 보고는 다가와서 불쑥 만면에 미소를 띠었다.

"아버지 중요한 일이에요."

아버지는 내 말을 들으면서 도리질을 하고는 입을 내밀고 찬성하지 않는다는 표정을 지었다. 하지만 아버지는 내게 반대하기를 포기한 지가 오래됐으므로 내가 말을 마치자 그냥 "뭘 원하느냐?"고만 물었다.

나는 아버지가 짐꾼들 우두머리를 소개해주길 바랐다. 그들은 게토의 수송시스템을 운영하는 배타적인 동업조합 회원들이었으며 거칠고 난폭한 남자들이었다. 그들 중 많은 사람들이 밀수를 했다. 그들도 가끔씩은 가난한 사람들을 도와주기는 했기에 아버지가 그들을 알고 있다는 걸 나는 알았다.

"마르틴, 그들은 게토에서 제일 질이 안 좋은 사람들이야."

나는 어깨를 으쓱 추켜올렸다. 그들이 질이 안 좋은 게 무슨 상관인가? 나는 그들이 필요했다. 우리 모두 그들이 필요했다. 아버지, 코르차크 의사의 고아들, 거리에 떠도는 사람들, 기도에 열중하는 하시딤들, 파벨이 내게 보여주고 폴라가 나누어주었던 작은 지하 신문을 인쇄하는 지식인들, 모두에게 그들이 필요했다.

바깥은 너무 어두워서 행인들끼리 서로 부딪칠 지경이었다. 독일군들은 이미 완전한 등화관제를 명령했으며 러시아와 전쟁을 한다는 소문도 돌았다. 아버지와 나는 코즐라 가의 낮은 건물 맞은편에 서 있었다.

"내가 들어가마. 너는 기다려라. 내가 말을 꺼내 보겠다만 그 이상은 바라지 마라. 그러고 나면 나는 갈 거다."

나는 아버지에게 고맙다고 말했다. 그건 내 사업이었으며 다음 일을 처리하는 건 내게 달린 일이었다. 나는 공터에서 몰아치는 차가운 바람을 맞으며 잠시 서 있었다. 바람이 담에 부딪치며 윙윙거렸다. 아버지가 나를 불렀다.

"그 사람들이 너를 기다리고 있어."

아버지가 내 어깨를 토닥였다. '해봐라, 내 아들, 해봐. 성공해라. 네가 옳은 일을 하고 있다고 생각하니 잘 해봐라.'라는 뜻이었다.

거의 텅 빈 아파트에 목이 굵고 어깨가 넓은 사람들 네 명이 있었다. 한 사람은 뺨 한 쪽에 커다란 흉터가 있었다. 내가 들어가자 네 사람 모두 나를 주시했다. 그날이 내가 유대인과 아리아인들로 이루어진 제대로 된 지하세계로 들어간 날이었다.

"그래, 네가 우리 동네에서 놀아 보려고 왔다며, 애송이야, 응?"

나는 그 말에는 대답하지 않고 벽에 기댄 채 용건을 꺼냈다. 고상한 말을 할 필요도 없었고 돈 이야기만 했다. 전차로 운반해 온 물건 자루를 게토에 있는 내 고객에게 전달할 때마다 꽤 많은 돈을 지불하겠다는 이야기였다. 그들이 걱정할 건 하나도 없다. 그냥 전차가 속도를 줄일 때 그곳에 있기만 하면 된다. 내가 그들에게 자루들을 던질 것이다. 자루들을 빨리 집어서 정리하면 된다. 그게 그들이 할 작업이다. 그런 내용이었다. 나중에 나는 그들의 이름을 알게 됐지만 그들은 그날 저녁에는 자기소개를 하지 않았다. 그들은 카트 담당 트리스크, 장님 같은 얀클레, 꺽다리 키베, 원숭이 하임이었다. 그들은 내 말을 듣고는 내가 제시한 가격을 저울질해 보다가 결국 고개를 끄덕이며 찬성했다.

"내일 네 물건을 운반해 줄 짐꾼들이 나올 거다. 하지만 딱 하루만이다. 어떻게 돌아가는지 볼 거야. 그걸 보고 다음에 어떻게 할 건가를 결정하도록 하지." 얀클레가 말했다.

그게 내가 바랐던 전부였다. 지금은 일의 바퀴가 돌아가게만 하면 됐다. 나는 파벨과 폴라를 만나러 갔다. 그들이 돈을 가지고 있었던 탓이다. 모든 게 준비돼 있었다. 파벨은 볼린스카 가와 무라노프스카 가 사이에 있는 자멘호파 가에 있으면서 직선 차로에서 짐을 내리는 일을 맡기로 했다. 우리는 빨리 움직여야 했다. 짐꾼들은 자루들을 치우기만 할 거였기 때문이다. 나는 운전사가 전차 속도를 줄이게 하는 일을 맡았다.

나는 옷도 벗지 않고 침대에 누웠다. 지치고 아프기까지 했다. 전에 없이 담배를 많이 피우고 술을 잔뜩 마신 상태였다. 무엇보다도 몇 달 전 같으면 상상도 못했을 거친 사람들인 곰보 지오바크, 장님 같은 얀클레, 무덤 모토코프 같은 사람들을 만났던 터였다. 나는 그들과 함께 사업을 하고 보드카 잔을 부딪쳤다. 꿈에 웨이트리스 야디아가 나를 자기 가슴에 껴안는 꿈을 꾸었다. 나는 이상한 시대에 살고 있었다. 모든 것이 가능했다. 한 시간에 열 살을 먹을 수도 있었다. 한 순간만 방심해도 죽음의 신에게 먹히는 시대. 운명이 자기 앞길에 예비한 나치 친위대원의 변덕에 따라 발에 차여 죽을 수도 있는 시대였다. '가능하다'와 '불가능하다'는 단어는 이제 바르샤바에서는 아무 의미도 없는 말이었다. 감옥을 나온 후 별명이 생긴 그 불량배들을 나는 믿어야 했다. 법을 대표하는 경찰에는 반항해야 했다. 세나토르스카 가에 살던 도련님 중 하나였던 내가 밀수꾼이 돼 빨간 머리 루디와 거인 미에테크를 고용했다. 나, 마르틴. 일 년 전만 해도 눈물이나 닦아내던 내가 싹둑 잘린 미에테크가 돼 있었다.

사업을 시작하다

그들은 약속한 장소에 와 있었다. 나는 거인 미에테크와 무덤 모코토프가 문간에 앉아 있는 걸 보았다. 루디는 몇 미터 떨어진 곳에서 담에 기대서 있었고 곰보 지오바크는 혼자 떨어져서 평소처럼 미소 띤 표정으로 담배를 피우고 있었다.

"너를 막는 건 없어. 마음 놓고 일해 봐." 지오바크가 말했다.

나는 대답 대신 고개만 끄덕였다. 그날 아침 나는 그들을 상대로 주도권을 확립해야 했다. 술을 마시고 농담을 나누던 시간은 끝났다. 이제 우리는 일을 하고 있는 거였다. 그들이 내 주위로 모여들자 나는 독일인 경찰들은 두 시간마다 교대하며, 폴란드인 경찰들은 네 시간마다 교대하고, 유대인 경찰들은 일곱 시간마다 교대한다는 사실을 알려주었다. 어떤 경찰이 뇌물을 먹일 수 있는 '협력자'인지 그들도 알아야 했다. 나는 이미 협력자들과 일해 왔지만 이 불량배 친구들은 새로 익혀야 했다. 눈을 퍼부을 듯 낮게 깔린 우중충한 구름 아래서 우리는 출발했다. 내가 빠르게 걸어가자 지오바크가 따라오면서 숨을 헐떡였다.

"방랑자, 이건 달리기 시합이 아니야. 이러다가 죽겠네." 그가 말했다.

"살이 빠질 걸요. 그럼 술을 더 즐길 수 있죠."

나는 가면서 더 자세히 설명해주었다. 자루 몇 개를 들고 가느라 내가 늦었는지 네 명이 기다리고 있었다. 우리는 적당한 전차를 골라 탔다. 전차 승강구에 올라탄 폴란드 경찰은 '협력자'였다.

불량배 친구들이 자루들 앞에 벽처럼 둘러섰다.

그들이 구경하는 게토에 대해 나는 몇 마디 설명을 해주었다. 자멘호파 가에 이르자 나는 자루 몇 개를 전차 밖으로 던졌다. 그곳에 우리에게 협력하지 않는 독일인이나 경찰이 있다면 달리 방법이 없었다. 우리는 전차에서 내리지 않을 터였다.

"너는 착한 폴란드인이 됐어. 그러니 방랑자가 아닌 거지."

그들은 웃었다. 나는 그들을 내편으로 끌어들였다. 나는 원하는 것을 확실히 알고 있었다. 그게 나의 힘이었다.

　우리는 일을 시작했다. 한 번, 두 번 전차를 타고 돌고 나니 곧 평범한 일과처럼 돼버렸다. 하루에도 열 번씩 생명에 위험을 느끼는 일상사였지만 일상적인 건 맞았다. 열 개도 넘는 자루를 승강구에 실은 적도 더러 있었다. 1톤이나 나가는 믿기 힘든 물량이었다. 불량배 친구들은 험상궂은 얼굴에 단호한 표정을 짓고 난폭한 장애물 역할을 하면서 물건을 지켰다. 전에 나 혼자 벌던 돈보다 세 배, 네 배 많은 돈이 들어왔다. 나는 경찰, 짐꾼들, 전차 운전기사, 전차 차장에게 돈을 지불했다. 게다가 독일군들, 미에테크와 모코토프, 루지, 지오바크에게도 돈을 주었다. 자멘호파 가에서 자루를 건네주는 일은 언제나 내가 했다. 파벨이 짐꾼들을 안내하는 모습을 보았다. 나는 한번 끙 하고 용을 쓰고는 곡식이 든 자루를 들어올렸다. 자루에 든 부드럽고 따뜻한 곡식이나, 밀가루, 설탕의 감촉을 느끼면서 내가 느낀 기쁨과 자부심이 어땠는지 누가 알겠는가? 그 자루들은 내 민족, 게토의 사람들을 위한 것이었다. 내가 자루들을 전차에서 내릴 때 불량배 친구들이 주위에 서서 지켜주었다. 일이 끝나는 데는 몇 분밖에 걸리지 않았다. 그들은 나의 병력이었다. 그리고 그들은 보수를 두둑이 받았다. 그 어느 때보다 더 술을 많이 마시고 배부르게 먹었다. 그리고 그들은 게토에 대해서도 알아갔다. 그들은 아무 말도 하지 않았지만, 나는 모코토프가 승강구에 다가오는 거지 몇 명에게 돈을 쥐어주는 모습을 보았다.

　그들은 방랑자 운운하며 지껄이기를 멈췄다.

　몇 번인가 우리는 다른 불량배 패거리들과 싸웠다. 거인 미에테크는 불량배 여럿을 머리가 금이 가도록 때렸다. 자기의 계약을 지키려고 한 짓만은 아니었다. 지오바크는 그들을 죽이고 싶어 했다. 모코토프와 내가 끼어들어 말렸다.

"말로 싸워야 해. 싸우면 주위의 이목을 끌게 된다고." 내가 모코토프에게 말했다.

곰보 지오바크는 탁자에 칼을 꽂고는 말했다.

"그놈들도 이해하겠지."

나는 내 걱정이 무엇인지, 계획이 무엇인지 설명했다. "우리는 다른 불량배 패거리 중 제일 강한 자들과 힘을 합쳐야 한다. 그렇지 않으면 누군가가 우리를 게슈타포에게 밀고할 것이다. 그들이 거절하면, 아마도……." 나는 말하다가 손으로 칼을 가리켰다. 모코토프는 바르샤바의 슬럼가를 돌아다녔다. 주먹이 망치 같은 덩치 큰 권투선수인 영리한 자메크, 농부 바체크 등이 차차 우리 편이 되었다. 농부 바체크는 진짜 농부 출신으로 어느 날 자메크를 찾아 바르샤바에 왔다가 부지불식간에 불량배가 된 사람이었다. 그에게는 도시에서 일한다는 건 갖가지 방법으로 강도질을 한다는 의미였다. 농부 바체크는 시골뜨기일지는 몰라도 그 덕분에 우리는 시골에서 곡식을 직거래할 수 있게 됐다. 가끔 우리는 말 두 마리가 끄는 화물 운송용 마차를 끌고 프라가에 있는 동부 역에서 그를 기다렸다. 그러면 그가 시골 사람 몇 명을 데리고 나타나곤 했다. 경찰이 훤히 보는 앞에서 몇 분 만에 우리는 자루를 싣고 떠났다. 그 후 연약하고 표정이 예민하며 '새'라는 별명을 가지고 있는 프타셰크도 우리 편이 됐다. 그는 맞서느니 내 편으로 만드는 게 좋을 사람이었다. 타고난 염탐꾼인 그는 촉촉한 눈으로 나를 지그시 바라보며 달콤한 목소리로 말했다. 나는 거인 미에테크가 알려줘서야 그가 계속 무슨 말을 하는지 알았다. "우린 방랑자가 필요 없어. 저 꼬맹이 유대인이 없어도 우린 똑같이 일할 수 있다고."

모코토프가 그를 몇 번 때렸지만 프타셰크는 변명도 않고, 농담인 척 말을 돌리지도 않았다. 빨간 머리 루디에게 그를 지켜보는 일을 맡겼다. 하지만 나는 지오바크가 가진 날 튀어나오는 주머니칼을 눈여겨 볼 때가 잦아졌다.

이 사람들이 나에게 충성하게 하려면 내가 먼저 그들에게 충성심을 보여야 했고 그들이 나를 존경하게 해야 했다. 존경이란 내가 그들에게 겁을 준다고 얻어지는 게 아니었다. 나는 아무것도 아니었다. 내가 한 일, 내가 얻은 것들 때문에 내가 존재했고 내 존재가 의미가 있었다. 말 한마디면 게슈타포나 보초병들, 혹은 폴란드인들이 나를 잡아갈 수 있다는 걸 그들은 알았다. 한마디만 불면 나는 사라질 터였다. 나는 덩치 큰 불량배들에게 심하게 대하지 않으려고 애썼다. 그들은 언제든지 주먹이나 칼을 쓰는 데 거리낌이 없었다. 창의적인 의견, 이익금, 우정으로 불량배들을 통솔해야 했지 공포를 조장하는 방법은 쓸 수 없었다. 겁을 먹은 사람은 나였다. 가끔 내가 옛날의 내 모습으로 돌아갈 때면 내 주위에 앉아 있는 불량배들이 악몽과도 같이 느껴졌다. 나는 톱날 필라를 잘 쳐다보지도 못했다. 그는 이마가 좁고 눈이 가까이 붙어 있으며 턱이 약한 전형적인 범죄자의 얼굴을 하고 있었다. 그는 폴란드에 있는 감옥이란 감옥에서 다 탈옥한 사람이었다. 그는 구두에 나무 손잡이가 달리고 날이 좁은 드라이버를 숨기고 다녔다. 톱날 필라가 팔짱을 끼고 전차 승강구에 서 있으면 다른 승객들은 그를 지나쳐서 얌전하게 좌석에 앉았다. 미에테크, 모코토프, 루디, 지오바크, 바체크, 자메크, 그리고 필라가 있으면 아무도 우리에게 시비를 걸지 않았다. 수상한 승객들이 승강구 주위에서 얼쩡거리면 모코토프나 거인 미에테크가 와서 그들이 전차 안쪽으로 들어가도록 말 없이 밀어냈다.

나는 조용히 승객들 사이에 끼어들어서 신문을 읽는 척하며 승강구에서 일어나는 일을 지켜보았다. 폴란드 경찰이 돈을 받았나? 독일군이 탔나? 매번 전차를 탈 때마다 나는 목숨을 건 도박을 했다. 그러나 매번 전차로 왕복할 때마다 나는 비장의 수를 모아갔다. 이제 나는 진짜 폴란드인 악당처럼 보였다. 옷도 그들처럼 입었고 챙이 위로 젖혀진 작은 흰색 모자와 목이 긴 부츠를 신었다. 성모상이 달린 금 목걸이는 넥타이를 매지 않은 셔츠 깃 사이로 보이게 했다. 신문으로 몸을 가리고 있으면 나는 천진해 보였다. 아무 해도 끼치지 않을 겉만 번지르르한 젊은이. 나는 내 젊음을 이용했다. 전차가 정문을 통과해서 게토가 그 드러난 상처들을 보이면 나는 점점 긴장했다. 전차는 곧 날레프키 가와 게시아 가의 모퉁이를 돌고 그 다음엔 게시아 가와 자멘호파 가의 모퉁이를 돌아서 직진했다. 뇌물을 풍족히 먹은 협력자인 운전사는 속도를 늦추었다. 나는 신문을 내리고 볼린스카 가의 모퉁이를 내다보았다. 때가 되었다. 기회를 놓치면 나는 죽는다. 나는 승강구로 뛰어갔다. 이 때쯤이면 거인 미에테크가 자루 하나를 길에 던져놓을 때였다. 그 자리에 짐꾼이 있었다. 한 자루, 또 한 자루. 인간의 생명이 초 단위로 재어졌다. 아무도 말을 하지 않았다. 구경꾼들이 놀라서 바라보았다. 자루 하나는 도로 가져가야 했다. 파벨이 돈이 든 자루를 건네주곤 했다. 짐꾼들은 군중 사이로 흩어져갔다. 옥수수가 든 큰 자루 두 개가 머리를 짧게 깎은 청년이 끄는 자전거 택시에 실린 것이 보였다. 몇 초 만에 내 열정, 내 생명, 생사가 걸린 일이 아슬아슬하게 끝났다. 나는 다시 좌석으로 돌아가 앉았다. 그러고는 언제 나를 밀고할지도 모르는 폴란드인 승객들과, 독일인들에게 협박을 받고 나를 불어버릴지도 모르는 폴란드 경찰들과, 기습적으로 점검하는 자들의 관대한 처분을 바랐다.

하지만 나는 내가 판 함정에 빠졌다. 파벨, 폴라, 아버지, 그리고 어머니는 물론 모코토프까지 모두 나의 행동을 제한하고, 담을 넘어 다니는 일을 막으려고 했다. 나는 그들이 하는 말을 들은 척도 하지 않았다. 게토의 담을 넘어가고 살육자들에게 도전하고 그들을 바보로 만드는 일이 예전보다 더 커져서 삶의 전부가 되었다. 나는 목숨을 걸고 그 일을 했지만 게토의 생명줄인 곡식 자루들을 나르는 일을 그만 둬야 한다면 나는 죽는 편이 나았다. 내 방식대로 싸우는 일을 멈추는 건 존재하기를 멈추는 일일 터였다. 그래서 나는 하루에 열 번이라도 담을 넘었다. 지폐가 쌓여갔다. 나는 그 돈을 주위에 나누어주었다. 아버지는 외화를 사들였고 나는 그것을 아리안 구역에서 환전했다. 이익이 급증했다. 게토의 접수센터와 코르차크 의사의 고아들에게도 몫이 돌아갔다.

나는 자루들을 점점 더 빨리 던졌고 내 행동도 점점 더 정확해져 갔다. 전차 안에서 나는 조심해가며 내 조직, 일하는 체계에 완벽을 기하는 방법을 생각했다. 아무도 제대로 빨리빨리 움직이는 것 같지 않았고 짐꾼 몇 명은 움직임이 서툴렀다. 자루가 터져서 곡식이 사방으로 흩어질 때도 더러 있었다. 행인들이 흩어진 곡식에 달려들어 주머니에 채워가기도 했다. 나는 짐꾼인 파벨, 원숭이 카임, 얀클레 등에게 욕을 퍼부었다. 잃어버린 물건들 때문이 아니었다. 돈 몇 푼은 문제가 되지 않았다. 아이들이나 거지들이 곡식을 한 알도 남김 없이 주워갔다. 그 아이들은 무엇이 없나 자루가 터졌던 그 마술 같은 장소에 다시 와서 수없이 찾아볼 게 뻔했다. 나는 짐꾼들이 모든 일을 위험에 빠트렸기 때문에 욕을 했다. 독일군은 멀리 떨어져 있지 않은 법이다.

다중인격

어느 날 게토에 손님들이 왔다. 휴가중인 군인들이 담 안에서 우리가 죽어가는 걸 구경하려고 왔다가 고함을 질렀다. 내가 자루를 들고 있는 걸 본 것이다. 콩이 든 자루였다. 짐꾼들은 짐을 놓고 도망쳤다. 나는 아주 잠깐 머뭇거리다가 뛰어내릴 기회를 놓쳤다. 전차가 멈춰 섰다. 군인 두 명이 벌써 전차에 올라탔다. 그들은 연발권총을 쥐고 고함치며 나를 붙잡았다. 전차가 다시 움직였다. 나는 붙잡혔다. 전차가 곧 지카 가에 있는 게토 정문에 이르렀고 초소와 경찰이 보였다. 협력자인 운전사는 내게 도망칠 시간을 벌어주려는 듯 전차를 천천히 몰았다. 그러나 어떻게 내가 도망칠 수 있겠는가? 전차 안에는 나를 보호하는 불량배 네 명이 있었다. 고함 소리가 몇 번 더 들렸다. 무덤 모코토프와 거인 미에테크가 싸우는 게 보였고 곰보 지오바크가 빨간 머리 루디, 톱날 필라, 농부 바체크와 함께 다가와 끼어들었다. 아리안 구역 승객들은 승강구로 물러났다. 여자 한 명이 비명을 질렀다. 운전사가 전차를 멈췄다. 군인들은 서로 눈짓을 하고는 고함을 쳤지만 싸움은 계속됐다. 차창 하나가 부서졌다. 군인들이 내게서 눈을 뗐다. 그 틈을 타서 나는 전차를 내려 군중 속에 섞여서 니스카 가를 따라 달렸다. 나는 몇 시간을 기다렸다가 파벨을 만났다. 파벨은 늘 하던 대로 우리 자루 대부분을 회수해놓았다. 나는 다시 게토 밖으로 나갔다. 그들은 우리가 만나는 장소인 들루가 가에 모두 모여서 웃으며 술을 마시고 있다가 내가 가자 큰 소리로 반겼다. 우리는 모두 보드카를 들이켰다. 이제 우리는 몇 주 동안 같이 일한 사이였다. 우리는 여러 가지 일화들을 이야기하며 추억을 나누었다. 오늘 그들은 나를 구해주었다.

모토코프가 나를 한쪽으로 데리고 갔다. 그는 불량배 두 명을 더 충원했다. 나는 무덤 모코토프를 신뢰했다. 며칠 뒤 나는 구테크와 카드 잘 하는 브리깃키를 만났다. 뾰족한 머리에 짧은 금발인 구테크는 국외 거주 독일인이었으며 왼팔에는 붉은 색 스바스티카 완장을 차고 있었다. 그러나 그는 바르샤바에서 태어났고 스모차 구역의 질 나쁜 유대인들 속에서 자랐다. 그는 순진한 얼굴에 잘 생긴 아리안 청년이었고 이디시어를 할 줄 알았고 독일인을 혐오했다. 그는 모코토프가 처음으로 키운 '제자'였다. 구테크는 번쩍이는 완장을 차고 나치 스타일로 잘생긴 얼굴을 이용해 휴가중인 군인들을 안내하는 역할을 했다. 그는 수염을 기르고 스컬 캡을 쓴 노인들과 랍비들을 흉내내며 유대인들을 모욕했다. 군인들은 그의 주위에 몰려다녔다. 그는 거리의 이름을 알려주고 여자들을 가리키며 추접스러운 농담을 했다. 군인들이 전차 한 쪽에서 밖을 내다보며 웃어댈 때 나는 뒤쪽 승강구에서 자루들을 잡았다. 우리가 일을 마치고 들루가 가의 우리 단골장소로 돌아갈 때 구테크는 술을 청했다. 그는 역겨워서 침을 뱉었고 우리는 그를 위로했다.

브리깃키는 모토코프의 두 번째 제자였다. 그는 허약하고 자그마한 남자로 손이 길고 손가락이 뾰족했다. 거인 미에테크와 톱날 필라 옆에 있으면 그는 잘 보이지도 않을 만큼 작고 보잘것 없었다. 그러나 그는 르보프 감옥을 탈옥한 사람이었다. 며칠 뒤 나는 그의 능력과 연줄이 어느 정도인지 알게 됐다. 그의 도움으로 나는 거액을 들여서 모든 종류의 서류와 각종 완장을 다 갖게 됐다. 미국 여권, 라틴 아메리카 여권도 갖게 됐고 내가 폴란드계 아리안임을 증명하는 서류도 갖게 됐다. 브리깃키는 국외 거주 독일인 완장과 내가 클라우스 슈미트라는 이름을 가진 사람임을 증명하는 서류를 가져다주는 큰 성과도 올렸다.

나는 이제 자유자재로 다른 사람으로 가장하는 요술쟁이가 되었다. 폴란드 경찰이 근처에 있으면 나는 거리의 악당인척 하는 위장을 벗고 왼쪽

주머니에 있는 작고 납작한 상자에서 스바스티카 완장을 꺼냈다. 언제나 깨끗하게 빨아 다려놓은 그 완장을 왼팔에 끼웠다. 나는 슈미트였다. 건방지고 권태로운 표정에 거드름을 피우는 슈미트. 나는 독일어 악센트가 있는 폴란드어로 말했다. 사람들이 보는 앞에서 유대인들을 학대하던 폴란드 경찰들은 감히 나를 조사하려 들지 않았다. 몇 백 미터 걸어간 후에 나는 다시 불량배로 돌아가야 했다. 황급히 완장을 벗고 바르샤바 10대들이 그렇듯 태평하게 으스대며 걸었다. 그리고 정문을 지나 게토로 들어와 전차에서 뛰어내리고 나면 오른쪽 주머니에 넣어놓았던 유대인 완장을 다시 차야 했다.

그래서 나는 하루에도 몇 번씩 얼굴을 바꾸고 이름을 바꾸고 성격을 바꾸고 언어까지 바꾸었지만, 국외 거주 독일인이나 불량배 노릇을 할 때면 스스로를 관찰하며 언제나 조심해야 했다. 그리고 적이 행동을 취하기 전에 내가 어떻게 행동해야 하는지를 정하기 위해 적들을 지켜보아야 했다. 그래서 나는 거울 앞에서 연기하는 나를 보듯 두 개, 심지어 세 개의 인격을 가지는 법을 익혔다. 나는 혼자서 말하고 들었다. 한 인격의 몸짓을 하면서도 이미 속으로는 다른 인격의 몸짓을 준비했다. 무언가를 보면서도 보지 못한 척 꾸미는 일이 잦아졌다. 그래야만 살아남을 수 있었던 탓이다.

이제 나는 술을 마실 때조차도 경계를 했다. 하지만 곰보 지오바크와 술을 마시고 새 같은 프타셰크와 술잔을 부딪쳤다. 그들은 나를 따라다녔다. 우리가 슈투카 카페와 게르트네르 식당, 또는 네그레스초 카페 등에서 배가 잔뜩 부른 채 나올 때는 빨간 머리 루디나 거인 미에테크가 눈 덮인 레슈노 가에서 비틀거리든 말든 나는 방금 먹은 오렌지와 바나나를 생각했다. 살아남기 위해 나는 누더기 차림의 아이들을 보면서도 못 본 채해야 했다. 거지들은 어둠 속에 있다가 나와서 손을 내밀고 비참하게 중얼거렸다. "불쌍히 여겨주세요."

그런 모습을 보아도 보지 않은 것처럼 가던 길을 갔다. 나는 그렇게 살았다. 언제나 두세 사람의 역할을 하면서. 살육자들에게 반항했던 까닭에 나는 계속 그렇게 못 본 척할 수밖에 없었다. 규칙들이 아무 경고도 없이 바뀌곤 하는 끝이 없는 게임에서 살아남으려면 경계를 멈추지 않고, 위조 서류를 소지하고, 친구들과 공모자들을 동원하는 일뿐 아니라 행운도 따라야 했다. 마음씨 좋은 독일군을 만나거나, 갇힌 곳의 문이 열려 있다거나 하는 행운들 말이다. 그러나 그 당시에 행운이란 변하기 쉽고 다루기 힘든 것이었다. 어떨 때는 찰나의 순간만 운이 허락되기도 했다. 바로 그 찰나에 죽느냐, 사느냐가 결정됐다. 두 번째 기회란 결코 없었다. 때로는 운을 믿고 덤벼야했다. 운이 있을 거라고 확신하며, 얻어맞으면서도 조용히 소망하며 운이 오길 기다려야 했다. 때로는 모든 일이 오리무중이 되는 경우도 있었다. 그러면 돌진해 나가서 운을 거머쥘 힘이 있어야 했다. "나는 피투성이가 됐어. 기다려. 다시 숨을 돌리려면 몇 분 더 있어야 해."라고 속삭일 시간이 없다. 그러면 너무 늦는다. 기회는 날아가버리는 것이다. 죽는 수밖에 없다. 나는 젊고, 빈틈 없었으며, 운을 믿고 덤벼 기회를 잡을 때가 많았다. 하지만 운이 더디게, 더디게 찾아오는 경우도 많았다.

어느 날 아침 나는 마르샬코프스카 가에서 폴란드 경찰에게 잡혔다. 나는 혼자였다. 실수였다. 이미 거인 미에테크, 톱날 필라 등이 바람잡이가 돼 폴란드 경찰들을 피하게 한 적이 몇 번 있었다. 그 날 폴란드 경찰들은 혼자인 나를 잡고 몸수색을 했다. 내 완장들을 찾아냈고, 더 중요한 것으로는 아버지를 위해 준비한 달러화를 발견해냈다. 폴란드 경찰들은 나를 자기들 차 구석에 태우고는 내게서 뺏은 것들을 서로 나누었다. 경찰들도 악당처럼 방랑자들을 상대로 그런 일을 했던 것이다.

"이 유대인아, 너를 어떻게 해줄까?"

덩치가 큰 폴란드 경찰이 내 갈비뼈를 찼다. 그들은 의논했다. 자기들이 내 물건을 빼앗았으니 문제가 될 거라는 내용이었다. 나를 상관에게 넘겨주어야 하나 말아야 하나 망설였다. 게슈타포나 유대인 경찰에 넘겨주는 방법밖에 없었다.

운전수는 차에 시동을 걸어놓고 폴란드 경찰 세 명을 궁금한 듯 쳐다보았다. 그들은 내 국외 거주 독일인 완장과 유대인 완장, 달러화를 보며 난처해했다. 그들은 가장 쉬운 방법을 택했다. 게토 안 게시아 가에 있는 유대인 경찰에게 넘기기로 한 것이다. 그들은 나를 죽일 수도 있었다. 그러니 내가 첫 번째 라운드에서는 이긴 것이다. 기회는 또 올 것이다. 나를 넘겨받은 유대인 경찰들은 이미 서른 명 정도가 갇혀 있는 감방에 나를 밀어 넣었다. 나는 이미 얻어맞은 터였다. 감방 구석에 한 노인이 기도를 하고 있었다. 나는 화가 나서 미칠 지경이었다. 나는 유대인들의 죄수였고 게슈타포에게 넘겨질 예정이었다. 독일군들은 가끔 감옥에서 죄수들을 넘겨받거나 유대인 위원회에 노동자 수백 명을 넘겨주기를 요청하곤 했기 때문이다. 유대인 위원회 의장인 체르니아코프는 감옥에서 노동자들을 모았다. 매일매일 그 감방에 있던 사람들이 노동수용소로 보내졌고 다시는 돌아오지 않았다.

그래서 나는 고함을 치고 문을 세게 두드렸다. 간수들이 경찰봉을 가지고 다가오자 나는 그들에게 몸을 던져 한 명의 목을 잡고 그가 나를 때리는 동안 중얼거렸다. "즐로티 줄게요. 파벨을 찾아요. 밀라 가 23번지에요." 밖에 있는 사람들에게 내가 어디 있는지 알려야 했다. 간수들은 멍투성이가 된 나를 땅바닥에 내버려두었다. 유대인 경찰들은 돈에 팔려 일부러 사정을 봐주지는 않았다! 나는 기다렸다. 내 운을 믿고 도박을 했다. 3일 후 나는 게시아 가의 감옥을 나왔다. 아버지가 돈을 많이 썼다. 나는 새벽, 통금이 끝나자마자 감옥을 나왔다. 그 날 오후 늦게 독일군들이 죄수들을 모으러 왔다. 게시아 가 끝에서 군중들이 모여 죄수들이 덮개 있는 트럭에 기어오르는 모습을 지켜보았다. 그들을 다시 볼 수 없다는 건 이미 상식이었다.

"너는 운이 좋았어." 파벨이 말했다.

난관에 봉착하다

처음에는 모든 게 잘 풀려갔다. 나는 하루에도 몇 번씩 바르샤바 아리안 구역의 넓고 깨끗하고 조용한 거리에 갔다가 더럽고 북적거리며 가난한 게토로 돌아왔다. 게토에서는 누더기 차림을 한 수척한 사람들이 "헌옷을 사려면 그래도 조금 더 새 것을 사세요."라고 외쳤다.

그러던 중 어려움이 닥쳤다. 유대인에게 물건을 파는 일이 법으로 금지되고 어길 경우 벌금이 1000즐로티나 부과되었다. 물건 값이 오르고 상인들도 줄어들었다. 순찰과 검거가 강화됐다. 일이 더 어려워진 것이다. 위험 부담이 커져갔다.

나는 거인 미에테크 등 불량배들에게 둘러싸여 있을 때나 짐꾼들에게 자루들을 던져줄 때에는 생각할 시간이 거의 없었다. 그리고 통금이 되기 전인 저녁이면 혼자 돌아오곤 했다. 나는 어머니와 폴라 때문에 게토에서 잠을 자고 싶었다. 폴라와는 우리 은신처인 지붕 밑 방에서 만나곤 했다. 그러나 동생들에게 줄 케이크를 고골레프스키 제과점에서 사서 돌아오는 일은 일종의 반항심이었고 허세였다. 내가 살육자들을 경멸한다는 것을 내보이고 내 자유를 뽐내려는 방편이었다. 허세도 부리지 않고 반항도 안 한다면 살맛이 없지 않은가?

나는 살을 에는 듯한 바람을 즐기며 두 번째 전차의 승강구에 서서 왔다. 게토에 들어오자 회색빛 담과 쓰레기의 악취, 그리고 북적거리는 사람들 때문에 질식할 것 같았다. 전차가 게토 정문에서 잠깐 섰다. 나는 별로 이상하게 여기지 않았다. 늘 있는 일이었다. 전차에서 근무 중인 폴란드 경찰은 기대했던 것보다 훨씬 많은 돈을 뇌물로 받고 있는 정식 '협력자'였다. 나는 통로를 따라 움직이는 군인을 힐긋 올려다보았다. 그 군인은 싱싱한 분홍색 피부에 모자를 꾹 눌러쓰고 있었다. 그의 배 가운데까지 걸쳐있는 기다란 권총집을 보고 나는 그가 누군지 알아차렸다. '프랑켄슈타인'이었다. 그가 어느 날 지엘나 가에서 연발권총을 들고 달려가는 모습을 본 적이 있었다. 그는 총을 쏘아서 한 남자를 죽였다. 그러고는 수첩을 꺼내 뭔가를 쓰고는 다시 달리다가 다른 사람을 조준해서 총을 발사해 죽였다. 그런 후 그는 게토 입구에 보초를 서러 조용히 돌아갔다. 그가 대여섯 명을 무차별로 죽이고는 돌아갔다는 소문이 매일 들렸다. 바로 그 군인이 내 앞에 서서 독일어로 말하고 있었다.

"이 유대인, 거기서 뭘 하고 있었냐?"

나는 싱긋 웃었지만 속에서는 아픈 상처가 다시 열리는 듯했다. 나는 도리질을 했다. 독일어를 못 알아들은 척했던 것이다.

"거기서 뭘 하고 있었냐니까?"

나는 그의 눈을 똑바로 바라보며 생각했다. '침착하게 있어, 차분하게, 마르틴.'

승강구에 나와 함께 서 있는 사람은 잘 차려입은 신사였다. 내가 그를 눈여겨 본 건 이 지옥이 시작되기 전, 아버지의 공장에서 만들어내던 것과 같은 연한 색 장갑을 끼고 있었기 때문이다.

"이 친구가 유대인이 아닌 건 분명한데요." 그 남자가 강한 폴란드 악
센트로 말했다.

프랑켄슈타인은 나를 줄곧 노려보았다. 나는 그 남자를 바라보며 어깨
를 으쓱했다.

"저자가 너를 유대인으로 생각하고 있어." 그 남자가 폴란드어로 말했다.

프랑켄슈타인은 눈도 깜빡하지 않았다. 그의 존재가 나를 압박했다.
나는 고개를 절레절레 흔들고는 프랑켄슈타인과 그 폴란드인에게 대수
롭지 않다는 듯 말했다. "전에도 누가 나를 유대인으로 보더군요. 이틀
전에요."

프랑켄슈타인이 한걸음 물러서며 말했다.

"유대인이 아닌 걸 다행으로 생각해."

그는 전차의 가죽 끈을 확 잡아당겨 전차를 멈추게 하고는 뛰어내렸다.
온몸에 차디찬 땀이 났다. 그 신사가 내게 말을 걸었다. 전차는 계속 나아
갔다. 게시아 가, 자멘호파 가가 지나갔지만 나는 내릴 엄두를 못 냈다.
그 신사는 게슈타포 첩보원인지도 몰랐다. 프랑켄슈타인이 갑자기 나타
났다는 사실에 나는 불안해졌다. 나는 게토 바깥 지역에서 전차를 내려
다른 쪽으로 가는 전차를 기다렸다가 탔다. 아까 그 전차 안에서 느꼈던
압박감이 여전히 느껴졌다. 폴란드 경찰이 내 돈을 받지 않았기에 나는
앉아서 하얀 모자와 코트를 벗었다. 프랑켄슈타인이 그 전차에 다시 탔을
지도 몰랐다. 내 목숨이 실 한 가닥에, 그가 나를 보지 못한다는 행운 한
가닥에 매달려 있었다. 나는 문 근처에 있으면서 곰보 지오바크가 주었던
날이 접히는 가느다란 흰색 칼을 움켜쥐었다. 전차가 밀라 가에서 머지않
은 지카 가 중간에서 갑자기 멈춰 섰다. '그'가 다시 전차에 오르더니 그
의 부츠가 승강구에 있는 내 발에 스칠 정도로 가까이서 지나갔다. 그가

아래를 내려 보기만 하면 나를 발견할 터였다. 그러나 그는 앞을 똑바로 보며 전차 안으로 들어갔던 게 분명했다. 나는 그의 등을 바라보았다. 트렌치코트가 두꺼운 벨트로 죄어 있었다. 나는 다시 게토 바깥에서 전차를 내렸다. 기진맥진했지만 목숨이 붙어 있는 채 크라신스키 공원을 거닐며 내 부주의를 자책했다. 파벨과 폴라, 그리고 아버지가 걱정하던 말이 떠올랐고 어머니가 내가 잡혀서 죽은 줄 알고 밤새 울며 걱정할 거라는 생각이 들었다.

나는 들루가 가의 카페에서 모코토프와 만났다. 그의 앞에는 보드카 한 병이 놓여 있었지만 그는 조용했고 잔은 가득 채워진 채 그대로 있었다. 나는 그의 옆 자리에 털썩 주저앉았다. 내 팔이 그의 팔에 닿으니 기분이 좋았다.

"무슨 일이야, 마르틴?" 그가 차분하게 묻고는 잔을 내게로 밀었다. 나는 단숨에 잔에 든 보드카를 마셨다. 우리는 아무 말 없이 나란히 앉아있었다.

"너, 밀라 가 23번지에 사는 거 맞지?" 그가 물었다.

나는 아무 말 하지 않았지만 거의 울 뻔했다. 그가 일어섰다.

"내 못난 얼굴로 네 어머니를 놀래키기는 싫어." 모코토프는 그 말을 하고는 어둠 속으로 사라졌다.

나는 술을 더 마셨다. 야디아가 왔다. 야디아에게는 난로가 있는 작은 방이 있었다. 그녀는 나뭇조각을 난로에 집어넣었다. 가끔씩 일어나서 불을 쑤석거려 돋우었다. 나는 그녀의 흰 피부와 넓은 엉덩이를 바라보았다. 그녀는 내 옆에 다시 누워 뭔지 모르게 진지한 가락으로 콧노래를 하며 나를 부드럽게 안아주었다.

나는 다음날 다시 일을 시작했지만 일진이 나쁘게 풀려갔다. 우리가 만

나는 장소에 프타셰크가 나오지 않았다. 날아버린 것이다. 미에테크와 모코토프가 2주 가까이 바르샤바 카페마다 돌아다니며 그를 찾았지만 허사였다.

"우리는 조심해야 돼." 모코토프가 주의를 주었다.

전차가 게토 세 정거장 전에서 멈췄다. 폴란드 경찰들이 우리가 움직이기도 전에 승강구로 뛰어올랐다. 그들은 머뭇거리지 않고 자루들을 전차에서 내려놓으며 필라와 바체크, 모코토프, 그리고 나를 떼밀어 미끄러운 길에 내리게 했다.

"프타셰크 짓이야." 모코토프가 말하고는 넘어졌다.

그는 다리가 부러진 듯 고함을 치며 땅에 누워있었다. 필라가 도망치면서 고함을 질렀다. 모코토프는 벌떡 일어나 급히 달려갔다. 폴란드 경찰들은 고함을 치며 사방으로 흩어져 쫓아와서 우리를 묶었다. 우리는 경찰서로 끌려가 몸수색을 받고 욕을 먹었다.

"너희들 유대인이야?"

독일 경찰 한 명이 들어와 있었다. 나는 그를 보지 못했었다. 누가 우리를 밀고한 게 틀림없었다.

농부 바체크는 나를 본 적도 없다는 듯 아무 말 없이 일어났지만 나는 모코토프, 미에테크, 필라를 믿듯이 그를 믿었다. 그들은 내가 믿고 의지하는 사람들이었다. 독일 경찰은 보통 사람처럼 보였다. 눈 두 개, 코 하나, 회색 머리. 그는 나에게 아무것도 묻지 않은 채 내 얼굴을 후려치기 시작했다. 그렇게 심하게 얻어맞은 건 처음이었지만 아직 고문이라 할 수는 없었다. 그는 커다랗고 두터운 두 손으로 나를 일으켜 세워서 주먹으로 턱과 신장이 있는 쪽을 치다가 배를 찼다. 나는 몸을 꺾고 바닥에 쓰러졌다. 내 빨간 머리 친구가 청어 몇 마리를 훔쳤다가 그렇게 맞아죽은 적이 있었다. 나는 그보다는 더 잘 해왔다. 이제는 살육자들을 이길 수 있다는 것을 알고 있었다. 나는 매일 그들을 이기고 있었다. 나는 그들을 죽이는 것 말고는 모든 짓을 다 했었다. 하지만 나는 아직 경찰의 취조를 받는 데는 익숙하지 못했다. 그들이 정확하게 겨냥해 치는 주먹질은 너무 무서웠다. 그러나 나는 '이 정도로 사람이 죽는 걸 본 적은 없어.'라고 되뇌이며 될 수 있는 한 머리를 가리며 견뎌냈다.

"게슈타포로 데려가시오." 독일 경찰이 말했다.

나는 얼음 같이 차가운 감방으로 끌려갔다. 몸을 구부린 채 부어오른 눈으로 주위를 보려고 애를 쓰며 기다렸다. 모코토프, 미에테크, 필라, 바체크는 나를 여기 두고 갔다. 나는 그 말을 거듭거듭 혼잣말로 중얼거렸다. 경찰들이 나를 밴으로 끌고 갔다. 그들이 나를 차 바닥에 던지려할 때 내 눈에 모피 코트를 입은 마리가 보였다. 마리는 천천히 다가와서 나를 보지 않은 채 말했다. "모코토프는 여기 있어. 그가 나를 보냈어."

마리⋯⋯. 그녀의 긴 금발이 보였다. 가끔 내가 프라가에 있는 모코토프의 집을 방문했을 때 그녀는 거기 앉아서 반쯤 비꼬는 듯한 표정을 짓곤 했다. 그녀가 기도를 하고 있으면 오빠인 모코토프가 놀리곤 했다.

"네가 유대인이 아니었다면 내 여동생은 너랑 결혼할 텐데."

마리는 반박하지는 않으면서 나를 계속 바라보았었다.

"하지만 유대인이 예수를 죽였어. 그걸 알고 있니, 마르틴?"

밴이 출발하다가 갑자기 멈춰 섰다. 누군가 욕을 하더니 거인 미에테크가 내 발을 끌어당겨서 내 몸을 어깨에 메고는 달렸다. 우리는 들루가 가의 카페에 다시 모였다. 그들이 나를 야디아의 침대에 눕혔다. 내 눈은 얼어맞아서 거의 감겨 있었다. 그 작은 방에 모여 있는 그들의 모습이 잘 보이지 않을 지경이었다.

"프타셰크가 밀고한 게 틀림없어." 곰보 지오바크가 말했다.

야디아가 방에 들어오자 그들은 나를 두고 떠났다. 야디아는 아무 말도 않고 난로로 가서 난로 위 냄비에 있는 따뜻한 물에 손수건을 적셔서 내 얼굴을 닦아주었다. 나는 잠이 들었다. 모코토프가 다시 왔다.

"너는 게토로 돌아가는 게 좋겠어. 저녁에 마지막 전차를 타고 가자. 너하고 나 둘이서만."

일은 순조롭게 진행됐다. 술 취한 폴란드인인 것처럼 꾸민 나를 모코토프와 미에테크가 부축했다. 둘은 서로 웃어대며 떠밀었다. 밀라 가 23번지에서 그들이 나를 계단 위까지 데려다주었다. 나 혼자서는 올라갈 수 없었던 탓이다. 그러나 그들은 노크를 하지는 않았다.

"우리는 간다.""네 건강을 위해서 한 잔 할 게." 두 사람이 말했다.

나는 문에 기대서 부드럽게 문을 두드렸다. 팔을 올리기만 했는데도 아팠다. 두 사람이 떠난 후 어머니가 문을 열고 나를 안았다.

"어머니, 전 운이 무척 좋았어요." 나는 중얼거렸다.

가족이 나를 감금하다

행운. 행운이 나를 버리고 배신하더니 후회가 됐는지 다시 돌아왔다. 하지만 아버지는 행운 따위 이야기는 듣지도 않았다. 조심스러운 아버지는 절대 밀라 가에서는 잠을 자지 않았다. 내게는 하나도 말해주지 않은 훨씬 중차대한 정치적 책임들을 맡고 있는 아버지로서는 집에 있다가, 흔해빠진 밀수꾼인 나를 찾아 체포하는 과정에서 엉뚱하게 자기에게로 불똥이 옮겨 붙는 위험을 겪고 싶지 않아서였다. 하지만 아버지는 파벨에게서 소식을 듣고 집에 와 있었다. 나는 졸렸다. 어머니는 눈물이 어린 눈으로 나를 지켜보며 자식을 괴롭힌 사람들을 욕했다. 저녁마다 어머니에게 조금만 더 친절하게 굴었더라면 어머니가 쓸데없이 괴로워하지는 않았을 텐데, 하고 후회가 되었다. 어머니도 살육자들이 곧 우리 모두를 죽음으로 몰아갈 거라는 걸 알았다. 아버지가 숨을 거칠게 쉬는 걸 보고 나는 즉시 아버지가 화가 났다는 걸 알았다. 아버지는 침대 발치에 팔짱을 끼고 서서 말했다.

"마르틴. 이제 끝이다. 나는 결심을 했어. 이제 내 뜻대로 할 거다."

아버지는 어머니더러 나가 있으라고 한 뒤 문을 닫고는 여전히 팔짱을 끼고 서서 게슈타포와 그들이 하는 고문에 대해 말했다. 나는 아이인데도 열심히 싸웠고 게토와 가족을 도왔으니 이제 할 만큼 했다는 내용이었다. 아버지는 나에게 고맙게 생각하고 있지만 아버지의 허락 없이 다시는 게토의 담을 넘어서는 안 된다고 말했다. 나는 눈과 배가 아팠고 움직이기가 힘들었지만 고개를 가로저었다. 아니다, 아버지 말대로 할 수 없었다.

"다시는 여길 떠나서는 안 된다, 마르틴."

밤이 되자 나는 억지로 잠을 청했다. 아침이 되니 몸이 한결 나아졌다. 눈을 뜨고 볼 수 있었다. 젊음이란 무엇보다 좋은 만병통치약이었다. 그러나 방문을 열려고 하다가 자물쇠로 잠겨 있는 걸 알았다. 시간이 갈수록 분노가 커갔다. 어머니는 아버지가 쓴 편지를 문 아래 틈 사이로 밀어넣어 주었다. 아버지가 내가 약속하기를 기다린다는 내용이었다. 약속할 때까지는 창문으로 음식을 넣어주겠다고 했다. 끼니때마다 나는 내 방이 있는 위층에서 창을 통해 다 먹은 음식바구니를 내려 보냈다. 어머니는 방문 밖에서 훈계를 했다. 하루가 지나고 이틀이 지났다. 4일째 되는 날 몸이 완전히 회복되자 나는 성질을 부리며 미친 듯 대들었다. 모코토프가 길에서 나를 부르며 인사했다. 파벨은 상황이 아주 안 좋다고 말해주었다. 불량배 집단이 해체되고 있다고 했다. 빨간 머리 루디와 곰보 지오바크가 서로 싸웠다. 톱날 필라와 브리깃키는 자기들끼리 새 사업을 시작하고 싶어 했다. 모두가 술을 과하게 마셔댔다. 거인 미에테크, 영리한 자메크, 농부 바체크는 담을 넘는 '방랑자'들, 즉 유대인들을 다시 쫓아다니기로 마음먹고 있었다.

"술이 고프단 말이야." 거인 미에테크가 말했다. 모코토프는 충실히 기다려주었지만 곧 일에 착수하고 싶다고 파벨에게 경고했다. 나는 부모님과 대화를 시도하면서 내가 불량배들에게 웃음거리가 됐다고 설명했지만 아버지는 말을 들으려 하지 않았다. 내가 죽을 위기에 있으니 아버지가 나를 보호하겠다는 거였다. 나는 처음이자 마지막으로 아버지에게 욕을 하고는 방구석에 주저앉았다. 고함을 쳐도 소용이 없었다. 아버지는 자기가 옳다고 생각했다. 아버지를 비난할 이유는 없었다. 내 앞에 새로운 장벽이 세워졌다. 그 장벽을 넘어가는 일 말고는 달리 할 일이 없었기에 나는 될 수 있는 대로 빨리 이곳을 빠져나가야 했다.

나는 커튼과 침대 시트, 담요들을 찢어서 밧줄로 엮었다. 그 밧줄은 튼튼해 보였다. 침대를 창가로 밀었다. 다리가 복잡하게 얽혀 있는 오래된 그 침대는 꽤 무거웠다. 나는 침대에 밧줄을 묶었다. 밧줄이 1층에 닿았다. 우리 집은 3층이었다. 안전을 위해서 넓적다리에 밧줄을 묶었다. 성공하고 싶었다. 죽고 싶지 않았다. 나는 조심스럽게 조금씩 아래로 내려갔다. 2층에 다다랐을 때 그 집의 창을 부수고 들어갔다. 성공했다. 내가 들어간 방의 문을 열었더니 첼마예스터 의사 부부가 점심식사를 막 끝내는 중이었다.

"안녕하세요, 첼마예스터 부인. 안녕하세요, 박사님. 제가 누군지 아시죠?"

부부는 깜짝 놀라서 그 자리에 못 박힌 듯 앉아 있었다.

118

"그냥 지나가는 거예요."

그러나 나는 이미 문을 나서고 있었다. 아래층으로 내려가면서 내가 했던 인사말을 되풀이하며 웃었다. "안녕하세요, 첼마예스터 부인. 안녕하세요, 박사님." 나는 방금 아버지의 권위를 결정적으로 깨뜨렸다. 이제 나는 아버지와 대등했다. 아버지의 권위에 도전하려면 나도 같은 책임감을 가져야 했다. 며칠 뒤 내가 게토의 담을 넘어가는 일을 다시 시작했을 때 나는 아버지와 슈투카 카페에서 서로를 존중하는 두 친구처럼 만났다. 모코토프는 카페 밖 길에서 나를 기다리고 있었다. 그가 거기 있어줘서 든든했다.

"여기 너무 자주 오지마라. 그들은 검거를 강화할 거다. 믿을 만한 소식통에게서 그 정보를 들었어." 아버지가 말했다.

우리는 보드카를 주문해서 건배를 했다.

"집에 있었어도 되는데."

나는 대답 없이 술만 마셨다.

"물론 너를 방해할 사람은 없어. 네가 하고 싶은 대로 해도 아무도 말리지 않을 거야."

그날 저녁 나는 밀라 가로 돌아갔다. 어머니에게 입을 맞추면서 안아 올렸더니 어머니가 웃었다. 나는 내가 집에 가져온 초콜릿을 서로 차지하려고 다투는 두 남동생을 말렸다.

다시 한 번 위급한 일이 일어나지 않은 평온한 나날이 흘렀다. 죽음에 대한 끊임없는 위협과 거리에서 보이는 죽음의 모습만 있었다. 게토 외곽에 있는 보니프라테르스카 가에서 나는 내 남동생 또래인 열 살쯤 돼 보이는 어린 소년이 등에 감자포대를 짊어지고 달려가는 걸 보았다. 경찰이 그 아이를 잡고 흔들었다. 농부가 동물을 잡듯 경찰은 그 아이를 그러잡고 있었다. 경찰은 칼집에서 작은 칼을 꺼내서 아이의 얼굴을 찔렀다. 아마 아이의 목을 찌르려고 했지만 아이가 계속 버둥거렸던 탓에 빗나갔던 건지도 몰랐다. 아이는 피 흐르는 이마를 손으로 덮은 채 도망치다가 발을 헛디뎌 인도에 넘어졌다. 한 여자가 나오더니 급히 다가가 흩어진 감자를 줍기 시작했다. 경찰이 권총을 들어올려 발사했다. 그 여자마저 인도에 쓰러졌다.

나는 서둘러 걸었다. 내가 무엇을 할 수 있겠는가? 주먹이나 움켜쥘 밖에. 장의사 업을 하는 핀케르트의 직원들이 여윈 시체들을 마차에 가득 싣고 더 자주 지나다녔다. 그러나 핀케르트는 스모차 가에도 지점을 열어 비용이 많이 드는 장례식 광고를 했다. 12즐로티면 제복을 입은 장의사를 쓸 수 있었다. 그러나 사람들은 장례를 치를 틈도 없이 빨리 죽어나갔다. 사람들은 위험한 동물처럼 사냥당했다. 바르샤바의 아리안 구역에 있을 때 나는 수염에 이가 우글거리는 추악한 유대인이 그려진 포스터를 위험을 무릅쓰고 찢어버리려 한 적이 더러 있었다. 그 포스터에는 '유대인-이-티푸스'라고 쓰여 있었다. 우리는 병균을 옮기는 해충 취급을 받았던 것이다. 그래서 그들은 유대인들을 소독했다. 그것은 일제검거, 추위, 굶주림, 죽음 다음에 찾아온 새로운 고문 도구였다. 우리는 얼어붙는 듯한 차가운 물, 혹은 데일 듯 뜨거운 물에 강제로 목욕을 해야 했다.

나는 혐오감에 차서 일했다. 분노가 활활 타올랐다. 나 몰라라 하며 마르샬코프스카 가를 따라 한가로이 산책하는 폴란드인들이 미워 죽을 지경이었다. 나는 나 같은 불량배들만 겨우 참아줄 수 있었다. 아버지가 신시가지에 있는 홀레비츠 교수에게 말을 전해달라고 부탁했을 때 나는 내키지 않아 어깨만 으쓱했다.

"그는 우리를 돕고 있어." 아버지가 다독였다.

나는 대답하지 않았다. 누가 우리를 돕는가? 전 세계가 우리를 죽게 내버려두고 있었다. 아버지는 폴란드인들의 레지스탕스와 그들의 목표, 지부 몇 개에 대해서 차분하게 설명했다. 결국 나는 훌레비츠 교수의 집으로 심부름을 갔다.

다시 행운이 찾아왔다. 교수는 출타중이었지만 거기서 조피아를 만나게 됐던 것이다.

조피아

나는 몇 달 동안 지오바크, 필라, 브리깃키, 미에테크와 함께 살았다. 야디아와는 잠자리를 같이 했다. 그들은 옷을 갈아입는 것보다 더 자주 여자를 바꾸었다. 야디아는 자기를 별로 학대하지 않는 남자라면 누구에게나 다정하게 대했다. 나는 우리 밀라 가의 은신처에 있는 폴라에게 육체적으로 애정을 품고 있었다. 게토가 침묵에 휩싸일 때면 우리는 서로의 몸에서 위안을 찾고 싶어 했었다. 내 친구 불량배들의 예를 봐도 그랬고, 야디아나 폴라와 맺은 관계도 그랬던 탓에 나는 조피아를 만나기 전까지는 사랑이 뭔지도 몰랐었다.

그러다가 조피아를 보자 근육이 풀어진 듯 웃음이 쉽게, 저절로 나왔다. 마치 지친 몸을 따뜻한 물에 담그는 듯한 기분이었다. 내가 커지는 것 같았고 충분히 쉬고 깨끗해져 새로워지는 듯했다. 내가 웃으면 그녀는 마주 웃었고 게토나 전쟁 이야기가 아닌 옛날의 이야기나 비슬라 강둑 얘기, 1938년쯤인가 바르샤바에 구시가지 광장에 왔던 서커스 같은 이야기를 했다.

"극장 광장이었어." 그녀가 기억해냈다.

조피아는 기병대 장교이며 지금은 러시아의 감옥에 있는 자기 아버지의 사진과 자기 책들을 보여주었다.

"우리에겐 편지 한 통만 남았어." 그녀가 말했다.

조피아의 어머니는 바르샤바 포위공격 때 사망했으며 그 후부터 조피아는 삼촌인 홀레비츠 교수와 살게 됐다고 했다. 나는 그녀를 위해서 아무것도 할 수 없어서 곤혹스러웠다. 그녀의 아버지를 돌아오게 할 수도 없었기에 내 가족이 살아 있다는 걸 말하기도 난처했다. 우리는 즐거운 이야기로 분위기를 바꿨다. 나는 우리 어머니에 대한 이야기를 했다. 조피아가 촐렌트(유대인들이 안식일에 즐겨 먹는 음식)를 먹어본 적이 없다고 해서 어머니에게 부탁해 보기로 했다. 저녁이 되어 헤어질 때 나는 "조피아, 내일 만나. 내가 올 수 있다면 말이야."라고 말했다. 그냥 한 번 보고 말 것이라면 내가 그렇게 말했을 리가 없었다. 그러나 조피아는 내 유년 시절의 일부 같았고, 전부터 알던 사이 같았으며 우리 집에서 내 남동생들과 어머니가 웃으며 찍은 사진 속에 조피아도 있는 듯한 친숙한 느낌을 주었다.

그 당시는 무슨 일이든 기회만 오면 바로 실천해야 하는 때였다. 우리는 열흘 정도 정기적으로 만났다. 나는 게토로 돌아오기 전에 그녀의 집에 들러 이야기하고 웃곤 했다. 그리고 그녀는 나와 함께 지옥 같은 게토로 왔다. 아마도 3월의 첫 햇빛이 내려쬐었기 때문인지도 모른다. 혹은 우리가 끔찍한 일들을 보지 않아서 게토가 예전처럼 나쁜 곳이라고 느끼지 않았기 때문인지도 몰랐다. 우리는 '수전노'라는 연극을 공연하는 극장으로 갔다. 조피아는 포스터에서 몰리에르의 이름이 빠지고 유대인 번역자의 이름만 쓰여 있는 걸 보고 웃었다. 게토에는 아리안 작가들이 쓴 연극이 금지돼 있었던 탓이다. 연극을 본 후 우리는 비슬라 강둑을 따라 걷다가 포니아토프스키 다리에서 잠시 머물렀다. 그러느라고 몇 시간을 뺏겨 나는 더 빨리 움직이며 일해야 했다.

"그래, 나도 너를 전부터 알았던 것 같은 기분이야." 그녀가 말했다.

내가 마지막으로 조피아를 만났을 때 그녀가 말했다. "두 사람이 늘 알던 사이 같다는 느낌이 든다면 그것이 진짜 사랑인지도 몰라."

우리는 그전까지도 키스하지 않았지만 그날 저녁에도 키스는 하지 않았다.

시간은 무정했다. 구하지 않으면 갖지 못하는 것이다. 연기해서는 안되는 것들이 있다.

3월 14일 한밤중이었다. 기억에 남는 날짜들이 있는 법이다. 한밤중에 아버지가 내 방문을 두드렸다. 아버지는 내가 독립된 성인이란 것을 보여주고 싶었던 듯 문을 직접 열지 않고 두드렸다. 아버지가 문간에 서서 말했다.

"내일은 조심해라. 그들이 출정했다."

아버지가 왜 그 말을 하러 나를 깨웠을까? 나는 늘 조심했는데 말이다.

"폴란드 레지스탕스들이 이고 심을 쏘았어. 독일군들이 예술가들과 지식인들을 습격해서 마구 체포하고 있단다."

내가 나치에 협력한 이고 심 같은 사람에게 신경 쓸 이유가 뭔가? 살육자들이 레지스탕스에 대한 보복으로 그런 짓을 한다는 걸 우리는 이미 알았다. 그러니 그들이 바르샤바의 아리안 구역을 괴롭히는 동안에 우리는 한숨 돌리게 될 터였다.

"그들이 훌레비츠 교수와 조카딸을 체포했어."

아버지는 문을 닫았다. 조피아는 언젠가 "끝을 내야해."라고 말했었다. 나는 그녀의 부드러운 손길과 우리가 늘 함께 살았던 것처럼 친밀하게 대화했던 일을 기억했다. 나는 어두운 방에 꼼짝 않고 누워 있었다. 마치 누군가가 나를 머리에서 발끝까지 거듭해서 난도질하는 것 같았다. 그날 밤에는 아무런 조치도 취할 수 없었다. 다음 날도 마찬가지일 것이다. 그들은 게토에 있는 파비아크 감옥에 갇혀 있을 가능성이 있었다. 내가 한때 파비아크에 있을 때, 그곳의 감방과 시비가 "너는 언제나 파비아크로 돌아오게 돼."라고 했던 말이 기억났다. 시비는 화물차에서 나보다 앞서 뛰어내렸던 불량배였다.

그리고 감옥의 마당에서 행군했던 일과 나치 친위대와 히틀러일지도 모르는 사람을 봤던 기억이 났고 "나는 맹세코 배신자가 아니오"라고 말했던 턱수염 난 교수가 기억났다. 조피아는 파비아크에 있는 게 틀림없었다. 나는 누구에게 맞은 것보다 더 심한 고통에 난도질 당한 채 마음은 파비아크에, 몸은 여기에로 두 동강이 난 채 누워 있었다. 우리에게는 죽음이 예정돼 있었다. 그들이 우리에게 예비해 놓은 운명이었다. 이제 나는 그걸 확실히 알게 됐다. 이런 고통스러운 상황에서도 내게 한줄기 안식을 주던 조피아를 그들이 빼앗아갔다. 그녀의 웃음, 부드러움, 그녀가 내게 보여주었던 모든 것, 늑대 같은 잔인함을 벗어버린 진짜 삶을 그들이 내게서 뺏어갔다. 나는 온몸이 딱딱하게 굳은 채 우리가 함께 지냈던 시간들을 차마 떠올리지도 못하며 아침이 올 때까지 그 자리에 누워 있었다. 나는 그들에게 저항하리라 맹세했다. 조피아, 우리가 언제 투쟁의 함성을 질러보겠니? 언제 우리의 원수를 갚게 될까?

우리는 두 사람을 구하려고 백방으로 노력했다. 폴란드 경찰들, 바르샤바의 불량배 친구들, 그리고 감옥의 간수들까지 동원해 봤지만 허사였다. 두 사람은 파비아크 깊숙이 숨겨져 있었다. 나는 희망을 잃었다. 나는 조피아를 위해 한 번 더 위험을 무릅써도 좋다고 생각하며 밤마다 감옥 주변을 거닐었다. 파비아 가를 지나고 스모차, 지엘나, 카르멜리츠카 가를 따라 어슬렁거리며 그 길들에 둘러싸인 광장을 한 바퀴 돌아서 처음 출발했던 곳에 돌아오곤 했다. 집에 가서 술을 마시는 일 말고는 뾰족한 수가 없었다. 그래서 게토의 나이트클럽에 가서 술을 마셨다.

레슈노 가의 카사노바란 술집 밖에서 어릿광대인 루빈슈타인이 내게 인사하고는 말했다. "게토에서는 모두 평등해. 똑같다고." 그는 신경질적으로 웃더니 덧붙였다. "그들이 덩치 큰 뚱보들을 없애버린다면 우리에게도 버터가 돌아오겠지."

그는 얼굴을 찌푸리고는 "우린 모두 동등해⋯⋯."라는 말을 되풀이하며 걸어갔다. 거리마다 울려 퍼지던 그의 외침이 점점 희미해졌다.

무덤 모코토프는 불량배들 중에서 유일하게 머리에 든 게 있는 친구였다. 우리는 거의 늘 붙어다녔다. 우리는 함께 술을 마셨지만 나는 결코 취하지 않았다. 나는 몸을 뻣뻣하게 하고 마음을 딱딱하게 얼리는 듯한 몸속의 추위를 몰아내려고 약을 먹듯이 술을 마셨다. 우리는 매일 기다렸다. 그러다가 결국 두 사람 모두 총살을 당했다는 소식을 들었다. 파비아크에 감금된 지 얼마 되지 않아서였다. 결국 나는 헛되이 감옥 주변만 맴돌았던 것이다.

한 쪽 눈을 잃다

4월이었음이 분명한 그 날, 날씨는 화창했다. 나는 아리안 구역으로 남아 있던 히오드나 가의 나무다리를 지나 우리 게토에서 떨어져 있는 '작은 게토'로 갔다. 밀라 가에서는 될 수 있는 대로 멀리 떨어져 있어야 했다. 나는 계단들, 층계참들, 지하실들을 주의 깊게 살펴보았다. 시간이 많이 걸렸다. 시에나 가와 트바르다 가 주변에서는 건물들을 살펴보며 마당의 위치를 기억했다. 그런 후 교차로에서 엎드리고 숨었다. 정문을 경비하는 독일군들이 이따금 소총을 들고 과감히 우리로 들어가는 사자 조련 사처럼 강한 모습으로 가까이 다가오곤 했다. 나는 기다렸다. 마침내 인도를 울리는 부츠 소리가 났다. 그 군인의 그림자가 보였다. 곰보 지오바크가 준 칼을 쥐고 나는 앞으로 튀어나갔다. 그러나 내가 미처 보지 못한 여자가 나에게 몸을 부딪쳤다. 나는 칼을 떨어뜨리며 미끄러졌다. 군인이 고함쳤다. "멈춰라!" 나는 슬리스카 가로 도망치는 수밖에 없었다. 군인이 달려오는 소리가 들렸다. 그가 총을 쏘았다. 나는 어느 집 마당에 쓰러졌다. 그가 내 뒤를 바짝 따라왔다.

"나와라, 이 유대 놈아!" 군인이 고함쳤다.

나는 지하실로 향하는 계단으로 기어갔다. 거기서 나는 기다렸다. 또다시 그 군인의 그림자가 보였다. 헬멧을 쓰고 가죽 옷과 쇠붙이로 무장한 그는 엄청나게 커 보였다. 그가 조금 다가오자 나는 그의 목을 노리고 튀어나갔다. 온 힘을 다해 그의 목을 붙잡고 죄었지만 그는 비틀거리지도 않고 나를 후려쳤다. 그가 소총 개머리판으로 내 왼쪽 눈을 쳤다. 머리가 터질 듯했지만 내가 그의 목을 계속 죄고 있자 그는 마침내 무릎을 꿇고 주저앉으면서 총을 떨어뜨리고 내 손을 풀어내려고 안간힘을 썼다. 나는 계속 그의 목을 죄고 있었지만 눈에서 나는 피 때문에 시야가 가려졌다. 나는 마당을 가로질러 슬리스카 가를 따라 다리 쪽으로 도망쳤다. 얼굴이 부어올랐다. 왼쪽 눈은 뜨기도 힘들었다. 밀라 가에 이르렀다. 고통스러운 게 차라리 좋았다. 고통 때문에 추위를 느낄 겨를이 없었으니. 조피아를 잃은 후 처음으로 나는 생기가 물밀듯이 난폭하게, 증오에 차서 밀려들어오는 기분을 느꼈다. 그 군인의 목을 죄었을 때 그의 헬멧이 내 코에 상처를 냈지만 내가 계속 죄면서 손톱으로 그의 목을 후벼파자 그 살육자는 무릎을 꿇고 주저앉았다. 나는 다시 살아 있는 기분을 느꼈다. 그러나 대가는 컸다. 왼쪽 눈을 잃었기 때문이다.

첼마예스터 박사가 상처를 깨끗이 닦고 눈두덩과 동공의 상처를 살펴보았다. 나는 앞으로 희미하게는 볼 수 있겠지만 사물을 보는 데는 실질적으로 한쪽 눈밖에 사용하지 못하게 됐다.

"마르틴, 눈은 가장 귀한 재산이야. 주의해야 한다."

첼마예스터 박사가 매일 와서 나를 돌보아준 덕분에 나는 빨리 나았다. 그는 마지막으로 방문했을 때 다시 한번 조언했다. 남아 있는 한 눈을 잘 간수하라는 말이었지만 꼭 눈에 대한 것만은 아닌 나에 대한 조언이었다.

문을 나서면서 박사는 쭈뼛거리는 듯한 어조로 말했다. "마지막까지 몸조심해야 한다. 우리에겐 목숨밖에 없어. 너 같은 젊은이들이 우리의 생명이야. 몸조심해라."

다시 밖으로 나다닐 만큼 몸을 추스르게 되자 나는 게토를 둘러싼 지옥이 더 악화된 것을 알아차렸다. 추위로 죽는 사람은 이제 더 없었지만 더 많은 사람들이 죽어나갔다. 매일 거리마다 굶어죽은 사람들이 발견됐다. 또 독일군들이 사람들을 매일 죽이고 있었다. 독일군들의 일제검거가 연일 이어졌다. 사람들은 더는 밖으로 나갈 엄두를 못 내고 지하실에 숨었다. 옷이 벗겨진 채 거리나 인도에 누워 있는 시체들이 곳곳에 보였다. 파비아크 감옥 근처의 카르멜리츠카 가는 누더기 차림으로 떠도는 아이들 말마따나 '죽음의 대장간'이 되었다. 아버지가 내게 불어넣었던 전쟁이 빨리 끝나리라는 희망은 점점 사라져갔다.

나는 여전히 게토의 담을 넘어 다니고 있었지만 그 일은 점점 더 어려워지고 위험해졌다. 게토를 비밀리에 출입하는 사람들은 사형에 처한다는 방침이 공식적으로 선포됐다. 그래도 나는 계속 담을 넘어 다녔다. 거리에는 아이들이 더 많아졌고 예전보다 더 피폐한 모습이었다. 겨우 서너 살밖에 안 돼 보이는 아이들도 더러 있었다. 나는 아이들에게 음식을 주는 활동을 하는 구호단체인 센토스 기금에 돈을 기부했다. 하지만 도움을 청하는 센토스의 포스터를 누가 읽겠는가? '우리의 아이들을 반드시 살려야 합니다.'라고 그 포스터는 간청했다. 그러나 그렇게 많은 아이들을 누가 구제하겠는가? 우리는 이기심, 부패, 냉정함, 무기력에 찌들어 있었다. 포스터에는 게시아 가에 있는 유대인 경찰 유치장에서 유대인 여덟 명이 처형됐다는 사실도 적혀 있었다. 그 유치장은 나도 며칠 갇혀 있었던 곳으로 폴란드인이 운영했다. 그 여덟 명은 벌금을 내지 못해 사형당했다. 한 여자가 100즐로티 때문에 처형당했건만 그곳에서 좀 떨어진 메릴 카페에서는 우승 상금으로 2000즐로티를 주는 댄스 경연대회가 열렸다.

살육자들은 우리끼리 연민을 갖지 못하게 하려고 했다. 그들이 만들어 낸 우리 민족에 대한 이미지대로 우리를 만들어가려 했다.

첫눈이 오던 날, 그들은 가스와 전기를 끊고 식품 공급을 줄였다. 거리마다 눈이 쌓였는데도 맨발로 나선 아이들은 꽁꽁 얼어서 손을 내밀지도 못할 지경이었다. 레슈노 가와 카르멜리츠카 가의 모퉁이에서 아이들이 훌쩍이는 소리가 들렸다. 아무도 없는 곳에서 고아가 되고 길을 잃은 아이들이 한데 모여 죽어가고 있었다.

나는 담을 계속 넘지 않을 수가 없었다. 전차가 운행을 멈췄다. 그러나 나는 오래전부터 전차가 운행하지 않으리라는 걸 예상하고 그것에 대비해왔다.

담을 이겨내다

나는 무덤 모코토프, 거인 미에테크, 영리한 자메크 등을 들루가 가의 카페로 불러들였다. 그들은 전차를 타고 손쉽게 돈을 벌며 밤새 술을 마시고 게토의 창녀들과 어울리는 일에 익숙해져 있었다.

"이제 끝이야, 싹둑 잘린 미에테크. 네 돈을 가지고 르보프나 바르샤바에 숨어버려. 죽은 척하라고." 곰보 지오바크가 말했다.

"숨어도 돼. 내가 약속하지. 내가 사는 곳 근처 농장을 알아봐 줄게. 거기서 일하면 돼, 돈을 조금 주고 말이야. 사람들이 너를 농부로 볼 거야." 농부 바체크가 말했다.

"독일인들이 여기 영원히 있지는 않을 거야." 영리한 자메크도 거들었다.

나는 그들의 말을 듣고만 있었다. 그들은 정말 나를 좋아했던 모양이다.

내가 "우리, 코즐라 가에서 일을 시작하자."고 하자 지오바크가 "고집 센 방랑자 같으니라고!"라고 말했다. 모코토프가 기분 좋게 소리내 웃었다.

"대가를 치르는 것도 너고, 위험을 무릅쓰는 사람도 너야. 네가 결정해야지." 지오바크가 결론을 내렸다.

코즐라 가는 게토의 한 구역이었는데 아리안 구역인 프레타 가에 면해 있었다. 독일군들은 모든 입구마다, 그리고 환기구나 창문마다 가느다란 철사로 꼰 철망을 설치해 놓았다. 그러나 우리는 철망 사이로 들어갈 수 있도록 못 굵기의 깔때기 주둥이가 있는 원통 수백 개를 한데 연결시켰다. 내가 그 원통들을 철망에 밀어넣으면 그들이 잡고 있고 우리는 원통으로 곡식을 흘려보냈다. 그러면 마차 트리스크와 원숭이 하임의 짐꾼들이 코즐라 가에서 그것들을 모아들였다.

"아무도 고양이 같은 미에테크를 죽이지 못하지." 브리깃키가 말했다.

맞는 말이었다. 나는 그들 손에 죽기 싫었다.

파벨, 트리스크, 하임, 얀클레 등 짐꾼들은 게토 쪽에서 작업을 지휘했다. 이상한 일이었지만 게토와 바르샤바의 아리안 구역은 그때까지도 전화 연결이 되고 있었다. 그것이 나와 파벨의 무기였다. 우리는 용건만 짧게 주고받았다.

"협력해주는 표적은 어디냐?"

표적이란 우리가 작업을 할 예정이며, 협력자인 폴란드 경찰들이 한 두 시간 정도 우리를 눈감아주기로 한 담의 구간을 뜻했다. 파벨은 이미 그들 폴란드 경찰들에게 뇌물을 주었고 담 전체를 관리하면서 밀수꾼들의 지하 세관 역할을 하는 갱단에게도 돈을 준 상태였다. 자루 하나마다 액수가 정해져 있었으며 속여서 이득될 것은 없었다. 톱날 필라와 거인 미에테크가 내가 도망자로 보여 붙잡혀 가는 일이 없도록 내 양 옆에서 호위했다.

우리 트럭은 대개는 차고에 준비돼 있었고, 가끔 동부 역 근처 바르샤바 외곽에 준비돼 있었다. 파벨이 전화를 걸면 나는 "협력해주는 표적은 어디냐?"라고 물으면서 한편으로는 운전을 맡은 이에게 시동을 걸라고 신호를 보냈다.

나는 달려가서 차고 문을 열고 트럭 짐칸으로 올라타 미에테크와 모코토프가 있는 물건 더미 위로 올라가곤 했다. 우리는 헤드라이트도 켜지 않고 노상 바리케이드를 피해가며 정해진 코스를 따라 달렸다. 주변을 지키던 똘마니들이 가는 내내 길이 안전한지 알려주었다. 바람이 얼굴을 상쾌하게 때렸다. 우리는 얼어붙은 손으로 자루들이 굴러 떨어지지 않도록 잡고 있어야 했다. 우리 트럭은 마치 공격하는 것처럼 달려갔다. 우리의 공격은 군사작전만큼의 철저한 정확성을 요구했다. 우리가 너무 늦게 도착한다면 협력하려던 폴란드 경찰은 '표적'을 떠나버리고 다른 폴란드 경찰들이 와서 우리를 쏘아버릴 터였다. 나는 손으로 신호를 보내곤 했다. 몇 분 만에 금괴보다 더 귀한 자루 몇 십 개를 담 너머로 전달할 때도 있었다.

그러나 독일군들이 보초병들을 증원했다. 오토바이 순찰대들이 엔진 소리를 드높이며 나타났다. 우리 물건들은 압수됐다. 나는 화가 끓어올라 미친 듯이 술을 마셨다.

그 후 나는 방법을 바꾸었다. 핀케르트 장의사 쪽 사람들과 결탁해서 관에다 식품을 넣었다. 시신들을 실은 마차에 밀가루 포대를 싣고 밀수한 것이다. 독일인들은 티푸스를 겁내서 검문을 설렁설렁했다. 그러나 우리가 살아 있는 사람들을 돕기 위해 시신들을 이용한다는 사실을 알아채고는 묘지 주위에 벽돌로 담을 쌓아버렸다. 그래서 나는 다시 방법을 바꾸었다. 이번에는 쓰레기를 수거하러 게토 정문을 가끔씩 통과하는 마차들을 이용했다.

생사를 건 도박이었다. 그들은 조직적으로 우리의 목에 드리운 올가미를 죄어왔고 우리는 더욱더 숨통이 막혔다. 내 역할은 그 숨통을 조금 틔워주는 일이었다. 그러나 위험부담은 커져만 갔다.

결국 나는 공개적으로 일해야 했다.

폴라가 보기에 그것은 자살행위였다. 폴라가 내 손을 잡았다. 파벨은 녹초가 돼서 말없이 담배만 피웠다.

"누군가는 해야 하는 일이야." 내가 말했다.

"그들은 잡혔어. 거의 모두가. 하나씩, 하나씩 다 잡혀갔다고."

하지만 우리 모두 죽을 것 아닌가? "거의 모두가?" 나는 일어섰다. 의논이나 하고 있을 시간이 없었다.

"파벨, 너는 찬성이냐, 아니냐?"

"찬성이야." 그가 대답했다.

나는 계단을 뛰어 내려갔다. 마침내 나는 크게 일을 벌일 참이었다. 거의 전 재산을 그 작전에 투입했다. 유대인 경찰, 폴란드 경찰, 그리고 내게서 돈을 받아 독일 경찰에 전한다고 말하는 레슈노 가 13번지 그룹*에게 뇌물을 먹였다. 그리고 게토의 공식적인 대리인이었으며 13번지 그룹과 관련 있는 사람들에게도 뇌물을 먹였다. 그들은 독일인 감독들에게 지불했다. 말 두 마리가 끄는 마차에도 돈을 썼으며 위조문서와 허가취급국의 수입 허가증을 받기 위해서도 돈을 썼다.

이익이 많이 나는 계획들이 으레 그렇듯 내 계획은 단순했다. 나는 게토의 담인 '표적'은 이용하지 않고 게토로 들어가는 정문을 이용하기로 했다. 정문에 들어설 때면 나는 높이 쌓아올린 물건들 위에 앉았다. 내가 위조문서를 보여주면 폴란드 경찰은 그것을 검사하는 척했다. 그는 협력자였다. 정문에 있는 모두가 협력자들이었다. 나는 몇 번씩 통과했다. 파벨의 안내로 게토에 들어가는 시간은 두 시간 정도밖에 없었고, 그보다 짧을 때도 더러 있었다. 내가 공터로 가면 구석이나 지하실, 계단 등에서 짐꾼들이 나타났고 눈 깜짝 할 사이에 마차 위에 실었던 물건들이 감쪽같이 사라지곤 했다. 우리는 가끔 말 한 마리를 남겨두고 떠나기도 했다. 어느 날 나는 마차 두 대와 말 네 마리를 끌고 들어갔다가 말 두 마리만 마차를 끌게 해서 나오기도 했다. 나는 들어오는 문과 나가는 문을 따로따로 사용했다. 스타프키 가 끝에 있는 지카 가를 통해 게토로 들어가면 짐꾼들이 볼린스카와 쿠피에츠카 가 같은 좁은 거리의 구역에서 나를 기다리고 있었다. 그 후 내가 다시 오코포바 정문으로 가면, 몸을 굽히고 페달을 밟으며 내 물건들로 가득 찬 마차를 끌고 가는 그들이 지나갔다.

내가 운송한 곡식과 설탕은 수 톤에 이르렀다. 나는 정문을 일단 통과

＊

레슈노 가 13번지 그룹 제2차 세계대전 중 바르샤바 게토에 있던 유대인들의 부역단체로서 레슈노 가 13번지에 본부가 있어서 이렇게 불렸다. 유대인 게슈타포로도 불렸으며 독일 게슈타포에 직접 보고했다.

하면 마차를 몰고 군중 속에 섞여들었다. 내 물건들 위에 높이 앉아서 몸을 웅크리고 게시아 가를 걸어가는 인파를 내려다 보았다. 내가 백성들에게 희망과 구원을 가져다주는 군주나 자비로운 수호신이 된 듯한 기분이 들었다.

그러나 이때처럼 상황이 위험했던 적도 없었다. 나는 드러내놓고 일을 하고 있었기에 정문을 통과해갈 때마다 기적이 이루어진 듯 느껴졌다. 그러나 행운이란 변덕스러울 때가 많았다.

"사람들은 항상 파비아크에 오게 되지"

나는 지카 가 쪽 정문 앞에 멈췄다. 영리한 자메크가 말들의 고삐를 잡고 있었다. 곡식 자루 위에 앉아 있던 나는 파벨이 북적거리는 인파 속에서 꼼짝 않고 서 있는 걸 보았다. 파벨은 여느 때처럼 걱정에 휩싸여 있었다. 지카 쪽 정문에는 협력자들이 있었다. 날씨는 맑았다 흐렸다 하더니 결국 구름이 잔뜩 끼었다. 나는 자루에서 천천히 미끄러져 내리며 곡식의 냄새를 맡았다. 프라가의 차고에는 더 실어낼 곡식들이 기다리고 있었다. 지금쯤 무덤 모코토프가 내가 돌아오는 데 대비해 다른 마차에 곡식을 싣고 있을 터였다. 나는 내 허가증을 정문에 있는 폴란드 경찰에게 건넸다. 그 서류에는 내가 포바즈코프스카 가에 살고 있는 젊은 폴란드인으로 돼 있었다. 폴란드 경찰은 내 얼굴을 보는 둥 마는 둥 했다. 독일군은 초소 안에 있었다. 그도 역시 협력자였다. 만사가 별탈 없이 풀려갔다.

오토바이를 탄 경찰들이 담을 따라 다가오는 소리가 들렸다. 나는 자루들을 잡고 다시 그 위로 올라갔다.

"너는 아무것도 모르는 거야." 나는 영리한 자메크를 보호하려고 그렇게 말했다.

그 경찰들은 정문 앞에서 멈춰서 오토바이에서 내렸다. 그들 중 한 명이 우리가 있는 쪽으로 자동 연발권총을 조준했다. 다른 경찰 한 명은 초소로 들어갔다. 그들이 모두 고함을 쳤다. 독일군과 폴란드 경찰 협력자들은 위기를 모면하려고 더 큰 목소리로 고함을 쳤다. 긴 가죽 코트를 입은 두 오토바이 경찰이 우리에게 마차에서 내려와서 서류를 보이고, 또 손을 들고 있으라고 고함쳤다. 나는 갈비뼈와 머리를 얻어맞았다. 나는 서류를 내밀며 말했다. "왜 그러십니까? 저는 아무것도 모릅니다."

자메크는 아무 말도 하지 않았다.

오토바이 경찰 한 명이 그 자리를 떠났다. 다른 한 명은 우리를 바로 앞에 잡아두고 때렸다. 멀찍이 거리의 끝에 서 있는 파벨의 모습이 보였다. 파벨은 내가 운을 믿고 겁 없이 덤빈 것에 화도 났지만 지금 현 상황에 깊은 절망을 느꼈던 게 분명했다.

차 한 대가 좀 전의 오토바이 경찰과 함께 다가왔다. 그들이 쫓는 것은 나였다. 그들은 자메크는 본척만척했다. 누군가 배신한 게 틀림없었다. 우리는 잔뜩 얻어맞은 후 차 뒷좌석에 내팽개쳐졌다. 차는 지카 정문을 통과해 자멘호파 가를 지나 지엘나 가로 달려갔다. "항상 파비아크로 돌아오게 되지."라고 이전에 시비가 했던 말이 떠올랐다. 나 역시 파비아크로 가고 있었다. 그들은 내 몸을 수색했다. 죄 없는 척하기에는 내 수중에 돈이 너무 많았다. 나는 또다시 얻어맞고는 독방에 갇혔다. 자메크와는 영원히 헤어지게 됐다. 나는 칠흑 같은 감방 구석에 앉았다. "힘을 아껴라. 힘을 모아둬라. 겁먹지 마라." 나는 마음을 가라앉히려고 계속 혼잣말을 했지만 때때로 절망에 휩싸이기도 했다. 어머니 생각이 났고 조피아와 예전 친구 스타시에크 보로프스키 생각도 났다.

몇 시간이 그렇게 지나갔다. 그러더니 복도와 문간, 마당에서 고함치는 소리가 들렸다. 나는 머리를 숙이고 침묵하고 있는 죄수들로 가득 찬 트럭에 떠밀려 탔다. 트럭이 출발했다. 낯익은 거리들이 나타났고 날레프 키 가 정문이 보이고 바르샤바 아리안 구역이 나타났다. 아무 근심 없이 자유로이 걷고 있는 행인들과 엷은 녹색을 띤 봄날의 나무들이 보였다. 우리는 슈하 거리, 즉 게슈타포 사령부에 와 있었다. 오래 전, 독일인들이 우리에게 만들어놓은 세상을 내가 알아차리기 전에 와 봤던 곳이었다. 그 때 나는 그곳을 탈출했었다. 운이 좋았었다. 이번에는 지하에 있는 감방 벽에 붙어 선 채 양손을 머리 위에 올리고 있었다. 그런 후 계단 몇 개를 올라갔고 총 개머리판으로 얻어맞은 후 밝고 편안한 사무실로 끌려갔다. 머리를 잘 빗어 넘긴 남자 한 명이 책상에 양손을 얹고 한동안 침묵하다 가 말을 꺼냈다.

"말해."

창문 근처에 있던 통역사가 통역을 했다.

나는 대답했다. "거리에서 누군가를 만났습니다. 나는 돈을 좀 벌고 싶 었어요. 그게 다입니다." 나는 그에게 가짜 이름을 댔다.

"말해."

그는 나를 바라보지도 않았다. 나는 질문을 해달라고 말했다. 그러면 대답을 하겠지만 나는 죄가 없다고 말했다. 그는 통역사가 말을 끝내기도 전에 천천히 일어나 길고 채찍 같은 지팡이로 나를 후려쳤다. 지팡이가 윙윙 소리를 내며 휘둘러져 내 살갗을 파고들었다. 비명을 지르지 않을 수 없었다.

"말해."

그는 자리로 돌아가 앉았다. 나는 숨을 돌리고 다시 말했다. 그러자 그 가 얼굴이 벌겋게 되어 소리를 지르더니 일어나 나를 벽으로 밀어붙였다.

목에 연발권총의 총구가 느껴졌다.

"말해. 열까지 세겠다."

내가 왜 죽어야 하는 걸까? 뺨이 타오르는 듯했고 혀가 크게 부어오른 듯 숨이 막혔다. 조피아는 죽었다. 어머니는 조피아에게 솜씨를 발휘해 촐 렌트를 만들어주지도 못했다. 안녕, 내 가족들. 나는 투쟁이나 복수의 함 성을 질러보지도 못했다. 안녕, 내가 알던 사람들이여.

문이 열리면서 누군가가 들어왔다.

"내가 이놈에게 한 수 가르쳐주겠소." 그 살육자가 독일어로 말했다.

희망이 솟아올랐다.

그가 열까지 세는 동안 방금 방으로 들어온 사람이 내 귀 가까이에 총 을 발사했다. 그런데도 나는 아직도 살아 있었다. 겁을 주는 방법이었다.

"내일까지 시간을 주지."

그는 나를 방 가운데로 데리고 가더니 사타구니를 걷어찼다. 나는 고통 에 겨워 몸을 구부렸다.

"너를 도와준 불량배들과 군인들의 이름을 알고 싶다. 내일까지다." 그 가 말했다.

그러나 나흘 동안 그들은 나를 잊은 듯했다. 둘째 날, 나는 기회를 틈 타 내게 수프를 부어주던 폴란드 간수에게 돈을 주겠다는 뜻을 은근히 비 쳤다. 그가 힐긋 쳐다보았다. 내가 제시한 액수가 많았던 탓이다. 그의 얼 굴은 무표정했다.

"내가 있는 곳을 내 친구에게 알려주기만 하면 되요. 그 친구가 돈을 줄 겁니다."

그는 망설였다. 나는 다시 그에게 줄 돈의 액수를 말했다.

"누구라고?"

나는 간수에게 모코토프가 나를 기다리고 있을 프라가의 차고 주소를 말해주었다. 간수가 자리를 떴다. 도박을 했으니 이제는 잘 되기만을 바랄뿐이었다. 그는 나흘 째 되는 날 돌아왔다. 그가 싱긋 웃었다. 모코토프가 내 몸값을 치른 모양이었다.

"무덤과 거인이 알아서 처리하고 있어." 간수가 말했다.

모코토프와 미에테크를 말하는 거였다. 이제 그들은 내가 있는 곳을 알고 있다. 나는 그들을 믿었다. 힘이 솟았다. 그러나 그 넷째 날 게슈타포가 왔다. 나는 겁에 질렸다. 나는 트럭이 아닌 승용차 편으로 다른 사무실, 다른 살육자에게로 끌려갔다. 키가 크고 대머리인데다 멋지게 차려입은 그 살육자의 얼굴이 눈부신 빛을 받아 자줏빛으로 빛났다.

"네가 유대인이라는 걸 숨겼어!"

나를 치료해준 파비아크 감옥의 진료소에서 내가 할례를 받은 것이 발각된 모양이었다.

"유대인들은 표가 날 수밖에 없지!" 그가 말했다.

그는 내가 독일어를 알리라 확신하고 통역사마저 부르지 않았다. 나는 폴란드어로 내가 아무 잘못이 없으며 폴란드어만 안다고 대답했다. 그의 얼굴이 더욱 붉어지더니 고함을 지르며 내게 뛰어들었다. 그의 입안으로 금니가 보였다.

"그만하면 됐어, 유대 놈아. 너는 끝장이야!"

그들은 나를 괴롭히기 시작했다. 그들이 둥글게 둘러서서 나를 던지며 이 사람 저 사람이 서로 주고받았다. 나를 공기주머니처럼 터뜨려버리려는 듯했다. 그리고 나를 탁자 위에 눕혀놓고 두 명이 한꺼번에 막대기와 곤봉으로 나를 때렸다. 그러고는 가죽 끈으로 후려치고 사타구니를 찼다. 다음 날 아침 파비아크 감옥에서 나는 피오줌을 쌌다. 그들의 고문은 며칠이나 계속됐다. 고문을 하고나면 그들은 나를 트럭에 태워 감옥으로 온 후 머리카락을 잡고 감방으로 끌고 갔다. 그리고 다음날 낮, 또는 다음날 밤 똑같은 짓이 되풀이됐다. 그곳에 끌려갈 때마다 나는 무덤 모코토프와 거인 미에테크가 트럭을 습격하기 바랐지만 아무 일도 일어나지 않았다. 그 외로움이 실은 가장 마음 아팠다. 살육자들은 내 양손을 탁자 위에 올려놓고 담뱃불로 엄지손가락 두 개의 뿌리 쪽을 지지고는 치료한답시고 그 상처에 따가운 산성 물질을 발랐다. 그러고는 정육점의 진열장에 있는 동물처럼 나를 거꾸로 매달았다. 그들은 백정들이었다.

나는 그들에게서 고문을 계속 받다가는 내 뜻과는 달리 자백을 하게 될지도 모른다는 걸 깨달았다. 결심을 해야 했다. 자살을 할까 신중히 생각해봤지만 나는 겨우 열일곱 살이었고 살고 싶은 열망으로 가득 차 있었다. 그래서 그들을 상대로 다른 도박을 해서 약을 올리기로 결심했다. 또운을 믿고 덤벼본 것이다.

나를 바닥에 내려준 후 얼굴이 붉은 그 살육자가 땀을 흘리며 다가오자 나는 독일어로 말했다. "말할게요."

그는 무릎을 치고는 채찍으로 내 얼굴을 쓰다듬고 소리내 웃었다.

"알겠지, 이 유대 놈!"

그는 내 예상대로 군인들과 첫 번째로 나를 때린 살육자를 소리쳐 불렀다.

"우리 유대인 꼬마가 털어놓기로 했다네."

그러고는 그는 군인들에게 나가라고 소리쳤다. 군인들이 투덜거리는 소리가 들렸다. 그러고는 갑자기 주위가 조용해졌다. 방에는 그와 나, 단 둘만 남았다.

"말해봐라, 유대 놈!"

그의 얼굴이 굶주린 듯 내 얼굴에 바싹 다가왔다.

"당신이 나를 죽이면 아무것도 얻을 게 없어요."

나는 침을 뱉었다. 그는 얼굴이 창백해지면서 연발 권총을 든 채 일어섰다. 그는 머뭇거렸다. 내가 그렇게도 자주 시험했던 내 행운이 올지 말지 모르는 상황이었다. 그가 방을 나갔다. 나는 다시 파비아크 감옥으로 옮겨졌다. 이틀이 지나갔다. 상처들이 곪아갔다. 죽음이 내게 다가오는 것을 느꼈지만 몸을 움직이기도 힘들었다. 사흘 째 되는 날 감방 문이 열리더니 예의 그 살육자가 내 앞에 섰다.

"용감한 유대인이군. 게다가 영리하기까지 해. 나하고 타협을 보기로 하지."

"나를 살리고 싶으면 상처부터 먼저 치료해주세요. 그리고 아리안 서류를 가져다주고요."

내가 그 협상에 관심이 있음을 그가 믿게 하기 위해 그 거래를 놓고 승강이를 벌였다.

"좋아. 너를 치료해주기로 하지. 너는 아리안 청년들처럼 멋지게 살게 될 거다."

그는 자기 말이 먹혔다고 생각하며 웃었다. 나는 정보를 금방 내놓기를 거부하며 다시 발뺌을 했다.

"먼저 치료부터 해주세요."

그들은 파비아크의 병원으로 나를 데려갔다. 병실 문 앞에는 군인 한 명이 보초를 섰고 게슈타포의 의사 쉐르벨이 진료차 들렀다. 그 의사는 덩치가 작고 통통하며 표정이 온화했다. 하지만 나중에 나는 그가 죄수들을 마취도 하지 않고 수술을 할 때가 더러 있다는 걸 알게 됐다. 그것도 단지 '재미로.' 어느 날 아침 나를 돌보면서도 일주일간 말 한마디 걸지 않던 그 폴란드인 의사가 나에게 미소를 지었다.

"너는 그리 건강이 나쁘지 않아. 하지만 무덤과 거인은 네가 티푸스에 걸리는 게 제일 낫겠다고 생각하더군. 나도 그들과 의견이 같아."

행복함, 햇빛, 생명이 홍수처럼 밀려들었다. 나는 그의 손을 잡았다. 그가 내 손을 꽉 쥐어주더니 윙크를 했다. 그러고는 내게 주사를 놓아주었다. 두 시간 후 나는 열이 나고 헛소리를 했다. 나는 파비아크 감옥에서 쫓겨났다. 독일인들이 다른 사람에게 전염될까 봐 겁을 냈던 것이다. 모코토프와 거인 미에테크는 내가 입원한 바르샤바 교외의 성 스타니슬라스 병원의 나이 많은 의사를 협박해 죽을 건지, 상당량의 지폐를 받고 부탁을 들어줄 건지 선택하게 했다. 어느 날, 그들은 나를 창문을 통해 밖으로 내려보냈다. 건물의 전면에 밧줄이 대롱거리던 게 희미하게 기억이 난다. 그들은 내 침대에는 시신 한구를 대신 눕혀놓았다. 그러고는 나를 몰래 게토로 빼돌렸다. 나는 며칠 밤낮을 잠만 잤다. 첼마예스터 박사가 어렵사리 구한 약으로 나를 치료했다. 젊음은 내편이었다. 며칠이 천천히 유쾌하게 지나갔다. 나는 일이 되는 대로 내버려두었다. 마치 세나토르스카 가의 집으로 돌아와 있는 듯했다. 아프다는 게 즐거운 일이었고, 감기에 걸려 목쉬고 뻣뻣한 소리로 어머니를 부르곤 했던 그 시절로 돌아간 기분이었다. 악몽에 시달리던 시기도 마침내 끝났다. 나는 갈비뼈 몇 대가 부러졌고 코가 부러졌고 이가 몇 개 부러진 상태였다. 팔을 똑바로 펼수도 없었다. 하지만 살아 있었다. 바깥 마당에는 4월의 따뜻한 햇볕이 내리쬐었고 공기는 맑았다.

더 심한 공포가 기다리다

나는 밖으로 나갔다. 바깥 세상이 돌아가는 모습을 보니 견딜 수가 없었다. 스모차 가와 게시아 가의 모퉁이에는 시체 한 구 옆에 누더기 차림인 유령 같은 사람이 규칙적으로 소리를 지르고 있었다. "하나밖에 없는 내 아들 모니에크를 땅에 묻게 몇 푼만 주세요."

나는 그 지옥 속을 걷고 또 걸었다. 걸을 때마다 증오심과 함께 원기도 솟아올랐다. 그날 저녁 나는 일을 다시 시작하기로 결심했다. 그러나 그들은 내게 그럴 시간을 주지 않았다.

그들은 4월 17일 금요일, 땅거미가 질 무렵 게토로 들어왔다. 그들의 발자국 소리와 성난 목소리가 들렸다. 그들은 일을 마구잡이로 하지 않고 '정치꾼들', 즉 지하 신문에 기사를 쓰거나, 인쇄하거나 읽는 사람들부터 일제검거했다. 또 '레슈노 가 13번지 그룹'의 조직원들과 제빵업자들을 잡아들였다. 그들이 처음 총을 몇 방 쏘자 우리들은 각자 은신처로 올라갔다. 그들은 잡힌 사람들을 집 앞에서 쏘아 죽였다. 다음 날, 아버지는 유대인 절멸 부대가 바르샤바에 도착하고 있다는 사실을 확인했다.

게토는 숨을 죽이고 최악의 상황을 기다렸다. 나는 다시 불량배 친구들과 연락을 시도했지만 영리한 자메크는 파비아크 감옥에 들어간 후 소식이 끊겼고 곰보 지오바크는 바르샤바를 떠났으며 농부 바체크는 시골에서 가져온 농산물을 팔고 있다는 소식만 들렸다. 내가 체포됐다가 탈출하고 또 아파서 누워 있는 동안 그들은 용기를 잃었던 모양이다. 그들은 겁먹고 있었다. 생명의 은인들인 모코토프와 거인 미에테크도 겁을 집어먹었다. 우리는 단념했다. 나는 몇 번 모코토프를 만나러 갔지만 몇 주가 지나면서 그 일조차도 엄청나게 어려워졌다. 게토의 담에는 50미터 간격을 두고 흰색 숫자들이 커다랗게 칠해졌다. 그 숫자 표시 앞마다 유대인 경찰들이 보초를 서면서 담을 감시했다.

담을 넘어다닐 다른 수단을 찾아야 했다. 그때 하수도가 생각나 시험해

봤지만 무라노프스카 가에 있는 맨홀 뚜껑을 들어 올리려다 발각되고 말았다. 4월 17일부터 순찰이 강화돼서 순찰병들이 좍 깔려 있었다. 프랑켄슈타인 혼자 사람들을 찾아다니며 살해하던 시기는 지나버린 것이다. 순찰대는 무슨 구실이든 붙여서 유대인들을 담벼락이나 마당에 수시로 매달았다. 본보기였다. 철모를 쓴 군인 두 명이 맨홀을 들어 올리던 나를 붙잡고는 두 팔을 들어 올리게 하고 포코르나 가 모퉁이의 어느 마당에 밀어 넣었다. 나는 발을 질질 끌며 앞으로 갔다. 또다시 행운이 나를 버린 것인가? 열 명 남짓한 사람들이 두 팔을 올리고 담을 향해 돌아서 있었고 군인 네 명이 그들을 감시하고 있었으며 다른 군인들은 거리를 순찰했다. 곧 한 분대가 나타나 총을 발사할 터였다. 내가 벽 쪽으로 비스듬히 조심스럽게 다가갈 때 유리로 된 부채꼴 채광창이 보였다. 지층으로 나 있는 지하실의 창문이었다. 나는 그쪽으로 조금씩 다가갔다. '마르틴, 첫 번째 기회를 잡아야 해. 항상 첫 기회를 잡아야 한다. 두 번째 기회란 건 결코 없어.' 아버지의 말이 기억났다.

나는 주먹을 꽉 쥐고 유리창으로 몸을 날려 깜깜한 지하실에 있는 나무 상자 속으로 떨어졌다. 곧 총소리가 나고 익숙한 고함 소리가 들렸다. 나는 문을 세게 밀쳐 열고 계단 몇 개를 올라갔다. 아무도 없었다. 문 하나가 열려 있었다. "마르틴, 첫 번째 기회를 잡아야 해." 문을 열고 들어가니 방안에는 누런 얼굴에 흰 원피스를 입은 말라빠진 어린 소녀가 빳빳하게 굳어서 인형을 안은 채 미동도 않고 있었다. 굶어서 죽은 소녀였다. '마르틴, 살아야 한다.'

밖에서 군인들의 고함 소리가 다시 들렸다. 다른 방에는 커다란 서랍장이 있었다. 나는 서랍 속의 침대 시트와 담요를 꺼내 종잇장 같이 가벼운 그 어린 소녀의 시신 아래 깔고 난 후, 비어버린 그 서랍 속에 기어들어가서 허리띠 한쪽을 서랍에 걸고 손톱으로 허리띠를 지탱하며 다른 손으로 허리띠를 끌어당겨 서랍을 닫았다. 군인들이 총 개머리판으로 문을 두드렸다. 그들은 문을 열고 들어와 총을 발사하며 욕을 했다. 징 박은 구두소리가 요란하게 들렸다. 그러나 그들은 소녀의 시체를 보고는 아무런 망설임 없이 나가버렸다. 그들은 한동안 그 집에 사는 사람들을 모아놓고 고함을 치며 나를 찾으려고 애를 썼다. 겁에 질린 여자들이 얻어맞는 모습이 보이는 듯했다. 그러나 살아야 한다는 게 내 신념이었다. 잠든 것 같이 죽은 그 어린 소녀를 위해서라도 나는 살아야 했다.

잠시 후, 주위가 조용해졌다. 내가 서 있었을 뻔했던 그 마당에서 누군가가 명령을 내렸다. 일제 사격이 있은 후 총소리가 몇 번 더 산발적으로 들렸다.

제4장

살육자들이 말했다

1942년 7월 22일 수요일, 살육자들의 발표가 있은 날이다. 유대인 위원회의 공고문들 앞에 사람들이 무리지어 모였다가 흩어졌다. 남자들은 달려가고 있었고 여자들은 비명을 질렀다. 밀라 가 모퉁이의 보도 연석에 앉아 있던 한 여자가 머리를 부여잡고 미친 듯 울부짖다가 비명을 질렀다. 그 비명 소리는 점점 더 커지다가 이윽고 잦아들었다. 어머니가 창문에 서 있는 게 보였다. 나는 어머니에게 진정하라고 몸짓으로 말했다. 어머니는 호소하듯 양손을 하늘을 향해 쳐들었다. 자멘호파 가에서 총소리가 울려 퍼지더니 여자들의 비명 소리가 다시 났다. 죽음의 고통을 겪는 게토의 비명소리였다.

살육자들이 말했다. 그들은 매일 유대인 수천 명씩을 '동부로 이주시키겠다'고 발표했다. 바르샤바 게토의 모든 주민을 이주시키려 한다고 했다.

유대인위원회는 이주민을 집합시키기를 바란다, 등등의 말을 했다…….

나는 게토를 돌아다녔다. 도처에 격분한 사람들과 공포에 질린 사람들이 널려 있었다. 고함 소리, 총소리……, 사람들은 '이주'를 며칠간이라도 피할 수 있게 해주는 공식 서류들을 구하느라고 광분했다. 생명을 주는 종잇장인 출생증명서, 의료 진단서, 혹은 유대인 경찰관의 가족이라는 것을 증명해주는 서류 등이 필요했다. 서류들마다 모두 가격이 정해져 있었다. 랍비들은 가짜 결혼 증명서를 찍어냈고 유대인 경찰들은 비싼 값을 받고 서류를 발급해주었다. 폴라가 가격은 불문하고 자기 것도 하나 구해달라고 내게 부탁했다. 파벨은 취업허가증을 샀다. 그들은 무사하리라고 생각했다! 기껏해야 두 번째 기회를 얻은 것뿐이었는데도.

나는 스타프키 가 끝까지 걸어갔다. 유대인 병원 앞에서 남자 간호사들이 병상과 탁자들을 쌓아올리는 일을 막 끝낸 참이었다. 환자들은 끌어내려져 있었다. 환자들 몇 명은 자전거 택시와 마차에 실렸다. 가족의 등에 업혀 옮겨지는 환자들도 있었다. '그들'은 그 병원을 집합장소로 쓰려고 했다. 그래서 그날 저녁까지 병원을 비우라고 했다. 그리고 여섯 시까지 유대인 6000명을 모으라고 했다. 내일은 얼마나 많이 모여야 할까? 그들이 원하는 것은 끝이 없었다…….

살육자들의 몇 마디에 조성된 이 분위기에 비하면 어제까지 느꼈던 불안감은 차라리 달콤하고 행복한 평화였다. 나는 어머니를 안심시키러 집으로 갔다. 게토 전체가 흔들리고 있는 마당에, 그리고 우리 집 근처에서도 운명이라며 사람들이 체념하고 절망에 빠진 채 허용된 14킬로그램 한도로 짐을 꾸리는 마당에 내가 어떻게 어머니를 달랠 수 있겠는가? 어떻게 우리를 이주시킬 장소라는 그 '동부'가 죽음을 피할 장소라도 되는 듯 말할 수 있겠는가! 아버지가 어수선한 차림으로 숨을 헐떡이며 극도로 흥분해서 집에 왔다. 아버지는 남동생들이 듣지 못하도록 내 팔을 잡고 층계참으로 데리고 갔다. 동생들은 어머니 곁에서 힘이 빠진 채 말도 없이 놀고 있었다.

"유대인 절멸 부대가 왔어. 바르샤바에." 아버지는 말하면서 주먹을 불끈 쥐었다. "그런데 우리에겐 무기도 하나 없단다."

아버지는 마음을 좀 가라앉히고는 내게 취업허가증 몇 장을 주었다. 허가증에 따르면 우리는 게토에 있는 독일인 회사에서 일하는 것으로 돼 있었다.

"공장 노동자들은 한동안 끌려가지 않을 거다."

한동안이라고! 우리는 그 말에 의지하며 1939년 9월부터 한 주일, 한 주일을 버텨오고 있었다. 우리는 동맹국들의 승리를 바랐고 전쟁이 끝나리라고 생각했었다. 뜬소문들이 게토를 휩쓸며 열기를 더해갔다. 괴링*이 죽었다더라, 영국이 베를린을 파괴했다더라, 러시아군이 모스크바 바로 앞에서 독일군을 전멸시켰다더라, 우리 민족이 많이 살고 있는 미국이 그들을 몰살시킬 거라더라, 등등의 소문들이었다. 그러나 '그들'은 여전히 여기 있었다. '그들'은 대서양에서 볼가강(러시아연방 서부를 흘러 카스피해로 들어가는 유럽 최대의 강)까지, 발트해에서 흑해까지 장악하고 있었다. 우리가 죽는다고 누가 신경이나 쓰겠는가?

탈출하는 건 우리에게 달린 일이었다. 나는 수천 명에 이르는 다른 사람들처럼 달렸다. 자멘호파 가에서는 죄수들이 이미 집합해 있었다. 피난

---

*

괴링 Hermann Göring, 1893. 1. ~1946. 10, 나치당의 초기 멤버이며 게슈타포를 창설했다. 독일을 나치 경찰국가로 만드는 데 핵심적인 역할을 했다. 뉘른베르크 국제군사재판에서 전범戰犯으로 교수형을 선고받았으나 사형이 선고된 날 밤 극약을 먹고 자살했다

민들, 노인들, 거지들, 병약자들, 고아들이 모두 끌려와 그 거리로 밀려들어가고 있었다. 유대인 경찰들은 곤봉을 쳐들고 고함치며 명령을 내렸다. 그들은 그날 저녁까지 6000명을 모아야 했다. 그런 후 거기 모였던 사람들이 가축떼처럼 줄지어 떠났다. 나는 자멘호파 가 끝까지 그 무리들을 따라가면서 누더기 차림을 한 가엾은 서민들, 가난한 사람들, 강도들, 아이들, 불구자들, 노인네들, 다른 게토에서 온 부랑자들을 바라보았다. 그들은 6000명이 필요했다. 그들이 앞으로 나아가자 인도가 텅 비었다. 행인들은 그들을 공포에 질린 얼굴로 바라보았다. 우리도 내일이면 그들과 같은 신세가 될 터였다.

근처에서 있던 한 여자가 속삭였다. "하느님이 저들을 데려가시네요. 감사합니다, 하느님, 저들의 고통도 끝났군요."

나는 일이 어떻게 되는지 보기 위해 그들을 병원까지 따라갔다. 가축운반용 화물차가 거기 기차역에 줄지어 서 있었고 경찰들이 고함을 지르고 있었다. 그중에서도 힘센 슈메를링을 알아볼 수 있었다. 그는 채찍을 높이 쳐들고 모여선 사람들 쪽에서 달려와 나치 친위대에 보고하려 했다. 그러나 그는 유대인이었다. 여기 모인 사람들처럼. 나처럼. 끌려온 사람들은 여기저기 흩어져 차 속으로 떼밀려 탔다. 누구라도 소리를 지르거나 저항을 하거나 몸부림을 치면 경찰들이 쇠막대기로 때리거나 총을 쏘았다. 나는 그 모습을 전부 내 눈으로 기록했다. 내일이면 내게도, 내 가족에게도 그 일이 일어날 수 있었다. 나는 탈출하기 위해, 이기기 위해 먼저 무슨 일이 벌어지고 있는지 알아두어야 했다. 이곳 움슐라크플라츠, 즉 '이주의 광장'에서 말이다. 어제만 해도 그저 커다란 교차로였던 이곳. 어제만 해도 이주의 광장이라는 단어는 존재하지도 않았다. 그러나 살육자들의 한마디에 그 장소는 지옥의 중심이 돼버린 것이다! 움슐라크플라츠! 모든 이들을 벌벌 떨게 하는 죽음의 단어. 판결과도 같은 그 단어.

숨다

나는 달려가다가 목수를 찾았다. 그들은 금쪽 같이 귀한 존재들이었지만 내게는 그들을 부릴 돈이 있었다. 나는 목수의 팔을 잡고 같이 달리게 했다. 거리거리마다 사람들이 미쳐 날뛰었고 짐을 꾸려서 도망갔다가는 거리가 봉쇄돼 더 나아갈 수 없는 걸 알고는 비명을 지르며 돌아오곤 했다. 왜 우리에겐 총이 없는가? 왜 우리는 가만히 앉아서 죽임을 당해야 하는가? 집에 돌아온 나는 어머니와 남동생들을 한쪽으로 비켜 있게 했다. 나는 안전한 은신처를 만들고 싶었다. 그 편이 취업허가증을 가진 것보다 훨씬 나을 터였다. 목수는 옷장 뒤쪽을 문으로 개조했다. 걸쇠는 보이지 않게 처리했다. 그런 후 우리는 옷장을 어느 방의 문 앞에 세워놓았다. 시트, 속옷 등을 넣어두는 옷장 뒤가 어머니와 동생들이 숨을 은신처가 된 것이다. 쭈그리면 들어갈 수 있는 다른 옷장으로는 내 은신처를 만들게 했다. 다른 방의 문 앞에 그 옷장을 옮겼다. 나는 머리가 희끗희끗한 그 목수에게 돈을 지불했다. 그는 나를 보는 둥 마는 둥 하며 톱밥이 잔뜩 묻은 두툼한 양손으로 지폐를 거머쥐었다. 그를 믿는 도리밖에 없었다. 우리의 목숨이 그의 손에 달렸다. 그가 우리 은신처를 불지 않는다는 대가로 다른 걸 요구하지 않을지 확신할 길은 없었다.

나는 식품을 저장하고 음료수를 준비해 놓은 후 은신처에 매트리스를 깔았다. 어머니는 체념한 듯 조용히 바라보기만 했다.

"괜찮을 거예요, 어머니. 장담해요. 괜찮아질 거예요."

나는 어머니에게 입맞춤하고 내 힘과 용기, 확신을 어머니도 느낄 수 있도록 껴안았다. 어머니와 동생들을 은신처에 들여보냈다. 동생들은 옷었다. 동생들은 옷장 속에 있고 싶어 했지만 달랜 끝에 마침내 옷장에 선반들을 끼우고 리넨 천들을 치우고 옷장 문을 닫았다. 내 은신처인 다른 옷장 안은 겨우 앉을 수 있을 정도였다. 매일 밤 내가 안에 있는 그들을 나오게 하고 쓰레기를 치울 것이다. 거리에서는 고함 소리, 달리는 소리, 유대인 경찰들이 행인들을 추적하는 소리들이 들려왔다. 아마 모집 인원에서 몇 명이 모자라서 사람들을 무작위로 잡아가려는 듯했다. 긴 곤봉을 든 무장 경찰이 팔을 휘저으며 달려가는 여자를 쫓아가는 게 보였다. 그 여자는 발을 헛디디고는 넘어졌다. 경찰들이 그 여자의 머리채를 잡고 일으키더니 끌고 갔다.

살육자들이 말했다. 게토의 유대인 일부는 야만적인 짐승들처럼 변했고 일부는 미쳐버렸으며 대다수는 순한 양들처럼 살육자들이 이끄는 대로 끌려갔다. 인간다움을 유지하기가 어려운 시기였다. 23일 금요일, 오전 여덟 시 반, 유대인위원회 의장인 체르니아코프가 자살했다. 그의 죽음은 분노와 저항과 절망의 외침이었다. 그리고 일종의 경고이기도 했다. 그러나 우리 중 그 경고를 알아차린 사람은 거의 없었다. 경찰들은 할당된 수를 채울 '머리'들이 필요했다. 수를 채우지 못하면 살육자들이 바로 자기들 경찰을 그날 저녁 가축운반용 화물차에 태워 보낼지도 몰랐다. 모두가 자기 목숨을 부지하는 데 혈안이 됐다. 내 목숨을 구하려고 다른 사람의 목숨을 희생시키는 일은 다반사였다. 인간다움을 유지하기란 정말 힘든 때였다.

거리가 텅 비었다. 경찰 한 분대가 도착해 계단을 올라가고 문들을 부수고 사람들을 침대에서 끌어냈고, 이웃이나 아는 사람들의 밀고를 받고 은신처를 찾아내 사람들을 끌어냈다. 그런 후, 유대인 사냥꾼들인 우크라이나인, 라트비아인, 리투아니아인들로 이루어진 무자비한 무리들이 나치 친위대에 고용돼 찾아왔다. '이주의 광장'은 사람들로 넘쳐났다. 나치 친위대는 수를 세고는 가축운반용 화물차의 문을 닫았다. 어머니와 자녀가 헤어진들 무슨 대수랴? 우리들 '가축'들은 광장에서 바로 분류되기도 했다. 오른쪽에 있는 사람들은 기차를 타고 왼쪽에 있는 사람들은 나치 친위대에 노력봉사를 한다는 식이었다. 왼쪽에 섰다는 건 희망이 있다는 의미였다.

나는 거리에서 잡혔다. 다른 수천 명과 같은 운명이었다. 우리는 '이주의 광장'을 향해 줄을 서서 병원 안으로 몰아넣어졌다. 짐승 우리와도 같은 그곳에서 우리는 차에 실리기를 기다렸다. 사람이 어떤 존재로든 변할 수 있다는 걸 배운 게 그때였다. 병원의 아래 쪽 두 개 층은 우크라이나인과 리투아니아인들이 쓰고 있었다. 그들은 그곳에 임시로 거주하면서 사람들을 죽이거나 강간했다. 우리 유대인들은 그 위층에 있었다. 우리는 가축운반용 화물차에 실릴 예정이었다. 동부로 가기 위해서. 어떤 사람들은 동부를 죽음이라 생각했고, 어떤 사람들은 희망이라 얘기했다.

우크라이나인들이 우리를 가축운반용 화물차에 실으려고 병원의 문들을 열었을 때 싸움이 벌어졌다. 우리는 한 시간이라도, 하루라도 벌어보려고 위층으로, 위층으로 앞다투어 올라갔다. 우크라이나인들이 스타프키 가에서 창문을 향해 총을 쏘았다. 사람들이 떨어졌다. 여자들이 째지듯 비명을 질렀다. 사람들이 미친 듯 팔을 마구 휘둘렀다. 방마다 오물과 배설물이 널려 있었다. 사람들은 시체들 위에서 잠을 잤다. 창문 밖으로 뛰어내리는 사람들도 있었다. 우크라이나인들은 기다렸다가 공중에서 그들을 새처럼 겨누어 쏘아 맞추며 웃어댔다.

나는 잡혔다. 그러고는 탈출했다. 하루에 두 번이나 탈출한 적도 있었다. 나는 유대인 경찰에게 뇌물을 주고 잠시나마 그가 일부러 딴전을 피우는 기회를 이용했다. 또는 왼쪽 줄, 즉 노동수용소로 가는 쪽에 서게 해 달라고 부탁해서 도중에 트럭에서 뛰어내리기도 했다. 매번 결심은 굳어만 갔으며, 준비만 돼 있으면 더 용이하게 탈출할 수 있으리라는 확신이 커져갔다. 나는 허리춤에 밧줄을 감고 다녔고 칼과 돈을 늘 가지고 다녔다. 밀수꾼이었던 경험으로 나는 내 협력자들이었던 유대인 경찰들을 거의 다 알고 있었다. 그들은 나를 존중했고 두려워했으며 내 재력을 알고 있었다. 그들이 나를 도와주었다.

잡히고, 뇌물을 먹이고, 도망가고, 또 잡히고, 하는 일이 매일 계속됐다. 그게 내 생활이었다. 살아남기 위해서는 주위에서 일어나는 일을 듣지도 보지도 말아야 했다. 어느 날, 카르멜리츠카 가에서 경찰들이 사람들을 소형트럭에 짐짝처럼 처넣고 있었다. 한 시간 뒤, 밀라 가에서는 한 유대인 경찰이 어린 아이를 쫓아가고 있었다. 마침내 아이를 잡은 경찰은 팔을 잡고는 "잡았다"라고 소리쳤다. 그러자 부모가 따라 나왔다. 그 가족 모두가 '이주의 광장'으로 끌려갔다. 아이가 좋은 미끼로 사용된 것이다.

게토 소개 작전

매일매일 그 작전은 계속됐다. 어머니와 남동생들은 은신처를 떠나지 않았다. 폴라는 지붕 밑 다락에 숨었다. 나도 나가지 말아야 했다. 그러나 나는 운명에 도전했다. 나는 청소부처럼 거리를 돌아다녔다. 우크라이나 인들과 유대인 경찰들이 떠나기도 전에 비어 있는 아파트로 들어가기도 했다. 나는 음식을 구하기 위해 그들의 뒤를 따라갔다. 강간당하고 살해된 여자의 시체를 밀어젖혀야 할 때도 있었다. 아기가 방안에 혼자 남겨져 울고 있었다. 나는 그런 일에 관심을 가지지 않으려고 애썼다. 내가 할 수 있는 일이 없었던 탓이다. 나는 무슨 물건이든 찾으면 셔츠에 쑤셔 넣고 식구들에게로 돌아왔다.

노볼립키 가에 있는 4층짜리 건물에서 나는 우크라이나인과 맞닥뜨렸다. 목이 짧고 땅딸막한 낙오자이며 약탈자였다. 그는 내 팔을 잡고 층계참으로 밀어냈다. 말 한마디도 없었다. 그저 그는 난폭하게 행동했고 나는 순종할 뿐이었다. 2층에 있는 한 집의 문이 열려 있었다. 그가 다시 나를 밀었다. 나는 온힘을 다해 그를 밀치고 문을 쾅 닫고는 그가 총을 쏠 때까지 문을 잡고 있었다. 그러다가 나는 그 문을 놓고 문이 열려 있는 다른 집으로 잽싸게 뛰어갔다. 그가 계단을 뛰어올라왔다. 나는 그가 아까 있던 집으로 문을 열어둔 채로 들어가 싸울 준비를 했지만 그는 다시 계단을 뛰어 내려갔다. 나는 몇 초 동안 기다리다가 가족에게 가져다 줄 음식이 있는지 찾아보았다.

우리는 여전히 끔찍하게 굶주리고 있었다. 밀수를 한다는 건 사실상 불가능해졌다. 사람들은 굶주림 때문에 은신처에서 기어나왔다. '그들'은 알고 있었다. 7월말 '그들'은 담에다 공고문을 붙였다. 자발적으로 '이주의 광장'에 나오는 사람들은 빵 3킬로그램과 잼 1킬로그램을 받을 것이라는 내용이었다. 게다가 동부에 가도 가족들을 분산시키지 않겠다고 했다. 정말로 굶주렸기에 빵과 잼을 목숨보다도 귀하게 여기는 사람들도 있었다. 그들은 '이주의 광장'으로 몰려갔다. 유대인 경찰들은 그들을 때릴 필요도 없었다. 푹 꺼진 뺨에 숄을 두른 여자들이 거칠거칠한 회색 빵을 받고 신경질적으로 웃었다. 그들은 빵을 급히 입으로 가져가거나 손으로 떼먹었다. 부모들은 자식과 헤어지지만 않는다면 무슨 일이든 할 태세였다.

자원해서 온 사람들이 너무 많아서 일부는 되돌려 보내지기도 했다. 일은 고되지만 음식은 풍부하다는 친척들의 편지를 들고 있는 사람들도 있었다. 그들이 다시 '이주의 광장'으로 모여들었다. 어떻게 그런 말에 속아 넘어갈 수가 있었을까!

나는 최면에 걸린 듯 거리를 쏘다녔다. 그러던 어느 날 아침 마차들을 보게 됐다. 태양이 불타고 있었다. 며칠 비가 내린 뒤 날씨가 좋아졌고 게토는 한 여름의 열기로 들끓고 있었다. 나는 그들을 보았다. 하임, 얀클, 그리고 트리스크였다. 그들은 마차를 타고 자멘호파 가 쪽으로 가고 있었다. 그들 역시 '이주의 광장'으로 가고 있는 거였다. 나는 그들 옆에서 마차를 잡고 매달렸다.

"트리스크, 얀클, 너희들 미쳤냐?"

그들이 웃어댔다.

"어쨌든 우리는 안전할 거야. 음식도 있고 일도 있다니까."

"너는 뭘 기다리는 거니, 미에테크?" 얀클레가 물었다. "동부로 가는 건 선착순이야."

"미에테크, 마음먹기 달렸어. 이리 와. 네 자리를 만들어 줄게."

원숭이 하임이 늘 그렇듯 얼굴을 찡그리더니 열심히 팔을 흔들었다.

나는 그들에게 내리라고, 생각을 하라고, 기다리라고, 간곡하게 말했다. 그러나 그들의 대답은 내 말을 반박하는 내용뿐이었다. 동부에서 온 편지들이 있으며 독일인들이 '이주의 광장'에 사람이 넘치는 바람에 사람들을 돌려보내고 있다는 말이었다. 그 친구들은 제정신이 아니었고 속았으며, 술에 취해 있었다. 나는 자멘호파 가가 끝나는 곳에서 마차에서 뛰어내렸다. 안녕, 얀클레. 안녕, 하임. 잘 가라, 트리스크.

그 후 자발적으로 광장에 나가던 사람들이 줄어들었다. 빵과 잼도 다 떨어졌다. 다시 일제 검거가 시작됐고 거리가 봉쇄되고 총질이 재개됐다. 레슈노 가에서는 한 아리안계 폴란드 여자가 아이들을 잡아가는 독일군들에게 욕을 퍼부었다. 그러자 총소리와 비명 소리가 들렸다. 검거는 계속됐다.

　게토 거주자들은 땅 속으로 들어가 숨었다. 이글거리는 태양이 텅 빈 거리를 달아오르게 했다. 어머니와 동생들은 숨 막힐 듯한 은신처에서 견디고 있었다. 마치 용광로 같았다. 도로의 아스팔트가 녹아들어 갔다. 바람 한 점 없었고 물도 귀했다. 나는 동생들의 기분을 풀어주려고 했지만 동생들은 계속 같은 질문만 해댔다. "왜? 왜 이렇게 있어야 되냐고?" 동생들은 밖으로 나가고 싶어 했다. 뛰어다니고 싶어 했다. 나는 동생들이 침묵하도록 가르쳐야 했다. 사람들의 목소리나 무슨 소리가 들리면 누워서 꼼짝하지 말라고 가르쳐야 했다. 숨어 있던 열 명 남짓한 사람들이 아기 울음소리 때문에 발각됐던 적도 있었기 때문이었다. 나는 낮에는 계속 돌아다녔다.

　아마 8월 중순쯤이었을 것이다. 집으로 가는 중에 노랫소리가 들렸다. 곧 단정하고 깨끗한 차림에 손에 손을 잡은 그들이 보였다. 고아원에서 온 아이들이었다. 의사 코르차크가 아이들을 '이주의 광장'으로 데려가는 중이었다. 나는 페미나 극장에서 열린 자선쇼에서 그 아이들이 공연했던 연주회에 박수를 보냈던 적이 있었다. 그 고아들에게 나는 정기적으로 기부해 왔다. 그런데 이제 그들이 '이주의 광장'으로 가고 있다니.

　코르차크는 딱딱한 표정으로 역시 무표정한 어린 소년 둘의 손을 잡고 성큼성큼 앞에서 걸어갔다. 나는 그의 옆으로 따라 걸으며 속삭였다. "의사 선생님, 의사 선생님." 나는 그에게 간곡히 말했지만 의사는 내가 누군지도 모르겠다는 듯 대답하지 않았다. 나는 노상 바리케이드가 있는 곳까지 그들을 따라갔다가 그들이 '이주의 광장'으로 들어가는 모습을 바라보았다. 가축운반용 화물차가 역에 줄지어 서 있었고 나치 친위대들이 미소짓고 있었다.

"이리 와." 아버지였다. 아버지는 내 팔을 잡고 밀라 가 쪽으로 나를 이끌었다.

"코르차크는 아이들을 놀라게 하고 싶지 않은 거야. 그도 아이들과 같이 갈 거다."

나는 대답하지 않았다. 어떻게 그는 아이들을 숨기려 하지 않고 저들의 요구를 수락할 수 있는가? 왜 자기를 희생물로 내놓는가?

"그를 비난하지 마라. 아무도 비난하지 마. 그는 아이들을 구하려고 애쓰는 거야, 아이들을 보호하려고 한다고. 자기만의 방식으로."

우리는 계속 걸었다.

"독일인들은 우리를 파멸시키고 싶어한단다. 우리 민족을 죽이려고 하지, 마르틴."

아버지는 말을 이어갔다. 우리의 희망, 지난 수세기 동안 우리가 이룩했던 것들, 아이들, 우리의 미래, 그 모든 것을 '그들'은 체계적으로 파괴하고 있었다.

"그들은 계획을 가지고 있어. 동부는 우리에게 죽음을 뜻한단다."

밀라 가 23번지에 이르자 아버지는 내 팔을 꽉 쥐었다.

"마르틴, 살아남아야 한다. 기억해. 오늘은 물론 언제까지나."

아버지는 무기를 손에 넣고 폴란드 레지스탕스와 접촉하려고 노력중이었다. 하지만 무기는 비쌌고 비밀 군대의 지도자들 중에는 유대인을 배척하는 사람이 많았다. 그들은 망설이며 서로 설전만 벌이고 있었다. 게토가 점점 소개疏開될 때까지, 더 많은 사람들을 모아들이라는 나치 친위대의 협박을 받고 유대인 경찰들이 점점 더 잔혹해질 때까지 우리가 기다릴 수 있다고 생각하는 듯했다. 나는 유대인 경찰 한 명이 손에 도끼를 들고 아파트의 문들을 부수고 거주자들을 강제로 끌어내는 모습을 보았다. 다른 경찰들이 비명을 지르는 여자들을 끌어내는 것도 보았다. 우크라이나인들과 리투아니아인들은 강간과 살인을 일삼았다. 이제 그들은 핏자국이 번지듯 서서히 활동반경을 넓혀가며 밤에도 사람들을 습격했다. 게토에는 정적이 내려앉았다. 매일 새로운 구역에서 사람들이 몰아내졌다. 지엘나, 자멘호파, 노볼립키, 카르멜리츠카 가에 있는 아파트들이 점점 비어갔다. 그러고는 우리 게토 다른 편에 있는 '작은 게토'가 비워졌다. 그 다음에는 자멘호파 가와 날레프키 가 사이에 있는 건물들이 비워졌다. 거주자들은 5분 만에 거리로 내려와서 구타를 당한 후 '이주의 광장'으로 끌려갔다.

나중에는 우크라이나인, 라트비아인, 리투아니아인 나치 친위대와 유대인 경찰들은 건물들을 수색하고 물건을 약탈하고, 마주치는 사람들은 누구를 막론하고 무조건 죽였다. 그들은 가구를 때려 부수었고 침대들을 파손했으며 벽에 구멍을 뚫기도 했다. 몇몇 가족들이 숨은 은신처와 금이나 보석들을 찾기 위해서였다. 그들은 황금과 여자들, 그리고 피에 굶주렸다. 날이 갈수록 안전통행증은 점점 더 효력을 잃고 있었다. 오래지 않아 취업허가증은 나치 친위대와 공안정보기관인 SD(보안대) 경찰의 도장이 찍힌 것만 인정됐다. 사람들은 더욱더 격앙됐다. 모두가 이곳에 머물도록 허용된 마지막 집단에 들어가기를 원했다. 독일인들이 운영하는 어느 작업장에서 나는 토끼처럼 공포에 질린 어린 소녀들을 보았다. 얼굴은 분을 짙게 바르고 입술을 붉게 칠한 그 소녀들은 취업허가증을 받을 자격이 있는 성인 여자들처럼 보이려고 안간힘을 썼다. 젊어 보이려고 머리를 염색한 노인들도 있었다. 우리가 왜 이런 꼴이 되었는가? 우리가 왜 이런 소름끼치는 비극 속으로 곤두박질쳤는가? 어떤 악마를 위해 우리는 얼굴에 칠을 했는가?

다른 사람들처럼 나도 외모에 신경을 썼다. 젊고 건강해 보여야 했다.

내 외모 덕분에 목숨을 건진 경험이 이미 있었다. 언젠가 '이주의 광장'으로 다시 끌려가 병원에 떼밀려 들어갔던 적이 있다. 여자들과 아이들의 비명 소리는 여전했고 시신들 위에는 배설물이 쌓였으며 악취는 견디기 힘들 정도였다. 우크라이나인들이 자동 소총을 쏘아 사람들을 혼비백산하게 하고는 한 여자를 가족들에게서 떼내어 끌고 갔다. 그 여자는 다시는 보이지 않았다. 나는 다시 '이주의 광장'이라는 사악한 세계에 와 있었다. 인간들이 부끄러움 속에 죽어가는 곳이었다.

나는 트럭에서 다시 뛰어내려 탈출하려고 노동수용소 행으로 분류되도록 일을 꾸몄다. 두 번째였다. 나는 트럭이 어느 길로 가는지, 속도는 어떤지, 뛰어내릴 지점은 어디가 좋은지 알고 있었다. 무슨 일이건 방법을 배우게 되는 법이다. 심지어 죽음을 피하는 방법마저도. 언젠가 두 번은 가축운반용 화물차에 끌려간 적이 있었다. 삐꺽거리는 소리가 나더니 안에 든 사람들을 질식시키던 나무문이 닫히는 소리가 들렸다. 나는 신출내기가 아니라 단련된 범죄자였다. 우리들 몇 명은 가축운반용 화물차 문의 왼쪽 위에 있는 가로막대를 느슨하게 풀고는 뛰어내렸다. 두 번째 가축운반용 화물차에 배정됐을 때 나는 짧은 톱을 가지고 탔다. 총에 맞을 염려가 있어 바로 뛰어내리지는 않았다. 나는 짐칸의 지붕으로 올라가 한 칸씩 지나 화물차의 뒤 칸 쪽으로 갔다. 군인들이 노래하고 웃는 소리와 한 여자의 비명 소리가 들렸다. 끝에서 두 번째 칸에 이르러서는 몸을 납작 엎드려야 했다. 두 기차 칸 사이에서 군인이 보초를 서고 있었다. 나는 반대쪽으로 되돌아갔다. 바람에 맞서 화물차 위를 기어가다가 처음 나타난 굽은 길에서 뛰어내렸다.

탈출할 때마다 나는 독일인들에게 고용돼 아직도 바르샤바의 아리안 구역에서 일하는 유대인 노동자들에 섞여 게토로 돌아갔다. 달리 갈 데가 없었던 탓이다. 가족들이 시트 천이 가득 들어 있는 옷장 뒤에 숨어서, 내가 돌아와 안심시켜주고 쌓인 쓰레기와 배설물들을 치워주기를 기다리고 있었다. 내가 없으면 어머니와 남동생들은 미쳐버릴지도 몰랐다. 나는 자신이 있었다. 매번 탈출할 때마다 나는 힘을 얻었고 내가 살아남을 것이며, 그 의지가 굳건하다면 운명을 내편으로 끌어들일 수 있다고 확신했다.

아버지가 체포됐을 때 나는 '이주의 광장'으로 돌아갔다. 유대인 경찰에게서 도망치는 건 내 전문이었다. 아버지는 '이주의 광장' 앞, 병원의 어느 캄캄한 방에 굳은 표정으로 앉아서 피와 오물 속에 누워 있는 사람들을 지켜보고 있었다.

"이리 오세요." 내가 말했다.

아버지는 머뭇거렸다.

"아버지, 여기요. 저에요."

나는 아버지를 아래층으로 끌고 내려와 울부짖음과 비명 소리가 가득한 '이주의 광장'으로 나갔다. 나는 그 광경에 익숙해졌다. 나는 나치 친위대가 희생자들을 선별하는 방법을 알았다.

"제가 하는 대로 하세요."

아버지는 묻는 듯한 표정으로 나를 바라보았다. 나는 자신이 있었다. 우리가 성공하리라는 자신감이었다. 우리는 '왼쪽'으로 분류됐다. 나는 트럭에 뛰어올라 자리를 잡은 후 아버지가 앉을 자리를 잡아두었다. 트럭이 출발하자마자 나는 쪼그리고 앉았다.

"뛰어내리자." 아버지가 말했다.

"너무 빨라요. 기다리세요! 저를 따라하세요."

우리는 적당한 곳에서 뛰어내렸다. 텅 빈 거리를 따라 달려서 어느 햇빛 비치는 마당에 숨을 때까지 총소리 하나 나지 않았다. 더위가 기승을 부렸다. 우리는 세수를 하고는 담 그늘에 앉았다.

"마르틴, 네가 선생이로구나."

나는 소리내 웃었다.

"아버지는 너무 빨리 뛰어내리려고 했어요. 트럭이 막 출발한 때였는데요."

우리는 형제처럼 오래 대화를 나누었다. 나는 아버지에게 내가 여러 번 탈출했던 이야기, 기차, 톱, 칼, 그리고 허리에 감고 다니는 밧줄 등을 이야기했다. 아버지는 껄껄 웃었고 나는 술에 취하기라도 한 양 수다를 늘어놓았다. 그런 후 우리는 다른 노동자들 속에 섞여 게토로 돌아왔다. 게토가 우리의 전쟁터였다. 그곳을 버릴 수가 없었다.

그러나 살아남으려는 투쟁은 점점 더 어려워져갔다. 매번 돌아올 때마다 나는 우리의 감옥인 게토가 잘려나가고 다른 구역이 죽어버린 광경을 보았다. 사람 그림자 하나 없는 거리는 따가운 여름의 열기로 지글지글 달궈지고 있었다. 사람들로 북적대던 자멘호파 가, 게시아 가, 내 눈길이 닿았던 돌 하나하나, 트리스크와 얀클레가 곡식 자루들을 메고 내게로 성큼성큼 걸어오던 거리들, 내가 살육자들을 속인 후 터질 듯한 기쁨과 자부심을 느꼈던 그 거리들은 이제 인적이 끊겼다. 고골레프스키 가의 제과점에서 산 케이크를 품에 안고 게토의 노래를 휘파람으로 불며 달리던 밀라 가. 내가 조피아와 함께 다니던 거리, 극장, 술을 마시던 슈투카 카페. 그 거리들이 이제는 누런 먼지 속에 버려져 있던 검은 누더기천이 가끔 바람에 날릴 뿐인 황량한 곳으로 변했다.

나는 짙은 회색 옷차림으로 구부정하게 그 거리들을 걷던 비참한 군중들을 보면서 고통을 받았다. 거지들, 누더기 차림의 아이들을 보면서 고통스러웠다. 그래도 그건 생명을 의미하는 것이었다. 우리의 생명.

그러나 이제 남아 있는 것이라곤 생명을 조롱하는 것들뿐이었다. 낡은 담들, 숨어서 침묵하는 사람들. 게시아 가 길 한복판에는 창문으로 내던져진 듯한 피아노가 한 대가 서 있었다. 더 멀리에는 가구와 터져버린 깃털 이불들이 있었다. 나는 걸어갔다. 우크라이나인 보초들은 보이지 않았다. 나는 다시 잡혀서 얻어맞아가며 '이주의 광장'으로 끌려갔다. 자, 마르틴, 기운 내. 미에테크, 겨우 잡혀가려고 이때까지 고군분투한 건 아니잖아. 그들이 너를 굴복시키게 놔둘 건 아니잖아.

나는 선별 과정에서 다행히 트럭에 타는 쪽으로 분류됐다. 그러나 이번에는 뛰어내리지 못했다. 길은 폴란드 깊숙한 곳으로 이어져 있었고 시골 지역은 트럭 바퀴가 만들어내는 먼지에 가려 잘 보이지 않았다.

20킬로미터 정도 달려간 후에 트럭이 가시 철망으로 둘러싸인 임시막사들이 있는 수용소 앞에 멈췄다. 그곳은 렘베르토프에 있는 폴란드 군대의 옛 소총 사격장이었다. 내가 들어간 첫 수용소였다. 며칠이 흘러갔다. 내 가족들은 바르샤바에 있었다. 나는 아직도 가족이 거기 있고 아버지가 매일 방문할 거라고 마음을 다독이려고 애썼다. 당분간은 내가 걱정을 한다고 무슨 뾰족한 수가 있는 것도 아니었다. 가족을 도울 수 있는 방법은 탈출하는 길뿐이었다. 나는 탈출만 생각했다. 우리가 하는 일은 모래를 옮기고 수로를 파는 일이었다. 그 수용소에서는 게토에서 제일 하찮았던 건달들이 제일 좋은 일을 배정받았다. 나는 그들과 친했던 탓에 제일 어려운 작업은 피하고 손수레를 미는 일만 했다. 우리는 늘 얻어맞았지만 목숨만은 부지했다.

저녁마다 나는 젊은 수감자인 얀클 에이스네르와 탈출에 대해 의논했다. 아침마다 수용소 출입구에 폴란드 농부들이 모였다. 그들은 우리가 가진 물건을 빵과 교환하고 싶어 했다. 에이스네르는 탈출을 망설이고 있었다. 그의 아버지가 함께 잡혀왔기 때문이다. 그러나 내 가족은 바르샤바에 있었으며 나는 끝까지 가족과 함께 해야 했다. 어느 날 아침 나는 한 농부와 접촉했다. 다음 날 일하러 나갈 때 나는 물건을 교환하고 있는 무리들 속으로 끼어들어서 그 농부에게로 다가갔다. 나는 그 농부가 준 모자를 쓰고 폴란드 젊은이로 변장한 채 죄수들이 줄지어 들어가는 모습을 보았다. 에이스네르가 몇 번 뒤돌아보았다. 아주 간단하게 탈출한 것이다. 나는 큰 도로들을 피해 도랑에서 기어가며 바르샤바로 돌아가다가 마침내 오키엔치에 공항에서 일을 마치고 돌아오는 유대인 노동자들 틈에 섞여 들었다. '어서 와, 마르틴. 이리 와, 미에테크. 여기 네가 다니던 긴 벽돌담, 네가 거닐던 거리들, 네가 다니던 전차 선로가 있어. 밀라 가 23번지도 있지.' 집에 가보니 옷장은 닫혀 있었고 시트 천도 높이 쌓여 있었다. 밤까지 기다릴 수가 없었다. 침대 시트와 담요를 젖혔다. 어머니와 동생들이 벽에 기대고 있었다. 어머니가 몸을 던지다시피 나를 안았다. 동생들은 내 다리에 매달렸다. 다들 살아 있었다.

그리고 또 며칠이 지나갔다.

처음으로 사람을 죽이다

아버지도 살아 있었다. 지하 활동으로 바쁜 아버지는 우리를 방문하는 일이 드물었다. 아버지가 게토에 살아 있다는 것을 아는 것만으로도 족했다. 며칠을 못 만난다 해도 마음속으로 나는 언제나 아버지와 함께 있었고 아버지도 나와 함께 있었다. 아버지는 동부에 대해 몇 번 이야기했다. 그곳에서 '그들'이 우리를 죽인다고 했다. 동부로 끌려가다가 기차에서 도망쳐 게토로 돌아온 한 남자가 알려주었다고 했다. 농부들이 '트레블린카'라고 부르는 황량한 벌판으로 기차 선로가 이어져 있다고 했다. 그곳에서 화물기차에 탄 유대인들 모두가 사라진다고 했다. 몇 시간 후면 그 화물차는 텅 빈 채 바르샤바와 '이주의 광장'으로 돌아온다고 했다. 그들은 한 달도 못 돼 유대인 20만 명을 끌고 갔다. 트레블린카. 그 이름이 시간이 갈수록 잡초처럼 내 마음속에 자리를 잡고 자랐다. 거친 분노가 마음속에 넘쳐 오르고 나를 사로잡으며 머리를 멍하게 하고 숨 막히게 했다. 나는 잘 수도 없었고, 집 안에 있을 수도 없었다. 나가서 드러내놓고 그들과 맞서야 했다.

결국 나는 나치 친위대에게 붙잡히고 말았다. 열 명 남짓한 친위대원들이 길 가운데 다리를 벌리고 서 있었다. 그들은 우리들 유대인들을 눈여겨보지도 않았다. 소총을 한번 까닥거리는 걸로 우리를 줄지어 서게 했다. 우리들 중에는 이미 거리나 집에서 잡혔던 경험이 있는 사람이 꽤 됐다. 갑자기 벌거벗은 남자가 술에 취해 노래를 부르면서 비틀비틀 우리들에게로 와서 웃고 춤을 추었다. 그러더니 줄에서 나가 폴짝거리고 뛰었다. 나치 친위대원들이 왁자하게 소리내 웃었다. 친위대원 한 명이 그 남자를 어깨로 밀어 멈추게 했지만 다른 친위대원들이 그를 말렸다. 그들은 그 남자를 죽이기 전에 잠시 즐기려했던 것이다. 나는 그 틈을 타 줄에서 뛰쳐나와 밀라가 모퉁이에 있는 어느 집의 계단으로 달려갔다. 고함 소리와 발자국 소리가 벌써 들렸다. 내가 죽이려고 했던 그 군인의 얼굴이 떠올랐다. 그때 첫 번째 기회를 놓쳤던 것이다. 나는 3층으로 올라가 문 뒤에 쪼그리고 앉았다. 그 건물은 내가 몇 주 동안 익숙하게 다니던 곳이어서 건물 구조를 잘 알았다. 친위대원이 다가오더니 내가 있는 곳을 의심도 하지 않고 지나갔다. 나는 뒤에서 뛰어나가 그의 목을 움켜잡았다. 나는 이제 강했다. 나는 매질에 단련돼 있었고 '그들'이 지졌던 손, 그들이 으스러뜨렸던 손가락은 목을 조이는 데 익숙했다. 내 손은 내 증오만큼이나 강했다.

그는 버둥거렸지만 나는 놓아주지 않았다. 그는 곧 뒤로 넘어져 주저앉았다. 구두가 바닥을 하릴없이 두드려댔다. 나는 그를 급히 아래 마당이 있는 계단으로 끌고 갔다. 그의 코에서 피가 줄줄 흘렀다. 내 생명은 그 몇 초에 달려 있었다. 바깥에서 고함 소리가 울리는 동안 나는 그를 지하실로 끌고 갔다. 다른 죄수 몇 명도 기회를 틈타 도망쳤음이 분명했다. 총소리가 여러 번 들렸고 발자국 소리, 고함 소리가 더 많이 들렸다. 그들은 내가 처치한 대원을 찾고 있었다. 그러나 시간이 지체돼 벌써 인원 점검을 할 때가 됐다. 그러자 행렬이 떠났고 고함 소리도 멀어져갔다. 이윽고 나는 그 키 큰 친위대원을 땅속에 묻었다. 내가 처음으로 죽인 사람이었다. 나는 머뭇거리지도 않고 죄책감도 없이 그를 흙으로 덮었다. 아버지는 내가 가져온 나치 친위대 소총을 받고도 아무것도 묻지 않았다.

"내일 아침에는 조심해라." 아버지는 이 말밖에 하지 않았다.

사실 정말 다시 와서 거리를 봉쇄하고 창문마다 총을 쏘며 수색하고 살해하고 검거하고 약탈했다. 나는 하루 종일 은신처에 숨어서 쉬다가 저녁 해가 진 후 지붕 위로 올라갔다. 그곳은 시원했다. 푸르고 평온한 하늘이 머리 위에 펼쳐져 있었다. 유혈사태와 소음, 더위, 공포가 지나간 뒤에 나는 그곳 지붕 위의 굴뚝 옆에 누워 있었다. 양철 지붕은 아직도 따뜻했다. 얼굴에 불어오는 산들바람을 느끼며 나는 졸았다. 그 지붕 꼭대기가 내 새로운 활동영역이 됐다. 나는 지붕 위 사방을 돌아다녔다. 곧 두 경사진 지붕 사이, 꼭대기에 있는 30센티미터 정도밖에 되지 않는 좁은 통로를 다니는 데 익숙해졌다. 나는 자신 있게 지붕들 위를 넘어다녔다. 곧 밀라 가에서 자멘호파 가, 게시아 가에서 날레프키 가까지 지붕을 이용해 건너갈 수 있게 됐다. 쿠피에츠카 가를 따라가며 여러 집의 마당을 내려다볼 수도 있었다. 특히 거리가 죽음으로 초토화돼 있을 때면 나는 또다시 자유를 느꼈다.

이미 나는 거리 구석구석을 알고 있었다. 예전에 나는 전차 속도가 어떻든 뛰어올라 탈 수 있었고 폴란드 경찰의 겉모습만 보고도 협력자인지 아닌지를 알 수 있었다. 이제 나는 지붕 위에서 새로운 생활 방식을 익히고 있었다. 발에 닿는 감각으로 양철지붕, 나무, 기와의 강도를 알 수 있었다. 나는 민첩하게 지붕을 뛰어넘어 굴뚝 뒤에 숨거나, 경사지붕 위에 눕거나, 두 발로 버티면서 아래쪽에서 우크라이나인과 나치 친위대들의 움직임을 관찰했다. 지붕들은 더욱더 익숙해져 갔고 친밀해졌다. 우크라이나인들과 라트비아인들이 가끔 지붕 위로 올라오기도 했지만 지붕이 나를 구해주기도 했다. 우크라이나인들과 라트비아인들은 지붕 밑 방을 은신처 삼아 숨어 있는 유대인 가족들을 색출하려고 지붕 일부를 날려버리기도 했다. 내가 배를 깔고 엎드려 관찰하는 위치에서 지엘나 가에서 일어난 폭발로 연기가 피어오르는 것이 보였고 양철지붕에 던져진 수류탄들이 터지는 소리도 들렸다. 그들이 언젠가는 내 영역을 침범해 오겠지만 나는 아직까지는 이 왕국의 왕이었다. 내가 두 번째로 사람을 죽인 곳은 그 지붕 위였다.

나는 나무로 된 통로 가운데 서 있다가 한 우크라이나인이 어느 지붕 밑 방의 천창을 통해 머리를 들어올리는 걸 보았다. 그의 몸 일부가 올라오더니 조용히 총을 들어올렸다. 그가 다 올라오려면 시간이 더 있어야 했고 그 동안 내가 할 수 있는 일이란 천천히 돌아서는 것밖에 없었다. 나를 쏘는 즐거움을 그가 마다할 이유가 없었다. 우크라이나인들은 사냥꾼들이었다. 그의 머리가 천창으로 비죽이 솟아오르는 동안 내 마음에는 그런 생각들이 오갔다. 그가 총을 겨누기도 전에 나는 폴란드어, 독일어, 러시아어로 같은 내용의 질문을 했다.

"황금이 갖고 싶은가요?"

나는 그 마술 같은 단어인 황금이란 말을 되풀이했다. 우크라이나인들은 강도들이었으며 나는 유대인이기에 황금을 갖고 있었다.

"황금이 갖고 싶은가요?"

황금, 황금. 그는 권총을 겨누다 말고 그대로 멈춰 있었다. 나는 그를 안심시키려고 그를 향해 천천히 움직였다. 그에게 내 은신처 얘기를 하고 거기 황금, 보석들이 있다고 말했다. 나를 살려주는 대신에 내 재산을 주겠다고 했다. 그가 나를 보았다. 나는 무기가 없었다. 그에게 불리할 건 없었다.

"어디야?"

나는 아직 지지 않았지만 아직 이긴 것도 아니었다. 나는 내가 서 있는 통로 끝에 있는 다른 천창을 가리켰다. 그가 내 황금을 갖고 싶으면 그쪽으로 가야 했다.

"물러서. 돌아보지 마." 그가 말했다.

그는 조심스러웠다. 총으로는 여전히 내 쪽을 겨누면서 그는 천천히 지붕 위로 온몸을 끌어올렸다. 육중하고 덩치가 컸으며 굵은 능직 무명 바지에 무릎까지 올라오는 길고 검은 부츠를 신고 있었다. 나는 그 모든 걸 꼼꼼히 보며 내가 죽여야 할 남자를 이모저모 살펴보았다. 그가 굴뚝에 기댔다. 나는 2미터 쯤 떨어져서 꼼짝 않고 두 팔을 반쯤 올린 채 서 있었다. 그가 머뭇거렸다. 내 얼굴은 너무도 순진해 보였고 눈은 흐리멍덩 했으며 허약하고 겁 많아 보였을 터였다.

"황금."

내가 말을 다시 꺼내며 천장 쪽을 가리켰다. 그가 방아쇠에 손가락을 건 채 한 발짝 내게 조심스럽게 다가왔다.

"꼼짝 마." 그가 말했다.

걱정마라, 이 우크라이나인 살인자야. 고양이 미에테크가 너를 기다리고 있어. 나는 발을 내밀며 뛰어올라 양손을 바닥에 대고 통로의 판자를 움켜잡고 발로 그의 가슴을 찼다. 발이 겨우 닿을 정도였지만 그래도 그가 몸의 균형을 잃게 하기에는 충분했다. 그가 하늘을 향해 총을 한 방 쏘면서 큰 소리를 지르며 지붕 아래로 미끄러져 갔다. 이제는 보이지도 않았다. 그러나 게토에 있는 누가 총소리 하나와 고함 소리에 신경이나 쓰겠는가? 그는 안마당으로 떨어졌고 나는 몇 초 정도 시간을 벌었다. 나는 마당으로 내려가 그의 시신을 끌고 가서 상자 몇 개 아래에 숨겼다. 그리고 해가 지자 유대인 경찰 몇 명의 도움을 받아 그를 묻었다. 그들이 죽지 않으면 우리가 죽었다. 전쟁에는 죄책감 따위가 끼어들 자리는 없었다.

지붕 위에서의 자유

지붕은 자유를 의미했다. 이제 나는 어머니와 동생을 만나러 가는 밤에만 지붕을 떠났다. 어머니와 동생은 낮에 잠을 자려고 애썼다. 그러나 어머니는 건강이 좋지 않았다. 어머니는 갇혀 지내는 게 고통스러운데다 계속되는 긴장 때문에 죽어가고 있었고, 아들들 때문에 불안했으며 집안에 잔뜩 드리워진 정적 때문에 겁에 질려 있었다. 나는 파벨과 폴라가 어디 있는지도 몰랐고 첼마예스터 의사 부부와 딸이 있는 곳도 몰랐다. 우리는 일시적인 생존자들이었다. 아버지는 가능하면 집에 들렀다. 아버지는 레지스탕스를 조직하고 있는 중이었으며 모든 사람들에게 트레블린카가 어떤 곳인지를 알리고 있었다. 그러나 어떻게 맞서 싸울 수 있는가? 왜 투쟁하는가? 체념과 굶주림, 공포, 환상이 아직도 게토의 생존자들에게 드리워져 있었다. 우리에겐 무기도 없었다.

낮은 무자비했다. 더위가 기승을 부렸고 게토 전역에 죽음의 악취가 풍겼다. 그래서 나는 새날을 맞아 밤이 되길 기다리며 지붕에서 탐험하는 일을 다시 시작했다. 지붕 위를 돌아다니며 새로운 통로를 찾아내고 건물들 앞까지 더 가까이 가는 모험을 감행했다. 나는 기억하는 일도 포기했다. 매일매일이 그 전날을 기억하지 못하는 미지의 시간이 됐다. 탈출했던 일도 뒤죽박죽으로 기억됐다. 우크라이나인, 나치 친위대, 밀수, 파비아크 감옥 등이 모두 과거의 일이 되었다. 그 일들이 바로 전날 일어났다 해도 그건 과거의 일이었으며, 과거란 무의미할 뿐이었다. 하루하루 목숨을 부지해서 내일까지 견디는 게 중요했다. 뒤돌아보면 죽는다. 어제를 생각하는 것, 인간이 인간이었을 때를 생각하는 것, 조피아를 생각하는 일, 혹은 세나토르스카 가를 드로쉬카를 타고 달리던 일을 생각하는 건 치명적인 질병이었다. 어머니는 그 병에 걸렸다. 지쳐서 두 손을 무릎에 얹고 두 눈이 텅 빈 채 어머니는 '지난 날'을 추억했다.

"어머니, 어머니, 제발."

내가 간청하면 어머니는 도리질만 했다. 어머니는 추억을 타고 지난날 행복한 때로 가 있었다. 나는 계속 주위를 관찰하고 순찰대의 움직임을 살피고, 먹을 것을 찾아 아파트들을 조사해야 했기에 어머니를 두고 나갈 수밖에 없었다. 게시아 가에 있는 어느 집 지붕 밑 방에서 나는 리브카를 발견했다. 처음에는 지붕이 바닥까지 경사져 있는 방의 어두운 구석에 웅크리고 있는 그녀를 못 보았다. 그러나 몇 달간 경계를 하고 다니다 보면 육감이란 게 발달되는 법이다. 나는 거기 살아 있는 존재가 있다는 걸 느꼈다. 그게 겁에 질려 있었기에 나보다는 약한 존재라 판단했다. 나는 그녀가 있는 방구석을 살펴보다가 갑자기 뒤돌아보았다.

"나와라, 안 그러면 죽일 테다."

그녀는 신음을 내뱉더니 이를 덜덜 떨었다.

"나오라고."

그녀가 내 쪽 햇빛이 비치는 쪽으로 기어 나왔다. 금발이 어깨까지 늘어뜨려져 있었다. 그러더니 그녀가 꼼짝하지 않았다. 내가 어떤 사람이 되었기에 사람이 그렇게 겁을 먹을까? 그들이 내게 무슨 짓을 한 걸까? 나는 무릎을 꿇고 앉아 그녀를 껴안고 함께 울고 싶은 마음을 억누르며 그녀의 머리채를 쓰다듬었다. 그녀는 내 나이쯤 돼 보였다.

"너는 여기 있으면 안 돼. 그들이 조만간 와서 너를 잡아갈 거야. 너는 굶어죽을 거라고."

그녀는 여전히 떨면서 거기 꿇어앉아 어쩔 줄 모르는 짐승처럼 공포로 넋이 나가서 나를 뚫어지게 바라보았다.

"네 식구들은 어떻게 됐어?"

그녀는 도리질을 하고는 작은 소리로 흐느꼈다. 눈에는 눈물도 나지 않았다. 그녀가 대답할 필요는 없었다. 나는 그녀의 머리채를 쓰다듬었다. 달콤한 생기가 내 몸속에 흘렀다.

"안심해, 괜찮아. 너는 살아 있어."

그녀는 여전히 흐느끼며 무릎을 꿇고 있었다. 나는 그녀를 일으켜 안고 달래주었다. 이름을 물으니 리브카라고 했다. 리브카는 서서히 안정을 찾았다.

"너, 나와 함께 가자."

그건 그리 지각 있는 행동이 아니었다. 그녀를 지붕 위로 끌어올려야 하기 때문이다. 현명한 일도 아니었다. 그녀에게 먹을 것을 주어야 하고 어머니와 동생들이 있는 은신처의 공간을 내주어야 하기 때문이다. 그러나 나 자신 또한 살육자가 된다면 살아남을 이유가 뭔가? 나는 그녀를 지붕 위로 끌어올렸다. 그녀는 공포로 몸이 굳으면서 또 떨었다. 어지러운 지 내가 뛰어다니곤 했던 좁은 통로를 따라 걷지도 못했다. 그래서 나는 그녀가 엎드려서 조금씩 앞으로 오게 했다. "못 하겠어." 그녀는 그 말을 되풀이하면서도 어느 정도 전진했다. 우리는 날레프키 가 쪽으로 가다가 비스듬히 꺾어 안마당이 있는 쪽으로 갔다. 그리고 지붕들을 향해 무작위 로 총을 갈겨대는 우크라이나인 두 명을 피해 굴뚝 뒤에 숨었다.

밤이 되자 완전히 지친 채 우리는 밀라 가 23번지 우리 집에 도착했다. 나는 그녀를 도와 지붕 밑 방으로 뛰어내리게 했다. 가스 냄새가 심하게 났다. 그녀더러 따라오라고 하고 나는 뛰어갔다. 가스 냄새는 우리 집에 서 더 강해졌다. 나는 창문을 모두 열고 옷장 뒤를 가리고 있던 침대 시트 와 담요들을 치우고는 은신처의 나무 걸쇠를 올려 열었다. 어머니와 동생 들이 서로 겹쳐진 채 누워 있었다. 나는 급히 그들에게 다가가 얼굴을 때 리고 물을 뿌렸다. 리브카도 나를 도왔다. 그들은 의식을 찾았지만 구토 와 고통으로 신음했다. 그러나 가스 냄새는 여전히 강했다. 나는 아래층 에 비어 있는 집들로 내려가 보았다. 1층에 있는 집에서 가스가 새고 있 었다. 그 집에서는 가스 밸브를 열어놓은 채 창문을 모두 닫고, 가스가 새 나가는 걸 막으려고 담요로 방문 틈을 막아놓고 있었다. 여섯 명이 누워 있었다. 자살이었다. 잠든 것 같이 보이는 곱슬머리 아이도 두 명 있었다. 한 아이는 주먹을 쥔 채 두 팔을 머리 위로 뻗고 있었다. 나는 분노와 절 망으로 몸이 떨렸다. 나는 그 자리에 못 박힌 듯 서 있었다. 리브카가 다 가왔다. 그녀는 머리카락을 움켜쥐고 있던 내 손을 내려주었다.

우리는 어머니에게로 돌아갔다. 리브카는 벌써 우리 식구가 되었다. 어머니는 늘 알던 사이처럼 그녀와 잡담을 나누었고 동생들도 그녀와 놀 았다. 그러다가 어머니와 동생들이 잠들자 리브카는 나와 함께 지붕으로 올라가 낡은 굴뚝 옆에 앉았다. 우리는 손을 잡고 그곳에 있었다. 갑자기 비행기의 굉음이 하늘을 가득 채웠다. 우리는 일어섰다.

"러시아인들이야, 러시아 비행기라고!" 내가 소리쳤다.

리브카가 내게 매달렸다. 몇 분 만에 하늘이 대낮같이 밝아졌다. 번쩍거리는 조명탄이 바르샤바를 밝히며 땅으로 떨어지더니 프라가 쪽에서 폭발음이 들렸다. 우리는 폭격을 환영하며 살육자들을 전멸시키라고 외쳤다. 우리가 함께 죽는다 해도 좋았다. 그러나 다시 어두워지더니 우리만 지친 채 남겨졌다. 우리는 나란히 누웠다. 우리가 살아 있었기에 그 날은 또 다른 하루, 기분 좋은 하루였을 뿐이다.

아침이 되자 우리를 옭아맨 올가미가 다시 팽팽하게 당겨졌다. 찌는 듯한 하루를 예고하는 해가 뜰 무렵, 지붕 위, 내가 망을 보는 위치에서 유대인 경찰이 게시아 가에 공고문을 붙이는 모습이 보였다. 그러더니 그들은 떠났다. 사람들이 건물에서 나오고 지붕 위에서 내려와서 서로 만났다가 다시 도망가는 모습이 보였다. 나는 최신 뉴스를 보러 지붕에서 내려왔다. 그 공고문은 유대인위원회에서 새로운 소개 명령에 서명했다는 사실을 알렸다. 스모차, 게시아, 지카 가의 거주자들은 그날 아침 열 시까지 집을 떠나라는 명령이었다. 그들은 집을 버리고 떠나야 했다. 오전 열 시까지 독일군과 우크라이나인 위병들이 거리를 봉쇄했다. 나는 그들이 운동을 즐기듯 움직이는 모습을 보았다. 그들에게는 눈물 흘리는 여자들과 겁에 질린 아이들은 보이지도 않는 듯했다. 그 후 그들은 행렬을 '이주의 광장'으로 데리고 갔다. 비어버린 집들 여기저기서 색출과 약탈이 시작됐다. 그날 저녁에도 우리는 여전히 목숨을 부지한 채 그곳에 남아 있었다.

밤중에 파벨이 우리 집에 와 나를 불러냈다. 지붕 위에 있던 나는 리브카를 놔두고 천창으로 다가가 엎드린 채 있었다. 파벨의 얼굴은 잘 보이지 않았다.

"그들이 '토에벤스와 슐츠' 작업장에서도 일제 검거를 하고 있어." 파벨이 말했다.

그의 목소리가 뚝뚝 끊기는 듯했다. 전에는 그에게서 들어본 적이 없는 분노와 공포가 뒤섞인 목소리였다.

"그들이 어머니와 폴라를 데리고 갔어. 우리 돈도 모두 다 가지고."

나는 듣고 있었다. 그의 수척한 몸과 뺨에 난 꺼칠한 수염이 어렴풋이 보였다.

"파벨, 작업장에 나가는 걸 그만둬야 할 거야. 조만간 그들이 너도 잡아갈 거야. 숨어 있어."

"안 돼." 그가 고함쳤다.

"그들이 번호를 팔고 있어. 그들은 3만 5000명을 게토에 머물게 할 거야. 나는 번호를 받아야 해, 마르틴."

"파벨, 숨어 있으라니까."

"번호를 꼭 받아야 해. 마르틴."

우리는 말을 멈추었다. 나는 지붕 위에 엎드리고 있었고 그는 지붕 밑 방에 쪼그리고 앉아 있었다. 나는 기다렸다.

"마르틴, 너는 돈이 많잖아."

나는 아무 말도 하지 않았다. 그는 속삭이고 있었지만 목소리는 적의에 차 있었다.

"너는 아직도 어머니와 동생들, 아버지가 있잖아. 게다가 돈도 많아. 마르틴, 난 오늘 밤 돈이 필요해, 많이."

"숨어라, 파벨."

"나는 네 은신처를 알아, 안다고."

그는 고함치다시피 말했다. 그들이 파벨까지 짐승으로 만들어놓은 것이다. 나는 지붕 밑 방으로 뛰어 내려가서 파벨의 두 어깨를 잡고 뽑아야 할 썩은 나무처럼 흔들었다.

"나는 너를 찾으러 지구 끝까지 갈 거야, 파벨. 그래서 너를 죽일 거야."

그는 저항하지 않았다. 그는 겁에 질려 있었다. 파벨, 내 친구, 우리를 밀고하려는 마음을 먹었던 친구, 그들 때문에 미칠 지경으로 몰렸던 친구. 나는 그의 목을 잡고 흔들었다.

"파벨, 도망치는 게 좋을 거야, 멀리. 밀라 가는 잊어버려."

그런 후 나는 그를 놓아주었다. 그가 쓰러졌다. 그는 거기서 오래 누워 있더니 말 한마디 없이 다시 일어섰다. 계단을 내려가는 그의 발소리가 들렸다. 내 친구 파벨의 발자국 소리. 자멘호파 가에서 나를 위해 망을 봐주고 게시아 가에서 나를 기다려주었던 친구. 우리는 웃음과 기쁨, 공포를 함께 나누었다. 우리는 형제나 마찬가지였고, 나는 모든 위험을 무릅쓰고 그에게 재산을 만들어주었다. 그는 물건을 파는 일은 천하며 신성한 원칙들을 모독하는 일이라고 생각했던 친구였다. 이제 파벨은 내게 아무 의미도 없다. 나는 지붕으로 도로 올라갔다. 그들은 우리 마음속에 비겁함의 씨앗을 심어놓았다. 그들은 우리를 파멸시키고 타락시키길 원했다. 안녕, 파벨, 내 친구 파벨. 그들이 벌써 너를 죽였구나.

며칠이 더 지나갔고 그들이 폭파시킨 지붕도 늘어갔다. 그들은 어느 불구자를 의자에 앉힌 채 창밖으로 집어던지고는 총을 조준하여 맞히면서 웃어댔다. 날레프키 가의 담벼락에 줄지어 서 있던 사람들은 즐겁게까지 들릴 정도로 노래를 부르다가 쓰러졌다. 아이들의 목소리들이 밤하늘에 울려 퍼졌다. 그들은 어느 집 마당에서 온 걸까? 얼마나 많은 아이들이 거기 있는 걸까? "엄마, 엄마." 나는 그 소리를 듣지 않으려고 기를 쓰며 리브카를 껴안았다. 우리는 굴뚝에 기대 난폭하게 사랑을 나눈 후 서로의 품으로 서로를 보호하며 잠이 들었다.

공포에 휩싸인 나날이 더 지나갔고, 어느 날 아침 아주 일찍 다비드가 지붕 위로 올라왔다. 그가 나를 보고 손을 힘차게 흔드는 것을 보고 나는 지붕 사이를 건너뛰어서 그 민감하고 잘 웃는 남자에게로 달려갔다. 그는 우리 아버지와 함께 무기를 사러 아리안 구역으로 자주 건너가곤 했었다. 그는 벽에 등을 기대고 앉아 있었다.

"아직 살아 있구나, 마르틴."

그는 내 어깨를 두 팔로 감쌌다. "그들이 네 아버지를 그저께 잡아갔어. 우리로서는 어쩔 도리가 없었단다."

그가 벌써 일어섰다.

"행운을 빈다, 마르틴. 나는 간다. 그들은 아직도 자고 있어."

그는 천창을 통해 아래로 내려갔다. 나는 혼자 남았다. 리브카가 어리석게도 햇빛 아래 몸을 드러내고 나를 기다리며 서 있는 게 보였다. 어머니와 남동생들도 나를 기다리고 있었다. 나는 지붕 위를 잘 알았다. 나는 여러 집의 전면을 피해가며 기어올라 굴뚝들을 지나갔다. 리브카가 걱정스러운 표정으로 거기 내 앞에 있었다.

"절대 서 있지 마. 그들 눈에 띌 거라고."

그녀는 내게 묻지 않았다. 모든 게 잘못돼 가는 듯 보였다. 나는 그녀를 은신처로 들어가게 했다. 동생들이 두 팔을 벌리고 말없이 그녀를 반겼다. 어머니는 머리를 내게 기댔다.

"마르틴, 마르틴, 나는 못해. 더는 견디지 못하겠어."

나는 어머니를 아이를 어르듯 흔들어주고 머리채를 쓰다듬어주며 천천히 안심시켰다. 내가 몇 살이던가. 어머니나 동생들, 리브카, 모두 너무 무력하고 마음이 약했다. 나는 그들이 모르는 온갖 풍상을 겪은 탓에 늙어버렸다. 아버지가 '이주의 광장'으로 끌려갔고 그 길 끝에는 트레블린카가 있었다.

나는 가족들에게서 떠나 지붕 위로 올라가서 그늘에 누워버렸다. 아버지는 탈출할 것이다. 기차에서 뛰어내려 바르샤바로 돌아올 것이다. 나도할 수 있었던 일이니 아버지도 할 수 있을 것이다. 백 번이라도 더. 그날종일 나는 추억에 잠겨 있었다. 우리가 마지막으로 함께 있던 날, 트럭에서 탈출해서 어느 이름 모를 바르샤바의 골목에서 찬물로 세수하고 웃던일, 그리고 그 전에 모코토프가 인도에서 왔다갔다 하며 나를 기다리고있을 때 슈투카 카페에서 아버지를 만났던 일, 그 때 아버지가 내가 독립했다는 것을 받아들였던 일이 기억났다. 서로를 자주 보지는 못했지만 우리는 그 몇 해 동안 어깨를 나란히 하고 전진했으며 언제나 다시 만났었다. 아버지는 내게 힘을 주었다. 내 뜻이 곧 아버지의 뜻이었다. 우리는영원히 서로의 반쪽이었으므로 우리 중 하나가 살아 있다면 다른 한쪽도결코 죽지 않을 것이다. 아버지, 살게 해줘서 고마워요.

나는 거기 몸을 웅크리고 손가락을 깨물며 견딜 수 없이 비통한 추억을되씹었다. 마음이 아팠다. 나는 울었다.

모두 잡히다

며칠은 평온하게 지나갔다. 맑고 푸른 하늘로 굴뚝들이 연기를 뿜어냈다. 여름이 아직 다 가지는 않았고 비슬라 강둑 너머에서는 아이들이 맨발로 물놀이를 할 그런 때였다. 나는 희망을 품기 시작했다. 아마 우리도몇 천 명 안 되는 생존자들 틈에 끼인 건 아닐까? 나는 지붕 위를 뛰어다니며 여러 집들을 다시 조사해 보았다. 쥐들을 쫓아내가며 어지럽혀진 집들을 계속 살펴보다가 가끔 음식이 차려진 식탁을 발견하기도 했다. 의자들은 넘어져 있었지만 음식은 있었다. 나는 음식을 챙겼다.

그러나 그렇게 숨을 돌리는 시간이 길지는 않았다. 또다시 그들이 이주를 위해 거리를 봉쇄했다. 아직도 게토에는 유대인들이 너무 많았다. 날이 갈수록, 시간이 흐를수록 그들은 밀라 가 가까이로 압박해 들어왔다. 나는 그들이 이동하는 곳마다 따라다니며 여러 가족들이 거리로 끌려나온 후 줄을 서서 '이주의 광장'으로 행진해 가는 모습을 바라보았다. 이제 또다시 우크라이나인들이 지붕 위에 나타나서 수류탄을 던지고 일제사격을 해댔다. 우리는 견뎠다. 1942년의 9월 중순께였다.

나는 굴뚝 두 개 사이에 몸을 숨긴 채 앉아서 고함 소리를 들으며 지붕들 너머 날레프키 가 쪽을 바라보았다. 우크라이나인들이 아직 그 구역은 폭파하지 않았다. 나는 그들이 거기 나타나리라 예상하고 이미 그들이 다녀간 구역인 밀라 가와 자멘호파 가의 모퉁이 근처에 숨어 있을 자리를 잡았다. 몇 분 동안 거리를 내려다 보지 않다가 다시 내려다 보자 그들이 보였다. 리브카가 내 남동생들 사이에서 동생들의 손을 잡고 똑바로 서 있었고 어머니는 가슴께에 옷 몇 벌을 안은 채 그녀 뒤에 서 있었다. 그들은 행렬 가운데에 있었다. 나는 믿기지 않아서 눈을 깜빡였다가 다시 떠 보았다. 나는 땀에 흠뻑 젖어 굴뚝 두 개 사이에 누워 있고 가족들은 여전히 거기 행렬 속에 갇혀서 꼼짝 못하고 서 있었다. 목수가 밀고했을까? 아니면 파벨이? 아니면 순전히 우연으로? 그러나 가족들이 이미 잡혀 있는 터에 추측이나 하고 있을 때가 아니었다. 내게는 밧줄과 칼 몇 개, 짧은 톱이 있었다. 나는 마음을 가라앉히고 천천히 지붕에서 내려갔다. 나아가라, 마르틴.

햇빛이 내려쬐는 거리에는 먼지가 가득했다. 우크라이나인들은 고함을 치며 지붕 쪽 공중으로 위협사격을 하더니 총 몇 발을 머리 높이에서 거칠게 쏘았다. 행렬에 있는 사람들이 벌벌 떨며 비틀거렸다. 그들은 나를 보지 못했는지 내가 길을 건너오게 내버려두었다. 나 따위가 그들에게 무슨 의미가 있겠는가? 저항도 하지 않고, 도망치려는 시도조차 하지 않고 포기해버린 40만 유대인 중의 한 명일뿐이었다. 나는 머리를 꼿꼿이 쳐들고 길을 건넜다. 그들은 내가 누군지 몰랐고 내가 왜 자기들에게로 다가오는지도 몰랐다. 양손에 화상을 입은 나, 조용히 있으려고 했던 나, 그들의 코앞에서 곡식 자루를 들여왔고 하인에게 급료를 주듯 살육자들에게 뇌물을 먹였던 나였다.

한 우크라이나인이 나를 행렬 속으로 밀어넣었다. 나는 네 동족을 죽였고 네 주인인 나치 친위대원을 이 두 손으로 죽인 사람이다, 이 살육자야.

"어머니, 울지 마세요."

나는 어머니에게로 다가갔다. 그리고 어머니가 소중한 재산인양 품에 끌어안고 있는 옷들을 하나씩 끄집어냈다. 나는 그 옷들을 한 꾸러미로 묶고는 동생들의 머리를 쓰다듬어주었다.

"나 여기 있어, 리브카."

그녀는 마지막 목적지에 다다른 것처럼 차분했다. 나는 그녀를 사람들 속으로 밀어넣었다. 가장자리에 있는 건 불리했다. 그런 데 있으면 얻어맞기 십상이었다. 그렇게 우리는 자멘호파 가를 떠났다. 안녕, 밀라 가여. 잘 있어라, 자멘호파 가여. 우리는 찢어진 옷가지와 흩어진 책들을 밟고 부서진 가구들은 피해가며 길을 걸어갔다. 수만 명이 살아가던 삶의 터전에서 그들이 고된 노동으로 얻어낸 물건들을 밟으며 갔다. 우리 자신의 삶을 짓밟으며 갔다. 9월인데도 아직 뜨거운 햇빛이 우리의 등으로 내리쪼였다. 나는 우리 식구들이 가장자리로 가지 않도록 방향을 잡아주며 식

176

구들 뒤에서 걸었다. 이제 우리는 지카 가에 이르렀고 '이주의 광장'과 병원이 보였다. 나는 그 광장의 돌 하나하나를 알고 있었고 살육자 한 명 한 명을 다 알고 있었다.

"리브카, 넌 반드시 도망쳐야 해."

그녀에게는 기회가 있었다. 그녀가 풀려나도록 도울 돈이 내게는 있었다. 그러나 내 남동생 둘은 '이주의 광장'을 벗어날 수 없을 터였다. 그러니 어머니와 나는 가야했다.

"너 꼭 도망가라, 리브카."

나는 어깨까지 늘어뜨려진 그녀의 아름다운 금발 머리에 대고 속삭였다. "내가 널 구할 수 있어. 우린 나중에 만날 거야."

나는 마치 가르치듯 그녀에게 말했지만 그녀는 뒤돌아보지도 않았다. "리브카, 도망가. 지금 안 가면 절대 못 가."

그즈음, 나치 친위대원들의 고함 소리, 문들이 쾅 닫히는 소리, 겁에 질린 비명 소리, 총소리가 귀를 어지럽혔다.

나는 그녀에게 간곡하게 말했다. "첫 기회를 잡아, 붙잡으라고. 그 후에는 네가 알아서 할 일이야."

이제 가축운반용 화물차가 보이고 유대인 경찰이 기차의 문 앞마다 줄을 선 행렬 속을 조사하고 다녔다. 몇몇 사람들이 슬그머니 빠져나갔다. 덩치 작은 나치 친위대원이 채찍을 손에 들고 거기 아직도 서 있었다.

"리브카!"

그녀는 대답하지 않았지만 돌아보지 않으면서 남동생 하나의 손을 잠시 놓고는 내 손을 더듬어 찾고는 꽉 쥐었다.

우리는 병원으로 끌려가지도 않았다. 그들은 인원을 채워야 했다. 그들의 이주 임무는 거의 끝나가고 있었기에 빨리 끝내고 싶어 했다. 왼쪽,

오른쪽으로 선별하지도 않고 모두 가축운반용 화물차에 태웠다. 나는 가족과 함께 있으려고 반밖에 차지 않은 화물차 칸을 골라서 가족들을 부축해 태웠다. 그러나 경찰들이 화물차 칸의 문을 닫았을 때쯤에는 사람들에 둘러싸여 가운데에 있게 됐다. 기차 칸의 벽 쪽으로 가보려고 했지만 희망이 없었다. 어머니, 리브카, 나는 동생 둘을 가운데 두고 빙 둘러섰다.

우리는 질식할 듯한 상태에서 울부짖는 소리, 비명, 도움을 청하는 소리들을 들으며 기다렸다.

이윽고 화물차가 움직였다. 즉시 나는 내 이웃들에게 탈출의 가능성에 대해 말을 꺼냈다. 가끔은 고함까지 질러가며 말했지만 지금은 나 혼자 있는 게 아니었다. 나는 거기 사람들 틈에 끼어 동생들, 어머니, 리브카를 놔두고 가지 않으리라 결심했다. 나는 다시 인내심을 갖고 양해를 얻어가며 조금씩 채광창 쪽으로 다가갔다. 그러나 동생들은 나를 따라오지 못하고 짓밟힐 것만 같았다.

그래서 나는 말을 멈추고 어머니와 리브카의 어깨를 잡고 두 팔로 감쌌다. 동생들은 우리 다리를 잡고 가까이에 있었다. 어머니는 조용하게 흐느꼈다. 눈물이 내 손에 떨어졌다. 가끔씩 기차가 난폭하게 흔들리고 거친 비명 소리가 터져 나오기도 했다. 나는 식구들을 보호하기 위해 바싹 껴안으며 몸을 지탱했다.

화물차는 트레블린카*를 향해 달렸다.

＊

트레블린카 Treblinka, 트레블린카 수용소. 바르샤바 북동쪽으로 100킬로미터 지점, 폴란드 도시 시에들체와 말키니아 중간 트레블린카의 철도 마을 부근에 있었다.

제5장

이 이야기를 하려면
다른 목소리가 필요하다

화물차는 트레블린카를 향해 달리고 있었다. 밤새도록 계속 달려갔다. 차축이 삐꺽거리는 소리나 기관차가 증기를 내뿜는 소리나 바퀴가 철도 레일을 규칙적으로 두드리는 소리도 들리지 않았다. 기차는 위안을 주는 친숙한 기계의 소음을 내는 게 아니었다. 그 기차는 울부짖고 있었다.

거의 150명 정도가 빽빽이 타고 있는 가축용 화물칸에 갇힌 우리는 그 끝없는 폴란드의 여름 더위 속에서 옴짝도 못하며 공포에 질린 채 땀을 흘리고 있었다. 내 곁에 있던 남자는 기도를 하고 있었고, 내 어깨 너머에 있는 누군가는 그 남자에게 욕을 하며 때리려 했다. 가끔씩 기도와 욕설이 끊길 때면 아이 우는 소리가 들렸다. 나는 어머니와 리브카의 어깨를 꼭 잡고 있었고 동생들은 나에게 매달려 있었다. 나는 내 부드러움과 내 모든 힘을 그들도 느낄 수 있도록 내 팔을 통해 전해주려 애썼다. 그들이 바로 내가 사랑하는 사람들이었다. 소음 때문에 목소리가 묻혀버렸기에 그들에게 말을 건넬 수도 없었다.

목이 말랐다. 남자들은 쇠창살이 쳐진 채광창으로 가까이 가려고 서로 다퉜다. 한 모금의 신선한 공기를 위해서는 살인도 할 수 있는 사람들이었다.

그러고는 물질적인 공포의 냄새인 배설물의 악취가 풍기기 시작했다. 어떤 이들은 미쳐버렸다. 새벽에 나는 한 여자가 자기 얼굴을 할퀴는 모습을 보았다.

갑자기 기차가 멈췄다. 발자국 소리, 목소리, 기차 칸들이 분리되고 다른 선로로 옮겨지는 소리가 들렸다. 우리는 기다렸다. 태양이 나무와 철로 된 기차를 뜨겁게 달궜다. 소음이 나더니 더 심하게 덜컹거리며 기차 칸들이 더 연결됐다. 우리가 탄 기차도 천천히 움직이다가 다시 덜컥 멈추었다. 우리가 기차에서 내리는 동안 삐꺽거리는 소음과 눈부신 빛, 구타와 고함 소리가 이어졌다.

트레블린카.

새로운 시대가 시작됐다.

이 이야기를 하려면 다른 목소리, 다른 단어들이 필요하다. 단어 하나하나마다 사라진 수천 명의 삶을 추모해야 하며, 그 삶과 함께 사라진 기쁨과 인생의 절대적인 아름다움을 기려야 한다. 나는 어떻게든 어머니의 표정과 나를 붙잡고 있던 동생들의 손가락, 기차에서 내리면서 구타당하는 와중에 여자와 아이들의 긴 행렬에 섞여 멀리 떠나가던 리브카의 머릿결을 되살려내야 한다. 그 행렬 속에 내 어머니와 동생들과 리브카가 있었다. 잘 가라, 내 식구들.

이것은 새 시대의 시작이었다. 내가 트레블린카에 대해서 알던 것이라고는 그 이름뿐이었지만 내가 사랑한 사람들이 그곳에서 죽으리라는 것만은 알았다.

나치 친위대원들, 우크라이나 인들이 채찍과 곤봉을 들고 우리 머리와 등을 때릴 기회를 노리고 있었다. 확성기에서는 냉정한 목소리가 "남자는 오른쪽, 여자와 아이들은 왼쪽으로 가시오." 라는 말을 반복하고 있었다.

구타를 피하려고 머리를 숙인 채 나는 조그만 기차역을 보았고 뷔페, 대기실, 화장실, 매표소 등의 평범한 표지판을 읽었다. 모든 것이 무대 장치처럼 새 것이었다. 그 너머에 소나무 가지들로 은폐된 가시철망이 보였다.

안녕, 내 식구들. 그들은 이미 무리지어 가는 사람들 속에 섞여 보이지 않았다. 어머니의 회색 머리, 리브카의 금발, 동생들의 곱슬머리를 찾아보았지만 보이지 않았다. 나는 식구들이 다시 돌아오지 못할 것이며, 더 이상 내가 식구들을 죽음에서 벗어나게 할 능력이 없다는 것을 알았기에 목이 메어왔다. 죽음이 그들을 데려갈 것이다. 어쩌면 아버지도 이곳에 왔는지도 몰랐다.

나는 생각을 해보고 그래서 굴복하는 대신 내 운명을 스스로 택하려고 천천히 앞으로 걸어갔다. 우리 주위에는 머리를 어깨 밑으로 푹 숙인 구부정한 수감자들이 사방으로 뛰어다니며 짐을 집어 들고 우리를 앞으로 떼밀고 있었다. 그 중 한 명이 나와 부딪혔다. 나는 그를 붙잡았다.

"여기서 무슨 일이 벌어지고 있는 거예요?"

그는 나를 밀치며 재빨리 물러났다.

"신경 쓰지 마. 걱정하지 말고 시킨 대로만 해라."

나는 구타를 피해 행렬을 따라갔다. 노인들 몇 명은 적십자 표지가 붙어있는 입구로 안내되었다. 격리병동이었다. 확성기는 계속해서 명령을 내리고 있었다.

"옷을 벗으시오. 샤워를 하시오. 그 후에 지정된 새 일터로 이동될 것이오."

나는 가시철망과 텅 빈 채로 돌아가는 가축운반용 화물차와 말없는 이름 모를 수감자들을 바라보았다. 이곳에 우리가 모르는 죽음이 기다리고 있었다.

"귀중품과 서류를 가지고 있으시오. 비누를 잊지 말고 가져가시오." 확성기가 말했다.

나는 남자들 몇 명이 이미 알몸으로 서 있는 공터로 걸어나갔다. 바로 그 때, 마치 단조롭게 진동하는 거대한 엔진소리처럼 크고 규칙적인 소리가 들렸다. 방향을 바꾸려는 듯 질질 끄는 소리를 내기도 하는 감정이 없는 단음조의 박동, 나치 친위대의 고함 소리조차도 잠재울 수 없는 수용소의 맥박소리였다.

손에 채찍을 들고 검은 옷을 입은 나치 친위대원들은 벌거벗은 남자들 사이를 걸어다니며 몇 명을 팔을 잡아 끌어내고는 옷을 다시 입으라고 했다. 나는 아직 옷을 입고 있었기에 신발을 벗느라 애쓰는 사람들을 밀치며 그들을 향하여 느긋하게 다가갔다. 나는 '나아가라, 마르틴. 계속 가라. 미에테크. 그곳에 삶이 있다. 나아가라.' 라고 내 안에서 말하는 어떤 힘에 따라 움직이고 있었다.

한 나치 친위대원이 채찍으로 내 어깨를 건드리며 나를 선발했다.

나는 다른 사람들처럼 뛰어다니며 옷가지들을 집어서 분류하는 곳으로 옮기고 쌓아올리는 일을 도왔다. 머리를 숙이고 뛰어다니며 남자들의 삶에서 유일하게 남은 그 옷가지들의 무게에 눌려가며 앞으로 나아갔다. 우리가 타고 온 기차의 뒷부분이었던 다른 화물차 칸들이 도착했고 한 시간도 채 되기 전에 사람들이 옷 갈아입느라고 붐비던 탈의장은 텅 비었다. 내 어머니와 동생들 그리고 리브카가 막사 안으로 사라지기 전까지 있던 곳이었다. 확성기에서 다시 소리가 흘러나왔다. 나는 무거운 짐을 들고 최대한 빠르게 달렸다.

트레블린카에서의 삶과 죽음

한 걸음, 한 걸음 뗄 때마다 나는 트레블린카가 어떤 곳인지 파악해 갔다. 그 누런 모래와 온 천지에 스며있는 악취, 목소리들, 그리고 그곳의 맥박, 수용소 북동쪽 모서리에서 들리는 엔진 소리. 사람 키보다 조금 더 큰 검은 소나무들이 늘어선 가로수길 끝에 벽돌 건물이 가시 철망으로 덮인 작은 언덕 뒤로 숨겨져 있었다. 수용소 안의 또다른 수용소였다. 나는 옷을 분류하는 장소에서 아이들의 옷과 남자의 모자, 안경, 외투를 따로따로 분류해 쌓았다. 모든 물건들이 제각각 쌓여 무더기를 이루고 있었기에 나는 한 무더기에서 다른 무더기로 잽싸게 옮겨다녀야 했다. 우크라이나인들은 채찍을 휘둘렀고 가끔씩 나치 친위대원이 누군가를 쏘거나 소총 개머리판으로 죽였다. 나는 구부정하게 몸을 숙이고는 황급히 달렸다.

"얼굴을 조심하시오." 어느 수감자가 나에게 속삭였다.

산들바람이 불었다. 엔진소리가 바람에 실려 더 가까이 들렸다. 그 다른 수용소 내에서는 사람들이 모래를 긁어내고 있었다. 철제 갈퀴가 땅을 긁는 소리가 또렷하게 들렸다. 그들은 그곳에서 끝없이 파고 있었다. 우리는 막사들 사이에 넓게 트인 공터에 집합했다. 나치 친위대가 우리 앞을 지나갔다. 우크라이나인들은 우리 옆에 개처럼 서 있었다. 그리고 진짜 개들도 있었다. 목에 맨 줄이 팽팽해질 정도로 커다란 개들이었다. 나치 친위대들이 몇 사람을 지목하자 우크라이나인들이 그들을 대열에서 빼내서 다른 곳으로 갔다. 그 후 총성이 들렸다. 우리는 감자 몇 개와 물이 담긴 용기를 받은 후 막사 안으로 떼밀려 들어갔다.

나는 아직 살아 있었다. 막사 안의 악취는 견딜 수 없을 정도였다. 사람들은 신음을 내뱉었고 기도하는 사람들도 있었다. 주먹과 입을 꽉 다문 채 몸을 떨면서 시선을 한군데 고정시키고 있는 어느 남자 옆에 나는 앉아 있었다. 그는 붉은 배지를 달고 있었다. 수용소의 고참이었다.

"그들은 어디로 갔나요?" 내가 물었다.

그가 나를 멍하니 바라보았다.

"그들이 어디로 갔나요? 기차에 타고 있던 나머지 사람들말이에요."

"가스실로 갔지."

"어디라고요?"

"아래쪽 수용소, 그 다른 수용소 말일세."

나는 나무 벽에 기대 몸을 웅크렸다. 내 동족들, 수천 명이나 되는 내 동족들, 바르샤바! 그런데 나는 아직 살아 있었다.

남자들이 어둠 속에서 울었다. 상자가 뒤집히는 소리에 이어 죽음의 단말마가 들려왔다. 누군가가 기도를 시작했다. 자살이었다. 나는 생명을 스스로 끊지 말고, 비겁하게 죽음을 받아들이지는 말기로 결심했다. 그들은 우리의 목숨을 앗아가고 있었다. 그건 우리의 목숨이 보석처럼 값지다는 뜻이었다. 내 동족들은 죽었다. 나는 그들의 삶까지 짊어지고 있다. 그들은 과거와, 그들의 미래, 그리고 그들이 알던 기쁨과 슬픔을 나에게 물려주었다. 오직 나를 통해서 세나토르스카 가가 이름을 남길 것이고, 나만을 통해서 게토의 은신처가 기억될 것이고, 오직 나를 통해서만이 조피아와 리브카의 아름다움이 살아남을 것이다. 나를 통해서. 그리고 어쩌면 아버지도 살아남았는지 모른다. 아버지는 어쩌면 이 시골에서 싸우고 있거나 바르샤바로 되돌아갔는지도 모른다. 그리고 나를 통해서 복수가 이루어질 것이다. 나는 살아남기로 결정했다. 나는 탈출할 것이다. 내가 사랑한 사람들을 위하여.

아침이 되자 막사 대들보에 시체 네 구가 걸려 있는 게 발견됐다. 우리는 연병장에 줄을 서 있었고 랄카라는 이름의 꼭두각시인 나치 친위대원이 우리에게 열변을 토했다. 우리는 하찮은 존재였다. 개만도 못했고 그들이 우리를 묻는 땅의 흙보다도 값어치가 없었다. 우리는 해충이었고 그는 왕들의 종족이었다.

그것이 내가 트레블린카에서 맞는 첫 아침이었다. 이미 과거는 물러갔다. 게토에서의 시간은 이미 '지난 날'이 됐다. 전쟁 전, 내가 태어나기 이전처럼 과거가 됐다. 이튿날에는 나는 트레블린카에서의 삶과 죽음을 알아냈다. 나는 '클렙수드라', 즉 얼굴을 얻어맞아 상처가 생긴 사람들을 보았다. 그 매질 자국은 죽음의 낙인이었다. 그들은 줄에서 끌려나가 병원이라 불리던 격리병동으로 옮겨졌다. 나는 수감자들이 삽에 맞아 죽는 것을 보았다. 개들이 수감자들을 공격하는 것도 보았다. 나는 왜 고개를 숙이며 걸어야 하는지, 왜 항상 뛰어야 하는지, 더 잘하고, 더 빨리 가야 하는지 알았다. 나치 친위대와 우크라이나인들은 우리를 재촉하기 위해서 살인을 했기 때문이다. 우리의 수는 항상 넘쳐났다. 가축운반용 화물차는 한 번에 스무 칸씩 달고 왔다. 그 스무 칸은 세 부분으로 구분돼 있었다. 그렇게 도착한 사람들은 리브카와 내 어머니, 동생들처럼 나의 어머니였고 내 형제들, 친척들, 가족들, 내 동족이었다. 기차역으로 떼밀려나온 그들은 서로 헤어져 남자들은 오른쪽으로, 여자와 아이들은 왼쪽으로 나뉘어 선 후 발가벗겨졌다. 그러면 우리가 그들을 도왔다.

"여기서 뭔 일이 일어나고 있소?" 그들이 물었다.

"아무것도 아니오. 괜찮소, 괜찮아." 우리는 대답했다.

나는 신발 여러 켤레를 모으고 땀 냄새로 절은 옷가지를 주워들고 달렸다. 그러면서 그 옷들의 주머니 속으로 잽싸게 손을 움직여 비스킷과 사탕을 찾아 입에 넣고 씹지도 않은 채 삼키는 방법을 익혔다. 입술이나 턱이 조금이라도 움직이면 '격리병동'에서 죽음을 당하거나, 목 뒤에 총알이 박히거나 총 개머리판 아니면 채찍을 맞고 죽었다. 나는 검은 소나무가 줄지어 있는 그 아름다운 가로수길, '하늘 가는 길'로 향하는 그 길을 내려가 사람들이 흘린 물건을 주워올렸다. 그 길이 아름답고 평화로우며 멋져보이게 하기 위해서였다. 화물차의 벽과 바닥에 있는 오물을 청소하러 가기도 했다. 저녁이면 연병장에서 더 많은 클렙수드라들이 줄에서 끌려나와 격리병동으로 갔다. 나치 친위대들이 힐긋 한번 보는 것만으로 얼굴에 자국이 없는 사람들조차 무작위로 죽음의 길로 쫓겨났다. 죽음의 신이 우리가 모여선 줄에서 끊임없이 사람들을 거둬갔다. 일을 느리게 하면 죽음, 너무 가벼운 짐을 옮겨도 죽음, 음식을 조금 씹어도 죽음이었다. 그들은 우리가 공포에 질려있기를 원했다. 우리는 그들의 힘이 불가사의한 신들에게서 오는 듯 우리를 압도하는 걸 느꼈다. 그들은 우리의 운명이었다.

나는 막사에서 녹초가 되고 숨이 차는데다 아무런 생각도 못할 지경이어서 탈출은 꿈도 꾸지 못했다. 그저 목숨을 부지하는 데만 정신을 빼앗겼던 탓이다. 철조망이 높이 쳐진 담 너머에는 역시 철조망이 쳐진 참호와 철조망을 친 울타리가 또 있으며 그 너머에 원을 그리는 길과 역시 철조망이 쳐진 몇 미터 넓이인 공터가 있었다. 철조망으로 겹겹이 둘러싼 곳이었다. 200미터 정도마다 세워진 감시탑들이 이 철옹성을 굽어보고 있었다. 그쪽으로 탈출한다는 건 어불성설이었다.

그래도 죽음으로써 이곳을 탈출하는 사람들은 여전히 나왔다. 그날 밤 더 많은 사람들이 막사에서 목을 매고 죽었다. 나는 친구가 죽는 걸 도우려고 한 남자가 상자를 끌어다주는 소리를 세 번째로 들었다. 나는 황급히 다가가 그의 어깨를 잡고는 흔들었다.

"하지만 저들은 우리가 죽기를 바란다고!"

"우리가 다 죽어버린다면요, 우리 모두 다요, 우리가 앞으로 무얼 하겠어요?"

"그들 손에 죽는 것 말고 우리가 뭘 할 수 있겠니?"

그는 나를 밀쳤다. 나는 제자리로 가서 드러누운 채 또다시 상자가 뒤집히고 몸이 흔들리는 소리, 숨이 끊기는 끔찍한 소리를 들었다. 침묵이 찾아왔다. 자살은 일종의 반항이었다. 그러나 그것은 패배자의 반항이었다. 미에테크, 너는 반드시 살아야 한다. 항의하고, 사실을 말하고, 복수를 해서 우리 민족이 너를 통해 다시 살아남을 수 있도록 살아야 한다.

다음날 아침, 연병장에 다시 모였을 때 랄카가 연설했다. "너희들은 개만도 못해, 먼지나 기생충보다도 못하지." 우리는 고개를 숙였다. 그들은 우리를 죽이고 있었다. 그들은 우리가 화물차에 탄 동족을 기차역으로 밀어내고 옷을 벗기도록 시켰다. 우리는 그 일을 하다가 어머니와 닮은 얼굴을 만나면 고개를 돌려버렸다. 우리는 랄카의 말대로 정말 기생충인 걸까?

그래서 나는 어깨를 구부리고 늘 뛰어다녔다. 우리가 죽음에 동의한다면 랄카의 말이 맞는 거였다. 마르틴, 너는 살아야 한다. 나는 계속 뛰어다니다가 시간의 흐름을 잊어버렸다. 며칠이 지나갔는지, 화물차가 몇 량이나 왔는지 알지 못했다. 그 모든 남녀노소의 얼굴들, 좌절한 몸짓들, 목에 걸렸지만 배를 채워주었던 훔친 비스킷들, 옷 무더기들. 매일 저녁마다 속으로 되뇌는 '탈출해야 돼.'라는 마음속의 속삭임. 밤마다 자살을 막으려고 몸부림을 치고 아침이면 내가 구했던 사람이 두 우크라이나인 사이에서 격리병동으로 끌려가는 모습을 보는 일. 그리고 내가 밤에 매 맞은 상처가 표시나지 않도록 모래에 침을 섞어 얼굴에 가볍게 발라주었던 클렙수드라가 다음 날 다시 얻어맞고 죽은 일.

트레블린카에서 살면 시간이란 존재하지 않았다. 트레블린카는 다른 종류의 시간을 만들어냈다. 시계는 없었지만 화물기차가 도착하는 것, 집합하는 일, 아래쪽 수용소에서 엔진이 진동하는데 따라 시간이 표시됐다. 나는 낮 동안 하늘이 어떻게 변화하는지도 몰랐다. 내 눈에는 누런 모래와 그들의 부츠만 보였다. 그렇지만 죽음이 기웃거리는 가운데 막사들과 지형을 관찰하고 아래쪽 수용소를 눈여겨 봐두었다. 그 수용소에는 출입구가 두 개 있었다. 하나는 사람들이 사라져가는 '하늘 가는 길' 끝에 있었고 하나는 우크라이나인들과 나치 친위대들이 사용하는 정식 출입구였다. 하루를 그렇게 보내고 나면 밤이 오곤 했다. 허기와 피로와 함께 후회가 밀려들었다. 그들의 얼굴이 떠올랐다. 행렬에 서 있던 회색머리의 어머니, 동생들, 왜 나는 그 애들, 혹은 리브카를 위해서 뭐라도 하지 못했을까? 절망감이 우리 모두를 휩쓸고 있었다. 나는 자발적으로 죽음을 택하는 사람들에게 휩쓸려들지 않기 위해 안간힘을 써야 했다.

나는 그 절망적인 흐름에 맞서 싸웠다. 내가 의지할 건 내게 계속 말을 거는 방법뿐이었다. 나는 반드시 살아야 한다. 내가 사랑한 사람들을 위해 살아야 한다. 복수를 하고 세상에다 대고 트레블린카가 죽음을 뜻한다는 말을 하기 위해 살아야 한다고 속으로 되뇌었다. 아직도 바르샤바에 있는 사람들은 자기들이 동부로 이주한다고 생각했으며 그들보다 앞서 수만 명이 그랬듯이 '하늘 가는 길'로 들어섰다. 살아서, 탈출하고 사실을 밝히고 복수하리라. 그 되풀이되는 말들은 돌무더기처럼 쌓여 공포와 절망, 포기에 맞서는 장벽이 돼주었다. 그러나 랄카의 연설, 살육자들의 억압은 매일 계속되었다. 굶주림과 피로도 매일 찾아왔다. 매일 화물 기차

188

들이 도착했고 곁눈질로만 본 아이들의 옷들이 쌓여갔다. 그 옷들은 아이들의 박탈된 삶의 껍질과도 같았다. 아직도 온기를 지닌 그 물건들이 내 마음속의 장벽에 구멍을 냈다. 그러나 돌 하나하나로, 단어 하나하나로 그 장벽을 다시 쌓아 올려야 했다. 탈출, 복수라는 단어들로.

그러나 트레블린카에서 목숨을 오래 부지하는 사람은 하나도 없었다. 나는 그 사실을 깨달았다. 그래도 내가 공포에 맞서 결심을 굳건히 유지한다면 기회는 있었다. 얼굴을 구타당하거나 나치 친위대에게 총을 맞는다면 마지막이 될 터였다. 빨리빨리 움직여야 했다. 나는 매일같이 수용소를 답사했다. 나는 가축운반용 화물차가 도착해 화물칸의 문이 열리고 안에 탄 사람들이 작은 기차역에 내릴 때 그들을 맞이하는 '부대'에 편입됐다. 사람들은 기차역에 내리면 뷔페, 대합실 같은 표지판이 있어 진짜 같은 그 역을 겨우 몇 분 동안 구경했다. 단조로운 기차역이었다. 트레블린카에서 삶은 환상일 뿐이었다. 나는 막 도착한 사람들을 도와 옷을 벗기고 그 옷들을 분류 장소로 옮기는 부대원이었다.

여자들이 막사에서 처음으로 옷을 벗고 대충대충 가위질 몇 번으로 머리를 깎이고 나면 내가 머리카락이 담긴 자루들을 옮기기도 했다. 여자들은 그런 후 검은 소나무가 늘어선 가로수 길, 즉 '하늘 가는 길'로 내려갔다. 나는 물건들로 무더기를 만들었다. 모든 물건들은 종류대로 분류했다. 바르샤바에서, 혹은 유럽의 끝에서 온 유대인들이 지녔던 도자기 그릇, 만년필, 아이들 사진들이었다. 나는 내 어머니의 것 같은 그 많은 옷들을 쌓았다. 내 동생들을 닮은 사진들도 부지기수였다. 물건 하나하나가 슬픔을 안겨주었다. 기쁨과 희망의 미로를 거쳐 온 생명, 죽은 목숨들. 오직 살아남아서 복수하고, 살아서 트레블린카의 정체를 폭로할 힘이 있는 사람을 통해서만 그 생명들은 다시 살아날 수 있을 터였다.

힘내, 마르틴. 나아가라, 미에테크. 살아남으라고!

나는 숲에서 탈출해볼까 하는 희망을 품고 벌목 부대에 들어갔지만 감시가 너무 심했다. 그래서 수용소가 잘 안 보이도록 철조망 위에 소나무 가지를 덮는 위장 부대에 들어갔다. 위장한 탓에 숲에는 수십만 명의 생명이 사라져 간 개간지는 보이지 않고 대신 누런 모래밭을 헤치고 있는 기계만 보였다. 나는 '하늘 가는 길'과 막사들, 기차역을 도로 담당 부대와 함께 청소했다. 그리하여 나는 격리병동으로 끌려가는 일은 모면했다.

잃어버린 기회

그러던 어느 날이었다. 내가 이곳에 온 뒤 며칠이 지났는지, 얼마나 시간이 흘렀는지 알 수 없었다. 트레블린카에는 시간이 존재하지 않았다. 어느 날 나는 짐을 기차에 싣는 하역 작업부대에 배치됐다. 기차역을 따라 비어 있는 화물차들이 늘어서 있었고 우리는 언제나처럼 구부정한 자세로 옷 꾸러미들을 화물차 안으로 옮기고 있었다. 화물칸의 지붕까지 옷을 쌓아야 했다. 우리를 감시하던 우크라이나인들, 카포들*, 나치 친위대들의 고함 소리를 들어가며 나는 잽싸게 뛰었다. 화물차 칸으로 뛰어올라가서 옷 꾸러미들을 던져 넣고 다시 내려와서 옷 꾸러미를 더 가져오려고 막사로 갔다. 그러면서 나치 친위대와 우크라이나인들이 어디 있는지 파악하고 허기와 피로에 찌든 몸을 잠시 쉬게 하고 숨을 돌릴 만한 짬이 있는지 살폈다.

기차역을 돌아보다가 나는 문득 처음으로 진짜 기차다운 기차를 보았

---

*

카포들 kapo, 제2차 세계대전 중 나치 강제수용소 안에서 여러 가지 하급 관리직으로 일하던 수감자들을 말한다. 보통 수감자들보다 특권이 더 있었다.

다. 그 기차는 옷더미를 싣고 트레블린카를 막 떠나려는 참이었다. 나는 더 빨리 달리면서 계획을 짰다. 화물차 칸에 올라가서 옷 꾸러미들 사이에 숨을 곳을 마련해두고 거기 숨어 있다가 기차가 갈 때 도망친다는 계획이었다. 나는 어느 화물차 칸에 뛰어올랐지만 짐을 다 실은 칸이었다. 나는 다시 다른 칸에 올라가 보았다. 그러나 거기에도 꾸러미들이 사방 벽에 쌓여져 있었다. 나치 친위대원 한 명이 다가가서 짐 실은 것을 검사하더니 옷 꾸러미가 빈틈없이 가득 찬 걸 보고는 화물칸의 문을 쾅 닫았다. 그래서 나는 기차역에서 돌아올 수밖에 없었다. 너무 늦었던 것이다. 그들이 공포와 폭력으로 만든 덫과 피로 때문에 빨리 판단하지 못했다. 나는 처음으로 다가온 기회를 놓쳐버렸다. '아버지 같으면 그 기회를 잡으셨겠지요. 나는 아버지보다 못해요. 아버지라면 그 기회를 잡았겠지요.' 그리고 그날 밤 나는 절망에 빠져 아버지가 탈출했으며 계속 싸우고 있고, 트레블린카에서 떠나는 기차에 탔을 거라는 생각을 했다.

그때부터 꾸러미를 싣는 일이 내 유일한 관심사가 됐다. 화물칸의 구석에 꾸러미들을 쌓는 방법과 숨어 있을 곳을 가리도록 벽 같은 방어물을 만드는 방법을 생각했다. 되도록 문에서 멀리 떨어진 곳에 숨을 곳을 마련해야 했다. 그리고 양옆을 지탱하면서 꾸러미들이 그대로 쌓여 있도록 하는 방법도 생각했다. 이제 준비가 되었다. 그러나 그 다음 며칠 간은 기차가 한 량도 오지 않았다. 그런데 나는 도로 담당 부대로 배치돼 청소를 해야 했다. 청소를 하면서 기차들이 오가는 걸 보았지만 나는 거기서 짐을 실을 수 없는 형편이었다. 나는 준비가 되었지만 처음으로 찾아온 금쪽같은 기회를 놓쳐버렸다.

저녁이 되자 암담한 심정이 밀려들었다. 알던 사람들의 얼굴이 떠올랐다. 세나토르스카 가에서 곡식 자루들을 옮기던 시절로 돌아가 모코토프가 웃고 있는 모습을 떠올렸다. 야디아가 부어준 독한 보드카를 마시던 기억, 조피아의 손을 잡고 함께 웃던 기억이 났다. 암담한 기분에 젖어 파비아크 감옥의 내 감방으로 찾아와서 나를 때렸던 게슈타포 살육자를 떠올렸다. 그 모든 일이 다 허사였단 말인가?

아침이 오자 나는 키에프에게 접근했다. 그는 게토에 있을 때는 건달이었으며 짐꾼 노릇도 하고 강도질도 했던 근육질에 덩치가 큰 남자였다. 지금은 많이 여위었지만 아직도 다른 사람들보다는 힘이 세고 강인했다. 그가 말하려고 입을 열자 치아의 검은 뿌리만 몇 개 보일 뿐 잇몸밖에 보이지 않았다. 게토에 있던 초기에 소총 개머리판으로 얻어맞았다고 했다. 우리는 트레블린카에서는 지금까지 대화를 나눌 시간도, 기력도 없었다. 나는 연병장에 집합하기 전에 그가 있는 구석 쪽으로 슬쩍 다가가서 그를 흔들었다. 그는 시체를 본 듯 펄쩍 뛴 후에야 나를 알아보았다.

"키에프, 넌 카포를 알잖아. 우린 하적 작업 부대에 들어가야 해."

내가 말하는 그 카포는 독일계 유대인이었으며 우리를 구타했었다. 그래도 그는 아마 우리가 더 심하게 얻어맞지 않도록 봐주었는지도 모르고, 아니면 그저 자기가 다치지 않으려고 살살 때렸는지도 몰랐다. 어쨌든 그는 우리를 때려야 했으며 그렇지 않으면 자기가 죽어야 했던 형편이었다. 키에프가 나를 멀뚱히 바라보았다. 트레블린카에 있으면 대화하는 버릇이 없어진다. 한 마디만 잘못해도 격리병동으로 끌려갔으니까.

"키에프, 우리가 기차에 짐을 싣는다면 말이야. 우리 둘이……"

그가 나의 어깨를 움켜잡았다.

나는 내 계획을 재빠르게 요약해주었다. 그는 머리를 절레절레 흔들고는 짓이겨진 손가락으로 자기 잇몸을 문질렀다.

"우리가 하적 작업 부대에 배치돼야 해."

192

"그 카포에게 말해볼게."

긴 하루였다. 수송 열차 두 대가 도착했다. 남녀노소 수천 명이 내렸다. 그들의 비명소리, 그들의 옷, 그들의 머리카락. '버텨라, 마르틴. 조금만 더 버텨.' 나는 계속 짐을 옮겼다. 저녁 집합시간이 됐다. 클렙수드라 세 명을 포함해 격리병동으로 가야 하는 긴 명단이 발표됐다. 격리병동으로 가는 수가 너무 많았다. 마침내 막사로 돌아온 나는 키에프를 불렀다.

"내가 그에게 말해뒀어." 키에프가 말했다.

나는 내 생명을 키에프와 그 카포에게 맡기는 게 불안해서 질문을 했다. 걱정이 많이 되었던 탓이다.

"그는 대답은 하지 않았어. 그냥 듣기만 하더군." 키에프가 대답했다.

그건 아무 뜻도 없는 말이었다. 그냥 트레블린카에 있는 사람들 특유의 조심성일 뿐인지도 몰랐다. 그날 밤 나는 잠을 잘 이루지 못했다. 아래쪽 수용소에 있는 기계 소음은 그치지 않았다. 한 번 가면 아무도 돌아오지 못하는 철조망 뒤쪽인 북동쪽에서 탐조등의 빛줄기가 비치는 게 보였다.

다음 날 아침, 집합시간에는 클렙수드라들이 더 늘어났다.

랄카가 연설했다. 우리가 이 세상의 쓰레기라는 내용이었다. 그가 카포 몇 명을 부르자 카포들이 그의 앞으로 뻣뻣한 넓적다리에 철모를 절꺽거리며 뛰어가서 차렷 자세를 취했다. 그런 후 그들은 우리 줄 안으로 들어왔다. 키에프가 말한 카포가 나와 키에프를 줄에서 끌어냈다. 우크라이나인들 몇 명과 다른 수감자 몇 명이 우리를 둘러쌌지만 우리는 격리병동으로 끌려가지는 않았다. 우리는 '하늘 가는 길'인 꽃과 검은 전나무가 늘어선 길을 따라 벽돌 건물로 갔다. 다가갈수록 그 건물이 또렷하게 보였다. 다윗의 별이 좁은 문 위에 그려져 있는 커다랗고 위엄 있는 건물이었다. 시너고그와 비슷하게 보이기도 했다. 나는 첫 번째 기회를 잡지 못했다.

그리고 내 생명을 남의 손에 맡겼다. 그래서 나는 졌다. 우리가 탈출하면 자기가 뒤집어 쓸 것이 두려워 그 카포는 우리를 '하늘 가는 길'로 보낸 것이었다. 우리가 앞으로 나아가자 기계 소리가 더 커졌고 금속이 모래땅 위를 긁는 소리와 비명 소리가 들렸다. 우크라이나인들은 우리를 그 아래쪽 수용소 입구에 있는 다른 우크라이나인들에게 인계했다. 우리는 철조망을 넘어 좁은 문 하나밖에 없는 커다란 벽돌 건물 앞에 섰다. 오른쪽에는 격리병동이 있었다. 우리는 벽돌 건물 주위를 걸어갔다. 거대한 굴착기가 누런 모래땅을 파고 있었다. 굴착기의 모터 소리에 귀청이 터지는 듯했다. 보초병들이 고함치자 수감자들은 급히 달려가 들것을 옮겼다. 보초병들이 채찍과 곤봉을 쳐들자 나도 그들이 가리키는 들것 쪽으로 뛰어갔다. 키에프와 나는 거친 캔버스 천으로 된 들것을 양쪽에서 들고 벽돌 건물 옆에 열려 있는 넓은 문으로 달려갔다. 3미터 가까이 되는 나무문이었다.

그때 우리는 보았다.

유대인 시체 처리반이 되다

이 이야기를 하려면 나는 아직도 다른 목소리, 다른 단어들이 필요하다.

시체들은 벌거벗겨진 채 서로 얽혀 있었다. 그 시체들은 누런빛을 띠었고 코에서 나온 피가 얼굴에 묻혀 있었다. 그들은 내 어머니, 내 동생들, 리브카와 마찬가지로 여겨졌으며 내 민족이었다. 우리는 다른 사람들이 하는 대로 시체들을 들것에 싣고 달렸다. 우리는 집게를 든 사람 앞에서 멈추었다. 그는 시체들의 입을 조사하고는 금니를 뽑아냈다. 그러면 우리는 들것을 들고 달려가 누런 모래땅에 파놓은 무덤구덩이에 시체를 던졌다. 구덩이 바닥에 깔린 시체들 위에 수감자들이 서서 시체들을 정렬시키고 있었다. 우리는 그 구덩이에 우리가 처음으로 날라 온 시체를 던졌다. 그러고는 여전히 뛰어다니며 시체를 더 날랐다. 어떨 때는 들것 하나에 아이 시체 세 구를 나르기도 했다. 우크라이나인들은 빨리 달리지 못하거나 가벼운 시체만 옮기는 수감자들을 구덩이 속으로 밀어 넣었다. 나는 백번도 넘게 내 어머니 같고, 내 동생 같고, 리브카 같은 내 동족을 무덤 바닥으로 던져넣었다. 그리고 몇 십 미터 떨어진 저 너머에서는 괴물 같은 굴착기가 모래땅을 파고 있었다.

나는 유대인 시체 처리반이 된 것이다. 나는 게토와 '이주의 광장', 우리를 트레블린카로 데려온 가축운반용 화물차, 이제까지 내가 있던 위쪽 수용소 등은 아무것도 아니었다는 걸 깨달았다. 이곳이 밑바닥이었다. 인생의 밑바닥이었다. 그 살육자들이 인간의 탈을 쓰고 있었기에 인간됨의 밑바닥이기도 했다. 그들은 내가 구덩이에 던져 넣은 그 시체들과도 같았고 나와도 같았다. 그들이 이 살인 공장, 가스실을 만들었다. 그 새로 만든 가스실들은 분사구들, 흰 타일이 발린 벽, 좁은 입구 등으로 잘 설계돼 있었다. 열려 있던 그 커다란 문 안쪽은 바닥이 경사져 있어 시체들이 뒤엉킨 채 문 가까이 미끄러져 내려와 있었다. 그 시체들은 우리 자신의 시체나 마찬가지였다. 우리는 유대인 시체 처리반이었으며 역시 죽은 목숨이었다. 우리를 감시하는 보초병들 말고는 살아 있는 사람은 한 명도 보이지 않았다. 가끔 멀리 위쪽 수용소에서 벌거벗은 남자가 옷 꾸러미를 들고 뛰어가는 모습이 윤곽으로만 보이기도 했다. 나는 이 버림받은 왕국의 일원이었다. 손수레로 우리가 먹을 음식을 날라 오는 인부는 우리 가까이 오지도 않았다. 그가 입구에 손수레를 세워두면 우리 중 누군가가 가서 가져왔다.

우리 주위에는 시체와 살인자들만 가득했다. 그러나 나는 살아남아야 했다. 수용소 안의 수용소인 철조망으로 둘러싸인 이곳 막사에는 자살하는 사람이 연이어 나왔고 나는 저녁마다 그들을 말리려고 애썼다. 우리는 증인이 돼야 했다. 가스에 질식돼 모래땅에 묻힌 탓에 침묵하게 된 그 수천 명의 목소리에서 내 목소리는 힘을 얻을 것이다. 수감자들이 지옥 같은 구덩이 바닥에 정렬해 놓았던 그 시체들로 인해 내 복수심은 커져갈 것이다. 시체들이 2중, 3중으로 쌓이면 굴착기가 그 위로 모래를 밀어 부었다. 죽어간 내 민족을 위해 내 삶은 달라져야 했다. 우리가 아무렇게나 붙잡고 들것에 실어가 던졌던 그 수천 구의 시체들을 위해.

수감자들은 대부분 그들의 행동이 아무 의미가 없다는 듯 자기가 무슨 일을 하는지 모르면서 사는 것 같았다. 그들은 매 맞아가며 두려움에 떨며 시키는 대로 일을 하는 그림자 인간들이었다. 나와 비슷한 사람들은 저항하며 살았다. 우리는 저녁마다 자살하려는 사람들을 말리느라 씨름을 했다. 우리 서로 아는 사람들끼리 굳건한 집단이 돼야 했다. 언젠가 한 사람의 주먹이라도 더 있어야 우리가 부서지기 전에 살육자들을 죽일 수 있을 터였다. 그러나 자살은 계속됐다. 그들의 죽음은 우리 집단에 타격을 입혔다.

시간이 존재하지 않는 아래쪽 수용소의 무덤가에서는 위쪽 수용소에서 들리는 규칙적인 소리마저 의미를 잃었다. 어느 날, 우리가 가스실들의 쐐기를 제거했을 때, 문이 열리고 흠뻑 젖은 누런 시체들을 보았을 때, 우리가 그 시체를 끌어당길 때, 키에프가 비통한 소리를 내지르며 들것을 떨어뜨리고는 시체를 잡고 생명이 남아있는지 확인하려는 듯 흔들어 보더니 우크라이나인에게로 달려갔다. 우크라이나인은 그에게 총을 쏘았다. 키에프는 무덤구덩이 속으로 떨어졌다.

나는 시체의 얼굴조차 보지 않았다. 우리는 모두 시체의 얼굴을 들여다보지 않고 외면했으며 굳이 아는 얼굴인지 확인하려 들지 않았다.

짓이긴 듯한 작은 머리에 덩치가 큰 우크라이나인 이반이 우리를 통솔하고 있었다. 그는 마구잡이로 사람을 죽였다. 그래서 나는 그가 내 얼굴을 후려쳐 클렙수드라가 되지 않도록, "너 무덤으로 내려가!"라는 명령을 듣지 않도록 미리미리 제일 무거운 시체를 들것에 올려 날랐다. 때로는 두 구씩 실어 날랐다. 이반은 총을 쏘기 전에 자기 눈 밖에 난 사람을 구덩이 안, 우리가 방금 던져 넣은 온기가 남아있는 시체들 위에 누우라고 명령하곤 했다.

우리는 달려야 했다. 계속 뛰어다녀야 했다. 우리는 숨도 제대로 쉴 수 없었고 허기에 시달렸다. 나는 작업을 빨리하는 '치과의사'를 골랐다. 치과의사란 금니 등을 집게로 빼내는 사람을 말했는데 나는 시체의 입속을 1분 안에 검사하고 처리하는 사람이 필요했다. 그 시체들은 30분 전만 해도 온갖 추억을 머릿속에 담은 채 살아 있던 사람, 부유한 생애의 추억이 가득 채워져 있던 살아 있던 사람들이었다. 그 시체의 입속을 손가락이 헤집고 집게로 금니를 뽑아냈다. '치과의사'가 그 일을 하는 동안 시체를 붙잡고 있는 일은 피곤에 절어 있는 상태에서는 끔찍한 시련이었기에 솜씨가 빠른 의사가 필요했던 것이다. 지친 사람은 죽기 마련이었기에.

그래서 나는 숨을 골라가며, 이를 갈면서 뛰어다녔다. '살아라, 마르틴. 살아서 그들을 죽여라.' 그 말들이 내 눈, 내 입, 내 머리를 채웠다. 그 말들이 내게는 약이요, 음식이었다. 밤에 누군가가 자살하려는 동료를 도우려고 동료의 발아래 놓인 상자를 치우라는 뜻으로 쓰는 '저쪽으로'라는 소름끼치는 말을 들을 때면 나는 여전히 그 일을 막으려고 급히 다가가곤 했다. 그러나 때로는 내 생명을 지키기 위해 힘을 아끼려고 말리는 걸 단념하기도 했다. 나는 살아야 했으니까. 공포심이 우리에게 도움이 되는 경우도 있었다. 그들이 새 가스실을 가동시킬 때면 우리는 오랜 시

간 기다려야 했다. 그들이 최초로 실험하는 재료들이 제대로 작동하지 못
했기 때문이었다. 그러면 우리는 조금이나마 쉴 수 있었다. 때로는 한 치
과의사와 공모한 엉뚱한 사람들이 들것을 든 우리를 멈추고 조사하는 척
만 하고는 그냥 통과시키기도 했다. 그 치과의사는 목숨을 걸고 도박을
한 것이었다. 그들 중 한 명인 여윈 청년은 손이 하얗고 길었는데 보기 드
물게 기술이 좋았다. 그는 거의 보지도 않고 만져만 보면서 이를 뽑았다.
어느 날, 그가 내 들것에 실린 겨우 대여섯 살 정도밖에 돼 보이지 않는
아이들 시체 세 구를 통과시켰다. 우리를 '바보들'이라고 부르기 때문에
'바보들'이라는 별명으로 알려진 나치 친위대원이 다가왔다.

"왜 그냥 보내나?" 그가 물었다.

"걔들은 다섯 살도 채 되지 않았습니다. 금니를 박을 나이는 아닙니다."

나는 자기 상급자인 그 나치 친위대원을 따라다니던 우크라이나인이
다가오는 걸 보고 겁에 질린 채 서서 듣고 있었다.

"그것참 좋은 핑계이군." '바보들'이 말했다.

그는 그 희고 긴 손을 가진 청년에게 무덤구덩이를 가리켰다. 그 청년
의 몸이 세 아이의 시체와 동시에 구덩이로 떨어졌다.

이 이야기를 하려면 필요한 건······.

온기가 남아있는 시체들 가운데서 살아 있는 아이들을 발견할 때도 더
러 있었다. 어머니의 시체에 달라붙어 있는 아직 목숨이 붙어 있는 어린
아이들. 우리는 구덩이로 던지기 전에 우리 손으로 그 아이들의 목을 졸
랐다. 그럼으로써 시간을 낭비했기에 우리는 생명의 위협을 받았다. 살육
자들은 모든 일을 재빠르게 하기를 원했다. 그들이 하도 우리를 재촉해댔
기에 일을 끝냈을 때는 갑작스러운 정적이 흐르면서 다음 일이 시작될 때
까지 기다려야 했다. 일거리가 오는 건 소리가 알렸다. 광적인 고함 소리

와 개들이 짖는 소리. 개에게 물어뜯겨 사지가 잘리거나 배가 갈라진 시체들을 볼 때도 있었다. 사람들이 그렇게 훈련시킨 개들이었다.

내게 가득한 수치심, 구역질, 아직도 살아 있다는 부끄러움, 그리고 나를 홀리게 했던 살고자 하는 충동, 살아서 내가 본 것, 그들이 한 짓, 그들이 우리에게 강제로 시킨 일들을 표현하려면 나는 다른 목소리, 다른 단어들이 필요하다. 그들이 야만스러워질수록 나는 그들이 패배하리라는 것을 확신했다. 그들의 죽음의 왕국이 인간들의 왕국이 되리라고는 상상도 할 수 없다는 것을 더욱더 확신했다. 그들의 재앙과도 같은 괴롭힘은 언젠가는 끝날 터였다. 나는 목 졸린 그 아이들을 위해 증인이자, 판관으로서 거기 있을 것이다. 내가 사랑한 사람들을 위해. 나는 시체가 무거울 땐 힘들어하며 달렸다. 그들의 무게에서 우리는 그 이름 없는 시체가 굶주림이 없던 지역, 유대인들이 아무것도 모른 채 편안히 살다가 체포되는 지역에서 온 사람임을 짐작했다.

저녁마다 우리는 기진맥진하고 땀투성이가 돼서 막사로 돌아왔다. 순하게 히죽 웃는 바보스러운 사람들도 있었고, 서로 욕하며 싸우거나 목을 매는 사람들도 있었다. 나는 '저쪽으로'라는 끔찍한 말이 들리기를 기다리며, 그리고 나치 친위대가 오는 소리에 귀 기울이느라 잠들지 못했다. 나치 친위대원들은 우크라이나인들을 데리고 희생자를 고르려고 밤에 막사를 찾아왔다. 그렇게 문 근처에 있는 사람들을 골라낸 그들은 무덤구덩이 위로 데리고 가 죽였다. 저녁이면 너무 피곤해서 막사 가운데나 제일 안쪽에 자리를 잡을 힘도 없는 수감자들이 많았다. 그들은 죽기로 자원한 거나 마찬가지였다.

밤에 나는 악몽으로 몸부림치다가 깨어났다. '저쪽으로'라는 말과 상자가 긁히는 소리가 들렸다고 생각하며. 때로는 내가 아버지와 어머니 사이에 누운 채 무덤구덩이에 들어가 있는 걸 꿈에 보기도 했다. 아침에 나는 불그레한 내용물을 토했다. 추웠고 다리가 떨렸으며 눈은 트레블린카 모래의 색처럼 누런 먼지가 낀 듯 흐릿했다. 팔을 움직이거나 일어서는 데도 힘이 들었다. 그러나 나는 집합장소에 가서 남들처럼 달렸다. 내 발자국 소리가 머릿속을 울렸고 그들의 고함 소리가 마치 빨갛게 달구어진 바늘로 귀를 꿰뚫는 듯했다. 나는 들것을 들어올렸다.

일이 시작됐다. 새 가스실들은 전부 완벽히 가동되고 있었다. 호송차량들이 끊임없이 도착했고 시체들은 쌓여갔다. 나는 팔 근육이 벌벌 떨렸지만 이를 악물고 시체 처리반으로서의 내 임무를 충실히 해냈다. '치과의사' 앞에 들것을 가지고 설 때마다 나는 그의 발 앞에 쓰러질까봐 잔뜩 겁을 먹었다. 나는 어금니를 꽉 물고 있었다. 그렇게 하지 않으면 비명이 터져 나올 것 같아서였다. 나는 계속 달리고 던져 넣고, 동료를 부축하기까지 하면서 빠른 속도를 유지했다. 우크라이나인들이 나를 감시했다. 내가 긴장을 늦추면 끝장이었다. 의심하는 잔인한 그들의 눈을 피하기 위해 나는 제일 무거운 시체들을 골라 들것에 실었다. '이건 곡식 자루야, 마르틴. 힘내, 마르틴. 계속 움직여. 살아남아.' 허리에 영차 힘을 주며 나는 들것을 들어올리고 치과의사에게 달려갔다. 달린다는 건 산다는 의미였다.

도움의 손길

나는 거의 끝날 때까지 견뎠다. 기나긴 하루였다. 가스실은 가득 차 있었고 시체들은 무거웠다. 이제 마지막으로 한 번 더 갔다 오면 가스실은 텅 빌 것이다.

"빨리!"

나는 그 말을 속삭이며 치과의사를 애원하듯 바라보았다. 그는 손가락 하나로 시체의 입을 열어보더니 나를 통과시켰다.

"정지!"

'바보들'이라는 별명이 붙은 나치 친위대원이 내 가까이에 채찍을 들고 서 있었다. 그가 치과의사를 불렀다. 그가 통과시킨 내 들것에 있던 시체에서 뽑지 않은 금니 하나가 번쩍였다. 그 치과의사는 스스로 무덤 구덩이로 내려갔다. 굴착기가 우리 근처에서 작업하고 있어서 나는 총소리도 듣지 못했다. '바보들'이 채찍을 쳐들더니 나를 때렸다. 나는 머리에서 발끝까지 부들부들 떨며 견디다가 시체를 구덩이로 던져 넣었다. 내가 오래 못 견디리라는 걸 나는 알았다. 열이 펄펄 끓었다. 아마 어쨌든 내게 최후가 이미 다가왔고 그런 내 얼굴이 '바보들'의 눈에 띄었는지도 몰랐다. 내가 클렙수드라가 돼서 줄에서 끌려나올지도 몰랐다. 그러나 그들이 나를 눈여겨 보지 않았기에 나는 반쯤은 죽은 상태로 두 팔과 다리로 엉금엉금 기어서 반대편 끝에 있는 막사로 돌아왔다. 한 남자가 다가오더니 나를 막사 바닥 가운데서 끌어내 안쪽으로 눕혔다. 나는 올려다보며 내 얼굴을 보여주었다.

"클렙수드라가 됐나요?"

막사 안은 어두웠다. 그가 몸을 숙이더니 손으로 내 뺨을 만져 보고는 말했다.

"상처는 없는데."

절망한 사람들이 밤에 자살하지 않도록 사람들은 가끔 거짓말로 격려해주는 때가 있었다.

"나는 자살하진 않을 거예요." 내가 대답했다.

"아무 표시도 안 나, 정말이야."

나는 신열과 구역질로 심하게 경련했다.

"너 아프냐?"

나는 헛구역질을 했다.

"견뎌내야 해. 너 어디서 왔냐?" 그가 물었다.

어두운 기억이 물밀 듯 밀려들었다. 그의 말투는 게토의 건달 친구와 비슷했다. 나는 열에 떠서 헛소리를 섞어가며 이야기를 시작했다. 밀수했던 일, 숱하게 담을 넘어 다녔던 일, 좋은 냄새가 나던 곡식 자루들, 프랑켄슈타인, 슈투카 카페 등에 대한 이야기들이었다.

"아브람도 여기 있어." 그가 말했다.

아브람! 아브라멜레를 우리는 그렇게 불렀다. 곰보 지오바크, 무덤 모코토프, 톱날 필라, 영리한 자메크, 파벨 일당과 나는 아브라멜레의 레스토랑에 몰려가곤 했다. 그러면 아브라멜레는 우리가 돈을 물 쓰듯 하리라는 기대에 히죽거리며 식탁을 준비해주었었다.

"아브람은 여기 취사장에서 일해."

"너는 누구야?"

"나는 모이쉐야. 너 트리스크를 알지?"

얀클레, 카임, 트리스크. 나는 그들이 내 경고를 무시하고 마차를 타고 자멘호파 가를 따라 '이주의 광장'으로 가던 모습이 기억났다. 결국 나도 이곳 트레블린카에 그들보다 조금 더 늦게 합류했던 것이다.

"나는 트리스크와 한 집안이야. 내가 널 도와줄게."

그 죽음의 왕국에서 강도라는 딱지가 붙은 남자가 '너를 돕겠다'는 말을 했다. 그 말은 살아남는 것 자체가 기적인 이곳에서 더 많은 위험을 감수하겠다는 뜻이었다.

모이쉐는 카포들과 친했고, 아브라멜레와 살인자 나치 친위대원인 '바보들' 덕택에 음식도 더 좋은 걸로 먹었다. '바보들'은 무슨 이유에서인지 아브라멜레를 보호해주었다. 트레블린카에서 버티려면 카포들과 친해야 했다. 그들은 구타당하거나 힘든 일을 하지 않았고 굶주림으로 고생하지도 않았다.

아침에 연병장에 집합했을 때도 나는 열이 계속 났지만 희망이 있었다. 그래도 우크라이나인들과 나치 친위대들이 다가오자 나는 고개를 숙였다. 모이쉐가 거짓말을 했는지도 몰랐다. 내가 클렙수드라가 된 건 아닐까? 그러나 그들은 나를 보고도 줄에서 끌어내지 않았다.

그날 나는 가스실과 무덤에 가지 않아도 됐다. 나는 도로청소부대에 배치돼서 정원을 손질했다. 내가 우물의 손잡이를 돌리자 내 곁에서 일하던 수감자가 나를 도와서 손잡이를 눌러주었다. 나는 신선하고 축축한 냄새가 올라오는 깊은 우물 위에 있는 쇠막대에 기대 있을 힘밖에 없었던 터였다. 나는 아래쪽 수용소의 특권계급에 속하게 됐던 것이다. 그러나 다른 수감자들과 마찬가지로 우리도 저녁 집합시간에 죽을 사람 쪽으로 분류될 가능성이 있었다. 다음날 나는 다시 가스실 일을 면제받았다. 카포한 명이 나를 취사장으로 데려가서 아브라멜레를 만나게 했다. 그는 언제나처럼 명랑했고 사람을 잘 웃겼다.

그는 나를 다시 보면서도 놀란 표정조차 짓지 않았다.

"미에테크! 우리 모두 여기 모였구나. 미에테크에게 최후의 식탁을 차려주지!"

그가 나를 안전한 구석으로 데리고 갔다.

"빨리 먹어." 그가 갑자기 진지한 목소리로 말했다.

나는 아직 뜨거운 감자 몇 개를 삼켰다. 신열보다도 굶주림이 더 컸다. 나는 잠시 쉬기로 했다. 나는 인간성을 잃지 않은 몇 사람의 도움 덕분에 며칠을 편하게 지냈다. 우물 손잡이에 기댄 채 말없는 동료의 도움을 받아가며. 나는 그들이 마침내는 우리를 학살하는 어둠의 존재들에게서 승리를 쟁취하리라는 확신이 들었다.

그러나 아브라멜레, 모이쉐, 나는 여전히 시체 처리반이었으며 주인들의 변덕과 '공장'의 일손 수요에 의해 좌지우지되는 형편이었다. 우리가 편한 생활을 한다 해도 그건 일시적이었다. 수송차량들이 도착할 때마다 우리는 무덤 구덩이나 가스실로 떠밀려가 일해야 했다. 우리는 캔버스 천으로 된 들것을 다시 들었고 굴착기가 누런 모래땅에 구덩이를 더 많이 파는 소리를 들어야 했다. 나는 모이쉐 뒤를 따라다녔다. 아직도 열이 났기에 나는 가벼운 시체들을 날랐다. 모이쉐가 나를 막아주고 보호해주고 데리고 다녔다. '바보들'은 못 본 척 했다. 그리고 아브라멜레 덕분에 나는 식사 때마다 감자를 몇 개 더 먹을 수 있었다.

어느 날 저녁, 모이쉐가 막사로 돌아오지 못했다. 이반이 취사장 근처에서 빨리 달리지 않는다고 모이쉐에게 총을 쏘았기 때문이었다. 나는 탈출하지 않으면 나도 언젠가 그 꼴이 되리라고 깨달았다. 아래쪽 수용소에서 살아남은 자는 아무도 없었다. 다음 날 무덤구덩이에서 '바보들'이 나에게 경고했다. 내 들것에 가벼운 것만 실었다는 이유였다. 그러나 나를 쏘는 대신 '바보들'은 내가 자기 앞에 차렷 자세로 서게 했다.

"이 유대놈아, 네가 비명을 지른다면 내가 널 죽여주지."

그는 모이쉐 때문이겠지만 나를 때리면서도 얼굴은 피해서 때렸다. 나는 비명을 지르지 않았다. 목숨을 건졌다. 그러나 그는 나에게 구덩이 안으로 내려가서 시체들 위에 서서 시체들을 정렬하라고 명했다. 반 시간쯤 전만해도 희망과 공포로 가득 찼던 살아 있는 인간이었던 그 시체들을 짓밟으며 나무토막을 옮기듯 그 일을 하라는 거였다.

구덩이 안에서 일하던 수감자들 중에서는 미쳐버리는 사람들도 더러 있었다. 죽여달라고 부탁하는 사람들도 있었다. 내게는 시간이 많이 남지 않았다. 내 생명이 끝나가고 있었다. 살육자들은 이미 나를 눈여겨 보고 있다. 나는 이곳 수감자치고는 너무 오래 살아남아 있었다. 나는 무언가 실수를 저지르고 그것 때문에 죽게 될 터였다.

나는 막사에 앉아 있었다. 그저 살아남으려고 싸워왔지만 그것만으로는 부족했다. 기본적인 여건으로 보면 나는 지게 돼 있었다. 옷 꾸러미를 실은 기차에 뛰어들지 않았기 때문에 놓쳐버린 첫 번째 기회가 아쉬웠다. 이제 나는 거의 막판에 몰려 있었다. 아마 며칠 더 견딜지도 몰랐고 아니면 몇 시간 정도만 남은지도 몰랐다. 내가 했던 모든 일들, 내 모든 힘, 분노, 복수심들은 내가 죽음을 받아들인다면 모두 허사가 될 터였다. 살육자들이 승리할 것이다. 파비아크나 게토에서 그들을 이겼던 과거는 헛된 일이 되고 말 것이다. 무의미함……. 수십만 명이나 되는 사람들이 무의미하게 죽었다. 나는 트레블린카를 반드시 탈출해야 한다. 그것만이 의미를 가진 유일한 승리였다. 그래야만 나는 증인이 되고 복수하는 자가 되고 나를 통해 우리 가족, 우리 민족이 생명을 유지하게 하는 일이 가능해진다.

나는 자신을 격려하고 힘을 얻기 위해 그 말들, 그 결심을 끊임없이 되뇌었다. 탈출을 한다 해도 혼자 해야 했다. 모이쉐는 죽었고 아브라멜레는 믿을 수 없었다. 다른 사람들은 보복을 두려워했다. 믿을 건 나 자신밖에 없었다. 나는 밤마다 계획을 짰다. 철조망을 뚫고 나가는 건 불가능했고 '하늘 가는 길'로 가는 건 엄두도 못 낼 일이었다. 아무도 하늘로 향하는 그 길을 통과할 수 없었다. 그러자 나치 친위대와 우크라이나인들이 사용하는 서쪽 출입구가 남았다. 그러나 그곳은 우리 막사에서 멀리 떨어져 있었고 감시가 심할 게 분명했다. 그러나 그곳만이 아래쪽 수용소에서 위쪽 수용소로 탈출할 수 있는 유일한 방법이었다. 그런 후에는 다시 기차를 탈 기회를 잡아야 했다. 다른 방법은 없었다. 이 계획은 미친 것처럼 보였지만 나는 어차피 미친 세상에 살고 있는 터였다. 성공하든가, 죽든가, 둘 중 하나였다.

그들이 내게 시간을 줄까? 운명대로 될 것이다. 아브라멜레 덕분에 나는 잠시 취사장에 머물게 됐다. 나치 친위대원이나 우크라이나인을 죽이고 그 군복을 입은 후 문으로 통과할까 하는 생각을 해봤지만 꿈도 못 꿀일이었다. 나는 기다렸다. 매시간 살아 있다는 것만이 내가 가진 패였고 뚜렷한 목표가 있다는 사실이 힘을 주었다. 나는 무덤 구덩이로 가라는 명령을 받았다. 거기서 나는 달리고, 치과의사 앞에서 조급하게 발을 옮겨가며 기계처럼 일했다. 나는 죽지 말아야 한다. 반드시 견뎌내야 한다.

탈출 계획

나는 계속 바쁘게 일했다. 몇 시간, 며칠이 지났는지 몰랐다. 인간의 시간은 트레블린카에는 없었다. 바쁘게 움직이던 나는 나치 친위대들이 트럭에 가득 타고 우리 막사 쪽으로 노래를 부르며 오고 있는 걸 보았다. 그들은 치과의사들이 시체의 입에서 뽑아낸 금이 있는 곳으로 들어갔다. 그 금은 우크라이나인들이 자주 훔쳐갔다. 나는 돌아가는 사정을 잘 아는 아브라멜레에게 물었다.

"나치 친위대들은 금을 나눠가지려고 온 거야. 유대인들은 부자니까, 미에테크 너도 알잖아."

그는 웃어댔다.

나는 트럭을 관찰했다. 아무도 감시하지 않았다. 트럭이 움직이고 나치 친위대원들이 올라타고는 서로의 등을 두드리는 모습을 보았다. 트럭은 속도를 늦추지도 않고 서쪽 출입구로 빠져나가 위쪽 수용소의 막사 뒤로 모습을 감추었다. 거기 희망이 있었다.

그날 밤 나는 계획을 정교하게 다듬었다. 그날 밤도 다른 밤이나 마찬가지로 목을 매는 사람들이 있었다. '저쪽으로'라는 소리가 여러 번 들렸고 상자가 여러 번 바닥으로 넘어졌다. 다시 침묵이 찾아왔고 악몽을 꾸는 사람들이 내는 외마디 소리만이 정적을 깼다. 나는 목을 맨 사람들이 있는 쪽으로 가서 그들을 안았다. 죽어서 나를 도와줄 내 동지들. 트레블린카에서는 사람들이 허리띠로 목을 매 자살했는데, 나는 허리띠가 필요했다. 나는 목을 맨 동료들을 대들보에서 내려서 허리띠를 뺐다. 그러고는 허리띠 몇 개를 이어서 기다란 고리 두 개를 만들고는 내 몸에 감았다. 한 때 소개 작전이 진행되던 게토에서 써먹었던 방법이었다. 그때 나는 밧줄을 몸에 감고 병원과 '이주의 광장'을 탈출했었다. 아침이 되자 시체들이 바닥에 내려져 누워 있는데도 아무도 놀라지 않았다. 수백 명의 주검을 처리하는 사람들이 시체 세 구에 놀랄 까닭이 없었다.

그날 나는 떨면서 무덤 구덩이로 갔다. 마르틴, 오늘은 결코 죽어서는 안 돼. 나는 바쁘게 움직이며 뛰어다녔다. 들것에 시체 두 구, 세 구씩 싣고 헐떡거리며 날랐다. 나는 살기 위해 달렸다. 다음 며칠은 집합하는 시간을 걱정하고 취한 우크라이나인들이 볼까봐, 혹은 치명적인 불운이 닥칠까봐 두려워하며 취사장 근처에서 삽을 들고 일했다.

태양이 나무들 뒤, 트레블린카의 지평선 뒤로 넘어간 어느 오후, 나치 친위대원들이 트럭에 가득 타고 누런 먼지를 날리며 다시 왔다. 트럭이 그 막사 앞에 멈추자 그들이 뛰어내렸다. 그들에게 나는 그저 아무데나 있는 얼룩 한 점에 지나지 않았다. 그들의 마음은 온통 금붙이에 가 있었다. 나는 삽을 막사에 기대 괴어놓고는 주의를 둘러보았다. 나는 해낼 것이다.

내 전 생애, 그리고 죽은 내 민족들이 나를 보호했다. 나는 해내야 했기에 성공하지 않을 수 없었다. 나는 트럭 아래로 뛰어들었다. 차 밑의 굴대들과 울퉁불퉁한 표면을 찾아보고는 허리띠를 굴대 위 틈으로 넣어 걸고 몸 아래로 내려온 허리띠로 몸을 굴대에 묶어 고정시켰다. 그런 다음 쇳덩이를 손으로 붙잡고 얼굴을 그 금속에 딱 붙인 후 내 모든 의지, 내 모든 생애를 걸고 거기 매달렸다. 그 트럭은 나의 피부였으며 방패였고 어머니였다. 나는 거기 두 바퀴 사이, 죽음만이 나를 떼어낼 수 있는 자궁과도 같은 그곳에 매달려 있었다. 그러나 나는 내 몸이 두려웠다. 근육이 경련했고 허리띠가 목과 다리를 파고들었다. 그렇게 굶주렸는데도 내 몸이 이렇게 무겁다니! 고통스러운 기다림이었다. 이윽고 웃음소리와 쇠와 나무로 된 바닥을 부츠가 밟는 소리가 들렸다. 가까운 곳에 있는 트럭 엔진이 갑자기 살아나더니 트럭이 부르르 떨리고 마침내 움직였다. 몇 미터 정도 달렸는데도 나는 비명을 지를 뻔했다. 발 하나가 배기관을 건드렸다. 나는 발을 움직여서 바야흐로 나를 흔들고 숨 막히게 하며 부르르 떠는 기계 어머니와 한 몸이 되었다.

나는 버텼다. 고마워요, 목맨 동지들이여. 고마워, 모이쉐, 그리고 우물 손잡이를 나 대신 눌러준 낯선이여. 아브라멜레, 감자를 많이 줘서 고마워요. 그리고 이제 손목과 손가락의 힘도 고맙다. 고마워요, 내 가족들, 고마워요, 무덤 구덩이 안의 시체들이여, 그리고 축축한 시체들 아래서 천천히 질식해 죽는 괴로움을 당하지 않도록 내가 목을 졸라 죽였던 아이들이여. 내게 신념을 준 것도 고맙고, 달리고 또 달리는 트럭도 고맙다. 나는 당신 몸 아래에서 떨고 있다, 기계 어머니, 하지만 나는 당신에게 매달려 있을 것이고 나를 떼어낼 건 아무것도 없다. 가라, 마르틴. 힘내, 미에테크.

트럭은 울퉁불퉁한 모래땅을 가로질러 달리고 있었다. 엔진이 굉음을 냈고 내 입은 먼지로 가득했다. 드디어 트럭이 멈추었다. 고함 소리, 집합을 알리는 날카로운 외침이 들렸다. 나치 친위대원들의 부츠가 땅바닥을 울리는 소리가 들렸다. 뛰어내렸던 모양이었다. 근육에 경련이 일었지만 나는 기다려야 했다. 손가락을 펴기도 힘들었다. 고리 모양으로 만든 허리띠 두 개가 각각 내 목과 발목을 지탱하지 않았다면 나는 땅으로 떨어졌을 터였다. 나는 버텼다. 사람들은 이야기를 하며 트럭을 지나 걸어갔다. 그런 후 밤이 되고 정적이 트레블린카를 감쌌다. 나는 더 기다렸다. 탐조등의 불빛이 철조망을 훑고 지나가는 게 보였다. 가끔 막사의 문이 쾅 소리를 내며 닫혔다. 나는 허리띠 고리 하나를 풀고 바닥으로 미끄러져 내렸다. 아, 땅을 디디는 그 기쁨이라니! 내 민족이 묻힌 모래 위에 등을 대고 누워서 쉬었다. 나는 내 몸으로, 멍든 목과 뻣뻣해진 팔로 땅에게 사랑을 표했다. 그러나 조심해야 했다. 나는 트럭에 매달린 채 근육이 아파 비명을 지를 지경일 때만 바닥에서 쉬었다. 트럭 옆에서 소리가 들렸을 때는 다시 완벽하게 매달릴 시간이 없었다. 모이쉐가 건네주었던 작은 청산가리 캡슐을 꽉 쥐었다. 나는 쳐다보지도 않고 회중전등 불빛과 총소리가 나기를 기다렸다. 그때 무언가의 몸이 곁에 닿았다. 독일 셰퍼드 개가 태평스럽게 코를 킁킁대고 있었다. 내가 개를 쓰다듬어주자 개는 내 손을 핥았다. 개는 가버리더니 밤에 악의 없이 다시 왔다. 가스실로 문 다섯 개가 열려 있는 공장의 좁은 통로에는 다른 개들이 물어죽일 태세로 맴돌고 있었다. 어느 게 짐승인가? 사람인가? 개인가? 사람에게 하듯이 개에게도 내키는 대로 할 수 있었다. 거기에는 사람도 없었고 개들도 없었고 저주받은 민족도 없었고, 다만 살육자가 된 인간들, 살육자를 훈련시킨 자들, 그리고 아마 다른 사회보다 더 많은 살육자를 배출한 사회가 있을 뿐이었다.

개가 다시 다른 곳으로 갔다. 나는 개가 주인을 데려올까봐 걱정스러웠다. 그래도 여전히 트럭에 매달린 채 나는 마음을 가라앉혔다. 어쨌든 기다려야 했다. 트럭이 밖으로 달려간다면 나는 트럭과 함께 있어야 했다. 트럭이 가지 않는다면 나는 적당한 순간을, 첫 기회를 잡아야 했다.

동틀 녘이 되자 날씨가 시원해졌다. 지표면에는 행운의 징조인 안개가 떠다녔다. 아래쪽 수용소 근처에 있는 감시탑에서 기관총이 발사되는 소리가 한 번 들렸다. 아마 아브라멜레만 내가 사라졌다는 걸 알아챘을 것이다. 살육자들에게는 우리는 이름도, 번호도 얼굴도 없는 존재들이었으므로 상관없을 터였다. 우리는 노동하는 시체들이었으며 가끔 총알이 박히면 외마디 소리를 지르며 피로 얼룩을 만드는 존재였을 뿐이다. 우리는 아무것도 아니었다. 굴착기가 모래땅 맨 위층을 파는 첫 소음이 들렸다. 그들은 새로운 무덤을 파고 있었다. 동료들은 줄을 설 것이고 클렙수드라는 아무 지시가 없어도 줄에서 빠져나올 것이며 나머지 사람들은 시체를 실은 들것을 들고 뛰어다닐 것이다.

나는 아래쪽 수용소, 아무도 돌아온 적이 없는 '하늘 가는 길'에서 빠져나왔다. 그러나 다시 빠져나가야 했다. 이제는 위쪽 수용소도 빠져나가야 했다. 나는 그렇게 하리라고 맹세했었다. 굴착기가 새 무덤을 파는 소리를 들으면서 여기 멀리 떨어져 있지만 마음만은 아직도 시체들 위에 서 있는 동료들과 함께 있었다. 나는 새로이 솟아나는 힘을 느꼈다. 나는 해낼 것이다.

안개가 짙어졌다. 우리의 종말과 우리가 존재하지 않음을 역설하는 랄카의 목소리가 내게도 들렸다. 집합 시간이었다. 나는 허리띠를 몸에 감고 차에 매달린 채 기다렸다. 나는 이제 모든 것을 잃을 각오를 했다. 트럭 옆에서 이디시어로 대화하는 소리가 들렸다. 나는 바퀴 쪽으로 달라붙었다. 수감자들 한 무리가 20미터 정도 떨어져 있는 것이 보였다. 나는 일어섰다. 우크라이나인 감시병을 눈여겨 보며 트럭 옆에 섰다. 그러고는 안개 속에서 다리는 뻣뻣하고 팔은 납처럼 무거운 채로 그 수감자들에게 걸어갔다. 그러다가 손수레에 부딪치고는 그것을 움켜잡았다. 아무도 수레를 내게서 잡아떼지 못했다. 한 수감자가 돌아섰다.

"당신 어디서 왔어?"

나는 고개를 끄덕였다. "나중에, 나중에."

그는 머뭇거리더니 어깨를 으쓱하고 말았다. 나는 도로청소부대인 그 사람들에 섞여 잠시 있다가 집합시간이 되자 빠져나왔다. 수감자들 속에 섞여서 표 나지 않게 있어야 했다. 살육자들이 잔인했던 까닭에 내가 기회를 잡을 수 있었다. 그들이 매일 저녁 교체해야 할 사람들을 줄에서 끌어내 정기적으로 처형하고 격리병동에 데리고 가는 일이 내게는 기회가 되었다. 위쪽 수용소에서도 아래쪽 수용소와 마찬가지로 수감자들은 이름도, 번호도, 얼굴도 없었다. 나는 다른 사람들 속에 섞여 급식을 받았다. 내가 이겼다. 나는 아래쪽 수용소의 심연 같은 밑바닥을 벗어났다.

나는 위쪽 수용소에서 살기 시작했다. 나는 그 무덤들과 '공장'을 알았기 때문에, 살아 있는 사람들은 결코 가지 않는 그 최후의 장소에서 나왔기 때문에, 나는 아직도 희망을 가지고 있기 때문에, 두려움에도 불구하고 살아야 했다. 나는 달리면서 파비아크나 슈하 거리의 게슈타포 사령부에 있을 때처럼 여기서도 끊임없이 나에게 말했다. 나는 악마들, 죽음의 군주이며 왕들을 내 심장과 의지만으로 아무 무기도 없이 이겼다는 말을. '그래, 해봐라, 랄카. 내가 쓰레기이고 기생충이라고 네 잘난 체하는 시시한 꼭두각시 같은 목소리로 계속 말해보라고. 나는 인간이며 승리할 테니까.'

내게는 이제 오직 한 가지 목표만 있었다. 도로청소부대에 배치돼 가축운반용 화물차에 하적 작업을 하는 거였다. 나는 조심스럽게, 혼자 행동해야 했다. 수용소의 일을 배우려고 노력하며 카포들과, 수용소 내 귀족 계급을 형성하고 있는 '황금의 유대인*'들을 관찰해야했다. 나는 얼굴을 숨기고 빨리빨리 움직이며 남의 눈에 띄지 않도록 주의했다. 힘도 비축해 두어야 했다. 옷 꾸러미들을 쌓아두는 장소로 가면서 재빨리 옷을 뒤져 비스킷이나 사탕을 찾아내고는 입을 움직이지 않은 채 삼켰다. 옷에 이름표가 붙어있으면 떼내서 누구 것인지 모르게 했다. 가죽 외투에서 날카로운 칼을 발견하고는 몸속에 감추었다. 나는 수용소 내 각종 노동 부대들은 거의 다 거쳤다. 색깔 별로 분류한 머리카락을 옮기기도 했다. 그러다가 격리병동에도 배치돼 일하면서 다시 살아 있는 죽음을 만났다. 그 막사는 수용소의 동쪽, 물건을 분류하는 장소 근처에 커다란 적십자 표시를 달고 있었다. 대기실은 깨끗했고 편안한 안락의자 몇 개가 있었으며 '상담실'로 이어져 있었다. 상하의가 붙은 하얀 작업복을 입은 수감자가 최근에 도착한 사람들을 데리고 들어왔다. 그 방에는 커튼으로 가려진 커다란 출구가 있었고 거기 우크라이나인 한 명과 구덩이가 있었다. 나는 죽어가면서 아직도 경련하고 있는 노인들의 시체를 모았다. 그리고 아이들과 장애인들의 시체도 모았다. 또다시 무덤이 있는 곳에서 일하게 됐지만 나는 모든 수단을 동원해서 그곳을 탈출해 다른 작업 부대에 들어갔다. 다시 나는 기차들이 도착하는 모습과 어머니와 아이들의 정신 나간 듯한 표정들을 보게 됐다. 그들이 내 팔을 잡고 물었다.

*

황금의 유대인 전직 보석상이나 시계제조업자, 은행원 등으로 이루어진 그룹으로 수감자들이 가스실로 들어가기 전 몸수색을 하고 돈이나, 금, 보석들을 찾아 거둬들이는 일을 했다. 돈이나 보석을 다루기 때문에 수용소 내에서 엘리트로 취급되면서 특별한 대접을 받았다.

"여기서 무슨 일이 일어나는 거예요? 여기가 어디예요?"

"괜찮아요, 괜찮아."

달리 뭐라고 대답하겠는가? 내가 뭘 할 수 있겠는가? 나는 안면이 있는 듯 친숙해 보이는 그 얼굴들을 바라보았다. 작업 부대에 차출될 기회가 있을 건장한 남자들을 보면 나는 "옷을 벗지 마세요."라고 속삭였다.

새로 도착한 사람들에게 말을 거는 건 금지돼 있었다. 그들을 눈여겨보지도 말아야 했다. 기차역에서 하적작업을 하는 부대원인 듯 푸른색 완장을 찬 수감자 한 명을 어느 여자가 불렀다. 기쁨과 공포가 섞인 가슴이 터질 듯한 목소리였다.

"쉴로임, 쉴로임, 나야!"

그는 움직이지 않고 그 소리를 듣지 않으려고 열심히 일만 하리라는 걸 나는 알았다. 그의 발자국 소리가 멀어져갔다. 그 목소리는 계속 외쳤다.

"쉴로임, 쉴로임, 나라고!"

나는 얼굴도 보지 못한 쉴로임을 부츠를 신은 누군가의 발이 따라갔다. 총소리가 들렸다. 나치는 어머니나 여동생이 이곳에 도착한 걸 본 수감자를 믿지 못했다.

"쉴로임, 쉴로임!"

나는 가축운반용 화물차를 청소하고 탈수로 죽은 시체들을 끄집어냈다. 주로 아이들, 노인들이었다. 화물칸마다 그 안에 탄 사람들의 수가 분필로 표시돼 있었다. 120, 160, 145. 아마도 '이주의 광장'에서 채찍을 들고 있던 그 덩치 작은 나치 친위대원이 그 숫자를 썼을 것이다. 화물차로 호송돼 온 사람들은 겁에 질린 얼굴로 나를 지나쳐갔다. 그들은 내 어머니 같고, 내 동생들 같고 리브카 같았다. 나는 또다시 그들을 잃어버리고 죽게 내버려두는 듯한 심정이었다. 이제 나는 알았다. 나는 저 밑바닥에서 돌아왔다. 그곳에서는 굴착기가 땅을 파고 있었고 개들이 입구에서 짖어대고 있으며, 커다란 나무문이 열릴 때면 아직 숨이 붙어 있는 아이들이 보이는 그런 곳이었다. 나는 무력했다.

가끔 울부짖는 사람들도 있었다. "우리는 유대인이 아니에요!"

갈피를 못 잡는 동물들처럼 그들은 "나는 폴란드인이에요! 유대인이 아니에요! 유대인이 아니라고요! 가톨릭교도에요! 나는 유대인들을 증오해요!"라고 공포에 질린 소리로 외치면서 우크라이나인들이나 나치 친위대원들 쪽으로 달려갔다.

그들은 남들보다 빨리 총에 맞아 죽거나 다른 사람들처럼 똑같은 운명으로 고통을 겪었다. 여기 트레블린카에서 그들이 죽이는 건 유대인들만이 아니었다. 살육자들은 인류 전체를 파멸시키기 원했다. 유대인이라고 알려진 민족부터 그 일을 시작하기로 결정했을 뿐이었다. 살육자들과 그들의 개들만이 살아남았다. 트레블린카에서 그들이 몰살시키고 있는 대상은 인간이었다. 그러나 이 광대한 사업을 더 효과적으로 은폐하기 위해 살육자들은 유대인이라는 이름 아래 인간이라는 이름을 감추려고 했다.

그래서 기차역에 뛰어내리며 "유대인이 아니에요, 유대인이 아니라고요! 가톨릭교도에요!"라고 외쳤던 폴란드인들은 죽어갔다. 나는 아마도 게토의 담 주변에 살다가 잡혀왔거나 유대인과 외모가 비슷했던 탓에 잡혔음직한 사람들이 광분해서 외치는 소리를 들었다. 그들은 어떤 신앙을 가졌고, 어떤 민족인가 하는 사실이 자기들을 오래 보호하지 못한다는 사실을 깨닫지 못하고 죽어갈 터였다. 언젠가 그들은 짐승의 운명을 받아들이느냐, 인간의 삶을 살 것이냐, 중에서 선택을 해야 할 것이다. 나는 트레블린카에서는 유대인이건 비유대인이건 상관없이 오직 인간만이 존재한다는 것을 발견했다.

그건 내가 밖에서 폭로해야 할 것이기도 하다. 시간이 지나갔다. 나는 기차역 주변에서 작업하는 부대에서 계속 일하도록 애썼다. 호송 차량이 올 때마다 새로운 사람들의 공포에 질린 얼굴을 봐야 했지만 기차에 짐 싣는 작업을 하면 탈출할 기회를 잡을 수 있었다. 어느 날, 우크라이나인들이 나를 붉은 완장을 찬 부대가 탈의 작업을 하는 곳으로 떼밀었다. 거기서 아이들이나 노인들이 옷을 벗는 일을 도와주어야 했다. 그들은 긴 여행으로 건강이 안 좋아져 엉거주춤하게 움직였다. 그들이 내게 질문했다. 그리고 나는 알았다! 나는 아마도 붉은 완장을 찬 탈의 부대에서, 그리고 위쪽 수용소에서 유일하게 그들의 운명이 어떻게 흘러갈 것인가를 두 눈으로 본 수감자였을 것이다. 그러나 나는 내 어머니 같고 동생들 같은 그들을 재촉해야 했다. "괜찮아요, 괜찮아요."를 연발하면서.

그들의 누런 시체들이 무덤구덩이에 누워 있는 모습을 나는 눈앞에 떠올릴 수 있었다. 내가 할 수 있는 일은 아무것도 없었다.

카포들 중에서는 바르샤바에서 온 유대인이 있었다. 게토의 담에서 한 구역을 맡아 일하면서 우리 밀수꾼들을 윽박질러 돈을 받고 물건이 든 자루들을 통과시키던 건달들 중 한 명이었다. 나는 이미 그와 말을 터놓았었다.

"너는 미에테크구나," 그가 속삭였다.

그러더니 긴 침묵이 이어졌다.

"네가 곡식을 날랐어도 그들에겐 별 도움이 되지 않은 모양이군."

그의 목소리는 친근한 듯하면서도 절박했다. 사람은 기회가 오면 잡아야 한다. 어느 날 밤, 우리는 어두운 막사 끝 쪽에서 나란히 어깨를 맞댄 채 앉아있었다.

"나는 저 아래 가본 적이 있어."

그는 아무 질문도 하지 않았다. 좋은 징조였다.

"들리지?"

굴착기가 땅을 파고 있었다. 그날 호송차량 두 대가 왔다. 유대인들이 폴란드 구석구석에서 엄청나게 많이 끌려왔다. 더 먼 곳에서 오는 경우도 있었다.

"저건 무덤을 파는 소리다."

나는 이야기를 시작했다. 그가 게토의 거리에서 마주쳤음이 분명한 아브라멜레와 모이쉐 이야기도 했다.

"미에테크, 절대 말하지 마."

그가 내 무릎을 한 번 꽉 쥐었다.

"절대 말하지 말라고. 스파이들이 깔렸어."

나는 인간다운 인간을 만난 것이다.

"난 가축운반용 화물차를 타야 돼. 처음 짐을 실을 때."

우리는 집합시간이 될 때까지 그 자리에 나란히 앉아있었다.

"말하지 마라." 그가 되풀이 말했다.

나는 그를 다시는 보지 못했다. 나는 다른 부대에 배치됐다. 그러던 어느 날, 우리가 집합했다가 해산할 때 그가 내 등을 한 번, 두 번 때리더니 고함쳤다. "이봐, 움직여!"

그가 다른 카포를 따라가며 나를 하적작업 부대로 떼밀었다.

우리 부대가 기차역으로 출발하자 그 카포가 욕설을 퍼부었다. 기차가 도착해 있었고 화물칸은 문이 열린 채 텅 비어있었다. 기차에 실을 옷 꾸러미들이 쌓여 있었다.

고맙다, 친구, 고마워, 사람다운 사람이여.

그 계획은 내가 오래, 오래 전에 세워놓았던 것이었다. 나는 그저 사람들 속에 섞인 부지런한 개미처럼 눈에 띄지 않은 채 화물칸 구석에 옷 꾸러미들을 쌓았다. 그러다가 꾸러미를 쌓아둔 구석에 틈새를 만들어두고 구석에서 물러나 나머지 부분을 채웠다. 내 뒤에 있는 수감자가 내가 쌓아올리도록 옷 꾸러미들을 던져주고 있었다. 나는 꾸러미들을 쌓느라 뛰고 기어오르고 던져댔다. 어느 카포가 고함을 지르자 우크라이나인들과 나치 친위대가 기차역을 왔다갔다 행진했다. 수감자들은 몸을 구부정하게 숙인 채 떼지어 다니며 달리고, 뛰고, 짐을 실었다. 나는 아주 짧은 순간 화물칸에 혼자 남았지만 그 걸로는 부족했다. 나는 구석에 만들어 둔 틈새로 뛰어들고는 옷 꾸러미들로 나를 가리고 두 팔로 옷더미를 지탱하고 등과 머리로 다른 꾸러미들을 밀어냈다. 둔하게 던지는 소리가 들리더니 다른 꾸러미들이 더 쌓이면서 나를 압박하고 화물칸의 벽 쪽으로 눌렀다. 그러고는 정적이 밀려들었다. 나는 오른 손에는 독이 든 캡슐을 움켜쥐고 왼손에는 칼을 쥐고 있었다. 목소리들, 총소리 한 번. 어느 나치 친위대나 우크라이나인이 본보기로 수감자 한 명을 쏘았을 것이다. 숨은 곳에서는 굴착기 소리가 더는 들리지 않았다. 그것만으로도 나는 마치 벌써 지옥을 떠난 듯한 기분이 들었다.

삐걱거리는 소리와 쾅 닫는 소리가 점점 가까이 들려왔다. 나치 친위대원들이 화물칸의 문들을 닫고 있었다. 잠시 조용하다가 고함 소리들이 들렸다. 아마 화물칸 하나가 빽빽이 채워지지 않은 듯했다. 삐걱거리는 소리와 쾅 닫는 소리가 더 들렸다. 내가 있는 칸이다. 나는 기다렸다. 기차가 움직이더니 다시 멈췄다. 또 기다렸다.

모래 땅 구덩이 속에 누워 있는 그 모든 사람들이 살아온 시간들을 모두 합친 만큼이나 긴 기다림이었다. 내가 클렙수드라가 되리라 확신하며 집합시간에서 기다렸던 시간만큼이나 긴 기다림이었다. 고열로 고생할 때

가스실에서 무덤 구덩이로 달렸던 그때만큼이나 긴 기다림이었다. 게슈타포에서 고문 받았을 때처럼, 그들이 '남자는 오른쪽, 여자와 아이는 왼쪽'이라고 고함치던 때처럼, 내 어머니와 동생들, 리브카와 헤어졌을 때처럼, 트레블린카에서 내가 죽은 듯 있던 시간만큼이나 긴 기다림이었다.

나무로 된 화물칸 벽의 틈에서 차가운 바람이 한 자락 불어왔다. 기차가 움직이고 있었다.

차축이 삐걱거리는 소리, 기관차가 김을 뿜는 소리가 들리더니 바퀴가 규칙적으로 선로를 두드리는 소리가 들렸다. 그 기차는 기계들이 내는 온갖 친숙한 소음들을 내고 있었다.

그 기차는 환성을 질렀다. 삶을 향한 우리의 환성.

제6장

이주의 광장, 가축운반용 화물차
그리고 무덤

기차는 계속 달려갔다. 나는 화물칸 벽의 딱딱한 나무에 세게 눌린 채 수많은 사람들이 바르샤바에서 트레블린카까지 오는 동안 이마나 입술을 대고 있었거나 손톱을 부러뜨렸을 그 화물칸의 벽을 매만졌다. 나는 공포와 걱정이 뒤섞인 기분에 몸을 맡기지 않고 마음을 가라앉히려고 노력했다. 기분 같아서는 나무에 구멍을 내고, 머리를 나무 벽에 들이받고, 아무 데나 칼을 박고, 신선한 공기를 차단하는 나무판들을 이와 손으로 뜯어내고 싶었던 탓이다. 서서히 흥분이 가라앉자 나는 숨을 고르며 생각을 정리하고 계획을 짰다. 나무 판 두 개 사이 갈라진 틈을 넓히고 바깥을 내다보았다. 시야를 망치는 감시탑이나 철조망도 없이 검붉은 띠 같은 서쪽 지평선과 황혼 속에 검은색 덩어리로만 보이는 숲이 어슴푸레 보였다. 회색빛 안개가 경작지들을 여기저기 감싸고 있었다. 철모를 쓴 군인들도,

시체들도, 구부정한 자세로 줄을 선 수감자들도 보이지 않는 깨끗하고 광대한 시골 지역이 펼쳐졌다. 늪지대가 점점이 고여 있고 그 위에 인간들이 트레블린카를 건설했던, 그 고요하고 나른하며 평온하게 펼쳐진 순결한 땅에서 나는 눈을 뗄 수가 없었다.

기차가 속도를 늦추고 기어갔다. 나는 공포에 휩싸였다. 기차는 어느 역을 지나치고 있었다. 불이 밝혀진 역사에는 군인들이 무기와 배낭, 철모를 담벼락에 기대어 쌓아둔 채 식사를 하고 있었다. 음식을 담은 통을 들고 선로 근처에 흩어져 기차를 바라보는 군인들도 있었다. 그들이 틈새로 바라보는 내 눈을 보고 뛰어와 고함을 칠 것만 같았다. 나는 칼을 꼭 움켜쥐었다. 절대로 트레블린카로 돌아가지 않을 것이다. 그때 기차가 속도를 높이더니 시골길과 어둠 속으로 달려갔다. 나는 나무판들을 파고 깎아냈다. 가시가 손에 박혔고 땀이 났다. 다시 기차역을 지났다. 그 역은 텅 비어 있었고 노란 전등 두 개가 있는 걸로 겨우 역이라는 걸 알 정도였다. 밤이 되자 나는 옷 꾸러미에 기댔다. 삐걱거리는 큰 소리가 나면서 나무판들이 밀려나가고 습기 찬 공기가 몰려왔다. 내가 숨어 있는 공간에 기차의 소음과 시골 냄새가 가득 찼다. 군인들이 빽빽이 있는 다른 역에 도착하기 전에 나는 서둘러야 했다. 나는 나무 벽을 붙잡고 나무판에 매달려서 화물칸 밖으로 미끄러져 나가며 어둠속을 노려보았다. 걱정이 되지는 않았다. 몇 년 동안 내 삶은 대개가 어둠 속에서 뛰어내리는 일로 채워졌었다. 나는 물건들만 친숙할 뿐, 인간들은 잔인하기만 했던 세상에서 막 도망쳐 나온 참이었다. 어둠 속에 뛰어내리는 것 따위는 전혀 무섭지 않았다. 기차의 속도, 어둠, 그리고 돌덩이마저도 그곳에서 만났던 인간의 얼굴을 한 짐승들보다는 더 친절할 터였다.

나는 머리를 두 팔로 감싸면서 뛰어내렸다. 기차 길 밖으로 굴러간 후 얼음장 같은 물이 가득 차 있고 풀이 무성한 도랑에 떨어졌다. 어둠 속의 소리에 귀 기울이고, 솜털을 간질이는 산들바람과 찰랑이는 물을 느껴보았다. 도랑 가로 몸을 끌어올리고는 거기 비옥하고 축축한 흙에 얼굴을 대고 그대로 있었다. 풀과 물의 냄새를 허겁지겁 들이켰다. 내게 들러붙은 악취, 죽음의 악취, 무덤의 악취, 내 옷에 배어 있는 트레블린카의 악취를 잊으려 안간힘을 썼다. 풀 위를 구르며 나뭇잎으로 얼굴을 비비고 도랑의 물을 마시며 몇 주 동안 내 삶을 지배했던 굴착기의 헐떡이는 소리와는 판이한 멀리 떨어진 주위 사물의 소리를 들으며 몸을 떨었다.

나는 밤새 들판을 가로질러 걸었다. 다리에 진흙을 묻혀가며 늪지대를 철벅거리며 건너갔고, 들판 이곳저곳에 빽빽이 서 있는 작고 검은 전나무의 가지들을 헤쳐가며 나아갔다. 사탕무를 쌓아둔 곳을 지날 때는 마치 트레블린카에서 분류해 쌓아두었던 옷 더미들 같아서 벌벌 떨기도 했다. 아침이 되자 안개에 싸인 채 해가 떠올랐다. 나는 근처 숲으로 들어가 숲가에 있는 나무 밑에 드러누워 지쳐빠진 채 사탕무를 갉아먹었다. 내 아래는 흙이 있었다. 나는 배와 다리로 흙을 누르고 손바닥을 흙 속에 넣었다. 마치 그렇게 하면 흙이 내게 힘을 주고, 정신을 차리게 하고, 인생을 다시 가르쳐줄 것만 같았다. 이끼 줄기를 뽑아내고는 갈색 벌레들을 지켜보았다. 참을성 많은 개미들도 지켜보았다. 모두가 처음 보는 것처럼 새삼스러웠다.

하루 낮과 또 한 번의 밤이 지나가는 동안, 트레블린카 지역에도 손대지 않고 둔 자연이 있고 사람들이 말들을 앞세우고 일하는 곳이 있다는 것을 내 눈과 감각으로 알 수 있었다. 하루 낮과 그 다음 날 밤 동안 트레블린카 수용소, 어머니, 동생들, 리브카, 그리고 입을 벌리고 있는 무덤들을 기억했다. 그래야 나의 세상이 그들과 나란히 회복될 수 있고, 내가 그 세상에서 살아가는 법을 다시 배울 수 있기 때문이었다. 이튿날 째 아침에야 내게서 궁지에 몰린 사람의 광기가 사라졌다. 나는 사람들에게 트레블린카 수용소에 대해 이야기하고 복수하며 살아가리라. 나는 늪의 차가운 물로 세수를 하고는 숲을 우회해 걸어갔다. 사람들의 얼굴을 다시 보는 데 익숙해져야 했다. 트레블린카의 죽은 자들을 배신하지 않기 위해 나는 사람처럼 사는 법을 다시 배워야 했고 트레블린카를 영원히 잊지 않기 위해 지금은 오히려 잊어야 했다.

아마 이틀째 되는 날 오후쯤이었을 것이다. 햇빛이 노란색으로 바뀌었다. 나는 숲속의 피난처를 떠나 들판을 가로질러 도로로 갔다. 사탕무를 실은 나무 바퀴 달린 수레가 서 있는 걸 보고는 그리로 다가갔다. 얼굴이 불그레한 늙은 농부가 모자를 뒤로 젖혀 쓴 채 수레 옆에 앉아 있었다. 그는 나를 보고서도 회색 빵과 베이컨을 계속 먹고 있었다.

"저는 일자리를 찾습니다. 일이 필요해요. 제 부모님은 돌아가셨답니다." 내가 말했다. 그는 천천히 빵을 씹더니 도리질을 했다.

"일자리는 없어. 바라지도 마." 그가 대답했다.

"저는 아무 일이나 할 수 있어요. 저는 일이 필요해요."

그는 계속 먹으면서 고개만 가로저었다. "부크강* 건너편에는 있을지도 모르지."

여기서 겨우 몇 킬로미터 남짓만 가면 있는 트레블린카에서는 내 동료들이 무덤으로 달려가서 아이들을 던져넣고 있었다. 그곳에서는 이반과 '바보들'이 살인을 자행하고 있었다. 아마 아브라멜레는 죽었을지도 모

---

*

아마 부크강 폴란드 북부 중앙저지低地를 가로질러 흐르는 강으로 폴란드 영내를 북서쪽 또는 서쪽으로 흘러 수도 바르샤바 북쪽에서 나레프 강과 합류, 다시 비슬라 강으로 들어간다.

른다. 나는 그 농부의 어깨를 흔들며 내가 어디서 왔는지 알려주고 '공장'에서 뭘 하는지 알려주고, 가축운반용 화물차들, 집게로 뽑아낸 치아들, 아이들, 내 어머니, 리브카에 대해 말하고 싶었다. 그러나 내가 입 밖에 낸 말은 "부크강은 건널 만한가요?"가 전부였다.

농부가 일어섰다. 그는 등이 굽었고 걸음을 느릿느릿 걸었다. 그가 손짓을 하며 중얼거리듯 얕은 곳을 찾는 방법을 설명해주었다.

"너는 다리로는 갈 생각이 없는 거군, 그렇지?"

농부의 눈이 빈정대는 듯, 공모하듯 반짝였다. 그는 대답을 바라는 게 아니었다. 감사하다는 말을 한 후 내가 걸음을 옮기는데 농부가 나를 불렀다. 그는 수레 뒤쪽으로 가더니 둥근 빵 반쪽과 베이컨 덩어리를 가지고 돌아왔다.

"나는 먹을 만큼 먹었다네."

그 빵과 베이컨을 받으니 두 손이 꽉 찼다. 나는 들판을 둘러서 숲으로 돌아갔다. 숲에서 나무에 등을 기대고 앉아 빵과 베이컨을 앞에 내려놓았다. 고맙습니다. 농부 할아버지. 당신은 인간이군요. 내가 당신의 세계로 돌아오도록 도와줘서 고마워요. 나는 천천히 먹었다. 트레블린카에서 죽도록 얻어맞지 않기 위해서 황급히 삼켜버리는 게 아니라 이로 씹고 음미해가며 먹었다. 그 인정 많은 농부가 새삼 고마웠다.

그날 저녁 나는 얕은 곳을 골라 부크 강을 건넜다.

그런 후 단단한 흙 둔덕에 걸려 넘어지기도 하면서 숲과 들판, 먼지 많은 길을 계속 걸어갔다. 길에서는 독일군 트럭이 오는 걸 보고 도랑에 뛰어들어 숨기도 했다. 나는 땅을 걸어다니며, 나무 밑에 잠자며, 차가운 물에 숨어 있으면서 폴란드를 점점 익혀갔다. 농부들의 무표정한 얼굴에서, 빵을 건네주는 손과 때리려고 위협하는 손 등에서 폴란드를 배워갔다. 낮은 초가지붕이 있는 마을과, 남자들과 검은 숄을 쓴 여자들이 따로 서서 예배를 보던 성당을 보았다. 나는 빵을 구걸하고 일자리를 부탁했다. 서리를 피하려고 짚을 덮어둔 감자를 훔치기도 했다. 성냥을 훔쳐서는 숲에서 불을 피우고 감자를 재 속에 묻어두다가 감자 껍질에 데이기도 했다. 나는 나뭇가지들을 모아 추위를 피하면서 자려고 했지만 잠들 수가 없었다. 내가 알던 사람들, 죽음의 공동체인 내 동족들이 자꾸만 눈앞에 떠올랐다. 밤마다 어머니, 동생들, 리브카를 무덤 구덩이에 던져 넣는 악몽에 시달렸다. 악몽 속에서 그들 옆에 누워 있다가 추위에 잠이 깨곤 했다. 나는 늪을 피해 숲 안쪽으로 더 들어갔다. 몸을 녹이려고 다시 모닥불을 피웠지만 가족들은 여전히 거기에도 있었고 나는 악몽 속에서 또다시 그들을 무덤 속으로 던져 넣고 있었다.

몇 시간째 잠을 이루지 못하다가 나는 아직 살아 있다는 것과 가족과 운명을 같이 하지 못한 것을 자책했다. 그래서 나는 아버지와의 추억에 매달렸다. 세나토르스카 가에서 나는 아버지의 목에 매달리곤 했었다. 아버지가 나를 빙빙 돌리면 나는 멀리, 멀리 담이 있는 곳까지 날아갈 것만 같은 기분이 들었다. 나는 아버지에게 바싹 매달려 목을 잡고 무서움과 즐거움을 동시에 느끼며 비명을 지르곤 했다. 부크 강 건너편의 숲속에서 나는 아버지에게 매달렸다.

"너는 반드시 살아야 해, 마르틴." 아버지는 그렇게 말하곤 했다. 아버지 자신도 살고 싶어 했다. 아버지도 반드시 살아 있을 것이다. 날이 갈수록 나는 아버지도 나처럼 계속 투쟁하고 복수하기 위해 트레블린카를 탈출했으리라는 확신이 커져갔다.

일자리를 제의 받다

나는 트레블린카에서 더 멀어지기 위해 북쪽으로 걸어갔다. 근처의 마을들은 그냥 지나쳤다. 스레브르나는 도로변을 따라 집들이 이어져 있는 그런 마을이었다. 뗏장을 쌓아올린 헛간들이 숲 가까이까지 닿아 있었다. 마지막 집 뒤에 한 농부가 서서 쇠스랑에 몸을 기댄 채 나를 보았다. 저녁 이었다. 나는 아침부터 걸어왔기에 하얀 먼지를 얼굴에 뒤집어쓰고 있었다. 농부가 나를 손짓해 불렀다.

"너 일자리를 찾고 있냐? 탈곡하는 일이 있는데. 일을 하면 잠자리와 음식을 제공해줄게."

내가 그러겠다고 하자 농부는 캄캄한 곡식창고를 보여주었다.

"여기서 자면 돼. 네 맘대로 정리하면 될 거다. 내일 아침에 부르기로 하지. 내 이름은 흐미엘니츠키다."

나는 사람을 믿는 일이 서툴렀다. 나는 창고를 살펴보고 숲 쪽을 향한 벽의 널빤지 몇 개에서 못을 빼낸 다음 다시 끼워 넣었다. 도망갈 일이 생길 때 널빤지를 밀기만 하면 출구가 되게 한 셈이다. 흐미엘니츠키는 점잖아 보였지만 사람을 얼굴로만 판단해서는 안 되는 법. 동이 트자 나는 안개 냄새를 맡으며 탈곡장에서 바삐 움직이는 흐미엘니츠키를 꼼꼼히 살펴보았다. 그때 그가 나를 불렀고 작업이 시작됐다. 힘든 일이었지만 마음은 자유로웠다. 말과 소들을 씻기고 탈곡을 하고 도리깨를 치느라고 손만 바빴을 뿐이었다. 곤봉을 추켜 든 수용소의 우크라이나인 이반이 보이는 듯했다. 옥수수를 가루 낼 때는 그가 사람들의 머리를 으스러뜨리는 모습이 떠올랐다. 말의 반짝거리는 부드러운 가죽을 말빗으로 빗길 때는 수용소 동료들의 찢어지거나 멍든 피부가 생각났다. 개에게 감자나 베이컨 덩어리, 빵 부스러기 등이 담긴 그릇을 건네줄 때는 트레블린카에서는 그런 음식 한 줌을 놓고 서로를 죽일 거라는 생각이 들었다. 게토에 있는 아이들 수백 명은 그렇게 넉넉히 먹어본 적이 없었다. 저녁마다 식탁에 앉아서 흐미엘니츠키와 그의 어머니가 조용히 음식을 씹어먹는 모습을 보면서 나는 가끔 토할 듯한 기분이 들기도 했다. 나는 "그들이 우리 어머니에게 한 짓을 당신들은 아나요?"라고 외치고 싶었다. 그러나 나는 입을 꾹 다물고 그들이 주는 빵을 거절하기만 했다. 그리고 그들처럼 식사 전후에 기도를 했다.

흐미엘니츠키는 주중에는 별로 말이 없었다. 그러나 토요일에는 술을 마셨다. 그러고는 그의 어머니가 묵주기도를 올리고 있을 동안 혼잣말을 하거나 노래를 불렀다. 그는 누가 자기 말을 들어주는 걸 좋아했기에 나는 그의 앞에서 기름 등잔의 노란 불빛을 받으며 평소보다 오래 앉아 있곤 했다. 그는 그저 말하는 걸 좋아하는 사람이어서 보통 때는 내게 별로 질문을 하지 않았다. 그러나 내가 그의 집에서 세 번째로 맞는 토요일, 그는 평소보다 과음했다. 그날 오후에 잠브로프에서 사진사가 왔었다. 농부들이 모두 각자의 농장 앞, 탈곡장에 모였고 하얀 숄을 두른 아가씨들과 청년들이 나란히 섰다. 흐미엘니츠키가 내 옆구리를 찌르며 말했다.

"미에테크, 너도 찍지 그래?"

나는 거절하려고 했지만 흐미엘니츠키가 고집을 부렸다.

"이번에는 바르샤바에서 온 일꾼이오! 자, 이리와, 미에테크!"

그래서 나도 다른 사람들과 사진을 찍었다. 저녁이 되자 흐미엘니츠키는 정말로 취했다.

"미에테크, 너 겁먹었더군, 응? 너는 사진사를 무서워했어."

그는 눈을 반쯤 감고는 양손으로 턱을 받쳤다.

"너, 유대인은 아니겠지?"

그의 어머니가 성호를 그렸다.

"우리는 유대인을 좋아하지 않아, 미에테크. 그들이 예수 그리스도를 죽였으니까."

그의 어머니가 다시 성호를 그었다.

"하지만 유대인은 남아 있지 않습니다, 주인어른. 그들은 다 죽었어요, 끝장났지요."

내가 대답하자 그는 주먹으로 식탁을 내려치더니 다져진 땅바닥에 침을 뱉었다.

"잠브로프에 가서 그들을 만나라, 될 수 있는 대로 빨리. 여기에 있는 사람들은 독일 제국에 속해 있어. 잠브로프에서는 유대인들이 잘 살고 있지. 그들은 독일군에게 금을 바치거든. 우리가 오히려 징발당하고 있단다."

그는 보드카로 자기 잔을 채웠다.

"미에테크, 네가 유대인이라면 난 널 죽일 거야."

나는 웃음을 터뜨렸다.

"유대인은 모두 죽었습니다, 주인어른."

흐미엘니츠키의 어머니는 묵주 기도를 계속했다.

"너를 죽일 거라고, 미에테크." 그가 구시렁거리더니 식탁 위로 머리를 쿵 떨어뜨리고 코를 골기 시작했다. 북풍이 안개를 몰아내, 밤이었지만 바깥 날씨는 맑고 추웠다. 창고 안 다락 아래 내가 잠자리로 쓰고 있는 곳 바닥을 말들이 발로 긁었다. 나는 못을 빼고 느슨하게 해놓은 널빤지들을 손쉽게 떼 낼 수 있다는 걸 다시 확인했다. 흐미엘니츠키가 나를 죽이거나 밀고할 가능성이 있었기에 언젠가는 밤을 틈타 달아나야 했다. 나는 그의 행동에 대처할 자세가 돼 있었다. 위협을 감지했던 탓이다. 잠브로프에 있는 수천 명쯤 될 다른 유대인들은 아마도 '동부'로의 이주라는 신기루를 한 점 의혹도 없이 맹목적으로 믿고 있을지도 몰랐다. 그들은 폭발적이고 야만적인 회오리바람의 종말을 기다리며 상황에 순응하고 있는지도 몰랐다. 그들은 트레블린카에 대해서는 완전히 무지한 채로 어느 날엔가 가축운반용 화물차에 던져 넣어질 것이다. 그런데 나는 여기서 아무 일도 하지 않은 채 내 목숨에만 마음을 쏟고 있었다.

일요일 아침, 나는 다른 사람들과 함께 미사에 참석했다. 흐미엘니츠키는 다시 과묵해져서 제단 앞 내 옆에 서 있다가 사제가 성체를 거양할 때 무릎을 꿇고 두터운 농부의 목을 드러내며 고개를 숙였다. 정직하고 단순한 남자였지만 살인을 저지를 가능성이 있었다. 우리는 성당 마당에 좀 머물렀다. 나는 사람들이 모여 있는 이곳저곳을 다니며 이 농부, 저 농부를 한쪽으로 데리고 가 그 지역 유대인에 대한 이야기를 귀동냥했다. 그들은 모두 잠브로프의 유대인들은 편안하게 살고 있으며 다른 작은 도시들에서도 마찬가지라고 이야기했다.

"독일군들이 그 사람들을 보호해주고 있다네. 그들은 유대인들이 가진 황금이 필요하거든." 어느 농부가 그렇게 말했다.

잠브로프의 유대인들에게 경고하다

잠브로프의 유대인들에게 경고를 하고 트레블린카에 대해 알려주려면 되는 대로 빨리 떠나야 했다. 흐미엘니츠키는 일요일 아침이면 늘 그러듯 말에 마구를 채워놓았다. 그는 이웃 마을에 사는 남동생을 만나러 갈 작정이었다. 그의 어머니는 검은 주름치마를 입었다. 나는 말을 끌어와 고삐를 흐미엘니츠키에게 건네주었다. 그러고는 그들이 숲 뒤로 모습을 감출 때까지 바라보다가 문 하나를 부수고 집안으로 뛰어들어가 흐미엘니츠키가 옷을 보관하는 커다란 옷장을 찾아보았다. 검은 부츠와 웃옷 한 벌을 챙기고 광에 들어가 베이컨 조금과 빵, 감자와 성냥을 챙겨나왔다. 그런 후 창고 뒤 쪽에 있는 숲으로 가서 잠브로프가 있는 북쪽을 향해 달렸다.

그날 낮과 밤, 그리고 다음 날까지 계속 걸었다. 허기와 피곤함은 문제가 되지 않았다. 독일군들이 유대인 절멸 작업을 시작하기 전에 잠브로프에 도착해야 했다. 이미 시간이 너무 오래 지체된 형편이었다. 방향을 파악하기 위해 나는 들판과 숲을 버리고 도로를 택해 걸었다. 가끔은 너무 급해서 달려가기도 했다. 나는 그들에게 어떻게 말하면 되는지 알았다. 그들에게 바르샤바와 '이주의 광장'에 대해 말하고 격리 병동, 무덤 구덩이, 굴착기에 대해 말해줄 작정이었다. 우리 스스로 무장하도록 하기 위해 나는 달려갔다. 우리가 트레블린카를 기습 공격해 수감자들을 해방시킬 가능성이 없다고는 못할 것 아닌가.

숲 가운데로 난 길에 여러 사람들이 모여 있었다. 일하는 사람들도 있었고, 휘파람을 불고 대화를 나누는 사람들도 있었다. 나는 그들이 유대인들의 노래를 부르고 이디시어로 말하는 걸 알아차렸다. 나는 덤불에 몸을 가린 채 축축한 땅에 배를 깔고 기어가면서 그들에게 슬그머니 접근했다. 그들은 분명 유대인들이었다. 검은 스컬 캡을 쓴 사람들도 있었고 다윗의 별을 옷에 기워 붙인 사람들도 있었다. 그들은 내가 트레블린카를 탈출한 후 처음으로 만나는 유대인들이었다. 아마 근처 수용소에서 온 작업 부대인지도 몰랐다. 우크라이나인들이나 독일군들이 그들을 감시하는지 둘러보았다. 그러나 숲속으로 쭉 뻗은 그 길에는 군인들이라곤 코빼기도 보이지 않았고 다만 길에 난 구덩이를 메우거나 도로를 따라 도랑을 파는 그 유대인들만 보일 뿐이었다. 나는 뒤로 물러나 우회해서 길 위로 뛰어오른 후 발걸음도 당당하게 그들을 향해 걸어갔다. 그들은 서서히 일손을 멈추고 다가오는 나를 바라보았다. 두세 명은 스컬 캡을 벗고 아래를 내려다보았다. 나는 그들 사이에 섰다.

"감시병들은 어디 있소?"

나는 늙수그레한 남자를 지목해 거친 말투로 물었다. 그는 머뭇거리더니 도와달라는 듯 좌우로 힐끔거렸다.

"우리는 자유로이 작업하는 부대일세, 젊은이."

나는 무표정하게 그들을 바라보았다. 자유로운 유대인들이라니, 트레블린카에서 몇 킬로미터밖에 안 떨어져 있는데도?

"자유롭게 일한다고요? 하지만 당신들은 유대인들이잖소?"

몇 명은 다시 일손을 잡았다. 그 늙은이가 나에게 싱긋 웃어 보였다.

"우리는 저녁마다 잠브로프로 돌아간다네. 독일군들이 우리를 믿지."

나는 트레블린카에서 온갖 일을 해보았다. 벌목 부대에도 있어 봤고, 위장 부대에도 있어 봤다. 혹 감시병들의 눈길을 피해 탈출할 기회가 있을지 하고. 그런데 이 유대인들은 숲속에서 감시도 없이 일하고 있었다. 몇 미터만 더 가면 자유였고 숲 속에 숨어버릴 수도 있었다.

"저녁마다 잠브로프에 돌아간다고요?"

나는 그 믿기지 않는 말을 되풀이했다. 나는 그 노인에게 다가갔다. 뿔테 안경을 끼고 있는 그는 의사나 교수처럼 보였다. 얼굴이 가까워지자 그의 눈이 겁을 먹은 게 보였다. 내가 표 나게 화를 냈던 모양이었다.

"저는 바르샤바에서 왔어요. 거기 있는 유대인들은 몰살당했어요. 저는 트레블린카에서 도망쳐 나온 길입니다. 그곳에는 여자건, 아이건 가리지 않고 모두를 가스실에서 죽이고 있어요."

다른 사람들은 멀리 떨어져 갔다. 그들의 등이 구부정했다. 그들은 듣고 싶지 않았던 것이다. 노인의 얼굴은 굳어버렸고 몸은 벌벌 떨고 있었다.

"당장 도망가지 않으면 그들이 공장으로 보내버릴 거예요, 할아버지도, 자식들도 모두요. 그러니 도망가세요!"

나는 이 사람, 저 사람 번갈아가며 구부정한 남자들의 어깨를 잡고 일으켜 세우고는 흔들었다.

"도망가세요! 가라고요!"

나는 그들 앞에서 이리저리 뛰어다니며 고함을 쳤다. 그들은 내게서 떨어져 마치 내가 존재하지 않는다는 듯 내 고함 소리, 욕설을 무시해버리고 일을 계속했다. 나는 음식이 담긴 가방을 떨어뜨리면서까지 팔을 이리저리 휘둘러보다가 멈췄다. 그들이 도로를 반쯤 차지하고 누워 있는 나무둥치를 들어 올리면서 은밀하게 나누는 눈짓을 나는 보았다. 나는 숨을 가라앉혔다.

"제 말 들어보세요. 저는 유대인이에요, 유대인. 댁들과 마찬가지로! 제 말을 믿어야 해요. 그들이 우리를 죽이고 있어요, 우리 모두를요! 트레블린카가 어떤 곳인지 아세요?"

그들은 쳐다보지도 않았다.

"제 말을 믿어야 한다고요!"

그들은 마치 내가 거기 없는 듯, 트레블린카는 어느 미치광이의 악몽이기나 한듯 잠자코 일을 계속했다. 나는 그들을 더는 바라보지도 않고 도로변에 앉았다. 살육자들이 우리의 마음속까지도 점령해버렸던 것이다. 내 이 손으로 수백 구의 시체를 옮겼는데도 왜 그들은 그것을 보지 못하는 걸까? 왜 이해하지 못하는 걸까?

"자 가방 여기 있네, 젊은이."

그 노인이 내 앞에 서 있었다. "저를 믿지 않으시죠?"

그는 싱긋 웃더니 말했다.

"여긴 상황이 달라. 잠브로프는 독일 제국의 일부야. 독일에겐 우리가

필요하지, 알겠나? 바르샤바와 트레블린카는 점령 지역이 아니야. 폴란
드에 속해 있지. 여기는 사정이 다르다네. 가방을 들게나, 젊은이."

그는 어리석은 아이에게 말하듯 내게 말했다. 나는 가방을 어깨너머로
걸쳐 맸다.

"잠브로프로 가려면 어느 쪽으로 가야 하나요?"

"쭉 바로 가면 된다네. 8킬로미터 정도 곧장 가게."

나는 그들을 외면했다. 분노와 비통함이 목까지 치밀어올랐다. 재앙이
꼭 눈앞에 닥쳐야 안단 말인가? 그곳을 목격한 사람의 말을 들어본 적이
한 번도 없단 말인가? 사람들이 그렇게 죽어나간 게 다 허사란 말인가?
나는 좌절감에 울며 석양을 향해 걸어갔다. 그들은 내 말에 귀기울였어야
했다. 나는 다시 말할 것이다. 사람들에게 '이주의 광장'과 가축운반용 화
물차와 무덤에 대해 말하리라. 내 어머니, 내 동생들, 리브카가 어떻게 됐
는지 말하리라. 그러나 그들이 알아듣기나 할까? 바르샤바에서 보냈던
나날처럼 살육자들은 교활하게도 사람들에게 희망이라는 덫을 안겨주며
유혹했던 것이다. 그들은 트레블린카가 상상으로는 떠올리지 못할 곳이
라는 걸 알았다. 그들은 우리 각자에게 특권을 베풀고 있다는 신기루를
안겨주었다. 바르샤바에서 많은 사람들이 그랬듯이, 숲속에 있던 그 유대
인들은 자기들이 독일인에게 쓸모가 있다고 생각했다. 자기들이 특별한
지위를 누린다고 믿었다.

이제 지평선 위 잠브로프의 주택들이 보였다. 손수레 몇 대가 지나가고
가끔 트럭이 지나갔다. 나는 외치리라. 내가 말해야 했다. 그러나 내 말을
그들이 주의해 들으리라는 환상은 버렸다. 잠브로프에 있는 유대인들이
무장을 하고 트레블린카로 행진하지는 않을 터였다. 온 세계가 우리가 살
해당하도록 내버려두고 있는데 어떻게 내가 그들에게 무장을 하라고 설

득할 수 있겠는가? 그러나 노력은 해봐야 했다. 트레블린카에서는 굴착기가 아직도 땅을 파내고 있을 터였다. 나는 계속 걸어가서 탁한 강물 위에 걸쳐 있는 나무다리를 건넜다. 도시로 들어가니 내가 잠시 있던 마을처럼 펫장을 덮은 집들과 목재로 지은 집들이 많았다. 나는 게토가 있을 만한 좁은 길로 접어들었다. 어느 길 끄트머리에 표지가 있었고 철조망 몇 가닥이 걸린 말뚝들이 보이더니 좁은 통로에 유대인 경찰 한 명이 보초를 서고 있었다. 여기가 잠브로프의 평화로운 게토 입구였다. 나는 정문을 통과해 들어갔다. 문을 연 가게들이 있었고 시너고그 앞에는 사람들이 조용히 무리지어 서 있었으며 유대인 노인들이 잡담을 나누고 있었다. 이미 죽음, 조소를 퍼붓는 죽음의 신이 그들의 어깨에 올라타고, 그들의 뒤를 밟으며, 그들의 귀와 눈을 손으로 막는 것이 내게는 보였다. 나는 큰소리로 말하리라. 그러나 잡히지는 않으리라. 그들이 내 말을 듣기를 거부한다면, 나라도 살아남을 것이다. 필요하다면 혼자라도 살아남을 것이다. 그러면 우리의 복수를 해줄 사람이 적어도 한 명은 남게 될 터였다.

나는 사람들이 모여 있는 곳으로 다가갔다. 키가 작고 얼굴이 둥글며 피부에 윤기가 흐르는 뚱뚱한 남자가 말을 하고 있었고 사람들은 예의바르게 듣고 있었다. 그는 자기 말을 지휘하듯 손으로 박자를 맞추어가며 말했다.

"그건 전쟁입니다. 그들은 우리가 필요한 모든 걸 주지 못하지만, 그들은 우리를 필요로 합니다."

그가 말하자 사람들은 얌전하게 찬성을 표하거나 진지하게 고개를 끄덕였다. 인내라는 단어가 몇 번이나 나오자 나는 '그들에겐 우리가 필요해.'라고 말하던 그 숲 속의 유대인들이 생각났다.

"트레블린카. 트레블린카에 대해 아시나요?"

나는 방랑자다운 가방을 어깨에 둘러맨 채 그 사람들 속에 끼어들어가 연사를 향해 말했다.

"여기서 몇 킬로미터만 가면 공장이 있고, 무덤이 있어요……. 그곳에서 그들이 유대인들의 금니를 뽑아낸답니다."

나는 숨소리마저 들릴 정도로 조용해진 사람들을 향해 말을 이어갔다. 그러자 얼굴이 흙빛이 된 연사가 갑자기 내게 다가왔다.

"네가 말하는 게 사실일 리가 없어. 있을 수 없는 일이야. 독일군들은 미치지 않았어. 우리가 자기들을 위해 일해주고 돈을 바치는데 그들이 우리를 죽일 이유가 뭔가? 여기 잠브로프에서는 우리를 계속 살려두는 게 자기들에겐 이익이다. 미친 건 자네야. 미쳤어. 정신이 나갔구먼!"

그는 마지막 몇 마디는 고함치다시피 말하고는 몇 마디 덧붙였다.

"그럴 리가 없네. 독일군들은 미치지 않았어! 그들이 네가 말 한대로 하고 싶다 하더라도 세상이 가만히 있지 않을 걸세!"

나는 말을 계속하려고 했다.

"그 청년이 하는 말을 듣지 마시오. 미치광이임에 틀림없소!"

그는 사람들을 데리고 가버렸다. 나는 거기 남은 채 그들을 물끄러미 바라보았다. 그 연사는 손을 올리고 뭔가 떠들고 있었다. 몇 사람이 소리내 웃더니 나를 힐끔 돌아보았다. 그들은 그 심연이 너무 끔찍했기에, 귀와 눈을 막고 내 말을 믿고 싶어 하지 않았다. 트레블린카라는 곳이 존재한다는 것을 상상할 수 없었기에 내 말을 믿을 수 없었던 것이다. 건강한 사람은 자기가 죽어간다는 사실을 믿지 못한다. 그 선량한 사람들로서는 살육자들의 잔인하고도 미친 짓거리를 알 도리가 없었다. 그들은 이기심, 이성, 실용성에 대해 이야기했지만 살육자들은 그들을 절멸하기를 원했다.

나는 사람들이 모인 곳마다 가서 우리 어머니, 남동생들, 리브카의 이야기와 밤마다 막사에서 상자 긁히는 소리가 나던 것을 이야기해주었다. 무덤 속에 있는 누런 모래와 목 졸린 아이들, 개에 대한 이야기를 해주었다. 굴착기와 격리병동, 탈의장에 쌓인 옷들, '바보들'이라 불리던 나치 친위대원, 그리고 다른 나치 친위대원들, 우크라이나인 이반에 대한 이야기를 들려주었다. 가끔 바르샤바에서 이곳으로 피난해온 유대인들은 내 말을 믿는 것 같았지만 그대로 믿기에는 너무 무서운 이야기였다. 나는 그들에게 시체를 보여줄 수는 없었다. 내 손은 그냥 평범한 손이었다. 그 손으로 수백 구의 시체를 옮겼다는 걸 누가 짐작이나 하겠는가? 내 말도 그냥 말에 지나지 않았다. 가끔 누군가가 시선을 고정한 채 공포에 잠겨 물을 때가 있었다. "하지만 우리가 뭘 해야 하나?"

나는 내가 이겼다고 생각했다. 나는 그들에게 잠브로프 주위의 숲과 독일군 트럭을 공격하는 이야기, 무기를 입수하는 방법, 농부들이 말했던 폴란드 국내군*에 가입하는 방법을 얘기했다. 그러자 여자들은 자리를 떴고 남자들은 고개를 가로저었다.

"그들은 모두 반유대주의자들이요. 우리는 그들의 손바닥 안에 있게 될 거요. 농부들이 우리를 밀고 할지도 모르고 파르티잔(무소속의 무장 저항 전사. 한국에서는 빨치산이라고도 부름)들이 우리를 죽일지도 모르오. 여기 게토에서는 우리는 함께 있을 수 있소." 누군가가 그렇게 말하자 다른 사람이 의견을 말했다. "독일군들이 그 정도로 미치진 않았소."

그러자 다른 사람이 덧붙였다. "게다가 전쟁이 영원히 계속되지는 않을 거고."

*

폴란드 국내군 아르미아 크라조바(Armia Krajowa), 1939년 9월부터 1945년 1월까지 독일 점령 하의 폴란드 곳곳에서 독일군에 저항했던 제2차 세계대전 최대의 무장저항조직.

한 노인이 눈을 찡긋 하더니 말했다. "러시아는 너무 춥다네."

그들은 왁자하게 웃으며 양손을 비비고는 어슬렁어슬렁 떠났다. 나는 또다시 실패했다. 자기가 옳다는 걸 알고, 확신하면서도 사람들을 납득시키지 못하고, 그들을 위해 말하는데도 그들이 눈앞에서 귀를 막아버리는 것을 보고, 자기의 말이 그들에게 받아들여지지 않는 것을 본다는 건 너무 끔찍한 악몽이었다! 그렇게 무력한 기분을 느끼게 되다니 정말 악몽이 따로 없었다!

나는 마당 뒤 쪽에 있는 헛간의 다락에서 잠을 자고 음식을 구걸했다. 그들은 불쌍하다는 듯 미소를 띠며 음식을 건네주었다. 나는 일종의 비극적인 광대였다. 지난 날 바르샤바 게토에서 슬픔에 잠겨 있던 어릿광대 루빈슈타인이나 마찬가지였다. 다음 날 동이 트자 나는 시너고그 밖에서 지치지도 않고 설명을 하고, 지나가는 사람들을 붙들고 이야기를 늘어놓으면서 그들을 납득시키려고 애썼다. 그러나 날이 감에 따라 내 말은 영향력을 잃었다. 나는 이미 그 게토의 풍경 가운데 하나로 녹아들어 눈에 띄지 않게 됐다. 내가 너무 젊어서인지 사람들은 내 말을 주의 깊게 듣지 않았다. 생활이 평화롭게 유지되고 자유로운 작업 부대가 숲에서 매일 저녁 무사히 돌아오는 한, 나는 헛소리나 하는 미치광이 취급을 받을 것이다. 지금 같은 생활을 계속 영위하려면 나는 믿어서는 안 될 사람이었다. 어느 날 저녁, 검은 머리를 땋아 늘인 여위고 키 큰 소녀가 내 앞에 서더니 같이 걷기 시작했다.

"나는 댁의 말을 믿어요." 그녀의 목소리는 날카로우면서도 단호했다. "나는 바르샤바에서 왔어요. 나도 코르차크 의사를 알아요. 아이들이 '이주의 광장'으로 가는 것도 봤고요." 그녀는 지하실 비슷한 작은 방에 살고 있었다. 우리는 바르샤바에 대한 이야기를 나누며 나란히 누워 밤을 꼬박

샜다. 그녀의 가족이 7월말 가축운반용 화물차를 타고 떠났던 탓에 그녀는 트레블린카에 대해 전부 알고 싶어 했다. 나는 그녀에게 별로 희망적인 말을 해주지 않았다. 어떤 경우든 그녀도 그러기는 원치 않았다. 그녀는 도망가는 것도, 싸우는 것도 원치 않은 채 그냥 자기 운명이 어떻게 될는지, 그리고 여기 잠브로프에서 그녀가 돌보고 있는 아이들의 운명이 어떻게 될는지에만 관심이 있었다. 우리는 춥고 캄캄한 방안에서 서로 손을 꼭 잡고 있었다. 나는 그녀에게 삶의 활력을 되찾아주려고 했고 그녀는 맞서 싸우는 내 의지를 북돋아주려고 열심이었다.

"미에테크, 우리를 위해서 반드시 살아남아야 해요. 가서 싸워요. 우리의 복수를 해줘요." 그녀가 반복해서 말했다.

그녀의 이름은 소니아였고 바싹 마른데다, 절망에 빠져 있었다. 그래도 현실을 바로 알고 인내하려는 열망을 지닌 걸 보면 용감하기도 했다.

"미에테크, 당신은 가야 해요. 여기서는 아무것도 못해요. 사람들은 알고 싶지 않은 거예요. 당신이 여기 머무른다면 밀고자가 언젠가는 독일군에게 일러바칠 거예요. 미에테크, 죽어서는 안 돼요. 당신은 너무 많은 걸알고 있어요. 당신은 우리 모두의 기억을 안고 있어요."

어느 날 밤, 그녀가 자기와 사랑을 나누자고 간단하게 말했다. 자기가 죽을 것이기에 그 부분의 삶도 알고 싶다고 했다. 나는 바들바들 떠는 연약한 그녀의 몸을 품에 안았다. 그녀가 살지 못할지도 모르는 앞으로의 모든 세월을 한꺼번에 불태워버리는 일이었다. 그런 후 우리는 울고 웃으며 우리만의 작은 잔치를 했다. 화로의 재 속에서 익은 감자를 먹고 보드카를 마셨다. 하얀 피부에 머리가 헝클어진 소니아는 눈을 반짝이고 있었다. 아름다웠다.

다음 날 아침, 나는 다시 광장으로 가고, 시너고그 앞으로 가고, 평소처럼 사람들이 모인 곳마다 찾아다녔다. 그때 누군가를 찾는 듯한 유대인 경찰이 보였다. 직감이었을까? 나는 그에게로 다가갔다. 위험을 제거하는 방법의 하나는 정면으로 부딪치는 것이라는 걸 바르샤바 게토와 트레블린카에서 배운 나였다.

경찰은 나와 부딪칠 뻔했다. 그는 사진 한 장을 들고 있었다.

"너 이 남자를 아느냐? 이 자를 찾고 있다."

그 말을 하고는 경찰은 내게 그 사진을 보여주었다. 사진 속에는 지난번 머물렀던 마을 어느 집 앞 탈곡장에 서 있는 내 모습이 있었다. 농부들이 여럿 둘러서 있는 그 사진의 가운데 내 얼굴이 동그라미 쳐져 있었다. 나는 사진을 받았다.

"예, 예. 이 사람 아직 저기 있어요. 저기 2층 어느 사무실에요."

나는 유대인 위원회가 있는 건물의 옆 건물을 가리켰다. 경찰은 사진을 도로 뺏어가더니 그 건물을 향해 갔다. 몇 분 뒤, 나는 게토를 벗어나 있었다. 몇 분만 더 있으면 잠브로프를 벗어날 터였다. 나는 먼지 나는 도로와 숲 쪽으로 계속 걸어 돌아갔다.

안녕, 잠브로프의 유대인들이여. 잘 있어, 용감한 소니아. 나는 당신들, 그리고 너를 위해 살아가리라. 나는 그들을 위해 매일 아침 시너고그 앞에서 정신 나간 사람처럼 온갖 위험을 무릅쓰고 상식에 어긋난 일을 했었다. 나는 당신들에게 모든 것을 다 말해주었다. 그러기 위해 당신들에게 내줄 내 밑천은 내 자유밖에 없었다. 내가 자유를 빼앗겨가며 당신들을 도우려한다 해도 무슨 소용이 있겠는가? 나는 내 민족, 그리고 당신들, 소니아를 위해 싸우기로 결심했다.

조여드는 손길

이틀을 걸은 후 나는 자렘비 마을에 사는 한 농부에게서 일자리를 얻었다. 이름이 자렘바라는 체구가 큰 농부였는데 금발에 피부가 우유처럼 하얗고 점잖았다. 그가 술을 마시는 모습을 나는 한 번도 보지 못했다. 저녁 식사가 끝나면 그는 신부에게서 얻은 책들을 그의 어머니와 여동생들에게 읽어주었다. 역사소설이나 성인들의 삶을 그린 책들이었다. 그의 여동생인 마리는 가끔 울기도 했고 그의 어머니는 만족스러운 눈빛으로 자녀들을 바라보곤 했다. 내가 도망중인 유대인이라는 사실마저도 나는 가끔 잊었다. 자렘바에게는 내가 바르샤바에서 왔다고 말해두었다. 내 말투에는 이디시어 억양이 없었다. 그는 나를 신부에게로 데리고 갔다. 신부는 몸이 마르고 활동적인 젊은이였다. 며칠 후, 나는 자렘바에게 줄 책과 달걀을 좀 가져오려고 성당에 갔다. 신부가 내게 바르샤바에 대해 들려달라고 했다. 무덤 같은 모코토프나 농부 바체크가 살았던 것과 비슷한 이야기를 내 이야기인척 만들어내기란 수월했다. 그런 이야기를 늘어놓다가 나는 게토에 대한 이야기를 했다. 그리고 내가 잘 아는 유대인에 대한 이야기라면서 그가 밀수를 하다가 독일군에 잡혀 가족과 함께 트레블린카로 끌려갔고 그곳의 수용소에서는 유대인들이 학살당하고 있다고 이야기했다.

"독일인들이 악을 풀어놓았네." 신부가 말했다.

어느 날 신부가 인쇄물 한 장을 내게 주었다. 폴란드 국내군 전단이었다.

"이건 폴란드 국내군 전단이야. 자네 우리를 돕고 싶나?"

나는 전단을 받았다. 드디어 싸우게 된 것이다.

"하지만 네 유대인 친구들 이야기를 너무 많이 하지는 말아라." 신부는 싱긋 웃더니 말을 이었다. "폴란드 국내군에 있는 사람들은 유대인들을 그리 좋아하지 않거든."

신부가 눈치를 챈 것일까? 나는 아무 말도 하지 않았다. 그래서 나는 밤이면 이 농장, 저 농장을 돌아다니며 갓 찍은 잉크 냄새가 나는 전단들을 나누어주는 일을 시작했다. 일요일이면 폴란드 국내군에 속한 그룹들이 성당 앞에서 거리낌 없이 모였다. 거의 마을 전체가 폴란드 국내군을 지지하고 있었다. 독일군들이 이렇게 외떨어진 시골까지 오는 일은 드물었다. 사람들은 런던의 폴란드 망명정부에서 전달된 코뮈니케(각국 정부 사이의 국제회의나 수뇌회담 등에서 회의나 회담의 경과 및 결과에 대하여 문서로 발표하는 공식성명)와 연합군의 승리에 대해 토론했다. 유대인 처형에 대한 이야기는 한 마디도 없었다. 유대인들은 존재하지 않는 거나 마찬가지였다. 그래서 나도 당분간은 입을 달았다. 독일군에 대항해 싸우는 일이 주 관심사라는 건 내 생각과 일치했으니까.

"무기는 어떡하고요?"

"미에테크, 아직 때가 되지 않았단다. 곧 도착할 거야."

자렘바는 저녁마다 나를 진정시키려 애썼다. 마리는 내게 미소를 짓곤 했지만 나는 트레블린카에 두고 온 리브카와 잠브로프에 두고 온 소니아만 생각했다. 자렘바는 책을 계속 읽곤 했다.

회색 구름이 무겁게 깔려 눈이 올 것만 같던 그 며칠이 지났을 때 자렘바가 내게 "내일 새벽 네 시에 말을 큰 마차에 묶어두어라. 잠브로프에 갈 작정이다."라고 말했다.

그는 다른 말은 하지 않았지만 불안해 보였다. 가랑비처럼 흩뿌리는 새벽안개를 얼굴에 맞으며 나는 기름등잔을 들고 마구간에 있었다.

"허락해주시면 저도 같이 가고 싶어요, 주인어른."

"너는 여기서 꼼짝하지 말고 있어."

그는 마차에 올라탔고 나는 도로가 나올 때까지 따라갔다. 도로에는 사람들이 오가며 동요하고 있었다. 마을에 있는 마차란 마차는 전부 나와 돌아다녔고 농부들이 서로에게 고함을 치고 있었다. 시장은 그들에게 모두 잠브로프로 마차를 몰아가라고 지시했다.

"아마 유대인 문제일 거야. 그들을 이주시킬 모양이지." 사람들이 설명했다.

시장에게 욕을 퍼붓거나 독일군을 욕하는 사람들도 있었지만 대부분은 유대인들을 욕하고 있었다.

나는 소니아와 잠브로프 사람들 생각을 떨쳐버리려고 하루 종일 마구간을 청소하고 건초를 묶으면서 일에 파묻혔다.

자렘바는 밤이 되고도 한참 후에 돌아왔다. 그는 아무 말 없이 내게 말고삐를 건네주었다. 내게는 눈길도 주지 않았다. 내가 부엌으로 들어가자 그의 어머니와 마리가 꼼짝도 않고 아무 말도 못한 채 망연자실해서 자렘바를 뚫어지게 쳐다보고 있었다. 자렘바는 보드카를 병째로 마셨다. 나는 뛰어들다시피 그의 앞으로 가서 병을 빼앗았다. 그는 막아보려 하지도 않았다.

"네가 옳아, 미에테크. 술을 마실 이유가 없지."

"게토의 유대인들 때문인가요?"

그는 고개를 끄덕이고는 평소의 버릇대로 천천히 말을 꺼냈다. 이야기하는 도중에 가끔 손등으로 눈물을 닦았다. "미에테크, 내가 뭘 할 수 있겠니? 복종하는 것 말고는 아무 짓도 못했단다."

나치 친위대와 보초병들이 게토를 둘러싸고 거주자들이 밖으로 나가는 걸 금하고 있었다고 했다. 그는 총소리도 여러 번 들었다. 여자들이 창문에서 뛰어내리고 노인들은 팔을 뻗은 채 땅바닥에 쓰러져 있었으며 하나씩, 하나씩 목에 총을 맞고 죽었다고 했다. 아이들은 기관총 세례를 맞고 쓰러졌다. 독일군들이 소녀들을 공터로 끌고 갔다. 안녕, 잠브로프의 유대인들이여. 잘 가라, 용감한 소니아여. 그런 후 독일군들은 개머리판으로 위협하며 유대인들을 농부들의 마차에 강제로 태웠고, 그 호송행렬은 잠브로프 외곽의 오래 된 막사들로 이동했다고 했다. 자렘바는 그 마을을 떠나면서 비명소리와 총소리를 들었다고 했다. 나는 그가 몇 사람들은 도망쳤다는 말을 하기를 바라며 그의 얼굴을 노려보았다. 적어도 마지막 순간에는 기적이 있었기를, 소니아가 살았기를 바라며.

그러나 그렇지 않다고 자렘바는 말했다. "내가 뭘 할 수 있었겠니? 나는 손 하나 까딱하지 못했단다. 그들이 아이들을 죽이는 걸 보고만 있었다. 어머니, 들리시죠? 아이들, 노인들의 비명소리 말이에요."

아침에 시장이 왔다. 땅딸막한 몸매에 손이 통통하고 얼굴에 주근깨가 있는 사람으로 상인이자 대금업자이기도 한 그는 곡식의 무게를 속이기도 했으며 독일군에 협력하는 정보 제공자로서 사람들을 징발하는 일도 하고 있었다. 그가 자렘바와 내가 일하고 있는 곡식 창고로 들어왔다. 그가 나를 보았다. 나는 그가 무슨 생각을 하는지 알아차렸다. 그 남자는 나의 적이었다.

"자렘바, 자네와 그 일꾼은 잠브로프로 가야하오. 독일군들이 신분증을 발급해 줄 거요. 이전 서류는 회수하면서 조사 중이오. 사방에 유대인들이 숨어 있는 통에 말이오."

나는 트레블린카에서 탈출 한 후 신분증이 없었다. 나를 향해 죄어들어 오는 그들의 손길이 느껴졌다. 자렘바는 다음 날 잠브로프에 갔다. 내게는 그 다음 날 사령부로 가보라고 했다. 나는 핑계거리를 대면서 그곳에 가는 일을 하루하루 미루었다. 그러면서 계획을 짜기가 어려워졌다는 걸 깨달았다. 잠브로프로 가서 신분증을 만들어달라고 하는 대담한 행동을 해야 할지, 더 기다려봐야 할지, 어떤 쪽을 택해야 할지 망설였다. 악몽에 시달리면서도 결정을 하지 못했다. 시장은 이미 여러 번 다녀갔다.

"네 신분증은 어떻게 됐나?"

나는 더 이상은 미룰 수 없다는 걸 깨달았다. 도망가거나 신분증을 발급받거나 둘 중의 하나였다. 자렘바가 독일인들에게 빚진 곡식을 갚으러 잠브로프에 가던 날, 나는 그를 따라갔다. 우리는 게토였던 곳에서 좀 떨어진 커다란 광장에 있는 가게에 곡식 자루를 부렸다. 곡식을 가게에 들여놓은 후, 일이 끝나면 나는 사령부로 갈 예정이었다. 자렘바가 가게로 들어갔다. 나는 마차 근처에서 그를 기다리다가 문득 돌아보고는 시장이 독일경찰 두 명에게 나를 가리키고 있는 걸 발견했다. 너무 늦었다. 아버지와 트레블린카가 가르쳐준 교훈을 잊고 머뭇거렸던 것이다. 남들이 나에 대한 결정을 하도록 내버려두었다. 물론 변명거리는 있지만 인간의 법정에서는 변명이 통하지 않는다는 걸 나는 알고 있었다. 도망칠 수는 없었다. 거리에는 인적이 끊겼고 그 경찰들은 소총으로 무장하고 있었다. 시장은 팔짱을 끼고 뒤에 남아서 경찰들이 내게 다가가는 모습을 보고만 있었다. 나는 그의 작고 교활한 눈을 노려보았다. 그의 미소 띤 입과 잘난 체하는 모습을 보다가 나는 정신을 차렸다. 이 밀고자, 당신은 내가 죽기를 바라는구나! 그러니 나는 살아야 했다. 어떤 기회든 놓치지 않을 것이다.

"네 서류 좀 보자."

경찰 한 명이 앞으로 다가와 유창한 폴란드어로 말했다. 나는 내가 바르샤바에서 왔으며 병자인 아버지가 내 서류를 보관하고 있다고 침착하게 설명했다.

"사령부로 가자."

또다시 나는 그들의 손아귀에 잡혀 사무실로 끌려갔다. 나는 그들의 얼굴을 알아보았다. 힘과 권력을 가진 사람들의 오만한 얼굴들, 그들의 단조로운 말투, 청어 몇 마리 때문에 내 빨간 머리 친구를 죽였던 그 장교의 눈과 같은 그들의 눈.

"모자 벗어, 유대인."

나는 그대로 서 있었다. 독일어를 아는 폴란드인들은 드물었다. 검은 머리를 반질반질하게 뒤로 빗어 넘긴 여윈 장교가 막대기 자로 때려서 모자를 벗겼다. 나는 모자를 주워서 그의 책상에 올려놓았다. 그는 화가 나서 고함치며 모자를 바닥으로 던졌다. 그들의 목소리는 모두 똑같았다. 나는 폴란드어로 변명을 늘어놓았다. 그는 자를 책상에 내려놓더니 유대인과 폴란드를 욕하더니 통역을 불렀다. 늙수그레한 장교가 들어왔다.

"이 유대인, 어디서 온 거냐?"

"저는 유대인이 아닙니다."

나는 빠른 어조로 구체적인 내용들을 잘 섞어가며 내 이야기를 했다. 내게는 서류라곤 하나도 없으며 부모님은 바르샤바에 있고 일하고 먹기 위해 이곳으로 왔다고 했다. 통역 장교는 인간적인 듯했다. 나는 그가 내 말을 전하는 모습을 지켜보았다. 그는 몸짓으로 내 이야기를 보충하기도 하면서 그 장교를 믿게끔 하려 했다. 그는 가끔 나를 격려하듯 힐긋 돌아보기도 했다. 그 장교는 책상 앞에 앉아서 자로 손장난을 하면서 반신반의하는 듯했다.

"그럼 너는 신분증을 갖고 싶은 거냐?"

내가 이겼다는 것을 직감했다.

"일하는 데 필요한 거라면 가지고 싶습니다."

문 두드리는 소리가 나더니 민간인 직원이 사무실을 들여다보았다.

"이번엔 무슨 일인가?" 장교가 물었다.

"어제 밤에 일어난 강도사건 때문입니다."

그 폴란드인 직원이 노예 같이 구부정한 자세로 사무실로 들어왔다. 그는 사령부에서 일했다. 그와 장교가 곡식자루가 없어진 사건을 의논했다. 나는 상황이 바뀌고 있다는 걸 느끼며 구석에 있었다. 폴란드인이 나를 돌아보자 장교가 갑자기 내게 관심을 돌렸다.

"자네는 어떤 거 같은가? 유대인일까, 폴란드인일까?"

그 남자는 머뭇거리더니 말했다.

"유대인이군요. 제게 눈짓을 했어요."

나는 그 말을 부정하며 나는 아무 짓도 하지 않았다고 했지만 장교는 이미 내게 다가와 때렸다. 곡식 도둑들 대신에 내가 얻어맞은 것이다.

"확인해라." 장교가 말했다.

그 남자가 내게 다가왔다. 나는 그를 노려보았다. 그는 내 목숨을 좌지우지할 사람이었다. 그는 내 목숨과 내가 마음속에 간직하고 있는 내 민족의 기억 위에 군림했다. 내 덕분에 남아 있는 수천 명의 생명의 기억들을 마음대로 할 수 있는 사람이었다. 그러나 그 역시 살육자들처럼 짐승 같은 탐욕스런 눈을 하고 있었다. 나는 그저 그에게 모든 것을 맡길 도리밖에 없었다.

"할례를 받지요. 유대인들은. 제가 말했지 않습니까. 틀린 적이 없지요."

말을 마친 그 폴란드인이 소리내 웃었다.

"저 자식 본때를 보여주세요." 그가 방을 나가며 덧붙였다.

나는 다시 내가 어렸을 때 병이 나서 수술을 했던 적이 있다는 얘기를 꺼내며 항의했지만 그들은 내 말에 귀 기울이지 않았다. 나는 필사적으로 말하고 있었고 통역 장교가 그 말을 장교에게 전했다. 통역 장교의 목소리에 걱정이 묻어났다. 장교가 통역 장교에게 말을 멈추게 했다.

"우리가 저 녀석의 기억을 일깨워주도록 합시다."

군인 몇 명이 들어오더니 나를 가운데 놓고 주먹으로 때리고 발로 찼다. 장교는 때리는 즐거움을 더하려고 심문을 계속했다. 나를 긴 의자에 눕히더니 내가 신음할 때마다 채찍으로 더 세게 때렸다. 그러더니 내 머리카락을 잡고 일으켜 세웠다.

"유대 놈아, 알고 있는 파르티잔들의 이름을 대는 게 좋을 거야. 유대인들이 숨어 있는 곳도 불어야 되겠지."

나는 도리질을 했다. 그가 내 머리채를 잡았다.

"고집이 세군, 이 유대 놈."

그들은 다시 나를 때렸다. 정신을 차려보니 나는 감방 바닥에 누워 있었고 얼굴과 등에 피가 났으며 멍이 들어 푸릇푸릇했다. 일어서려고 해봤지만 몸이 움직이지 않아 나는 누운 채 우리 가족을 생각하고 내 삶 전체를 다시 되돌아보았다. 내가 고작 여기 잠브로프에서 죽으려고 트레블린카 수용소를 탈출했던가?

악몽을 꾸며 몇 시간 정도 자다깨다 하다 보니 발소리와 목소리가 들렸다.

"일어나."

장교가 문간에 서 있었다. 나는 일어서려고 했다가 도로 쓰러졌다. 트레블린카의 무덤 구덩이를 떠올리며 나는 혀를 깨물고 벽에 의지해 일어섰다. 장교 뒤에는 군인 두 명과 그 통역 장교가 서 있었다. 그들은 서로 의논했다. 통역 장교가 항의하는 소리가 들렸다.

"저 자를 여기서 죽인다면 당신네들이 그를 묻어야 할 거요. 제일 간단하게 처리하는 방법은 도로 그곳으로 데려가는 거요."

그가 감방 안으로 들어와서 내 두 팔을 등 뒤로 돌려 수갑을 채우고는 구두를 벗겼다.

"도망치지 않을 겁니다, 틀림없이요."

장교는 머뭇거리더니 그 자리를 떠났다. 독일군 군복 차림인 그 통역 장교가 내 생명을 구해준 것이다. 그가 나를 감방 밖으로 떼밀자 군인 두 명이 내 양쪽에 섰다. 밖은 밤이었고 눈이 쌓여 있었다. 나는 비틀거리며 앞으로 나아갔다. 우리는 시골을 향해 갔다. 통역장교가 내 뒤에 있었다. 나는 고개를 돌려 그에게 말을 걸었다.

"기독교도가, 인간이 나를 죽게 내버려둘 수 있나요?"

"이제 더는 내가 손 쓸 길이 없다."

그는 눈을 내려 깔고 감정이 섞인 긴장한 목소리로 재빨리 말했다. 통역 장교가 유대인과 대화하는 걸 보고 군인 두 명이 의심할까봐 걱정하는 게 분명했다.

"그들은 너를 죽이고 싶어 해. 너는 수용소로 가는 중이다."

눈길을 맨발로 걸으니 발이 얼얼하고 따끔거렸다. 발걸음 하나하나마다 온 힘과 의지를 발끝에 모아야 했다. 한 발을 들어 올리고 다른 발을 눈 위로 내디디면서 넘어지지 않도록. 군인들이 나를 부축하지 않았기에 직접 걸어가야 했다. 나는 대화도 하고 싶었다. 가슴이 터질 듯하고 배가 아파올 때까지 숨을 들이키고는 말했다.

"장교님, 인정이 있으신 거 같아요. 제 말 들어보세요. 장교님이 제 목숨을 구해주셨죠. 제 말 들어보세요."

눈을 디디는 부츠 소리만 들렸다. 그가 내 말을 들었을까?

"트레블린카 수용소에 대해 아셔야 해요, 이해하셔야 한다고요."

나는 무턱대고 이야기 했다. 숨이 가쁠 때는 말이 툭툭 끊어져 나왔다.

그의 부츠소리가 들렸다. 그때 빛이 비추더니 막사처럼 보이는 커다란 건물 주위로 철조망이 처진 게 보였다. 잠브로프 수용소였다. 보초병이 한 걸음 앞으로 나왔다.

"또 한 명이요." 내 옆에서 동행하던 군인 한 명이 말했다.

"그냥 거기 두지 그랬소."

통역 장교가 내게로 다가와 수갑을 벗기고는 급히 자기 손으로 내 양손을 잡았다.

"도망쳐, 도망치라고." 그가 속삭였다.

보초가 고함쳤다. "뛰어, 유대인, 춥다. 내가 너를 손봐주길 원하냐?"

나는 뛰었다. 내 엉거주춤한 몸놀림을 보고 군인들이 웃어댔다. 하지만 나는 넘어지지는 않았다. 어디건 사람다운 사람들은 아직도 있었다. 비록 몇몇은 살육자들의 군복을 입고 있다 해도.

그 보초는 고함을 치고 웃어가며 나를 마당에 있는 막사로 데리고 갔다. 총의 개머리판으로 문을 두드리더니 그가 말했다.

"멘케스 의사 선생, 환자가 왔습니다. 선생의 어린 형제죠."

그 의사는 전문적 능력 때문에 독일군들이 잠시 동안 관대하게 대해주어서 특권을 누리는 수감자들 중 한 사람이었다. 살이 찌고 단정한 멘케스 의사는 잠브로프 수용소의 의료 감독자였다.

"너는 운이 좋았구나."

나는 어렵사리 옷을 벗었다. 의사가 등에 물약을 발라주었다. 추위와 아픔, 피곤함 때문에 나는 몸을 떨었다.

"너는 어디 출신이냐?"

의사의 손길은 부드러웠다. 나는 바르샤바와 트레블린카에서 왔다고 대답했다.

"일어나 옷 입어."

그의 목소리가 바뀌었다.

"네가 이 수용소에서 그 따위 유언비어를 한 마디라도 했다가는, 똑똑히 들어, 그들이 네 입을 닥치도록 해줄 테다."

그는 나를 바깥으로 떼밀며 조용히 있으라고 또 말했다. 내가 전염병 환자라도 되는 듯 쫓아냈다. 그러더니 어둠 속에서 그가 나를 불렀다. 그러더니 낡은 슬리퍼 한 켤레를 건네주었다.

"신을 거라곤 이것뿐이다."

평소와 같은 목소리였다. 상냥하기까지 했다.

"너도 알게 될 거야. 이곳은 네가 생각하는 그런 데가 아니다. 그러니 입 다물고 말썽거리가 되지 말도록 해라. 그들을 언짢게 만들면 우리 모두가 고통을 겪게 될 거야. 하지만 약속하는데, 나는 네가 말썽을 부리도록 놔두지 않을 거다."

눈발이 거세졌다. 부어오른 발로 슬리퍼를 신기가 힘들었다. 나는 기진맥진했고 온몸에 상처가 난 듯 아팠다. 내가 이야기를 계속할 방법도, 이유도 없었다. 멘케스는 나를 막사로 데리고 갔다.

"잊지 마라." 그가 다짐했다.

잠브로프 수용소

나는 일부 사람들의 무지를 결코 잊지 않을 것이다. 혹은 그들의 살고자 하는 욕망, 비겁함, 친절함, 이기심 등을 조종하는 살육자들의 약삭빠름을 결코 잊지 않을 것이다. 트레블린카 수용소의 길고 어두운 막사의 방들을 잊지 않을 것이다. 그 막사 안에서 사람들은 나처럼 문에서 조금이라도 더 떨어진 곳에서 자려고 팔꿈치로 서로를 찔러댔었다. 이곳 잠브로프 수용소에서도 트레블린카에서처럼 나치 친위대들이 밤마다 찾아온다는 걸 설명할 필요도 없었다. 수용소 지휘관인 블로흐가 커다란 개를 데리고 직접 순찰을 돌았다. 그 개는 수감자를 보자마자 털을 곤두세우며 으르렁거렸다. 블로흐는 고요한 막사에 들어와서는 발로 수감자 한 명을 가리키곤 했다.

"유대인, 추우냐?"라고 하거나 "따뜻하냐?"라고 묻곤 했다.

대답이 무엇이든 무슨 상관이겠는가? 수감자들은 알았다. 그 수감자는 '몸을 데우려고' 혹은 '몸을 식히려고' 나가게 되는 것이었다. 그러고는 결코 돌아오지 않았다. 아침이 되면 눈발이 얼굴을 때리는 가운데 벌벌 떠는 우리를 연병장에 세워놓고 블로흐 지휘관은 개를 옆에 거느린 채 연설하곤 했다. "잠브로프의 유대인들, 아무것도 두려워하지 말라. 내가 그대들을 돌봐줄테다. 독일군 전쟁포로들과 교환하기 위해 너희들이 건강하게 살아 있도록 하는 게 내 책임이다. 그러나 유대인들, 조심하라. 너희들은 내게 전적으로 복종해야 한다."

갇힌 사람들은 밤에 블로흐가 오는 모습을 보고, 총소리를 듣고, 수감자가 땅에 공처럼 몸을 웅크리는 모습을 보고, 그 수감자가 양손으로 얼굴을 가리고 블로흐의 개를 피하려 안간힘을 쓰는 걸 보면서도 블로흐가 한 말을 믿고 있었다! 그들 대부분에게는 진실을 마주하는 것보다 더 큰 공포가 없다는 것을 나는 깨달았다.

첫날 저녁, 나는 싸울 기력이 하나도 없었다. 나는 문 근처에 주저앉았다. 죽을 테면 죽으라지. 그날 밤 블로흐는 우리 막사를 찾지 않았다. 그 다음 날 밤 블로흐가 와서 수감자 두 명을 지목했다. 나는 살아남으려고 그날은 이미 감방 깊숙한 안쪽에 있었다.

잠브로프, 롬자, 스니아도프, 치제프의 유대인 수용소는 트레블린카 수용소에 무덤이 준비될 때까지 기다리는 일종의 경유지였다. 나는 잠브로프 게토에 있던 거주자 몇 명을 보았다. 시너고그 앞에서 연설하면서 계속 손을 들어올리던 그 웅변가는 살도 빠지지 않은 채 여전히 자신만만하게 손으로 박자를 맞추고 있었다. 어느 날 밤, 나는 그의 침대 곁으로 슬쩍 다가갔다. 그는 졸고 있었다. 통통한 뺨이 꼭 발그레한 아기처럼 보였다. 나는 그를 흔들었다. 그는 금방 잘못을 저지르다 잡힌 소년처럼 팔을 쳐들었다. 나는 트레블린카에 대해 또다시 말하고 잠브로프 게토에서 하던 내 얘기가 맞지 않았냐고 말하고 싶었다.

"뭐야, 뭐냐?"

"아무것도 아니에요. 댁이 너무 자리를 많이 차지해서요."

그는 저항하다가 몸을 약간 옮겼고 나는 그의 옆에서 밤을 보냈다. 그는 진실을 받아들일 능력이 없었다. 그 진실이 그를 파멸시킬 터였다. 자기가 직접 알아내도록 내버려 두자. 나는 나중에 대화를 나눌 만한 사람을 찾아 수용소를 둘러보았다. 별로 많지 않았다. 내가 트레블린카 얘기를 마치면 그들은 대부분 고개만 가로저었다.

"너무 늦었어. 우리 아이들이 같이 있는 걸. 우리가 그 아이들을 어떻게 버리겠나?"

나는 다시 탈출과 반란을 권유하는 일을 조심스럽게 시작했다. 보초들의 교대 시간을 점검하고 철조망이 몇 줄이나 겹쳐있는지 살펴보았다. 도망치는 일은 가능했다. 간단하기도 했고. 밤에는 추위가 심해서 망루에 있는 보초병들은 보통 초소 안에 들어가 있었다. 그들이 긴 오버코트의 깃을 올리고 나무 사다리를 올라가 추위를 피할 수 있는 초소 안으로 들어가는 게 보였다. 그리고 수용소 입구에 도착한 유대인들이 아무 조사도 없이 입소가 허용되는 것을 보았다. 수용소에는 가족과 합류하고 싶거나,

쫓겨다니는 걸 견디지 못하고 들어오는 사람, 또는 선전물을 믿고 추격자에게 인간성이 있으리라 희망하는 사람들이 매일 같이 몇 명씩 들어왔다. 나는 정신 나간 듯하지만 그래도 일말의 논리가 서는 계획을 짰다. 수용소를 도망쳐서 농부들에게서 빵을 얻은 후 수용소로 돌아와 빵을 팔고 다시 수용소를 빠져나가 옷이나 서류들을 사서 검문을 통과한 후 바르샤바로 돌아가거나 파르티잔에게 합류한다는 계획이었다.

나는 며칠 동안 철사 절단기를 찾아 수용소 내를 돌아다녔지만 당연히 구하지 못했다. 그래서 멘케스 의사의 막사로 들어가 가위를 훔쳤다. 그날 저녁, 감시소 바로 아래에 숨어들었다. 탐조등 불빛이 닿지 않는 작은 공간이 있었고 추측컨대 보초가 지킬 것 같았던 장소였다. 그들은 몸을 녹이고 있었다. 나는 미동도 않고 기다렸다. 맨발에 슬리퍼만 신은 상태였다. 블로흐의 개가 막사 안에서 짖었다. 지휘관이 막사를 순찰하고 있는 중인 것이다. 그러더니 고요해졌다. 나는 얼어붙은 땅을 손으로 팠다. 약한 부분을 찾아 철조망을 끊는데 영원이라도 걸릴 듯했다. 옷이 찢어지고 피부가 긁혔다. 그러고는 고요한 속에서 그 추위 속에서도 땀을 흘리며 기었다. 그리곤 숲까지 뛰어갔다. 이제 자유를 찾았다. 나는 마을로 걸어갔다. 동이 트면서 낮게 깔린 구름들이 눈을 예고했다. 바람은 잠잠했다. 나는 어느 농부의 집을 노크하고 빵을 구걸했다.

농부들은 아무 말 없이 나를 보기만 했다.

"빵요, 빵 좀 주세요."

농부들은 피 묻은 내 손과 찢어진 웃옷, 낡아빠진 슬리퍼를 보더니 단단한 회색 빵 조각을 좀 주었다. 숄을 둘러쓴 한 여자는 뜨거운 우유 한 그릇과 가방 하나를 주었다. 우리는 아무 말도 나누지 않았다. 내 몸은 추위와 구타로 울긋불긋했고 옷차림은 어느 모로 보나 유대인이었다! 그러나 그들은 내게 빵을 주었다. 고마운 폴란드 농부들이었다. 나는 한 마구 간에서 동물들 옆에 누워 잤고 아침에는 암소에게서 우유를 좀 얻어먹었다. 가방에 빵이 가득 차자 나는 수용소로 향했다. 다음 날, 나는 독일 라이히스마르크(1924년부터 1948년까지 통용된 독일의 화폐 단위)를 가지고 다시 나가야겠다고 혼잣말을 했다. 추위조차도 느껴지지 않았다. 바르샤바의 게토에서 담을 넘어 집으로 돌아오던 시절 같이 나는 살육자들에게 공공연히 반항하고 있었다. 보초들이 초소에서 밖을 내다보았다.

"저는 유대인입니다. 부모님이 여기 계세요. 들어가고 싶어요."

보초의 손짓 한 번에 나는 도살장으로 들어가는 동물처럼 수용소로 들어갔다. 수용소 안에서 나는 빵을 팔았다. 여기서도 여느 수용소에서처럼 암거래 행위가 체계적으로 돼 있었다. 구매자에게 내가 가진 큰 몫을 건네주면 그가 작은 양으로 쪼개 다시 팔았다. 그날 저녁, 내 수중에 돈이 조금 모였다. 나는 잠들었다. 그러나 또다시 나는 기회를 놓쳤다. 아침이 되어 사람들이 연병장에 모이자 지휘관 블로흐가 우리 앞에서 걸음을 멈추었다. 모피 목깃이 달린 아주 긴 가죽 코트를 입고 질 좋은 부츠를 신은 그는 장갑을 낀 손을 딱딱 마주쳤다. 우리는 추워 죽을 지경이었지만 꼼짝 않고 서 있었다.

"유대인들, 나는 마음이 상했다. 너희들 중에 내 믿음을 배신한 자들이 있다. 탈출한 자들이 몇 명 있었어. 독일군의 재산이 도난당했다. 너희들이 대가를 치러야 한다, 이 유대인들아!"

그는 열 명 남짓한 사람들을 골라냈다. 그 중에는 구부정한 자세에 패배감이 역력한 잠브로프의 웅변가도 섞여 있었다. 블로흐가 그 인질들을 줄 세웠다.

"유대인들, 이 자들은 너희들 때문에 죽게 될 것이다. 그들은 장차 미국에라도 갈 수 있었겠지만 이제 죽게 될 것이다."

열다섯 명쯤 되는 군인들이 철모를 쓰고 커다란 코트로 몸을 감싼 채 거기 서 있었다. 거대한 짐승들이었다. 눈이 약하게 내렸다. 블로흐는 자기 말을 음미하며 뜸을 들였다. 우리의 목숨이 그의 손에 달려 있었다. 그걸로 그는 장난을 칠 수도 있었다.

"자자, 유대인들, 너희네 하느님을 만나거라."

그는 인질들을 돌아서게 했다. 나는 잠브로프의 웅변가를 지켜보았다. 그의 얼굴은 놀라서 붉게 달아올랐고 손을 들어 올리고 있었다. 그가 무슨 말을 하려 했지만 군인들이 이미 그들을 정렬시켰다. 그 열 명 남짓한 사람들이 눈 위에 쓰러졌다. 블로흐의 개가 짖어댔지만 우리에게 지휘관은 보이지 않았다. 그는 아직도 아이들과 함께 수용소에 들어온 아버지들을 끌어내고 있었다.

"유대인들, 너희들은 아이들을 사랑하지. 동물들도 새끼를 사랑해. 너희 아이들의 목숨은 너희들 손에 달려 있다. 매일 밤 너희들이 보초를 서게 할 것이다. 20미터마다 유대인 한 명씩 서서 망을 봐라. 너희와 너희 아이들이 탈출한 자들의 대가를 치르게 될 것이다. 유대인들, 내 말 명심해라."

그날 저녁, 새로운 제도가 실시됐다. 돌파할 수 없는 제도였다. 나는 유대인 보초들과 대화를 해보려 했다. 우리는 모두 죽게 될 것이며 무슨 일이든 함께 도모해야 하며 우리의 운명은 손가락들처럼 서로 연결돼 있다고 설명했다. 이 손을 보세요, 형제들. 나는 죽어가는 유대인 아이들이 트레블린카의 누런 모래 아래서 서서히 죽어가는 괴로움을 겪지 않게 하려고 이 손으로 목을 졸랐어요. 내 말을 들으세요! 우리 모두 함께 탈출하도록 지금 힘을 모아야 합니다! 살육자들이 만든 법을 지킨다고 우리 아이들을 구하지는 못해요!

그러나 아무도 내 말을 듣지 않았다. 그들을 탓할 수도 없었다.

나는 그들이 그런 태도를 보인다 해도 빠져나가고 싶었다. 하지만 그들 눈에는 내가 젊은 멍청이며 그들을 배신하고 블로흐에게 자기들을 넘겨줄 사람으로 보였기에 그들이 나를 방해할 것이라는 사실을 깨달았다. 그러나 나는 그들을 위해서라도, 그리고 트레블린카의 무덤 속에 있는 동족들을 위해서라도 탈출하고 싶었다.

나는 수용소 입구에 혼자 보초를 서고 있는 보초병에게 덤벼들까 하는 등의 생각들을 머릿속으로 굴리고 있었다. 하루 종일 보초를 지켜보았지만 내가 뛰어오를 준비가 되었을 때 다른 보초가 와서 그 보초의 옆에 나란히 서버렸다. 다음 날부터는 쭉 보초 두 명이 서서 입구를 지켰다. 또다시 내 계획이 좌절됐다. 트레블린카에서는 이미 굴착기가 무덤을 파고 있을 게 틀림없었다, 바로 내 무덤을. 나는 탈출해야만 했다! 나는 부엌에 감자를 배달하는 한 농부에게 뇌물을 주고는 그의 마차, 그의 자리에 앉아서 떠나려 했지만 군인들이 나를 보는 눈초리에서 실패했음을 직감했다. 누더기 같은 내 옷차림과 낡은 슬리퍼를 보면 누구라도 유대인임을 알아차렸을 터였다.

"도대체 너 거기서 뭐하는 거냐?"

나는 황급히 말을 꾸며냈다. 트레블린카 수용소에 한 발짝 더 가까워진 날이었다. 아침이 되자 나는 무슨 일이든 할 심산이었다. 수용소 입구에 서 있는 보초 두 명에게 달려들어 칼로 찌르고 도망가면 될 터였다. 그들이 총을 쏜다 해도 빗나가서 나를 못 맞출지도 모르는 것 아닌가. 아침 집합시간은 지루하게 진행됐다. 블로흐는 우리가 줄 서 있는 사이를 지나다니며 주의를 기울이지 않은 한 수감자에게 개를 풀어놓았다. 그때 한 장교가 일꾼을 신청했다. 페인트공과 목수가 필요하다고 했다. 나는 이것이 기회가 될지 모른다고 생각하고 손을 들어 자원했다.

우리는 수용소 정문과 철조망을 통과했다. 쭉 뻗은 길이 앞에 나타났다. 그러나 군인 두 명이 우리 양 옆에 서서 감시했다. 들판은 은폐할 곳도 없이 노출돼 있었기에 도망친다는 건 자살행위나 마찬가지였다. 모퉁이를 돌자 건물들이 더 보였다. 철조망과 나무 울타리 뒤편에 있는 것은 장교들과 군인들의 막사였다. 우리에게 건물 하나를 보수하는 일이 맡겨졌다. 감시병들이 우리를 작은 그룹 몇 개로 나누었다. 나는 페인트공이라고 말했다. 다른 세 명과 함께 텅 빈 기다란 복도로 들어갔다. 감독하는 사람은 없었다. 창문을 통해 울타리 뒤에 있는 숲이 보였다. 나는 아무도 없는 마당으로 나갔다. 울타리 끝에 있는 문에 초소가 있었다. 다른 사람은 없었다. 나는 돌아왔다. 다른 세 명은 벌써 일을 하고 있었다.

"여긴 아무도 없어요."

내 열띤 목소리에 놀라 세 명이 모두 일손을 멈추었다.

"아무도 없다고요! 그들은 갔어요! 우린 울타리를 넘을 수 있어요."

나는 창문을 열었다. 한 명이 급히 달려와 나를 끌어당기고는 창문을 닫았다. 그러고는 내 앞에 섰다.

"창문을 여는 건 금지돼 있어. 뭘 어떻게 해보려고 여기 왔다면 잊어버리는 게 좋을 거다."

그는 감히 '도망친다'는 말조차 입에 담지 못했다.

"왜요?"

세 명 중 나이든 사람이 천천히 말을 꺼냈다.

"너는 젊고 홀몸이지. 하지만 우리에겐 가족이 있어. 이 수용소 안에 말이다. 네가 도망치면 우리가 대가를 치러야 한단다."

나는 마음을 정했던 까닭에 서두르며 트레블린카에 대해 설명했다. 이 사람들은 절대로 떠나지 않을 터였다. 그리고 장차 죽을 터였다. 그들은 살육자들이 정한 법이 무엇인지도 모르면서, 알려고도 하지 않으면서 그 대로 따랐다. 나는 알고 있다. 나는 살아남아야 한다. 그들이 내 대신 대가를 치르리라. 그렇다. 그러나 우리는 모두 죽을 운명이었으니 그들이 무슨 생각을 하든, 나와 함께 도망치지 않으면, 잠브로프 수용소에서 죽거나 아니면 트레블린카에서 죽게 될 터였다. 안녕, 형제들이여.

바르샤바로 돌아오다

나는 그들과 함께 일했다. 내가 말한 것을 그들이 잊도록 태연하게 일했다. 노래도 부르고 휘파람도 불었다. 그러다가 막사들을 살펴보러 밖으로 나갔다가 기회가 닥쳤음을 확신했다. 지금이다. 철조망, 울타리, 그리고 다른 건물들 몇 채, 지붕에 타르를 칠한 목재 막사, 임시 화장실 등을 눈으로 둘러보았다. 나는 일하던 복도로 돌아가서 일을 계속 하다가 다시 밖으로 어슬렁거리며 나왔다. 그 순간 내가 숨을 곳은 화장실밖에 없었다. 훤한 대낮에 울타리를 기어오르는 건 너무 위험했다. 어두워질 때까지 기다려야 했다.

이제 선택할 때였다. 다시 미지의 세계로 뛰어들어, 위험하지만 정돈된 수용소에서의 일상생활을 버리고, 점점 친숙해져가는 사람들을 떠나고, 그들의 욕설과 고통을 감수하고, 이런 처지에도 불구하고 형성됐던 공동체를 떠나고, 내가 배신할 거라는 그들의 생각을 감수하는 편을 선택해야 했다. 트레블린카와 게토에서 죽은 자들, 그리고 곧 무덤에 눕게 되겠지만 아직도 그 사실을 깨닫지 못하고 있는 사람들과의 약속을 지키기 위해 살아남는 편을 택해야 했다.

그래서 나는 화장실에 몸을 숨겼다. 군인들이 여기 들어온다면? 화장실로 쓰이는 막사는 구덩이 위에 걸친 판자 사이로 구멍이 하나 있을 뿐 다른 건 아무것도 없었다. 판자들을 들어 올리자 틈이 보이면서 얼어붙은 표면이 나타났다. 나는 발꿈치로 표면을 깼다. 그 아래 수많은 사람들의 배설물이 쌓인 지독한 수렁이 있었다. 나는 그리로 뛰어들 준비를 하며 판자들을 한 쪽으로 밀어놓았다. 밤이 얼마나 느리게 오던지! 고함 소리, 개 짖는 소리, 그들의 목소리가 들려왔다. 나는 아래로 미끄러져 내려가 허리높이까지, 그리고 드디어는 목까지 수렁 속에 집어넣었다. 코를 마비시키는 메스꺼움에 배가 뒤틀렸다. 아무 생각 마, 미에테크. 살아남아야지, 미에테크. 나는 머리 위의 판자들을 도로 제 자리로 돌려놓고는 주위의 얼어붙은 배설물 표면에 두 팔을 얹어놓았다. 그 표면은 점점 녹아들고 있었다. 바깥 막사 근처에 개들이 다가왔다. 군인 한 명이 화장실로 들어왔다. 부츠가 판자를 밟더니 등불을 비췄다. 그가 기다리는 동료에게 말했다.

"유대인 돼지다! 블로흐에게 아무 말하지 마."

그의 부츠가 땅을 디디는 소리가 들렸다. 그의 배설물이 내 등에 떨어졌다. 그런 후 다른 군인이 뒤따라 판자에 올랐다. 똥이 더 떨어졌다. 나는 꼼짝하지 않았다. 숨도 쉬지 않았다. 나는 존재하지 않았다. 미에테크, 그들은 질 거야. 나는 어떤 역경이든 살아남을 거다. 그리고 아무도 내가 탈출한 대가를 치르지 않게 될 거다. 그들이 내가 탈출했다는 사실을 블로흐 사령관 앞에서 인정하기를 두려워하기 때문이다. 네가 이겼다, 미에테크. 등에 그들의 똥이 떨어지고 몸이 온통 똥으로 둘러싸였다 한들 무슨 대수이겠는가? 견뎌내라, 미에테크. 살아남아라.

개들이 짖었다. 군인들이 화장실로 더 들어왔다가 나갔다. 이윽고 수용소에 정적이 내려앉았다. 나는 그 끈적끈적한 물질 속에서 꼼짝 않고 몇 시간을 기다렸다. 그런 후 판자들을 밀어내고 몸을 끌어올려 구멍 속에서 빠져나왔다. 온 몸이 뻣뻣했다. 마치 바로 그 짐승이 직접 내 몸, 내 옷에 매달려 있는 것 같았다. 바깥에 나가니 추위가 엄습했다. 나는 벌벌 떨었다. 내게 들러붙어 있는 배설물 때문에 몸이 너무 무거웠고 행동이 굼떴다. 2, 3미터 정도 높이인 나무 울타리까지 비틀거리며 갔다. 울타리를 기어오르려고 몇 번이나 시도했지만 울타리 꼭대기에 닿으면 미끄러지곤 했다. 몸에 붙은 것의 무게 때문에 뛰지도 못했다. 나는 무게를 줄이려고 몸에 붙은 것을 떼어내고 몸을 말리고는 좀 쉬었다. 그러나 곧 날이 밝아올 터였다. 내가 울타리를 절대 넘어가지 못할 거라는 사실을 깨달았다. 울타리를 따라 초소 쪽을 향해 걸었다. 유일한 희망은 보초를 공격하는 일이었다.

나는 천천히 나아갔다. 초소가 50미터 쯤 남았을 때 손에 나무 조각이 만져졌다. 울타리에 난 문이었는데 Z자 모양으로 판자가 덧대어져 닫혀 있었다. 할 수 있어, 미에테크. 나는 천천히 판자에 몸을 지탱해가며 기어올랐다가 숨을 고르고는 바깥쪽으로 뛰어내렸다. 자유다. 나는 기어가다가 걷고, 걸어가다가 눈 위로 뛰어들어 달렸다. 빛이 있는 곳을 향해 들판을 달렸다. 어느 농가에서 누군가가 벌써 일어나 일을 하고 있었다. 나는 노크를 했다. 남자의 무거운 발소리. 내 목숨이 그의 손에 달렸다. 커다란 덩치가 나타나더니 한 손을 얼굴에 대고는 뒤로 물러섰다. 내가 풍기는 악취 때문이었다.

"저는 돈이 많습니다." 나는 즉시 앞으로 나서며 말했다. "아저씨가 이제까지 본 돈보다 더 많아요. 저는 몸을 씻고 옷을 좀 얻었으면 합니다."

나는 축축한 지폐를 그에게 내밀었다. 그는 머뭇거리면서 돈을 봤다가 나를 바라보았다.

"들어와."

그가 마구간으로 날 데려갔다. 여자가 내려오고 땅딸막하고 턱이 완강한 다른 남자가 들어왔다.

"물을 가져다 줘." 나를 들여보냈던 남자가 지시했다.

나는 지폐를 꺼낸 후 몸을 씻었다. 몸을 말리고 있을 때 두 남자가 옷을 가지고 돌아왔다.

"이 정도로 해줬으니 너는 돈을 많이 줘야 해." 땅딸막한 사내가 말했다. "아주 많이."

다른 남자는 나를 보기가 두려운 듯 아래로 눈길을 떨구고 있었다.

"너 유대인이구나. 그러니 돈도 많겠지. 돈을 내놔 봐라."

나는 남은 지폐를 건네주어야 했다. 그들이 나의 미래이기도 한 그 돈, 숱한 어려움을 겪어가며 모았던 그 돈을 가져갔다. 돈을 다 받은 걸 확인한 그들이 옷을 건네주었다.

"이제 가라. 빨리빨리." 땅딸막한 사내가 말했다.

그들은 나보다 힘이 셌다. 한 남자가 나를 내보낸 후 문을 닫자 나는 동이 터오는 속에 홀로 서 있었다. 가진 걸 다 뺏겼지만 그래도 자유로웠다. 나는 다시 시작해야 했다.

나는 눈 쌓인 들판을 지나고 숲을 건너가 어느 헛간에서 잠을 잤다. 그리고는 여우처럼 달걀 몇 개와 닭 몇 마리를 훔쳤다. 철도를 따라 걷다가 훔친 물건들을 철도건널목의 신호수들에게 팔았다. 그들은 농부들 사정에는 별로 신경 쓰지 않기 때문이었다. 내가 베이컨과 빵을 훔치자 농부들이 나를 돼지처럼 잡아 죽일 요량으로 숲까지 쫓아왔다. 나는 훔치는 일과 희망에 의지해 살았다. 농부들 집에서 몇 시간, 혹은 며칠 일하는 때도 더러 있었다. 아니면 천진난만한 얼굴로 문을 두드리고는 "주의 축복이 있기를"이라는 의례적인 인사말을 중얼거렸다.

그러면 그들은 "영원히, 영원히, 아멘."이라고 대답하곤 했다.

그러면 나는 황마黃麻섬유를 팔곤 했다. 황마는 그들의 헛간 계단에서 훔쳤던 것으로 그 시절에는 흔치 않아서 비쌌다.

나는 인간의 얼굴을 한 짐승들도 만났지만 자기들이 당할 위험을 감수하면서 내게 빵을 주고 잠을 재워주고 눈비를 피하게 해준 사람들도 만났다. 그 사람들 덕분에 나는 희망을 계속 간직할 수 있었다. 그들은 내가 이미 알고 있는 폴란드 국내군 소속 파르티잔들에 대해 이야기해주곤 했다. 또한 꼭대기조차 볼 수 없도록 높이 자란 오래 된 나무들이 가득 찬 거대한 숲이나, 독일군들은 절대 들어가지 않는 끝없이 뻗어 있는 비아위스토크 남쪽의 광대한 숲에 있는 유대인들에 대한 이야기도 해주었다. 나는 그 숲 쪽을 향해 걸었다. 푸슈차 비아워비에스카 숲이었다. 유대인들이 거기서 투쟁하고 있다면, 그리고 아버지가 살아 있다면, 아버지는 그들과 함께 있을지도 몰랐다. 나는 라피 시를 거쳐서 비아위스토크에 도착했다. 유대인들은 아직도 그곳 게토에 살고 있었다. 바르샤바와 잠브로프의 유대인들처럼 눈 멀고 귀 먹은 채, 자기들이 독일군에게 유용한 존재이며 특별한 지위를 차지하고 있다고 확신했다. 나는 잠브로프에서처럼 그들을 설득했다. 우리가 싸워야 한다고, 레지스탕스에 합류해야 한다고 내가 말할 때 귀담아듣는 젊은이들도 있었다. 유대인 파르티잔들이 은신해 있는 지역을 아는 사람들도 있었지만 그들은 비아위스토크를 떠나고 싶어 하지 않았다. 그들은 이제껏 유지해 오던 생활을 갑작스럽게 중단하는 일에 대비하지 않았으며, 자기들의 선택폭이 좁아졌다는 것을 깨달을 준비가 되지 않았다. 그들은 게릴라로 싸우거나, 다른 사람들과 함께 트레블린카로 가서 죽거나 양자택일할 수밖에 없었는데도.

그래서 나는 비아위스토크를 떠나 푸슈차 비아워비에스카로 향했다. 마침내 하늘을 가릴 정도로 키가 큰 나무들이 있는 숲에 다다랐다. 나는 눈에 덮인 구덩이에 빠져 비틀거리기도 해가며 유대인 노래들을 부르거나 휘파람을 불며 계속 걸었다. 끼니는 감자로 때웠다. 그러던 어느 날, 그들이 나무 사이로 다가오는 것을 보았다. 나는 그들 눈에 띄려고 목청껏 노래를 불렀다. 그들은 열 명 남짓 됐는데 두세 명은 연발 권총을 들고 있었다. 그들은 나뭇가지로 만든 막사에 살면서 음식은 농부들에게서 얻었다. 싸우는 횟수보다는 숨는 횟수가 더 많았다. 우리는 밤새 이야기했다. 그들은 내 말을 믿었다. 그들은 불길 건너로 내게 눈길을 고정한 채 뚫어지게 보았다. 그들의 얼굴에 공포가 떠올랐다. 나는 트레블린카 수용소에 대해 몇 번이고 설명해야 했다. 내가 말을 마치자 그들 중 검은 턱수염이 무성하고 여윈 이삭이라는 청년이 물었다. "미에테크, 바르샤바에서 사람들이 싸웠다는 건 알았니?"

내가 살던 도시에서 싸웠다고? 나는 이삭에게로 다가가 그의 어깨를 부여잡고 질문을 쏟아냈다.

"게토에서 사람들이 싸웠다고요?"

바르샤바에서 돌아온 농부들이 바르샤바에서 반란이 일어나서 나치 친위대와 전투가 벌어졌다고 전해주었다고 했다. 그게 그들이 아는 전부였다. 그럼, 아버지는 거기 있었던 모양이다. 나는 그렇다는 느낌을 받았다. 틀림없다고 생각했다. 그곳, 우리가 살던 도시에서. 나는 잠들지 못했다. 추위에 시달리기도 했지만 무엇보다도 바르샤바로 돌아가고 싶은 열망이 끓어올랐던 탓이었다. 이삭은 내가 이곳에 머물기를 바랐지만 바다로 흐르는 강물을 막지 못하듯 나를 말리지 못했다. 우리는 몇 번이나 서로 포옹했다. 거기 있던 몇 시간 만에 우리는 형제가 되었으며 나는 그들이 걱정됐다. 그들이 조직도 돼 있지 않고 음식도 무기도 없는 그런 상태로는 오래 생존하기 힘들리라 보았기 때문이다. 그러나 그들은 맨손으로라도 싸울 사람들이었다. 나는 그것도 알았다. 안녕, 형제들이여. 우리의 삶은 숱한 작별인사로 채워져 있었다.

나는 그 거대한 숲을 떠났다. 어느 일요일, 모든 사람들이 미사에 참석했을 때 나는 한 마을로 접어들었다. 이 집, 저 집을 뒤져보고 음식을 좀 훔치고는 어느 농부가 돈을 숨겨둔 상자를 옷 밑에서 찾아냈다. 상자에는 레반도프스키라는 이름인 폴란드인의 통행허가증과 지폐 몇 장이 들어있었다. 나는 양심의 가책 하나 없이 그것들을 가지고 도망쳤다. 나는 전쟁의 와중에 있었고 바르샤바로 가려면 그 돈과 통행증이 필요했다. 하이노프카에서 밤에 떠나는 기차를 보고 기차 지붕 위로 올라가 탔다. 얼음이 끼어있는 살이 에일 듯한 차가운 금속에 매달렸다. 나는 또다시 비아위스토크에 와 있었다. 분명 1월말이었을 것이다. 게토에 있는 사람들은 지금은 두려워하고 있었다. 바르샤바 봉기에 대한 소문이 돌면서 그 보복으로 이곳에서도 독일군이 무력행사를 할까봐 무서워했으며 독일군의 압박이 심해지는 것을 느끼고 있었다. 나는 푼돈을 구걸하면서 지하실에서 잠을 자며 통행증의 사진과 생년월일을 고친 후 다시 사람들을 설득했다. 하지만 나는 오로지 가장 중요한 목표가 있었을 뿐이다. 비아위스토크의 게토에 있는 함정에 빠지지 않고 바르샤바로 가서 그곳에서 싸우는 것이었다. 아버지가 살아 있다면 내가 우리 민족의 복수를 하기 위해 밀라 가로 돌아오리라는 것을 분명코 알리라.

독일인들이 동부로의 첫 '이주'를 시작하자마자 나는 비아위스토크를 떠났다. 이제 드디어 비아위스토크 차례가 왔던 것이다.

나는 바르샤바로 가는 기차를 탔다. 라피 역에 도착했을 때 독일군들이 내가 탄 기차 칸으로 들어와 가방과 서류를 조사했다. 내 근처에 커다란 가죽 가방이 있었다. 독일군들이 가방을 여니 베이컨이 가득 들어 있었다. 내 것은 아니었다. 다른 승객들의 것도 아니었다. 그러자 독일군들은 나를 사령부로 끌어가기로 했다. 내 곁에서 함께 걸어가는 군인은 흥미도 없고 걱정도 없는 듯했다. 나따위 어린 밀거래자가 무슨 대수겠는가. 인적 없는 거리에 이르자 나는 그의 발을 차고 또 차면서 그가 몸을 웅크리게 놔둔 채 계속 때리다가 달아났다. 거리 끝에서 나는 폴란드인 부부와 마주쳤다. 그들이 내 행동을 봤음이 틀림없었다.

사람들은 무엇을 보고 다른 사람들을 신뢰하는 걸까?

"이쪽으로." 남자가 소리쳤다.

나는 부부를 따라 그들의 집으로 가서 보드카 잔을 사이에 두고 대화했다. 내가 먼저 말을 꺼냈다. 그들을 믿은 건 잘 한 일이었다. 젊은 아내는 내가 트레블린카 얘기를 하자 울었다. 남편은 고개를 절레절레 흔들면서 식탁 위에서 두 주먹을 꽉 쥐었다.

"바르샤바로 가려면 부크강 경계 지역으로 가게. 한쪽은 점령 지역이고 다른 쪽은 폴란드 총독부(1939년 독일이 폴란드를 점령한 이후에 점령 지역을 통치하기 위해 만든 행정기구) 지역이야. 그리고 그 근처에 트레블린카가 있지. 곳곳에 검문소가 있어. 남쪽 비엘스크 포들라스키 쪽으로 가는 게 좋을 걸세. 그 다음엔 시에들체로 가게. 그렇게 하면 빠져나갈 수 있을 거야." 남자가 자상하게 설명했다.

그의 아내가 눈물을 닦더니 말을 이으며 미소를 지었다.

"우린 그 기차들에 대해 다 알고 있어요. 우리는 폴란드 국내군의 비밀 정보원들이에요."

우리는 계속 술을 마셨다.

"자네는 우리를 많이 도와줄 수 있어." 남자가 말했다.

나는 어떤 대가를 치르던 빨리 바르샤바로 가고 싶었지만 그들은 조심하라고 충고했다. 그들이 있는 지역은 감시가 삼엄했다. 나는 그들의 아파트에서 사흘을 머물렀다. 그 후 우리는 브제시치로 함께 떠났다. 거기서 나는 진짜 투사들을 만났고 그룹의 생명에 책임을 지고 혼자 결정을 내려야 하는 간부라는 자리가 어떤 건지를 배웠다. 전쟁이 힘들다는 것도 배웠다. 그 젊은 여자는 수줍어하며 속마음을 털어놓았다.

"댁이 유대인이라는 걸 알리지 말아요. 그건 우리끼리만 아는 비밀이에요. 폴란드 국내군 사람들은 독일군만큼이나 유대인들을 증오해요. 하지만 독일군과 싸우려면 유대인들이 필요하죠."

그들은 살육자들에 대항해 잘 싸우고 있었다. 나는 바니아라는 이름으로 알려진 파치코프스키 대위와 보치안으로 알려진 미에치스와프를 만났다. 그들이 내게 묵직한 콜트식 자동권총을 주었다. 내 첫 무기였다. 드디어, 마침내, 나도 싸우게 됐다. 나는 아직도 바르샤바로 떠나고 싶었지만 또한 내 민족들과 나란히 더 잘 싸우기 위해 전쟁을 어떻게 하는지 배우고도 싶었다.

바니아 대위와 나는 얼어붙은 강을 따라 걸어가서 숲속을 기어 통과한 후, 철로에 폭약을 설치하고 전신주를 톱으로 썰었다. 그러다가 우리는 잡혔다. 나는 핀스크의 감옥으로 우리를 끌고 가는 트럭에서 뛰어내려 또다시 탈출했다. 나는 브제시치에서 숨은 채 은신처를 바꿔가며 시간을 보내야 했다. 그러면서 얀 포누리가 조직한 바니아 대위 석방 작전에 가담하기 위해 바르샤바로 돌아가는 일을 미루고 있었다.

얀이 바르샤바에서 돌아왔다. 그는 타고난 지도자였으며 얼굴에 고결

한 품위와 용감함이 그대로 살아 있는 사람이었다. 나는 얀에게 내가 유대인이라고 말했다. 그리고 트레블린카에 대해 설명했다. 그는 내 말을 듣더니 역시 두 주먹을 불끈 쥐었다. 그는 폴란드 망명정부의 명령으로 런던에서 폴란드로 파견돼 바니아와 함께 낙하산을 타고 내려 온 인물이었다. 그는 유대인 절멸 작전이 어느 범위로 진행되고 있는지 모르고 있었다. 그 역시 내게 유대인임을 숨기라고 충고했다. 나는 폴란드 국내군에 더는 머물 수 없다는 걸 깨달았다. 나는 내 민족을 위해, 내 민족과 함께 드러내놓고 활동하고 싶었다. 핀스크 감옥에 갇혀 있는 바니아를 석방시키는 일이 내가 폴란드 국내군과 함께하는 마지막 작전이 될 터였다. 우리는 얀과 함께 핀스크 감옥을 공격하는 계획을 짰다. 처음으로 나는 도망자 신세에서 벗어나 사냥꾼, 관찰자, 전사가 돼 보초병들의 움직임을 지켜보면서 신호가 떨어지면 그 보초병들을 쏘아버릴 터였다.

우리는 감옥 앞까지 차를 타고 갔다. 우리들 중 한 명이 나치 친위대 군복을 입고 정문을 열라고 명령했다. 우리는 그 순간 뛰쳐나가 보초를 서고 있던 군인들의 목을 베어버리고 다른 문을 열었다. 얀 포누리는 호각을 불며 우리를 지휘했다. 우리는 소비에트 파르티잔이라는 인상을 주려고 폴란드 말은 한 마디도 하지 않았다. 보복을 피하려는 의도였다. 우리가 감방들의 문을 부수자 수감자들이 복도로 몰려나와 우리 트럭들 쪽으로 달려갔다. 우리가 그들에게 생명을 되찾아준 것이었다. 승리의 기쁨이 얼마나 크던지, 전쟁의 함성을 지르는 일이, 마침내 복수의 시대를 시작한 것이 얼마나 기쁘던지!

우리는 바니아를 감옥에서 빼냈다. 그는 고문 받고 상처투성이였지만 목숨은 붙어있었다. 폴란드 국내군에 있으면서 나는 무기를 다루는 법과 전쟁에 대한 것을 배웠다. 이제 나는 빚을 갚았으니 떠날 수 있었다.

나는 얀 포누리와 함께 치렀던 전투를 기념하며 술을 마셨다. 그는 적당한 사람이 있기만 하면 자기 군대로 포섭하는 군인이었다. 그러니 그 군대 안에 유대인 배척자들이 없으리란 법이 없을 테고 그렇게 되면 나는 곤란해질 것이다. 전쟁이 끝나면 그는 새로운 폴란드를 건설해야 했다. 우리는 마셨다. 나는 바르샤바 게토 출신이었다. 나는 리브카, 내 어머니, 내 동생들을 트레블린카에 두고 왔다. 잠브로프에는 소니아를 두고 왔다. 그리고 그렇게도 많은 사람들을 누런 모래 속에 두고 왔다. 아버지가 살아 있다면 사람들이 벌써 투쟁을 하고 있는 바르샤바에 있을 것이다. 내가 있을 자리는 거기였다. 내 동족들이 있는 곳.

"가라, 미에테크. 가거라. 네 말이 맞다. 네 색깔을 결코 숨겨서는 안 된다. 네 정체도."

우리는 서로 껴안았다.

이틀 후, 나는 바르샤바에 도착했다.

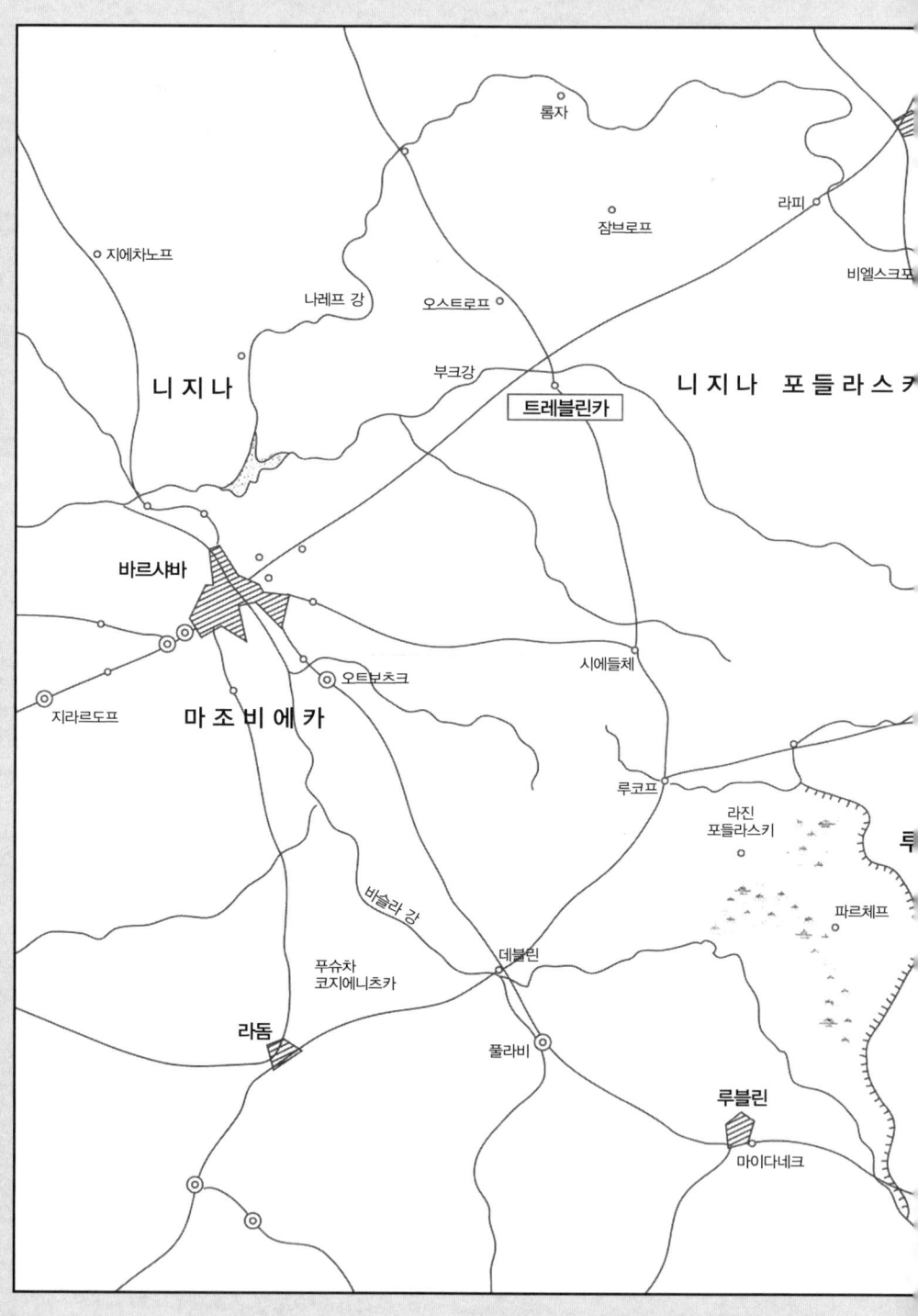

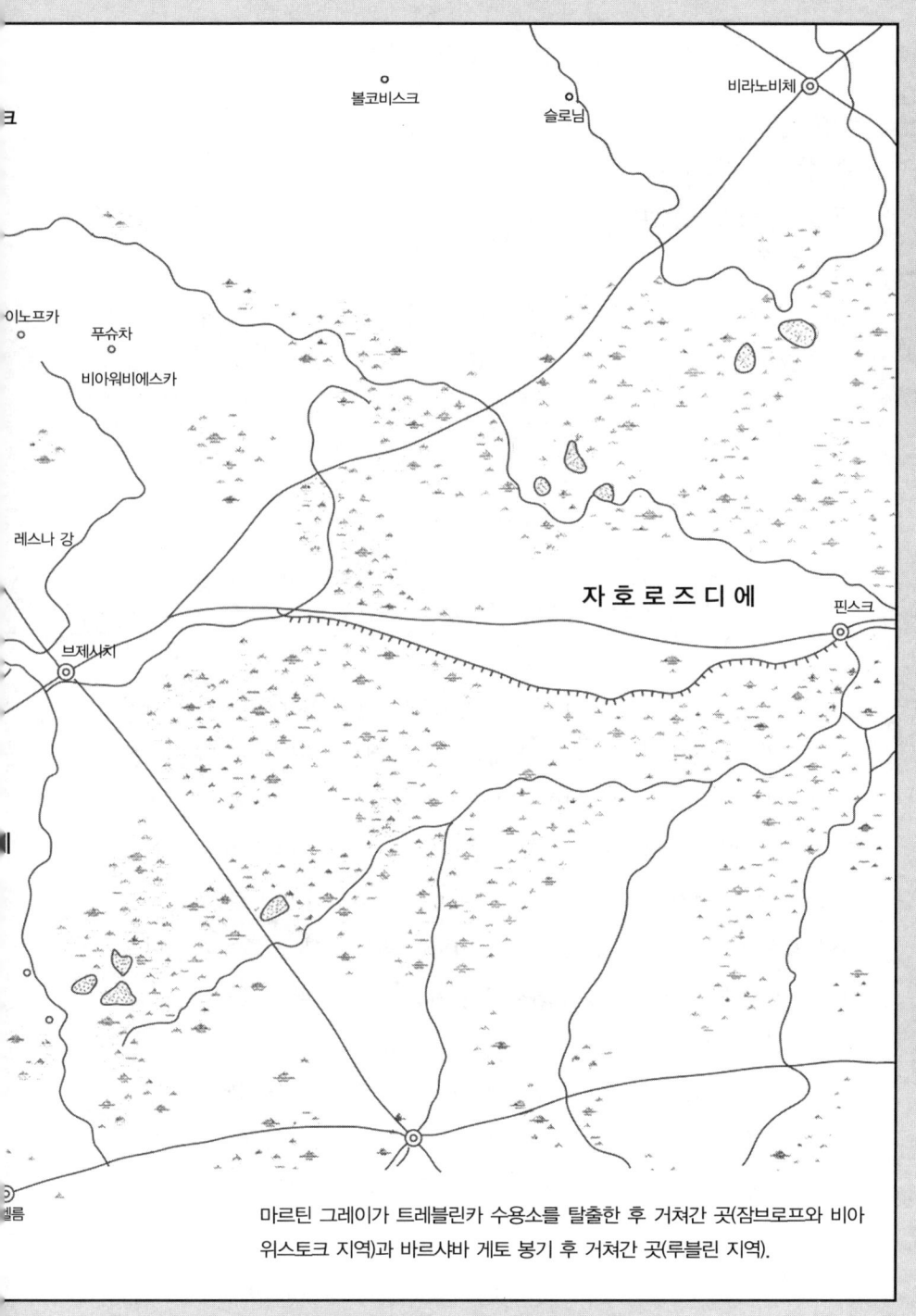

볼코비스크

슬로님

비라노비체

이노프카

푸슈차

비아워비에스카

레스나 강

자 호 로 즈 디 에

핀스크

브제시치

마르틴 그레이가 트레블린카 수용소를 탈출한 후 거쳐간 곳(잠브로프와 비아
위스토크 지역)과 바르샤바 게토 봉기 후 거쳐간 곳(루블린 지역).

제7장

우리의 생명은
돌과 같은 저항력을 지녔다

나의 도시, 나의 거리, 나의 과거인 바르샤바. 동부 역이 있었고 프라가와 내가 장갑을 팔던 시장, 내가 뛰어다니던 거리들, 비슬라 강, 포니아토프스키 다리, 부두도 그대로였다. 고양이 라이다크, 내 손을 꽉 쥐던 조피아가 기억났다. 그러나 그 모든 것들은 모두 수백 년 전 다른 생에서 있었던 일 같았다. 전차가 지나갔다. 나는 어슬렁거리며 천천히 걸었다. 모든 것이 예전처럼 자연스러웠다. 내가 없어도 사람들은 매일 조용히 또다른 하루를 시작하고 일하고 음식을 먹고 아이를 기르고 사랑하는 일들이 가능했단 말인가?

모든 것이 잿빛으로 흐릿했다. 나는 슬프고 쓰라린 심정이었다. 내 주위를 불공평함, 이기심, 냉정함, 무지함이 둘러싼 느낌이었다. 바르샤바의 거리, 행인들, 비슬라 강물, 그리고 다리의 돌들. 그 모든 도시의 풍경들이 내 외로움을 선명하게 느끼게 해주었다. 산책하는 저 사람들이나 놀고 있는 아이들에게 우리의 존재란 무엇이었는가? 아무것도 아니었다! 우리는 존재하지 않았다. 내 어머니, 동생들, 리브카, 소니아, 조피아 모두가. 그리고 눈 위에 쓰러져 죽은 잠브로프의 웅변가, 당신도 마찬가지다. 그리고 무덤 아래 누운 솜씨 좋던 치과의사, 당신도 마찬가지다. 그리고 누런 모래에 덮인 내 형제들도 마찬가지로 아무것도 아니었다.

이 무관심, 자기 일에만 몰두하는 이 태도가 당신 같은 사람들을 두 번 죽이고 트레블린카에서보다 더 깊은 곳으로 매장하고 있었다. 그러니 뉴욕이나 더 먼 곳에 있는 사람들이 우리 사정을 어떻게 알겠는가? 관심이나 기울이겠는가?

나는 옛날처럼 비슬라 강을 건너 도시 안을 돌아다녔다. 게토가 가까워지기 전에 바르샤바의 생활을 느껴보고 싶었다. 들루가 가에서 전면이 하얀 색인 고골레프스키 제과점까지 걸어갔다가 우리 건달패거리들이 모이던 카페까지 가보았다. 카페로 들어가니 내가 알던 야디아와 닮은 다른 아가씨가 있었다. 가슴이 풍만하고 입술이 두툼한 잘 웃는 아가씨였다. 필라, 브리깃키, 자메크와 닮아 보이는 남자들이 그녀의 허리를 붙잡았다. 나는 보드카 한 잔을 마시며 그들의 웃음소리와 시끌벅적한 대화를 들었다. 식탁에 둘러앉은 그들은 아리안 구역에서 활동하는 '고양이들'과 '방랑자들'에 대해 이야기하면서 그 유대인들을 잡아 몸값을 받겠다는 등의 이야기를 했다. 웃음소리가 왁자하게 터졌다. 밀고자들이었다. 유대인들의 피를 빨아먹으며 살쪄가는 그들은 곰보 지오바크, 거인 미에테크, 빨간 머리 루디, 새 프타셰크에게서 일을 인계받았다. 이기심, 무관심, 그리고 비굴함이 그들의 특징이었다. 살육자들은 아직도 동조자들을 거느리고 있는 셈이었다. 언제든 짐승으로 변할 수 있는 사악함을 지닌

자들이었다.

나는 카페를 나와서 크라신스키 공원을 지나고 스비엔토예르스카 가를 거쳐 날레프키 가로 갔다. '방랑자'들을 찾는 불량배들의 눈에서 벗어나고, 아직도 게토 담 가까이에 있는 폴란드 경찰, 우크라이나인들, 독일인들을 속이기 위해 내 불량배 패거리들처럼 허풍을 떨며 걸어갔다.

그러나 그들을 막상 보니 흥분이 됐다. 그들이 있다는 건 게토가 아직 살아 있으며, 아버지도 거기 있을지 모른다는 얘기였다. 바르샤바의 심장에 불을 댕겨서 그들 살육자들에게 우리가 살아 있다는 것을 알리고, 유대인들이 학살당하고 있음을 세상에 알려야 하기 때문에 우리는 게토로 돌아올 수밖에 없었다. 싸우고 또 싸워야 했다. 나는 이 방법만이 우리가 생존할 유일한 길이고, 모래 속에 묻힌 채 잊힌 우리 민족을 구할 길이라는 것을 그 어느 때보다도 더 굳게 확신했다. 그들을 다시 살려내는 유일한 방법이었다.

나는 프라가로 돌아가서 모코토프 네 집의 문을 두드렸다. 나는 그를 신뢰했다. 그러나 아무 응답이 없었다. 나는 지하실에 숨었다가 다시 노크를 했다. 그의 여동생 마리가 문을 열고 나를 쳐다보았다. 하지만 나를 알아보지 못했다. 누구인지 기억을 더듬는 그녀를 보고 내가 이름을 말해주었다.

"미에테크야. 싹둑 잘린 미에테크라고."

그녀는 숨을 헉 들이키더니 손을 내밀어 내 얼굴을 부드럽게 만졌다.

"미에테크, 미에테크로구나. 너무 말랐어."

그녀는 내 몸, 피부를 뚫어지게 보며 내가 겪었던 고통스러운 세월을 짐작해보려 했다.

"너 살아 있었구나."

그녀는 나를 의자에 앉게 하고 음식을 주었다. 그러더니 내 주위를 돌아다니며 내 머리카락, 얼굴, 어깨를 쓰다듬었다.

"전부 다 말해줘, 미에테크."

나는 도리질을 했다. 여기서 그녀에게 내가 겪었던 죽음 같은 고통을 말해 줄 기력이 없었다.

"네가 상상도 못할 정도야. 전부 다 살해됐어. 내가 알던 사람들 모두. 네 이야기나 들어보자."

모코토프는 트럭 운전수로 일하고 있었으며 폴란드 노동자당이 편성한 인민군에도 들어갔다. 마리아는 찬장에 있는 리넨 천 사이를 뒤적거리더니 인쇄 상태가 엉망인 조그만 신문을 꺼내왔다. 그워스 바르샤비(바르샤바의 목소리)라는 신문으로 폴란드 노동당의 기관지였다.

"나는 이 신문을 배포하고 있어, 미에테크."

나는 모코토프가 들어오는 소리를 못 들었다. 그의 묵직한 손이 내 어깨를 잡았다.

"미에테크, 네가 언젠가는 여기 올 줄 알았다."

우리는 서로 껴안았다. 우리는 몇 달 동안 만나지 못했지만 한 때 방랑자들을 등쳐먹던 모코토프가 이제는 투지 넘치는 노동자가 돼 있었다. 그가 내 앞에 앉았다. 우리는 서로를 살펴보았다.

"멀리서 온 거냐, 미에테크?"

"응, 멀리서."

그가 보드카 한잔을 따라주며 말했다.

"하지만 의미 없는 일은 아니었구나. 너희 민족들도 지금 싸우고 있잖아. 그들은 사자처럼 용감해졌더군."

내 아버지는 거기 있다. 나는 확신이 들었다. 그래, 우리는 살아남았다.

그래, 인간은 짐승에게서 승리를 쟁취할 수 있어. 이 무덤 같은 모코토프가 사악한 심성을 버린 걸 보라고.

"1월에 시작됐어. 유대인들은 끓는 물, 끓는 기름, 그리고 돌과 병, 무기들을 가지고 독일군들을 공격했어. 무기가 너무 적었지."

나는 술을 마시고 있었지만 내가 느낀 따뜻함은 술 때문이 아니었다. 드디어, 드디어, 우리가 내지르는 전쟁의 함성이 울리고 있었던 것이다.

"그 일은 네 집 근처인 밀라 가에서 일어났어, 미에테크. 독일군들이 도망치고 강제 이주도 중지됐어. 매일 총소리가 들렸다고."

나는 일어섰다.

"아버지가 거기 계신 게 틀림없어."

그 말을 처음으로 크게 입 밖에 내고 나니 더욱 강한 확신이 들었다.

"그리로 가야겠어, 모코토프. 지금 당장."

그가 조심하라고 충고했다. 거리에는 남을 등치는 자들과 밀고자들이 널려 있다고 했다. 그들은 의심스러워 보이는 사람이면 누구든지 쫓아다녔으며 강도짓을 하고 살해했다. 어느 유대인 가족이 아리안 구역에서 2~3만 즐로티 정도로 방을 구하려 했을 때 불량배들이 앞 다투어 나타나 그들을 붙잡고 몸값을 노렸다고 했다.

"자칼 같은 사기꾼들에다 흡혈귀 같은 놈들이야! 그들은 서로 주소를 교환하고는 이익을 나누지. 그러고는 유대인들이 가진 재산을 짜낼 만큼 다 짜낸 다음에는 밀고를 해서 보상금을 받아. 사정이 그렇단다, 미에테크."

그는 손을 한 번 흔들어 그 생각들을 쫓아버렸다.

"그런데 다른 애들은…… 필라나 지오바크는 어떻게 됐는지……"

"자칼의 무리에 들어갔지."

마리가 다가와서 내 어깨를 잡았다.

"여기 있어, 미에테크. 모토코프와 같이 싸우면 돼. 마음이 내키면 인민군에 들어가라."

그러나 모코토프는 벌써 모자를 쓰고 있었다.

"미에테크, 그 먼 곳에서 여기까지 왔다면 더 기다리기가 힘들겠구나."

바르샤바 게토로 돌아가다

나는 마리에게 입맞춤으로 인사하고 남은 보드카를 마저 마신 후 모코토프와 함께 게토로 가는 길로 접어들었다.

"매일 저녁, 게토 바깥 지역에 고용돼 일하는 유대인들이 레슈노 가를 거쳐 게토로 돌아가고 있어. 그 사람들 사이에 끼어보렴."

지난날에도 나는 낮에 게토 밖에서 일한 후 집으로 돌아가는 유대인들 틈에 끼어들어 갔던 적이 몇 번 있었다. 보초병들은 별로 자세히 점검하지는 않았었다. 쓸데없이 게토라는 감옥으로 들어갈 정신 나간 사람이 어디 있겠는가?

모코토프와 나는 레슈노 가를 따라 걸었다. 그 거리는 예전에는 게토의 번화가였지만 지금은 게토의 경계구역이 돼 있었다. 그지보프스카 가, 크로흐말나 가, 오그로도바 가의 건물들은 텅텅 비어 있었다. 거기 살던 사람들은 '이주의 광장'에서 가축운반용 화물차에 실려 트레블린카의 무덤 속을 채웠다.

독일군들이 호송하는 유대인 노동자들의 행렬이 젤라즈나 가를 따라 움직이고 있었다. 노동자들의 뺨은 움푹 들어갔고 등은 굽었으며 옷차림은 누더기였다. 나는 모코토프를 껴안았다.

"행운을 빈다, 미에테크."

행렬은 게토 입구에서 멈추었다. 폴란드인 몇 명이 입구에 있었다. 빈

둥거리는 사람들, 악당들, 유대인 사냥꾼들이었다. 내가 앞으로 급히 다가서자 유대인들이 나를 둘러싸며 감싸주었다. 나는 구부정한 자세로 눈을 아래로 깔며 온순한 노예의 자세를 취했다. 행렬은 다시 출발해 게토 정문을 통과했다. 나는 집에 왔다. 다시 게토로 돌아온 것이다.

게토는 인적이 끊겨 황량했으며 무기력해 보였고 수심에 잠겨 있었지만 그래도 아직 살아 있었다.

노동자들의 행렬에 '토에벤스와 슐츠' 작업장에서 온 노동자들이 합류했다. 그런 후 노볼립키 가에 다 모였다가 해산했다. 모두가 어스름 속에서 소리도 없이 황량한 도시 속으로 사라져가자 거리는 텅 비었다. 나는 달렸다. 자갈길과 문들이 눈에 익숙했다. 마치 배우들이 사라져 버린 연극 무대에서처럼 내 과거 속을 여행하고 있었다. 지엘나 가 모퉁이에서 젊은이들 한 무리가 사람들을 기다리고 있었다. 그들은 노동자들을 부르며 전단을 나눠주고 있었다. 받지 않는 노동자들도 있었고 받아서 주머니 속으로 구겨 넣는 노동자들도 있었다. 나도 한 장 받았다. 내가 말을 걸어보기도 전에 그들은 흩어져 가버렸다. 나는 공터로 가서 전단을 읽었다. 그것은 건강에 좋은 빵이었으며 맑은 물이었고 신선한 피를 수혈해주는 것과도 같았다.

유대인 투쟁 조직
유대인들이여!
독일인 악당들은 유대인들을 오래도록 평화롭게 놔두지 않을 것입니다.
저항운동의 깃발 아래 모이시오.
피난처를 찾으시오.
여자들과 아이들을 숨기고, 가지고 있는 어떤 도구든 가지고 나와 나치 살육자들에 대항하는 투쟁에 동참하시오. 유대인 투쟁조직은 여러분의 정신적, 물질적인 지원과 전폭적인 지지를 믿습니다.

바르샤바 게토에서

1943년 3월 3일

J.F.O.(유대인 투쟁 조직) 사령관

나는 구겨진 전단에 입을 맞추고는 거리를 달려갔다. 나는 그들을 만나러 갔고, '그'를 만나러 갔다. 그가 있을 곳은 투사들이 있는 곳뿐이었다. 내 아버지, 나에게 모범을 보여주셨던 아버지, 아버지는 처음부터 알고 있었다. 우리가 옛날 크라신스키 공원을 거닐던 무렵부터 독일인들이 우리들을 옭아매려고 준비하는 일이 무엇인지 알았다. 그 전단은 아버지의 목소리였고 내 목소리기도 했다. 잠브로프와 비아위스토크에서는 몇 주 동안이나 설득하려고 했지만 허사였던 일이다.

거리는 인적이 끊긴 듯했지만 더 나아갈수록 어둠에 눈이 익숙해지면서 무거운 자루와 판자를 잔뜩 짊어진 구부정한 사람들이 이 거리에서 저 거리로 달리고 있는 모습이 보였다. 나는 자멘호파 가를 따라 걸어갔다. 곧 게시아 가의 모퉁이가 나왔다. 발 닿는 곳마다 낯익었고 집들의 모습은 그대로였다. 여기서 사람들이 행렬을 이루고 '이주의 광장'으로 갔었다. 어머니, 동생들, 리브카, 폴라, 그리고 파벨이 여기 있었다. 내 삶에서 중요한 사람들. 여기 있었더라면 나는 벌써 죽었을 터였다. 내가 숨어 있던 지붕꼭대기, 거기서 너를 껴안았었지, 리브카. 이곳은 이미 희미해진 내 삶의 중심부였다. 여기서 첼마예스터 의사의 딸이 비명을 질렀고, 여기 지붕 꼭대기에서 다비드가 두 팔로 내 어깨를 감싼 채 "어제 그들이 네 아버지를 잡아갔어. 우리가 할 수 있는 일은 아무 것도 없었단다."라고 말했었다. 여기가 내 잔인한 삶의 심장부였다. 나는 밀라 가와 자멘호파 가가 만나는 모퉁이에서 발을 멈추었다. 그러고는 어머니가 거기서 나를 향해 팔을 벌리고 있기라도 한 듯 창문을 바라보았다. 희망과 공포가 서린 어머니의 연약한 두 팔을 보는 듯했고 수줍게 살짝 흔드는 손을 보는 듯했다. 어머니의 눈이 슬픔과 근심으로 흐려진 걸 보는 것 같았다. 어머니 때문에라도 나는 그들을 결코 용서하지 않을 터였다. 절대로. 나는 어두운 동굴 속을 들어가듯 밀라 가를 걸어가 우리 집인 23번지의 계단을 올라갔다.

나는 발을 멈추고 앉았다. 지난날이 그림자처럼 스쳐갔다. 마당으로 가니 망치 소리가 났다. 땅에 부딪치는 연장 소리와 톱질하는 소음이 들렸다. 마당에서 쿠피에츠카 가로 가봤더니 사람들 한 무리가 땅을 파고 길을 포장하고 있었다. 그들은 나란히 서서 자루들, 양동이, 널빤지들을 옮겼다.

"보고만 있지 말고 도와라."

내게 말한 그 남자는 무거운 목재 조각을 들고 있으면서 다른 쪽을 가리켰다. 나는 그것을 받아 옮긴 후 새벽이 올 때까지 그 사람들과 함께 일했다. 그 작업은 밀라 가의 마당과 쿠피에츠카 가가 연결되는 땅굴들을 이용해 엄폐호 두 개를 만드는 일이었다. 나는 시간가는 줄도 모르고, 내가 어디서 왔는지도 잊은 채 다른 사람들처럼 일하고 또 일했다. 사람들은 마치 독일군들이 그날 아침 당장 쳐들어오기라도 하는 양, 마치 우리 민족의 운명이 그 엄폐호와 다른 사람들이 게토의 거리마다 짓고 있는 엄폐호에 달린 양, 미친 듯이 일했다. 그 엄폐호들은 저항과 생존의 섬들이었으며 게토 아래 있는 또 하나의 게토였다.

새벽이 오자 하늘이 부드럽고 엷은 푸른빛을 띠었다. 두 사람이 마당을 가로질러 우리 쪽으로 오고 있었다. 그들은 천천히 움직였다. 사람들이 일을 멈추고 두 사람 주위로 모여들었다. 나는 톱을 내려놓고 그 무리에 섞여들었다. 두 사람 중 한 명이 말을 시작했다.

"동지들, 이 엄폐호들은 우리의 심장, 우리의 생명과도 같소. 단지 우리만을 위한 것이 아니라 이 세상을 위한 것이라는 걸 그들도 마땅히 알아야 하오. 이 엄폐호들이 있으니 일주일 동안 버텨서 우리의 목소리가 수세기 동안 전해지도록 하는 일이 우리에게 달렸소."

나는 감정을 배제한 냉정하고 급박한 그 목소리가 누구의 것인지 알았다. 나는 가까이 다가갔다. 그 연사의 뒤에 회색 머리카락을 한 남자가 보였다. 키가 크고 양손으로 뒷짐을 진 그는 피곤한지 고개를 숙이고 있었다. 나는 앞을 가로막은 어느 소녀를 밀치며 더 가까이 다가갔다. 그녀가 내게 욕을 했다. 그가 돌아보았다. 그는 살아 있었다.

아버지를 찾다

우리는 마치 한 몸처럼 팔을 서로에게 두르고 가슴과 가슴을 맞닿은 채 서 있었다. 옛날 세나토르스카 가에서처럼 그의 턱수염이 내 뺨을 간질였다. 나는 그의 짠 눈물을 들이켰고 내 눈물은 내 뺨을 부여잡은 그의 손으로 흘렀다. 우리가 어디에 있었던가? 왜 전쟁이 일어났으며 게토에 오고 트레블린카로 가게 됐던가? 인간의 어리석음과, 인간의 얼굴을 한 짐승들의 야만을 보게 된 것은 무슨 이유인가? 왜 그런가요, 아버지, 아버지, 아버지. 그 무덤들은 왜 생겼고 아이들은 왜 죽어갔을까요? 아버지의 손길을 느끼고 아버지가 살아 있음을 안 기쁜 순간에 왜 그런 생각이 드는 걸까요? 아버지, 세상이 왜 이렇죠? 왜 이렇게 혼란스러운 거죠?

우리는 서로 껴안은 채 조용히 교감을 나누며 울었다. 아버지와 함께 온 사람은 내 친척인 율레크 펠트였다. 폴란드 노동자당(PPR)에서 파견된 율레크 펠트가 말을 멈추었다.

우리 주위에 사람들이 점점 모여들었다. 모두 우리의 사정에 공감하고 자신들의 가족을 떠올리며 울었다. 기쁨과 슬픔이 뒤섞인 울음이었다. 그러더니 그들은 우리 둘만 남겨두고 떠났다. 우리는 공터 가운데서 서로 어깨동무를 하고 그대로 있었다. 동지들은 떠나면서 나와 아버지와 악수를 했다. 뭐든 할 수 있다는 듯. 언젠가는, 아마도 전쟁이 끝나면 그들 역시 게토의 공터에서 가족들을 만날 수 있다고 확신하듯이.

그들은 우리를 남겨두고 떠났다. 여전히 서로 어깨동무를 하고 있던 아버지와 나는 무방비인 가족들을 은신케 했던 곳인 집으로 올라갔다. 아파트는 약탈을 당했고 가족이 숨어 있던 위장용 옷장은 문이 열린 채 방에 내팽개쳐진 채 서 있었다. 동생들이 보던 책들과 어머니가 어깨에 두르던 뜨개질한 숄이 아직도 방구석에 있었다. 우리는 서로 어깨를 안은 채 한마디 대화도 하지 않았다. 아까 공터에서 다른 사람들이 우리에게 뭔가 물으면 율레크 펠트가 대신 설명했었다. 나는 무척이나 말을 하고 싶었지만 입에서 말이 나오지 않았다. 내 마음 깊은 곳에는 너무도 많은 일들, 고뇌, 질문들이 있었고 아버지와 나누지 못한 공포와 전율이 있어서, 감히 그 말들을 다 끄집어냈다가는 그것들 속에 끌려가 약해질까 봐 두려웠다. 나는 그것들을 이야기하고 싶었다. 어머니의 숄이, 옷장이, 그 책들이 아직도 거기 있는 건 부당하다고 말하고 싶었다. 인생이 무의미하며, 죽은 것들이 남아 있고 사랑하던 것들이 모두 죽은 까닭에 세상이 의미를 가질 자격이 없어졌다고 말하고 싶었다. 그러나 내가 말하고 싶었던 트레블린카에서의 나날과 아버지가 물어보고 싶었던 숱한 질문들을 감히 입밖에 내지 못한 채, 우리는 서로의 어깨를 부여잡고만 있었다.

"아버지, 아버지."

"그래, 마르틴. 힘내라, 마르틴. 우는 걸 겁내면 안 돼."

나는 아버지에게 기대고 울었고 아버지도 울었다. 실컷 울고 나서야 서로 말이 자연스럽게 나왔다. 나는 아버지에게 모든 것을 다 말했다. 그때쯤에는 우리 둘다 울지 않았다. 마루에 양반다리로 앉아서 서로를 마주보았다.

"괜찮아, 마르틴." 아버지는 가끔씩 내 말에 끼어들어 그렇게 격려해주었다.

내가 말을 잠시 쉬었을 때 아버지는 침묵을 존중하듯 잠시 있다가 말을 꺼냈다.

"마르틴, 우리는 계속 견뎌야 한다."

"아버지는 어떻게 지내셨어요?"

아버지는 '이주의 광장'에서 노동수용소로 가도록 손을 썼다고 했다.

"조언해줘서 고마웠다. 마르틴."

아버지는 노동수용소에서 탈출해서 바르샤바로 돌아왔다고 했다.

"너는 여기 없더구나. 아무도 없었어. 하지만 마르틴, 네가 포기하지 않으리란 건 알았다. 알고말고. 나는 믿음이 있었지."

우리는 하루 종일 거기 있으면서 대화하고 서로를 바라보며 각자의 경험을 나누었다. 밤이 오자 다시 망치 소리, 삽 소리, 톱 소리가 들렸다.

"자, 마르틴, 싸워야 할 시간이 왔다. 너도 자리를 잡아야 한다."

아버지는 일어서서 손을 내밀며 옛날, 세나토르스카 가의 집에서 내가 잠에서 깨지 않은 척하거나 탁자에 앉지 않으려할 때 그랬던 것처럼 나를 끌어당겨 일으켰다. 아버지가 내 손을 꼭 쥐었다.

"마르틴, 너는 투쟁해야 한다. 우리의 의무이기 때문이지. 우리는 끝까지 싸워야 한다. 우리 대부분은 죽을 거야. 너는 반드시 살아남아야 한다. 살아남아라, 마르틴. 우리 모두를 위해 살아남아."

우리는 포옹했다. 누군가가 공터에서 톱질을 하고 있었다. 우리는 둘이서만 하루 종일을 보냈다. 그런 어려운 시절에는 영원과도 같은 시간이었다. 더는 다른 사람들에게서 떨어져 꾸물거릴 수가 없었다.

그날 밤, 나는 유대인투쟁조직 사람들에게 트레블린카가 어떤 곳인지 설명했다. 나 같이 그곳에서 탈출했던 사람들이 있었던 까닭에 게토에서도 그때쯤에는 트레블린카가 유대인 절멸수용소라는 것을 알고 있었다. 그러나 트레블린카의 아래쪽 수용소에서 살아 돌아온 사람은 내가 처음이었다. 나는 그들에게 굴착기와 누런 모래땅에 파놓은 무덤들, 그리고 우크라이나인 이반과 '바보들'이라는 별명을 가진 나치 친위대원에 대해 이야기했다. 그런 후 나는 유대인투쟁조직에 가입시켜 달라고 부탁했다.

이제 맹렬히 행동하는 나날이 지속됐다. 우리에겐 돈도, 무기도 사람도 부족했다. 겁쟁이들의 입을 단속해야했고, 심약한 사람들을 설득해야 했고, 배신자는 처벌해야 했다. 게토 소개 작전에도 불구하고, 트레블린카에 대한 지식에도 불구하고, '이주의 광장'이 존재하는데도 불구하고, 1월 투쟁에도 불구하고, 그때까지도 살육자들에게 복종함으로써 전쟁이 끝날 때까지 견뎌낼 수 있기를 바라는 사람들이 있었다. 그들은 살아가기 위해 독일군에게서 '번호'를 받은 사람들이었다.

나는 이주를 자원하는 '토에벤스와 슐츠' 작업장에서 일하는 노동자들을 보았다. 3월의 어느 날 밤, 나는 포스터를 몇 장 붙였다. 죽음을 피하려면 그런 '이주'의 꼬드김을 거부해야 한다고 유대인투쟁조직에서 설명하는 내용이었다. 다음 날 독일군이 그 포스터 위에 다른 것을 붙여 덮었다. 작업장 책임자들인 토에벤스와 뚱뚱한 슐츠는 노동자들을 모아놓고 회의를 했다. "우리는 여러분들의 노동력이 필요하오." 토에벤스와 슐츠는 발코니에 올라서서 말했다. "하지만 여러분이 바르샤바에만 있을 수 없기 때문에 우리가 다른 지역에 작업장을 골라놓았소. 트라프니키와 포니아토프가 그곳이오. 여러분은 거기서 일하고 빵을 탈 것이오." 토에벤스와 슐츠는 약속을 했다.

우리는 그런 감언이설을 반박해야 했다. 그러나 가끔 가게를 몇 군데 들어가면 독일인들이 관대히 봐주고 있는 가게주인들이 우리를 '성급한 자들,' '하룻강아지들' '문제만 일으켜 박해받게 될 자들'이라고 말하는 게 들렸다. 그들은 얼마 남지 않은 믿을 만한 사람들이었는데도 그랬다.

그러나 여론에 좌우될 때가 아니었다. 나는 트레블린카, 잠브로프, 비아위스토크를 갔다 온 사람이다. 신중한 태도가 중요하다는 걸 나는 알았다. 그래서 조직을 위해 기부금을 모으는 모임을 만들었다. 기부금을 모으자면 그저 부탁만 하면 될 때도 있었고, 우리가 무기를 꺼내야 할 때도 있었고, 인질을 데리고 와야 할 때도 있었다. 우리는 유대인위원회의 세 위원 중 한 명의 아들인 비엘리코프스키를 인질로 잡았다가 일백만 즐로티를 받고 풀어주었다. 가게 주인들에게서는 식량을 징발했다. 독일인 약탈자들과 게토에 잠입한 군인들을 죽이기도 했다. 또한 할만 작업장 관리자인 야코프 히르슈펠트 같은 배신자들에게 사형을 선고하고 처형하기도 했다.

우리는 인간다운 세계를 만들기 위해 싸웠으며, 우리의 승리는 적과 싸우는 그 자체이지 적을 패배시키는 데서 오는 것만은 아니라는 것도 알았다. 우리는 적에게 포위된 하나의 섬일 뿐이며 무덤이고, 무관심과 증오에 둘러싸인 게토에 있기 때문이며, 수중에 무기도 없었기 때문이었다. 그곳, 유대인투쟁조직에서 나는 이 세상에 꼭 있었으면 하고 바랐던 사람들을 만났다. 모르데카이 아니엘레비츠, 미헬 로젠펠트, 율레크 펠트, 베르 브란도, 아론 브리스킨 등 많은 사람들이 트레블린카에서 죽은 사람들에게 신의를 지키려면 투쟁하고 복수해야 한다고, 나와 같은 생각을 하고 있었다. 그러나 우리에겐 무기가 없었다.

그래서 나는 다시 바르샤바의 아리안 구역으로 갔다. 그러나 이번에는 연발권총, 소총, 수류탄, 총탄을 구하기 위해서였다. 나는 하수도 안의 더러운 물을 철벅거리며 헤쳐갔다. 처음에는 아리안 폴란드인 안내인을 따라갔지만 그 다음 몇 번 왕복하고 나자 이 새로운 지하의 지리에 익숙해졌다. 예전에 나는 거리의 위치며, 전차 노선, 담의 위치, 그리고 지붕의 위치를 낱낱이 알고 있었다. 이제는 어둑한 지하수로의 세계를 탐험하면서 끝없는 미로로 이어져 사람을 미치게 만들 것 같은 특징 없는 교차로와, 똑같아 보이는 엇갈리는 통로들을 익혀갔다. 그 하수도가 내가 다니는 도로가 됐고 새로운 자유가 되었다.

나는 모코토프와 일을 함께 했다. 그는 서로 약속한 출구에서 나를 기다리면서 주위를 살피고, 경찰이나 유대인 사냥꾼들이 보이면 내게 경고하곤 했다. 그가 맨홀 뚜껑을 열자마자 나는 철제 사다리를 기어 올라왔다. 그리곤 그와 함께 구시가지의 좁은 골목을 걸어갔다. 그리고 매번 집을 바꿔가며 비톨트 그룹 산하 파르티잔인 아르미아 루도바(폴란드 인민군) 사람들과 만나서 무기를 얻었다. 그러고는 더 접근하기 힘든 아르미아 크라조바(폴란드 국내군) 산하의 비밀 그룹들과도 접촉했다. 모코토프가 나를 위해 무기를 사들이기도 했고 그럴 때면 우리는 그의 집인 프라가의 아파트에서 보드카를 마시며 축하하곤 했다. 나는 밤을 틈타 떠나곤 했는데 모코토프는 고집스럽게 나를 바래다주며 내가 맨홀 뚜껑을 들어 올리고 아래 지하수로로 내려갈 때 망을 봐주곤 했다.

나는 게토로 다시 들어갔다. 가끔 연장들이 부딪치는 소리가 정적을 깼다. 모두가 콘크리트 벽으로 보호되는 지하 땅굴로 들어갈 준비태세를 하느라 나는 소리였다. 나는 그 땅굴들, 그 은신처들이 싫었다. 그 땅굴들 중에는 수도, 전기, 전화 시설에다 따로 화장실까지 있는 곳들도 있었다. 그러나 내게는 그저 입구 없는 무덤 같이만 여겨졌다. 전투가 벌어지면 나는 거리나 지붕 위 또는 하수도로 피하고 그 땅 속 깊이 있는 엄폐호로 가지는 않았다.

가끔 나는 돌아오면서 거리를 건너고 이 건물, 저 건물로 뛰고, 지붕 밑 방에 몰래 숨기도 하며 무기들을 스비엔토예르스카 가로 가져갔다. 연발 권총 하나만을 구해 갈 때도 있었다. 이곳은 유대인투쟁조직의 군사 본부였으며 방이 두 개 있고 부엌이 있었다. 부엌에는 늘 무장을 하고 있는 열 명 남짓한 전사들이 빽빽이 들어차 있었다. 같은 블록이지만 몇 미터 떨어진 곳에 '솔 만드는 공장'이 있었다. 그곳은 독일인들을 위해 온갖 것을 만들어 내는 곳이었다. 내가 지붕 밑 방이나 지붕 위를 통해 군사 본부로 가면 여자들이 음식을 차려주었다. 그러면 나는 흡족한 기분으로 밀라 가로 출발하곤 했다. 길을 바꿔가며 가기도 하고 지붕 위로 가기도 했다. 우리는 싸울 것이다. 내가 살아남은 건 헛된 일이 아니었다.

나는 밀라 가에서 아버지를 만나곤 했다. 사령부의 엄폐호는 우리 집인 밀라 가 23번지 거의 맞은편인 18번지에 있었다. 아버지가 나를 기다릴 때도 있었고 내가 아버지를 기다릴 때도 있었다. 긴 대화 끝에 우리는 매트리스 위에서 나란히 잠이 들곤 했다. 우리는 이제 더는 어머니와 동생들을 화제에 올리지 않았다. 그들은 우리 주위에, 우리 마음속에 있었으며 우리의 투쟁을 통해 생명을 얻고 있었다. 아버지는 자기가 배우고 생각한 모든 것을 내게 전수해주고 싶은 듯 이야기를 쏟아냈다. 전쟁과 죽음에도 불구하고 아버지는 사람들이 빈곤과 불평등 같은 악에서 벗어나는 사회에 대해 이야기했다. 사람들이 이기심이라는 저주에서 자유로워져서 다른 사람들과의 관계나 자신의 문제에 관심을 쏟을 그런 사회였다. 아버지는 우리 민족이 인류에서 받은 모든 것들에 대해, 그리고 생존하기 위해 우리 민족이 어떤 대가를 치렀는지에 대해 이야기했다.

"생명은 신성하단다, 마르틴. 우리가 지금은 사람을 죽여야 하지만 부디 생명을 기억해라, 마르틴, 생명을. 너는 생명을 탄생시켜야 한다. 아버지가 된다는 건 어려운 일이지만 네가 어떤 결정을 할 때는 남자다운 남자가 되는 쪽을 선택해라. 살아남아라, 마르틴. 나는 네가 나중에 전쟁이 끝나면, 우리 쪽 사람들이 이기게 되면, 아이들을 갖기 바란다. 그런 후에 그 아이들에게 네 자신을 통째로 내주어라. 그 생명들은 신성하단다."

나는 단호하면서도 부드러운 아버지의 목소리에 귀 기울였다. 아버지는 가끔 아버지의 어린 시절 얘기를 하곤 했다. 그리고 공장을 세운 이야기, 어머니를 만난 이야기를 하다가 말을 멈추었다.

"이제 자라, 마르틴. 아마 내일 더 많은 이야기를 하겠지."

곧 내일이 왔고 나는 지붕 위나 하수도를 통해 떠났다가 그런 대화를 더 나누고 싶어 저녁이 오기를 기다리곤 했다. 아버지가 오지 않으면 나는 잠을 이루지 못했다. 어느 날 밤, 아버지가 평소보다 늦게 왔다. 거의 동이 틀 무렵이었다.

"율레크 펠트가 죽었어."

그는 습격 작전을 벌이면서 순찰 중이던 나치 친위대의 총을 맞았다고 했다. 나는 율레크 펠트를 잘 알지는 못했지만 그의 길고 지적인 얼굴과 열성적이던 울림 좋은 목소리를 좋아했었다.

"그는 언제나 선을 추구했어. 이상을 믿었지. 율레크는 남자다운 남자였어."

아버지는 율레크의 고모인 외할머니 이야기를 해주었다. 옛날 손자의 사진을 보내달라는 장문의 편지를 보내기도 했던 고집 센 여인이었다고 했다.

"너는 언젠가는 뉴욕으로 건너 가보도록 해라. 그래서 외할머니 원기를 북돋워드려야지. 네 외할머니는 너를 귀여워하셨단다. 네가 겨우 걷기 시작할 때 처음이자 마지막으로 네 모습을 보셨지. 너는 조그만 주먹을 불끈 쥐곤 했단다."

나는 아버지의 말을 들으며 그 말들, 그 목소리를 삼키듯 받아들였다. 그날 밤 아버지는 율레크의 죽음에 대해 이야기하면서 "율레크는 무슨 일이든 끝까지 버텨냈지. 남자란 끝까지 버텨야하는 법이다, 마르틴." 이라고 힘주어 말했다.

아버지는 창문 곁에 있었다. 달빛이 방을 밝힌 덕분에 나는 아버지의 뺨에 눈물이 줄줄 흐르는 것을 보았다.

"내가 왜 이 말을 네게 하는지 모르겠구나. 너는 이미 끈질기게 버티고 있는데 말이야. 몇 번이나 버텨냈지. 너는 남자다, 진짜 남자지. 이미 오래 전부터 그랬어."

아버지, 그렇게 말해줘서 고마워요.

그 이후로 우리는 대화를 길게 나눌 시간을 다시는 갖지 못했다.

전쟁 중인 바르샤바

4월 17일 토요일, 유대인투쟁조직은 비상사태를 선언했다. 나는 다른 사람들과 함께 거리를 달리고 포스터를 붙이고 우리의 슬로건이 적힌 전단을 나누어주었다. '명예롭게 죽자! 남자는 무기를 들고 여자와 아이들은 은신처로!'라는 슬로건이었다.

시련이었다. 나는 무장을 한 채 동료들과 함께 있었다. 우리는 적들이 대가를 치르게끔 행동을 시작할 참이었다. 적들이 치러야 할 대가는 엄청났다. 나는 게토 구석구석을 보고 싶어 밤늦도록 게토를 돌아다녔다. 스비엔토예르스카 가의 솔 공장과 발로바 가에서 레슈노 가와 노볼립키 가 사이에 있는 작업장으로 보내는 메시지와 휘발유를 채운 화염병들을 가지고 이곳저곳의 엄폐호를 돌아다녔다. 마당에서 지붕 밑 방으로, 거리에서 지붕 위로, 땅 위에서 땅 밑으로 돌아다녔다. 자갈 하나하나가, 계단 하나하나가, 굴뚝 하나하나가 내 눈과 내 손에는 뜻깊게 느껴졌다. 나는 여기서 고향 같은 느낌을 받았다. 내 인생의 중심부가 이곳이었다. 나는 여기서는 무적이었다.

밀라 가와 자멘호파 가가 만나는 모퉁이에서 아버지를 만났다.

"폴란드 경찰들이 게토를 포위했어. 내일이 거사 날이다. 너는 좀 쉬어 두어라, 마르틴. 언제 우리가 다시 잠잘 수 있을지는 아무도 모른단다."

나는 누워서 악몽도 꾸지 않고 달디달게 자다가 아버지가 내 손을 잡았을 때 깨어났다.

"그들이 왔어!"

맑고 투명한 밤이었다. 근처 게토의 담 너머에서, 아마도 솔 공장이 있는 쪽인 듯 했는데, 수류탄 터지는 소리와 총소리 몇 번이 들렸다. 그러더니 고요해졌다. 창문으로 가봤더니 적들이 한 줄로 서서 주택들의 전면을 따라 조심스럽게 전진하고 있었다. 그들이 자멘호파 가를 따라 다가왔고 그들 뒤쪽 멀리에서는 탱크로 보이는 차량들이 따라왔다. 그때 나는 쿠피에츠카 가와 날레프키 가의 엄폐호로 가서 발사 신호를 기다리라는 말을 전하라는 명령을 받았다. 나는 연발권총을 허리띠에 찬 채, 지붕에서 지붕으로 뛰어 건너고 지붕 밑 방으로 숨어들었다가 계단을 뛰어내려 갔다. 전투가 있던 나날, 땅이나 계단들, 지붕 위가 마치 나를 더 높이, 더 빨리 다니도록 부추겨주는 듯 펄펄 날아다녔다.

이따금 총소리가 몇 번씩 산발적으로 나고 수류탄 터지는 소리가 한 번 났다. 아마도 독일군들이 지나가면서 창문을 기관총으로 쏘거나 지하실을 부수는 모양이었다.

오전 6시, 맑은 하늘 아래 나치 친위대가 밀라 가와 자멘호파 가의 교차로에 도착했다. 우리는 마침내 공격 개시 명령을 받았다.

폭발 소리가 연이어 났다! 나는 화염병을 몇 개 가지고 다시 위층으로 가서 게토에서 만든 폭약을 장전했다. 한 군인이 철모에 화염병을 맞고 불이 붙자 불길 속에서 데굴데굴 구르는 게 보였다. 다른 군인들은 도망쳤다.

누군가가 고함쳤다. "그들이 도망치고 있어. 빠져나가고 있다고!"

나는 지붕 위로 올라가 쿠피에츠카 가와 자멘호파 가 모퉁이까지 가서 내다보았다. 거리는 텅 비어 있었다. 그 강철 같은 살육자들이 퇴각한 것이다. 자멘호파 가는 우리 차지가 됐다. 날레프키 가와 게시아 가 근처의 솔 공장 주변에서 수류탄 여러 개가 터지는 소리가 나더니 잠잠해졌다. 그들은 거기서도 패주한 것이 분명했다. 나는 다시 내려왔다. 우리는 모두 껴안고 기쁨의 함성을 질렀다. 그런 후 우리는 그들이 버리고 간 무기를 찾으러 거리로 우르르 몰려갔다. 몇 미터 못 가서 독일군 시체 세 구가 누워있는 게 보였다. 그 중 한 명은 얼굴에 화상을 입고 사지 일부가 끔찍하게 달아났지만 아직 숨이 붙은 채 누워서 신음하고 있었다. 나는 총을 쏘아서 그의 생명을 마감해주었다. 다른 곳에서는 동료들을 도와 시체를 마당으로 끌어와서 군복과 철모, 부츠를 벗겼다. 나는 나치 친위대 군복 한 벌을 완전히 갖췄다. 그런 후 우리는 쉬면서 기다렸다. 적들은 분명 돌아올 터였다. 그들이 끝내 이기겠지만 우리에게 승리란 그들이 후퇴하게 만드는 것이었으며 우리의 투쟁은 저항을 지속하는데 목적이 있었다. 우리는 이제 더는 머리를 수그린 채 도축장으로 끌려들어가는 짐승들이 아니었다.

"저기 그 놈들이 있다!"

적들은 주택들의 전면을 기관총으로 난사하면서 문간에서 문간으로 몸을 숨겨가며 조심스럽게 돌아오고 있었다. 그때 자갈 길 위를 지나는 무한궤도차의 덜거덕거리는 소리와 단속적인 배기 음이 들려왔다. 나는 지붕 위, 망을 보는 곳으로 뛰어갔다. 게시아 가와 자멘호파 가의 모퉁이에 탱크 여러 대의 회색 윤곽이 보였다. 그 중 두 대가 자멘호파 가로 접어들면서 건물에 발포했다.

4월 19일 정오경이었다. 나는 그 날의 하늘과 태양, 상쾌한 공기, 탱크 엔진의 진동음, 길을 깔아뭉개는 소리가 기억난다. 나는 그 소리에서 트레블린카의 아래쪽 수용소에 있던 굴착기의 요란한 소리를 떠올렸다. 여기, 바르샤바의 게토에서 우리는 그 끔찍한 죽음의 엔진들을 파괴하려 하고 있었다. 탱크들이 앞으로 움직이면서 우리의 진지가 있는 자멘호파 가 29번지와 50번지를 지나 밀라 가 교차로로 접어들고 있었다. 밀라 가 28번지에서 나는 양손에 화염병을 들고 아버지를 기다렸다. 보병들이 탱크 두 대 뒤를 따라오고 있었다. 보병 한 명이 겁에 질려 경계하며 허리를 낮추는 모습이 보였다. 네 차례다, 이 살육자야! 나는 화염병을 던졌다. 불길이 일더니 폭발했다. 탱크들이 불길에 휩싸였다. 탱크들은 검은 연기에 덮인 채 후진하고 보병들은 뿔뿔이 달아났다. 혼이 나간 듯한 군인 한 명이 길을 따라 달리다가 배를 부여잡고 넘어졌다. 자멘호파 가 너머에서는 우리 조직의 대원들이 도망치는 독일군의 배후를 막고 있었다.

나는 거리로 뛰어나가 무기와 철모를 거둬들였다. 그리고 독일군 시체 한 구를 마당 안으로 끌고 갔다. 거기 기다리던 다른 대원이 그의 옷을 벗겼다. 그 군복들은 요긴하게 쓰일 터였다. 언젠가 우리가 살기 위해 도망쳐서 다른 곳에서 싸워야 할 때가 오면 그 군복들이 우리의 목숨을 구해줄 터였다.

그 날이 저물었다. 나는 편안한 기분이었다. 싸우고 있었던 때문이다. 저녁 무렵 처음에는 지붕 위로 가다가 나중에는 거리로 내려가 작업장이 있는 구역과 레슈노 가 76번지에 있는 슐츠 공장으로 갔다. 그 공장들은 습격당하지는 않았지만 거기서 독일군들이 우리가 있는 구역으로 행진하는 모습을 보았기 때문이었다. 관리자인 슐츠는 겁을 먹었으면서도 화를 냈다. 그는 "유대인들이 극악무도한 짓을 했어."라고 거듭해서 말했다. '슐츠, 뚱보 슐츠. 당신이 놀랄 일이 아직 몇 번 더 남았지.' 나는 속으로만 생각했다.

나는 될 수 있으면 길을 피하고 지붕 밑 방들로 다녔다. 내 눈으로 보고 알고 싶었다. 날레프키 가는 검은 연기로 덮여 있었다. 우리 대원들이 33번지에 있는 커다란 독일인 가게인 베르트에어파슝에 불을 질렀던 탓이다. 나는 가까이 가지 못했다. 독일군들이 아직 그곳을 지키며 게시아 가를 봉쇄하고 사격을 해댔기 때문이다. 게토의 나머지 구역들은 조용했다. 나는 지붕에서 지붕으로 건너다니며 밀라 가로 돌아왔다. 어느 방에 남자 한 명이 앉아서 머리를 숙이고 두 손을 무릎 위에 올린 채 말을 하고 한 사람이 조용히 듣고 있었다. 그는 게토의 병원으로 사용되는 게시아 가 6번지에 독일군들이 불을 지르는 것을 보았다고 했다. 또 그들이 신생아들의 머리를 벽에 패대기쳐 뇌수가 흐르는 걸 보았고, 임신부들의 배를 가르는 것을 보았고, 부상자들을 불길 속으로 던져넣는 것을 보았

바르샤바 게토 봉기, 1943년 4월 19일에서 5월 8일까지

다고 했다. 그 모든 광경을 지켜보았다고 했다.

그런 이야기를 들었음에도 불구하고 나는 잠을 잤다. 내일은 더 힘들 터였다. 새벽녘에 잠에서 깼다. 날씨는 화창했다. 4월 20일 화요일, 유월 절이었다. 아버지가 내 근처에 있다가 손을 흔들며 아침 인사를 했다. 그러니 우리가 대화를 하지 않은들 무슨 문제가 있겠는가? 우리는 나란히 옆에 있었다. 우리가 떨어져 있은들 무슨 문제이겠는가? 우리를 갈라놓을 것은 아무것도 없다는 걸 우리는 잘 알고 있었다. 나는 솔 공장 구역으로 갔다. 그곳은 어제는 비교적 조용했었다. 토에벤스는 노동자들에게 일을 계속하라는 말까지 했었다. 나는 지붕 밑 방으로 갔다. 오후 세 시쯤 독일군이 와서 마당으로 들어오더니 엄청난 폭발음이 들렸다. 유대인투쟁조직 대원들이 건물들의 마당에 지뢰를 매설해 놓았던 것이다. 독일군 정찰대 대열이 흩어지면서 시체들이 공중으로 날아갔으며 생존자들은 줄행랑을 쳤다. 조금 있다가 정찰대가 한 줄로 서서 돌아오더니 벽에 몸을 숨긴 채 내가 있는 지붕 밑 방을 향해 총을 쏘았다. 나는 화염병을 여러 개 던졌다. 요란한 소음과 연기가 주위를 자욱하게 덮었다. 나는 지붕으로 올라가 엎드렸다. 마당에 솔 공장 관리자와 독일군 장교 두 명이 우리에게 항복하라고 요구했다. 그러면 더 이상 소란피우지 않고 포니아토프와 트라브니키 수용소로 보내주겠다고 했다. 우리는 15분간 그 요구를 곰곰이 따져보았다. 사방에서 대답을 대신해 총을 쏘았다. 항복이라고? 어머니들이 무덤 속으로 던져지는 것을 본 우리가, 형제들의 머리가 산산조각이 난 걸 본 우리가, 아버지가 총에 맞는 걸 본 우리가 항복을? 항복이라니! 살육자들을 믿으라고?

그들이 대대적으로 다시 몰려와서 크라신스키 공원에서부터 게토에 포격을 가했다. 거리에서 중기관총을 발사했고 탱크로 건물들을 포격했다. 나는 지붕에서 지붕으로 건너뛰며 철수했다. 그러던 중 어느 집 계단에 있다가 독일군들이 다가오는 소리를 들었다. 나는 마지막 하나 남은 화염병을 투척하고는 달아났다. 뜨거운 열기와 찢어지는 비명 소리, 짙은 연기가 소용돌이치며 나를 감쌌다. 뜨거운 천에 덮여 질식하는 듯한 기분이었다.

불길에 휩싸인 나날이었다. 오늘이나 내일이나 비슷했다. 독일군들이 솔 공장 구역에 불을 질렀다. 포장도로가 녹아내렸다. 나는 두세 번 불길에 휩싸였다. 머리카락이 탔는지 만져보기도 했다. 절절 끓는 길바닥은 신발 바닥에 불이 붙을 정도였고, 건물의 유리까지 녹아내렸다. 불길이 이 거리에서 저 거리로 번져 갔다.

사람들은 불길을 피해서 도망가느라고 창문으로 뛰어내렸다. 극도로 흥분한 여자가 머리에 불이 붙은 채 아이를 창밖에 내놓고 거리로 던져버리려는 걸 나는 지붕 위에서 보았다. 나는 "내가 그 아이를 안전하게 지붕에 올려놓을게요. 내가 데리고 갈게요!"라고 고함쳤다. 그러나 그 여자에게 내 말이 들릴 리가 없었다. 이미 그녀는 귀청을 뚫는 듯한 비명을 지르고는 아이를 허공에 놓아버리고는 뒤따라 뛰어내렸다.

나는 무너지는 벽과 잡석들을 피해가며 불길 속을 달렸다. 먼 옛날처럼 여겨지는 1939년 9월의 생일날 내가 본 것과 같은 검은 십자 표시를 단 비행기들이 게토 위 하늘을 날며 소이탄을 연달아 투하했다. 소이탄들은 불발돼 길 가운데 놓여있을 때도 있었다. 몇몇 사람들이 검고 소름끼치는 그 소이탄들을 화약으로 쓰려고 분해하기도 했다.

게토 사람들은 지하 엄폐호로 내려가고 건물 잔해 아래로 숨어들었다. 나는 콘크리트 판 아래서 질식해 죽기보다는 하늘 아래서 연기 속에 죽는 게 낫다고 여기고 계속 돌아다녔다. 뜨거운 땅바닥을 디뎠다가 신발에 불이 붙지 않도록 하고, 엄폐호에서 엄폐호로 이동할 때 잔해를 밟는 발자국 소리를 줄여 독일군 순찰을 피할 수 있도록 신발에 누더기를 감았다.

푸른 하늘이 종종 검은 연기로 가려지는 나날이 흘렀다. 배가 고프고 목이 말랐다. 그러나 수도관들이 폭파됐기 때문에 시꺼먼 웅덩이에서 물을 떠 마셨다. 시체가 들어 있을지도 모르는 그런 웅덩이였다. 두 팔을 위로 쳐들고 가족의 시체 옆에 무릎을 꿇고 앉아서 애도하며 울고 있는 여자를 부서진 벽 너머로 볼 때도 더러 있었다. 그녀에게는 한 때 이 도시에서 살아 숨쉬던 적어도 오십만 명 중에서 한 사람인 망자였겠지만, 이제 이 도시에는 남은 건 숱한 시체들과 잔해, 그리고 잔해 속에 묻힌 소수의 생존자들뿐이었다.

한 젊은 여자가 몸에 휘발유를 부어 불을 붙이고는 탱크로 몸을 날리는 모습을 나는 보았다. 또 손을 든 채 독일군에게 항복하는 척하던 남자들이 독일군에게 갑자기 달려들어 무기를 빼앗는 모습도 보았다. 우리는 저항을 계속하기 위해 온갖 형태의 전투방법을 다 이용했다. 나는 건물 잔해 속에 숨어서 어느 독일군의 쉰 목소리를 흉내내 독일군 한 명을 불렀고, 그가 다가오면 동료들과 함께 어둠 속에서 그의 목을 베기도 했다. 우리 동료 중 몇 명은 전날 뺏어두었던 나치 친위대 군복을 입고 다녔다. 그 군복을 입은 내 모습을 거울 조각에 비쳐보았던 기억이 난다. 나, 미에테크가 나치 친위대의 철모와 부츠, 그 살육자들의 기장을 붙였던 것이다! 우리는 그런 차림으로 독일군 열두어 명이 지키고 있는 바리케이드를 향해 거리를 행진했다. 우리는 조용히 그들에게 다가가 총을 발사했다. 그들 중 세 명이 도망가자 우리는 쫓아가 마당에서 총으로 쏘았다. 그러나 우리 쪽은 네 명이 총에 맞았다. 우리는 무기를 들고 돌아왔다. 나는 그런 종류의 전투는 하지 않기로 결심했다. 효과적으로 싸우려면 우리가 한 짓을 본 독일군을 한 명도 살려두지 않아야 했다. 또 동료들이 우리가 진짜 나치 친위대가 아니라는 걸 알도록 길 가운데로 걸어가야 했지만 그렇게 해도 우리 편의 총에 맞을 위험이 여전히 있었다. 나는 나치 친위대 복장으로 죽기는 싫었다.

나는 다시 불길의 바다가 된 게토를 뛰어다니기 시작했다. 기회가 되면 독일군들을 쏘았고, 탄약을 엄폐호 여기저기로 날랐으며 쿠피에츠카 가의 엄폐호 두 곳을 윗층에서 방어하기도 했다. 스트루프 장군 휘하의 독일군들이 여자들과 아이들을 강제로 엄폐호에서 나오게 해서 건물 잔해가 깔린 땅바닥에 눕게 하고는 총으로 쏘는 것을 보았다. 불타오르는 건물에서 여자들이 뛰어내리는 모습과, 사람들이 독일군에게 덤벼들다가 총을 맞는 모습도 보았다.

그러나 항복의 표시로 두 손을 들어 올린 여자와 아이들로 된 포로들이 줄을 서서 가축운반용 화물차로 끌려가는 모습도 가끔 보았다. 어제까지만 해도 투사였지만 이제는 지치고 다쳐서 늘어진 용수철처럼 맥이 풀린 남자들도 보았다. 불탄 곳에서 솟아오르는 검은 연기에 휩싸인 그들의 행렬을 보면서 나는 여기서 패배하는 한이 있더라도, 베를린도 여기와 마찬가지로 불타는 용광로가 되고 잔해뿐인 도시가 되는 그날까지 계속 싸우리라고, 살아남으리라고 맹세했다. 우리가 살육자들의 소굴로 쳐들어가서 받은 대로 갚아주려면 군은 결심을 해야 했다. 무기를 거머쥔 채 죽는 것만으로는 부족했다. 우리는 이겨야 했고 적들을 우리 발로 밟아버려야 했다.

연기가 너무 짙어 밤인지 낮인지 분간하기가 어려웠다. 독일군의 탐조등으로 이미 밝혀진 게토에 타오르는 불길이 더해져 대낮같이 밝았다. 4월 27일 나는 하수도로 들어갔다. 독일군들은 이제야 인민군과 국내군 사람들과 무기가 하수도를 통해 오가고 있다는 것을 알아차렸다. 남녀노소, 그리고 저항군들까지 하수도의 탁한 물속에서 자기들을 바르샤바 바깥으로 데려다 줄 트럭이 도착하기를 몇 시간이고 기다렸다. 노인들, 부상자들도 구부정한 자세로 함께 걸었으며 그들 중에는 더 살고 싶지 않아 가는 걸 거부하고 머리를 곤죽 같은 하수도 물에 처넣고는 구토하는 사람들도 있었다. 나는 그들을 물에서 끌어내 일으켜 세우고는 철제 사다리로 데리고 갔다. 그러고는 다시 돌아와 무기를 운반하는 지하 저항군들을 안내했다. 그들은 미로 같은 하수도의 지리를 손바닥처럼 알고 있는 내게 놀라곤 했다. 우리는 연기와 잔해로 가득한 게토의 지상으로 올라왔다. 나는 폴란드 저항군들을 폐허가 된 파리소프스키 광장으로 인도했다. 독일군이 탱크들을 밀고 들어오며 기관총을 쏘아대면 우리는 무너지다 남은 벽 뒤에 숨어서 건물 잔해와 널빤지로 몸을 가렸다. 나는 독일군의 감시가 삼엄한 밀라 가로 가려고 이 건물에서 저 건물로 뛰어갔다. 그리고 아버지와도 만났다. 아버지가 나를 껴안았다.

"살아 있었구나, 미에테크. 살아 있었어."

아버지가 나를 껴안았다.

"너는 죽어서는 안 된다. 죽지마라."

며칠이 흘러갔다. 독일군들은 게토의 폐허에 체계적으로 침투했다. 총을 쏘고 엄폐호들을 폭파시키고 하수도에 가스를 투입하고 곳곳에 폭발물을 설치했다. 불길 속을 뚫고 길을 골라가고, 잔해 속에서 피신할 곳을 찾아 돌아다니면서 나는 헛되이 무기를 찾으려고 하는 사람들을 만났다. 가끔은 불길을 피해서 아직 말짱한 지붕을 건너며 내가 다니는 길로 그들을 데리고 갈 때도 있었다. 그러나 몇 마디 충고만 하고 그들을 두고 나 혼자 오는 때가 더 많았다. 내가 그들을 도울 길이 무엇이겠는가? 나는 싸워야 했다.

아버지, 안녕히 가십시오

5월 1일, 나는 레슈노 가 74번지의 어느 엄폐호에 있는 동료들에게 합류했다. 그들은 낮은 천장 아래 모여 있었다. 한 명이 무겁고 답답한 공기 속에서 내게 말했다. 그는 노동절을 기념하고 있었다.

"우리의 투쟁은 유대인들뿐만 아니라 유럽 전역에서 히틀러에 맞서 싸우는 저항 운동에 있어서도 분명코 역사적으로 중대한 의의를 가질 것이오."

검댕에 뒤덮인 채 겨우 무기 몇 개를 들고 죽음을 불사하고 싸우려는 그 사람들 중에 있으면서 나는 우리의 승리를 확신했다. 우리는 노동절을 기념해 밝은 대낮에 독일군을 공격하기로 결정했다. 나는 독일군 진지를 피해 폐허 사이를 재빨리 뛰어다니고 잔해 사이를 기어갔다. 게토는 회색 돌과 그을린 벽들, 부서진 건물들로 이루어진 들판이었다. 아버지는 밀라 가에 있지 않고 솔 공장으로 가 있었다. 나도 떠났다. 아버지 근처에 있고 싶었다. 사방에 불길이 성난 듯 타올랐고 독일군들이 쏘는 총소리가 멀리 들렸다. 그렇게 포격이 심했던 적도 없었다. 거리는 연기로 흐릿하게 보였고 집집마다 창문에서 불길을 토해내고 있었다. 나는 달려가다가 어느 남자가 웃통을 드러낸 채 두 팔을 올리고 아무 말도 없이 건물 4층 창문에서 몸을 날리는 것을 보았다. 나는 폐허를 뚫고 솔 공장으로 가면서 발로바 가 6번지의 건물들을 지나 스비엔토예르스카 가에 이르렀다. 그곳에서는 프란치슈칸스카 가를 향해 사격을 하고 있었다. 나는 그 거리의 30번지에 있는 엄폐호에서도 5월 1일을 맞아 공격하기로 결정했다는 걸 알고 있었다.

그때 일제사격이 시작돼서 나는 회반죽벽에 머리를 숨겼다. 독일어로 된 명령이 들렸다. 그러자 먼지로 뒤덮인 열 명 남짓한 사람들이 나타나 양손을 들어 올리고 나치 친위대를 향해 걸어갔다.

거기 아버지가 있었다. 아버지는 고개를 든 채 두 손을 이마 높이로 들어 올리고 있었다. 아버지는 다른 사람들과 함께 앞으로 걸어갔다. 나는 아버지를 보면서 기적을 기다렸다. 나는 차마 그 모습을 수 없어서 다시 회벽에 머리를 숨기고 싶은 마음이 들었다. 그러나 나는 그 죽음의 장면을 두 눈을 똑바로 뜨고 마주보아야 했다. 그래서 아버지를 위해서라도, 사랑한 모든 이들을 위하여 나중에 말할 수 있어야 했다.

그들이 고함을 질렀다. 나도 동시에 고함을 쳤다. 그들은 나치 친위대에 덤벼들었다. 나치 친위대 두세 명이 쓰러지면서 철모와 가죽 코트가 먼지 속에 뒹굴었다. 사격이 시작됐다. 더 많은 총소리가 나고 명령 소리가 들리더니 독일군들은 후퇴하면서 수류탄을 던졌다. 흰 연기가 구름처럼 피어올랐다. 그러더니 정적이 흘렀다. 멀리서 폭발과 함께 굉음이 났다. 아버지는 게토의 돌 사이에 또 하나의 돌이 되어 누워 있었다. 잘 가세요, 아버지. 내 뺨을 간질이던 아버지의 무성한 회색 턱수염과도, 단호하면서도 부드럽던 아버지의 목소리와도 이제는 헤어져야 하는군요. 내 어깨를 잡던 아버지의 손이여, 안녕, 아버지의 이야기도 안녕, 안녕. 아버지는 고통에서 벗어난 인간이나 정의로운 사회를 결코 보지 못하시겠군요. 나를 남자로 만들어주신 아버지, 안녕히 가십시오. 안녕, 아버지.

나는 또 하나의 돌이 돼 꼼짝 않고 점점이 검은 덩어리들이 흩어져 있는 회색빛 광경을 노려보았다. 그러고는 기어 돌아와 구멍 속으로 내려갔다. 엄폐호 한 곳은 깨진 호두처럼 갈라져 있었다. 그 안으로 들어가니 시체들 위에 쥐들이 떼지어 몰려 있었다. 나는 기었다. 꼭 필요해서라기보다는 땅에 내 몸을 가까이하고 싶어서였다. 내 땅, 내 가족을 데려간 땅. 나는 혼자였다. 어머니, 아버지, 동생들, 율레크 펠트, 모두 가버렸다. 내 주위에는 게토와 다를 바 없는 사막 같은 황량함이 감돌았다. 그러나 나는 그 폐허 속에서 그 뜨거운 돌에 얼굴을 대고 내 동족, 내 가족, 그리고 트레블린카와 잠브로프와 비아위스토크에 있는 유대인 동족, 그리고 여기 함께 있던 내 동료들 모두에게, 내가 사는 한, 내가 생각할 힘이 남아 있는 한, 매일 아침마다, 그들의 생명을 다시 불러내겠다고 맹세했다. 매일 아침 동이 틀 때마다 그렇게 해서 당신들이 나의 일부가 돼서 내 삶을 공유하게 하겠다고 맹세했다. 폐허 속에서 나는 그렇게 맹세했다.

나는 밀라 가의 엄폐호로 돌아갔다. 다른 사람들과 함께 게토의 노래인 '불타오르다'를 부른 후 다시 폐허로 빠져나왔다. 이제 게토 전체가 불타고 있었다. 밀라 가 7번지에 있는 건물만이 유일하게 말짱했다. 사람들이 무리지어 계속 그 건물로 가고 있었다. 저항군들, 여자들, 아이들이었다. 음식이나 물, 무기가 떨어졌다. 하수도를 통해 탈출할 계획을 고려해 보는 사람들도 있었지만 가망이 없었다. 독일군들에게 주요 수로가 이미 발각돼 가스를 살포하고 출구를 시멘트로 봉쇄한 뒤 조금만 건드려도 폭발하는 수류탄을 붙여두었던 탓이다.

나는 무덤 구멍이 막히는 걸 느낄 수 있었다. 우리는 거의 맨손으로 2주 이상이나 무덤 같은 게토가 열려 있도록 지켰다. 그 동안 우리는 이곳에서 사람들이 학살당하고 있다는 것을 세상에다 대고 외쳤다. 아무 소용이 없었다. 게토 외곽에서는 파르티잔들이 몇 번 공격을 감행했었다. 우리와 함께 죽으려고 온 소수의 용감한 사람들이었다. 그러나 게토 담 밖에 서서 화재를 구경하며 독일군 포대에서 발사되는 총탄의 수를 세고 불길 속으로 몸을 던지는 우리의 모습을 한가하게 구경하는 사람들도 있었다.

이제 무덤은 물 샐틈없이 닫혔다. 이제는 오직 시간의 문제일 뿐이었다.

나는 스모차 가의 엄폐호를 겨우 빠져나온 동료들과 쿠피에츠카 가의 엄폐호 주위에서 계속 싸웠다. 독일군은 최루가스, 화기, 수류탄으로 우리를 공격했다. 아무도 항복하지 않았다. 자살하는 사람들도 있었다. 있는 자리에서 버티다가 적에게 사살되는 경우도 있었다. 어디에나 무기가 부족했다. 레슈노 가의 엄폐호에는 겨우 황산 몇 병만 남았을 뿐이었다. 여기서 남은 사람들과 계속 싸워야 할까, 아니면 다른 곳에서 싸워야 할까? 레슈노 가에 있는 사람들은 숲으로 가서 싸우려고 게토를 떠났지만 시간이 부족했었다. 독일군들이 그들을 모두 죽였다. 나는 자멘호파 가에 있는 어느 집의 발코니에서 남아 있는 마지막 화염병 두 개를 정찰병에게 던져버렸다. 그런 후 지하실과 마당을 이용해 밀라 가 18번지에 있는 엄폐호로 갔다. 그곳에는 백 명도 넘는 저항군들이 모여 있어 숨이 막힐 지경이었다. 나는 여기서 죽고 싶지 않았다. 나는 게토의 하늘 아래 있고 싶었다. 나를 죽이는 사람을 내 눈으로 직접 보고 싶었다.

　나는 밖으로 나가 거리를 재빨리 달려 밀라 가 23번지에 있는 집으로 돌아왔다. 부서진 계단을 통해 위층으로 올라가는데 차가 오는 소리, 명령 내리는 소리, 고함 소리가 들렸다. 독일군들이 거기 밀라 가 18번지, 내가 방금까지 있었던 엄폐호를 포위하고 있었다. 열 명 남짓한 나치 친위대들이 탄 장갑차가 보였다. 그들은 확성기를 이용해 밖으로 나와서 투항하라고 호령했다. 아마 내 동료들은 반격하려고 할 것이다! 쥐죽은 듯 고요한 순간이 지나고 폭발 소리와 함께 최루가스 연기가 났다. 그러더니 다시 한 번의 날카로운 폭발 소리가 났다. 엄폐호에 있던 동료들이 자살을 택한 것이다. 나는 최루탄 악취를 맡으며 잔해 위에 엎드려서 살육자들의 목소리를 들었다.

　안녕, 모르데카이 아니엘레비츠. 잘 가시오, 내 동료들이여. 안녕히, 남자들 중의 남자들이여.

그래서 나는 거기 회벽과 콘크리트, 돌더미에 몸이 반은 덮인 채 밤이 될 때까지 누워 있었다. 아무 생각도 나지 않았다. 나는 게토의 일부였으며 죽은 것도 아니고 산 것도 아니었다. 밤이 되자 나는 기어가기 시작했다. 찢어진 옷에 진흙이 잔뜩 묻은 채 양초와 은신처, 음식을 찾아 헤매는, 사람 비슷한 형상들을 지나쳤다. 그들을 생존자라고 부르기도 힘들었다. 나는 밀라 가 끝에 있는 무라노프스키 광장을 향해 기어갔다. 그 광장 근처에 있는 지하 땅굴을 통해 하수도로 접근할 수 있어서였다.

나는 잔해 속에서 팔꿈치로 몸을 지탱해 가며 지하실을 향해 기어가 하수도로 이어지는 입구를 찾아냈다. 가스 냄새와 더러운 물의 악취가 나는 좁은 하수관 안에는 나밖에 없었다. 나는 촛불 빛에 의지해 몸을 잔뜩 구부리고 걸었다. 입구 근처마다 철사 줄에 매달아 놓은 수류탄들을 피해 돌아갔다. 계속 가, 미에테크. 힘내. 이보다 더 심한 꼴도 겪어 봤잖아. 파비아크, 트레블링카, 무덤들. 앞으로 나아가라.

나는 걸었다. 도망갈 수 있도록 열려 있는 하수도는 별로 사용하지 않던 곳이라 어떻게 연결되어 있는지 잘 알 수가 없었다. 나는 어느새 프셰비에크 가 아래를 걷고 있었다. 수류탄이 매달려 있지 않은 첫 번째 출구에 있는 사다리를 올라갔다. 다리 아래서 물과 배설물들이 흘러갔고 나는 기진맥진한 채 땀에 젖었다. 목도 말랐고 배가 고파 죽을 지경이었다. 나는 될 수 있는 대로 몸을 깨끗하게 닦고는 뒤통수로 철제 맨홀 뚜껑을 밀어 올렸다. 바깥은 어두웠고 폭발음과 총소리가 들렸으며 몇 백 미터 떨어진 곳에서는 불빛이 비치고 있었다. 도박하는 수밖에 없었다. 나는 기어나가 땅바닥에 찰싹 엎드렸다. 내 주위에는 전차들이 주차돼 있었다. 나는 남들의 눈에 띄지 않은 차고 속에 있었던 것이다. 나는 맨홀 뚜껑을 제자리에 끼웠다. 저 아래에는 사람들이 여전히 투쟁하고 있겠지만 나는 살아남아서 이기고 싶었다. 저 아래쪽에 있는다는 건 마지막을 의미했다. 이곳이 아닌 다른 곳에서 투쟁을 계속해야 했다. 나는 아직 죽을 때가 아니었다. 나는 죽음을 피하려는 시도는 해본 적이 없지만, 어중간한 상태에서 죽기는 싫었다.

나는 게토 위쪽의 불빛들을 보고 총성을 들었다. 안녕히 계세요, 아버지. 안녕히 계시오, 쓰러진 동료들이여. 잘 있거라, 게토여.

나는 차고의 담을 기어올랐다. 바르샤바 시가지는 조용했다. 등화관제가 실시돼 어두웠지만 나는 이 도시를 알고 있었으며 밤은 내편이 돼주었다. 나는 순찰대를 피해 숨고, 의심스러운 사람들은 거리를 두고 피해가면서 어느 지하실 입구에 숨었다. 그런 후 비슬라강을 건너 프라가 구역으로 갔다. 거리 건너편에서 친구 모코토프의 아파트를 찾아보았다. 아파트들은 모두 조용했고 인적 하나 없었다. 나는 계단을 뛰어 올라가 문을 단 한 번 두드렸다. 금방 문이 열렸다. 나는 비틀거리며 모코토프에게 다가갔다.

"매일 밤 네가 오길 기다렸어." 그가 말했다.

나는 그의 두 손을 꼭 쥐었다.

"그들은 나를 잡지 못했어, 모코토프. 왜냐하면 나는 아직도 싸워야 하거든. 내 가족들의 복수를 하고 싶고. 내 민족들의 복수 말이야."

"알아, 미에테크. 너는 고집쟁이지."

나는 그의 두 손을 계속 잡고 있었다. 살아 있는 사람이란 좋은 것이었다. 훌륭한 것이었다.

제2부

복수

제8장

안녕하시오, 동지

게토의 유대인들은 여전히 투쟁하고 있었다. 모코토프는 매일 게토 가까이까지 가서 상황을 살펴보았다. 그가 저녁에 돌아올 때면 나는 그가 망설이고 있다는 게 느껴졌다. 그는 총성과 수류탄 폭발과 군인들이 가득 탄 트럭들과 연기에 대해 말하고 싶어 했다. 그러나 그는 내가 거기로 돌아가서 핵심 저항군들과 함께 할까봐 걱정했다. 그 저항군들은 절대 투항하려 하지 않고 하나씩, 하나씩 죽어갈 터였기 때문이다. 모코토프가 걱정할 필요는 없었다. 내가 보기에 이제, 게토 안이나 밖을 나눌 것 없이 어느 곳에나 적과 싸우는 전선前線이 형성돼 있었던 탓이다. 나는 동료들을 도와 우리 형제들의 시체로 된 기념비를 게토의 심장부에 세웠다. 내 아버지도 거기에 묻혀 있다. 아버지가 죽은 후 나는 그냥 단순히 싸우고만 싶지는 않았다. 투쟁은 해봤다. 우리 모두가 투쟁했었다. 목숨만 부지하려고 애쓰는 것이 아니라 나는 살아 있었다. 이제 나는 승리하고 싶었다. 우리가 승리하면 살육자들은 죽을 것이다. 나는 그들이 도망가는 것을 보았고 피를 흘린 채 시체가 되는 모습도 지켜보았다. 나는 승리하고 싶었다. 지금은 게토로 돌아갈 마음이 없었다.

모코토프와 함께 있으면서 나는 원기를 되찾았다. 돈도 필요한 이상으로 많이 갖고 있었는데, 그 돈은 게토에서 나온 돈이었다.

어느 날 저녁, 마리가 숨죽여 말했다. "너는 어디 다른 소도시로 가서 기다리는 게 좋겠어. 독일군은 언젠가는 분명히 떠날 거야. 돈이 있으니 너는 할 수 있을 거야……. 너는 네 할 일은 다 했어. 너는……."

마리는 차마 말을 끝맺지 못했지만 말을 계속하려 했다. 모코토프가 마리를 힐긋 보더니 마치 침을 뱉으려는 듯 입술을 오므렸다.

"여자들은 끼어들지 마. 아가리 닥치고 있는 게 좋을 거야."

마리는 눈물을 쏟더니 양손으로 얼굴을 가렸다. 나는 마리에게 리브카와 소니아, 내 어머니 이야기, 그리고 게토 담 주변에서 두 소녀가 시체 더미 속에서 기어 나오는 모습을 보았던 우리 동료들의 이야기를 해주지 않을 수 없었다. 기적적으로 처형을 면했던 그 두 소녀는 온몸이 피로 칠갑이 돼 있었다. 한 소녀는 계속 같은 말을 반복했다. "엄마는 죽었어요. 그 사람들이 아빠를 끌고 갔어요. 나는 더 살고 싶지 않아요. 더 살고 싶지 않다고요." 그런 일을 겪고도 어떻게 저항하지 않고 얌전히 있을 수 있겠는가? 어떻게 자기 목숨만 부지하려고 두 손 놓고 기다리겠는가? 그렇게 부지한 목숨이 무슨 가치가 있겠는가?

"알아, 알아. 네가 옳아, 미에테크."

마리는 두 팔로 내 목을 껴안았다.

"나는 네가 죽지 않았으면 해, 미에테크. 죽으면 안 돼!"

"걱정 마. 그들은 기회를 놓쳤어. 이제는 나를 잡지 못할 거야."

나는 확신했다. 내가 그때까지 경험한 것들은 끔찍한 장애물로 가득한 길고도 높은 오르막길이었으며 그 오르막을 오르는 데 성공해 이제는 정상에 도달했다는 확신이 들었다. 나는 적들의 패배를 눈앞에 그려볼 수 있었다. 우리의 승리와 복수까지도.

5월 16일 모코토프가 폴란드 인민군에 있는 동료들을 만나게 해주려고 나를 구시가지로 데려갔다. 나는 게토에서 우리가 투쟁한 이야기와 트레블린카와 잠브로프의 이야기를 들려주고 농부들의 동향, 폴란드 국내군에 있는 투사들의 이야기도 들려주었다.

"우리는 새로운 폴란드를 창조할 것이다." 그 그룹의 지도자인 비톨트가 말했다.

"나는 유대인으로서 당신들과 함께 싸우고 싶습니다. 한 유대인이자 한 폴란드인으로서 말입니다!"

그들은 찬성했지만 나는 위조서류를 만드느라 며칠을 더 기다려야 했다. 수중에 있는 돈을 써서 일을 빨리 처리되도록 했다. 내가 모코토프와 프라가로 돌아가는 중에 게토에서 폭발이 일어나 우리 주위에 있는 집들의 창이 흔들렸다. 그 폭발음에 이어 작은 폭발음이 두 번 더 들렸다. 길을 가던 사람들은 멈추어서 몇 마디 서로 나누고는 가던 길을 계속 갔다. 다음 날 독일군이 틀로마츠키에 시너고그를 다이너마이트로 폭파했다는 소문이 들렸다. 그들은 게토에 있는 기념비나 묘석, 돌까지도 부숴버리려고 했지만 성공하지 못했다. 그것들에 깃들어 있는 우리의 생명이 끝까지 저항할 터이기 때문이다.

며칠 후, 모코토프가 신분증 두 개를 가져다주었다. 하나는 자모이스키라는 폴란드인의 신분증이었고 하나는 크라우스라는 국외 거주 독일인 신분증이었다.

"이제 다시 시작할 거야."

나는 루블린으로 가야 했다. 그곳 중심가인 스로드미에스치에로 가서 숲을 장악하고 있는 파르티잔들에게 지시를 받아야 했다. 마침내 나는 공개적으로 투쟁하게 된 것이다. 모코토프가 나를 기차역까지 배웅했다. 기차 칸은 몇 개 되지 않았는데 귀가하는 농부들과 바르샤바를 떠나 시골로 가는 피난민들로 빽빽이 차 있었다. 모코토프는 기차가 떠날 때까지 기다려주었다. 우리는 두 번 껴안았다. 우리가 다시 만나리라는 것을 누가 기약하겠는가?

"그들이 대가를 치르게 만들어, 미에테크."

"그렇게 된다면 네 덕분이야."

그는 어깨를 추켜올렸다 내렸다. "마리와 나는 너를 좋아해."

그가 소리내 웃고는 덧붙였다. "넌 여자들이 어떤지 알잖아. 잘 가라, 미에테크."

그가 돌아섰다. 나는 기차의 발판에 뛰어올라서 거기 선 채 바르샤바의 집들이 지나쳐가는 것을 마지막까지 지켜보았다.

기차는 파괴된 다리를 피해 우회하고, 동부로 가는 물자를 싣고 군대를 태운 호송 차량들에게 길을 비켜주느라 시간을 많이 지체했다. 검문을 당할 때면 나는 폴란드 경찰에게는 국외 거주 독일인 신분증을 내보이고 독일인 경찰에게는 폴란드인 신분증을 내보였다. 국외 거주 독일인 신분증을 내밀 때는 오만한 표정을 지었고, 폴란드 신분증을 내밀 때는 열등 민족 젊은이답게 얌전하고 순진한 표정을 지었다.

루블린에 도착했다. 새벽이었고 도시는 옅은 푸른 빛 안개로 덮여 있었다. 나는 구시가지를 걸어 다니고 농부들과 술을 마시기도 했다가, 늙은 폴란드인 부부와 만나기로 한 대성당 근처의 지붕이 나지막한 집을 찾은 후 밤이 될 때까지 기다렸다. 여자는 반백의 머리에 여위고 등이 꼿꼿했으며 남자는 구부정한 자세였지만 원기왕성하고 과묵했다. 우리는 나중에 촛불을 켜놓고 대화를 나누었다.

"자네는 나치에겐 가차 없이 대해야 해. 독일인이 아니라 나치에 대해 말이야. 독일인과 나치는 구별해야지." 노인이 말했다.

할머니는 작은 방에 있는 침대 겸용 소파에 내 잠자리를 마련해 놓았다.

"내 아들이 여기서 자곤 했지. 1939년 9월에 독일군들이 그 아이를 끌고 갔단다. 오래 전 이야기야……. 그래도 꼭 어제 일만 같구나!"

나는 할머니를 안아주었다. 그녀를 어머니라고 부르고 싶었고, 가족들을 사방으로 영원히 갈라놓은 이 광기를 증오한다고 말하고 싶었다. 아침이 되자 노인이 나를 근처의 교외에 데리고 갔다. 그는 마차에 기댄 채 참을성 있게 기다리던 한 농부에게 고개를 끄덕이고는 말했다.

"타게."

주위의 시골 풍경은 노란 색이 점점이 박힌 초록색으로 아름다웠다. 마차 바퀴가 흙탕물이 가득한 구덩이에 빠지자 나는 내려서 바퀴를 들어올려 빼냈다. 나무들이 친구들처럼 서로 모여 있는 모습, 부드러운 산들바람, 그 모든 것들이 나를 기쁨에 들뜨게 했다. 우리는 숲으로 들어가서 멈췄다. 농부가 올빼미 울음소리를 냈다. 다른 올빼미 울음이 화답했다.

"앞으로 똑바로 걸어가시오, 그들이 여기 있소."

농부는 마차를 돌렸고 나는 숲의 시원한 그늘 속을 걸었다. 나는 그들이 오는 것을 보지 못했지만 갑자기 내 뒤에서 누군가가 유쾌한 목소리로 말을 걸었다. "안녕하시오, 동지."

그렇게 해서 나는 그 파르티잔들과 합류했다.

파르티잔들은 세 명이었는데 굵고 거친 천으로 된 웃옷에 모자를 쓴 농부 차림새였으며 흙에서 일하는 사람들 특유의 강인한 얼굴과 몸매였다. 우리는 한 줄을 지어 하루 종일 걸었다. 늪이나 도로, 마을을 피해 돌아가면서 숲속으로 깊이 들어갔다. 모자 밑으로 금발이 삐쳐 나오는 사샤는 일행 중에 가장 젊었는데 신발을 허리띠에 달린 쇠갈고리에 걸고는 2미터 안팎인 나무 위로 기어올라가 나뭇가지 사이로 사라지곤 했다. 그러고는 몇 분 후 그는 손에 송진을 잔뜩 묻힌 채 다시 나타나곤 했다. 그러면 우리는 그가 나무 꼭대기에서 내려다본 정보를 참고해 근처의 길로 나가 재빨리 횡단해서 다른 숲으로 들어갔다.

밤이 됐을 때 우리는 야노프 숲에 도착했다. 우리는 어둠 속에서 걸음을 멈추었다. 비가 온 후여서 바람이 불자 나뭇잎에 있던 물방울이 후드득 떨어졌다. 근처에서는 시냇물 소리도 들렸다. 일행 중 누군가가 고함을 한 번 질렀다. 비슷한 고함 소리가 매우 가까운 곳에서 울리더니 등불 빛이 비쳤다. 우리는 다시 걸어가 이내 개간지에 이르렀다. 막사가 여럿 있고 커다란 모닥불 가에서 남자들이 노래하고 있었다. 사람들이 내 등을 다정하게 치며 환영했고 바르샤바와 게토에 대한 질문을 쏟아냈다. 파르티잔들은 끊임없이 내게 질문을 하거나 자기들이 그 현장에 동족들과 함께 하지 못한 데 분개했다.

"형제들, 중요한 건 싸우는 겁니다."

나는 볼레크라고 알려진 잠브로프 지방 롬자 출신의 유대인인 구스타브 알레프와 오래 이야기를 나누었다. 모닥불 곁에서 바닥에 쪼그리고 앉은 채 그는 시선을 돌리더니 나뭇가지로 땅을 긁었다. 그는 자기 가족들이 강제 수용 됐던 잠브로프 수용소에 대해 샅샅이 알고 싶어했다. 내가 그에게 조금이라도 희망을 주려 애쓰자 그가 고개를 가로저으며 말했다.

"나는 그들이 너무 심한 고통을 당하지 않았기만을 바랄 뿐이야."

바랄 수 있는 건 그 정도뿐이었다. 가족들이 가능한 짧게 고통을 겪는 것. 다른 사람들이 어깨를 서로 잡고 노래를 하는 동안 우리는 아무 말 없이 모닥불 곁에 앉아 있었다. 사람들은 감자를 재 속에 넣었다가 익으면 나뭇가지로 끄집어내서 뜨거운 감자로 저글링을 하며 장난치기도 했다. 그들이 내게도 감자 몇 개를 던져주었다. 누군가가 아코디언을 가지고 와서 연주하자 노랫소리가 더 커져갔다. 볼레크도 내 곁에서 노래를 부르기 시작했다. 밤이 깊어 쌀쌀했지만 우리를 둘러싼 나무들이 요새의 담처럼 믿음직했다. 우리는 노래를 불렀고 노래와 함께 힘도 솟아올랐다. 내 가슴에도 생기가 감돌고 내 목소리에도 경쾌한 활기가 넘쳤다. 장작불로 땠던 탓에 겉에 검정이 눌어붙은 커다란 쇠 냄비를 농부 몇 명이 가져왔다. 냄비 안에는 감자와 베이컨 덩어리가 가득 들어 있었다. 일종의 스튜였는데 우리는 모닥불 가까이에 둥글게 둘러앉아 얼굴이 달아오른 채 나무 숟가락으로 퍼먹기 시작했다. 농부들이 마시는 독한 보드카인 빔베르 병을 돌아가면서 마셨다. 누가 술병을 오래 들고 있기라도 하면 금세 고함 소리가 터져 나왔다.

"미에테크를 환영하는 자리란 말일세."

감옥을 탈출해 파르티잔이 된 러시아인 몇 명이 춤을 추자 우리는 손뼉으로 박자를 맞추어주었다. 그들 중 하나가 열성이 지나쳐 넘어졌다가 다시 일어서서는 더 요란하게 춤을 추자 나는 소리내 웃었다. 나는 웃고 또 웃으며 손바닥이 부서져라 손뼉을 치고 노래를 불렀다. 나, 미에테크! 너무도 오랜 세월 동안 인생이 즐거운 것이기도 하다는 사실을 잊고 있었다. 숲의 고요함과 바람 소리, 새가 날아오르느라 잎이 부스럭거리는 소리를 잊고 있었다. 내 머릿속에는 불이 탁탁거리며 타오르는 소리, 수류탄 터지는 소리, 벽 무너지는 소리, 살육자들의 고함 소리로 가득 차 있었다. 그리고 트레블린카 수용소의 굴착기 소리도 내 머릿속을 떠난 적이 없었다. 나는 남자들의 노래, 남자들의 건강함, 잠브로프 숲과 광활한 푸슈차 비아워비에스카 숲의 나무들과도 같은 이 나무들에 익숙해져야 했다. 그러나 이곳에서 나는 혼자가 아니었으며 도망자 신세도 아니었다. 나는 동지들을 얻었다.

"미에테크, 우리는 차별을 하지 않는다네. 모두 폴란드인이고, 모두 파르티잔들이지. 모두 동지들이라네."

그레고르 코르친스키는 자기 막사 안에 앉아 겁먹은 동물을 달래듯이 천천히 말했다. 그는 400명도 넘는 파르티잔들이 모여 있는 타데우스 코스치우슈코 그룹의 대장이었다.

"저는 복수를 하기 위해 싸우고 싶습니다."

말은 간단했지만 내 삶이 굴러가는 궤도를 말한 것이었다. 나는 복수하고 싸우기 위해 살아남았다.

"싸우게 될 걸세, 미에테크. 싸우게 될 거야. 우리 모두가 싸우고 싶어 한다네."

숲 속 모닥불 주위에서 나는 여러 파르티잔들과 안면을 텄다. 유대인들, 폴란드인들, 탈출한 러시아인들, 프랑스인, 유고슬라비아인, 체코인 등 각양각색이었다. 숲과 어두움 속에 있는 또 하나의 폴란드였다. 복수심으로 하나가 된 폴란드와 유럽의 사람들이었다. 유대인들은 게토에서 살아남은 사람들로 두 눈이 증오심으로 번쩍였다. 러시아인들은 수많은 사람들이 학대받고 굶어죽는 모습을 본 사람들이었다. 그들은 불타버린 마을들, 인질들, 그리고 공터에서 침묵하는 군중들 앞에서 사람들이 총살당한 이야기를 했다. 그곳에 있던 목격자들이 그들에게 가봤을 때 얼굴은 고문으로 짓이겨지고 입에는 회반죽이 가득 차 있었다는 이야기도 나왔다.

전국을 여행한 후 바르샤바에 있다가 이곳으로 온 미에치스와프 모차르*는 나직한 소리로 살육자들이 사람들을 모두 죽이고 싶어한다고 말했다. "그들은 성공하지 못할 걸세."라고 그가 말할 때 나는 주먹을 불끈 쥐었다. 우리는 모두 싸우고 싶어했다. 우리는 복수심으로 똘똘 뭉친 또 하나의 폴란드였다. 우리 동지들은 숲 속에 있었다. 파르체프와 헬름 숲, 그리고 보로프와 루바르토프 숲에 흩어져 있었다. 그 개간지에서 나는 남자다운 남자들을 만났다. 코트, 크루크, 콜카, 슬라빈스키, 프라네크, 이아네크. 나는 그들과 함께 노래하고 술을 마셨다. 나와 함께 싸운 동료들은 키르피츠니로 알려진 얀 홀로트가 이끄는 미츠키에비츠 그룹의 파르티잔들이었다.

"자네는 잘 싸울 걸세, 미에테크." 모차르가 말했다.

그는 나에게 정찰 임무를 주어 보내고는 저녁이 되자 함께 술을 마셨다.

그레고르는 자주 우리를 함께 불러서 이야기를 시작하곤 했다. 그는 따뜻한 모닥불 주위를 서성거리며 이야기했다. "동지들, 나치들과 파시스트들은······"

모든 게 간단했다. 나는 귀를 기울였다. 소련은 우리의 막강한 동맹국이다. 히틀러는 파시스트 자본주의자다. 사회주의 폴란드가 곧 출현할 것이며 우리는 폴란드의 붉은 군대(옛 소련군 Soviet army의 공식 명칭)이다. 나는 귀 기울였다. 마치 율레크 펠트가 하던 말과 아버지가 소망하던 것

*

미에치스와프 모차르 Mieczysław Moczar(1913), 별칭은 미에테크, 폴란드의 공산당 지도자, 조직가. 제2차 세계대전 때 지하 저항운동의 지도자로서 독일 비밀경찰에 대한 투쟁으로 명성을 얻었다.

의 메아리를 듣는 기분이었다. 나는 게토의 불공평함이 이해됐다. 나는 가난한 사람들, 굶주린 사람들, 거지, 희생자의 편에 서 있었다. 나는 귀로는 들었지만 생각할 시간은 별로 갖지 못했다. 나는 싸우고, 승리하고 싶었다! 생각은 나중에 할 수 있을 터였다.

그레고르, 모차르, 슬라빈스키는 모두 스페인 내란에 대해 이야기했고, 지치지도 않고 이어서 마르세이유와 탈옥한 죄수인 프랑스인 모리스에 대한 이야기를 했다. 슬라빈스키에게 바르샤바는 바르셀로나와 달랐다. 또 다른 탈옥범인 소련 장교 테오도르 알베르트 얘기도 했다. 그들은 모두 전투에 뛰어난 사람들이었다. 나는 그들을 믿었다. 그들도 나처럼 살육자들을 파멸시키고 싶어했다. 그것만으로도 나는 그들과 함께 할 수 있었다.

때때로 우리는 부크강을 건너 동쪽을 향해 숲과 숲을 가로질러 가기로 했다. 어제는 폴란드 땅에서, 내일은 독일 땅에서, 하는 식이었다. 오늘은 살육자들에게 고용된 우크라이나의 살인자들과 약탈자들이 상대였다. 그들은 우리를 정탐하고 있었다. 시골의 경치와 사람들은 매일 바뀌었지만 숲은 언제나 숲이었다. 나는 종종 늪지대를 철벅거리며 지나가고 마을을 통과해가면서 무거운 발걸음을 옮겼다. 낮에는 잠을 잤다. 그리고 백러시아에 있는 소련 파르티잔을 지휘하는 알렉시스 표도로비치 표도로프 장군에게 보내는 편지를 운반했다. 러시아인들의 수용소는 광대했다. 군복 차림의 장교들이 연설을 하고 있었고 젊은 파르티잔들이 열심히 듣고 있었다. 나는 임시로 만든 가설 활주로에 비행기가 착륙하는 모습을 처음으로 보았다. 러시아인들은 부유한 파르티잔들이었지만 우리는 가난했고 낙하산 보급품을 눈이 빠지게 기다려야 하는 신세였다. 우리가 있는 곳에 낙하산으로 보급품이 투하된 적은 한 번도 없었다. 개간지에 여기 저기 피워져 있던 모닥불이 곧 꺼지고 동이 트기 시작할 터였다. 나는 그저 텅 빈 하늘만 쳐다보았다.

어느 날 밤, 드디어 우리는 비행기 한 대의 엔진 소리를 듣고는 M자 모양으로 피워놓았던 모닥불 아홉 군데에 기름을 더 부었다. 비행기가 선회를 하더니 나무 꼭대기를 스치며 모스코바로부터 온 사절 두 명을 내려놓았다. 그 사절들은 체코인 한 명과 바르샤바로 돌아가는 중인 독일인 여자였다. 비행기는 또 여러 무기와 내가 표도르비치 표도로프 장군의 파르티잔들이 가지고 있는 것을 본 적이 있는 페페샤라는 둥근 탄창이 달린 자동 소총들도 내려놓았다.

아침이 되자 모차르가 우리를 개간지에 줄을 세웠다. 페페샤 자동소총은 뚜껑이 열린 나무 상자 안에 있었다. 그는 우리들 한 사람 한사람마다 그 자동소총을 나눠주었다. 그는 내 앞에 서더니 눈을 찡긋했다.

"잘 사용하도록 하라."

파르티잔이 된 미에테크

그런 후 우리는 숲을 나왔다. 나는 정찰 임무를 했다. 나는 폴란드어와 독일어를 할 줄 알았고 위조 서류도 가지고 있었다. 마을로 들어가 농부에게 말을 걸고, 초소를 답사해 보고, 몇 시간 후면 내가 총을 겨누게 될 군인들과 나란히 거리를 걸어가기도 했다. 어느 마을에서 덩치 큰 군인이 싱긋 웃더니 내 팔을 잡고 말을 걸었다.

"달걀이오, 달걀."

그는 소리내 웃으며 암탉 흉내를 냈다. 나는 못 알아듣는 척 도리질을 했다. 인정 많은 모습을 한 살육자들도 있다는 걸 아는 탓이었다. 나는 숲속으로 돌아갔다. 전쟁은 야만적이었다. 그 군인은 남을 죽일 수도 있고 자기가 죽임을 당할 수도 있다. 그게 법이었다. 모차르가 내 보고를 듣더니 말했다.

"미에테크, 자네는 기억력이 대단하구먼."

우리 중 몇 명은 다시 정찰을 나갔다. 도중에 나는 나무에 매복했다가 기습하는 법을 배웠다. 우리는 블로다바에서 소스노비에츠로 가는 도로를 쭉 감시했다. 독일군 트럭들이 먼지를 내며 달려갔다. 우리는 그 트럭 행렬을 지나가게 내버려두었다. 하지만 트럭 한 대가 떨어져 오는 걸 보고 나는 신호를 했다. 우리는 나무 둥치를 끌어가 길에 걸쳐놓았다. 트럭이 다가오자 내 페페샤 자동소총이 불을 뿜었다. 총 맞은 시체들이 굴러 떨어졌다. 길로 튀어나가 도망자를 쫓아갈 때도 있었다. 독일군들이 우리의 뒤를 밟을 우려가 있기 때문에 증거를 모두 없애야 했다. 나는 나뭇가지로 길에 있는 핏자국을 쓸어냈다. 모두 힘을 합해 끙끙거리며 트럭을 숲속으로 밀어 넣고, 옷을 벗겨낸 시체들을 늪에 집어던졌다. 매복 기습을 시작한 후 한 시간도 못 돼 그 도로는 다시 아무 일 없는 듯 평화롭게 숲속으로 구불구불 이어져 있었다. 마치 땅과 숲이 열려 갑자기 트럭을 삼킨 후 다시 닫혀버린 듯했다.

나는 그런 작전이 있을 때마다 자발적으로 나섰다. 나는 우리 민족을 생각했고 트레블린카의 기차역에 있던 그들의 얼굴들이나 바르샤바 스비엔토예르스카 가의 솔 공장 구역에 있던 사람들의 얼굴을 떠올렸다. 아버지 생각도 했다. 매일 아침 내 막사 안이나 이슬로 무거워진 숲 속에서 과거를 회상했다.

모차르는 내가 자잘한 작전에 참여하는 것을 중지시키려 했다. "나는 자네가 통신문 전달 일을 계속하는 편이 더 낫다고 보네."

나는 투사들과 함께 싸우고 싶었다. 모차르는 어깨를 으쓱하곤 했다.

"그럼, 그렇게 하게. 하지만 살아서 돌아와야 해. 자네가 필요하니까."

"제가 왜 죽어요? 저는 베를린에 가고 싶다고요!"

기습작전이 많이 치러졌다. 우리는 블로다바-헬름 철도를 폭파했다. 다이너마이트가 매설되면 다른 사람들은 몸을 피했지만 나는 피하라는 휘파람 소리를 무시하고 뒤에 남아 있었다. 나는 그 철도나, 다리, 기차가 폭파되는 걸 보면서 내 복수가 이뤄졌음을 실감하고 싶었다. 손 도끼질 몇 번으로 전신주를 넘어뜨리는 법도 익혔다. 도끼날로 나무에 홈을 낸 후 그 틈으로 도끼질을 하면 되었다. 계속 해, 미에테크. 힘내. 트레블린카의 무덤 구덩이 가에 서 있던 우크라이나인 이반을 기억해. 나는 다른 전신주로 달려가 팔 힘이 빠질 때까지 도끼를 내려쳤다. 녹초가 돼도 계속 내려쳤다.

나는 마을들을 돌아다니며 볼레크가 편집한 신문이나 전단을 나누어 주면서 독일군에게 우유나 곡식을 배달해주지 말라고 농부들에게 부탁하곤 했다. 또 우유 짜는 착유소를 폭파해 독일군들이 버터를 구하지 못하도록 했다. 독일군들일랑은 우유 속에나 빠져죽으라지! 또 제재소에 불을 지르기도 했다. 나는 야누시와 그의 부하들에게 합류했다. 나무꾼의 아들인 그는 루바르토프와 오스트로프 주위의 숲에서 백여 명의 부하를 데리고 활약하고 있었다. 독일군은 없는 데가 없었으며 아주 작은 마을들까지도 점령하고 있었다. 나는 그 마을들로 들어가고 싶었다. 나는 밤에 두세 명의 대원들과 함께 마을로 잠입해 독일군 초소를 공격하고 그 지방 세금징수원을 겁주고 경찰을 몰아내었다. 숲으로 덮인 지역들 전체가 우리 수중에 들어왔다.

그 후 나는 도시 지역에서 활동하는 임무를 맡겨달라고 부탁했다. 도시에서는 적들이 평화롭게 거리를 행진하고, 독일군 사령부가 있으며 자동차들이 주차돼 있는 모습을 볼 수 있었다. 그러나 나는 이제는 더 이상 자렘비의 도둑놈 같은 밀고자에게 발각돼 쫓겨다니거나 농부의 일꾼 노릇을 하는 미에테크가 아니었다. 나는 파르티잔이며 배신자들을 정탐하고 그들을 처벌할 계획을 하는 미에테크였다. 밝은 대낮에 동지와 함께 독일군 군복차림을 하고는 파르티잔 그룹을 밀고한 남자의 집 문을 노크하고 그자를 찔러죽였다. 그런 후 우리는 도시를 한가롭게 거닐며 빠져나왔다. 나는 복수하는 미에테크였다. 나는 주택들과 시골, 그리고 사람들을 조사하면서 세부사항까지 외었다.

이전에는 바르샤바의 게토, 길거리들, 지붕 위, 하수도가 내 터전이었지만 이제는 앞에 펼쳐진 숲이 내 활동 영역이 됐다. 우리에게 적대적인 마을인지, 독일군이 있는지, 농부는 누구 편인지를 감으로 알 수 있었다. 나는 이해할 수 없는 암호문으로 된 전갈을 외운 후 혼자 길을 나섰다. 숲에서 숲으로 다니며 곳곳의 지휘자들을 만나고 다녔다. 새소리 흉내를 내서 우리 편 보초에게 내가 왔음을 알리는 법도 익혔다. 통신문 전달원이 돼 지시 받은 전달사항을 반복해 외운 후 잠을 자고는 다시 익숙한 숲으로 들어갔다가 도로를 횡단했다가 하며 목적지로 갔다. 헛간에서 잠을 자면서 추울 때는 건초더미를 파서 틈을 만들고는 그 따뜻한 건초 속에 들어가 잤다. 농부들의 집에 들어가서 커다란 토기 난로 주위에 있는 긴 의자에 앉아서 몸을 녹일 때도 있었다. 그러나 다른 사람들이 흔히 그러듯 난로 주변에서 자는 일은 드물었다. 나는 조심성을 최우선으로 여겼다. 살아서 승리하고 싶었으므로 차라리 추운 쪽을 택했다.

어느 날, 모차르와 야누시가 나를 불렀다. 모차르는 거친 담요로 몸을 감싸고 있었다. 야누시는 전혀 불편하지 않은 모양이었다. 그는 숲에 익숙한 사람이었다.

"미에테크, 자네는 트레블린카에 대해 알지. 말해보게."

나는 밤새 이야기했다. 언제까지라도 이야기를 이어갈 수도 있었다.

"루블린 남쪽에 마이다네크가 있다." 모차르가 말했다.

그곳은 '공장'과 무덤들이 있는 또 하나의 트레블린카였다.

"미에테크, 우리가 그곳을 공격할 수 있을 걸세."

나는 살육자들을 처벌하고, 그곳을 공격해서 수감자들이 풀려나 공포에서 벗어난 표정으로 내게로 다가오는 꿈을 꾸었다. 그런 꿈을 꾸었다.

며칠 후, 야누시의 시체가 발견됐다. 사지가 잘려 있었고 귀도 잘려나갔다. 다른 편 폴란드를 위해 우리 '산적'들에 맞서 싸우는 민병들인 NSZ*에 희생됐던 것이다. 그들은 독일인들에게서 두당 설탕 4, 5킬로그램 정도를 대가로 받고 유대인을 넘겨주었다. 그들은 무자비했고 광적이었다. 그들은 우리를 '빨갱이' '러시아 놈들'로 불렀다. 자기들만이 '가톨릭을 믿는 영원한 폴란드'를 지킬 수 있다고 떠들어댔다.

우리는 검은 흙을 파서 야누시의 무덤을 만들고는 주위에 모두 둘러서서 그를 잘 아는 모차르와 그레고르가 하는 말을 들었다.

"NSZ에 잠입할 사람들이 필요하다⋯⋯." 모차르가 말했다.

나는 마이다네크를 공격하고 싶어했던 야누시의 동지였다. NSZ 대원들이 여러 마을에서 쫓아냈던 유대인들은 나의 형제였다. 나는 자동소총을 들고 싸우고 싶었다. 다른 사람들이 손짓하거나 휘파람을 불며 나를 격려하자 힘이 솟았다. 볼레크도 우리가 독일 트럭을 기다리며 잠복하고

＊

NSZ Nesezowcy, Narodowe Siły Zbrojne, 국군으로 번역되며 제2차 세계대전 당시 나치의 폴란드 점령에 반대하던 저항 단체 파벌들 중 하나. 최대 7만~7만 7000명에 이르기도 했으며 1944년 일부 세력이 아르미아 크라조바, 즉 국내군으로 합류했다.

있었을 때 그랬던 것처럼 내 곁에서 콧노래를 하며 격려해주었다. 나는 혼자 가고 싶지는 않았지만 좋아하는 일만 하러 이 숲 속에 있는 건 아니었다. 나는 자동소총을 쥐고 동료들을 떠나 길을 골라가며 갔다. 폴란드 신분증을 주머니에 넣은 채 적들의 소굴로 파견된 것이다.

NSZ에 잠입하다

나는 또다시 농부들에게 일자리를 구걸했다. NSZ가 장악하고 있는 어느 마을에서는 우리의 공격에 대비해 철통같은 경비를 하고 있었다. 나무 손잡이가 달린 수류탄들을 허리띠에 달고 모피 모자를 눌러 쓴 그들의 모습이 보였다. 그들도 내가 마을로 들어오는 모습을 보았다. 두 명이었다. 내가 그들에게 손을 흔들자 나를 보내주었다. 나는 혼자였고 무장도 하지 않았으니 위험하지 않다고 판단했던 것이다. 나는 성당으로 곧바로 가서 신부에게 내가 독일에 있는 강제수용소에서 탈출한 이야기를 들려주며 시골에서 살고 싶은 이유를 설명했다. 신부는 말없이 내 이야기를 듣고는 한 농부의 이름을 알려주었다. 그리하여 나는 자렘비에서 바르샤바 봉기가 일어나기 전까지 살았던 그런 끝이 없을 것 같은 생활을 다시 시작했다. 건초를 옮기고 마구간을 청소하며 일을 하고는 저녁이면 농부와 대화하며 나는 싸우고 싶다고 했다.

그 농부는 팔짱을 끼고는 도리질을 했다. 그러더니 어느 날 저녁 그가 말했다. "아마 젬바 소령이 자네를 써줄지도 모르겠네. 가서 내가 보냈다고 말해보게."

젬바 소령은 마을 변두리에 있는 한 농부의 집에서 나를 만나주었다. 벽에는 은십자가가 걸려 있었고 탁자에는 자동소총과 수류탄 몇 개가 놓여 있었다. 그는 나를 이리저리 살펴보았다. 그 옅은 색 눈동자와 천박한 미소, 빈정대는 듯한 목소리에서 젬바가 인간의 탈을 쓴 짐승임을 나는 알아보았다. 그가 반지를 낀 투박한 손으로 내 신분증을 뒤적이며 질문을 하더니 술을 한 잔 따라주었다. 하지만 나는 정신을 바짝 차리고 있었다.

"싸우고 싶다면 내일 오게나." 그가 결국 그렇게 말했다.

아침이 되자 나는 대원 스무 명에 끼어 파르티잔들을 돕는다는 낙인이 찍힌 어느 마을로 출발했다. 나는 몇 명과 함께 도로변에 있으면서 계속 감시했다. 여자들의 비명 소리와 폭발음이 들렸다. 농부들이 숲속으로 도망쳤다. 그중 몇 명이 수류탄이 터지자 쓰러졌다. 그런 후 우리 일행은 본부로 돌아왔다. 그리고 그 날 저녁 나는 술을 마시는 사람들에게 끼어들었다. 구역질이 나고 토할 때까지 술을 마셨다. 볼레크가 휘파람으로 부는 유대인 노래에 맞춰 숲속에서 행진하던 일이 떠올랐다. 하지만 나는 여기 이 악당들 틈에 끼어 함께 웃고 있었다. 그런 고통이 몇 주나 지속됐다. 어느 날 밤, 나는 마을을 빠져나와 숲으로 갔다. 파르티잔 동지 한 명이 나를 기다리고 있었다. 나는 그에게 NSZ 대원들의 명단을 넘겨주었다. NSZ에 충성하는 마을들과 그들을 돕는 농부들도 알려주었다. 나중에는 두세 번 정도 NSZ가 벌이는 작전에 대한 정보를 전해주기도 했다. 그래서 젬바가 공격하고 약탈하려는 마을 근처에 우리가 다가갈 때 파르티잔들이 미리 기다리다가 우리를 쫓아보내게 만들었다. 나는 NSZ 속에 있으면서 그들과 함께 욕하고 술을 마시면서 내 역할을 충실히 했다. 그러나 그들이 점점 나를 의심하는 게 감지됐다. 젬바가 나를 불러서는 친절하고 붙임성 있게 다정한 태도로 나를 심문했다. 내 부모가 누구인지, 내가 여기 이 마을에 있는 이유는 뭔지를 물었다. 그러면서 그 엷은 색 눈동자를 결코 내 얼굴에서 떼지 않았다. 반지 낀 그의 손이 단검을 만지작거렸다. 나는 파비아크 감옥과 슈하 거리에 있던 게슈타포의 기억이 났다.

그러나 겁먹지는 않을 터였다.

"자네도 알다시피 내 곁에는 언제나 정탐꾼들이 기웃거린단 말이야. 눈이건, 귀건 잘라내야지! 정탐꾼들을 십자가에 못 박은 적도 있지. 나무야 얼마든지 있으니까. 십자가 만드는 건 일도 아니라고."

나는 소리내 웃으며 그와 함께 술을 마셨다. 부츠 속에는 수류탄을 숨겨둔 채.

며칠 후, 작전을 성공적으로 마친 후 우리는 평소처럼 마을 변두리에 있는 집에서 술을 마시기 시작했다. 쳄바는 보드카 병을 들고 있었다.

"정탐꾼들이 있어. 폴란드 인민군 도당들이 사방에 정탐꾼들을 깔아놓고 있다네. 그들의 귀를 잘라 내버려!"

쳄바가 몸짓을 하자 모두가 소리내 웃었다. 그가 나를 보고 있는 게 느껴졌다. 나는 살아남고 승리하고 싶었지, 그 폴란드의 허름한 농가에서 술 취한 악당들의 칼에 찔려 죽고 싶지는 않았다. 나는 우리 민족에게 빚을 졌으니 승리하고 살아남는 걸로 갚아야했다. 나는 술을 한 잔 더 청하는 척하고 일어서서 문으로 급히 달려가 몸을 돌리고는 수류탄을 방안으로 던져버리고 숲으로 도망쳤다.

그들은 마을 외곽을 뒤지고 숲 속을 훑으며 밤새 나를 찾으러 다녔다. 나는 나무 위로 올라가 나무줄기가 내게 힘을 불어넣기라도 하는 듯 매달려 있었다. NSZ 대원들은 조준도 하지 않고 아무렇게나 총을 쏘고 수류탄 몇 개를 던졌지만 우리 파르티잔의 터전인 숲을 두려워했다. 나는 팔이 아플 때까지 나무에 매달린 채 기다렸다. 동이 트자 나는 숲 속을 달려가고 도랑에서 토끼잠을 자가며 마침내 모차르, 그레고르 등 다른 파르티잔들과 합류했다. 그것으로써 나는 정탐꾼 노릇을 마감했다. 그날 저녁, 모닥불 가에서 나는 볼레크 곁에 앉아 커다란 검은 냄비에 숟가락을 넣고 음식을 떠먹었다. 나는 우리 편 사이에 앉아 위장할 필요도 없이 동료들의 친근한 목소리를 들으며 조용히 편안함을 만끽했다. 아침이 되자 첫눈이 내렸다. 하얗게 얼어붙은 날이 며칠 계속 됐다. 숲에서 살기가 힘들어졌다. 장작들이 축축해져서 불이 잘 붙지 않았고 겨우 붙은 불도 잘 꺼졌으며 음식이 귀해졌다.

"동지들, 붉은 군대는……"

모차르와 그레고르는 앞으로 우리가 승리하리라고 역설했지만 우리는 추위와 안개 속에서 파괴 공작 말고는 하는 게 없었다. 나는 얼음 위에 누워서 지나가는 트럭이 몇 대인지 헤아리고 얼어붙은 손가락으로 철로에 폭약을 설치했다. 탱크 몇 대를 실은 기차가 폭발하는 모습을 보았다. 그러고는 독일군에게 협력하는 사람이 소유한 어느 시골 대저택 지하실에서 징발한 브랜디와 샴페인을 마셨다. 발이 푹푹 빠질 정도로 깊이 쌓인 눈 속을 걸었고 독한 빔베르 술만 마시며 며칠을 견뎠다. 죽은 동지들을 위해서 얼어붙은 땅을 파서 무덤을 만들어주기도 했다. 나는 매복공격을 하고 죽이면서 사람들이 죽어가는 모습을 보았다. 전쟁은 악몽이었다. 나는 가끔 농부의 헛간에서 잘 때도 있었는데 어느 느지막한 아침에 개들이 짖어대는 바람에 방심하다가 허를 찔렸다. 독일군들이 와서 이집 저집 문을 두드려가며 지폐 몇 장에 넘어간 밀고자가 알려준 유대인 가족들을 찾고 있었다. 그 군인들이 성당 앞에서 웃어대며 보드카를 돌려 마시고 있을 때 나는 재빨리 건초더미 속으로 몸을 숨겼다. 그 군인들 앞에는 어린이 세 명이 팔을 올린 채 서 있었고 남자와 여자는 무릎을 꿇고 있었다. 나는 무기가 없었다. 내가 1939년부터 보아온 모든 장면들이 주마등처럼 머릿속을 스쳐갔다. 나는 눈을 질끈 감았다. 나중에 나는 도망쳤다가 한참 울고는 우리 대원들이 있는 개간지로 돌아왔다. 하루 종일 나는 완전히 지친 채 엎드려 누워 있었고 볼레크가 곁을 지켰다. 그 아이들, 무릎 꿇은 내 어머니, 굴욕감을 견디던 내 아버지, 죽을 자로 선별돼 트레블린카로 끌려갔던 내 동생들이 생각났다.

우리는 계략을 꾸몄다. 볼레크가 독일군들에게 독일어로 된 익명의 편지를 썼다. 유대인 몇 명이 숨어 있다는 내용이었다. 볼레크는 마을 이름까지 밝혔다. 우리는 며칠 동안 지켜보았다. 눈이 우리를 숨겨주었다. 나는 긴장을 풀지 않고 눈과 보드카만 마시며 견뎠다.

드디어 그들이 왔다. 거만한 나치 친위대원들이었다. 그들은 소총을 흔들며 마을 한가운데로 들어왔다. 파르티잔 대원이며 러시아 아가씨인 나디아가 우리와 함께 있었다. 나는 그녀와 함께 일어나 나치 친위대 쪽으로 걸어갔다. 그들이 우리를 보자 우리는 숲 속으로 도망쳤다.

그들이 총을 쏘며 외쳤다. "멈춰라, 유대인. 멈춰!"

우리 앞쪽에 있는 나무 뒤에는 볼레크, 그레고르, 코트, 크루크가 숨어 있었다. 우리는 독일군을 한 명도 살려 보내지 않았다. 그들의 검은 시체들에서 나온 피만이 눈 위를 붉게 물들였다. 나는 그들의 얼굴을 차례차례 들여다보고는 얼어붙은 그들의 손가락에 걸린 무기들을 억지로 들어올렸다. 볼레크가 내 곁으로 왔다.

"우리가 그들의 원수를 갚았어, 미에테크."

나는 고개를 가로저었다. 우리는 결코 원수를 갚을 수 없었다. 살육자들을 죽인다고 죽은 가족들이 다시 살아나는 건 아니었다. 복수란 언제나 쓰디썼다.

"볼레크, 우리가 그들을 모두 다 죽인다고 해도 내 동생이 다시 살아나지는 않아."

나는 눈 속에 앉았다. 트레블린카에 얼마나 많은 시체들이 누워 있었는가? 나는 그들이 우리를 더 죽이지 못하도록 그들을 죽여야 했다. 인간의 탈을 쓴 그 짐승들을 죽여야 했다.

"우리도 사람을 죽이고 있어, 볼레크. 우리도 사람을 죽이고 있다고."

"하지만 그럼 달리 무슨 일을 하겠니? 선택은 네가 하는 거야, 미에테크."

나도 알았다. 우리는 그들을 반쯤은 벌거벗겨 놓은 채 숲 입구에 내버려두고 떠났다.

한 시대의 종말

겨울이 다 지나갈 무렵, 전세가 우리 쪽으로 기울어졌다. 내가 진흙 속을 기어 도로 쪽으로 갈 때 러시아에서 부상당한 독일군들을 가득 태우고 질주하는 트럭들이 보였다. 트럭 행렬은 루블린을 향해 가고 있었다.

"독일군이 후퇴하고 있어, 미에테크."

볼레크가 환성을 질렀다. 우리는 그 이후로도 몇 번 급습을 하고는 숲 속으로 사라지곤 했다. 어느 날 이른 아침에 람블로프 숲에 있는 우리 야영지 위를 비행기 한 대가 날며 나무꼭대기를 스쳐가고 있었다. 우리 동료 몇 명은 소나무 꼭대기로 올라가서 그 비행기가 선회해 돌아올 때 총을 쏘았다. 비행기가 숲으로 추락해 폭발하면서 한줄기 검은 연기와 불길을 피워 올렸다. 나는 승리의 함성을 질렀다. 하지만 그때 우리 쪽 감시병들이 도착해 경고를 보냈다.

"적들이 이곳에 대대적으로 몰려왔소."

모차르가 우리를 불러 모았다. 숲 속에 있는 우리 대원들은 수백 명 정도 되었다. 체피가 대위 주위에 소련 파르티잔들이 둘러 서 있는 게 보였다.

나는 어느 나무 뒤에 개인 참호를 팠다. 다른 사람들은 나뭇가지 뒤로 숨었다. 우리는 숨죽인 채 적들을 기다렸다. 이윽고 나무에서 나무로 몸을 숨긴 채 다가오는 그들이 보였다. 그들은 바이킹 사단에 소속된 나치 친위대였다. 살아라, 미에테크. 그래서 저들을 죽여야지. 그게 원칙이었다. 나는 동료들과 함께 조준하고 발사했다. 피도 눈물도 없이. 살려면 죽여야 했다. 나무껍질이 흩어지고 나무들이 쪼개지며 비명을 질렀다. 사람들이 고함을 질러댔다. 살려면 죽여라. 모차르가 명령을 내렸다. "일어서라, 동지들!"

나는 참호를 벗어나 함성을 지르며 나무들 사이로 뛰어갔다. 트레블린카와 바르샤바 게토, 잠브로프, 비아위스토크에 있던 사람들이 모두 내 안에서 함께 고함을 질렀다. 자, 아버지. 일어서세요. 함성을 지르세요! 일어서, 리브카. 파벨, 너도 일어서. 그리고 빨간 머리 내 친구, 그리고 너 소니아도! 일어서라고! 그들이 죽느냐, 우리가 죽느냐. 짐승들과 인간이 싸우는 거야. 살고 싶으면 죽여.

우리는 그들을 숲에서 몰아냈지만 그들은 여전히 들판과 도로마다 진을 치고 있었으며 밤이 되자 그들이 피운 불빛이 어둠을 밝혔다. 나는 볼레크를 찾아보았다. 그는 살아 있었고 모차르와 그레고르 역시 무사했다.

"우리는 이동해야겠네. 내일이 오기 전에." 모차르가 말했다.

나는 시체들을 묻고 흙을 덮는 일을 도왔다.

우리는 바이킹 정찰병들을 피해가며 부상자들을 다른 숲으로 데리고 갔다.

이제 매일 새로운 소식들이 들려왔다. 독일군들은 퇴각하고 있었으며 이제는 우리를 공격하려고 하지도 않았다. 오로지 숲에서 떨어져 있는 일에만 주의를 기울였다. 우리의 병력은 커져갔다. 우리는 이제 군대가 되었고 내게도 군복이 배당됐다. 어느 날 바르샤바에서 온 롤라 장군이 우리를 개간지에 모두 불러 모았다. 흰색 군용 외투 차림인 그는 한 걸음 앞으로 내딛더니 모자를 벗으며 살찐 얼굴을 드러냈다.

"파르티잔 동지들, 승리가……."

나는 그의 말에 귀 기울이지 않았다. 한 시대가 종말을 고한 것이다. 탈출했던 러시아인들은 그들의 군대에 다시 합류할 것이고, 폴란드인들은 가족들이 기다리는 고향으로 돌아갈 터였다. 내가 갈 곳은 어딘가? 내 가족들은 어디 있는가? 뉴욕에 있는 외할머니 한 분? 나는 외할머니가 어떻게 생겼는지도 기억하지 못했다. 다른 가족들은 모두 죽었다. 살육자들이 나를 나무가 쓰러지고 불타버린 황폐한 숲에 홀로 남은 나무 같이 만들어놓았다. 나는 거기 그냥 서 있을 수만은 없었다. 무언가를 해야 했다.

롤라 장군이 우리가 서 있는 줄을 지나가며 새로운 계급장을 나눠주었다. 모차르가 두 걸음 앞으로 나갔다. 중령 계급장이 수여됐다. 볼레크와 다른 몇 명이 줄에서 불려 나왔고 나도 불려 나왔다. 중위 계급장이 수여됐다. 장군이 나를 껴안았다. 그날 저녁 미에치스와프, 모차르와 나는 건배를 했다.

"미에테크, 기운 내." 모차르가 말했다.

학살당한 그 많은 동족들의 기억이 생생한데 내가 어떻게 명랑한 기분으로 있을 수 있겠는가? 볼레크가 내 어깨를 잡고는 한번 흔들어주었다.

"미에테크, 잊어버리지 마. 여기 있다는 게 우리가 승리했다는 표시야. 아직도 우리가 여기서 버텨내고 있다는 것이 말이야."

나는 보드카를 들이키며 어두운 기분을 떨어버렸다. 볼레크의 말이 옳았다. 산에 다시 나무가 울창하게 만들려면 나무 한 그루만 있어도 충분했다. 나는 술을 마시고 다른 사람들과 함께 노래했다. 우리는 바르샤바와 키엘체 지역으로 떠나게 될 모차르를 얼싸안았다. 그곳에도 파르티잔들이 있었다.

며칠 후 담요를 돌돌 말아 가슴에 매달고 행진하는 러시아군의 긴 행렬이 우리 눈에 띄었다. 표도로프 장군의 파르티잔들처럼 그들의 뒤쪽에는 이동식 기관총 대열이 뒤따르고 있었다. 우리는 팔을 마구 흔들며 숲에서 뛰어나갔다. 우리들 중 러시아인 파르티잔들은 더 빨리 달려나가며 "동지들."이라고 외쳤다. 걸어가던 군인들도 행렬을 멈추고 "베를린으로! 베를린으로!"라고 화답해주었다.

나도 거리로 뛰어나갔다. 나보다 어린 어느 군인의 얼굴에는 승리감이 감돌았다. 내가 뛰어가자 그는 놀라서 나를 쳐다보았다. 그레고르가 우리를 불러 모았다. 우리는 그 소비에트 군대와 함께 전진했다. 7월 21일 우리는 헤임에 도착했고 22일에는 루블린에 당도했다. 완연한 여름이어서 풍경이 푸른색, 초록색, 노란색으로 알록달록했다. 독일군은 저항하지도 않았다. 그들은 퇴각하는 중이었다. 나는 루블린에서 한 때 피신해 있었던 집으로 가보았다. 할머니는 나를 보고 울었고 노인은 나를 껴안았다.

"우리는 반드시 그들이 대가를 치르도록 해야 한다. 히틀러를 반드시 목매달아야 한다." 노인이 말했다.

거리에서는 군인들이 "베를린으로!"를 외치고 다녔고 폴란드인들도 따라서 "베를린으로!"를 외쳤다. 나도 목이 터져라 "베를린으로!"를 외쳤다.

그들이 우리 게토로 쳐들어 왔었다. 그들이 우리를 죽이고 게토의 거리를 폐허로 만들었으며 우리를 불태우고 약탈하고 모든 것을 잿더미로 만들었다. 그러나 나는 그 모든 위협에서 살아남았다. 그래서 우리 민족 모두의 이름으로 내가 아직 살아 있다고, 나, 게토에서 도망쳐 나온 나, 트레블린카를 목격한 내가 살아 있다는 걸 베를린에서 만인에게 알리고 싶었다. 나는 살아 있으며 승리했노라고!

나는 군인들과 함께 술을 마셨다. 그리고 "베를린으로! 베를린으로!"

를 외쳤다.

베르나르딘스카 가에 있는 폴란드 민족해방위원회 본부의 복도에서 나는 한가로이 어슬렁거렸다. 나는 뭘 해야 하나? 나는 그레고르의 파르티잔들에게 다시 합류했다. 그들은 정부를 수립하고 신문을 발간하는 일을 의논하고 있었다. 그레고르가 나를 바라보았다.

"미에테크, 지금 자네 생각을 하던 중이네. 소련군에 협조하고 싶나?"

나는 구두 뒤꿈치를 붙여 딱 소리를 내며 경례했다.

"베를린으로!"

제9장

아버지, 저 여기 있어요

"그럼 자네는 바르샤바에서 태어났나? 자네 아버님은 어떻게 되셨나?" 나는 루블린에 있는 소련군 사령부의 조그만 사무실에 앉아 있었다. 바닥에는 서류들과 철모, 유리병들, 자동소총들이 널려 있었고 벽에는 벌써 스탈린의 초상화가 걸려 있었다. 무더웠다. 나를 심문하는 장교는 외투의 단추를 푼 채 땀을 흘리면서 폴란드의 기후가 못마땅해 욕을 퍼부었다. 나는 아침부터 그의 맞은편에 앉아서 내가 살아온 얘기와 부모들에 대한 질문에 답하고 있었다.

장교는 규칙적으로 같은 말을 반복했다. "동지, 자네는 붉은 군대에서 복무하는 게 명예로운 일이라는 걸 알아야 하네."

그는 안경을 벗고는 이마의 땀을 닦았다. 나는 고개를 끄덕였다. 붉은 군대는 베를린으로 갈 예정이었으므로 나는 꼭 붉은 군대에 입대해야 했다. 장교가 내 아버지의 직업을 물었을 때 나는 즉시 "기술자"라고 대답하며 아버지가 러시아 태생이라고 말했다. 나는 베를린으로 가고 싶었기에 그렇게 말했다. 그레고르와 모차르에게서 소규모 공장주의 아들인 것보다는 프롤레타리아의 아들인 편이 더 낫다는 말을 들었던 탓이다. 나는 폴란드 악센트가 거의 없이 러시아어를 하려고 애썼지만 탈출한 소련 죄수 출신 파르티잔과 몇 달 같이 생활한 것만으로는 부족했다.

아침이 다 지나갈 무렵 그 장교가 진술서의 페이지마다 다시 읽어주었다. 그 심문으로 진술서 페이지가 꽤 많이 나왔다.

"동지, 동의하나?" 그가 한 페이지를 다 읽을 때마다 물었다.

나는 고개를 끄덕였다. 붉은 군대는 베를린으로 갈 예정이었으므로 나는 이런 사전조치에 놀라면서도 진술서의 페이지마다 서명을 했다. 나는 싸우고 싶었다. 나는 살육자들에게서 탈출한 사람이었다. 내 목숨을 걸고 싸우겠다는데 그렇게 많은 질문과 서명이 필요한 것이었을까?

"내일 아침 다시 오게, 미샤."

나는 이름을 또 바꾸었다. 나는 마르틴도, 미에테크도 아닌 미샤였다. 그런 건 별로 중요한 게 아니었다. 나 자신은 언제나 변치 않고 그대로 있었다. 내가 겪은 모든 일들, 아무도 내 마음속에서 지워버릴 수 없는 그런 경험들과, 끝까지 버티겠다는 나의 결심은 그대로였다. "그게 남자란 거다, 마르틴." 아버지는 그때 그곳 게토에서 그 말을 해주었다. 나는 아직도 아버지의 목소리를 듣고 얼굴을 보는 듯했다. 아버지는 내게는 언제나 살아 있는 사람이었다. 끝까지 버틴다는 건 베를린으로 간다는 의미였다. 그 이후에 어떻게 하느냐는 그때 가서 생각할 일이었다. 루블린의 거리들은 화려하게 치장돼 있었다. 언젠가의 곳곳의 거리들이 모두 꾸며지고 진정한 평화의 시대가 올 터였다. 롤라 장군이 숲 속의 개간지에서 승리를 말했을 때조차도 나는 내 주위에 아무도 남아 있지 않다는 걸 알고 있었다. 이제 내가 할 일은 두려움 없이, 그러나 미래에 대한 아무런 계획도 없이 행진하기 위해 다음 날 아침까지 기다리는 것밖에 없었다. 나는 그 후에는 어떻게 되는지 궁금해지기 시작했다. 이 일이 끝난 후, 나처럼 혼자가 아닌 다른 사람들이 아내나 자식들을 포옹할 그때에 말이다. 그들이 내게 무엇을 남겨줄 것인가? 내가 남길 것은 무엇일까?

나는 도시를 따라 흐르는 강의 둑으로 걸어갔다. 커다란 돌 두 개 사이에 있는 장소를 찾아내고는 오후 내내 거기서 햇빛을 받으며 발은 물에 담근 채 졸았다. 아마 모든 일이 끝나면 내게도 아이들이 생길 것이다. 게토에 있을 때 아버지는 남자란 가족을 거느리려고 마음먹을 때에야 진정한 남자가 된다고 말했었다. 나는 꿈을 꾸었다. 나는 그 사막 같이 황량한 땅에 숲을 이루듯 내 아이들로 가득 채웠다. 그 아이들을 통해 내 가족들은 계속 살아갈 터였다. 나중에 나는 그 아이들에게 내 어머니와 동생들에 대해, 그리고 스비엔토예르스카 가에서 보여준 아버지의 용기에 대해 이야기를 들려줄 터였다. 나중에, 훨씬 나중에 그 아이들이 내 이야기를 이해하고 견뎌낼 만큼 강해졌을 때.

다음 날 아침 사령부에 간 나는 복도에서 기다렸다. 사람들은 나를 본 척도 않고 왔다 갔다 했다. 이윽고 나를 심문했던 장교가 내 이름을 불렀다.

"자네를 몇 시간이나 찾았잖아." 그가 고함을 쳤다. "대령님이 자네를 기다리고 계시네."

다른 사무실로 인도돼 들어갔는데 그곳도 마찬가지로 어지럽게 물건들이 널려 있었다. 반백인 머리에 몸집이 육중한 장교가 사무실 안을 서성거리고 있었다. 그는 내 진술서 뭉치를 들고 있었다.

"아, 자네구먼. 아주 경험이 많은 것 같던데. 몇 살인가?"

"열아홉 살입니다."

그가 휘파람을 불었다.

"자네, 아직도 싸우고 싶은가?"

나는 고개만 끄덕였다. 의심할 여지가 어디 있겠는가?

"자네도 알겠지만 싸우는 데는 수많은 방법이 있다네. 앉게."

그는 책상 위로 담뱃갑을 던져주더니 성냥통도 밀어주었다.

"자, 우리는 일종의 경찰병력이라네. 자네, NKVD*가 뭔지 아나?"

내가 아는 건 오로지 살육자들과 그들에 대한 나의 증오, 내 민족들의 원수를 갚으려는 열망뿐이었다.

"우린 자네 같은 사람들이 필요하지. 악당들을 제거할 능력이 있는 사람들 말일세. 자네는 NSZ를 가까이서 봤지 않나. 잠브로프와 비아위스토크에도 있어 봤고. 자네가 원한다면 그곳에서 일을 시작해도 되네. 최선을 다해서 NSZ를 색출하고 밀고자들, 정보원들, 협력자들, 우리에게 적대적인 자들을 찾아주게."

"저는 다른 방법으로 싸우고 싶습니다. 베를린으로 가고 싶습니다."

"나중에 베를린으로 보내주겠네. 먼저 우리 뒤에 남은 것들을 깨끗이 청소해야 하네, 여기서 말일세. 어떤가?"

대령이 손가락 마디를 꺾었다.

"어떤가?" 그가 다시 말했다.

대령이 말한 그 무리들은 설탕 5킬로그램 정도를 받고 유대인들을 적

＊

NKVD 내무인민위원회 Narodnyi Konissariat Vnutrennikh Del. 소련 비밀경찰. 1917년 11월부터 1922년 12월까지 러시아공화국에, 1934년 7월부터 1960년 1월까지 소련에 설치되었으며, 1946년 이후에는 내무부로 개칭되었다. 비밀경찰과 대외첩보 일을 맡았다. 그 뒤 국가안보위원회(KGB)에서 그 일을 인계받았다.

에게 넘겨주었다. 또 야누시를 고문하고 죽였다. 어느 날 아침, 마을 광장에서 두 팔을 올리고 있던 유대인 아이 세 명을 밀고 했던 자들이다. 자렘비의 시장은 나를 손가락으로 가리키며 독일 경찰에 일러바쳤다. 그들 모두가 살육자들이었다. 나는 대령의 말을 따르기로 했다.

잠브로프로 되돌아가다

나는 어느 날 아침, 민간인 복장에 농부로 위장해서 잠브로프로 들어섰다. 길거리도 낯이 익었고 경찰이 나를 체포했던 가게 앞도 생생하게 기억이 났다. 독일군 사령부는 소련군 사령부로 바뀌어 있었다. 시가지는 그대로였지만 거리를 다니는 군인들은 독일군에서 소련군으로 바뀌어 있었다. 오로지 내가 알던 유대인들 수천 명과 소니아만 죽고 없었다.

나는 여러 마을을 돌아다녔다. 농부들이 독주인 빔베르를 만들 불법 증류기를 설치하느라고 모여들었을 때 그들 속에 끼어들었다. 나는 그들에게 말을 시켰다. 나는 그 농부들을 잘 알고 있었다. 나는 그들 때문에 고통을 겪기도 했고 그들 덕분에 살아나기도 했다. 한 때 내가 숨어 있던 헛간에 누군가가 자고 있다는 걸 알고 그곳을 가보았다. 누군가 나처럼 숲으로 도망치기 좋도록 헛간 구석에 있는 벽의 널빤지에 못을 빼놓았는지 몰라서였다. 거기서 나는 NSZ대원 몇 명을 찾아냈다. 아침에 NKVD 차가 와서 그들을 태우고 갔다. 그 살육자들은 유대인 한 명에 설탕 5킬로그램 정도로 쳐서 받았던 자들이었다. 나는 내가 체포한 자들의 수를 세었다. 그들은 대가를 치르고 있는 셈이었다.

잠브로프에서 몇 킬로미터 떨어진 어느 마을에서 나는 신축가옥을 발견했다. 부자들이 쓰는 시골 별장이었다. 한 여자가 그 집에 혼자 살았다. 나는 그녀에게 일을 도와주겠다고 제의했다. 그녀는 거북한 듯 내 제의를 거절하며 별로 믿음이 가지 않는 핑계를 댔다. 그녀가 그렇게 호들갑을 떠는 걸 보니 의심이 들었다. 그 여자 혼자 어떻게 곡식 창고와 헛간에 물건을 채우며 마구간을 청소하고 짐승들을 기른단 말인가? 나는 농부들과 그 이야기를 해보았다. 그들은 어깨만 으쓱할 뿐 별 말이 없었다. 나는 그들의 시기심을 이용해 도박을 했다.

"그 집은 정말 추위를 잘 견디겠더군요. 목재가 이중으로 돼 있던데요."

나는 그들처럼 천천히 신중한 어조로 말했다.

한 명이 불평을 토로하듯 말했다. "유대인 한 명에 100마르크나 받아 먹었으니 그런 집을 지은 거지."

나는 밤에 그 집으로 갔다. 그 집에 개가 있기는 했지만 신경 쓰지 않았다. 누군가가 마구간에서 쇠스랑으로 흙을 긁어내고 있었다. 남자였다. 나는 가까이 다가갔다. 아까 그 여자가 옆에 앉아 있었다. 그의 아내인 모양이었다. 그 남자가 갑자기 고개를 들더니 어둠 속에 있는 나를 보았다. 그가 쇠스랑을 들고 내게로 와서는 나를 벽에 밀어붙였다.

"여기서 도대체 뭘 하느냐?"

쇠스랑의 끝이 가슴을 누르고 있어 나는 꼼짝도 하지 않았다. 그의 광기어린 튀어나온 눈을 노려보기만 했다. 그의 눈에는 공포와 분노가 서려 있었다.

"여기서 대체 무얼 하느냐고?"

"일자리를 찾으러 왔습니다. 시내에서는 잘 곳이 없어요. 일자리가 필요해요."

그의 아내가 일어서서 간청했다.

"이 사람이 오늘 오후에 왔더랬어요. 그냥 놔두세요."

그가 쇠스랑을 내렸다.

"일자리는 없네. 그만 가보게."

나는 그를 안심시키려고 천천히 물러나왔다. 하지만 다음 날 소련군 세 명과 함께 숲을 통해 그 집으로 다시 갔다. 우리는 그가 숨어 있는 곳으로 다가갔다. 그는 반쯤 취해서 잠들어 있었다. 내가 그를 흔들자 그가 눈을 뜨고 군인들을 보았다.

"개자식! 밀고자구나!" 그가 고함을 쳤다.

"네가 팔아먹은 유대인 아이들은 얼마나 되냐?"

그가 이마를 닦더니 또 욕을 했다.

"개자식!"

나는 그의 셔츠를 잡았다. 덩치가 어마어마하고 키는 나보다 머리 하나 는 더 컸다. 나는 그의 턱을 머리로 받았다.

"나는 유대인이야, 유대인이라고. 내 말 들려? 나는 잠브로프에도 있 었고 트레블린카에도 있었어."

그가 벌벌 떠는 게 느껴졌다. 그의 아내가 와서 비명을 질렀다. "나는 그러고 싶지 않았어요. 저이가 그랬어요, 술을 마시려고요. 술값 때문이 에요."

우리 일행이 마을 외곽에서 기다리고 있는 군용 트럭으로 가는 것을 본 농부들이 말을 꺼냈다. 숲 속에 다섯 가족과 열 명 남짓한 아이들이 숨어 있었다고 했다. 그 남자는 그들이 가진 것을 모두 빼앗으려는 목적으로 그들에게 음식을 팔기 시작했다. 그들이 가진 물건이 다 떨어지자 그 남 자는 그들을 배신하고 밀고해버린 후 보상금을 탔다. 바르샤바처럼 이곳 에서도 '방랑자'들을 잡으러 다니는 사람들이 있었던 것이다. 마을마다 새 같은 프타셰크와 톱날 필라 같은 자들이 있었다. 우리는 이 시골지역 에서 그런 자들을 몰아내야 했다. 그들이 대가를 치를 차례였다. 나는 복수심에 불타 오른 채 마을마다 다니면서 인정사정없이 그들을 찾아냈다. 선택하고 말고의 문제가 아니었다. 나는 그런 자들이 계속 저지를지도 모르는 악행에 대해 생각해야 했다. 그들은 독사 같은 존재들이었다. 나는 끝까지 가는 수밖에 없었다.

나는 자렘비로 돌아갔다. 농부들이 들에서 돌아오고 있었다. 해가 졌는데도 찌는 듯한 더위로 만물이 축 늘어져 힘을 잃고 있었다. 자렘바의 집 안뜰은 쥐죽은 듯 조용했다. 손수레는 구석에 처박혀 있었다. 성당에는 예전과 다른 신부가 제단 앞에 무릎을 꿇고 있었다. 나는 시원한 그늘에 있으면서 신부가 일어서서 내게 다가오기를 기다렸다.

"재앙이었네." 내 질문에 신부가 그렇게 대답했다.

독일군들이 와서 성당 앞에서 전에 있던 신부를 죽였다고 했다. 시장은 어느 날 밤 파르티잔의 총에 맞고 죽었고 농부들 여러 명이 숲으로 사라졌으며 자렘바도 같이 갔다고 했다. 나는 자렘바의 농장으로 돌아갔다. 어두운 방에서 늙은 자렘바의 어머니가 십자가상 앞에서 기도하고 있었다. 아마 나 때문에 자렘비에 전투가 벌어졌던 것인지도 몰랐다. 나는 그곳을 떠났다.

잠브로프에서는 사람들이 나를 기다리고 있었다. 집들이 드문드문 흩어져 있고 중간 중간 들판이 있었다. 도로가 시작되는 곳에서 몇 사람이 내 앞에 나타났다. 지는 해를 등지고서 있어 얼굴이 잘 보이지 않는 세 명이 팔을 벌려 내 앞길을 막았다. 나는 옆으로 뛰어 옥수수 밭 사이로 도망쳐서 시냇물을 건너고 숲으로 들어갔다. 그들이 뒤를 쫓아오고 있었다. 나는 시내로 되돌아갈 수 있는 길을 찾아가며 숲 속을 달렸다. 달리다가 나무둥치에 부딪치기도 했다. 그들은 욕을 퍼부으며 서로를 불렀다. 나는 서서히 그들을 따돌리고 앞서 달렸다. 지금 남의 손에 죽을 수는 없었다.

트레블린카의 나치 친위대원을 비롯해 파비아크와 게토에서 수많은 사람들이 나를 죽이려했지만 나는 살아남았다. 지금 와서 이런 시시한 악당 패거리에 죽을 수는 없었다. 달려가다가 숲의 가장자리에 있는 덤불을 만났고 곧 들판이 보였다. 그들은 나를 쫓기를 포기했지만 경고는 충분히 받은 셈이었다. 잠브로프 지역에서는 이제 더 일할 수 없었다. NSZ의 눈에 내 존재가 발각된 것이다. 나는 연발권총을 손에 쥐고 사령부에서 잠을 잤다. 다음 날 잠브로프에 있던 대위는 나를 루블린으로 돌려보내기로 결정했다.

"미샤, 자네 할 일은 다 했네. 그들이 자네를 쫓고 있어. 잘 했네."

경찰이 된 미에테크

9월 하순쯤이었음이 분명하다. 나는 트럭에 탄 군인들과 함께 여행을 했다. 차는 빠른 속도로 달리면서 뜨끈한 하얀 먼지를 날렸다. 금발인 젊은 군인이 노래를 했다. 나는 그들과 같은 나이였지만 훨씬 어른스러웠다. 나는 백 년도 넘게 산 듯한 기분이었다. 나는 희미해진 꿈들을 너무도 많이 지니고 있는 자였다. 그들은 내게 담배를 건네주기도 하고 내 폴란드 악센트가 재미있어 웃어대기도 했다. 검은 빵과 신선한 크림이나 묽은 죽이 든 군용식기를 나눠주는가 하면 마음에서 우러나서 등을 두들기기도 했다.

"토바리치, 토바리치(동지)."

그것이 그들의 암호였다. 나는 그들에게 그들의 조국에 대해 말해달라고 졸랐다. 그레고르가 말한 신세계의 거대한 조국이 궁금했다. 그들은 어깨 짓만 으쓱했다. 그들은 보드카, 폴란드 여자, 평화에만 관심을 기울였다. 그들은 불그레한 얼굴을 반짝이며 아이들처럼 웃어댔다. 그들은 아무엇도 몰랐다. 어느 일요일, 루블린에 있는 카푸친 성당에서 나는 트럭을 내렸다. 성당 맞은편 광장에서는 집회가 열리고 있었다. 나는 그 사람들 틈으로 섞여들었다.

"동지들이여······"

연단은 붉게 장식돼 있었고 나무마다 깃발들이 나부꼈다.

"우리는 약탈자와 침략자의 나라 독일을 쫓아내고 싶소."

확성기를 통해 들리는 소리는 일그러져 이해하기 어려웠지만 군중들은 박수를 쳤다. 그때 연사가 마이다네크의 살육자들을 법정에서 다룰 것이라고 발표했다. 나는 군중들과 함께 고함을 질렀다. 루블린 사람들이 그 광장에 다 모여서 그 연사인 브와디스와프 고무우카*의 말을 귀담아들었다. 겨우 몇 달 전만 해도 바르샤바의 아리안 구역에 살던 사람들은 유대인들이 죽어가는 걸 방관만 하고 있었고, 루블린 사람들도 살육자들을 방해하지 않고 자기들의 생활을 평화로이 영위하고 있었다. 모든 파르티잔들, 야누시, 율레크 펠트, 내 아버지 같은 많은 사람들을 돕기 위해 그들 살육자들 앞에서 몸을 굽혔던 사람들이 몇 명이나 되겠는가?

나는 확성기 소리가 울려 퍼지는 곳에서 떨어져 있는 강으로 갔다. 게토와 바르샤바, 루블린에 있는 하고많은 사람들이 살육자들이 저지르는 범죄에 복종했다. 수많은 사람들이 살육자들의 말을 그대로 믿었다. 그 사람들은 급류에 떠밀려가는 나무 조각들 같아서 강에 있는 바위밖에는 그들을 멈출 수가 없었다. 살육자들의 범죄를 알고 복종하기를 거부했던 내 아버지, 율레크 펠트, 야누시 같은 사람들은 저항했다. 우리들이 바로

---

*

브와디스와프 고무우카 Władysław Gomułka(1905~1982), '고물카'라는 한글 표기로도 알려져 있음. 폴란드의 정치가로 1956년 폴란드 연합노동자당(공산당)의 제1서기로 취임했다.

나무 조각들을 잡아주는 바위였다. 우리는 끝까지 버텨야 했다. 한 사람의 인생은 늘 본보기가 되는 법. 아버지가 없었다면, 아버지에게 의지할 수 없었다면 나는 아무것도 아니었으며, 그저 죽음을 향해 떠내려가는 나무 조각에 지나지 않았을 터였다.

소련군 사령부에서 머리가 희끗희끗한 대령이 나를 불렀다. 그의 사무실은 이제 깔끔하게 정돈돼 있었다. 커다란 스탈린 초상화 주위에 장군들이나 유명 인사들의 사진들이 더 걸려 있었다. 대령은 내 서류를 읽고 있었던 모양이었다. 나는 그의 앞에 차렷 자세로 섰다.

"앉게. 자네는 아주 임무를 잘 수행했군. 그들이 자네에게 복수를 하려고 하는군."

"대가를 치러야할 쪽은 그들입니다."

"그들은 대가를 치르고 있어. 대가를 치르고 있다네."

그러더니 대령이 내게 길게 보고를 하게 했다. 나는 그의 얼굴을 보면서 단어를 조심스럽게 골라가며 신중하게 진실을 말했다. 그는 담배를 연거푸 피우며 내 말을 경청했다. 내가 말을 마치자 한 동안 침묵이 흐르다가 그가 말을 꺼냈다. "자네는 베를린으로 가고 싶은 것 같군?"

"베를린으로! 대령 동지."

"베를린으로! 자네는 곧 카츄사(러시아의 민중가요. 붉은 군대의 군가로도 쓰임) 노래를 듣게 될 걸세. 내가 자네를 맡기로 하지."

그는 나를 NKVD의 한 부대에 배속시켜주었다. 그 부대는 전선에 있는 군대를 따라다니며 로켓포대 후미에서 러시아 점령 지역에 있는 의심스러운 분자들을 소탕하는 임무를 맡았다. 나는 NSZ를 잘 알았다. 나는 유대인으로서 그들에게 개인적으로 보복할 명분이 있었다. 대령으로서는 나를 뽑은 게 훌륭한 선택이었던 셈이다. 그날 저녁 나는 군복과 녹색

NKVD 표시가 있는 모자를 지급받았다. 이제야말로 베를린으로 가는 티켓을 얻은 것이다.

나는 몇 주 동안 루블린 주위의 시골 지역을 누비고 다녔다. 군복차림으로 가기도 하고 민간인 복장으로 가기도 하며 폴란드 경찰에 협력했다. 나는 폴란드 경찰에 공식적으로 소속돼 있었다. 싹둑 잘린 미에테크, 건달 왕초 미에테크, 밀수꾼 미에테크가 경찰이 되다니! 나 자신도 놀랄 지경이었다. 지난날들이 아직도 기억에 생생한데 나를 대하는 세상의 얼굴이 바뀐 것이다.

그 후 우리는 바르샤바를 향해 북쪽으로 차를 달렸다. 바르샤바는 완전히 폐허가 돼 있었다. 프라가에 도착하자 나는 동료들에게서 빠져나와 비슬라 강 쪽으로 걸어갔다. 거센 바람에 휘날리는 눈이 시야를 막았다. 포니아토프스키 다리와 다른 다리들, 내가 자주 다녔던 다리들을 찾아보았다. 그러나 부서진 아치 몇 개와 둑과 둑을 연결하는 널빤지로 된 가교들만 보였다. 왼쪽 편 둑으로 가보았다. 짐 꾸러미를 짊어지고 몸을 구부정하게 구부린 사람들이 거센 바람을 맞으며 행렬을 이룬 채, 함께 움직이고 있었다. 나는 보행자용 인도교 끝에 멈춰 섰다. 앞에 보이는 평범한 돌 위에 세워진 탑은 흔적만 남아 있었고 벽도 부서져 일부만 남아 있었다. 마치 내장을 끄집어 낸 게토가 전염성 강한 종기를 만들어 아무렇게나 퍼져나가 온 도시를 감염시키고 모든 것을 쓸어가 버린 듯했다. 바르샤바! 나의 바르샤바! 게토가 있던 바르샤바, 그리고 조피아가 있던 들루가 가, 세나토르스카 가, 밀라 가, 레슈노 가가 있던 바르샤바는 사라져버렸다. 나는 프라가로 돌아갔다. 러시아인 동료들이 웃으며 말을 걸었다.

"고향에 왔구나, 미샤."

나는 친구인 모코토프를 만나기 바랐다. 그의 집이 있던 거리는 하나도 변하지 않았다. 문 앞에 있는 수레가 그 이웃에 살던 상인의 것이라는 걸 나는 알아보았다. 그러나 그 아파트에는 다른 사람들이 살고 있었다. 모코토프나 그의 여동생의 흔적은 아무데도 없었다. 그들도 다른 수천 명의 사람들처럼 바르샤바 봉기 때 사라져갔던 것이다.

그날 저녁 나는 사람 찾는 일을 시작했다. 민간인 옷을 입고 프라가의 광장을 걸어다니자니 낯익은 거리들이 보였다. 시장 근처 이 가게에서 내가 장갑 꾸러미를 내려놓고 도망갔다가 독일군의 일제 검거가 끝난 후 돌아와서 다시 꾸러미를 집어가자 가게주인이 "이 돼지야."라고 소리쳤었다. 농부 바체크가 나를 위해 물건을 사기 위해 오갔던 동부 역도 보였다. 그러나 추억을 떠올리자고 프라가로 온 건 아니었다. 나는 계속 걸으면서 담을 넘어가다 잡힌 아이들을 죽였던 폴란드 경찰과 마주치기를 바라며 행인들을 살펴보았다. 프라가의 타르고바 가에 유대인위원회가 있었다. 쓸쓸하고 비참해 보이는 사람들 몇 명이 가족들을 찾고 복수하려는 가느다란 희망을 안고 거기서 가족들을 찾고 있었다.

그들은 아주 가끔씩 서로에게 말을 걸었고 이름과 날짜, 주소를 서로 알려주었다. 나는 어느 날 저녁, 군복 차림으로 그곳에 갔다. 그 사람들은 나처럼 피붙이 하나 없이 이 폐허 속에 혼자 남은 사람들이었다. 우리는 서로 힘을 모아야 했다.

"프라가 감옥에 가서 식구들을 찾아보고 싶은 분 계시오?"

두 명이 일어섰다. 한 사람은 아주 늙어 보였는데 요제프 로흐만이라는 이름이었다. 또 한 사람은 그보다는 젊었고 이름은 유레크였는데, 마른 몸에 얼굴에는 슬픔이 짙게 배어 있었으며 나처럼 붉은 군대 군복 차림이었다. 우리는 감옥마다 돌아다니며 사람을 찾았다. 내가 감방 문을 열었다. 아마 감방에는 초기에 소련군에 잡혀온 폴란드 경찰 한 명 정도는 있을 터였다. 그 정체를 알아내는 건 우리에게 달린 일이었다. 나는 열 명 남짓한 남자들을 노려보며 게토에서 담을 넘어다녔던 시절을 되짚어보고 아이에게 총을 겨누었던 폴란드 경찰, 우리 일에 '협력'하기를 거부했던 폴란드 경찰의 모습을 떠올리려고 안간힘을 썼다. 그리고 나를 때렸던 폴란드 경찰, 나를 살육자들에게 밀고했던 자들을 떠올리려 애썼다. 게토에 있던 시절, 나는 사람들의 얼굴을 늘 외우려 했지만 지금 보이는 얼굴들은 모두 두 눈을 내리깔고 있는데다 그 얼굴이 그 얼굴 같이 구별이 되지 않았다. 폴란드 경찰을 찾아낸 사람은 로흐만이었다. 감방들을 다 둘러보고 마지막으로 남은 감방에 들어가자마자 그가 내 팔을 잡았다.

"미에테크, 저 놈이 벼룩 프후아라네. 저 놈이 우리를 배신했어."

순진해 보이는 표정인 늙은 남자가 우리를 야릇한 눈길로 바라보았다. 나는 감옥에서 사무실 하나를 빌려 그를 끌고 갔다.

"네가 유대인들을 밀고 했지."

그는 대답하지 않았다. 그의 얼굴에 경멸의 빛이 감도는 게 보였다. 나는 같은 질문을 반복했다.

"나는 시키는 대로 했을 뿐이오. 명령에 따랐단 말이오. 언제나 그랬소."

"네, 아니오로 대답해."

"나는 법을 따랐소."

유레크가 주먹을 꽉 쥐고 입을 악문 채 한 걸음 앞으로 나왔다. 로흐만은 바닥에 침을 뱉었다.

"당신은 날 때려도 돼, 당신은 유대인이니까." 그가 빈정댔다.

유레크가 주먹을 날렸다. 그 남자의 입이 벌어지더니 피가 뿜어져 나왔다. 나는 "유레크!"라고 고함을 치고는 그를 바깥쪽으로 밀어내고 로흐만에게 유레크 옆에 있으라고 부탁했다. 그 남자에게 앉으라고 명령한 후 나도 맞은편에 앉았다. 그는 이 정도 고통쯤이야 하는 표정으로 입을 손수건으로 막고 있었다.

"이봐, 나는 당신을 때리지 않겠어. 죽이지도 않을 거고. 러시아인들이 당신을 알아서 처리하겠지. 당신도 당신 내키는 대로 하면 돼. 그냥 내 말을 듣기나 해. 법을 따랐다고? 그 법이 당신에게 아이들을 죽이라고 명했던가?"

그는 도리질을 했다. 아무도 죽이지 않았다는 뜻이었다.

"내 말 들어봐."

나는 억지로 그가 나를 보게 했다.

"내 말 잘 들어. 당신은 순교자가 아니야. 겁쟁이도 아니지. 내게는 당신을 천 번이라도 죽일 권리가 있어. 들어봐. 당신이 아이들을 보냈던 수용소가 어떤 곳인지를 지금 말해 줄 테니까, 귀담아 들어."

몇 시간 후 유레크, 로흐만, 그리고 나는 프라가의 거리를 지나 사령부로 그를 데리고 갔다. 그 경찰은 고개를 푹 숙이고 걸었다. 내가 해주었던 말들이 아마 그의 마음속에 의심의 씨앗을 뿌려 여생 동안 그의 삶을 갉아먹을지도 몰랐다. 유레크, 로흐만, 나, 루블린에 있던 할머니, 그리고 다른 수백만 명을 그 기억들이 갉아먹는 것과 마찬가지로. 나는 그 경찰의 뒤에서 걸어가는 유레크를 지켜보았다. 우리가 사령부에 가까워지자 유레크는 그 경찰에게 덤벼들려고 했다. 나는 유레크의 팔을 잡고 말렸다. 그가 서서히 분을 가라앉혔다.

"그냥 법대로 하자고. 우리는 짐승이 아니잖아."

"하지만 그들은……."

"우리는 그들과 달라."

우리 세 명은 헤어지지 못하고 얼어붙을 듯 추운 밤 내내 대화를 계속 나누었다. 유레크도 나처럼 게토 출신이었다. 그도 '이주의 광장'과 용광로로 변해버린 거리들, 병약자들이 빠져죽던 하수도들을 알고 있었다. 그리고 마이다네크도 알았다. 그 또한 혈육 하나 남지 않은 상태에서 복수하려는 결심을 다지고 있는 중이었다. 나처럼 그도 베를린으로 가고 싶어 했다.

베를린으로 가는 길 위에서

유레크와 나는 며칠 후 같은 부대에서 다시 만났다. 우리 둘과 루블린 숲에서 파르티잔으로 활약했고 게토에서도 오래 살았던 블라데크까지 해서 세 명은 떼려야 뗄 수 없을 만큼 친해졌다. 블라데크, 유레크, 미에테크는 게토의 삼총사였다. 녹색 줄무늬가 있는 군복을 입은 우리는 계속 싸워나가기로 마음을 모았다.

얼마 후 우리는 비슬라 강을 따라 북쪽을 향해 떠났다. 우리가 탄 트럭들은 질척한 도로를 달려가며 바르샤바로 돌아오는 응급차들과 농부들의 마차를 지나쳤다. 때로는 탱크들과 소련군을 가득 실은 트럭들이 지나가도록 멈춰서기도 했다. 지나치며 보는 폴란드 땅은 낯설었다. 사방이 폐허로 변했고 시체들과 부모를 찾아 헤매는 아이들이 곳곳에서 보였다. 나는 관청에 들어갈 것이고 파르티잔들, 피난민들, 그리고 얼마 되지 않는 유대인 생존자들을 만날 터였다.

나는 고문 받고 목을 매달렸던 사람들에게서 새로운 공포를 배워갔다. 나는 그들의 죄를 찾아내려 했지만 복수라는 행위 역시 하나의 광기임을 어렴풋이 깨닫게 됐다.

우리 호송 행렬은 길 가에 있는 들판에서 멈췄다. 우리 근처에는 죄수들 한 무리가 있었다. 마르고 거만한 나치 친위대원들이 매를 피해 얼굴을 가리고 있었다. 그들은 소련군에 둘러싸여 괴롭힘을 당하고 있었다. 나는 승자와 패자를 한꺼번에 보고 있었다. 낡은 버스 한 대가 반쯤 뒤집힌 채 길 옆의 도랑에 처박혀 있었다. 소련군 한 명이 달려와서 나는 알아듣지 못할 말로 동료들에게 뭐라고 외쳤다. 그러자 소련군들은 죄수들을 발로 차고 개머리판으로 때리며 버스로 끌고 갔다. 나는 나치 친위대원들이 서로 나누는 표정에서 무슨 일인지를 이해했다. 그들이 얼마나 겁먹었을지 알만 했다. 나도 오싹함을 느꼈다. 내가 탄 트럭의 운전수에게 이 자리를 떠나자고 해서 끔찍한 장면을 피할 수도 있었지만 그래도 보고 싶었다. 전쟁이 사람들을 변하게 한다면 어디까지 변할 수 있는지를 보고 싶었던 것이다.

소련군들은 나치 친위대들을 버스 안으로 기어들어가게 했다. 몇 명이 반항했다가 총을 맞았다. 그 시체들도 버스의 녹슨 문 안으로 던져졌다. 도로에서는 탱크와 중화기를 실은 호송 행렬이 지나가고 있었다. 우리는 독일군 전선 근처에 있어서 적의 저항이 맹렬해지고 있었다. 나치 친위대원 한 명이 러시아어로 소련군에게 뭔가를 말하려고 했다. 다른 나치 친위대원 한 명은 비명을 지르고 있었지만 대부분은 버스 안에서 한 군데 모여 그저 서 있을 뿐이었다. 그러나 소련군 한 명이 버스에 휘발유를 붓고 불을 붙여 푸르고 노란 불길이 솟아오르자 죄수들은 째지는 비명을 지르며 버스의 금속판을 밀어냈다. 소련군들은 그 사람들이 죽어가는 것을 보며 갑자기 조용해졌다. 그 소련군들 역시 전쟁에 오염돼 갈 것이라고 느낀 나는 앞으로 튀어나가 입을 벌리고 있는 젊은 소련군을 흔들고 또 다른 소련군을 흔들며 말렸다. 버스는 불덩어리가 돼 연기를 뿜어냈다. 군인들은 내가 흔들어도 저항하지 않았지만 조금 있다가 불길을 향해 총을 쏘기 시작했다.

우리가 떠날 무렵, 버스는 다 타버리고 불길도 잦아들었다.

그날 저녁, 우리는 독일로 들어갔다. 파괴된 마을들을 통과해 가면서 숲이 돼 버린 대들보들과 불길 사이로 노인들과 개들이 헤매는 모습을 보았다. 시청이었음직한 어느 건물 앞에 우리가 탄 트럭이 멈췄다. 한 늙은 여인이 머리를 두 손으로 감싼 채 돌 위에 앉아 있었다. 우리가 차에서 내리자 그 할머니는 일어서서 두 팔을 올렸다.

"히틀러 타도."

나는 나치 친위대 앞에서 두 팔을 올렸던 게토의 할머니들이 기억났다.

"팔 내리세요."

그러나 할머니는 도리질을 할뿐 계속 팔을 쳐들고 손을 벌리고 있었다.

"저 사람들은 불안한 거요." 운전수가 타일렀다. "볼 것, 안 볼 것, 다 본 사람들이오. 저 사람들은 오랫동안 독일군을 기다려 왔소."

나도 독일군들을 기다려 왔지만 그 할머니처럼 인자한 표정을 한 독일군을 기다린 건 아니었다. 나는 살육자들인 독일군을 기다려 왔었다. 내가 찾아서 죽여야 할 독일군들은 바로 그런 살육자들이었다.

우리는 공포에 질린 독일 땅을 더 깊숙이 밀고 들어갔다. 그 지배자 민족은 자부심을 잃어버렸다. 그들은 사방에서 "히틀러 타도"를 외쳤다. 만약 우리가 그들을 게토에 가둬버린다면 그들은 무슨 짓을 할 것이며, 무슨 말을 할 것인가? 그들은 모든 일을 받아들이면서도 모든 것을 부정할 터였다.

우리 일행이 드람부르크에 도착하자마자 나는 인쇄공을 찾아다녔다. 유레크가 내 곁에서 잔해가 널린 거리를 함께 걸었다.

"무얼 하려는 거야, 미에테크?"

나는 문이 부서져 있고 물건들이 다 약탈당한 가게들을 둘러보았다. 소규모 향수 공장이었음직한 곳에서는 부서진 유리병들이 바닥에 뒹굴고 있었고 액체가 든 수조 안에 소련군 세 명이 얼굴을 아래로 한 채 떠서 미동도 하지 않고 있었다. 내가 그들을 흔들어 보았지만 이미 죽어 있었다. 가공하지 않은 알코올 원액을 마시고 취해서 수조의 알코올 속에 익사한 것이다. 나는 용기 하나를 집어 올려 알코올로 채우고는 유레크에게 건네주었다.

"우리 식당에서 쓰자고. 그걸로 보드카를 만들면 돼."

나는 혼자 있고 싶었다. 무의미하게 목숨을 버린 그 군인 세 명을 바라보았다. 밖으로 나와 좁은 길을 가다가 드디어 작업실 뒤에 숨어 있는 인쇄공을 찾아냈다.

"포스터를 인쇄할 수 있소?"

그는 고개를 가로저으며 기계를 가리켰다.

"내일 아침까지 포스터 몇 장이 필요하오. 그리고 당신이 포스터를 직접 붙이시오. 여기 있는 사람들 모두가 그걸 읽어야 하오. 빨리 받아 쓰시오."

그는 무슨 말인가를 하려다가 포기하고 종이 몇 장을 가져왔다. 나는 포스터에 쓸 말을 불러주었다. 내가 생각해본 적도 없건만 어디서 그런 말이 줄줄 나오는지, 마치 게토 시절부터 줄곧 숙고해 왔던 것처럼 멋진 표현들이 쏟아져 나왔다. "이 도시에 살고 있는 16세 이상의 모든 독일민족은 외출 시 스바스티카(갈고리 십자형 기장)가 표시된 완장을 오른 팔에 찰 것을 명한다. 이 완장 착용은 의무적이다."

인쇄공이 나를 쳐다보았다.

"흰색으로 커다란 포스터를 만드시오, 내일까지. '소련당국'이라는 서명도 표시하시오."

그런 후 나는 돌아왔다. 유레크가 알코올과 물을 섞어 우유 같이 보이

350

는 흰 액체를 만들어냈다. 값싼 보드카처럼 목과 위가 홧홧해지는 독한 술이었다. 동료들 몇 명이 합류했다. 우리는 술을 금하는 붉은 군대의 규칙에 반항하며 술병을 발밑에 숨기기는커녕 탁자 위에 버젓이 올려두고 술을 마셨다. 알코올이 우리에겐 우유나 마찬가지였다. 우리는 마시고 또 마시다가 몸을 가누지 못하고 서로 포개져 누웠다. 아침이 되자 군인 한 명이 와서 나를 깨웠다.

"중위님, 중위님, 급한 일입니다."

나는 목이 뻣뻣하고 다리에는 쥐가 나 아픈 상태에서 사무실로 내려갔다. 젊거나 늙은 사람들이 두 팔을 올리고 벽에 붙어서 있었고 소련군 두 명이 자동권총을 그들에게 겨누고 있었다. 모두 분개한 상태였다. 군인들은 이미 그들을 구타했고 총을 쏘겠다고 협박하는 중이었다. 다행히 이곳은 전선에서는 상당히 떨어진 곳이었다. 나는 군인들을 말려서 중지시키고 민간인들을 풀어주었다. 그런 후 유레크와 함께 그 인쇄공에게 가서 포스터들을 뜯어내라고 시켰다. 유레크가 껄껄 웃었다.

"너는 게토에서 있었던 일을 똑같이 했어, 그들은 완장을 찼고 말이야. 우리들이 그랬던 것처럼 독일 사람들도 완장을 찼다고."

나는 그 인쇄공이 포스터를 모두 떼어냈는지 확인하려고 하루 종일 시내를 돌아다녔다. 군인들이 거리를 다니는 민간인들에게 폭력을 행사하는 사태를 예방하기 위해서였다. 완장을 찼든 안 찼든, 군인들이 난폭하게 굴었던 탓이다. 그들은 시계나 만년필 같은 귀중품들에 눈독을 들이고 있었다. 여자들은 꼭꼭 숨어버렸다. 내가 벌인 장난 때문에 희생된 사람은 하나도 없었다. 그날 저녁, 유레크와 나는 술 한 방울 마시지 않고 바르샤바와 그곳에서 있었던 봉기에 대해 대화를 나누었다.

"우리는 조심해야 해, 유레크. 이제는 우리가 더 강한 쪽이기 때문이야. 우리는 두 배 더 인간답게 처신해야 한다고."

나는 뜬눈으로 밤을 지새웠다. 군인들에게 얻어맞아 얼굴이 매 자국으로 부풀어 오른 민간인들이 보이는 듯 했다. 그들은 자기들에게 일어나는 일을 도무지 이해하지 못하는 표정이었다. 나치에 복종했던 탓에 희생자가 된 것이다. 미에테크, 미에테크, 조심하라! 살육자가 되기란 어려운 게 아니다.

그래서 나는 신중하게 행동하려 애썼다. 내 목표는 일반인들과 싸우는 게 아니라 살육자들과 싸우는 거였다. 전차 안에서 나를 감싸주었던 나이 든 독일 군인이 생각나고, 내 목숨을 구해준 후 나를 잠브로프로 데리고 갔던 통역 장교가 기억났다. 그 통역 장교는 내 손을 잡고는 "도망가라."고 낮게 말했었다. 나는 사람들 전체를 쫓는 게 아니라 살육자들만 쫓는 거라고 다짐했다.

작은 도시에 들어설 때마다 나는 시장들과 접촉했다. 정보제공자가 필요했던 탓이다. 아는 사람들이 과거 공산주의자였던 사람들의 명단을 알려줄 때도 있었고, 내가 시장에게 나치에게 박해당한 사람들을 알려달라고 부탁할 때도 있었다. 레펜에서는 방금 출옥한 반백의 머리에 치아가 다 빠진 여자와 대면하기도 했다. 그녀의 아들은 탈영병을 재판하는 이동 군사법정에서 사형을 언도받고 다리 난간에서 교수형을 당했다.

"그 아이는 열일곱 살이었어요, 아무것도 모르는 아이였다고요."

그녀는 나에게 시내를 소개하며 나치로 의심되는 사람들을 알려주었다. 나는 그 사람들을 심문해서 죄의 경중을 따져보려 했다.

"그리고 우크라이나인도 있었죠." 그녀가 말하자 나는 이반이 떠올랐다.

"그자는 언제나 완장을 차고 팔을 쳐들고 '하일 히틀러'라고 인사를 했죠. 진짜 나치에요."

우리는 그 사람을 찾아다녔다. 그는 이미 소련군 사령부에서 일자리를 얻어 기계공으로 일하고 있었다. 나는 자동차의 엔진 위로 몸을 구부리고 있는 그자를 잡았다.

"돌아서."

나와는 안면이 없는 사람이었다. 그건 기적이라 할만 했다. 우리 주위를 소련군 한 무리가 둘러섰다. 그자는 소련군들을 보더니 겁에 질려 얼굴이 붉어지고 손이 떨렸다. 나로서는 별로 관심 가는 인물이 아니었다.

"이자는 나치였다고 하오." 내가 말했다.

소련군들이 "반역자!" "블라소프*의 졸개야."라고 고함치며 그자를 때리기 시작했다.

"나는 유대인입니다. 유대인이라고요, 중위님."

"그럼 이디시어로 말해보라."

그는 이디시어로 말하지 못했다. 잊어버렸다고 변명했다.

"즉시 이자를 제거해야 합니다." 소련군들이 고집을 피웠다. 나는 그자를 데리고 나와 그의 숙소를 조사하러 갔다. 작은 방에 있는 벽에는 벽을 다 가릴 만큼 커다란 히틀러 초상화가 걸려 있었다.

'대단한 유대인이군.' 나는 생각했다.

내가 그를 다시 사무실로 데리고 오는 동안 그자는 여전히 이야기를 늘어놓았지만 나는 귀 기울이지 않았다. 대위가 그자를 심문했다. 그는 울면서 자기가 우크라이나 태생의 유대인이며 독일에 숨어서 신분을 속일

＊
블라소프 Vlasov, 제2차 세계대전에 활약한 소련의 장군이다. 1942년 레닌그라드 공방전에서 독일의 포로가 된 후, 나치독일에 투항해 수십만이 넘는 소련 출신 병사들을 이끌고 스탈린에게 배신 행위를 했다. 나중에 소련으로 송환돼 처형되었다.

요량으로 나치 일을 도왔다고 줄곧 말했다. 그자의 말을 듣고 있자니 더욱 의심이 커져갔다. 조심해, 미에테크. 내가 그 우크라이나인이 할례를 했는지 조사해 보자고 하자 대위는 난처한 듯 어깨를 움츠렸다.

"이봐, 미샤. 설사 그가 유대인이라 해도 선량한 유대인은 아닐 거다." 대위가 말했다.

그래도 나는 조사해 보았다. 그자는 할례를 받은 표시가 있었다. 모욕을 당하고 겁을 먹은 그가 손등으로 눈물을 닦았다.

"지옥 같았어요. 나는 팔을 쳐들고 인사를 하면서 거짓말을 해야 한다는 걸 늘 잊지 말아야 했소."

나는 대위에게 그를 풀어주자고 설득했다. 대위는 망설였다.

"미샤, 유대인 나치라는 것도 있다네. 속지 말아야 해. 유대인들도 다른 사람들이나 마찬가지라네."

나는 대위의 말을 새겨들었다. 나치 치하에서 유대인으로 산다는 게 어떤 건지를 그가 어떻게 상상이나 하겠는가? 게다가 다른 소련군들처럼 그에게도 유대인은 다른 사람들과 동등하게 취급되지 않는, 한 수 아래로 보이는 민족이었다. 나는 그 점을 알고 있었다. 나는 소련군들이 눈짓을 하며 나누는 농담에서 그 사실을 서서히 깨달았다. 탐욕스러운 유대인들은 모든 것을 이익의 잣대에 맞춰 판단한다는 유의 농담들이었다. 어느 날 저녁 한 러시아인 친구와 나는 분노를 터뜨렸다. 덩치가 큰 그 러시아인 친구는 호리호리한 대위의 가죽 재킷을 잡고는 창턱 쪽으로 밀어붙였다.

"그러지 않겠네." 라고 대위가 고함을 쳤다.

검은 머리에 덩치가 크고 주먹이 강철 같은 그 카프카스 출신 러시아인은 그날 밤, 반쯤 취한 채 대위를 위협했다. "유대인을 건드리지 않을 거죠? 그럴 거죠?" 대위는 다시 한 번 약속했다.

붉은 군대는 베를린으로 진격하고 있었다.

나는 대장을 설득해 그 우크라이나 출신 유대인인 모니에크를 석방시켰다. 그는 나와 함께 떠났다. 우리가 서쪽을 향해 출발할 때 모니에크는 우리 부대의 운전병이 되었다.

우리는 베를린을 향해 진격했다. 나는 목표에 가까워지고 있었다. 맹렬히 흐르는 오데르강(폴란드의 서남부를 관류하고 동독과 폴란드의 국경을 따라 흐르는 강)의 둑에서 우리는 행렬을 멈춰야했다. 군인들이 두 줄로 서서 폭이 넓은 배들을 엮어 만든 임시 다리를 건넜다. 전선에서 돌아오는 중인 그 군인들이 우리를 보고 반가워하며 손을 쳐들었다. 그 쳐든 팔에 시계들이 팔꿈치까지 잔뜩 끼워져 있는 것이 보였다. 그 군인들 행렬은 거의 정지해 있는 것 같았다. 저쪽으로 가는 사람들과 이쪽으로 오는 사람들이 서로 물물교환을 하는 탓이었다. 갑자기 독일군 전투기 세 대가 다리에 기관총 사격을 시작했다. 그 비행기들이 한 번 지나갈 때마다 총알들이 쏟아졌지만 다리 위에 있는 트럭들은 속도를 올리기는커녕 흥정에만 골몰하고 있었다. 나는 고함을 지르며 트럭에 있는 장교에게로 달려가서 하늘에 있는 전투기를 손짓으로 가리켰다. 전투기의 굉음이 점점 더 커져갔다. 그래도 행렬은 꿈쩍도 하지 않았다. 나는 트럭 밑으로 몸을 던졌다. 여기서 죽고 싶지는 않았다. 내 목표는 베를린에 있었다. 전투기들이 두 차례 더 날아왔다. 고함 소리, 폭발음이 나고 물이 출렁이더니 하늘이 조용해졌다. 나는 트럭 밑에서 기어 나왔다. 강둑에 있는 트럭 한 대가 불타고 있었고 군인들은 부상병들을 돌보고 있었다. 그런데도 한 편에서는 계속 시계를 사고팔고 있었다. 나는 어느 군인의 팔을 잡고 땅바닥에 쓰러져 있는 부상병을 가리키며 고함을 질렀다. 그는 거칠게 팔을 빼더니 어깨를 으쓱하고는 하던 흥정을 계속했다. 유레크가 다가와 나를 달랬다.

"잊어버려. 그냥 놔두라고."

이윽고 우리는 베를린으로 다시 출발했다. 피난민들의 행렬을 지나고 피곤함과 절망에 빠져 고개를 푹 수그린 채 말없이 세 줄로 서서 이동해 가는 죄수들의 행렬을 지나갔다. 점차 총소리가 가까워졌고 탱크들도 더 많이 보였다. 길가 여기저기에 '진격하라, 스탈린그라드의 병사들이여. 승리는 우리의 것이다.'라는 말이 쓰인 커다란 현수막들이 걸려 있었다. 나는 스탈린그라드 출신이 아니라 게토 출신이었지만 승리는 우리의 것이기도 했다. 살아남은 우리들, 수용소의 무덤을 알고 있는 우리들에게도 승리는 승리였다. 승리는 트레블린카와 바르샤바의 하수도에서 죽은 자들의 것이기도 했다. 아버지, 저는 곧 목적지에 도착합니다.

1945년 4월 27일, 금요일, 그날은 내 생일이었다. 열아홉 살에 나는 베를린에 입성했다.

여기가 베를린이다

이 돌더미만 남은 폐허에 오기까지 얼마나 먼 길을 왔는지. 어쨌든 나는 베를린에 도착했다. 아버지, 제 발로 베를린을 밟았습니다. 동생들아, 내가 여기 서 있다. 게토와 숲 속에서 함께 지냈던 동료들, 그리고 조피아, 야누시, 청어 몇 마리 때문에 맞아죽은 빨간 머리 친구여, 트레블린카의 탈의장에 있던 벌거벗은 사람들이여, 아직도 숨이 붙은 상태에서 내가 누런 모래 위에 눕혔던 격리 병동의 노인들이여, 나는 당신들 모두를 기억하고 있습니다. 여기는 폐허가 된 베를린입니다. 역시 형태만 남은 베를린, 뻥 뚫린 안구와 헐벗은 뼈다귀들로 흩어진 죽은 살육자의 도시 베를린입니다. 아버지, 율레크 펠트, 모코토프, 그대들을 위해서 내가 베를린에 왔습니다.

1945년 4월 27일, 금요일, 우리 군대도 전투에 투입되었다. '베를린으로!' 나는 유레크, 블라데크, 모니에크와 함께 행진하며 게토에서처럼 담과 담을 뛰어넘었다. 하지만 이번에는 게토가 승리한 전투였으며 우리는 탱크에 맞서는 게 아니라 탱크 뒤에서 행진했다. 거리에서 우리는 온갖 부대에서 온 군인들과 함께 있었다. 마치 붉은 군대가 최후의 전쟁에서 활약할 대표들을 다 보낸 듯했다. 나는 맹렬히 나아갔다. 나는 살아야 했다. 나는 현장에 있었다. 나는 죽고 싶지 않았으므로 위험을 무릅쓰지는 않았다. 전차들로 된 바리케이드를 총으로 사격해 무너뜨릴 때까지, 그리고 차에 던진 돌이 가득 차 차들이 움직이지 못할 때까지 기다렸다. 총을 든 소련군 트럭의 물결에 거리는 꽉 막혀 버린 채 총소리만 연이어 났다. 첫날, 베를린의 중심가에 불길이 타올랐다. 베를린이 불타고 있었다! 나는 유레크, 블라데크, 모니에크와 함께 어느 집의 정원에 배치됐다. 한밤중에 소련군 몇 명이 그곳에 와서 그 집에 여자들이 있는지 물었다. 우리는 쳐다보지도 않았다. 그들은 문을 부수고 들어간 뒤 다음 날 아침에야 나와서 우리 쪽으로 손을 흔들며 왁자하게 웃어댔다. 전투가 다시 시작됐다. 군복 차림의 앳된 소년들이 독일의 대전차 로켓포에 달라붙어 있다가 죽어가는 모습이 보였다. 몇몇 구역에 있는 집들 창문에서 붉은 깃발이 매달려 있었으며 백기는 사방에 휘날리고 있었다. 나는 약탈하는 광경과 전쟁의 광기도 보았고 셀 수 없이 많은 시체와 부상자들도 보았다.

둘째 날 밤, 불길이 두 배로 거세져서 폐허 전체와 거리를 밝혔다. 나는 군인들 한 무리와 어느 집의 지하실에서 잠을 잤다. 그들 중 한 명이 바깥으로 나갔다. 총소리가 들리더니 그가 안으로 들어오며 쓰러졌다.

"파르티잔들이다." 군인들이 고함쳤다.

우리는 밖으로 기어나가 잔해 속에 숨은 채 우리를 향해 사격하는 저격

수를 제거하려고 애썼다. 미에테크, 여기서 죽으면 안 돼. 절대로 죽어선
안 돼. 그러나 없애야 할 저격수들이 근처에 있었다. 나는 유레크, 모니에
크와 함께 방금 쓰러졌던 아군에 발을 걸려 비틀거려가며 벽에 딱 붙어서
그들의 뒤쪽으로 갔다. 내가 앞으로 뛰어나가 지하실 문을 밀쳐서 열었
다. 지하실 안에는 사람들이 몇 명 있었다. 저격수들일 것이다. 총을 쏘아
버리는 편이 쉬울 것 같았지만 나는 고함을 질렀다.

"밖으로 나와!"

소란스러운 소리가 들리더니 여자들이 손을 들고 나왔고 그 속에 끼어
검은 머리카락을 눈까지 내린 여윈 남자 하나가 같이 나왔다. 그자가 저
격수일까? 우리와 함께 온 군인들이 여자들을 거칠게 다루면서 그 젊은
남자를 벽에다 밀어붙였다.

"파르티잔이다. 이놈이 총을 쐈어." 군인 한 명이 소리쳤다.

그들은 이미 총을 들고 조준하고 있었다. 나는 그 독일인 앞에 섰다.

"동지들, 우리는 이자를 반드시 심문해야 한다. 그렇게 죽일 수는 없다."

다른 저격수들, 베어볼프* 요원들이 우리를 공격하며 괴롭혔다. 우리
는 몸을 구부리고 군인들이 선도하는 가운데 거리를 따라 전진했다. 나는
이를 악물었다. 나는 나를 다그쳤다. 미에테크, 죽어서는 안 돼. 끝장을
보기 전에 여기서 죽을 수는 없어! 독일 남자 하나를 보호하려 했다니 얼
마나 미친 짓이었나! 트레블린카를 기억해! 지금 위험을 무릅쓰고 있는

✻

베어볼프 Wehrwolf, 연합군 점령 지역에서 게릴라 활동을 벌였던 사람들을 지칭하는 말로 늑대인간을 뜻
하는 웨어울프에서 유래된 말이나 히틀러의 명령으로 Wehrwolf, 즉 방어라는 뜻이 있는 wehr로 바꿔 쓰게
됐다. 나치는 제2차 세계대전 중 점령군에 게릴라 공격을 하는 레지스탕스 그룹을 일컫는 암호로 Werwolf
를 사용했다.

거라고. 그를 놔두고 가, 미에테크. 그 살육자들이 망설이는 걸 본 적이 있나?

우리는 급수탑 앞에 이르렀다. 급수탑의 부서진 둥근 지붕이 불빛에 드러났다. 급수탑의 철문 앞에 보초병들이 배치해 놓은 기관총이 있었다. 나는 문을 밀어보았다. 안에 있는 탁자 뒤에 우리 편 장교 네 명이 있었다. 연기가 자욱했고 긴 탁자 위에는 병 여러 개에 촛불이 꽂혀 있었다.

"이자가 총을 쐈습니다." 군인 한 명이 말했다.

"이자는 지하실에서 체포했습니다. 총은 다른 데서 쏜 겁니다." 내가 설명했다.

장교들이 영문을 몰라 나를 빤히 바라보았다.

"이 친구가 이 일에 연관된 것 같지는 않습니다, 대령님. 병사들이 그 자리에서 이자를 처형하려 했는데, 제 생각으로는……"

"그만하면 됐네, 중위. 시간 낭비하지 말게."

장교들은 망설이고 있었다. 그들은 검은 머리를 얼굴에 드리운 채 침묵하고 있는 젊은이를 노려보았다.

"그자를 전쟁 포로로 취급하라." 대령이 결론을 내렸다.

젊은이는 밖으로 끌려갔다. 지난 날, 잠브로프 사령부의 감방 앞에서 통역 장교가 말 몇 마디로 내가 즉결 처형을 받지 않게 해주었었다. 나는 그 빚을 갚은 셈이었다.

다음 날, 우리는 베를린 중심부로 향하는 탱크 대열 뒤에서 전진했다. 탱크들이 발사하는 포탄에 벽들이 부서지고 회색 먼지가 구름처럼 피어올라 이미 화재로 인한 연기로 자욱한 낮은 하늘로 퍼져갔다. 소련군들이 건물의 층마다 다니며 고립된 저항군들을 제거했다. 지하실마다 샅샅이 훑으며 여자들을 찾아다니는 군인들도 있었고 기념품이 될 만한 물건들을 뒤지는 군인들도 있었다. 나는 모니에크, 블라데크, 유레크와 다시 합류해서 담요를 몸에 두르고 잠을 잤다. 자는 동안 한 명씩 교대로 망을 보았다.

우리가 벌이고 있는 전쟁은 거의 파르티잔들의 전쟁과도 같았다. 나는 몽골 인들과 코사크 기병들, 모피 모자를 쓴 군인들과도 마주쳤다. 병사들과 탱크들을 몰고 다니는 붉은 군대 또한 유럽 전역에서 건너와서 여기 베를린에서 집결한 잡다한 이질적인 집단으로 이루어진 군대였다. 게토에서 온 피난민이며 폴란드의 숲에서 싸우던 나도 여기로 와서 탱크 뒤에서 드넓은 운터 덴 린덴*을 달리고 있는 터였다. 길 끝에는 '진격하라, 스탈린그라드의 병사들이여. 승리는 우리의 것이다.'라는 포스터에서 봤던 브란덴부르크 문이 위용을 드러냈다. 운터 덴 린덴에는 나무들이 넘어져 있었고 그 가운데를 군인들이 함성을 지르며 진격하고 있었다. 그들은 문이 부서져 열려 있는 집들마다 자동소총을 비 오듯 갈겨댔다. 가끔 폭발음이 총소리를 압도하며 땅을 흔들어 놓았다. 군 보급창이나 다리가 폭파돼 날아간 모양이었다.

또 다른 밤이 찾아왔고, 단독으로 움직이는 저격수들이나 베어볼프들이 폐허 쪽에서 총질을 했다. 탱크 대열이 브란덴부르크 문에 이르렀다. 군인들이 브란덴부르크 문의 제일 높은 아치에 올라가 붉은 소련 기를 꽂았다. 나는 화재로 인한 연기와 폭발음이 연이어 들리는 가운데 탱크 뒤에서 다른 군인들과 함께 국회 의사당으로 진격했다. 몇 사람이 붉은 기를 휘두르며 포탄 자국이 난 국회 의사당으로 달려가는 게 보였다. 그들

＊
운터 덴 린덴 Unter den Linden, 브란덴부르크 문으로부터 슈프레 강까지 이어진 가로수길.
1647~1675년에 양쪽 길로 보리수가 심어졌으며 1734년 '보리수나무 아래'란 뜻의 운터 덴 린덴이라는 이름이 붙여졌다. 2차 세계대전 때 파괴되었다가 1950년대에 다시 복구되었다.

은 자동소총이 불을 뿜고 수류탄이 터지는 건물의 잔해 속으로 사라졌다. 그러더니 그 건물의 꼭대기에 다시 나타나 깃발을 흔들었다. 나는 아래쪽에서 다른 사람들과 같이 고함을 질렀다. 그 함성이 총소리를 간단히 눌렀다. "만세! 만세!" 나는 고함을 치고 또 쳤다. 나는 이 함성을 외치기 위해 너무도 머나먼 길을 왔다. 유레크가 내게로 뛰어왔다. 우리는 춤을 추었다.

자, 다 왔다! 우리는 그들이 우리 주위에 쌓아놓았던 벽들을 깨부쉈다. 그들이 우리의 무덤 주위에 감아놓은 철조망을 끊었다. 우리는 가축운반용 화물차의 문들을 열어젖혔고 그들이 우리의 시체 위로 쏟아 붓던 두터운 누런 모래층을 흩어버렸다. 폐허가 된 그들의 수도에 우리가 살아서 왔다.

아버지, 제가 여기 있어요.

제10장

복수는 쓰다

앞면이 부서진 집들 사이, 깨진 돌더미가 수북한 거리를 따라 사람들이 줄을 지어 통과했다. 맨머리로 가는 사람들도 있었고 아직 철모를 눌러 쓴 사람들도 있었지만 대부분은 그냥 모자나 보병들이 쓰는 약식 모자를 쓰고 있었다. 그들은 장비를 짊어지고 군용식기를 옆구리에 절그럭절그럭 부딪쳐가며 걸어갔다. 이들, 패배한 독일제국의 병사들은 말없이 행진했다. 나는 유레크와 함께 서서 그들이 지나가는 모습을 지켜보았다. 어느 9월의 아침 바르샤바로 들어오던, 패배를 모르는 거만한 살육자들의 모습과는 너무도 달라보였다. 너무 늙거나 너무 젊었으며 벌써부터 희생자처럼 눈을 아래로 깔고 있었다. 그럼 승리를 거둘 때만 살육자가 된다는 말인가? 패배자가 되면 그렇게도 빨리 결백해진단 것인가? 나는 싸움이 계속됐으면 하고 바랄 정도였다. 모든 것이 너무 간단했다. 이제 진실은 흐릿해졌다. 생명이 사라진 이 도시는 죽었다. 여자들은 말 한 마리의 주검을 둘러싸고 고기를 서로 뜯어내려고 다투고 있었다. 할머니들, 아이들, 불구가 된 사람들이 물을 얻으려고 펌프 주위에서 북적거렸다. 남자들이 몸을 굽히고 폐허에서 나뭇조각을 줍고 있었다. 소련 군인들은 사람들을 난폭하게 떠밀고 자전거를 탄 사람을 강제로 내리게 하고는 자전거를 징발했다. 정찰병들은 행인들을 멈춰 세우고는 거리 청소를 시켰다. 그러한 장면들은 이미 오래 전에 그곳 게토에서 본 것들과 똑같았다. 이번에는 승자로서 그 광경을 본다는 게 달랐을 뿐이었다.

나는 길도 익힐 겸 내 복수의 의미가 무엇인지 이해해 보려고 죽어버린 도시 곳곳을 돌아다녔다. 살육자들의 소굴인 수상관저 입구 앞에서 군인 한 명이 소총을 무릎에 아무렇게나 올려놓고 녹색 비단이 씌워진 안락의자에 앉아 있었다. 내 복수와 승리가 실감났다. 더 먼 곳에서는 군인 한 명이 감시하는 가운데 민간인들이 넘어진 나무들과 시체들이 땅을 덮고 있는 티어가르텐 공원을 돌아다니는 모습이 보였다. 견디기 힘든 악취가 코를 찔렀다. 사람들이 시체를 수레에 던져 넣고 그 시체들을 검은 종이로 덮어 가렸다. 인도에 있는 시체들 위에는 장의사들이 옮겨가도록 표시가 된 시체들처럼 흰 종이가 덮여 있었다. 샤를로텐부르거 가도 곳곳에서 굶주린 사람들에게 사지를 부분 부분 뜯겨나간 죽은 말들이 널려서 썩어가고 있었다. 독일인들이 바르샤바를 폭격했던 그 해 9월에 드로시카에 마구가 여전히 매인 채 잔해 속에 죽어 있던 말들이 기억났다.

내 복수는 쓰디썼다. 내 주위 사람들의 공포가 느껴졌다. 사람들은 눈길을 내리깐 채 나를 흘끔거렸고, 물을 조금 얻으려고 줄을 지어 기다리던 사람들은 내가 지나가자 갑자기 말문을 닫고 얼어붙었다. 나 역시, 물을 얻고자 바르샤바의 비슬라 강둑에서 줄을 서 봤고, 그때의 나 역시, 절대 권력과 새로운 법률과 동의어였던 군복 차림의 이방인이 내게로 오는 걸 그런 눈길로 바라봤었다. 굶주리고 겁에 질린 검은 옷차림의 늙은 여인들은 물을 받아갈 그릇을 든 채 꼼짝없이 서 있고, 남자들은 구부정한 자세로 잔해만 남은 땅을 바라보았다. 죽은 도시. 내게 익숙한 광경이었다. 나는 살육자들과 희생자들을 구별할 줄 알았다. 살육자들이 먼저 우리를 공격했고 희생자들은 방관하기만 했다. 그런 후 살육자는 그들을 방패처럼 전선에 밀어 넣었다. 이제는 당신들 차례다. 그리고 우리 편에도 살육자가 있다.

나는 사령부에서 살육자들을 색출 해내려고 고심했다. 나치 당원들이 매일 아침 나타났다. 그들은 옛 직업 소개소 앞을 찾아와서 질서정연하게 줄을 섰다. 유대인이나 죄수들, 반 나치주의자들을 도왔다는 것을 증명하는 증명서를 가진 사람들도 더러 있었다. 그런 것도 없는 사람들은 그냥 말없이 견뎠다. 그들은 무리지어서 거리를 청소하거나, 이리저리 흩어진 시체들을 찾아내 정식으로 매장하는 일, 또는 하수도 청소 등을 했다. 우리의 복수는 온건했다. 그들을 가두는 담도 없었고, '이주의 광장'도 없었으며 단지 자기들의 도시를 위해 일하는 것뿐이었다. 그러던 어느 날 아침, 베어볼프 단원들을 심문하라는 명령이 내게 떨어졌다. 그들은 감옥으로 쓰이는 판코프 구역의 어느 건물에 모여 있었다. 나는 복도를 어슬렁거리며 그들이 기다리는 방들을 들여다보았다. 말라빠진 젊은이들이 바닥에 앉아 있었고 열다섯 살도 채 되어 보이지 않는 단원들도 더러 있었다. 내가 문을 열자 그들이 고개를 들고 팔꿈치를 무릎에 괸 채 말없이 나를 쳐다보았다. 벽에 기대 있는 몇 명은 나를 비꼬듯 노려보았지만 대부분은 그저 지친 표정이었다.

"이자들은 파르티잔들입니다." 감시병 한 명이 내게 말하고는 소총을 쳐들었다.

"형을 선고하고 말고 할 것도 없어요." 그러고는 가상의 적에게 총을 난사하는 시늉을 했다.

나는 작은 방으로 들어갔다. 나는 그들이 예, 아니오로 답하게 될 긴 심문 목록을 가지고 있었지만 개중에는 다소 상세한 설명이 필요한 질문도 있었다. 나는 질문지를 읽었다. 루블린에서 나를 심문했던 장교가 기억났다. 붉은 군대는 심문을 중시하는 군대였다. 그러나 아직 아이티를 벗지 못한 이들까지 끼어있는 이 사람들에게는 그 심문은 생사를 갈라놓는 중대사였다. 첫 번째 사람이 들어왔다. 덩치가 작고 거무스레한 피부에 병색이 있는 그 젊은이는 무심하게 코를 문질렀다.

"너는 자유의지로 히틀러에게 절대적으로 충성할 것을 맹세했나?"

그가 고개를 숙였다.

"너는 모든 수단을 동원해서 히틀러의 적들과 싸우고, 항복 후에도 그렇게 싸울 것이라고 맹세했나?"

그는 질문에 "예."라고 계속 대답했다. 질문이 꼬리에 꼬리를 물고 계속됐다. 나는 일어섰다. 베를린에서 전투를 했을 때 밤에는 '베어볼프'들이 우리에게 총을 발사했었다. 내 동료가 총에 맞아 쓰러지는 것도 보았다. 그러나 총을 쏜 사람은 과연 누군가? 그 젊은이는 계속 "예, 예,"라고 대답했다.

마지막에 나는 고함을 치고 말았다. "하지만 네가 뭘 했는가? 총이나 다룰 줄 아는가?"

그의 눈이 정직함과 순수함으로 빛났다.

"아무것도 안했어요. 지하실에서 어머니와 함께 있었습니다."

나는 내 질문과 그의 대답을 덧붙여 쓰고는 그에게 서명하게 했다. 그들은 모두 그 젊은이와 같이 전쟁이 끝났을 때 거리에서 정찰병들에게 잡혀온 용의자들, 혹은 현행범들이었다. 한 명씩, 한 명씩 심문이 이어졌다. 그들은 모두 히틀러에게 절대적인 충성을 맹세했고, 베어볼프 단에 자원해 활동했으며, 모두 레지스탕스에 합류했고 모두가 전범들이었으며, 그런데도 모두가 결백했다. 대령 한 명이 방을 들여다보았다. 나는 그에게 설명을 하려 했지만 그는 어깨를 으쓱했다.

"유죄, 무죄를 가리다니, 그들이었다면 우리를 총알 한 방으로 끝장을 냈을 거네. 중위, 자네는 전투에서 이 훈장들을 탔나?"

그가 내 훈장들을 톡 두드렸다.

"양처럼 순한 자들만으로는 전쟁을 할 수 없다는 걸 자네도 알지 않나? 평화를 불러올 수도 없고 말이지. 자기들이 졌다는 걸 깨닫도록 해야 해, 중위. 그래서 전쟁을 다시 시작하려는 열망을 영원히 제거해야 한다고. 우리가 그들을 훈련할 거네."

저녁이 되어 내가 그 건물을 떠날 때, 문에서 좀 떨어진 곳에서 여자들이 모여서 기다리고 있었다. 그 여자들은 작은 꾸러미를 든 채 말없이 있었다. 내가 겨우 그따위 꼴을 보려고 그 모든 일을 겪은 줄 아나? 나는 여자들을 무시하고 베를린으로 돌아가려고 했지만 실레지아와 포메라니아 등 동부에서 오는 피난민들 때문에 길이 꽉 막혀 있었다. 코르덴 옷과 모자 차림에서 그들이 농부들임을 알아보았다. 나이든 여자들은 가끔씩 마차에 실린 건초더미 위에 눕기도 했다. 아이들은 바짝 얼어 있었다. 이런 혼란이 없고, 이런 미친 짓이 없었다! 살육자들이 이 세상에 뿌려놓은 독이 계속 번지고 있었다. 심문, 피난민들, 처형, 그것들도 그런 독이었다. 내 주위에는 더 이상 평화가 찾아오기는 글렀단 말인가?

7월 초였다. 베를린에는 여전히 야간통행금지가 실시되고 있었다. 하지만 찌는 듯한 낮이 가고 저녁이 되면 시골길을 달렸다가 돌아오는 자전거 대열이 보였다. 몇몇 지역에는 전기 공급이 재개됐다. 그런 후, 팔이나 다리를 잃은 누더기 차림의 부상병들을 나무 상자에 앉힌 채 누군가가 끌어주는 모습도 길모퉁이에서 보였다. 나는 밖에 자주 나가지는 않았다. 촛불을 켠 채 술을 마시다가 나중에는 작은 전등을 켜놓고 마셨다. 어느 날 저녁, 우크라이나 태생 유대인인 모니에크가 내 팔을 잡고 말했다.

"이리 와봐."

그가 조르는 바람에 나는 그와 함께 인적이 끊긴 거리를 걸어가다가 가끔은 약탈을 저지르는 군인들을 만나기도 했다.

"미국군이 도착했대. 내 눈으로 봤어." 모니에크가 말했다.

무슨 상관이란 말인가?

"오늘 밤에 그들을 만날 거야, 미샤. 지금 거기 간다고."

우리는 찌는 듯한 밤공기 속에서 통금시간이 훨씬 지났는데도 걸어가며 대화를 나누었다. 우리의 발자국이 거리에 울려 퍼졌다. 모니에크는 우크라이나에 남겨둔 가족이 없었다. 그의 피붙이들은 모두 다른 수천 명의 사람들과 함께 무덤 속에 누워 있었다.

"나는 러시아를 잘 알아. 러시아 사람들도 잘 알지, 미샤. 그들은 우리를 좋아하지 않아."

"하지만 나를 구해준 게 누군데? 누가 날 구해줬는데?" 나를 구해줬던 그 러시아인들은 담요를 말아 가슴에 맨 채 숲 가장자리에 있는 도로를 걸어갔었다. 그들은 알렉시스 표도로비치 표도로프 장군 휘하의 파르티잔들이었다. 그리고 그들이 베를린의 국회 의사당에 붉은 깃발을 올렸다.

"하지만, 미샤, 전쟁은 끝났어. 나는 살고 싶어. 나는 군복이 싫다. 러시아에는 군복들로 가득 차 있어."

나는 그를 길 가운데 놔두고 불쑥 옆으로 걸어가 버렸다. 그의 발자국 소리는 없이 내 발자국 소리만 들렸다. 우리가 그를 살육자들의 손길에서 구해줬는데 이제 그가 우리를 떠나려 하고 있었다.

물론 나도 살고 싶었다. 나도 군복과 심문하는 일이 싫었다. 나도 러시아인들 대다수가 우리 의견을 존중하지 않는다는 걸 알았다. 저 멀리 뉴욕에는 내 숲을 일구어 낼 마지막 나무 한 그루가 서 있다. 내 어머니의 어머니, 율레크 펠트의 고모인 외할머니가 유일하게 남은 내 혈육이었다. 하지만 나는 누구에게 빚을 지기 싫었고, 게다가 나를 베를린으로 데려와 준 나라와 군대에 갚아야 할 빚이 있는 터였다. 빚은 모두 청산해야 했다. 남자란 끝까지 가야하는 법이다. 그러나 모니에크가 자취를 감춘 후, 블라데크도 사라져버렸다.

나치 당원들을 찾아서

며칠 후, 나는 판코프를 떠나 포츠담으로 향했다. 그 도시는 이미 계엄 상태였고 3거두* 사이의 회담을 앞두고 있었다. 그들은 처칠과 트루먼을 기다리고 있었다. 어디를 가나 군인들 천지였다. 그들은 커다란 공원과 저택들을 채우고 길게 쭉 뻗은 거리에까지 나와 있었다. 나는 나치인 듯한 용의자들에게 질문을 해보고 나치 경력이 있는 자들을 체포했다. 지하실에 숨어 있던 어느 나치 친위대원을 그 아내가 밀고하기도 했다. 우리가 그 지하실로 쳐들어갔을 때 그는 사방에 브랜디 병이 뒹구는 가운데

＊

3거두 독일 베를린 교외 포츠담에서 열린 포츠담 회담은 독일 패전 후 유럽의 전후 처리를 협의할 목적으로 1945년 7월 17일부터 8월 2일까지 열렸다. 주요 참석자는 해리 S. 트루먼 미국 대통령, 윈스턴 처칠 영국 총리, 요시프 스탈린 소련 공산당 서기장이었다.

곤드레만드레가 된 채로 소총을 거머쥐고 있었다. 주위에는 시체들이 엉켜있는 교수대와 시체보관소 사진들이 모서리가 접힌 채 나뒹굴고 있었다. 그는 진짜 살육자였다. 퉁방울눈에다 뺨에는 긴 흉터가 나 있었고, 감방에 갇힌 후 술에서 깨고 나서도 오만방자하기 짝이 없었다. 그는 갚아야 할 빚이 있었고 그 빚을 받는 건 내게 달린 일이었다. 모니에크와 블라데크는 그 임무를 완수하지 못하고 떠났다. 내가 끝까지 그 일을 하기로 한 건 그 때문이기도 했다. 어느 날 아침, 우리는 공원에 있는 도로변에 죽 배치됐다. 10미터 정도마다 장교 한 명씩이 서 있었다. 스탈린이 오는 중이었던 탓이다. 검은 리무진과 그의 희미한 형체가 보이다가 금방 사라졌다. 3거두 중의 한 명인 스탈린이었다. 그 도로변에서 몇 시간이나 서 있으면서 나는 지도자들도 다른 평범한 사람들처럼 동료들과 서슴없이 섞여 사는 세상을 꿈꿨다. 폴란드의 숲 속에 있는 파르티잔들처럼, 게토의 밀라가 18번지 엄폐호에 있던 저항투사들이 그랬던 것처럼.

포츠담 회담이 끝난 다음, 우리 부대는 라이프치히로 갔다. 도중에 장비들과 기계들, 포로들, 그리고 더 많은 포로들을 싣고 가는 트럭 행렬을 수없이 봤다. 국민 전체가 어떻게든 살 길을 찾아보려고 이동하는 것처럼 보였다. 우리들이 그랬던 것처럼 개미떼 같이 흩어져 갔다. 도시마다 폐허가 됐고 철로는 기차가 다니지 못할 정도로 손상돼 있었다. 라이프치히에서는 우리가 주둔하기 위해 한 구역 전체의 원래 거주민들을 다른 곳으로 이주시켜 놓은 상태였다. 그곳은 골리스 구였는데 커다란 공원이 맞은 편에 있었다. 바르샤바에 있을 때는 독일군에게 점령된 졸리보시 구로 갔었다. 거기 주택들 앞에서 눈동자가 엷은 색이던 장교가 시키는 대로 눈을 쓸어냈던 기억이 났다. 라이프치히에서 우리가 점거한 저택은 넓었고, 묵직하고 조각이 새겨진 목재 가구들로 꾸며져 있었다. 나는 장교의 특권으로 두 개 층을 쓰기로 했지만 그 낯선 장식물 안에 갇힌 채 악몽에 시달리기만 했다. 그래서 계단 옆에 있는 작은 방으로 옮겨서 병 여러 개가 바닥에 어질러져 있고 군복들이 아무렇게나 의자에 던져져 있는 어수선한 가운데 매트리스만 깔고 잤다. 나는 현관을 지나서 계단을 뛰어올라간 후 그 방에 꼭 처박혀서는 술을 마시고 잠을 청하곤 했다. 하지만 늘 가족의 꿈을 꾸었다. 아침이면 나는 그들을 쫓아냈다. 그러나 저녁이면 그들은 마음대로 내 꿈속을 찾아왔다. 세나토르스카 가와 우리 집이 그림처럼 떠올랐다. 나는 승자였지만 동시에 홀몸에다 모든 것을 빼앗긴 패배자였다.

어느 날, 우리가 차지한 저택의 주인이 나타났다. 먼저 온 사람은 육중한 몸매에 지나치게 친절한 중산층 여인인 안주인이었는데 시트 천과 속옷을 좀 가져가고 싶어 했다. 그 다음에는 나이가 더 많은 지체 부자유자인 남편이 팔이 없어 텅 빈 소맷자락을 선언서처럼 펄럭이며 왔다. 그리고 부모의 뒤를 이어 딸도 왔다. 그들은 자기 집의 문을 두드리고는 집을 둘러보면서 눈으로나마 자기 집을 다시 차지했다.

"우리는 정말 어디로 가야 할지 모르겠습니다. 라이프치히에는 피난민들이 가득 찼어요." 집주인 남자가 말했다.

"식구들이 시골에 있는 건 두려워해요." 안주인이 거들었다.

"폴란드에서 온 사람들도 있답니다. 그들이 사람들을 쫓아냈어요." 집주인이 빈 소매를 휘날리며 말을 이었다.

나는 난처했다. 나는 반박할 말들이 너무도 많았고 피와 공포로 가득한 사실들을 예로 들어 그들을 반격할 수도 있었다. 광장에서 처형됐던 폴란드인들의 입에 회반죽이 가득 들어있더라는 말을 해줄 수도 있었고, 마을 한가운데서 두 팔을 들어 올린 채 울고 있던 아이 세 명에 대한 이야기도 할 수 있었고, 바르샤바가 통째로 폐허로 변했다는 말도 해줄 수 있었다.

우리 집을 비롯한 모든 집들, 그리고 내 가족들, 내 민족들 이야기도 할 수 있었다. 집주인 가족이 나를 무자비하고 난폭한 자로 만들었다. 그들이 나를 살육자로 만들려고 했다.

"이리로 이사 오시오. 나는 방 하나만 쓸 테니까. 다른 사람은 아무도 안 올 거요." 나는 결국 그렇게 대답했다.

내가 양보했다. 나는 얼간이였다. 그들은 환호하면서도 나를 업신여기는 빛을 감추지 못했다. '우리 집에 왔다. 정정당당한 우리 집이지.' 그들의 표정이 그렇게 말하고 있었다. 얼간이가 되는 쪽과 살육자가 되는 쪽에서 양자택일을 해 본 적이 있는가?

나는 그들과 마주치지 않으려고 밤늦게 집으로 돌아오고 아침 일찍 나가면서 일에만 몰두했다.

나는 라이프치히에서 큰 목표를 쫓아가고 있었다. 그 도시는 남쪽으로 가는 길목이었다. 남쪽에는 오스트리아, 알프스 산맥, 이탈리아가 있었으며 또한 자유가 기다리고 있었다. 우리는 나치 친위대 고위급 장교들이 남쪽 산맥으로 얼마 전에 도망갔다는 사실을 뒤늦게 알아챘다. 정보원들은 그들이 도망치고 나서야 나타나 보고하곤 했다. 그 정보원들은 뒤늦게 보잘것없는 정보를 누설함으로써 어두운 과거를 속죄하려는 나치 당원들이었다. 그들은 하찮은 특권을 달라고 나를 졸라댔고 '중위 동지'라는 말을 붙여가며 비위를 맞추었다. 그들은 자식들과 모친을 걸고 맹세했다. 굶주리고 겁에 질린 사람들이었으며 노예같이 비열했다.

그러나 발터는 굽실거리지 않았다. 그를 처음으로 본 그 아침부터 나는 그를 신뢰했다. 짧은 회색머리에 키가 크고 마른 그는 별로 말이 없는 남자였다.

"내게 뭘 해달라고 부탁하는 게 아닙니다. 나는 아무것도 필요 없어요.

부족한 대로 사는 데 익숙해졌죠."

그는 손수건을 천천히 펴더니 그 안에 있는 흙냄새 나는 갈색 마분지 조각을 보여주며 말했다.

"내 첫 번째 이력이오."

그것은 공산당 신분증으로 1921년 날짜가 찍혀 있었다. 나는 그의 명예를 나타내는 그 조그맣고 평범한 마분지 조각을 집었다. 다시 그에게 돌려주자 그는 손수건으로 다시 그 마분지 조각을 쌌다.

"우리는 중요 인사를 쫓고 있는 중입니다. 흥미 있으신지요?" 그가 말했다.

그는 접촉하고 있는 정보망을 통해 한 용의자가 도시에 은신해 있으면서 남쪽, 아마도 체코슬로바키아 쪽으로 도망치려 한다는 사실을 알아냈다고 했다.

"뭐, 필요한 거 없소?"

내가 묻자 그는 정보를 얻어내는데 쓰도록 담배를 좀 달라고 했다. 그 당시 독일에서는 담배 반개비로 여자를 살 수 있을 정도로 담배가 귀했다. 나는 수중에 있는 담배를 그에게 전부 건네주었다.

"다녀오겠습니다."

며칠 후, 나는 발터와 다시 만났다. 그는 자기처럼 마르고 덩치가 작은 동료를 데리고 왔다. 그 동료 역시 내가 게토나 수용소, 숲 속에서 만났던 사람들처럼 불굴의 의지를 가진 부류의 사람이었다. 죽도록 학대받아도 그들은 오뚝이처럼 다시 일어섰다. 나는 그런 사람들을 무덤 옆에서 본 적이 있다. 척보면 그런 사람을 골라낼 수 있었다.

"마르틴 보르만인 것 같습니다. 그는 그리마(독일 작센 주의 도시)로 향하고 있습니다."

372

나는 보르만이라는 자가 그렇게 중요한 인사인지는 잘 몰랐지만 라디오에서 그의 이름을 몇 번 들은 적은 있었다.

"그자는 수상해요." 발터의 동료가 말하고는 싱긋 웃었다. "잡아들일 가치가 있는 거물이지요. 하지만 여기 사람들이 겁을 먹고 있답니다."

내게는 동료들에게서 얻어 모아둔 담배가 있었다. 나는 그리마로 가기 위해 출장 허가를 얻어내려고 했지만 허사였다. 대위와 대령을 졸랐지만 두 사람은 껄껄거리며 웃기만 했다. 책상 아래 언제나 술병을 준비해두고 있는 대령은 웃다가 주먹으로 책상을 내리쳤다.

"미샤, 미샤, 자네가 보르만을 찾아낸다면 히틀러도 찾을 수 있을 거네. 보르만이라니!"

그는 나를 바라보더니 다시 소리내 웃었.

발터가 다시 왔다. 용의자가 다시 이동했는데 이번에는 켐니츠로 향했다고 했다. 나는 지도를 들여다보았다. 그는 숲 지대로 가서 산 속 마을에 숨어버리려는 의도인 듯했다. 발터는 그 정보를 캐내기 위해 자기가 몇 시간을 농부들과 보내야 했는지를 세세하게 이야기했다. 나도 잠브로프에서 경험해 보았기에 농부들이 입을 열게 하려면 얼마나 오래 설득해야 하는지 알고 있었다. 농부들이 얼마나 고집 세고 조심스러운지도 알았다.

"어떻게 할 겁니까?" 발터가 물었다. "켐니츠에서 그를 찾아내려면 시간이 많이 걸릴 거요. 중위님이 비용도 대주셔야 할 것이고."

유레크가 배급받은 담배를 내게 주었다. 담배는 구하기 힘들어서 값이 많이 나갔으며 유일하게 화폐와 동등하게 인정되는 물건이었다. 발터가 그자를 켐니츠에서 찾아냈다. 나는 대령에게 가서 독일 공산주의자인 발터를 만나보라고 부탁했다.

"그가 나치 통치 하에서 독일에서 살았단 말이지?"

나는 그렇다고 대답했다.

"있을 수 없는 일일세, 미샤. 그럴 리가 없어. 우리를 바보로 만들지 말게나. 그 일은 포기해버려. 보르만이 주위에 있다면 다른 사람들이 그를 추적할 걸세. 자네는 자네 할 일이나 하게. 하던 일이나 열심히 하라고."

나는 고집을 부렸다.

"자네 할 일이나 하라니까." 대령이 고함을 쳤다.

복도에 나오자 중위 한 명이 내 어깨를 잡았다.

"잊어버려, 미샤. 자네가 무엇을 할 수 있겠나? 그냥 잠자코 있게."

발터는 에르츠 산맥(독일과 체코에 걸쳐 있는 산맥) 기슭에 있는 아우에라는 곳까지 그 용의자의 뒤를 밟아갔다. 그곳은 숲과 산맥이 시작되는 지점이었다. 체코슬로바키아와 오스트리아가 바로 지척이었다. 거기서 발터는 용의자의 자취를 놓치고 말았다.

"그자를 놓친 것 같습니다. 그자가 보르만이 맞다면 참 안된 일이지요. 안녕히 계십시오, 중위 동지."

나는 사무실에 처박혀서 술을 마셨다. 상급자들이 우둔하고 무관심했던 탓에 나는 복수할 기회를 놓쳤다. '보르만이라니!'라면서 대령은 코웃음을 쳤다. "미샤, 보르만이라고? 히틀러는 어때?" 라고 그는 말했다. 약한 자들에게는 모든 일이 불가능해 보이는 법이다. 민족 전체를 멸종시키려는 계획을 세울 능력도 없고, 게토나 '이주의 광장', 트레블린카를 계획할 능력도 없으며, 트레블린카에서 탈출할 능력도 없고 잠브로프 수용소로 강제 이송되지도 않았을 것이고, 하수도 안에서 싸울 능력도 없을 터였다. 내 인생은 그런 불가능한 일들로 가득 차 있었다. 나는 안 다녀본 곳이 없었지만 어디에서나 "불가능하다"고 푸념하는 사람들을 만났다. 그러나 나는 여기 살아 있지만 그들은 죽었다. 나는 언제나 불가능한 일도 가능하리라고 믿었다. 나는 발터를 믿었다. 발터의 생각대로 그 용의자가 진짜 보르만이 아닐 건 또 뭔가? 왜 안 되는가? 정말 거짓말 같은 시대였다. 하지만 소심하고 자만에 차 있는 대령과 같은 부류들이 할 수 있는 일이라곤 시키는 대로 복종하는 일뿐이었다.

나는 로스바인과 되벨른으로 배치됐다. 그곳의 감옥들마다 베어볼프 활동을 했던 젊은이들로 빽빽하게 차 있었다. 베를린에서와 마찬가지로 죄 없는 사람들이었다. 그러나 우리는 명령을 받았으므로 그 명령을 시행했다. 나는 또다시 감옥의 복도를 왔다 갔다 하며 자기들이 왜 그곳에 끌려왔는지 영문을 모르는 젊은이들의 눈길을 견뎌내야 했다. 베를린에서 대령 한 명이 파견됐다. 전투가 끝난 뒤에 투입된 살찌고 혈색 좋은 그런 류의 사람이었다. 그와 함께 젊은 비서도 두 명이 왔다.

"중위, 자네가 내 통역을 맡도록 하라."

표정과 행동마저 어려 보이는 죄수들이 당황한 채 줄을 서서 하나씩 그의 앞을 거쳐 갔다. 오만한 대령은 탁자 위에 두 손을 내려놓은 채 미소를 띤 채 그들에게 질문했다.

"너는 히틀러에게 충성을 맹세했는가?" 대령은 거듭해서 그 질문을 했다. 죄수들이 '예'라고 대답할 때마다 그의 얼굴이 달아올랐다. 그는 탁자를 두드렸다.

"좋아, 좋아. 너희들은 너희들이 한 짓에 대가를 치러야 할 것이다. 당연한 거겠지?"

만약 죄수가 대답을 거부하면 그는 일어서서 고함을 질렀다. "내가 질문했다, 이 새끼야! 네가 죄값을 치르는 건 당연하지?"

그의 눈도 퉁방울눈이었다. 나는 잠들지 못하고 보드카를 끼고 살았다. 내가 있는 곳은 살육자들의 수용소였다. 나는 또다시 그런 결론을 지워버리려고 애썼다. '정의를 실천하기란 어려운 법이다, 미에테크.' 하지만 나는 재빨리 따지기를 멈췄다. 따져보는 일은 몇 년 동안 내 본능이 됐다. 나는 따져볼 필요도 없이 그냥 아는 방법을 새로 익혔다. 그 젊은이들이 희생자들이라는 걸 나는 알았다. 되벨른 감옥에 와보니 내가 또 다른 살육자들의 수용소에 있다는 사실이 실감이 났다. 나는 술을 마셨다. 이곳에서 탈출해야 한다고 생각했지만 왜 탈출하느냐는 의문도 생겼다. 매일 아침, 나는 대령을 만나러 가서 그의 앞에서 구두 굽을 딱 소리 나게 맞추며 경례를 했다. 대령의 비서들이 대령 뒤에 서 있었다. 그렇게 또 다른 하루가 시작됐다. 나는 트레블린카에서처럼 무덤 속에 있었고 덫에 걸린 상태였다. 나는 겉모양을 바꾸고 그들 젊은 죄수 중의 하나가 돼서 부당함에 맞서는 느낌을 되찾고 투쟁이 주는 힘을 느껴보고 싶었다. 그러나 나는 그 퉁방울눈인 장교 밑에서 통역자 노릇이나 해야 했다.

어느 날 저녁, 라이프치히에 있던 유레크가 나를 만나러 왔다. 우리는 강을 따라 걸으며 대화했다. 비가 오고 있어서 우리가 입은 군용 코트가 빗물에 젖어 묵직해졌다.

"우리, 떠나야 하는 건지도 몰라. 이건 우리 군대가 아니잖아." 유레크가 말했다.

나는 듣고만 있었다. 내가 믿는 사람들을 떠난다면 내게 남는 것이 무엇일까? 나는 복수를 하려고 살아왔지만 그들은 그 욕구를 좌절시켰다. 그들은 내가 복수를 하도록 내버려 두지 않을 터였다. 오히려 방해하고 있었다. 그렇다면 나는 무엇을 위해 살아야 하는가?

"자기만을 위해서 살 수는 없잖아, 유레크. 그럴 순 없지."

유레크가 팔레스타인에 있는 집단 농장인 키부츠에 대해 설명했다.

"뭐, 어쨌든, 너는 연락할 사람이라도 있으니까." 라고 유레크가 마무리 지었다.

유레크가 다른 쪽으로 가고난 후 나는 밤새 어둠 속에서 비를 맞으며 시골길을 걸어 다녔다. 추위와 쏟아지는 비, 피곤함을 이겨가며 힘들여 걸으니 나 자신으로 돌아올 수 있었다.

나는 무덤 속에 있기를 거부하며 한 걸음, 한 걸음 무덤에서 서서히 기어 나왔다. 천천히 한 걸음, 한 걸음씩. 나는 되벨른에서 기어나오고 있었다. 그렇다, 내게는 연락할 사람이 있다. 그리고 수용소마다 살육자들이 설치고 있다하더라도 나 자신이 살육자가 되는 일은 결코 없어야 했다. 검은 리무진을 타고 왔던 3거두가 운영하는 시스템이 내게 맞지 않는다면 나는 나만의 시스템을 만들 터였다. 나의 조직, 내 가족, 아내와 아이들이 내 주위에서 피와 사랑으로 결속된 요새 안에서 함께 모여 살 수 있는 시스템을 만들면 되는 거였다. 나는 그들을 위해 나만의 요새, 나만의 성채를 만들리라.

새로운 꿈

나는 비에 젖은 채 풀 위에 누웠다. 비 따위에 신경 쓸 때가 아니었다. 나는 내 길을 찾았다. 게토에서 나는 나만의 체계를 세워서 일했다. 트레블린카에서도 나는 아래쪽 수용소를 빠져나오는 나만의 방법을 찾았었다. 그리고 나는 내 가족, 내 아내, 아이들을 위한 요새를 지을 터였다. 뉴욕에는 내 숲을 이루어줄 나무 한 그루인 친척이 있었다. 거기서 나는 나만의 요새를 건설하리라. 내 가족, 내 민족의 원수를 갚아준다는 건 또 다른 가족을 만들고 신선한 씨앗을 땅에 뿌린 후 키워가는 일이라고 나는 생각했다.

나는 비가 내리는 가운데 풀밭에서 평화롭게 잠을 잤다. 비가 그치고 햇빛이 비칠 때까지. 그날 오후 늦게 나는 막사에 갔다. 대령의 여비서 한 명이 의심이 가득하고 화난 표정으로 나를 기다리고 있었다.

"대령님은 화가 많이 나셨어요." 여비서가 말했다.

"나는 병이 났소. 라이프치히 병원에 가야겠소."

나는 병원에서 시간을 들여서 여러 가지 진찰을 받았다. 커다란 병실에서 체스놀이를 하고 있는 회복기 환자들 사이에 누운 채 나는 시간을 보냈다. 시간이 흘러가는 데 신경 쓰지 않고 빈둥거리는 일은 전에는 한 번도 해본 적이 없었다. 머릿속에서 생각들이 마음껏 활개를 치도록 내버려두었다. 상상 속의 내 자식들은 남동생들을 닮았고 여자들은 내 어머니, 리브카, 조피아, 소니아를 닮은 모습이었다. 우리 주위에는 푸른 나무들이 서 있었다. 나는 꿈을 꾸었다. 아버지, 어머니, 내 동료들이 모두 나무들 사이에 우리와 함께 있었다.

어느 날 아침, 군의관이 내가 완쾌됐다고 말해주었다. 라이프치히에서 온 장군 한 명이 독일어를 하는 장교가 필요하다고 했다. 몇 시간 후 나는 그 장군과 부인, 자녀들과 함께 식사를 하며 보드카를 마셨다.

"미샤, 한 잔 더 줄까?" 장군이 물었다.

장군은 자기 집을 검열할까봐 걱정되는지, 식당에서 시시한 소위들이 그러듯이 술병을 식탁 아래서 꺼냈다. 러시아 사람들과 그들의 군대는 참으로 이상하게 뒤섞여 복잡했다. 그 장군은 오직 한 가지 일만 신경 쓰이는 모양이었다. 바로 고향에 있는 친구들에게 가져다 줄 코트, 모피, 옷감들을 손에 넣는 일이었다.

"미샤, 자네는 유대인이잖나. 유대인들은 영리하지. 그 물건들을 내게 구해주게."

그건 그냥 악의 없이 친절하게 건넨 말일 뿐이었다. 나는 라이프치히의 구시가지를 뒤져 상품진열대를 찾아내고는 NKVD 장교로서의 권력을 이용해서 물건들을 요구했다.

"내 군모 색깔이 뭔지 알아보겠소?"

상인들은 내 지위를 알아차렸다. 그리고는 내 제안을 받아들였다. 나는 물건을 사들였고, 얼마 안 가서 러시아인들에게는 없어서는 안 될 사람이 되었다.

"미샤는 특별해. 미샤밖에 없어." 장군이 말했다.

고위급 장교들의 부인들이 나를 쫓아다녔다.

"미샤, 미샤, 우리는 아무것도 못 구했어요."

시찰을 하러 온 장성들은 부인들을 소련에 두고 왔기에 직접 나를 불러서 며칠이 걸려야 구할 수 있는 기다란 '선물' 목록을 건네주곤 했다. 나는 그들에게 협조했다. 시간이 흘러갔다. 나는 내 행동을 스스로 관찰하며 때를 기다렸다. 내가 장교들의 아내들을 위해 모피 코트나 조달하려고 게토와 트레블린카, 바르샤바 봉기 속에서 살아남았던가? 나, 미에테크, 그 위험 속에서 밀수해 온 곡식 자루를 던져댔던 내가? 내가 이렇게 보잘 것없는 인간이 되고 말았는가? 이건 미친 짓이었다. 겨우 이 꼴이 되려고 전쟁을 치렀던가?

나는 장성들의 말을 듣고 그들의 모습을 지켜보았다. 훈장을 주렁주렁 단 그들은 다른 사람들을 전쟁터로 이끌었으며, 사람들에게서 경례를 받고, 생사를 결정할 권력을 가지고 있었다. 그런 그들이 겨우 동물 가죽을 이어놓은 모피 코트를 갈망하는 모습은 측은하기 짝이 없었다. 나는 그들과는 다른 모습을 보이려고 계급장을 떼고 기장과 훈장들이 보이지 않도록 긴 가죽 코트를 걸쳤다. 나는 불굴의 미에테크, 관행에 따르지 않는 미에테크였다.

젊고 가무잡잡하며 신경질적으로 보이는 정치위원* 한 명은 나와 생각이 통하는 것 같았는데 나를 자주 불러 주의를 주었다.

"미샤, 자네가 있어야 할 곳은 당이네. 자네는 아주 좋은 재목감일세. 자네가 입당한다면 훌륭한 미래가 보장될 걸세. 사관학교도 가고 말일세."

그는 손짓 한 번으로 내게 새로운 지평을 열어주었다. 나는 그의 말을 주의 깊게 들었다. 하지만 그의 말을 믿지는 않았다. 이제 내 마음 속에는 다른 꿈이 영글어가고 있었던 탓이다. 그러나 나는 아무런 시도도 하지 않은 채 그냥 시간의 흐름에 몸을 맡기고 있었다. 그 동안 바르샤바로 돌아갈 예정인 폴란드 아가씨를 만나 즐거운 시간을 보내기도 했다. 나는 마치 단거리 경주에서 전력질주하기 전 몸을 풀고 있는 육상 선수와도 같았다.

저녁에 내 애인이 돌아간 후 나는 기차역에서 유레크와 만났다. 그는 흥분한 듯 보였다.

"미에테크, 슐츠를 잡았어."

나는 그의 어깨를 잡았다. 슐츠라면 바르샤바 게토의 공장 발코니 위에서 노동자들에게 자기의 포니아토프 수용소나 트라브니키 수용소에 가면 편안하게 살 수 있다고 연설했던 바로 그자였다. 그자 때문에 우리 유대인들이 노예 같은 생활을 했던 터였다. 나는 유레크와 함께 감옥으로 달려갔다. 바르샤바의 게토, 레슈노 가가 떠오르고 아버지가 스비엔토예르스카 가에서 마지막으로 외치던 말이 기억났다. 우리가 NKVD에서 왔으므로 간수들은 아무런 제지도 하지 않고 우리들을 들여보냈고 군인 한 명이 슐츠의 감방으로 데려가주었다. 슐츠는 등받이 없는 높은 의자에 앉

---

*

정치위원 Political commissar, 일반적으로 군 정치위원을 말한다. 공산당에서 임명받은 군관들이며, 군부대를 지휘하는 장군들을 감시하고 병사들에게 선전활동을 했다.

아 있었다. 모리배이며 감언이설로 남을 속이는 자이며 살육자들의 공범인 슐츠. 우리가 감방 앞에 서자 그가 고개를 들었다. 유레크와 나는 창살에 바짝 얼굴을 갖다 댔다. 그가 일어섰다.

"무슨 용무요?"

그렇게 묻는 그의 얼굴에 땀방울이 맺히는 게 보였다. 우리는 움직이지 않았다.

"왜 날 찾아왔소?"

그의 목소리가 날카로워졌다.

"슐츠, 당신을 다시 보려고. 나는 당신을 바르샤바의 레슈노 가에서 봤어."

"나는 재판을 받고 싶다. 재판도 하지 않고 나를 판단할 권리는 없다."

차가운 감방 벽에 몸을 기댄 그 짐승은 겁을 먹은 채 땀을 흘리고 있었다.

"여긴 트레블린카가 아니야, 슐츠. 나는 그냥 당신을 한 번 보고 싶었을 뿐이야. 우리가 여기 살아 있다는 걸 보여주고 싶었지."

유레크가 먼저 침을 뱉었다.

"나는 언제나 당신들을 보호했었어. 언제나 그러려고 했다고." 슐츠가 큰 소리로 외쳤다. 그러자 나도 침을 뱉었다.

그날 밤, 유레크와 나는 내 방에서 말없이 술을 마시다가 식탁에 머리를 대고 곯아떨어졌다. 며칠이 또 지나갔고 나는 장성들의 부인들을 위해 모피코트를 더 많이 사들였다. 나는 꿈을 꾸듯 살았다. 미국 방송에서 독일어로 방송하는 프로그램을 자주 들으면서 내 유일한 혈육인 외할머니가 사는 세상은 어떤지 이해하려고 애썼다. 외할머니는 그곳 미국에서 다른 세상을 살고 있을 터였다. 몇 주가 더 지나갔다. 유레크가 어느 날 아침, 내 사무실을 찾아왔다.

"소련군이 슐츠를 풀어줬어. 석방해버렸다고. 그들은 그를 이용하려고까지 하고 있어. 슐츠가 끊임없이 자기가 그들을 돕고 싶다고 말했었거든."

사람이란 모름지기 사태를 냉정하게 받아들이고 계획을 수정하려고 애쓰며, 사람들의 말을 귀담아 듣고 배워야 하는 법이다. 내가 통역을 해주었던 그 장군은 친절할 뿐 아니라 아버지 같은 면도 있었다.

"미샤, 기본적으로 슐츠는 그냥 일개 기회주의자이지 전범이 아니라네. 자네들 유대인들에게는 범죄자일지 모르겠지만 우리 러시아인들은 다르지, 자네도 이해하겠지만. 그자는 여기서 우리에게 도움을 줄 수 있어. 그런 게 인생이라네, 미샤. 정치이기도 하고."

나는 반박하지 않았다. 그럴 필요도 없었다. 장군은 살육자들이 무덤을 깊이 팠던 나라에서 온 사람이었다. 키예프, 하리코프, 스몰렌스크, 레닌그라드 등 많은 도시들이 철저히 파괴되고, 수백만 명이 죽은 그 나라에서 온 사람이었다. 그에게 바르샤바나 트레블린카에 대해 이야기할 필요가 없었다. 나는 게토의 거리를 거만하게 지나가던 슐츠를 생각했다. 그는 자기 공장에서 일할 권리를 주거나 거절하는 방법으로 유대인들의 생사를 결정하던 자였다. 슐츠 왕, 바르샤바 게토 노예들의 주인, 굶주린 남녀의 노동력을 이용해 돈을 벌던 자. 그러니, 내 형제들이여. 나는 그대들의 원수를 완전히 갚는 일에 실패했다. 그리고 내가 복수를 했더라도 그대들의 생명을 되살려 놓지는 못할 것이다. 나는 실패했다. 죽은 자를 되살릴 수는 없다. 오로지 새로운 생명만이 그 죽음이 잊히게 할 것이다. 새로운 다른 생명들.

어느 날, 유레크가 없어졌다. 그 전에 나에게 "나는 간다"고 말하기는 했었다. 우리는 그때 서로 포옹했었다. 행운을 빈다, 형제여. 나는 몇 주 더 기다렸다. 몇 가지 조사를 끝내야 할 일이 있었던 탓이다. 나는 끝까지 버텨서 해결해야 했다. 소련군이 나를 베를린으로 데리고 왔으니 나는 소련군과 함께 싸우며 복무해야 했다. 소련군에 있다는 게 처음에는 내 복수욕을 만족시켰지만 차츰 일이 꼬이면서 복수하는데 방해가 되었다. 우리는 서로 줄 건 주고, 받을 건 받았으니 이제 비긴 셈이다.

7월의 어느 날 폴란드의 어느 도로에서 "베를린으로!"를 외치며 나타났던 소련군들이여, 고맙다. 베를린 거리에서 같이 싸웠던 군인들이여, 고맙다. 거의 승리를 목전에 두고 살육자의 총에 맞아 거리에 쓰러졌던 그들. 나는 떠난다. 우리는 이제 서로 다른 길을 걷게 된다. 자기만의 삶으로, 자기만의 길로 갈라지게 된다. 그대들의 꿈은 내 꿈과는 달랐다.

전사들이여, 동지들이여, 그 동안 고마웠다.

내가 휴식한 기간이 몇 달이나 됐다. 내가 대위로 진급됐을 때 예의 그 정치위원이 나를 불러들였다.

"미샤, 이걸 보게나. 어떤 것 같나?"

그가 도장이 여러 개 찍힌 두툼한 봉투를 내밀었다.

"폴란드 측에서 자네를 자기 편에 두고 싶어 몸이 달았네. 그들에겐 골치 아픈 일이 많거든. 파시스트들이 계속 저항하고 있다네. 숲 속이나 산 속에 거점을 두고 저항하는 모양이야. 자네는 폴란드인이니 폴란드로 가고 싶으면 가서 동지들을 돕게나." 그가 말을 마치고 일어섰다.

"하지만 잘 생각하게. 자네는 우리 군의 일원이기도 하니까. 나는 자네를 좋게 보네. 우리 편에 있든지, 폴란드 편에 가든지, 자네가 선택하게."

정치위원은 내게 장기휴가를 내주었다. 나는 베를린으로 차를 몰고 갔다. 나는 러시아인이 아니었다. 내 조국, 나의 유일한 조국은 내가 사랑한 사람들, 내가 도우려 애썼던 게토와 트레블린카의 사람들을 의미했다. 내 민족이 피와 고통으로 점철된 나의 조국이었다. 내가 사랑한 사람들을 위해 내가 택할 길은 하나밖에 없었다.

나는 간다, 전우들이여. 복수할 시간은 지나갔고 새로운 시대, 새로운 질서가 시작되고 있다. 그대들에게는 당연한 것이지만 내게는 그렇지 않다.

나는 간다, 전우들이여. 우리의 앞길은 서로 다르다. 그대들과 함께 한다면 내게 어떤 미래가 기다리겠는가? 경찰? 군인? 나는 그런 일을 하려고 지금까지 살아남은 건 아니다.

내게는 선택할 길이 한 가지 밖에 없었다. 유레크와 나는 자주 이곳을 떠나는 방법들을 의논하곤 했다. 베를린에 가서 소련군 점령 구역에서 지하철을 타고 서방연합국 점령 구역에서 내리기만 하면 됐다.

내가 나치 제국의 수도인 베를린에 도착했을 때 도시는 아직 어두운 하늘을 배경으로 부서진 벽들이 무대장치처럼 윤곽을 그리고 있어 불길해 보였다. 나는 인적 없는 어느 집 마당으로 들어가 민간인 복장으로 갈아입은 후 지하철의 인파 속으로 섞여들었다. 어렵사리 지하철을 탄 후 미국 점령 구역에 있는 첫 번째 역에서 내렸다.

지하철 역 밖으로 나오니 자동차 경적소리와 질주하는 지프차의 소음으로 귀가 멀 지경이었다. 인도에는 사람들이 북적댔다. 울긋불긋한 전등이 켜진 가게 진열장들이 밝게 번쩍거렸다. 나는 벽에 기댔다. 아무도 나를 신경 쓰지 않았다. 나는 사람들, 군인들, 여자들을 지켜보았다. 신문팔이 한 명이 소리를 지르며 달려갔다. 소음에 둘러싸인 채 나는 새로운 세계로 뛰어들었다. 거기서 나의 요새를 건설하는 일은 내게 달린 일이었다.

제3부

신세계

제11장

언젠가 나는
나만의 요새를 세우리라

"그럼 당신은 바르샤바에서 태어난 거군요. 당신 부친은 어떻게 됐소?"

루블린에 있을 때 어느 소련 장교도 이와 똑같은 질문을 했었다. 나는 다른 세상에 왔는데도 이곳의 장교도 똑같은 질문을 하고 있었다. 그는 친절했지만 지쳐보였고 다소 지루한 듯했다. 내 앞뒤에는 새로운 조국을 찾아들고 있는 유대인들, 실레지아인들, 헝가리인들, 체코인들, 폴란드인 등 고통 받은 유럽인들이 전부 모여 있는 것 같았다. 그들은 공포 속에서 살아남은 자들이었으며 공포에 질려 지치고, 궁핍한 채로 단 하나의 희망인 미국을 찾아온 사람들이었다. 눈으로 보고 목소리를 들을 수 있는 그 장교가 바로 미국을 대표했다. 우리가 설득해야 하는 대상은 그의 내부에 있는 미국이었다. 나는 그를 지켜보며 그 두 눈 뒤쪽, 둥근 머리 안에서 무슨 생각이 오가는지 알아내려 애썼다.

"베를린에는 어떻게 왔소?"

그는 내게는 눈길을 거의 주지 않고 두 손을 타자기 위에 올려놓은 채 폴란드어로 물었다.

"혼자서 걸어왔습니다. 걸어왔지요."

붉은 군대에 있으면서 복수를 꾀했던 일은 이미 내게는 과거의 일이었다. 미국인들이 알 필요도 없었고 안다 해도 이해하지 못할 터였다. 그들은 나를 과거에 묶어두려 했지만 나는 새로운 세계에서 자유롭게 다시 태어나 새롭게 시작하고 싶었다.

"뉴욕에 제 외할머니가 계십니다. 가족들은 모두 죽었습니다."

그가 나를 올려다보았다. 인정이 많아 보이는 사람이었다.

"외할머니를 뵙고, 미국에서 가족을 꾸려서 새로운 삶을 살고 싶습니다. 저는 혼자 남았고 혈육이라곤 외할머니밖에 없지요."

그는 알겠다는 듯 가볍게 고개를 끄덕이고는 내가 말한 정보를 받아 적었다. 아버지가 알려주었던 펠트라는 이름과 뉴욕 어느 구의 이름이 전부였다.

"알아봅시다. 기다려야 할 거요."

나는 기다리는 데 익숙지 못했다. 기다림이란 내게는 죽음이란 의미였다. 미국으로 가기로 결심한 이상 나는 베를린에 묶여있지 않을 것이다. 나는 그 장교를 졸랐다.

"저는 홀몸이에요. 외할머니는 제가 살아 있는지조차 모르신답니다. 외할머니가 돌아가실는지도 몰라요. 서둘러야 합니다."

나는 전에는 한 번도 입 밖에 내보지 않은 말들을 꺼내고 있었다. 마치 그 말들이 매일매일 내 마음속 깊이 쌓여왔다가 표면에 떠오른 듯했다.

"저는 꼭 거기 가야 합니다. 저를 보시면 외할머니가 기운을 차리실 거예요. 외할머니는 저를 딱 한 번 보셨지요. 저는 가족 중에 유일한 생존자입니다."

내 목소리가 갈라졌다. 내가 한 말들은 게토의 밤, 아버지가 율레크 펠트가 죽었다는 소식을 전해주었던 그날 밤 들었던 말이었다. 내가 한 말은 아버지의 말이었다. 장교가 나를 보면서 계속 도리질을 했다.

"당신네들은 전부 똑같군요. 당신들은 모두 생각하기를……"

나는 비명을 지르기 직전이었다. 그랬다. 나는 주장할 자격이 있고 살육자들이 우리들에게 준 상처를 까발릴 자격이 있다고 생각했다. 나는 조급해할 자격이 있다고 생각했다.

"다른 사람들이 어떻든 저는 모릅니다. 제 경우는 올바르게 판단해 주셔야 합니다."

"나는 시간이 많이 없어요." 그가 대답했다.

나도 그건 알고 있었다. 복도에서는 본거지를 잃고 방황하는 사람들이 긴 의자에 앉거나 선 채로 면접을 기다리고 있었다.

"별로 시간이 오래 걸리진 않을 겁니다."

장교는 담뱃불을 붙이고는 앉은 채 의자를 뒤로 밀었다. 그는 비대해보일 정도로 땅딸막한 몸에 다림질이 잘 된 군복을 입고 있었다.

"당신에게 5분을 더 주기로 하죠. 더는 안 되오."

5분, 그들이 준 시간이에요, 어머니. 5분이 주어졌다, 동생들아, 리브카, 모든 이들이여. 그대들의 죽음과 나의 고통, 나의 권리를 말하는 데 5분이 주어졌다. 나는 장교를 바라보지 않은 채 그들을 위해 이야기를 계속 했다. 나는 이생에서 그들의 대변인 역할을 해야 했고 그들을 위해서라도 미국으로 가야했다. 장교는 내 말을 가로막지 않았다. 내가 말을 끝내자 긴 침묵이 흘렀다.

"당신은 그렇게도 젊은데. 내일 다시 와서 내게 직접 찾아와 물으시오."

그가 나를 위해 최선을 다하리라는 확신이 들었다. 그 장교는 인간다운 인간이었다. 내가 아직도 고삐에 묶인 장님처럼 머뭇거리게 되는 이 새로운 세상에서 나는 만사를 불문하고 앞으로 나아가기로 결심했다. 그런 내게 그 장교가 도움의 손길을 준 것이다.

그 장교의 덕분으로 나는 난민 수용소에 자리를 얻게 되었다. 그곳에서 출입을 할 수 있었기에 분단된 도시를 돌아다녔다. 도시의 폐허는 정리되고 울타리 뒤로 숨겨졌거나 장난감 벽돌들처럼 말끔하게 쌓아놓은 상태였다. 그 장교의 덕분으로 나는 유레크를 만나게 됐고 블라데크도 이곳 베를린 서부지역으로 왔다는 사실을 알게 됐다.

유레크와 만난 날, 우리는 재회를 축하하고 싶었다. 잔해들 위로 술집의 간판이 번쩍거렸다. 우리는 컴컴한 속에서 음악과 고성, 웃음소리가 넘치는 그 술집으로 들어갔다. 군인들이 술을 마시고 춤을 추는가 하면 달러도 환전하고 있었다. 살육자들의 딸들이 맨다리를 우리에게 스쳐댔다. 나는 그들의 눈을 멀리하고 그들의 뜨거운 살에 닿지 않도록 조심하며 귀에 동상을 입은 유쾌한 바텐더를 바라보았다. 그 역시 람블로프 숲에서 공격해 왔던 바이킹 사단의 나치 친위대원들처럼 폴란드나 러시아의 숲 속에서 나무와 나무 사이를 잽싸게 달리며 고함을 쳤음이 분명했다.

우리는 시럽을 탄 바이세 맥주를 마셨다.

"이게 평화야. 평화라고. 우리는 여기에 익숙해져야 해."

나는 우리 주위의 소모적이고 맹목적이며 무의미한 생활에 결코 익숙해질 수 없었다. 삶이란 소중한 것이었다.

"여기서 나가자, 유레크."

유레크가 먼저 일어섰다. 갑자기 바텐더가 나서더니 윙크를 하고 손짓을 하며 우리를 잡으려고 했다. 내가 그의 가슴을 난폭하게 떠밀자 그가 옷 보관실에 있는 코트 위로 넘어졌다. 우리는 도망쳐 나와 폐허 속으로 숨었다. 텅 빈 채 불빛만 번쩍거리는 거리에 차가운 바람이 윙윙거리며 불어왔다.

"자네, 흥분했군. 동지." 유레크가 껄껄 웃었다.

나도 웃음을 터뜨렸다. 그런 후 우리는 말없이 다정하게 걸었다. 나는 죽은 자들에게 책임이 있었다. 우리들 중에 가장 뛰어났던 사람들, 아버지, 율레크 펠트, 모르데카이 같은 사람들에게 말이다. 그들은 성공을 했으며 그 생명을 고귀하게 희생했다. 그들과 같이 되려면 나도 성공해야 했다.

그날 밤, 우리는 이스라엘에 대해 이야기를 나눴다. 유레크가 런던에 삼촌이 한 명 있다는 걸 알아내고는 이스라엘로 가는 걸 망설이고 있었던 탓이다. 그는 오래되고 황량하며 메마른 불모의 땅을 설명하며 우리가 그리로 돌아가서 새로운 생명을 주입하는 방법을 이야기했다. 나는 그의 이야기를 들으며 정복되고 변화되기를 기다리고 있는 황무지에 내 민족이 서 있는 모습을 떠올렸다. 나는 내 민족을 위해 싸웠고 그들과 함께 고통받았었다. 내가 고통을 받았기에 유대인이라는 존재를 내 뼛속 깊이 느꼈다. 살육자들의 흉포함과 세상의 무관심에도 불구하고 우리가 여전히 살아 있기에 나는 유대인이라는 게 자랑스럽고 기뻤다. 언젠가는 나도 이스라엘로 갈 것이다. 그러나 나는 지켜야 할 다른 약속도 있었다.

"유레크, 나는 계획해 둔 게 있어."

"너는 언제나 계획이 있지."

우리는 불현듯 기분이 좋아져서 웃으며 서로의 등을 두드리다가 인적 없는 거리를 달려갔다. 그건 맞는 말이었다. 불행한 시절이 시작되면서부터 나는 언제나 계획을 짰고, 다른 사람들보다 한 걸음 앞서 생각하려고 애썼다. 그럼으로써 일이 되도록 하고 다른 사람들에게 끌려가지 않으면서 그들을 이용하려고 했다. 나는 유레크에게 나의 꿈과 내가 이루어야 할 계획을 전부 말해주었다. 나의 이상향을.

"외할머니, 미국, 그리고 일하는 것이 목표야. 그래서 웬만큼 돈을 모으면 아내를 구하고 아이들을 낳고 가족을 이룰 거야. 그런 후에 우리 모두 어딘가에 갈 거야."

조용하고 말없던 남동생들이 생각났다. 게토의 우리 집 은신처에 갇힌 채 밖으로 나다니지도 못해 햇빛을 갈망하던 내 동생들. 위장용 옷장 뒤에 숨었다가 저녁마다 내가 돌아가면 내게 매달리곤 했던 동생들. 담과 벽들과 시멘트와 가축운반용 화물차, 그리고 죽음밖에 경험하지 못했던 동생들. 내가 너희들을 다시 태어나게 해줄 테다.

어느 날 아침, 그 미국인 장교가 막사의 복도로 나를 직접 찾아와서 편지 한 장을 흔들었다.

"당신은 별로 오래 기다리지도 않았군요. 일이 잘 처리됐소. 우린 나쁜 사람들이 아니니까. 당신 외할머니에게서 온 거요."

나는 벤치에 앉았다. 주위에서 사람들이 폴란드어, 독일어, 이디시어, 러시아어, 체코어 등 여러 외국어가 뒤범벅이 된 채 대화했고, 한 아이가 울고 있는가 하면 사람들을 호명하고 타자수들이 잡담을 했다. 하지만 내 귀에는 아무 소리도 들리지 않았다. 내 눈에는 내 어머니의 어머니가 약하고 가느다란 목소리인양, 손으로 쓴 비뚤비뚤한 글자들만 들어왔다. 그 편지는 "와라, 마르틴. 와라."는 말을 여러 가지 다른 표현으로 반복하고 있었다.

미국에서의 새 삶

얼마 후 나는 베를린을 떠나 브레머하펜(독일 북부, 베이저 강 하구의 항구 도시)으로 갔다. 부두에 정박된 낮고 폭이 넓은 리버틴 선인 '마린 마를린'호 옆에서 우리는 끈이나 띠로 묶은 가방들과 옷가방의 무게에 짓눌린 채 떼지어 모여서 물보라를 맞고 있었다. 사람들은 여기까지 오는 데 온 힘을 소진한 듯 조용하고 얌전했다. 그러다가 승선하라는 말이 떨어지자 좁은 통로로 사람들이 갑자기 미친 듯 몰려들었다. 하고많은 소중한 사람들을 포로로 붙잡고 있는 이 땅에 남겨질지도 모른다는 공포에 질려 난폭한 행동도 서슴지 않았다. 유레크가 나를 포옹했다.

"너는 또 다른 담을 넘는구나. 너는 늘 달려야 하지."

나는 그의 어깨를 다시 한 번 붙잡았다. 나는 언젠가는 내게 고통을 안겨주었던 이 땅에 돌아오리라. 나는 이 땅에 피와 죽음, 희망과 투쟁의 끈으로 묶여 있었다. 나는 이 오래 되고 파괴됐으며 무덤들로 가득한 땅의 일부였다. 이 땅을 떠나면서 그 사실을 알아차렸다. 나는 내 가족들이 누워 있는 이 땅을 결코 잊지 않으리라.

"조만간 또 보자, 유레크."

나는 갑판에 서 있었지만 안개가 금방 우리를 감쌌다. 안개에 가려 납작한 회색 둑이 잘 보이지도 않았다. 앞에는 우리를 며칠간 괴롭힐 초록빛 바다가 넘실거리며 펼쳐져 있었다. 나는 구석에 자리를 잡고 잠을 자거나 뱃멀미로 토하거나 했다. 가끔 갑판으로 올라갈 때면 나는 넘실거리는 바다가 튀겨 올리는 물방울에 흠뻑 젖곤 했다. 그럴 때마다 나는 다시 땀 냄새와 토사물 냄새가 진동하는 선실로 내려와야 했다. 나는 악몽에 빠져들었다. 트레블린카로 가는 가축운반용 화물차에서 깨어나는 꿈도 꾸었다. 배가 요동치는 움직임이 내가 들어올려져 다른 사람들과 같이 무덤 속으로 던져지는 듯했고 바다는 누런 모래가 뻗어 있는 그곳 수용소의 모습 같았다. 나는 절망감에 빠져 거의 먹지도 마시지도 않았다. 나는 왜 그들을 그곳에 남기고 떠났나? 왜 나는 아직 살아서 여행을 하는가? 유레크가 말했듯이 나는 왜 늘 달려가야 하는가? 나는 구토했다. 바다는 내 내 요동치면서 나를 꼼짝 못하게 하고, 나를 과거와 맞붙어 싸우게 하고, 공포와 비참함으로 진땀을 흘리게 하고, 소용돌이처럼 나를 빨아들였다. 주위에 있는 다른 사람들은 아무런 저항도 하지 않았다. 전쟁 때문에 우리는 지탱하던 정신적 지주를 놓쳐버리고 이리저리 표류하고 있었다.

이윽고 바다가 잠잠해지고 나도 드디어 갑판에 머물면서 신선한 공기를 마시고 물보라를 맞으면서 이 여행의 종착역인 새로운 세상의 해안선을 살펴보게 됐다. 다른 사람들도 서서히 갑판으로 올라왔다. 우리는 어깨를 나란히 하고 서서 우리의 미래를 뚫어지게 바라보았다. 콘크리트와 강철, 유리들로 된 성벽 같은 건물들을 우리는 말없이 바라보았다. 우리가 들어가게 될 그 강하고 높은 숲이 가까워지고 있었다. 배는 푸른 색이 드문드문 보이는 회색 물결 위를 미끄러져 갔다. 우리가 향하고 있는 나무로 된 부두에서 자동차 몇 대와 사람들이 보였다. 갑자기 배가 약하게 부딪치는 느낌이 났다. 마린 마를린 호가 멈춘 것이다. 경찰들이 배에 올라오자 우리는 천천히 줄을 섰다. 나는 도착했다. 그리고 나는 구경을 시작했다. 또 다른 투쟁이 시작된 셈이었다. 나는 다른 사람들의 말에 휩쓸리지 않고 내 줏대를 세우고 믿음을 유지해야 했다. 다시 승리하고, 다른 방식으로 살아남으며 기억을 간직해야 했다. 이 세상에 살아 있지 않는 가족들, 동족들의 신뢰를 얻을 자격을 가지기 위해 나의 요새를 건설하려는 의지를 잊지 말아야 할 터였다.

나는 세관원에게 서류를 보여주고 캔버스 천으로 된 작은 가방들을 열어보였다. 나는 아무것도 가지지 않았다. 과거는 내게 악몽만을 남겨주었을 뿐이었다. 유일하게 가진 것이라고는 내가 가족의 원수를 어떻게 갚았는지를 나중에 내 자식들에게 설명해주려고 간직한 사진 몇 장뿐이었다. 그 사진 속에는 붉은 군대 장교인 내 모습, 나치와 싸우는 모습 등이 담겨 있었다. 우리는 부두를 건너서 또 다른 심사를 받았고 그런 후에 두 개의 철제 울타리 사이의 기다란 통로를 따라 걸어갔다. 여기저기서 사람들이 울타리 위로 몸을 내밀고 우리를 자세히 뜯어보고 있었다. 때때로 흥분한 목소리로 부르면서 팔을 쳐들거나, 울타리를 사이에 두고 손을 서로 부여잡는 사람들이 있었고 뛰어가는 사람들도 있었다. 나는 그 묻는 듯한 눈길들, 괴로운 기다림을 알면서도, 보이지 않는 듯 멍한 마음으로 통로의 끝까지 걸어갔다. 나는 가방을 어깨에 둘러맸다. '외할머니가 여기 오셨을 리가 없어, 미에테크. 택시를 타고 웨스트 186번 로의 567번지를 찾아가는 수밖에 없지.' 나는 계속 걸어갔다.

통로 끝에 검은 옷을 입은 외할머니가 지갑을 손에 쥔 채 몸을 꼿꼿이 세우고 서 있었다. 외할머니가 내 앞에 있었고 나는 외할머니 쪽으로 걸어가고 있었다. 무라노프스키 광장 근처의 지하실로 뛰어들었던 내가, 죽은 아버지를 두고 폐허가 된 게토를 떠나 하수도를 통해 도망쳤던 내가, 혼자 몸이 된 내가 처음으로 외할머니에게 다가서고 있었다. 여위었지만 꼿꼿한 자세인 외할머니가 통로 끝에 서 있었다. 외할머니의 모습에서 내 어머니와 율레크 펠트와 닮은 눈 모습과 미소를 볼 수 있었다. 내가 외할머니 앞에 서자 외할머니는 나를 세게 껴안았다. 외할머니는 부들부들 떨며 울었다. 내 손 아래 외할머니의 뼈만 남은 어깨와 쇠약한 몸이 느껴졌다. 배에서 내리는 인파 속에서 우리는 서로를 껴안고 있었다. 경찰관 한 명이 여전히 껴안고 있는 우리를 한쪽으로 밀어냈다.

"비켜주세요, 제발." 경찰이 말했다.

우리는 거기 그대로 서 있었다. 외할머니가 우물우물 내 이름을 불렀다.

"난 알고 있었어. 알고말고. 너는 네 어미를 꼭 닮았거든, 네 어미가 내게 보내준 사진에서 봤단다." 외할머니는 내 얼굴을 잡고는 뺨을 쓰다듬었다. 나는 아무 말도 못했다. 한 마디만 입 밖에 내도 외할머니와 나 사이에 틈이 벌어지고 벽들이 무너질 것만 같았던 탓이다. 나는 기쁨과 절망이 뒤섞여 울음을 터뜨릴 뻔했고 외할머니를 어머니라 부르며 매달리고 외할머니 품에 숨어버릴 수 있도록 나를 더 바짝 껴안아달라고 부탁할 뻔했다. 그렇게도 오랜 세월 동안 나는 공포와 슬픔을 억누르고, 그 부드럽고 자상한 손길, 어머니에 대한 갈구를 억제해 왔었다. 그러나 나는 내 감정을 감추고 계속 침묵했다. 나를 안은 외할머니는 너무도 연약했다. 내 고통을 끌어내고 내 불행과 아픈 기억들을 들려준다면 외할머니는 견디지 못할 것 같았다. 외할머니를 보호해주고 힘을 나눠줄 사람은 오히려 나였다. 외할머니가 거기 아직 살아 있는데 내가 더 바랄 것이 무엇이겠는가? 나는 외할머니를 끌어당겨 감싸안았다.

"외할머니, 외할머니."

나는 외할머니를 위로하며 내 마음 속 깊이 잠들어 있던 그 단어를 입에 올렸다. "외할머니, 외할머니."

"그놈들이 그 애들을 죽였구나. 네 어미, 율레크, 펠라, 모두를……."

외할머니는 낙담해서 흐느끼며 내게 기댔다. 외할머니가 아직도 살아 있다는 게 기적처럼 보였다. 너무 말랐고 쇠약해 보였다. 외할머니를 보호해야 해. 외할머니를 잘 모시자.

"외할머니, 외할머니, 제가 왔어요."

우리는 그곳을 떠났다. 외할머니는 내 캔버스 천 가방을 들고 싶어했다. 그러고는 눈물을 흘리면서도 내 튼튼한 체격을 보곤 칭찬을 했다.

"너는 다 컸구나, 마르틴."

그러다 외할머니가 불쑥 말했다. "너는 결혼을 하고 아이를 가져야겠구나. 나는 네 아이들을 보고 싶단다. 증조외할머니가 되고 싶어."

외할머니가 소리내 웃자 나는 외할머니를 껴안았고, 외할머니는 다시 흐느꼈다.

"나는 네 동생들은 보지도 못했단다. 그놈들이 네 동생들을 죽였어."

나는 속이 울렁거렸지만 침착하게 아무 말 없이 외할머니가 마음을 가다듬도록 도왔다. 나는 외할머니보다 훨씬 더 마음이 아팠다. 택시 안에서 외할머니는 바르샤바의 옛집들, 자갈 포장된 도로들, 시장의 상품 진열대를 이야기하며 추억에 잠겼다.

"여기는 모든 게 너무 크단다. 새로운 것 투성이이고."

나는 길게 줄지어 달리는 자동차들과 하늘을 가리며 우뚝 서 있는 건물 벽들, 번쩍거리는 불빛을 둘러보며 나를 향해 몰려오는 이 새로운 세상의 법칙을 이해해 보려고 애썼다. 밀려드는 사람들, 거리들, 소음, 현란한 색깔들, 모든 것이 가만히 있지 않고 움직이는 듯했다. 여기에 압도되지 않으려면 이해해야 했다. 이곳에도 남들이 이끄는 대로 따라가는 사람들도 있을 테고, 자기의 목표를 향해 달려가는 선구자들도 있을 터였다. 게토에서처럼, 파비아크 감옥이나 트레블린카에서처럼 운명에 굴복한 사람들도 있을 테고, 운명을 앞지르고 지배한 사람들도 있을 터였다.

외할머니가 집 문을 열고 먼저 들어갔다. 기쁨에 넘치고 들떠서 부산하게 움직였다. "너 배고프지."라는 말을 몇 번이나 했다. 편안하고 포근한 집이었다. 나는 외할머니의 왕국을 조금씩 탐험하고 싶어 천천히 들어갔다.

"네 방은 저기다." 외할머니가 부엌에서 소리쳤다. 냄비가 덜거덕거리는 소리와 버터가 지글지글 녹는 소리가 들렸다. 식탁 위에는 하얀 식탁보가 깔려 있었다.

"저 좀 씻을게요."

나는 욕실에 들어가 물을 틀고는 두 손으로 머리를 부여잡은 채 흐느꼈다. 그러고는 꼼꼼하게 눈을 씻었다.

나는 며칠 동안 바깥에는 거의 나가지 않았다. 먹고, 자고, 이야기하는 게 다였다. 외할머니는 부엌 화로에서 유대인 안식일용 요리인 촐렌트를 준비했다. 외할머니가 거위의 목 한쪽을 꿰매고 고기와 마늘 다진 것에 계란을 깔끔하게 깨 넣어서 휘젓는 모습을 바라보았다. 정확하고 자신 있는 움직임에서 오랜 요리 경력이 묻어나는 것 같아 나는 잔잔하고 평화로운 기쁨을 만끽했다. 외할머니 옆에 앉자 시간이 존재하지 않는 듯한 기분이 들었다. 아무 일도 일어나지 않은 듯, 그 부엌은 우리 부엌이었고 남동생들이 들어오고, 아버지는 초인종을 두 번 빠르게 누를 것이고, 어머니는 내가 맛을 본 속 재료를 작은 스푼으로 거위의 목에 떠 넣을 것만 같은 기분이었다.

그날 저녁 외삼촌이 왔다. 외삼촌이 폴란드를 떠날 때 외할머니는 바르샤바로 돌아올 생각으로 외삼촌을 따라왔지만 시간을 지체하다가 전쟁이 일어나고 말았던 것이다. 저녁 식사 후 우리는 대화를 나누었다. 외할머니는 손수건을 꼭 쥔 채 몇 번이고 같은 질문을 했다. "그 아이들이 고생을 많이 했니? 고통스러워했어?"

나는 도리질을 했다. 나는 사람들의 비명소리, 머리가 부서진 아이들에 대한 기억을 지워버렸다. 그냥 생활이 조금 어려웠다고만 말했다. 외할머니에게 그곳의 소름끼치던 진짜 생활을 알려준다는 건 부질없는 일이었다. 그래도 외할머니는 가끔 흐느끼며 "하지만 왜? 왜 그런 일이 생겼지?"라고 묻곤 했다.

나는 외할머니의 어깨를 안았다.

"제가 여기 있어요, 외할머니. 제가 있잖아요."

외할머니는 일어서더니 내게 가느다란 국수로 만든 계피 냄새 나는 과자를 주었다.

"먹어라. 너는 많이 먹어야 해."

외할머니는 때로 식사를 한 후에 내게 말하지도 않고 과일이나 고기 튀김을 만들어 주기도 했다. 외할머니가 달걀을 젓는 소리가 들렸다. 나는 배가 고프지 않았지만 외할머니에게서 베푸는 기쁨을 뺏을 이유는 없었다. 외할머니는 쟁반 가득 튀김을 담아왔다. 기름지고 달콤한 튀김 조각들이 내 입속에서 와작 소리를 내며 씹혔다. 나는 외할머니에게 입맞춤을 했다.

"내가 네 아내에게 만드는 법을 가르쳐주마. 그러면 나중에도 이 외할머니가 기억날 거야."

일하는 사람

외할머니와 같이 살며 외할머니의 모습을 보고 말소리를 듣는 일은 언제나 즐거웠다. 나는 박해받았기에 증오와 비참함에 익숙했다. 외할머니의 집인 워싱턴 하이츠에 있는 부엌에서 나는 비로소 내 공격성과 방어의지를 내려놓을 수 있었다. 아침이면 외할머니는 나보다 일찍 일어났다. 나는 외할머니가 부스럭거리는 소리를 들으며 눈을 감은 채 미소를 지으며 하루 더 쉬면서 외할머니를 기쁘게 하리라 마음먹었다. 유일한 기쁨이자 커다란 기쁨이란 다른 사람을 행복하게 해주는 일이었다. 하지만 내가 다시 일을 시작해야 할 때가 다가오고 있었다.

"미국은 비정한 곳이다. 너는 싸워나가야 해." 외삼촌이 걱정했다.

나는 미국이 두렵지 않았다. 살인이 횡행하던 나라들, 부주의나 피곤함 때문에 목숨을 잃을 수도 있는 나라들, 조그만 실수로도 죽어야 했던 나라들을 나는 이미 경험했다. 이 나라는 무섭지 않았다. 나는 이 나라에서 갈 길을 찾아내서 나만의 요새를 세울 참이었다.

"저는 준비됐어요." 나는 외삼촌에게 대답했다.

평화롭고 조용한 생활이 며칠 더 흘러갔다. 그런 호사스러움을 경험해보는 사람들도 그리 많지 않을 터였다. 그런 후 나는 미국에 정면으로 맞붙어보기로 했다. 어느 날 아침, 외삼촌과 나는 집을 나섰다. 나는 영어를 못하는 채로 도시를 돌아다니고 지하철을 타보고 바삐 지나가는 행인들 속에 섞여보기도 했다. 배울 게 너무도 많았다. 하지만 여기에는 나치 친위대도 없고 우크라이나인도 없으며 무덤이나 높은 장벽도 없었다. 미국이 팔을 벌리고 나를 맞아들이고 있었다. 체인으로 돼 있는 가게의 점장인 외삼촌은 나를 구매 대리인에게 소개해주었다. 나는 두 사람이 대화하는 걸 들었다. 그 구매 대리인이 외삼촌을 보고 싱긋 웃었다. 내게도 미소를 보냈다. 내가 말을 하나도 알아듣지 못하자 외삼촌이 통역해주었다. 이야기인즉슨 내가 할 일은 포장된 물건들을 풀어내는 일이며 내가 영어를 익힌 후에는 바이어나, 영업사원, 점장으로 일하다가 장차 더 고위직으로 승진할 수도 있다는 것이었다. 나는 귀담아 들었다. 장차라고? 장차란 건 내가 생각해 본 적이 없는 시간의 차원이었다. 나는 하얀 상의를 입은 젊은이들이 휘어진 칼로 포장물을 깔끔하게 뜯는 모습을 보았다.

"저는 여기에는 하루나 이틀 있을 건데요. 그저 일이 어떻게 돌아가나 보고 돈이나 몇 푼 벌어보려는 거죠."

내 말에 외삼촌은 도리질을 했다. 구매 대리인은 다른 쪽으로 가서 지시를 내리고 있었다.

"이건 초보자에게 좋은 일이야. 너는 잘 할 거다." 외삼촌이 거듭 말했다.

내가 한 군데 정착하지 않고 서둘러야 하는 이유를 외삼촌에게 설명할 도리가 없었다. 내가 게토에서처럼 독립적으로 일할 수 있는 방법을 찾고, 그래서 주머니에 달러를 넣을 수 있는 수단을 얻을 때까지 미국을 알기 위해 이 일, 저 일을 잠깐씩 해 보려는 이유를 말할 수가 없었다. 돈은 되고 싶은 사람이 될 자유를 준다는 걸 나는 이미 게토에서부터 알고 있었다. 나는 내 요새를 건설할 작정이었지 구매 대리인의 무뚝뚝한 지시를 들으며 일하려는 건 아니었다.

나는 그 가게에서 이틀을 더 보내면서 몇 달러를 벌고 영어를 몇 마디 배웠다. 저녁에는 케이크와 꽃을 사서 외할머니 집으로 돌아갔다. 외삼촌은 더는 권유하지 않았지만 마음에 들지 않는 듯 어깨를 으쓱 추켜올렸다. 나는 외할머니를 번쩍 안아 올렸다.

"제가 처음으로 조금 번 돈이에요. 내일은 두 배로 벌어 올 거예요."

다음 날, 나는 아직도 어둡고 안개 낀 새벽에 집을 나섰다. 끝없이 쭉 뻗어있는 거리는 텅 비어 있었다. 걷는 일과 넓은 공간을 보는 일은 내게는 마치 술을 마시는 것과도 같았다. 나는 탐험되고 정복당하기를 원하는 이 세계를 돌아다니는 모험가 미에테크였다. 이곳에 내가 살아 있는 표시를 남길 것이다. 나는 몇 시간이나 지치지 않고 센트럴 파크를 가로질러가고 브로드웨이를 따라 걸어갔다. 외삼촌이 내게 주소 몇 개와 내 처지를 설명하는 추천서를 주었었다. 나는 웨스트 브로드웨이 근처의 배릭 가 끝에 있는 한 양복점의 작업장으로 들어갔다. 젊은 아가씨에게 외삼촌의 추천서를 건네주었는데, 그 아가씨는 내가 말을 못 알아듣자 웃음을 터뜨렸다.

"사장님 말입니다, 골드먼 사장님." 나는 자꾸 그렇게만 말했다.

나는 사장을 만나고 싶었다. 골드먼이 드디어 나타났다. 덩치가 작고 대머리에 조끼 차림인 그는 독일어로 말을 걸어왔다. 그는 한때 자기의 고향이었던 유럽의 소식과 전쟁에 대해 자세히 알고 싶어했다. 그는 진지한 표정으로 괴로운 듯 내 이야기를 들었다. 당연히 그는 내게 일자리를 주었다. 나는 그를 따라갔다. 그는 이중문을 발로 차서 열고는 푸르스름한 조명이 비치는 가운데 남녀가 재봉틀 앞에 몸을 숙이고 일하고 있는 방 몇 개를 보여주었다.

"한 번 해보게." 골드먼이 재봉틀을 내게 보여주었다. "자네는 빨리 배울 걸세."

나는 고개를 가로저었다. 나는 바깥 공기 속에서 행동하기를 원했다. 다른 사람들 같이 돈 몇 푼을 벌려고 재봉틀 앞에서 일하다가는 내 존재를 알릴 길이 없다는 것을 나는 잘 알고 있었다. 내 계획을 실행하기 위해서는 게토에서처럼 위험을 감수해야 했다. 게토에서처럼 담을 뛰어넘어서 사람들이 필요한 것이 무엇인지를 알아내고 다른 사람들이 할 수 없고 하려고 하지 않는 일을 해야 했다.

나는 저녁마다 청소 일을 하고 낮에는 도시를 걸어다니며 길을 익혔다. 지하철 노선을 살피면서 아무 역으로나 들어가서 업 타운으로 가서 주변을 답사하고 다시 지하철을 타고 시내로 돌아오곤 했다. 이 도시는 숲처럼 광대하고 길들여지지 않은 곳이어서 나는 자유를 만끽했다. 행인들과 지하철 승객들을 관찰하면서 그들의 태도나 눈에 지치고 피곤한 기색을 보았다. 그들은 삶의 시작에서부터 끝까지 남들이 자기들을 이끌도록 내버려두었으며 시간표와 장소에 얽매어 있었다. 그러나 나는 그렇게 살지 않을 작정이었다. 나만의 법을 만들고 나만의 지도를 만들 작정이었다.

나는 도시의 파르티잔이었으며 있을 법하지 않은 곳에 불쑥 나타나곤 했다. 나는 내가 기꺼이 받아들이기로 한 구속만을 받으며 자유로운 상태로만 살아갈 것이다.

절대로 굴복하지 마, 미에테크.

나는 심부름꾼 일을 하기도 했다. 그러다가 어느 레스토랑 주방에서 설거지 일을 하면서 사람들의 말을 듣고 질문을 해가며 영어를 익혔다. 그리고 흑인들에 대해서도 알아갔다. 나는 서서히 이 도시에 익숙해졌다. 저녁마다 외삼촌이 나를 보러오곤 했다.

"미에테크, 네가 내 가게로 돌아오고 싶다면 아직도 네가 일할 자리는 있단다."

나는 여전히 도리질을 했다. 외삼촌은 나를 가둬놓고 싶어했지만 나는 탐험하고 배워가고 싶었다. 나는 밤새 걸으면서 마치 바이킹 사단의 나치 친위대원들이 갑자기 쳐들어오기라도 하는 양 경계를 하며 그 동안 배운 단어들을 외웠다. 그렇게 하면서 이 도시 뉴욕과 미국을 나의 일부로 만들었다. 내 마음을 이 도시와 나라에 활짝 열어서 더 잘 느끼려고 애썼다. 110번가에서는 정육점에서 일하기도 했다. 거기서 나는 고기를 자르는 법과 고기를 싼 꾸러미를 저울에 달 때 무게를 속이려고 발판을 누르는 법도 배웠다. 정육점 주인은 나를 잡아두고 싶어서 급료를 넉넉하게 주었지만 나는 거기서 며칠밖에 일하지 않았다. 정육점에서 일할 때 내게 미소를 보내며 독일어, 이디시어, 러시아어로 말을 걸어오는 여자들도 있었다. 내가 저울 아래에 있는 발판을 밟을 때면 그들에게서 도둑질을 한다는 생각이 들기는 했지만 나는 그들의 미소나 믿음을 받아들일 형편이 아니었다. 그렇지만 그들에게는 올바른 무게대로 주는 일이 잦았다. 어느 날, 가게 문을 닫을 시간이 되자 나는 주인에게 갔다.

"제 급료를 주십시오. 그만 두겠습니다."

그는 독일어로 욕을 하며 나를 추천해준 사람을 욕했다. "네가 한 마디만 하면……." 그가 말을 시작하려 했다. 나는 그의 앞치마를 잡고는 그의 몸을 흔들었다. "당신은 도둑이에요, 시시한 도둑이죠. 하지만 나는 손님들에게 말하지는 않았어요."

그의 조수 몇 명이 몰려와서 나를 때리고는 인도로 쫓아냈다. 나는 맞서 싸웠지만 그들은 네 명이나 됐다. 커다란 고깃덩어리를 다루던 무지막지한 주먹으로 나를 때렸다. 나는 입술에 흐르는 피를 훔치며 도망칠 도리밖에 없었다. 나는 분을 삭이려고 걸어갔다. 그들은 겁쟁이였다. 여기 뉴욕의 심장부에서 그들은 내가 너무도 잘 아는 살육자들의 핏줄을 이어나가고 있었다. 바르샤바, 잠브로프, 자렘비, 어느 곳에나 살육자들이 있었다. 그들은 나치 친위대의 얼굴을 하거나 폴란드 작은 도시의 시장, 소련군 대령, 또는 도둑질하는 미국인 정육점 주인의 탈을 쓰고 있었다. 그들과 상대하는 건 어떤 대가를 치르든 피해야 했다. 그리고 살아남아서 자기만의 요새를 세우려면 지금은 그들의 공범자가 되지도 말고 그들과 맞서는 것조차 피해야 한다는 것도 배워야 했다. 모든 도시의 중심부, 모든 사람들의 마음속에는 어느 곳에나 인간다운 인간과 살육자를 갈라놓는 전선이 형성돼 있었다.

나는 여러 가지 직업을 전전했다. 양복점에서 일하다가 레스토랑의 식당에서 일하고, 화물을 나르거나 창고에서 포장용 나무상자를 들어올리기도 했다. 저녁이면 기진맥진해서 집으로 돌아와서는 잠시 눈을 붙이다가 다시 밖으로 나가서 브로드웨이의 밝은 불빛에 몸을 드러낸 채 걸어다녔다. 이 도시, 이 나라를 속속들이 알아야 했기 때문이다. 약식 야회복을 입은 남자들과 휘황찬란한 드레스 차림인 여자들이 자동차에서 내리면 플래시가 터지고 운전수가 고개를 숙이고 모자를 벗고 굽실거리는 광경도 보았다. 나는 다시 돌아와서 이 도시에서 차별을 받는 빈털터리들, 흑인들, 푸에르토리코인들이 텅 빈 기다란 길에서 어슬렁거리는 모습을 바라보았다. 이곳에서도 나는 지지 않기 위해, 기계에 묶이지 않기 위해 싸워야 했다. 자기의 삶을 선택하고 그 음울한 작업장과 먼지 나는 창고에서 벗어나려면 싸워서 이겨야 했다. 운전사가 모자를 벗고 하는 인사를 받기 위해서가 아니라, 새 생명을 만들고 가족을 보호할 능력을 가지려면 빨리 갈 길을 정하고 돈을 벌어야 했다.

외판원이 된 마르틴

어느 날 저녁, 내가 집으로 돌아오자 외할머니가 그날 오후 행상인에게서 샀다는 손수건과 셔츠 한 묶음을 보여주었다.

"그런데 그런 사람을 집에 들였다니요!" 외삼촌이 잔소리를 했다.

"청년이었어. 마르틴과 닮았더구나."

외삼촌은 물건들을 살펴보고는 질이 나쁘다고 비난하며 가게에 있는 물건들과 가격을 비교하기까지 했다. 결국 외할머니가 울음을 터뜨렸다.

외삼촌은 어깨만 으쓱하고 말았다. 나는 외할머니를 돌려세우고는 자주 그러듯이 안아올렸다. 나는 도시의 자유로운 파르티잔이 될 참이었다.

"고마워요, 외할머니. 고마워요. 제가 이 손수건과 셔츠들을 몽땅 살게요."

외할머니는 겸연쩍은지 웃으며 머리핀을 다시 꽂았다.

그날 밤, 나는 잠을 잘 이루지 못했다. 이제 미국이 어떤 나라인지 배우는 시기는 끝나고 행동을 할 때가 왔다는 걸 깨달았다.

다음 날 새벽 동이 트자마자 나는 7번가를 향해 길을 나섰다. 이전에 가봤던 양복점 작업장으로 갔지만 나를 안내하는 아가씨가 이번에는 웃지 않았다. 내가 영어를 유창하게 재잘거렸고 미국 식 양복에다 흰 셔츠, 커다란 파란색 점들이 있는 넥타이까지 맸던 덕분이다. 나는 또다시 푸르스름한 조명이 비치는 방들을 지나 이중문을 밀어 열었다. 골드먼이 엄지를 조끼 안에 넣은 채 나를 기다리고 있었다. 나는 손수건 제조업체의 주소를 알고 싶었고 골드먼이 가지고 있는 여성복 몇 벌을 사고 싶었다. 나는 여전히 사람들을 설득하고 그들에게서 내가 원하는 것을 얻는 일이 좋았다. 사람들은 여전히 그 작업장에서 재봉틀 기계 앞에 몸을 숙이고 옷감을 박고 있었다. 그들은 자유롭지 않았다. 아마 아이들을 키우거나 위험을 감수하지 않기로 한 때문일 터였다. 나는 물건 값을 일부만 치르고 나머지는 일주일 후에 갚기로 했다.

"사람들이 일어설 기회는 줘야 하는 법이지." 골드먼이 말했다. 그는 몇 달러 정도 위험부담을 안았을 뿐이지만 나는 그가 내 어깨를 잡고 눈을 찡긋하며 격려해준 게 고마웠다. 나는 빵빵하게 채운 옷가방 두 개를 들고 집으로 돌아갔다. 내가 색색의 화려한 블라우스들과 프린트 무늬가 있는 스카프들을 가방에서 꺼내는 것을 외할머니가 놀라서 지켜보았다.

"그런데 이것들이 다 뭐냐, 마르틴?"

"저는 뉴욕에 있는 젊은 아주머니들에게 이걸 팔 거예요."

나는 골드먼 얘기를 꺼내며 이 공장 저 공장으로 뛰어다녀서 분홍색, 파란색 손수건들을 사들였다. 그날 저녁, 내 침실은 물건들이 높게 쌓였다. 외할머니도 내 열성적인 태도에 휩쓸려 유쾌하게 웃었다. 외할머니는 내가 준 블라우스를 입고 스카프를 머리에 쓰고는 거울을 보았다.

"너는 내게 새 생명을 주었어, 마르틴." 외할머니는 그렇게 말하고는 불쑥 내 손을 잡았다. "네가 와줘서 고맙다."

그러고는 외할머니가 울음을 터뜨렸지만 나는 어떻게 달래야 할지 몰랐다. 나도 한없는 슬픔을 느꼈던 탓이다. 하지만 나는 이를 악물고 과거의 기억에 빠지지 않고 다른 일을 생각하려고 애썼다. 아침이 될 때까지 나는 옷가방 두 개에 여러 상품을 단정하게 정리해서 넣고, 물건을 파는 몇 가지 영어 표현과 가격을 외웠다. 외삼촌은 나를 도우면서도 고개를 갸웃거리며 주의를 주었다. 나는 허가증이 없는 데다 경찰이 만만치 않았기 때문이었다.

"파랭이들도 만만치 않았어요."

외삼촌은 파랭이가 누구냐는 듯 어깨를 으쓱했다.

"폴란드 경찰 말이에요."

"뉴욕은 바르샤바와 달라." 외삼촌이 진지하게 말했다.

나도 그건 알았다. 내가 나서자 외할머니가 문까지 배웅했다.

"너는 성공하게 돼 있어, 마르틴. 그럴 자격이 있지." 외할머니의 말에 나는 입술을 물었다. 바보 같이 울고 싶어졌던 탓이다. 죽은 모든 유대인들, 그 누런 모래 아래 무덤으로 던져졌던 사람들보다 더 오래 살 자격이 내게 있는 건 아니었다. 하지만 나는 살아남았고 싸우고 있는 중이었다. 나는 브롱크스 거리를 지나 남북으로 뻗은 웹스터 가를 따라 걸어갔다. 수천 개의 창문이 점점이 박혀 있고 수천 명의 사람들이 모여 있는 커다란 건물들이 도시 안에 있는 또 하나의 도시처럼 거대한 구획을 이루고 있었다. 나는 거무스레한 줄무늬가 있는 회색빛 건물들의 외관을 바라보며 건물들로 둘러싸인 광장으로 들어갔다. 옷가방에 든 물건들은 꼭 팔아야 했다. 물건을 살 고객들은 그 건물 안에 있을 터였다. 그들이 문을 열어주어야 했다. 그들이 문만 열어준다면 나는 해낼 수 있다.

나는 행동을 개시했다. 계단은 어둑하고 바닥없는 우물 같았고 먼지 낀 층계참들은 끝없는 미로로 이어져 있었다. 층마다 복도를 따라 수많은 문들이 있었다. 그 문 안마다 고객들이 있을 터였다. 팔리는 손수건 한 장, 한 장이 내 요새를 지을 돌이 되고 자유와 행복으로 가는 디딤대가 되어 줄 터였다.

나는 벨을 누르고 여자들의 의심스러운 시선을 느끼며 문 안으로 한 발을 들이밀며 말을 꺼냈다. 때로 이탈리아어, 폴란드어, 러시아어, 독일어, 이디시어로 대답하는 사람들도 있었다. 그런 후 문이 열리면 나는 내 상품을 내 보였다. 가끔 의자에 앉으라는 말도 들었다. 내가 바르샤바 이야기를 하면 나이 든 여자들은 눈물을 흘렸다. 나는 수천 개도 넘는 계단을 오르며 수백 번 벨을 눌러댔다. 이틀 만에 사들였던 물건들을 전부 다 팔았다. 나는 온 몸이 먼지와 땀투성이가 되고 손은 더러워진 채로 집으로 돌아왔다. 미리 내 목욕물을 준비해 두었던 외할머니는 내 침대 위에 둔 옷가방이 텅 빈 채 열려 있는 걸 보고는 내게로 바짝 다가왔다.

"해냈구나, 마르틴."

나는 계산을 해보았다. 많이 벌지는 못했다. 사지 않겠다는 사람들이 너무도 많았다. 브롱크스에 있던 어느 여자는 내가 공격할까봐 두려워했다. 나는 그 건물로 다시 가서 몇 시간 동안 거주자들의 이름을 베껴 와서 봉투 수십 장에 주소를 쓰고 식탁에 올려놓았다. 외할머니는 내가 인쇄해 놓은 광고전단과 손수건을 접어 봉투에 넣었다. 그 견본과 함께 내가 방문할 날짜도 써놓았다. 판매가 확 늘어났다. "제가 편지를 보냈습니다." 라는 말이 암호처럼 쓰여 사람들은 나를 안으로 들였다. 필요할 때면 나는 "좋습니다, 그럼 사모님은 제게서 물건을 사고 싶지 않으신 거군요. 제가 보내드린 손수건은 돌려주십시오."라고 말할 때도 있었다. 문이 열리고 그들이 견본품을 가지러 가면 그 사이 나는 입구에서 내 옷가방을 열어놓았다. 나는 싼 값에 질 좋은 물건을 보여주었다. 나는 외상도 주었다.

"2주 안에 들리겠습니다. 그때 지불하시면 됩니다."

나는 몇 주 만에 나를 신뢰하는 판매인들과 단골을 확보했지만 적도 만들었다. 어느 건물의 수위가 나를 계단에서 구석으로 몰더니 "그놈이 왔어요, 여기요!"라고 고함쳤다.

경찰관 한 명이 와서 내 이름을 적고는 연행했다. 나는 뒷머리를 짧게 깎고 옆구리에 경찰봉을 찬 그 경찰을 바라보았다. 그렇게도 많은 경찰관들을 겪은 후 만나게 된 새로운 부류의 경찰이었다. 수위는 경찰 옆에 바짝 붙어 서서 팔을 휘두르며 말을 했다. 쏟아내다시피 하는 그의 빠른 말을 나는 알아듣지 못했다.

"거주자들이 불평을 합니다." 수위는 혐오스럽다는 듯 말했다.

나는 그가 어떤 사람인지 알아보았다. 권력자에 붙어 말을 흘려넣는 밀고자들의 부류였다. 마치 라이프치히와 로스바인에 있는 소련군 사령부의 내 사무실을 찾아왔던, 과거를 후회하는 나치 당원 같았다. 그때 그는 미소를 지으며 친근하게 굴었지만 나는 한 마디로 거절했었다. 뉴욕에도 그런 밀고자들이 있었다.

경찰관은 나를 법정으로 데리고 갔다. 나는 옷가방들을 옆에 둔 채 기다렸다. 판사석에서 나를 내려다보던 판사는 내가 가까이 가자 고개를 가로 저었다.

"당신은 물건을 팔 권리가 없소." 판사가 말을 시작했지만 내가 끼어들었다.

"저는 살아갈 권리도 없었습니다. 하지만 살아 있지요."

나는 차분히 생각해볼 시간도 없었지만 말이 그냥 줄줄 흘러나왔다. 그럼 세상은 우리들이 죽어나가도록 내버려둘 권리가 있었던 건가? 허를 찔린 판사는 대답하지 않고 나를 노려보기만 했다.

"당신 처지를 설명해보시오. 도대체 무슨 말이오?" 판사가 마침내 말을 꺼냈다.

나는 오래 말하지는 않았다. 몇 마디 정도면 내 뜻을 전하기에 족했다.

"알았소, 알았소. 하지만 다시는 행상을 하지 마시오."

나는 옷가방 두 개를 들고 법정을 떠났다. 다시 시작해야 했다. 일을 더 완벽하게 해야 할 필요는 있었다. 내 마음은 게토에서 지내던 때, 일에 몰두하고 물건을 파는 데 희열을 느끼던 때로 돌아가 있었다. 그 기쁨은 또한 내가 시작한 것을 내가 끝내고, 끝까지 해내는 데서 오는 것이기도 했다. 나는 벌써 수백 달러를 모았다. 옷가방을 들고 다니기가 무거웠기에 차를 사려고 마음먹었다. 영어가 아직 짧았기에 나는 저녁마다 외할머니를 상대로 교통법규를 말하며 외우려고 애썼다. 어쨌든 나는 운전면허증을 땄다. 검사관이 묻자마자 재빨리 대답하고 검사관에게 질문을 해서 그를 당황하게 한 다음 재빨리 대답했던 덕분이었다.

"기억력이 아주 좋군요." 검사관이 감탄했다.

나는 '이 몸은 말 한마디만 삐끗해도 죽어나갔던 곳에서 온 사람이랍니다.'라고 속으로 말하며 검사관이 건네주는 서류를 받았다.

다시 전쟁터에 서다

어느 일요일 아침, 나는 웨스트 186번로路 567번지 앞에 차를 세웠다. 외할머니에게는 미리 준비해 두라고 말해놓았던 터였다. 외할머니가 챙이 넓은 모자로 회색머리를 감추고 핸드백을 겨드랑이에 낀 채 문을 열었다. 나는 전날 400달러를 주고 산 푸른 색 1940년 형 플리머스의 차문을 열었다.

"자, 보세요. 외할머니, 이걸 보세요."

외할머니는 내게 입맞춤을 했다.

"너도 이제 미국 사람이 다 됐구나."

나는 단지 이루고자 하는 목표를 가지고 더 높은 곳으로 매진하는 사람에 불과했으며 친절한 외할머니는 내 유일한 기쁨이자 내 말을 들어주는 단 한 사람이었다. 외할머니가 살아 있어서 내게 손을 내밀고 미국으로 초청해준 것은 내게는 큰 행운이었다. 미국은 나를 반겨주었고 자유롭게 행동하고 내가 옳다고 생각하는 삶을 꾸려가게 해줬다.

나는 허드슨 강을 건너 뉴저지로 천천히 차를 몰아가 대서양의 하얀 모래사장을 따라 달렸다. 쾌청한 날씨였다. 소나무 숲, 잔디밭과 하늘을 다시 보니 숨통이 트이는 듯했다. 나무들은 높게, 오만하게, 당당하게 솟아 있었다. 나는 자연을 재발견했다. 외할머니는 핸드백을 무릎에 얹은 채 등을 꼿꼿이 세우고 앉아 한 마디 말도 하지 않았다. 나는 폴란드 개간지에서 저녁마다 모닥불 가에 모여 앉아 아코디언 반주에 맞춰 파르티잔 동료들과 함께 부르던 노래가 마음속에 새록새록 떠올랐다. 그런 게 우정이었다. 그 때 우리들은 한 손에 달린 손가락들처럼 의기가 투합했고, 목숨을 바칠 각오로 정의로운 공동의 임무를 수행하고 있었다. 그런데 내 희망은 왜 이렇게 작아졌을까? 왜 그레고르가 했던 연설이 백일몽이 됐을까? 왜 나는 주위에 사람들이 가득한데 고작 가족을 위한 요새를 짓겠다는 결정을 한 걸까? 그런 의문이 들었지만, 지금으로서는 그게 순리에 맞는 것 같았다.

우리는 애틀랜틱시티에 도착해서 그곳 방파제 근처 레스토랑에서 점심을 먹었다.

"너 제정신이 아니구나, 마르틴." 외할머니가 낭비한다고 잔소리를 했다.

가족이 살아 있을 때 해줄 수 있는 일을 하지 않는 것이 바로 제정신이 아닌 일이었다. 죽음이 가족을 앗아가면 아무것도 남지 않는다는 걸 모르는 것이 바로 미친 짓이었다. 나는 강둑을 따라가는 길을 골라 숲과 호수가 있는 시골로 차를 몰아갔다. 그러다가 우리는 레이크우드(로스엔젤리스 근처에 있는 도시)로 들어섰다. 우리는 거기서 차를 세운 후 걸어서 숲과 호수, 목조 건물이 있는 곳으로 찾아갔다. 호텔은 만원이었다. 우리가 포스트 호텔의 로비로 들어서자 호텔 투숙객들이 카드놀이를 하며 잡담하고 있었다. 이디시어, 폴란드어, 독일어가 간간히 들려왔다. 나는 그들이 새로운 고객이 될 수 있음을 직감했다.

겨울 해가 바다를 비치는 가운데 집으로 돌아오는 내내 나는 계획을 세웠다. 그 주에 나는 물건을 미친 듯 팔아댔다. 토요일이 되자 차에 옷가방 여러 개를 가득 싣고 레이크우드로 출발했다. 이곳 브롱크스에서는 일요일은 주일이어서 남편들이 집에서 늦잠을 자는 바람에 물건을 팔기가 힘들었다. 레이크우드에 도착한 후, 나는 포스트 호텔에서 좀 떨어진 곳에 주차를 하고 호텔로 들어갔다. 호텔의 내부 구조를 살펴보고 문지기와 관리자 사무실, 지루해하는 손님들이 빽빽이 들어찬 커다란 홀을 살펴보았다. 흐리고 추운 날씨가 내 편이 돼주었다. 나는 옷가방 하나를 들고 어느 이름 모를 투숙객을 따라 사람들이 많은 큰 홀로 들어갔다. 그리고 한 구석에서 옷 가방을 열고 스카프, 블라우스, 손수건 등을 가방에 진열했다. 아직까지는 아무도 나를 신경 쓰지 않았다. 나는 불쑥 스카프를 한 움큼 들고 머리 위에서 흔들었다. 방안에는 놀란 듯 침묵이 흐르더니 내가 서투른 영어에 폴란드어, 러시아어, 독일어, 이디시어를 섞어가며 말을 하자 동정하는 듯한 웃음소리가 났다. 나는 재빨리 움직여서 호텔 직원들이 방해하기 전에 투숙객들을 내 편으로 만들어야 했다. 호텔 직원들이 내 양옆에 온 것을 감지했다. 나는 계속 어릿광대 짓을 했고 투숙객들은 더 크게 웃어댔다.

"사세요, 사세요. 저는 먼데서 왔답니다, 사세요, 사주세요!"

그러자 호텔 관리자가 내 팔을 잡고 끌어내려 했고 수위도 나를 밀어 냈다.

"유대인 혐오자들 같으니라고!" 나는 농담을 했다.

방 안에는 자연스럽게 웃음이 터졌다. 두 남자는 어떻게 대응해야 할지 몰라 머뭇거렸다. 그때 투숙객 몇 명이 내게로 왔다. 이내 점잖은 신사들이 내 주위에서 관리자를 상대로 충고했다. 우선 가지고 갔던 물건들은 반시간 만에 동이 났지만 차 안에 얼마든지 있었다.

이제 나는 주말을 이용하는 방법을 찾아냈다. 레이크우드로 달려가서는 여러 호텔의 로비에 진열대를 차리고 바보 노릇을 하면 되는 거였다. 호텔 손님들은 내편이었으므로 호텔 관리자들은 받아들일 도리밖에 없었다. 레이크우드에서는 손수건과 스카프를 팔았을 뿐 아니라 좋은 인상을 남기려고도 노력했다. 그러면서 차차 가격도 올렸다. 주중에는 브롱크스의 고정 판매처로 개척한 두세 구역을 돌며 팔았다. 차를 주차하고 수위가 있나 살피며 뛰어다녔다. 어느 날, 이탈리아인 수위가 내가 차에서 내리기도 전에 내 차로 다가왔다. 그는 내게로 몸을 숙이더니 지친다는 듯 고개를 가로 저었다.

"이보시오, 다른 데로 가시오. 체포하라고 신고할 거요."

그러고는 그는 눈을 찡긋했다.

"이러고 싶진 않소만 다른 사람들은 돈을 찔러 준단 말이오. 그것도 많이. 물건을 놔두고 이리 오시오. 설명해줄 테니."

우리는 그 건물 근처에 있는 이탈리아 식당으로 가서 레드와인을 마셨다. 수위가 설명했다.

"알겠지만 허가증이 있는 외판원들이 당신을 눈여겨보고 있소. 그들은 내게 돈을 찔러준다오. 다른 수위들에게도 준단 말이오. 언젠가는 싸움이 일어날 거요. 알겠소?"

와인 값을 낸 건 그 수위였다.

"그건 원칙의 문제요. 나는 약한 사람들 편이기 때문에 이걸 알려주는 거요."

나는 그 날 물건을 많이 팔지 못했다. 그들이 내게 전쟁을 선포한 마당이었다. 수위들, 경찰, 그리고 가격 차이가 문제였다. 나는 게토에서처럼 내 목숨을 위험에 빠뜨리지는 않았지만 게토에서와 같은 원칙에 따라야만 했다. 나는 완강하게 버티기로 했다. 물건이 든 옷가방을 잃고 도망쳐야 할 때도 있었다. 경찰관 몇 명이 나를 눈여겨보고 있었지만 나는 그들을 따돌렸다.

어느 날, 내 차에 뾰족한 것으로 찌른 자국이 생겼다. 다음 날에는 바퀴 네 개가 다 구멍이 나 망가져 있었다. 머지않아 싸움이 벌어질 것 같았다. 그들이 겁나지는 않았지만 이익이 줄어드는 건 감수해야했다. 그러니 이런 일을 당하고 있을 이유가 뭔가? 브롱크스에서 돌아다니는 게 좋을 게 하나도 없었다. 나는 그 거대하고 칙칙한 아파트 건물들과 사람들이 살고 있는 수천 개의 방들을 가만히 바라보았다. 몇 년이고 그 아파트들의 복도를 오르락내리락하며 살아갈 수도 있었고, 내 사업을 일으키고, 우편 주문 시스템을 고안할 수도 있겠지만 그건 장기간에 걸친 일이었다. 그러니 지금 나는 전쟁터에 있는 셈이었다. 적어도 미국은 게토는 아니었다. 나는 폴란드에서 파르티잔 활동을 할 때 이 숲에서 저 숲으로 이동했던 것처럼 활동 영역을 바꿀 수도 있었다. 중요한 것은 더 좋은 사업을 찾는 일이었다. 더 많은 돈을 벌고 그 후에 여러 가지 도박을 벌여보는 것이었다. 나는 브롱크스를 포기하기로 결심했다.

"너는 미국과 천생연분이야"

여름이 다가오면서 뉴욕에 더위가 찾아왔다. 나는 숲과 호수 생각이 간절했다. 나는 허드슨 강을 꾸준히 따라가며 캐츠킬 산맥(미국 뉴욕 주 동부의 낮은 산맥)으로 둘러싸인 높은 숲을 향해 차를 달렸다. 나무 사이로 하얀 집들과 작은 별장 옆에서 빠른 걸음으로 걷는 말과 그 말의 뒤를 쫓아가는 금발의 아이들이 보였다. 적막하고 양보 없는 거리와, 양쪽에 문들이 늘어서 있고 건물의 깊숙한 곳으로 뻗어 있는 어둑한 복도들이 있었다. 소란스러운 삶의 현장이었던 브롱크스에서 겨우 몇 시간 동안 차를 달려왔을 뿐인 데 그런 광경을 보게 된 것이었다. 나는 계속 달려갔다. 나의 요새는 이런 곳처럼 외떨어져 있고 숲에 둘러싸여 있는 곳에 세울 테다. 사람들에게서 멀리 떨어진 그런 곳이라면 내 아이들은 인간답게 자라날 것이다.

나는 폴스버그에 도착했다. 그곳에서는 휴가철이 시작되고 있었다. 호텔 앞에 세워진 비계 위에서 실내 장식가들이 바쁘게 일하고 있었다. 러시아나 유럽에서 온 유대인들이 자주 찾는 보르시치 벨트(미국 뉴욕 주 캐츠킬 산맥에 있는 유대인의 피서용 호텔 단지)에 있는 이 리조트는 골드먼이 소개해 준 적이 있었다. 보르시치를 즐겨먹는 이 유대인들은 호텔을 점령하고 몇 주씩 묵었다. 윤곽이 뚜렷한 얼굴이지만 대머리가 되고 살이 올라 단단한 모습이 서서히 뭉개져가는 그 사람들이 내게는 익숙했다. 그들은 의류산업으로 재산을 모은 사람들이었다. 골드먼처럼 그들도 7번 가에서 일했다. 제조업자, 의류상인, 외판원, 양복점 주인, 골동품상 등의 직업을 가진 사람들이었다. 그들을 보니 나는 폴란드에 와 있는 듯한 기분이 들었다. 나는 프리미어 호텔 앞에서 차를 세웠다. 내 생각은 단순했다. 그 사람들은 휴가 여행을 와 있으므로 여윳돈이 있을 것이니 그 돈을 내게 쓰도록 만들어야겠다는 것이었다. 그들의 달러가 내 주머니로 들어오게 해야 했다.

나는 주방 일부터 시작했다. 설거지를 하면서 웨이터들이 바쁘게 식당을 오가면서 팁을 챙기는 것을 관찰했다. 나는 바르샤바 태생인데다 건장하고 친절한 호텔 주인에게 끈질기게 졸랐다.

"제게 기회를 주세요."

호텔 주인인 베르크 씨는 내가 경험이 전혀 없고 영어도 서투른 탓에 한참 망설였다.

"두고 보시면 아실 거예요." 나는 또 졸랐다.

그는 지켜보기로 했다. 나는 식당 웨이터의 조수 일부터 시작해 디저트와 곁들임 요리를 나르고 테이블을 정리했다. 음식 접시들을 들고 어수룩한 척 손님들 사이를 재빠르게 다니며 나를 반기는 웃음소리를 즐겼다. 주문을 받으면 그 주문대로 실행한다는 게 내 좌우명이었다. 일주일 후, 나는 정식 웨이터가 돼서 테이블 여덟 개를 담당하게 됐다. 주방에 팁을 직접 주면서 내 담당인 음식을 먼저 만들게 했다. 주문을 받으면 어김없이 그대로 음식을 내놓았다. 손님들이 차차 나를 기억하게 됐다.

"멘들이 맡는 테이블로." 손님들은 그런 식으로 나를 찾았다.

멘들이란 바로 나였다. 다시 이름을 바꾼 것이다. 마르틴, 미에테크, 미샤에 이어 이제 멘들이라는 이름으로 불리게 됐지만 나는 이루어야 할 목표를 가지고 매진하는 변함없는 원래의 나였다. 일주일이 더 지나자 나는 수석 웨이터가 되었다. 웨이터들은 대부분 학생들이었는데 내 성급함을 두고 나를 놀려댔다.

"멘들, 멘들, 너는 미국과는 천생연분이구나. 너는 돈을 많이 벌 거다. 네가 달러를 갖고 싶어하니 꼭 가지게 될 거야. 너무 그렇게 기를 쓰고 하지 마. 너는 필사적으로 일하는구나."

몇 달러를 버느냐는 중요하지 않았다. 나는 지어야 할 요새가 있었고, 그것도 빨리 지어야 했다. 내가 몇 년이고 평화로운 생활을 기다려왔기 때문이다. 나는 서두르며 살아야 하는 팔자였다. 그 친구들은 학위가 있고 희망찬 미래가 있었고 시간도 넉넉했다. 그들은 정규군의 군인들이었고 보호받고 있었으며 행동 반경에도 위험요소가 제거되고 계획된 진로대로 진행됐다. 그들은 파악되지 않은 세계로 뛰어들지 않을 터였다. 그러나 나는 파르티잔 같이 사는 사람이었다.

그들이 한바탕 일을 하고 쉴 때는 책을 읽거나 피아노를 쳤지만 나는 돈만 생각했다. 그럴 도리밖에 없었다. 나도 인생을 쉽게 받아들이고 무더운 여름날, 손님들이 카드놀이를 할 때 숲 속을 거닐고도 싶었다. 또는 내게 미소를 지어주던 검은 머리 여학생인 마거릿과 산책을 하고도 싶었다. 그러나 내게는 시간이 없었다.

나는 뉴욕으로 돌아가 남은 손수건, 스카프, 블라우스를 차에 싣고 와서 프리미어 호텔 로비에서 팔았다. 그러다가 식사 시간이 가까워지면 다시 웨이터 일을 했다. 저녁에는 손님들의 옷가방을 들어주려고 다가서는 벨보이 노릇을 했다. 그러다가 도박 허가증을 사서 카드를 대여해주고 주전부리와 소소하고 잡다한 물건들을 팔았다.

"멘들, 멘들." 호텔 주인 베르크는 이제 나를 깊이 신뢰했다. 그런 정도로 신뢰를 받는 사람은 나뿐이었다. 나는 배우들을 섭외해 오기도 하고 신문들을 나누어주면서 호텔의 저녁 시간에 활기를 불어넣었다. 비가 오는 날이면 물건을 파는 원래의 일을 했다. 내 진열대에 엽서, 넥타이, 만 년필을 더 보탰다. 물건을 팔면서 손님들의 이야기를 듣고, 또 내가 여러 이야기를 해주기도 했다. 돈이 굴러들어 왔다. 하지만 돈만으로는 내 행 복감을 설명할 수 없었다. 이제 나를 아는 사람들이 주위에 늘어나서 그 들과 눈이 마주치면 서로 윙크를 할 정도로 친해졌다. 그리고 그들에게서 돈을 받고 물건을 건네줄 때는 마치 공모하는 듯한 기분이 들었고 우정이 싹트기도 했다.

휴가철이 끝나갈 무렵에는 학생들이 손님들을 위해 풍자극을 공연하 기도 했다. 나도 나 자신인 멘들 역을 맡아 연기를 했다. 손님 몇 명을 붙 잡고 손님들이 원치도 않는 물건들을 내밀고는 손님들이 얼결에 사게 해 주머니를 텅 비게 만드는 역할이었다. 나는 노래를 부르고 나면 다른 배 우들과 서로 팔을 걸고 춤을 추었다. 손님들은 "멘들, 멘들, 멘들!"이라고 내 이름을 외치면서 박수를 쳤다. 모두가 하나가 된 듯 즐거웠다. 나는 혼 자가 아니었고 친구들, 손님들, 그리고 돈과 일에 둘러싸여 있었다. 그들 은 왁자한 소음 속에 숱한 말을 하고 질문들을 내게 퍼부었다. 정신이 하 나도 없었다. 나는 마지막 손님이 식당을 떠날 때까지 그 자리에 머물렀 다. 내 방의 조용함과 악몽을 피해 동이 트고 아침 식사가 준비될 때까지 거기 머물렀다. 그러나 그곳에서도 나는 잠을 이룰 수가 없었다. 조용히 누워서 마음을 가라앉히려고 했지만 소용이 없었다. 잠도 자지 못한 채 일어나서 창문가로 가야만 했다.

가끔 그렇게 정신이 없는 상태로 복도를 거닐다가 어느 여성 투숙객이 묵는 방 문을 두드리고는, 안으로 들어오라는 허락을 받고 들어가기도 했 다. 나는 술을 마시고 담배도 피웠다. 그러나 과거의 기억이 검은 파도처 럼 밀려 왔다. 바르샤바, 내가 자주 다녔던 밀라 가, 레슈노 가, 그리고

418

'이주의 광장'으로 가던 아이들의 행렬, 트레블린카의 누런 모래, 내 가족들의 기억이 몰려올 때면 현재의 새로운 생활과 계획들이 무의미하게 보였다. 내가 살아서 즐기는 것이 마치 내 가족들을 모욕하는 기분이었다. 그래서 아직도 내 마음속에 살육자들이 심어준 절망이 모든 기쁨과 희망을 죽이는 가운데 몇 시간 동안이나 허탈감에 빠져 있곤 했다. 우울한 밤들이었다.

그런 밤을 보내던 중 나는 죽음이 나를 감싸는 기분과 외로움을 못 견디고, 그 개성 없는 방에 있기도 싫어서 차를 타고는 차창을 열고 허드슨 계곡에서 불어오는 짭짤한 바람을 마시며 뉴욕으로 달렸다. 외할머니 집에 도착해 보니 불이 켜져 있고 외삼촌이 집안에 서 있어서 나는 놀랐다.

"너한테 전화하려던 참이었다." 외삼촌이 내가 불쑥 온 데 놀란 듯 말했다.

땅이 꺼지는 듯하고 입안이 모래가 들어간 듯 까끌까끌해져 왔다.

"큰일은 아니고 그냥 알려주려고 말이다."

외할머니는 하얀 레이스가 덮인 안락의자에 앉아서 두 손을 무릎에 올린 채 나를 보고 미소를 지었다.

"너는 참 빠르구나, 마르틴. 아주 빨라."

외할머니는 한밤중에 숨이 막힐 듯한 느낌이 들어서 아들인 외삼촌을 급히 불렀던 모양이었다.

"나이 때문이야. 감정이 북받쳐서이기도 하고."

나는 외할머니의 손을 잡았다. 빨리 성공해서 외할머니에게 또 다른 기쁨을 안겨주어야 했다. 외할머니는 나와 함께, 나의 숲속 요새에서 함께 살아야 한다. 나는 외할머니 옆에 앉아 있다가 동이 트자 차를 급히 몰아 호텔로 돌아왔다. 인생은 달리기 경주다. 미에테크, 너는 달려야 해. 나는 더 열심히 일했다. 카드 게임, 판매일, 쇼 등 가릴 것 없이 뭐든 열심히 하면서 돈을 갈퀴로 긁어모았다. 저녁이면 기진맥진해서 침대에 쓰러지곤했다. 오후마다 어느 여인과 데이트 약속이 돼 있었지만 나는 만남을 자주 연기했다. 지쳐서 오로지 잠만 자고 싶었다. 몸이 녹초가 돼 잠에 빠지면 악몽도 찾아오지 않았다. 일주일에 한 번씩은 뉴욕으로 갔다. 외할머니 집에 도착하기 전에 근처 186번 로에 있는 공중전화 박스에서 외할머니에게 전화를 걸었다. 외할머니는 금방 전화를 받곤 했는데 그 목소리에 불안감이 배어났다. 첫마디에 외할머니의 연약함이 그대로 느껴졌다. 나는 외할머니를 진찰했던 의사인 척했다. 내가 외할머니를 왕진해달라고 부탁해서 외할머니를 진찰했던 그 전문의 흉내를 낸 것이다.

"펠트 부인, 몸은 좀 어떠십니까? 저는 웨이저 교수입니다."

그러면 외할머니는 몸이 불편한 곳을 몇 가지 늘어놓곤 했다.

"제 생각에는 다 괜찮으신 것 같습니다. 정말로요, 펠트부인. 걱정 마세요. 제가 정기적으로 전화 드리죠."

나는 수화기를 놓고는 쏜살같이 길을 건너 계단을 뛰어올라서 외할머니 집의 문을 열곤 했다. 외할머니는 아직도 기분이 좋아서 전화기 곁에 있었다.

"웨이저 교수가 금방 전화를 했단다. 내 걱정을 많이 해. 나는 네가 생각하는 것처럼 그렇게 건강하지 않단다."

외할머니는 내 효심을 자극하려고 서투르게 거짓말을 하곤 했다.

나는 외할머니에게 입을 맞추고 안아주고는 내가 올 때마다 못 만난다고 그 의사를 욕했다.

"의사가 말하고 싶은 상대는 네가 아니라 나야. 날 기억하고 있지."

외할머니는 아이처럼 숨김없이 자부심과 기쁨을 드러내고는 내게 줄 음식을 준비하면서도 웨이저 교수가 해준 말을 되풀이했다.

내 거짓말은 외할머니를 보호하기 위해 외할머니 주위에 두른 요새와도 같았다. 나는 외할머니의 말을 귀담아 들었다. 외할머니가 내게 자신감을 주었기 때문이었다. 외할머니 안에 있는 보석이 다른 모든 사람들에게서도 반짝인다면, 모든 사람들이 외할머니처럼 선량하다면, 살육자들의 시대도 곧 막을 내릴 터인데.

호텔에서 일한 지가 몇 달이 넘어갔다. 나는 총지배인이 되었고 호텔주인 베르크 씨는 내게 큰 재량권을 넘겨주었다. 이스라엘의 재건*을 기념하기 위해 나는 새로운 성수기 첫 손님들을 대상으로 신나는 파티를 기획했다. 유대민족 전체를 위한 요새가 건립됐으니 우리들은 다시는 게토의 담 안에 갇히지 않게 될 터였다. 나도 박수 치는 군중들 사이에서 기쁨의 함성을 질렀다. 그리고 나는 새 이민자들을 도와주고 있는 유대연합회기금에 정기적으로 기부했다. 하지만 이스라엘로 떠나지는 않았다. 그 일은 내가 통제할 수 없는 또 하나의 악몽이 되었다. 나는 그 일을 골드먼에게 상의했다. 7번가 가게의 주인인 골드먼은 병이 나서 호텔에서 장기투숙을 하고 있는 중이었다. 오후만 되면 그는 나를 숲으로 데리고 갔다.

"나중에 보답할게." 골드먼은 그렇게 말하고는 웃었다.

우리는 배를 탈 때도 있었다. 내가 노를 저으면 그는 자기의 청년시절 이야기를 하며 질문을 하기도 했다. 그러면서 늘 양손 엄지를 조끼 안에 찔러두었다.

"멘들, 자네는 보통내기가 아니야. 빠르게 명성을 쌓았더군. 나는 자네

＊

이스라엘의 재건 제2차 세계대전이 끝난 후 영국의 통치가 종료된 후, 1948년 5월 14일 유대인들이 이스라엘 건국을 선포했다.

를 처음 본 순간부터 그러리라 짐작했지.”

나는 그에게 게토와 이스라엘에 대해 이야기했다.

“저는 죄의식을 느껴요. 그들이 싸우게 놔두고는 그리로 가지도 않지요.”

“삶을 좀 즐기도록 해봐. 자네는 늘 싸우고 있어. 살아가는 방법도 배워보라고. 자네는 아직도 몰라.”

과거의 내게는 그럴 시간이 없었다. 지금도 여전히 그랬다.

“자네는 이야기 하기를 좋아하고 모험하는 걸 좋아하지 않나. 도전도 즐기지. 자네가 살아남기 원했기에 살아남은 것이야. 이제는 부자가 되길 바라고 있지.”

나는 도리질을 했다. 내게 즐로타나 달러는 그저 종이나 쇠붙이 같이 생명이 없는 물건이었다.

“저는 가족을 이루고 싶어요. 나를 위해서나 다른 사람들을 위해서나.”

내가 노를 젓는 동안 그는 시가에 불을 붙였다.

“나는 담배를 피우면 안 되는데 말이야. 하지만 뭐 어때? 가족이라고? 그건 돈을 버는 것보다 더 어려운 일이라네, 멘들. 먼저 아내부터 구해야지.”

골동품상이 되다

어느 날, 골드먼이 뉴욕까지 차를 태워달라고 부탁했다. 우리는 뉴욕 3번가에 차를 세웠다. 우중충한 건물 사이에 있는 고가 철도 위로 기차가 덜거덕거리며 지나갔다. 나는 골드먼을 따라 독일제 자기와 프랑스제 도자기가 엄청나게 쌓여 있는 가게로 들어갔다.

“내가 좋아하는 것들일세.” 골드먼이 말하고는 안락의자에 앉아서 찻잔 바닥과 접시 테두리에 새겨진 상표를 살펴보았다. 그러고는 500달러

짜리 수표를 썼다. 그의 덕분에 나도 크리스털이 반짝거린다는 걸 알게
되었다. 귀한 보물들이 늘어선 진열장도 구경했다. 그때 그의 딸이 들어
왔다. 웃음기가 떠나지 않는 땅딸막한 아가씨였다.

"여기는 멘들군이다." 골드먼이 나를 소개했다.

나는 그녀와 악수했다. 생생한 기운이 느껴지지 않았다. 그녀의 손은
생명 없는 물체처럼 여겨졌다. 오후 늦게 나와 골드먼은 침묵 속에 호텔
로 돌아왔다.

"자네는 내 사위가 될 수도 있네. 나는 곧 죽는다네." 골드먼은 도착하
기 직전에 그렇게 말했다.

그는 내게 이미 준비된 요새와 아내를 제안하고 있었던 것이다. 그러나
나는 받아들이지 않았다. 나는 돌 하나 하나를 쌓으며 직접 요새를 건설
해야 했고 내 편이 돼 줄 여자를 찾아야 했다. 오직 내 손 안에서 생생하
게 살아 있는 손을 가진 여자와 결혼할 수 있었다. 바르샤바에서 만났던
조피아나 리브카 같은 여자 말이다. 나는 고개를 가로저었다.

"사실, 나도 정말 기대한 건 아닐세, 멘들. 자네는 자기 길을 직접 찾는
부류지. 아주 먼 옛날의 나처럼 말일세."

나무들이 휙휙 지나갔다. 숲 뒤에는 해가 지는지 하늘이 불타는 것 같
았다. 골드먼 역시 남자다운 남자였다.

"사장님은 고작 잔 몇 개를 500달러나 주고 사시더군요."

골드먼이 웃음을 터뜨렸다.

"멘들! 설마 골동품계로 들어오려는 건 아니겠지?"

호텔 손님들 중에는 골동품상들도 있었다. 그들은 양복제조업자들과
는 거리를 둔 채 자기들끼리만 어울렸으며 제일 좋은 방들을 예약했고 팁
도 넉넉하게 주었다. 손가락에 커다란 반지를 낀 사람들도 더러 있었다.

"자네는 성공할 자질이 있어." 골드먼이 이야기를 이어나갔다.

첫 기회를 잡으라고 아버지는 늘 말했었다. 처음으로 다가온 기회는 꼭 잡아야 하는 법이다. 아이디어는 행운이나 마찬가지였다. 아이디어가 떠오르면 반드시 잡아야 한다. 그날 저녁, 나는 호텔 손님 두 명과 몇 시간 동안 대화를 나누었다. 3번 가에서 일하는 골동품상인 잭과 조 엘리스였다. 그들이 보기에 나는 그냥 호텔 직원인 멘들일 뿐이었다. 그들은 유럽에서 실어 오는 상품들은 어떤 것이고 고객들은 얼마나 열성적인지를 이야기해주었다.

"그들은 물건 한 점을 놓고 주먹다짐까지 벌인다네." 잭이 말했다. "젊은이들이 해외로 나가고부터는 전부 유럽, 유럽을 외친다니까. 우리는 유럽에서 왔잖아. 안 그래? 멘들?"

나는 그들의 말을 주의 깊게 들었다. 대서양은 새로운 게토의 담이었으며, 유럽은 바르샤바의 아리아인 지역이고 미국은 게토와도 같았다. 그리고 미국이란 게토에서는 주머니에 달러가 넘쳐나는 사람들이 곡식이 아니라 오래 된 도자기를 갖고 싶어했다. 나는 잭과 조 엘리스의 말을 들으면서 그 새로운 담을 뛰어넘어 곡식보다 훨씬 값비싼 물건을 파는 나의 모습을 상상해 보았다. 바뀐 것은 아무것도 없었고 목숨을 위험하게 하는 일도 아니었다.

나는 도자기에 관한 책을 사서 내용을 깡그리 외웠다. 그러고는 가지고 있던 돈을 세고 또 세어보았다. 몇 천 달러는 됐다. 내가 물건 판매를 계속 하면서 일을 너무 열심히 하니까 호텔주인 베르크 씨가 자기 호텔 경영에 참여하라고 제안했다. 나는 망설임 없이 거절했다. 나는 멋진 패를 들고 일을 벌려 보려는 참이었다.

성수기가 끝나갈 무렵인 어느 날 저녁, 나는 뉴욕에서 걸려온 전화를 받았다. 낯선 목소리였다.

"저는 셜리 골드먼이에요. 골드먼 씨의 딸이죠. 방금 아버지가 돌아가셨어요. 와주셔야겠어요."

나는 죽음에는 결코 익숙해지지가 않았다. 한 인간의 삶에 종지부가 찍힌다는 부당함을 결코 받아들일 수가 없었다. 나는 뉴욕으로 차를 몰아가면서 아버지를 생각하고 골드먼, 리브카, 야누시, 그리고 수천 명도 더 되는 죽은 자들을 생각했다. 그들은 너무 젊은 나이에 아직도 싱싱한 삶의 뿌리를 뽑혔다. 그들은 어떻게 꽃필지, 얼마나 크게 성장할지 모른 채로 죽어갔다. 야누시처럼 뜻을 이루지 못하고 한창 때 죽은 사람들도 있었다. 그러나 늙어서 죽지만 머릿속에 수많은 추억과 생각들을 품고, 아직도 살아 있는 수많은 사람들의 기억을 가진 채 떠나 남아 있는 사람들을 상실감에 젖게 하는 사람들도 있었다. 골드먼은 나와 뱃놀이를 할 때 시가를 태우면서 1920년의 베를린에 대한 이야기를 해주었다. 베를린, 그의 부모, 그의 청춘시절이 이제 그와 함께 묻히게 될 터였다. 그의 딸인 셜리가 눈이 빨갛게 충혈 된 채로 나를 집안으로 맞아들였다. 그녀는 조리 있게 때에 맞는 말을 했지만 그녀의 손에서는 여전히 아무런 느낌이 전해지지 않았다. 셜리가 내게 봉투 하나를 건네주었다.

"아버지가 전해주라고 하셨어요."

나는 생전의 골드먼을 만났던 그 거실에서 풍기는 음울함을 견디지 못하고 금방 그 집을 나왔다. 차를 놔두고 봉투를 든 채 걸었다. 나는 맨해튼 끝에 있는 배터리 공원까지 걸어가 자리를 찾아 앉았다. 이 나라에 발을 디딘 지가 벌써 2년이 돼서인지 이제는 이 나라가 친밀하게 느껴졌다. 시간이 흐르면서 이 나라를 이해하게 된 것이다. 그 동안 밀고자들도 만났고, 폴란드에서였다면 살육자가 됐을 사람들도 만났다. 그러나 다른 사람들도 많이 만났다. 이 나라는 나를 환영해주었고 나처럼 빈털터리로 이 나라에 왔던 베르크나 골드먼 같은 많은 사람들이 나를 도와주었다.

봉투를 뜯어보니 내 이름으로 된 수표 한 장과 골드먼이 떨리는 손으로 글씨를 쓴 카드 한 장이 들어 있었다.

'조셉 골드먼이 골동품상 멘들에게 행운을 빌며 보낸다.'

골동품상이라는 단어에는 밑줄이 그어져 있었다. 내가 살아가는 한 골드먼은 내 마음 속에서 영원히 살아 있을 터였다.

제12장

나는 앞만 바라보며 밀고 나갔다

나는 3번 가를 따라 걸었다. 바우어리 로(뉴욕 시의 싸구려 술집과 하숙이 즐비한 골목)에서 57번 로로 한 걸음 한 걸음 걸어갔다가 다시 57번 로에서 바우어리 로로 걸어왔다. 길게 쭉 뻗은 더럽고 우중충한 도로로 바람이 불어닥쳤다. 바람이 고가 철로 위에 있는 기차 위로 소용돌이치는 먼지를 불어 올렸고 값싼 커피와 구운 고기 냄새를 실어 왔다. 나는 조셉 골드먼이 거래하던 골동품상을 찾아갔다. 옷을 멋지게 차려입은 그 노인은 지난번 골드먼과 함께 왔을 때 골드먼의 뒤를 따라다니며 비위를 맞추고 "물론이지요, 골드먼 씨 지당하십니다."라고 읊어대며 온갖 친절을 베풀었다. 지금 그는 나를 거들떠보지도 않고 물건들 속에 파묻힌 채 작고 하얀 조각상을 살펴보며 쓰던 글을 계속 쓰고 있었다. 가끔 안경 뒤에서 지루한 듯 빈정대는 눈길을 보내기도 했다.

나는 그 조각상을 구입할지에 대해 물었다.

"살 거냐고? 나는 어떤 것이든 전부 사들인다오. 예술을 돈으로 따질 수야 없지만 보시오……."

그는 내게 작은 조각상을 보여주고는 값이 얼마나 될 것 같은지 물었다. 그러면서 재미있는 듯 경멸감을 여실히 내보이며 내게 가까이 오지도 않았다. 그러나 나는 그의 너스레나 들으려고 거기 간 건 아니었다. 그가 무엇을 파는지를 보고 그를 통해서 이 골동품 시장을 배우며, 500달러짜리 수표로 지불하는 3번가 손님들이 어떤 사람들인지를 알아내야 했다. 나는 진열장 하나를 가리키고는 거기 진열된 골동품 한두 점에 대해 물었다.

"관심 있으신가요? 살 겁니까, 말겁니까?"

그가 글 쓰던 손을 멈췄다.

"유럽에 물건들을 모두 두고 와서요. 아버지가 거기서 가게를 했는데 골드먼 씨가 우리 가게에서 물건을 많이 사가셨죠. 골드먼 씨가 사장님의 명함을 주시더군요."

노회하고 빈틈없는 그는 은혜를 베푸는 듯 굴었지만 내가 한 수 위였다. 나는 도자기에 대해서는 아무것도 모를지언정 황금을 열망하는 인간의 탐욕만은 잘 알고 있었다. 그가 일어섰다.

"그건 물건이 어떤 것들이냐에 달려있소." 그가 말했다.

"물건들을 보시게 될 겁니다. 하지만 어떤 걸 찾으시는지는 말해주십시오."

"알았소. 우리 일이 잘 풀릴 것 같군."

그가 싱긋 웃고는 가게 안을 돌아다니더니 물건 몇 개를 탁자 위에 올려놓았다.

"손님들이 좋아하는 것들이오. 그들은 깜짝 놀랄 만한 것들을 원한다오. 그들은 돈은 얼마든지 지불하지. 벼락부자들인 경우가 많다오. 아, 잉크스탠드(잉크병과 펜이 한 조로 된 공예품)를 잊었군. 18세기 잉크스탠드라오."

그는 이제 나를 붙잡고 놓아주지 않았다. 자기 전화번호를 몇 번이나 알려주며 골드먼 씨와의 우정을 과시했다.

"돌아오는 대로 전화 주시오, 그럴 거죠?"

나는 그와도 약속했고 3번가의 다른 골동품상들과도 똑같은 약속을 했다. 골동품상들은 한 마디씩 고객들의 취향과 비밀을 알려주었다. 이제 나는 유럽에서 무엇을 사와야 할지 전부 알아냈다.

"나는 전적으로 당신을 믿겠습니다." 내가 마지막으로 들렀던 가게에서 분홍색 셔츠를 입고 향수를 바른 날씬한 젊은 주인이 말했다.

그들은 모두 나를 신뢰했다. 미에테크는 3번가로 다시 돌아올 것이다.

그러나 대서양이란 장벽이 가로막고 있었다. 나는 여행사와 관청의 관련 부서를 돌아다녔다. 비용이 많이 드는 여행인데다, 나는 미국 시민이 아니었으므로 출입국 권리를 보증해줄 사람이 아무도 없었다. 게다가 한국에서는 북쪽에서 남쪽으로 탱크들이 향하고 있는 형편이었고 유럽은 스탈린의 공격을 받으리라 예상되는 상황이었다. 외할머니는 걱정이 돼 울먹였다.

"너는 전쟁터 한복판에 서게 될 거다. 돌아오지 못할 거야."

외삼촌은 이제 내가 영어를 할 수 있으니 자기 가게로 와서 일하면 된다고 몇 번이고 말했다.

"너는 날 떠나선 안 돼. 너는 여기서 뭐든지 다 가질 수 있잖니. 네가 돌아오기도 전에 나는 죽을 거야." 외할머니가 간청했다.

그러나 때로는 사랑하는 사람들이라도 거리를 두어야 할 때가 있는 법이다. 아버지가 게토에서 그랬던 것처럼 말이다. 사랑하는 가족들은 그들의 사랑과 욕망 때문에 나를 품안에 묶어두려 했다. 그들은 나를 이해하지 못했다.

"외할머니, 저를 기다리세요. 제가 불행하기를 바라시지는 않지요? 그렇죠?"

외할머니는 눈물을 닦았다. 왜 매번 한 걸음 내디딜 때마다 나는 그렇게도 큰 대가를 치러야하는 걸까? 왜 사람들은 내가 시류를 거스르고 싸우는 일을 멈추고 다른 사람들과 같이 하라고, '이주의 광장'과 무덤으로 가는 걸 받아들이라고, 점원이라는 직업을 받아들이라고 유혹하는 걸까?

"제가 옳아요, 외할머니. 제가 맞아요. 저는 옳은 일만 해 왔어요."

나 자신도 확신을 갖고 싶었다.

여권과에 갔더니 내 신청서는 반려돼 있었다. 직원은 우쭐대며 고개를 가로저었다.

"내가 말했잖소. 당신은 미국을 떠날 수 없소. 군대나 먼저 갔다 오시오."

나는 멍하니 거리를 걸었다. 다시 감방 안에 들어온 기분이었다. 장애물을 하나 넘을 때마다 예기치 못한 더 큰 장애물이 닥쳐왔다. 나는 잠브로프에서처럼 계속해서 싸우고 미끄러운 나무에 매달려 담 꼭대기로 기어오르다가 떨어지고 또다시 기어오르는 일을 수없이 해야 했다. 나는 다시 행동을 개시했다. 나는 정치인들, 징병관들, 여권과 직원들을 찾아다니며 청원서를 제출하고 진정서를 넣고 항의도 하면서 끈질기게 졸라댔다. 특별위원회를 열어달라고 요구하며 나는 사무실 문간에서 잘 것이며 필요하다면 죽어버리겠다고까지 맹세했다. 탈출구가 없던 트레블린카의 아래쪽 수용소에서도 나를 붙잡아 둘 수 없었다. 나는 담을 넘고 철조망을 넘었으며 잠브로프 수용소의 울타리도 뛰어넘었다. 나는 슈하 거리의 게슈타포 사령부와 파비아크 감옥에서도 도망친 사람이었다. 미국인들이 나를 여기에 붙잡아 두려는가? 나를 한국으로 보내 나와는 아무 상관이 없는 전쟁을 치르게 할 건가? 그들은 미에테크라는 사람을 몰랐다. 만약 미국이 자기 영토에서 공격을 받았다면 나는 미국을 위해 싸웠을 것이다. 나는 미국에 빚을 졌으므로 내 생명을 희생할 수도 있었다. 그러나 멀리 떨어진 다른 나라에서 일어난 그 전쟁은 미국의 장래를 위협할 것으로는 보이지 않았다. 나는 이미 인간의 비인간성 때문에 큰 피해를 입었다. 이제 나는 내 가족을 위해 나 자신의 일을 할 권리가 있었다.

결국 나는 어느 위원회에 불려갔다. 민간인 복장을 한 퇴역 장교 세 명이 온화하고 이해심 많은 표정으로 앉아 있었다. 나는 그들의 맞은편에 앉아 그들의 얼굴을 관찰했다.

"저는 꼭 가야합니다." 내가 말을 꺼냈다. 유럽의 난민 수용소에 있는 가족을 찾아야 한다고 말했다. 그러면서 바르샤바 게토에서 겪었던 몇 가지 일화를 들려주었다.

"저는 가야 합니다."

퇴역장교 한 명이 내 서류를 뒤적이면서 가끔 나를 힐긋힐긋 쳐다보았다. 내가 생명을 걸고 도박을 한다는 걸 그가 알아차렸을까? 그들에게는 서류에 한 단어만 쓰면 되는 일이었지만 내게는 기회였고 그 기회의 끝에는 나의 평화, 나의 요새가 걸린 일이었다. 그들이 서로 속삭였다. 나는 마치 한 가지 방법밖에 모르는 듯 모든 일을 이렇게 전부가 아니면 아무것도 아니라는 식으로 모험을 감수하며 겪어냈다. 회색 상고머리를 한 퇴역장교가 도장을 찍었다.

"위험한 일이 생기면 전부 당신이 책임져야 하오." 그가 서류를 건네주었다.

내가 이겼다. 싸운 보람이 있었다. 이제 떠나는 날만 기다리면 됐다. 나는 폴스버그와 레이크우드로 돌아가 숲 속으로 차를 몰았다. 이날 소풍에는 외할머니도 모시고 갔다.

"너는 내가 용서해주길 바라는 구나. 결국은 가는 구나. 그럴 줄 알았어." 외할머니가 말했다. 나는 외할머니의 어깨를 안았다.

"외할머니는 저를 기다리시면 되요, 착한 아가씨처럼요. 여기저기 여행한 후에 할머니를 모실게요. 두고 보세요."

"나는 죽을 텐데."

나는 걱정을 숨기느라 큰 소리로 아니라고 외쳤다. 외할머니에게 내가 사귀었던 아가씨들의 사진을 보여주었다. 외할머니는 온갖 참견을 다하면서 즐거워하더니 갑자기 비밀을 털어놓으라고 말했다.

"네가 결혼할 아가씨는 누구냐?"

"먼저 돈부터 벌어야죠."

소풍을 다녀온 후, 나는 방 안에 있는 걸 못 견디고 차를 몰거나 걸어다녔다. 3번 가로 돌아갔다가 브롱크스에서 남은 옷가지를 모두 다 팔아치운 후 예전의 그 이탈리아인 수위를 만나러갔다. 그는 나를 보고 만면에 미소를 지었다.

"그 사람들은 자네를 잊었어. 이제는 마음대로 팔아보게." 그는 두 손을 비비며 내게 조언을 해주었다. "자네는 너무 고집이 세."

계단들, 복도들, 문들, 그때와 마찬가지인 아이들, 불안해 보이는 여자들, 모든 게 그대로였다. 내가 초인종을 누르면 그들은 머뭇거렸다. 그들은 문 뒤에서 꼼짝도 않고 그대로 서 있었다. 매일매일, 몇 년이 지나도. 왜 그럴까? 왜 그들은 참는 것일까? 나는 그들에게 마지막으로 남은 스카프 몇 장을 보여주면서 그들이 거절하면 놀려대며 계속 들이밀었다. 그들은 꼼짝도 않았다. 피곤해서일까, 나이 때문일까, 아니면 정말 물건이 필요 없어서일까? 아마 전부가 아니면 차라리 다 잃겠다는 나만의 법칙이 미친 짓인지도 모른다. 아니면 진짜 이것이 내가 탈출할 길인지도 모른다. 나는 절대로 가만히 앉아서 쉴 수 없는 운명인가 보다. 그들은 문을 반쯤 열었다. 어두컴컴한 방들이 보였고 아이들은 그들의 다리에 매달려 있었다. "멘들, 자네는 살아가는 방법을 모르는군." 골드먼이 언젠가 그렇게 말했었다. 나는 그들의 흐릿한 눈과 축 처진 어깨에서 공포와 슬픔을 보았다. 인생이란 무엇인가? 남자들은 주말의 자유를 누리려고 이 방으로 돌아왔다가 다시 한 주를 시작하며 브롱크스로 돌아갔다.

그들은 몰랐다. 그들은 자신만의 위험한 수렁에 빠진 채 끝까지 버텨내지 못할 것이다. 인생이라……. 나에게 인생은 람블로프 숲에서 공격할 때처럼 이 나무에서 저 나무로 뛰어넘는 것이며, 끝까지 버티는 것이며, 위험을 감수하고 끊임없이 행동하며, 전부 다 얻거나 전부 다 잃거나 양단간의 선택을 해야 하는 그런 것이었다.

유럽으로 돌아오다

그러나 그 일은 쉽지는 않았다. 혼자 외로이 있어야할 때가 잦았다. 피로와 슬픔이 언제나 내 곁을 지켰다. 그 감정들은 나를 떠난 적이 없었으며 내가 정기여객선의 갑판에 발을 딛자마자 나를 공격했다. 내 주위의 탑승객들은 떠들썩한 분위기 속에서 일 드 프랑스(파리를 둘러싸고 반경 100킬로미터 거리에 있는 지역)에 주둔한 장교들과 대화를 나누며 웃어댔다. 이제 막 대서양 횡단이 시작됐는데 나는 벌써부터 외로움과 뱃멀미 때문에 기분이 좋지 않았다. 안개 속에서 출항한지 두세 시간이 지나자 파도가 심해지는 바람에 나는 리버티 선으로 여행하기로 했던 걸 뼈저리게 후회했다.

다른 사람들은 벌써 노래를 부르거나 브리지 게임을 하며 즐기고 있었다. 나만 외톨이였고 즐거움과는 담을 쌓은 신세였다. 브롱크스에 있는 여자 셜리 골드먼과 결혼해 그 음울한 아파트들 중 한 집에서 안락하게 살며 하찮은 점원 일을 하는 쪽도 나쁘지 않았을 것이라는 생각이 밀려 왔다. 나는 여객선의 바에 있는 어느 여자에게 다가가 말을 걸었다. 그냥 나 자신의 목소리라도 듣고 싶은 심정이었다. 그녀는 생긋 웃더니 다른 사람과 함께 바를 나가버렸다. 나는 다시 외로움과 무력감에 빠졌다. 답 없는 질문들과 잃어버린 세월, 잃어버린 얼굴들 그리고 악몽에 대처해야만 했다. 나는 그런 생각에서 도망치고 시간이 흐르는 걸 잊기 위해 술을 마시다가 구토를 하고는 잠이 들었다.

드디어 배가 셰르부르(프랑스 서북부의 도시, 1944년 6월 미군이 나치로부터 탈환)에 도착했다.

나는 배에서 제일 먼저 내려 이 오래된 땅, 나의 고향인 땅에 발을 디뎠다. 숱한 사람들의 발에 밟혀 낡아버린 자갈길은 바르샤바의 구시가지 같기도 하고, 밀라 가의 거리 같기도 했고, 루블린과 비아위스토크의 거리 같기도 했다. 골목길도 있었고 세월의 때가 묻은 낮고 폭이 넓은 집들도 보였다. 음식 냄새를 풍기는 지저분한 카페들도 반가웠다. 마치 바르샤바의 들루가 가를 보는 듯했다. 바로 나의 땅인 구대륙, 유럽이었다. 나는 절망과 기쁨을 동시에 느꼈다. 셰르부르, 파리, 그리고 프랑크푸르트, 이곳에 내 동족들이 있었다. 나는 꿈에 그리던 산천에 돌아왔지만 기억 속에 있는 장소와 실제의 장소들은 서로 엇갈렸다. 센강은 부크강 같았고 라인강은 비슬라강 같은 느낌이 들었다. 농사 짓는 농부들, 뾰족탑이 있는 석조 건물들, 비좁고 갑갑한 시가지들을 보니 유럽에 돌아온 게 실감났다. 나는 과거 속으로 빨려 들어갔다. 잠을 이루지 못한 채 언젠가 내가 낳아기를 아이들을 생각했다. 그 아이들을 위해 내가 여기에 왔고 요새를 건설할 준비를 하고 있는 것이다. 내 가족들이 태어났고, 그들이 고통을 겪다가 묻혀버린 이 땅에서 그 아이들을 길러야 하는지도 몰랐다. 내가 싸웠던 이 땅, 무덤들이 패어 있는 이 오래 되고 아름다운 대지에서 아이들이 자란다면 우리가 어떻게 살았는가를 보다 더 잘 이해하게 될 터였다.

다음 날 아침, 나는 프랑크푸르트에 도착했다. 역사 주변에서는 재건축이 진행 중이었다. 넓은 대로를 보니 지난 시절 잔해더미로 덮였던 그곳이 생각났다. 나는 이 도시가 낯선 데다 독일어로 말하는 목소리를 들으며 전쟁의 기억이 떠올라 혼란스러워져서 주춤거렸다. 흘러내린 머리카락으로 눈이 가려진 까무잡잡한 청년이 내게로 다가왔다. 그를 보니 소련군이 쏘려고 했지만 내가 구해주었던 어느 베를린의 청년이 기억났다.

"달러 환전하시려고요?" 청년이 물었다.

나는 욕심과 조심스러운 마음이 한꺼번에 떠올라 머뭇거렸다.

"6.5 대 1입니다." 그가 말했다.

아주 유리한 환전 시세였다. 나는 그를 바라보았다. 그는 머리채를 넘기고 눈을 드러낸 채 내 눈을 똑바로 보았다. 나는 20달러를 꺼냈다.

"제가 가서 마르크화로 바꿔 오겠습니다." 그가 20달러를 받아갔다.

"저는 도둑이 아니에요. 여기서 기다리세요."

그는 한가롭게 걸어가 역 맞은편에 있는 거리의 모퉁이를 돌았다. 그의 모습이 사라지기도 전에 나는 사기를 당했다는 걸 깨달았다. 몇 분 더 기다렸지만 사태를 오판하지는 않았다. 게토와 트레블린카에서 살아나온 나, 미에테크가 시시한 여행자들처럼 돈을 뺏기고 사기를 당하다니……. 그것도 독일 땅에서! 나는 그 청년을 믿고 경계를 게을리 한 탓에 실수를 저지르고 말았다. 그러나 나는 만만한 사람이 아니었다. 나는 마인강(독일

중남부의 강)을 따라 걸으며 강 쪽으로는 눈길도 주지 않고 나 자신과 그들에 대한 분노에 치를 떨었다. 그 20달러는 내 생애 전체, 나의 복수심, 정복당했다가 일거에 회복된 베를린을 의미했다. 나는 역의 승강장으로 돌아가서 내가 포기했다고 그들이 믿을 때까지 시간을 보냈다. 저녁이 되자 나는 다시 여행객들 사이에 섞여 역 밖으로 나왔다. 그 청년이 한 쪽에 서서 다른 먹잇감을 노리고 있었다. 나는 뒤쪽에서 그에게 다가가 그의 목을 잡고는 어둠 속에 있는 울타리 쪽으로 끌고 갔다. 그러고는 울타리에 대고 짓눌렀다.

"내 돈 내놔." 나는 독일어로 말했다.

그는 숨 막혀하며 발버둥을 쳤다. 나는 조금 느슨하게 풀어주었다.

"빨리."

그에게는 돈이 한 푼도 없었다. 다른 사람이 돈을 챙긴 모양이었다. 나는 고개를 푹 숙인 그의 손목을 쥐고 함께 걸었다. 그는 나를 믿게 하려고 여동생, 어머니, 아버지 이야기를 늘어놓았다. 마침내 우리는 어느 우중충한 건물의 계단을 올라갔다. 나는 다시 그의 목을 움켜잡고 을러댔다.

"골칫거리가 생기면 널 죽여 버릴 거야."

그러나 그들은 그저 시시한 좀도둑들이었다. 방 안에는 교활한 미소를 짓고 있는 노인이 침대에 반쯤 누워 있었고 바싹 마른 소녀가 하나 있었다. 나는 청년의 목을 팔로 감고 말했다.

"내 돈 20달러 내놔."

그들은 서로 쳐다보았다. 노인이 일어섰다.

"지금 이 자리에서 이놈을 죽여 버릴 거야." 내가 말했다.

내가 농담하는 것으로는 보이지 않았을 것이다. 노인이 매트리스 아래를 더듬었다. 거기에는 달러 뭉치가 있었다.

"전부 다 내놔."

나는 노인을 차버리고 자유로운 한 쪽 손으로 지폐를 움켜쥐고는 5달러짜리 넉 장을 세어 갖고는 나머지는 방안으로 뿌렸다. 그런 후 청년을 두 사람이 있는 쪽으로 밀어붙이고는 잽싸게 문을 열고 나와 거리로 달려갔다. 나는 여전히 미에테크였다. 내가 참가하는 전쟁에서는 이기고야 말 것이다.

프랑크푸르트를 돌아다녀 봤지만 가게들마다 물건들이 빈약했다. 상품들은 모두 베를린에서 오는 것들이었다. 이틀 후 나는 비행기를 타고 템펠호프(서 베를린 남부의 지역)로 갔다. 물건을 구하려면 언제나 원산지로 가야 하는 법이다.

베를린에 오자 집에 온 느낌이 들었다. 거리며 하늘이며 모든 것들이 내게는 의미가 있었다. 나는 유레크를 찾았다. 유레크는 폴란드나 이스라엘로 갈 생각이 있었지만 가족들에 대한 책임 때문에 베를린에 눌러 있으면서 여러 가지 잡일을 하며 겨우 입에 풀칠이나 하는 상태였다.

"나랑 일하자." 내가 권했다.

나는 바르샤바에서 모코토프 일당과 그랬던 것처럼 다시 패거리를 만들었다. 그리고는 뉴욕 3번 가의 골동품상에서 눈여겨보았던 물건들을 떠올리며 골동품상들을 찾아다녔다. 그런 물건들은 많았다. 나는 가격을 흥정해 보면서 골동품상들은 어떤 식으로 생각하는지를 이해하고 그들의 마음속을 비집고 들어갈 방법을 알아내려고 안간힘을 썼다. 나는 조심스럽게 행동했다. 골동품상들은 빈틈없고 탐욕스러운 족속이었다. 나는 뒤로 물러서서 그들이 먼저 가격을 제시하게 하고는 그들보다 훨씬 낮은 가격을 말하곤 했다.

"말도 안 되오." 라고 그들은 반응했다.

그런 후 우리는 다시 흥정을 시작했다. 나는 고집을 부렸다. 그래서 그들이 가격을 좀 내리게 만들었다. 그들은 나와 싸움을 계속할 정도로 대단하지는 않았다. 그들은 이익을 염두에 두었지만 나는 목숨을 걸고 하는 일이었으며 이 여행에 몇 년간의 노력을 걸고 있는 입장이었다. 옛날 게토에서처럼 장벽을 넘어야 했다. 이 장벽은 게토의 그것보다는 어렵지 않았다. 나는 가는 곳마다 명함을 주면서 나중에 다시 올 때를 대비해 주문을 해놓았다.

"다시 오겠습니다."

그 말이 나의 암호나 마찬가지였다. 유레크가 나대신 이곳에서 일을 봐주기로 했다. 우리는 유레크의 집에 물건을 보관해 놓고 매일 밤 수를 헤아리며 포장을 했다. 유레크가 이마의 땀을 닦으며 풀썩 웃었다.

"너는 나치를 찾아다니든 잉크스탠드를 찾아다니든 언제나 똑같구나, 미에테크. 널 변화시킬 것은 아무것도 없어. 너는 뭐든 죽도록 열심히 하는구나."

"나는 늦었어. 언제나 그렇지."

나는 어린 시절을 누리거나 행복을 느끼는 데도 늦었다. 나는 그것들을 뒤따라가고 있었다. 멈출 수가 없었다.

세관, 운송업자들, 배를 구하면서 그 첫 여행은 곧 막을 내렸다. 녹초가 돼서 뉴욕에 도착했을 때 내 수중에 있던 돈은 다 떨어져버려서 지하철을 타고 집으로 돌아갔다. 뉴욕은 눈에 덮여 있었고 자동차들도 눈에 묻혀 하얀 덩어리들 같았다. 술에 취한 듯 어질어질했다. 나는 186번 로를 조용히 걷는 행인들의 얼굴을 바라보았다. 어느 것이 진짜 세계인가? 변함없는 그들의 세계인가? 아니면 끊임없이 옮겨다니는 나의 세계인가? 나는 집의 초인종을 울렸다. 외할머니가 문을 열고 나를 안았다가 따뜻한

두 손으로 내 뺨을 감쌌다.

"이런 꽁꽁 얼었구나, 마르틴. 뻣뻣하게 얼었어."

나는 지쳤지만 환하게 웃었다. 집에 왔다. 장벽을 넘었다. 아버지가 문간에 서 있는 것 같았다. 나는 아버지에게 내가 사고 판 빵 얘기와 고골레프스키 제과점에서 사온 케이크들, 그리고 전차에 대해 신나게 얘기하던 기억이 떠올랐다.

"돌아왔어요. 보세요, 외할머니. 여기 왔잖아요."

목욕할 시간도 없었다. 벌써 나는 내 물건에 대해 관세를 지불할 돈도, 또 그것을 운송해 갈 돈도 없이 부두를 왔다 갔다 했다. 그래도 그 물건들을 빨리 팔고 다시 유럽으로 가 물건을 사와 팔아야 했다. 나는 배터리 공원에 사무실이 있는 해운회사에 가서 국장을 만나게 해달라고 부탁했다.

"하지만 누구신지요?" 비서가 물었다. "클라크 씨는 예약한 손님만 만나시는데요."

"저는 출국하는 사람이 아닙니다. 수입업자이지요. 저를 놓치면 중요한 거래를 잃게 되는 겁니다. 큰 거래라고요."

나는 클라크 씨에게 안내됐다.

"저하고 일하시면 크게 손해 보실 일은 없을 겁니다." 나는 자리에 앉기도 전에 말을 꺼냈다. "제가 담보물을 제공할 테니까요. 좋은 고객이 될 겁니다. 저는 수입업자입니다."

나는 수입업자이다. 이 말이 내 머릿속에서 메아리쳤다. 잘 했어. 그들은 너를 죽이지 못했고 이제 버젓한 수입업자가 되었지.

클라크 씨는 뭐라고 대답할지 몰라 나를 아래위로 훑어보았다. 나는 싱긋 웃으며 말했다.

"저는 곡식이나 감자 따위를 수입하는 게 아니라 예술품을 수입합니다."

나는 바르샤바 게토에서 겪은 일부터 시작해서 내 이야기를 끄집어냈다. 한 시간 후 그는 내 물건을 담보로 잡는 대가로 세관 통과하는 일, 운송, 창고 하적까지 책임지겠다는데 동의했다. 나는 물건이 팔리면 그에게 비용을 지불하면 됐다. 물건을 파는 건 내 일이었다. 나는 3번 가로 돌아가 골동품상들에게 물건 한두 개를 보여주었더니, 그들은 숨겨둔 발톱을 드러냈다. 그 분홍색 셔츠 차림에 향수를 뿌린 젊은이는 내게서 더 좋은 조건을 얻어내려고 물건 하나 하나를 놓고 가격이 높다고 불평했다.

"물론 고객이야 있지만 요새 경기가 좋지 못해서요." 그 젊은이의 핑계였다.

나는 따지지 않았다. 장애물은 돌아가야 할 때도 있는 법이다. 나는 내 물건들을 모아서 어느 큰 경매 사무실의 공식 감정인과의 거래를 성사시켰다. 정해 놓은 호가呼價 아래이면 내가 수수료를 지불하지 않고 물건을 되사들인다는 조건이었다. 나는 그 감정인을 설득하면서 계속 설전을 벌였다.

"제가 경매 현장에 있겠습니다. 제가 입찰가를 올리죠. 선생님이 손해 보실 건 없습니다. 이 도자기를 보세요. 서로 차지하려고 다툴 겁니다. 정말이에요."

그는 망설였다. 사람들은 언제나 망설였다. 바르샤바의 게토나 잠브로프, 그리고 뉴욕에서까지. 나는 언제나 그들이 행동하도록 다그치는 사람이었다. 매번 나는 그들이 억지로 결정하게 만들어야 했다. 그가 힘없이 말했다. "좋소. 이번 한 번만 해봅시다."

첫 경매가 열리자 나는 경매장의 가운데 앉아서 고객들을 관찰했다. 굽실거리는 금발에 모자를 쓴 여자들이 많았다. 중서부 지역이나 남부, 그리고 캘리포니아에서 온 사람들도 있었는데 그들에게 뉴욕은 베를린과도 같이 낯설 터였다. 경매가 시작되자 나는 처음으로 손을 올려 입찰가를 불렀다. 그런 후로도 가끔 손을 들어 입찰가를 올려갔다. 전쟁이었다. 내 물건들이 줄을 지어 지나갔다. 사흘, 행운의 사흘 동안 내게 돈이 굴러들어 왔다. 내 투자액보다 두 배, 때로는 세 배까지 벌었다. 나는 해운회사의 클라크 씨에게 빚진 돈을 갚았다. 그날 저녁, 외할머니와 함께 식탁에 앉았을 때 나는 그릇 사이에 돈 다발을 쌓아보았다. 수표, 달러들, 그리고 더 많은 수표들. 외할머니는 고개를 설레설레 흔들었다. 기쁘면서도 걱정스럽고 즐거우면서도 불안해서였다.

"너, 다시 갈 건 아니지?" 외할머니가 물었다.

하지만 나는 이틀 후 다시 출국했다. 이제 배를 타는 일은 그만두었다. 장벽을 뛰어넘은 것이다. 비행기로 프랑크푸르트에 도착했다가 다시 비행기를 갈아타고 베를린으로 갔다. 유레크가 템펠호프 공항에서 나를 기다리고 있었다. 우리는 서로 얼싸안았다.

"잘 됐어, 유레크. 성공했어."

나는 택시를 타고 골동품가게를 돌아다녔다. 유레크가 신문에 광고를 낸 탓에 개인들도 전화를 많이 했다. 나는 가격을 가지고 승강이하는 일은 그만두었다. 내 원칙은 빨리 사고파는 것이었다. 박리다매가 결국 이익이 더 크다고 생각했던 것이다. 물건들이 속속 도착했다. 베를린은 그저 뉴욕에서 좀 떨어진 교외처럼 생각됐고 비행기는 전차처럼 여겨졌다. 몇 달 동안 두 대륙을 왕복했다. 그러다가 프랑스 골동품에 대한 수요가 있다는 걸 깨달았다. 그래서 파리도 잠깐씩 들렀다. 금요일이면 나는 골동품을 파는 벼룩시장이 열리기도 전에 도착해서 미국인들의 입맛에 맞는 금박이 풍부히 들어간 번쩍거리는 물건들을 찾아보곤 했다. 파리의 거리와 하늘이 금방 친숙해졌다. 나는 가격 실랑이를 하지 않고 사들였다.

빠른 속도가 나의 힘이었고 시간은 곧 돈이었다. 월요일이면 프랑크푸르트와 베를린으로 날아갔다. 얼마 안 가 런던도 내 경유지에 포함됐다. 나는 물건을 사고 전화를 걸고 택시를 번갈아 타며 달렸고 잠깐씩 잠을 잤다. 가끔은 지친데다 누군가와 대화하고 싶은 생각에 술집을 찾아가기도 했다. 한 여자를 만났지만 실망하고 떠났다. 뉴욕에서 마거릿을 다시 만났다. 마거릿은 내가 폴스버그 호텔에서 일할 때 학생으로 일하던 아가씨였다. 마거릿은 상냥했다. 내가 웃통을 벗은 채 침대 가에 앉아서 담배를 피우는 모습을 마거릿은 지그시 바라보더니 말했다.

"시간을 내서 정말 사는 것처럼 살아봐요, 멘들. 그렇게 늘 뛰어다니지 말고요."

나는 그녀 옆에 누우려고 했다. 새벽녘이었다. 창고에는 점검해야 할 물건들이 잔뜩 쌓여 있었다. 나는 그녀가 말하는 평화로운 삶보다는 일을 더 좋아했다. 아마 언젠가는 바삐 달려가는 내 삶을 늦춰줄 여자가 나타나겠지. 언젠가는 휴식을 음미할 수 있겠지. 나는 오직 그런 여자와만 요새를 지으리라. 마거릿은 내가 떠나는 걸 말리지 않았다.

"행복해지는 법을 배우세요, 멘들. 언제나 달려가는군요."

나는 마거릿에게 키스를 하고 방을 나왔지만 그녀가 한 말이 마음속을 파고들어 잠을 설쳤다. 골드먼이 했던 말도 생각났다. 내가 두 팔을 내리고 쉴 날이 언제 올까? 그러다가 나는 다시 일에 빠져들었다. 어느 날 오후 어느 경매장에서 입찰 가격을 올리려고 팔을 쳐들었을 때 누군가가 내 어깨를 두드렸다. 폴스버그 호텔에서 만났던 손님인 잭 엘리스였다. 행운이었다. 나는 그와 함께 그와 동생인 조가 운영하는 3번 가의 조용한 가게로 갔다. 그 가게의 지하실을 가보고 나는 벌써부터 내 물건을 포장한 상자들이 거기 놓이고, 손님들이 내 주위에 득실거리는 장면을 떠올렸다.

행운이었다. 잭과 조 엘리스 형제도 내 생각에 찬성했다. 나는 수입업도 하면서 그 형제의 가게에서 물건들을 팔았고 그들은 내 판매액에서 수수료를 얼마간 떼 갔다.

언제나 급하게 서두르는 인생

그래서 내 일은 탄력을 받았다. 뉴욕, 런던, 파리, 프랑크푸르트, 베를린, 다시 프랑크푸르트, 뉴욕 순으로 움직이며 그 도시들의 거리를 걷고 사람들을 만났다. 파리의 벼룩시장에서는 폴란드어나 러시아어를 하는 골동품상들을 만났고, 베를린에서는 독일인 골동품상들을 만났으며, 꼬리에 꼬리를 물고 3번 가의 가게를 찾아오는 실내 장식가들을 만났다. 유레크는 베를린에서 만났다. 그리고 매일 밤, 죽은 듯 잠을 잤다. 잠이 깨는 아침마다 눈을 감은 채 침대에 그대로 누워 가족들을 생각했다. 아버지, 어머니, 동생들, 꿈에도 잊지 못할 리브카 그리고 그밖의 친밀했던 사람들. 그런 후에는 다시 맹렬히 움직이며 전화를 하고 창고를 왔다 갔다 했다. 돈을 아끼기 위해 트럭에 있는 짐을 내가 직접 3번 가에 내려놓기도 했다. 80개나 되는 상자를 지하실로 옮겨서 천장까지 쌓곤 했다. 그리고 그것들을 모두 개봉했다. 고객들은 얼마든지 있었다. 로스 엔젤리스, 휴스턴, 멤피스에서도 나를 찾아왔다. 실내장식가들, 골동품상들 그리고 도매상인들이었다. 그들은 악수를 청하면서 "약속했지 않소."라고 말했다. 나는 눈을 찡긋 하고는 물건을 한쪽에 갖다놓았다. 나는 아직도 전차의 승강구에 서서 곡식자루를 들어올려 짐꾼에게 건네주는 듯한 기분이 들었다. 그렇게 일을 하다가 다시 여행길에 올랐다. 뉴욕, 런던, 파리, 프랑크푸르트, 베를린 그리고 다시 뉴욕.

언제나 파리에는 금요일 아침에 도착했다. 도착하자마자 벼룩시장으로 달려갔다가 베르네종, 폴베르, 비롱 같은 시장을 돌아다녔다. 내가 그곳에 없을 때는 어느 수위에게 보관을 부탁하고 산 자전거로 더 빨리 다닐 수 있었다. 자전거를 타고가기는 했지만 가게에서는 떨어진 곳에 세워놓곤 했다. 나는 거물급 골동품상이고 그것도 미국 골동품상이니만큼 체면을 차려야 했던 탓이다. 일요일마다 프랑크푸르트로 떠나기 전에 거리를 어슬렁거리며 지나가는 여자들을 바라보기도 했다. 나는 이 도시와 강, 강을 가로지르는 다리들이 마음에 들었다. 눈을 감고 햇볕을 받으며 앉아 있기도 했다. 5월이었고 날씨는 온화했으며 바르샤바의 포니아토프스키 다리에서 조피아를 만나러 가던 장면이 떠올랐다. 파리에 있는 것뿐인데도 나는 일탈감을 느끼며 꿈꾸는 기분이었다. 그러나 내게는 시간이 없었다.

베를린에서는 시장 여건이 날로 나빠졌다.

"이제 남은 게 없어, 미에테크."

유레크는 나를 보자마자 그 말을 했다. 몇 번 더 여행을 거듭하면서 그 말이 사실이라는 게 실감났다. 미국에 있는 골동품상이란 골동품상은 다 베를린으로 와서 도시를 샅샅이 뒤져서 도자기를 있는 대로 몽땅 사갔다. 유레크는 색 바랜 금빛 무늬가 있는 접시 한 조를 내 놓았다.

"이게 전부야. 이제 남은 거라곤 없어. 다른 사람들이 좋아하지 않는 것만 있지."

"사버려, 유레크. 전부 다 사놔."

그래서 부서진 잉크스탠드나 색 바랜 받침접시 같은 것들이 쌓여갔다.

"너 미쳤구나, 미에테크." 유레크는 몇 번이고 그 말을 되풀이했다.

나는 그를 끌고 나가 이틀 동안 돌아다닌 끝에 우리가 가진 흠 있는 도자기를 손봐서 고쳐주겠다는 공예가를 찾아냈다. 뉴욕의 3번 가에는 손님이 끊일 새가 없었다. 그러나 또다시 유레크가 곤란하다는 듯 두 팔을 풀썩 떨어뜨리더니 말했다.

"이제 진짜 물건이 하나도 안 남았어."

정말이었다. 나는 독일에서 거의 2주일을 머물렀다. 유레크가 거듭 말했다. "이제 손 떼자, 미에테크. 다 끝났어."

나는 아직 목표를 달성하지 못했다. 포기하고 싶지 않았다. 절대로. 나는 여기저기 찾아보던 끝에 왕실 도자기 제조업체인 KPM을 발견했다. 금광이 따로 없었다.

유레크가 허허 웃었다.

"너 제정신이 아니구나, 미에테크. KPM은 왕이나 대통령들을 위해 물건을 만드는 정부 관할 회사야."

내가 그 회사의 창립자인 작센 왕보다 못할 바 없었다. 내 민족 모두가 독일의 황제들, 왕자들, 공주들보다 못할 게 없었다. KPM은 18세기 초부터 왕족들을 위해 일해 왔다.

"KPM은 이제 나를 위해서 일할 거야. 게토에서 온 하찮은 유대인인 나, 미에테크를 위해서 말이야."

그건 장기간에 걸친 어려운 일이었다. 나는 사장을 만나 협상하면서 뇌물도 주었다. 마침내 어느 날 KPM의 거대한 원통형 가마에서 나의 도자기를 굽기 시작했다. 트레블린카에서 탈출한 피난민인 나를 위해서. 그것역시 일종의 복수였으며 절묘한 솜씨로 이룬 복수였다.

KPM에서 만들어내는 '골동품' 자기들은 그야말로 진품이나 마찬가지였다! 당연히 돈도 쌓여갔다. 그 1000달러, 1000달러는 모두 커져가는 나의 요새에 세울 담들이 될 터였다.

그러나 나의 좌우명은 속도였다. KPM의 근로자들은 18세기에 그랬던 것처럼 느리게 일했다. 몇 달이 지난 후 나는 또다시 수요를 만족시키지 못하게 됐다. 다른 해결책을 강구해야 했다.

바이에른 주에 공장들이 있다는 걸 알고 나는 여행 중에 차를 빌려서 남쪽으로 달려갔다. 숲, 계곡, 하늘이 펼쳐진 시골은 로스바인이나 되벨른을 연상시켰다. 그러나 내가 차를 달리고 있는 곳은 딴 세상이었다. 여기서 동쪽으로 몇 킬로미터만 더 가면 "베를린으로!"를 외쳤던 소련군들을 만났던 곳과 파르티잔 동료들을 만났던 곳이 나올 터였다. 그 친절했던 군인들은 지금 어떻게 됐을까? 나는 사람들에게 공평하게 대하고, 내가 빚진 것을 갚고, 내 권리를 주장하기 위해 내가 옳다고 생각하는 대로 살았다. 내가 원한 것은 오로지 사람다운 사람들 편에 서는 것이었으며, 사람다운 사람들은 전선을 가운데 두고 어디에나 있었다. 살육자들도 마찬가지였지만.

나는 모셴도르프에서 멈췄다가 그 다음엔 호프에서 차를 멈췄다. 근처의 산들과 거대한 숲, 초원을 구경했다. 나는 모셴도르프에 있는 한 공장에 들러서 흰색 작업복을 입은 노동자들이 도자기 위에 몸을 숙이고 가마를 점검하는 모습을 보았다. 여기가 원산지였다. 나는 공장장을 보고 싶다고 부탁했다. 공장장은 시골 풍경이 내다보이는 사무실에서 나를 맞았다.

"아주 귀한 전통을 이어가시는군요." 내가 인사 겸 말을 꺼냈다.

그는 싱긋 웃더니 고개를 끄덕였다. 바르샤바의 게토에서 우리를 노예처럼 부려먹던 슐츠가 생각나는 얼굴이었다. 슐츠도 우월감에 가득 차 공장들을 돌아다녔다. 하지만 체포됐다가 풀려났다. 이제 그 같은 사람들이 나를 위해 일해야 할 시기가 왔다.

"틀림없이 이 주문에 맞춰 일할 수 있으시죠?"

나는 가지고 간 견본과 사진들을 그의 책상에 내려놓았다. 그는 여러 가지 핑계거리를 늘어놓았다. 나는 그의 말을 가로막았다.

"돈을 내겠소. 전부 다 사겠습니다."

결국 우리는 매매계약을 맺었다. 호프에서도 계약을 체결했다. 나는 단순한 수입업자나 진품 골동품 제조업자가 아니었고 모방자이기도 했던 것이다! 나는 마음이 놓여서 천천히 프랑크푸르트로 차를 몰았다. 설치했던 기계들도 이제 가동되고 있었다. 언제나 첫 단계가 가장 어려운 법이다. 바르샤바에서도 전차가 움직이기 시작해 매달려야 했을 때, 승강구에 있는 폴란드 경찰이 어떻게 행동할지 몰랐을 때, 게토의 담을 한 번도 넘어보지 못했을 때, 그런 때가 가장 어려웠다. 첫 단계를 뛰어넘으면 그 후에는 모든 게 쉬워졌다. 생명에 위협을 받는 힘든 일을 하지만 그런 건 일상사였다. 나는 커다란 장애물을 돌아왔고 위험한 파도를 헤쳐 왔으며 이제는 물살이 흐르는 대로 몸을 맡기기만 하면 됐다.

나는 뉘른베르크*에서 차를 멈추었다. 이곳이 바로 그들이 전당 대회를 했던 곳이고, 최초로 봉기했던 수백만 명을 악랄하게 진압했던 곳이었다! 나는 여기 있던 사람들이 나치에 휩쓸려 죽음을 당했을 때 이곳이 어떤 모습이었을까 생각해 보려고 여기저기를 차로 돌아다녔다. 이 도시는 유린당했음에도 불구하고 품위 있고 아름다웠다. 페키츠강의 다리들을 건너가며 음울해 보이는 석조 성당들을 보고 하우프트마르크의 오래 된 거리들을 걸어보았다. 여기에도 셰르부르나 밀라 가의 거리처럼 오래 돼 닳은 자갈 포장길이었다. 사람들은 여느 거리의 사람들이나 비슷했고 아이들도 있었다. 몇 년 전만 해도 그들은 악의 화신처럼 커다란 경기장에

---

*

뉘른베르크 독일 바에에른 지방의 도시, 나치 군사 독재 때에는 전당 대회가 열린 곳이며, 제2차 세계대전이 끝난 후에는 뉘른베르크 전범 재판이 열린 곳이기도 하다.

모여 탐조등 불빛 아래에서 구호를 외쳤었다. 그런 사악함은 다시는 나타나지 말아야 한다.

나는 프랑크푸르트 행 비행기를 타고 그곳을 떠난 후 다시 뉴욕으로 돌아왔다. 외할머니와 잭과 조 엘리스 형제를 만났다. 주문은 물밀듯이 밀려들었다. 오래지 않아 모센도르프와 호프에서 제조된 상품들이 도착했다. 상품이 미국 땅에 하역 되자마자 팔려나갔다. 나는 상당한 돈을 모았다. 그리고 그 돈으로 투자를 하고 주식을 샀다.

어느 날 밤, 마거릿을 만나고 오느라 집에 밤늦게 돌아와 보니 외할머니가 내 방에 있었다. 외할머니는 솔을 어깨에 두른 채 내 침대에 누워 잠들어 있었다. 흰머리가 얼굴에 흩어져 있었다. 외할머니가 숨을 쉴 때 가슴이 거의 움직이지 않았다. 나는 거기 서서 너무도 여위고 쇠약한 외할머니를 바라보았다. 순간 외할머니가 눈을 뜨고 깨어났다. 나는 손을 내밀어 외할머니가 일어나도록 부축했다.

"널 기다리고 있었단다."

"그냥 주무시지 왜 그러셨어요, 외할머니."

"마르틴, 너 서둘러야 한다."

나는 무슨 말인지 몰랐다.

"네가 내게 네 아이들을 보여주고 싶다면 말이야. 이제 넌 부자가 됐잖니."

"외할머니, 외할머니."

나는 아연실색했다. 맞는 말이었다. 외할머니의 몸은 내가 지난 날 트레블린카의 '격리 병동'에서 안아 올렸던 노인들처럼 쇠약했다.

"마르틴, 언제가 될지 몰라, 언제가 될지. 내일 죽게 될지도 모르지. 나는 늙었단다."

나는 외할머니를 안고 머리채를 쓰다듬었다. "외할머니, 그런 말씀 마세요."

하지만 외할머니는 도리질을 했다.

"언제 죽을지 몰라, 그러니 서둘러라."

나는 잠을 이루지 못했다. 나는 부자였고 미국 시민이었으며 수입업자인데다 제조업자이기도 했다. 캐나다와 아바나(쿠바 공화국의 수도)에 지점까지 낸 상태였다. 건물도 여러 채 소유했고 주식과 채권도 사 놓았다. 각국의 수도를 돌아다니면서 파리와 베를린을 그저 뉴욕의 외곽 지역쯤으로 여겼다. 그러나 이 모든 것들을 이루었으면서도 그것들을 이용해 이루려고 했던 목적은 전혀 달성하지 못했다. 나는 혼자였다. 외할머니는 이제 오늘 내일 하는 형편이었다. 달러들, 포장상자들, 상품들 같은 생명 없는 물건들에 둘러싸인 채 나는 혼자였다. 이제는 인생이 변하리라고는 상상조차 못했다. 나는 이 여자, 저 여자를 숱하게 사귀었지만 아무도 나를 괴롭히는 과거의 목소리, 이름들, 얼굴들, 장소들을 잠재우지 못했다. 나는 여자들과 겨우 한 번 잠자리를 가질 정도로 밖에 사귀지 않았다. 그러고는 여자 옆에 누워 담배 한 대를 피웠다. 나는 그들을 잊어버렸고 나 자신도 잊어버렸다. 여자들은 내 기억에 남지 않았다. 내가 여자와 잠자리를 한 후 누워 있을 때조차 뇌리에 떠오르는 얼굴들은 리브카와 조피아, 어머니, 동생들이었으며 누런 모래땅도 떠올랐다. 가슴이 메도록 사무쳤다.

외할머니의 말을 들은 후 잠을 못 이루다가 동이 트자 나는 마거릿에게 전화를 걸었다. 정기적으로 데이트를 하는 여자는 마거릿뿐이었지만 그녀를 내 인생에 끌어들일 이유가 있을까? 그녀도 인생을 그리 즐기지 못한 사람이었다. 그녀를 나만의 악몽에 묶어 두고, 내 마음이 다른 곳에 가 있다는 걸 늘 절감하는 고통에 빠뜨릴 이유가 뭔가? 나는 그녀가 사는 브룩클린의 플랫부시 가에 있는 작은 아파트로 갔다. 그녀는 내가 친구인 골동품상 워커의 가게에 실내장식가로 취직 시켜준 후 그곳에 살고 있었다.

"그런데, 멘들. 무슨 일이에요?"

나는 그녀에게 건성으로 키스했다.

"이리 와요." 그녀가 나를 이끌며 내 윗옷을 벗겼다.

"앉아서 얘기해요, 여기서요." 그러고는 내게 컵을 건네주었다.

"마셔요. 뜨거우니까 조심해요."

나는 내 얘기를 길게 했다. 내가 어떤 사람이며, 왜 그렇게 서두르는지, 왜 갑작스럽게 공허감을 느꼈는지, 그리고 왜 여자에게 나를 이해시키지 못하는지를 설명했다.

"마거릿, 당신과 있는데도 그래."

"알아요, 이해해요."

"나는 당신과 결혼할 거야." 내가 불쑥 말했다. "그래서 아이들을 낳을 거야."

"차 마셔요, 멘들."

마거릿은 내게 기대고 내 머리카락을 쓸어주었다.

"당신은 찾고 또 찾죠. 하지만 그건 제 발로 걸어오거나 아예 오지 않거나 할 거예요. 당신이 그런 여자를 찾을 수도 있고, 못 찾을 수도 있어요. 하지만 분명히 나는 그 여자가 아니에요, 멘들."

"왜 당신은 아닌데?"

"알게 될 거예요. 당신은 이성적인 부류가 아니에요. 당신은 여러 조건을 따져서 이성적으로 결혼하는 데는 맞지 않아요."

마거릿은 골드먼과 같은 말을 하고 있었다. 그러고는 내게 키스했다.

"당신은 어울리는 사람을 만날 자격이 있어요, 멘들."

나는 그녀를 끌어안았다. 그녀는 좋은 친구였고 동료였지만 너무나도 자주 나를 엄습하곤 하는 비참함의 심연을 채워주지는 못했다. 나는 잠시 그녀 곁에서 눈을 붙이다가 다시 돌아와 내 생활을 가득 차지하고 있는 생명 없는 골동품들에 전념했다. 모셴도르프와 호프에 있는 공장에서는 내게 보낼 물건들을 공급하고 있었다. 나는 파리, 런던, 베를린에서 물건을 사들이는 일을 계속했다. 미술품뿐 아니라 다른 물품도 더 수입했다. 일은 착착 진행되고 돈이 더 많은 돈을 벌어들였다. 여러 가지 제안도 많이 받았다. 유럽의 자동차도 100대 단위로 들여 와 팔았다. 옛날의 나뭇가지 모양의 촛대를 파리에서 만들게 했는데, 서부 해안지방, 남부, 중서부지역에서 온 골동품상들은 자기들에게 팔 촛대를 따로 챙겨달라고 간청까지 할 정도였다. 나는 부자가 됐지만 마음의 공허함을 채우고 악몽을 몰아내려고 더 많은 일을 했다. 여행도 더 잦아졌다. 유레크가 늘 말했다. "너는 도망치려고 전력 질주하는 말 같아, 미에테크. 언젠가는 입에 거품을 물고 쓰러질 거다."

나는 달렸다. 그것도 앞만 바라보며 전력으로 질주했다.

어느 날 저녁, 아이들와일드 공항에 내린 후 세관을 지나자 스튜어디스 한 명이 쪽지를 건네주었다. 그러나 그 쪽지를 열어보기도 전에 상고머리를 한 남자 두 명이 내 양쪽에 섰다.

"멘들 그레이 씨죠? 죄송하지만 세관 검사를 좀 해야겠습니다."

나는 두 남자에 이끌려 승객들의 줄에서 나왔다. 외떨어진 사무실에서 기나긴 심문을 받고 샅샅이 수색을 당할 형편이었다. 그들은 이미 내 짐들을 가져다 놓은 상태였다.

"도대체 뭘 찾는 겁니까?" 내가 물었지만 그들은 대답하지 않았다. 내가 아는 거라곤 그들이 연방 수사관이라는 게 전부였다. 그들은 나를 데리고 창고로 갔다. 내 포장 상자들이 이미 다 개봉돼 있었다.

"좋아요." 마침내 그들이 입을 열었다.

그런 후 3번 가의 가게로 가서 내 수표책과 회계 장부를 보여주어야 했다. 나는 참고 견뎠다. 말 한마디 하지 않았다. 그들은 조용하고 인정머리 없는 권력집단의 요원이었다. 그러나 그들은 아무것도 찾아내지 못했다.

"그냥 일상적인 세관 검사였을 뿐입니다." 라는 말을 남기고 그들은 떠났다.

그건 통상적인 일이었고 대수롭지 않은 일이었지만 나는 힘이 쪽 빠졌다. 언제라도 시기심에 찬 라이벌의 계략으로 정체불명의 세력이 모습을 드러낼지 모르는 일이었다. 군대나 전쟁을 방불케 하는 세력이 나만의 인생을 꾸려가려는 끈질긴 노력을 엉망으로 만들지도 몰랐다. 나는 언제나 안전하고 자유로워질까? 주머니를 뒤져보니 아까 공항에서 스튜어디스가 건네준 쪽지가 만져졌다. 까맣게 잊고 있었던 것이다.

'긴급, 웨스트 186번 로 567번지로 오기 바람. 펠트.'

나는 누런 모래로 가득 찬 무덤으로 굴러 떨어지는 기분이었다.

제13장

만남

외할머니는 이미 옷을 갈아입고 양손을 가슴에 모은 채 침대에 누워 있었다. 외삼촌은 외할머니 옆에 앉아있었다. 외할머니는 침대에 누워 있었지만 입술은 움직이지 않았다. 얇은 입술은 안으로 밀려들어간 듯, 마지막 순간에 최후의 숨결을 빨아들이려고 했던 듯 꽉 죄어져 있었다. 가진 것 중에 제일 좋은 옷을 입은 외할머니는 너무도 수척했다. 무라노프스키 광장에서 외할머니를 내 생애 최초로 본 이후, 그리고 게토에서 저항전이 있기 전날 밤 아버지에게서 외할머니 얘기를 들은 이후, 처음으로 그날 뉴욕의 부두에서 우리가 만났던 날이 기억났다. 부두의 통로 끝에 군중 속에서 나를 기다렸을 때 입었던 옷을 외할머니는 지금 입고 있었다. 또 우리가 내 푸른 색 플리머스를 타고 애틀랜틱시티로 드라이브를 할 때도 외할머니는 그 옷을 입고 꼿꼿이 내 옆 좌석에 앉아 있었다. 그 옷은 외할머니의 상복이기도 했고 제일 좋은 외출복이기도 했다. 나는 외할머니의 풍요한 인생을 감싼 그 값싸고 얇은 천을 손가락으로 어루만졌다.

'오, 외할머니, 외할머니. 저는 늘 애도 속에 살았어요. 저는 수많은 죽은 사람들을 직접 손으로 만졌고 너무도 많은 시체들을 보았답니다. 그런데, 오, 외할머니. 외할머니마저 돌아가시다니요.' 나는 부엌으로 가서 울음을 터뜨렸다. 울부짖었다. 외할머니와 함께 모든 것이 죽어버렸고 나도 죽은 것 같았다. 아, 외할머니. 나는 부엌에 있는 접시, 식탁 등을 어루만지다가 다시 외할머니의 방으로 갔다. 외할머니는 침대에 있었지만 외할머니에게 나는 아무것도 줄 수 없었다. 나는 외할머니 곁을 떠나 물건들을 사고팔며 비행기와 택시를 번갈아 갈아타며 떠돌아다녔다. 나는 부자가 되었지만 오직 나 자신만을 위해 살면서 외할머니를 등한시했다. 외할머니 곁에 머물면서 외할머니와 함께, 외할머니를 위해 살았어야 했다. 외할머니를 돌보고 껴안아주었어야 했다. 외할머니는 그렇게도 여위고 쇠약했는데, 아이와도 같았는데.

나는 견딜 수가 없었다. 나는 거리로 나와 간이식당을 들리거나 지하철을 타며 발길 닿는 대로 떠돌아다녔다. 나는 외할머니를 떠나보냈다. 안녕히 가세요, 외할머니. 안녕히 가세요. 그러면서 먼지와 소음 속에 몇 시간을 걸었다. 한밤중, 아마 그 다음 날 밤이었을 것이다. 나는 마거릿의 집으로 갔다. 나는 아무 말도 하지 않고 그냥 울기 시작했다. 목 놓아 통곡했다.

"멘들, 멘들."

마거릿은 그 말밖에 하지 못했지만 오히려 그것이 위안이 되었다. 가끔 나는 나 자신에게서 빠져나와 다른 사람마냥 내 울음소리, 내 절망의 울부짖음을 들었고, 발을 구르며 숨 막히게 울며 눈물 속에 익사할 듯한 나,

미에테크를 바라보았다. 이윽고 나는 다시 나를 추슬렀다.

"마거릿, 이제 여기서는 아무것도 할 수 없어. 나는 더 일을 계속 할 수 없어."

마거릿은 말뜻을 알아듣지 못했다.

"죽어버리고 싶어."

"당신은 지쳤어요. 감히 어떻게 그런 말을 해요? 당신이 어떻게 그런 생각을 하나요, 멘들."

오, 외할머니, 외할머니의 일생, 외할머니의 미소, 밀가루를 반죽하던 외할머니의 손, 레이크우드와 폴스버그로 소풍을 떠나기 전에 외할머니가 묻던 말들이 생각났다.

"이 모자 괜찮겠니, 마르틴?"

"외할머니, 꼭 아가씨 같아요. 젊은 아가씨요."

영원한 고통, 기쁨, 사랑, 지식, 그 모든 것이 일시에 허비돼 무로 돌아가고 영원히 땅에 흩어져버렸다. 나는 결코 죽음에 익숙해지지 못했다. 외할머니의 죽음이 또다시 모든 무덤들을 열어젖혔다. 또다시 내 가족, 내 동족의 죽음들이 기억났고 그 죽음들이 나를 그들에게로 이끌었다.

"당신은 그럴 권리가 없어요, 멘들. 그리고 당신도 그건 알지요." 마거릿이 몇 번이고 되풀이 말했다. 마거릿은 다정한 친구였고 동료였다. 우리는 폴스버그에서 며칠을 보냈다. 그리고는 그녀는 그 숲으로 둘러싸인 호텔에 나를 혼자 남겨두고 떠났다. 나는 호수에서 배를 타기도 하고, 녹초가 될 때까지 걸어다니기도 했다.

차분히 생각을 해야 할 때가 온 것이다. 나는 살아남으려고, 증인이 되려고, 내 가족들의 복수를 하려고, 그들의 생명이 계속 이어지게 하려고, 요새를 건설하고 아이들을 가지려고 지금껏 발버둥을 쳐왔다. 나는 목표를 하나하나 이루어가며 앞으로 밀고 나갔다. 창문이나 지하실로 뛰어들었다. 트럭 밑에 매달리기도 했고 살육자들의 악취 진동하는 배설물 속에 몸을 숨기기도 했다. 사람의 탈을 쓰고 나를 쫓는 짐승들을 죽였고 위험한 곳을 골라갔으며, 살아가는 방법을 백 번도 넘게 바꾸며 이것저것 닥치는 대로 하면서 살아왔다. 이제 나는 완전히 혼자였다. 나는 영원히 안녕이란 말만 할 것 같았다. 안녕, 안녕, 내 가족들. 안녕, 빨간 머리 내 친구. 안녕, 외할머니. 나는 지쳤다. 미에테크, 썩은 나무처럼 언제나 서 있구나. 나무 껍질은 튼튼해 보이지만 나무 둥치 속은 비어 있는 썩은 나무. 나는 너무 외롭고 너무 슬퍼서 토할 지경이었다. 이런 내 인생에 여자를 묶어놓을 이유가 뭔가? 모든 것이 위협받는 삶을 살면서 왜 자식을 가지려는가?

비와 눈을 맞으며 한없이 걸었다. 냉랭한 북풍이 몰아치는 폴스버그는 황량하기만 했다. 요새를 지을 이유는 뭔가? 누구를 위해서? 햇빛이 나는 날도 있었지만 햇빛도 하늘을 데우기보다는 오히려 얼리는 것 같았다. 나는 누구를 위하여 요새를 짓는가? 나는 내 생명을 스스로 끊을 권리는 없지만 새로운 생명을 태어나게 할 권리도 없었다. 내가 할 수 있는 것이라곤 길을 따라 끊임없이 기어가는 개미들 같이 그저 하루하루 계속 살아가는 일뿐이었다. '아버지, 저는 끝까지 버텨내려고 합니다. 하지만 지금은 목표를 잃어버렸네요. 제가 해야 할 일을 했고, 살아남았으며 투쟁했고 아버지의 원수도 갚았어요. 외할머니도 만났죠. 잘은 못했지만 힘이 닿는 데까지는 외할머니를 도왔지요. 요새를 지을 돌들을 쌓아놓았고 이제는 준비가 됐답니다. 하지만 마음속은 비참하기 짝이 없고 제 주위에는 공허함뿐이네요. 요새를 짓다니요, 누구를 위해서요? 무엇 때문에요?'

나는 기계가 됐다. 정확한 시간에 실내 장식가들과 회의하고, 클라크에게 전화를 하고 모셴도르프와 호프에 해외 전보를 쳤다. 효율적으로 작업했다. 비행기 시간이나 경매 시간을 놓치는 일은 절대 없었다. 사업은 더없이 잘 풀려갔다. 나는 그저 수입업자에다 제조업자였으며 비즈니스 세계의 하찮은 일원일 뿐이었다. 냉정하고 정확하며 적극적이고 기지가 있는 일원. 투자하고 사들이고 더 많은 돈을 예금하며 일생을 보낼 수도 있었다. 그렇게 몇 달을 보냈다. 그러다가 등에 통증이 오고 목덜미가 욱신거렸다. 예전에 상처를 입었던 한쪽 눈은 이미 바르샤바에 있을 때부터 말썽을 부렸었다. 악몽도 다시 찾아왔다. 게다가 또다른 성가신 일이 생겼다. 연방 수사관들이 나를 계속 지켜봤던 것이다. 매번 여행할 때마다 나는 짐 검색을 당했다. 시간이 낭비됐다. 포장된 상자들이 개봉되는 와중에 도자기들이 깨져나갔다. 그들은 사과했고 나도 양해했지만 그들은 또다시 찾아왔다. 분명 내가 마약을 거래하거나 가격을 속여 신고한다고 확신한 것 같았다. 나도 서서히 그 일에도 만성이 됐다. 아이들와일드 공항에서 세관 검사관이 검은 표지가 된 책을 뒤적이면 나는 "내 이름이 거기 있소."라고 자진해서 알려주곤 했다.

그러나 다른 예기치 못한 고통스러운 사건들도 있었다. 몬트리올에서 런던으로 가는 비행기를 탔을 때였다. 승객들은 잠이 들었고 나도 졸음이 몰려오는 중에 창밖 어둠 속을 지그시 바라보고 있었다. 갑자기 엔진 하나에 불길이 솟구치는 게 보였다. 스튜어디스가 내게 다가와서 창문을 커튼으로 가리더니 손가락을 자기 입술에 대고는 다른 승객들에게 알리지 말라는 시늉을 했다. 나는 침묵을 지키며 내 목숨을 다른 사람에게 맡겨야 한다는 무력감에 주먹을 불끈 쥐었다. 비행기는 다시 몬트리올로 회항해서 안전하게 착륙했다. 몇 시간 후에 다른 비행기로 출발했지만 나는 베를린에서 나를 기다리고 있을 유레크에게 전보를 친다는 걸 잊어버리고 말았다. 도착하자마자 나는 유레크에게 전화를 걸어 비행기 사고가 있었다고 말했다.

"오늘 저녁까지는 널 못 만나."

유레크는 다른 설명 없이 그렇게만 말하고 전화를 끊었다. 하루 종일 나는 일하느라고 바빴다. 내가 유레크의 집으로 갔을 즈음에는 전화할 때 그의 목소리에 노골적으로 분노가 배어 있었다는 걸 잊고 있었다. 그는 앉아 있었고 그가 사귀고 있는 아가씨가 옆에 있었다.

"미에테크, 우리 진지하게 이야기 좀 해야겠어."

우리는 형제처럼 지내왔었다. 우리는 베를린의 거리를 함께 뛰어다녔고, 군인들이 승리의 깃발을 흔들 때 서로를 껴안고 기뻐했었다. 그는 나에 대해 모든 것을 알고 있었으며 나도 그를 속속들이 알았다. 그런데 그는 그 모든 것을 단번에 물리쳐버렸다.

"너는 네 생각만 하는구나, 미에테크. 너는 독재자야. 너는 명령을 내리지. 이제 더는 너와 같이 일을 못하겠어. 이제 끝내자."

"유레크, 네가 원한다면."

우리는 서로 마주 앉았다. 무신경하고 수다스러운 그의 여자 친구가 가운데 끼어서 유레크와 내가 서로 화해할 말을 찾고, 우리의 형제애를 되찾으려는 몸짓을 방해했다.

나는 놀라움과 슬픔, 피로감 때문에 꼼짝할 수가 없었다. 나는 자신을 꾸짖었다. 너무 일에만 파묻혔던 바람에 유레크에게 말을 건넬 시간을 내지 못했다. 우리는 단순히 내 피곤함과 일의 압박감 때문에 서로 소원해졌던 것이다.

"우리 회계 장부를 정산하기로 하지." 유레크가 말했다.

우리는 형제였기에 돈 계산 같은 건 한 적이 없었다. 이제……. 아마 언젠가, 나중에 우리는 다시 만날지도 몰랐다. 안녕, 유레크. 너는 아직도 내 형제와 같아. 잘 있어라, 유레크.

모든 일이 예전 같이 돌아갔다. 의사들은 내가 극도로 지친 상태라고 진단했다.

어느 날 아침, 마거릿이 전화를 해왔다. 그녀는 소리내 웃고 있었다.

"멘들, 멋진 선물을 당신에게 주려고 해요. 당신 친구 워커의 선물이에요."

워커는 모셴도르프와 호프에서 만드는 내 물건의 견본을 모방해서 물건을 만들고 있었는데, 일본에서 적당한 제조업체를 찾았다고 했다. 그것도 내가 만드는 가격보다 60퍼센트나 싸게 만든다는 것이었다.

"멘들, 당신은 독일 물건을 모방하고 일본인들은 당신 것을 모방하는 거죠. 공평한 일이죠, 멘들. 공평해요!"

값싼 일제 도자기들이 도착하기 며칠 전에 내가 가지고 있던 재고품들을 전부 다 팔아버렸으니 운이 좋았다고나 할까. 내가 발을 디디고 있는 땅이 무너지고 내 가족들은 죽어갔고 형제 같은 친구들은 내게서 멀어져 갔다. 폴란드의 숲 속에 있을 때 무섭기 짝이 없던 숲 속 깊은 구덩이 속으로 헛발질해 빠져드는 기분이었다. 나는 독일로 전보를 쳐서 조업을 멈추게 했다. 모셴도르프의 공장장은 커다란 사무실에서 시골 지역을 내다보며 미국인과 그 광대한 시장을 두고 욕을 퍼부었을 것이다.

디나를 만나다

토요일이었다. 우중충하고 추운 언짢은 날씨였다. 외할머니가 돌아가신 후로 나는 3번 가 가게의 위층에서 살았다. 포장 상자가 가득 차고 옷장은 텅 빈 어수선한 방에서 임시로 살고 있었다. 주말이 오는 게 나는 무서웠다. 외로움을 견딜 수 없었다. 시트도 끼우지 않은 침대에 누워 있을 때 모셴도르프에 두고 온 진품 몇 점이 생각났다. 상당한 돈을 벌 수 있는 고급 물건이었기에 가지러 가야겠다고 생각했다. 그러나 화요일 이전에는 떠날 형편이 아니었다. 모셴도르프에 급히 편지를 써서 상황을 설명하고 내가 갈 것이라는 걸 공장장에게 알려야 했다. 나는 독일어를 잘 못 썼다. 토요일에는 번역회사도 문을 닫았다. 아마 마거릿이라면 번역해줄 사람을 소개해줄지도 몰랐다. 마거릿에게 전화를 했지만 받지 않았다. 나는 계속 몇 번이나 마거릿에게 전화를 했다. 혼자 외떨어져 있는 상황에서 그 편지를 쓰는 일이 생사가 달린 문제처럼 생각됐다. 전부가 아니면 아무것도 아니다. 또다시 마거릿에게 전화를 했다. 그러다가 밖으로 나가 브룩클린으로 차를 몰아가서 마거릿의 집 초인종을 눌러보다가 쪽지를 남겨두고 돌아왔다. 그날 늦게 마거릿이 전화를 걸어왔다.

"멘들, 정말 당신답군요. 시간은 얼마든지 있을 텐데."

내게는 시간이 없었다. 그 편지에 내 인생이 걸려 있었다. 마거릿이 웃음을 터뜨렸다.

"지금 친구가 아파서요. 그 애 곁에 있어줘야 하는데요."

"내가 그리로 가지."

나는 다시 마거릿의 집으로 갔다. 눈이 내리기 시작했고 잿빛 눈송이가 가끔 공중을 떠돌다가 땅에 떨어지곤 했다. 나는 마거릿의 집 바로 바깥에 있는 인도에서 미끄러져 질척하게 녹은 눈에 옷이 엉망이 되었다. 초인종을 눌렀다. 그리고 디나를 만났다. 내 앞에 그녀가 있었다. 그녀는 미소를 짓더니 윙크를 했다.

"볼만하군요."

그녀가 생긋 웃었다. 우리 둘 다 꼼짝하지 않았다. 나는 뱃속에서 웃음이 끓어올라 가슴과 목으로 물결치듯 올라오는 느낌을 받았다. 나는 생명

460

과 대면하고 있는 중이었다. 관자놀이를 늘 짓누르던 쇠테가 풀린 후 고통이 사라지는 곳에 이른 기분이었다. 나는 웃음을 터뜨렸다. 마거릿이 다정하게 미소 지으며 다가왔다. 나는 마거릿이 다가온 것도 알아채지 못했다.

"멘들, 이게 웬일이에요?" 마거릿이 내 꼴을 보고 놀랐다.

디나와 나는 동시에 웃음을 터뜨렸다. 그러더니 디나는 한쪽 발로 깡충깡충 뛰어서 안락의자로 갔다. 한쪽 발목에 깁스가 대져 있었다.

"너를 소개하는 걸 잊었네." 마거릿이 디나에게 말했다.

"우린 오랜 친구에요." 디나가 내게 말했다.

나는 디나를 오래 전부터 알았던 것 같은 기분이었다. 그녀에 대해서는 나이는 물론 종교, 이름 등 아무것도 몰랐다. 그런 것들은 죽은 언어였으며 무의미하고 사소한 것이었을 뿐이다. 그녀는 안락의자에 앉아서 갑자기 진지해진 채 손가락으로 머리카락을 부풀리고 있었다. 그녀는 활력이었으며 힘과 기쁨이었고 확신이기도 했다. 그녀를 보자 나는 다시 생명의 활력을 얻었다. 나는 요란한 웃음소리를 섞어가며 이야기를 했다. 시간이 흘러갔다.

"그런데 편지를 써야 한다면서요?" 마거릿이 일깨워주었다.

"디나가 나와 같이 가면 편지를 보여주지요."

"나는 걸을 수 있어요." 디나가 일어섰다.

디나는 내 어깨에 기댔다. 여전히 눈이 내리고 있었다. 나는 내게 기댄 그녀의 몸무게와 손길이 좋았다. 그녀는 내 가족이었다. 언제나 그랬던 것 같았다.

"바쁠 것 없어요." 내가 말했다.

이제 시간은 중요하지 않았다. 뉴욕의 거리는 텅 비어 있었고 지나가는 차의 바퀴에서 녹은 눈이 튀었다. 나는 끊임없이 이야기했다. 디나는 가끔 맞장구를 치거나 적절한 질문을 했다. 그녀가 한두 마디 하면 나는 수문이 열린 듯 또 이야기를 쏟아냈다. 3번 가 가게 앞에 차를 세우고는 눈이 차창을 서서히 덮고 우리를 감싸는 동안 나는 여전히 이야기를 쏟아내고 있었다. 나는 디나에게 바르샤바의 게토, 트레블린카의 무덤들, 그리고 아버지, 조피아, 리브카, 가족들, 동족들의 이야기를 해줬다. 내 꿈과 내가 지으려는 요새 이야기도 해주었다. 누구를 위해 요새를 지을까? 그런 후 그녀가 자기 이야기를 했다. 이혼한 일, 강제수용소의 고참이었던 남편, 그리고 네덜란드, 호주, 아프리카로 뿔뿔이 흩어진 가족들 얘기였다. 그리고 그녀는 개신교 신자였다.

그녀가 집에 가야 할 시간이 왔다. 나는 차를 나와서 차에 쌓인 눈을 닦아낸 후 차를 천천히 몰며 거리를 달렸다. 그녀는 주택가에 살았다. 그녀는 네덜란드로 가야 했고 나는 독일로 가야 했다. 그녀의 집 문에 다다르자 우리는 서로 가까이 다가섰다.

"편지는 어떡하고요?" 디나가 물었다.

"무슨 편지?"

우리는 웃음을 터뜨렸다가 침묵했다. 가끔 자동차들이 지나가면서 전조등 불빛으로 우리를 비췄다. 나는 그녀의 숨소리를 들었다. 그녀의 심장이 뛰는 소리가 들리는 것 같았고 숨 쉬느라 그녀의 가슴이 부풀어 오르는 게 보이는 듯했다.

내가 말했다. "내가 없을 때, 내가 사는 곳을 가보고 싶을지도 모르겠군요."

도박이었다. 전부를 얻든가 아니면 전부 다 잃든가.

나는 그녀에게 내 주소를 알려주고 집 열쇠를 주었다. 그녀는 열쇠를 받아 핸드백 안에 넣고는 주소를 적은 종잇조각은 찢었다.

"저는 기억력이 좋아요."

그러다가 그녀는 "당신 같은 남자의 아기를 갖고 싶어요."라고 불쑥 말하고는 한쪽 발로 뛰며 집안으로 들어가 버렸다.

그 다음 며칠은 지루하기 짝이 없었다. 나는 들뜬 상태였다. 시간은 느리게 지나갔다. 편지를 쓸 수는 없었다. 전화를 하기는 싫었다. 나는 파리, 베를린, 모셴도르프, 호프를 돌아봤다. 그리고 내 진품 골동품들을 찾고는 공장장과 이야기해서 계약을 취소하고, 다른 주문을 승인했다. 내안에는 두 사람이 들어있는 것 같았다. 한 사람은 모셴도르프의 거리를 돌아다니고 파리에서 샹들리에를 사들였고, 다른 한 사람은 디나와 함께 뉴욕 3번 가와 주택가의 그녀 집 앞에 있었다. 전부를 얻든가, 포기하든가. 아마 나는 고통에서 풀려난 건지도 몰랐다. 지난 몇 달 간은 마지막 시험이었는지도 몰랐다. 마치 잠브로프 수용소에서 울타리를 넘어가기를 포기했을 때처럼. 그 때 울타리를 기어 올라가다가 계속 미끄러지는 바람에 포기했다가 문득 발을 디디고 오를 수 있는 판자가 손에 더듬어졌었다. 그 마지막 장애물을 넘고는 숲으로 도망갈 수 있었던 것이다.

나는 유럽을 떠났다. 아이들와일드 공항에서 여느 때처럼 검색을 당했지만 연방 수사관들과 농담까지 주고받았다. 그리고 택시를 타고 집으로 갔다.

밤이었다. 집 밖 인도에서 나는 열쇠고리를 꺼내 집 열쇠를 빼서 텅 빈 거리로 던져버렸다. 층계참은 고요했다. 음악소리도 없었고 빛줄기도 하나 없었다.

나는 문을 두드렸다.

문이 열리고 그녀가 내 앞에 서서 미소를 짓더니 윙크했다. 그녀 뒤쪽으로 못 보던 가구 몇 점이 보였다.

　"저, 이사 왔어요."

　방에서 좋은 냄새가 났다. 나는 집다운 집을 갖게 된 것이다.

제4부

행복

제14장

드디어 평화와 기쁨이

나는 20년 동안 달려왔다. 곡식 한 자루를 얻고, 내 생명을 지키고, 내 가족의 복수를 하려고 달렸고, 브롱크스의 층계참마다 돌아다니며 스카프와 손수건을 팔려고 달렸으며 뉴욕에서 파리로, 베를린에서 런던으로 돈을 벌려고 달렸다. 내 인생은 마치 길게 뻗은 오르막길 같았지만 나는 속도를 더 높여가고 있었고, 그 오르막의 모퉁이들은 점점 더 급하게 꺾이곤 했다. 나는 어떻게 멈춰야 할지 몰랐다. 멈출 수도 없었다! 멈추고 싶지도 않았다. 그러다가 내 삶을 제어하지 못하게 됐다. 내 인생은 나와 함께 질주했고 나는 점점 더 속도를 높여갔다. 모퉁이를 돌면 평평하고 넓은 평지가 나타나리라 생각할 때마다 더 가파른 오르막이 또다시 나타나고 새로운 모퉁이가 나타나는 이 경주를 포기하거나, 길 밖으로 차를 돌려 차를 부숴버리고 싶은 충동을 억눌러야 할 때도 많았다. 내가 정말로 더는 나를 억제하지 못하고 나락으로 굴러 떨어지려 하던 그 때, 디나가 내 앞에 나타났다.

넓고 평화로우면서도 당당하고 조용한 강 같은 디나는 내게 진정한 삶을 가르쳐주었다. 그녀가 바로 생명이었다. 나는 질리지도 않고 그녀를 바라보았다. 그림을 고르고 릴케나 랭보의 시를 큰 소리로 읽고, 레코드판을 얹거나 내 팔을 잡고 "들어봐요. 눈을 감고. 음악을 들어봐요."라고 속삭이는 그녀의 모습을.

이제껏 나는 신음소리로 가득 찬 거친 세계에서 살아왔다. 다른 삶의 모습, 인간다운 인간들이 있으리라 믿고 도박을 했다. 나는 화가 나서 던진 돌처럼 돌진하며 살았다. 이제 아침에 그녀가 일어나면 토스트와 커피 냄새가 났다. 디나가 내 곁을 지나가면 나는 주저 없이 그녀를 내 쪽으로 끌어당겼다. 디나는 겁내지 않았다. 트레블린카에 가본 적도 없었다. 그녀가 지나쳐갈 때면 나는 언제나 그녀를 만져보며 그녀가 거기 있다는 걸 확인하고 그녀의 나긋나긋하고 아름다운 모습을 실감했다. 그녀가 말할 때면 나는 그 입술을 지그시 바라보았다. 그녀도 그녀만의 불행을 겪었다. 난민이었던 전 남편과 그녀는 잘 지내지 못했지만 그를 위해 네덜란드를 떠났었다. 결국 갖은 고통을 겪은 후, 이혼하고 모델 일을 하며 외롭게 살아왔으며 유럽에 대한 향수에 시달리며 독서, 음악, 아이들 그리고 숲이 있는 단순하고 조용한 삶을 그리워했다. 그녀도 그녀만의 요새를 꿈꾸어 왔던 것이다.

"나를 위해서라도 당신을 원해요."

우리는 서로 껴안았다. 나는 그녀의 아버지였고 그녀는 나의 어머니였다. 또한 남매와도 같았다. 그녀의 머리는 내 어깨에 기대려고 만들어졌고 그녀의 몸 전체는 나를 위한 것이었다. 그녀 옆에 누워 피부를 어루만질 때면 나는 소리치고 싶었다. "드디어, 드디어!"라고. 그녀는 내게 평화와 생명을 주었다. 나는 새로 태어난 것 같았다. 모든 것이 제 자리를 잡았고 삶은 의미를 되찾았다. 죽기를 거부하고 투쟁하며 언젠가는 평화로운 시간이 올 거라고 믿었던 내가 옳았다. 그 시간이 늦게 찾아오기는 했다. 내가 희망을 포기했을 때, 내 행복한 모습을 보고 미소 지을 외할머니가 이 세상에 없는 지금에야 오다니. 그러나 디나가 있었다. 나는 그녀를 보고 듣고 만질 수 있었다. 다정하고 쾌활한 그녀가 바로 나의 평화였다. 나는 그녀와 함께 웃었고, 내 몸은 긴장이 풀리고 진정됐다.

그녀는 나의 목자이기도 했다. 내가 다른 세계를 탐험하도록 도왔다. 나는 인류를 위해 쓰여진 책을 읽는 즐거움을 알게 됐다. 음악의 세계에도 눈을 뜨게 됐다. 그녀의 친구들도 알게 됐다. 그로시, 야코비 등 브레히트와 같은 시기에 나치 독일에서 탈출해 헌팅턴이나 롱아일랜드에서 조용히 살고 있는 베를린 지식인들이 많았다. 나는 그들을 눈여겨보면서 인간의 새로운 면을 알게 됐다. 그들은 세상을 폭력과 돈으로 이루어진 것으로 보지 않았다. 그들은 관념을 만들어냈고 또 관념에서 자양분을 얻었다. 끊임없이 바흐에 대해 이야기하고 그림에 대해 대화하는 그들 패거리 중 야코비의 곁에 디나는 자주 앉았다. 나는 농담이 오가고 관념들이 오가고 웃음이 떠나지 않는 그들의 대화에 귀를 기울였다. "디나, 샴페인 좀." 야코비는 부탁하면서 디나에게 윙크하곤 했다. 디나는 생명력 그 자체였다.

우리는 조용히 결혼하기로 결정했다. 우리가 함께 보내는 매일매일이 축제였으니까 따로 거창한 예식이 필요하지 않았다. 나는 외삼촌에게 전화를 했고 디나는 마거릿에게 전화했다. 두 사람을 기다리면서 우리는 시청 공원을 거닐었다. 잔디는 눈에 덮여 있었고 눈 쌓인 나무들은 반짝거렸다. 우리는 서로의 허리를 잡고 걸었다.

"기억해요? 처음 만났던 날 저녁 말이에요. 제가 당신과 함께 아이들을 낳고 싶다고 했지요. 당신처럼 강인한 마르틴 2세들을요."

우리는 디나를 닮은 딸도 낳을 터였다. 30분 후 우리는 결혼식을 올렸다. 그리고는 다시 일을 하러 3번 가로 돌아갔다. 그게 신혼여행이었다.

디나를 만나기 전에 나는 외톨이였다. 나는 얼굴을 잘못 알아봤다가는 죽을 수도 있는 세월을 살았다. 나는 남에게 빚지기도 싫었으며 남들과 함께 일하는 것도 싫어했다. 폴란드의 숲에서 파르티잔으로 싸울 때도 나는 혼자 작전을 나갔고 나중에 소련 붉은 군대에 있을 때도 개인적으로 전투를 했다. 그러나 디나와는 모든 것을 공유했다. 우리는 사업은 물론 모든 일을 함께 했다. 디나는 샹들리에를 디자인하고 미국 전역에서 구매자를 끌어 모았다. 그녀는 가짜와 진짜를 구별할 줄도 알았으며 아름다운 물건들을 만들어냈다. 그녀와 함께라면 나는 제국이라도 건설할 수 있을 것 같았다.

"하지만 왜죠? 마르틴. 우리는 가질 만큼 가졌잖아요. 이유가 뭐에요?"

맞는 말이었다. 이렇게 열심히 일하는 이유가 뭔가? 돈은 수단일 뿐이었다. 나는 서서히 계약 건수와 협력 업체를 줄여나가면서 은퇴 계획을 세웠다. 내 주위 사람들은 아무도 이해하지 못했다. 내 라이벌인 워커는 내가 계략을 꾸민다고 생각했다.

"그럴 리가 없어." 워커는 마거릿에게 거듭 말했다. "서른다섯 살에 은퇴하는 사람이 어디 있어. 그렇게 좋은 패를 잔뜩 들고 있으면서 말이야. 뭔가 다른 꿍꿍이가 있는 게 분명해."

물론 내게는 딴 생각이 있었다. 행복이라는 카드를 잡는 일이었다.

프랑스에 정착하다

우리는 프랑스로 떠났다. 디나와 함께 오니까 파리가 다른 도시처럼 여겨졌다. 우리는 생 미셸 대로에 있는 호텔에 머물렀다. 우리는 젊었고 디나는 사치를 싫어했다. 가게 진열장을 보고 디나가 즐거워 소리지르면 나는 그녀를 번쩍 안아 올리곤 했다. 나는 파리에서의 거래관계를 청산하고 디나와 함께 남쪽으로 차를 달렸다. 디나는 바다와 태양을 꿈에도 그리워했다. 나는 말끔하고 정돈된 프랑스의 시골 지역, 숲, 잘 구획된 들판, 다양한 색깔이 어우러진 풍경이 마음에 들었다. 우리는 담 뒤쪽에 옹기종기 모여 있는 도시의 집들을 구경하고 자갈 포장길에서 느릿느릿 걸어 다니는 늙은 여인들과 이끼 낀 샘터 주변에서 불그레한 얼굴로 포도주를 마시는 농부들을 지켜보았다. 집 현관문 위의 조각들, 숱한 사람들이 만져 닳아버린 벽돌들도 인상적이었다. 우리는 플라타너스 그늘 아래 앉아서 주위 사람들이 웃어가며 대화하는 소리를 이해해 보려 애썼지만 알리앙스 프랑세즈에서 여섯 번 불어 수업을 받은 실력으로는 턱도 없었다. 그래도 우리는 이 나라와 사람들의 목소리가 좋았다.

엑상프로방스(프랑스 동남부, 마르세유 북쪽의 도시)에 오니 태양이 빛나고 자줏빛 산맥이 라벤더로 뒤덮인 들판을 둘러쌌으며 조금 더 지나가자 에스테렐 산맥의 붉은 절벽이 나타났다.

그리고 지중해.

"여기에요, 마르틴. 여기라고요!"

우리는 니스에 있는 아담한 호텔에 머물면서 매일 아침 해변과 바위가 많은 야산들을 돌아다녔다. 디나는 머리카락을 얼굴 주위로 나부끼며 웃고 노래 부르다가 차를 타고는 드러누운 채 말했다.

"나는 태양을 마시고 있어요."

우리는 꿈을 지닌 채 천천히 차를 몰며 시골길을 돌아다녔다. 가끔씩 이 모든 것들이 전부 속임수고, 나는 다시 쇠고리에 묶인 채 무덤 속으로 던져져 누런 모래 아래 묻혀버리는 영상이 언뜻언뜻 스쳐갔다. 나는 디나의 목소리에 귀 기울였다. 그녀는 두 팔로 내 목을 감싸곤 했다.

"우린 찾아낼 거예요. 요새 같은 집, 아마 성채 같겠지요. 당당하고 품위 있지만 단순하고 멀리 떨어진 곳에 있을 거예요. 넓고 나무도 있고 신선한 공기와 햇빛이 충만하겠지요."

디나는 앞으로 이룰 꿈과 이미 얻은 행복을 굳게 믿었다. 우리는 수십 채도 넘는 시골 저택들을 돌아보았다.

"그 집은 아니에요. 우리가 원하는 건 다른 거죠." 디나는 그렇게 퇴짜를 놓곤 했다.

어느 날 아침, 칸(프랑스 지중해 연안의 휴양지) 서쪽의 망들리유에서 7번 국도를 타고 산악지대인 탄느롱(칸 서쪽에 펼쳐진 둥근 형태의 작은 산맥)으로 향했다. 달콤한 냄새가 나는 금빛 미모사 들판 사이로 천천히 차를 몰아 올라갔다. 높이 올라가니 넓게 펼쳐진 환한 바다와 해변, 검은 배처럼 보이는 섬들이 한 눈에 들어왔다.

우리는 차를 세우고 좁은 흙길을 따라 걸었다. 몇 분만 더 가면 바다가 있는데, 이곳은 산이었으며 소나무 숲이 있는가 하면 여기저기 초록색과 노란 색 잔디들이 점점이 있었고 미모사가 지천에 피어 있었다. 그때 고원의 꼭대기에서 그 집을 보았다. 땅에 단단히 버티고 서 있는 넓고 나지막하며 튼튼한 집이었다. 디나가 내 팔을 잡았다.

"이 집이에요."

그 집이 우리가 바라던 바로 그런, 하나뿐인 집이었다. 사람이 살고 있는 것 같지는 않았다.

"빨리 알아봐야 해요." 디나가 열띤 목소리로 재촉했다.

우리는 미모사와 코르크나무들을 헤치고 칸으로 돌아갔다. 레 바롱(남작들이라는 뜻)이라는 이름인 그 집은 벌써 팔렸어야 했지만 소유자가 여섯 명이나 되는 바람에 매매가 힘든 사정이 있다고 내가 아는 한 골동품상이 알려주었다.

"그럼 아직도……?" 디나가 물었다.

나는 처음으로 그녀가 걱정하는 모습을 보았다. 그러나 레 바롱은 아직 팔리지 않은 상태였다. 나는 다시 바쁘게 돌아다녔다. 우리는 꼭 그 집을 사야 했다. 나는 여섯 명이나 되는 소유자들을 일일이 찾아다니며 약속을 하고 술을 마시며 친분을 다졌다. 디나가 나를 따라오더니 키스했다.

"우린 해낼 수 있어요, 마르틴. 틀림없어요. 그건 우리 집이에요. 난 알아요."

우리는 프랑스어조차 할 줄 몰랐다. 그러나 우리는 드디어 소유자 여섯 명에게서 레 바롱을 샀다. 그날 저녁, 우리는 다시 그 집으로 가서 처음으로 우리가 살 집의 문턱을 넘어 우리를 환영하게 될 두꺼운 벽으로 둘러싸인 방들을 구경했다.

"우리의 요새에요, 마르틴. 드디어 왔군요."

디나는 작은 방들을 돌아다니며 이야기를 했다. 이 벽은 없애고, 여기 큰 방에는 벽난로를 놓고, 여기에는 계단을 만들고, 저기 저 방은…….

"음악 감상실이에요, 마르틴."

나는 그녀를 끌어안았다. 그녀의 눈 속에서 내 꿈을 볼 수 있었다.

"나는 페인트칠을 할 거예요. 실내장식도 감독하고요. 당신은 나무와 식물들을 돌보세요."

나는 그녀를 번쩍 안아 올리며 구멍 난 지붕 틈새로 보이는 하늘을 지그시 올려다보았다.

"우리 여기서 살아가는 거예요, 마르틴."

"아이들도 있어야지."

"걱정 말아요. 레 바롱에 꼬마 마르틴들이 득실거리게 될 테니."

그러나 나는 초조했다. 나는 아이들을 키우고 싶었다. 어머니와 외할머니의 미소를 닮고 아버지의 강인함을 이어받은 아이들은 죽어간 내 가족의 한을 풀어줄 터였다. 나는 아이들이 디나도 닮았으면 했다. 가족들과 함께 디나를 떠올리면서 내 가족들과 디나, 나 그리고 미래의 아이들을 연결시키고 싶었다.

우리는 며칠 더 해변에 머물렀다. 그리고 아침마다 레 바롱으로 올라가서 상상력을 짜냈다. 주변 하늘의 분위기와 바다 냄새가 강하게 실린 공기 그리고 소나무 숲을 익혀갔다. 프랑스 지중해 연안지방 특유의 모질고 건조한 서북풍, 내륙에서 불어오는 바람의 느낌에도 익숙해졌다. 우리는 벌써부터 이 땅과 사랑에 빠졌다. 디나는 지치지도 않고 농부들과 안면을 익히고, 건축업자를 찾아다니고, 설계도를 그려댔다. 하지만 우리는 뉴욕으로 돌아가야 했다. 갑자기 생활을 완전히 바꾸지는 못하는 법이다. 나는 레 바롱에서 오래도록 살 준비를 해놓아야 했다. 뉴욕에서 디나와 나는 의사인 쿠겔 박사를 만났다.

"아이들을 낳을 수는 있죠. 하지만 우선 치료와 수술부터 해야 합니다." 의사가 말했다.

디나는 낙관적이었지만 나는 다른 사람이 그녀를 건드리는 게 싫었다. 어느 날 저녁, 마거릿이 손님들과 함께 우리를 찾아왔다. 그들이 3번 가가게 문을 들어설 때 디나와 나는 그들을 따라온 어린 소녀를 눈여겨보았다. 그 소녀는 키가 크고 가무잡잡했는데, 그 뚱뚱한 중년 부부가 친부모라는 게 믿기지 않았다. 아마 입양한 아이일지도 몰랐다. 디나는 그 부부의 속사정이 궁금해 견디지를 못했다. 그들이 간 후 디나는 마거릿에게 전화를 걸어 사정을 알아보았다. 그 부부는 13년 동안이나 아이를 기다려 오다가 어느 날 그로스라는 의사를 알게 됐다고 했다. 그 의사는 부부에게 엄격한 채식 식단을 유지하라는 식이요법을 처방해주었다고 했다.

"그게 다예요." 디나가 말을 마무리했다.

나는 매니 울프가 경영하는 스테이크 요릿집의 단골이었다. 3번 가의 유명한 레스토랑인 P. J. 클라크 식당에서 햄버거를 급히 먹어대기도 했다. 보드카를 늘 달고 살았고 향수 공장에서 희석하지 않은 알코올까지 마실 정도였다. 또한 날고기 그대로 먹는 것도 즐겼다. 그 모든 습관이 며칠 만에 바뀌었다. 디나는 나를 모임에 데리고 갔고, 아침이면 건강식품과 채식에 대한 책들을 큰 소리로 읽곤 했다.

"자연 말이에요, 마르틴. 자연을 따라 살기로 해요."

우리는 담배도 끊었다. 우리는 행복하고 강해졌고 서로 일심동체가 되었다. 우리만의 인생을 만들어가고 있었고, 함께 인생의 묘미를 발견해 갔다. 우리는 서로 확실히 교감하기 위해 그 동안 각자가 혼자만 누렸던 사소하고 외로운 쾌락을 기꺼이 희생했다. 고기와 소금 먹기를 포기했고 견과류와 자몽, 바나나를 먹고 살았다.

"기분이 좋아요, 마르틴. 몸이 가벼워요."

우리는 서로에게 새로운 활력을 불어넣었다. 디나는 그로스 의사의 병원에서 2주 동안 단식을 하는 중이었다. 나는 그녀 옆에 있으면서 자몽 주스 컵을 주거나 잠자는 모습을 지켜보았다. 디나는 점점 젊어졌다. 한 달 후 디나는 임신에 성공했다.

"거 봐요!"

아기가 태어나다

디나가 내 품에 안겼다. 그녀의 몸은 부드럽고 피부는 너무도 매끈했다. 나는 디나에게 키스하고는 배를 쓰다듬어주었다. 그 안에 한 생명이 있었다. 나와 디나의 생명이었다. 나도 내 몸을 바꾸고 싶어졌다. 나도 긴 단식을 시작했다. 눈을 반쯤 감고 누워 있으니 몸이 변하는 느낌이 왔다. 그로스 의사는 나더러 자라고 했지만 머릿속이 전에 없이 활발하게 움직여 잠을 잘 수가 없었다. 나는 레 바롱에서의 삶과 그 햇빛과 인간다운 인간으로 자라날 우리 아이들에 둘러싸인 우리 삶의 의미를 생각했다. 나는 38일 동안 단식을 계속 했다. 동료들이 그로스와 디나에게 "마르틴에게 단식을 그만 하라고 하세요! 죽을지도 모릅니다!"라고 전화를 해댔다.

나는 다시 태어났다. 게토에서 묻은 먼지를 떨어내고, 트레블린카에서의 누런 모래와 땀을 씻어내고, 폴란드 숲에서 묻은 진흙을 떨어내고, 내 손에 배어 있던 피를 닦아냈다. 몸무게가 17킬로그램이나 빠졌다. 그렇게 팔팔한 기분을 느껴본 적이 한 번도 없었다. 그렇게도 자주 학대받고 비틀렸던 내 뼈와 근육들이 새 것처럼 유연해졌다.

"당신은 살이 많이 빠졌군요. 완전히 깨끗해지고 새로워졌어요." 디나가 감탄했다.

1960년 11월 27일, 딸 니콜이 태어났다. 우리가, 우리 딸이 프랑스에서, 바로 이 레 바롱에서 살 것이기 때문에 우리는 프랑스 이름을 미리 지어놓았다. 아기가 레 바롱에서 태어나길 바랐지만 형편이 그렇지 못했다. 나중에 다른 아기들이 우리 집 레 바롱에서 태어나면 우리는 직접 아기를 받을 작정이었다. 생명이 탄생하는 순간은 가장 큰 기적이기도 하면서 삶에서 가장 단순한 행위이기도 했다.

나는 병원의 만류로 니콜이 태어나는 현장에 들어가지 못했다. 맨해튼의 닥터스 종합병원에 있는 커다란 대기실에서 다른 사람들과 같이 기다렸다. 디나가 내게 소개해주었던 오스트리아 빈 출신 골동품상인 헤디와 펠릭스 글루크셀리그 부부가 함께 기다리면서 내게 농담을 하며 긴장을 풀게 하려고 애썼다.

"마르틴 씨도 보통 남편들이랑 마찬가지네요." 헤디가 말했다.

헤디는 내 두 손을 잡고 안심시키려 했지만 그녀도 이 아기의 탄생이 내게는 보통 아버지들이 느끼는 것보다 더 큰 의미가 있다는 걸 알았다. 이아기의 탄생을 통해 내 가족이 다시 생명을 이어나가게 되는 것이었다.

마침내 간호사가 만면에 미소를 띠며 우리에게 다가왔다.

"따님이에요."

'고마워, 디나.' 죽은 내 가족들과 내가 보내는 감사의 인사였다.

나는 간호사를 따라가며 새 생명의 이름인 니콜을 되뇌었다. 또 우리가 어머니의 이름을 따 지어놓은 이다라는 이름도 함께 되뇌었다. 그 이름은 니콜과 함께 우리의 첫 아이를 통해 어머니가 생명을 이어나가도록 골라 놓았던 또다른 이름이었다. 나는 인류에게 맡겨진 생명이며, 부모인 디나와 나의 보호를 받아야만 자라날 수 있는 연약한 생명인 니콜을 바라보았다. 나는 한순간도 그 방에서 떠나지 못하고 디나와 니콜에게서 눈을 떼지 못했다. 그들은 나의 분신이었으며 니콜에게는 어머니, 조피아, 리브카, 외할머니의 생명이 깃들어 있었다.

나는 다음 며칠 동안 기쁨으로 들떠 있었다. 새로운 생명을 보호하려면 할 일이 너무도 많았다. 사실, 세상 전체가 바뀌어야 할 것 같았고, 능력만 있다면 내가 직접 착수해야 할 것만 같았다. 그러나 나는 단지 멀리 레바롱의 내 요새에서 니콜을 맞을 준비밖에 할 수 없었다.

일주일 후, 나는 닥터스 병원의 수석 의사에게 불려갔다. 그는 고개를 절레절레 흔들었다.

"부인은 여행을 해도 됩니다만, 고기를 먹도록 해야 합니다. 그렇지 않으면 아기가 위험합니다."

나는 의사를 안심시켰다. 디나도 알고 있었고, 결국 디나가 옳았다. 니콜은 뱃속에 있을 때부터 먼 여행을 견뎠다. 위험한 건 없었다. 디나는 자몽과 견과류를 먹는 식이요법을 계속 지켰다. 우리 아기는 엄마의 가슴에 안긴 채 엄마 몸의 일부처럼 어여쁘게 그리고 원기왕성하게 자랐다.

내가 살아남은 게 무의미한 건 아니었다.

'이것이 바로 당신들이 살아 있었던 증거입니다. 이건 죽어간 당신들의 기적입니다. 이건 당신들의 생명입니다.'

제15장

그래서 나는 새로운 생명을
내 두 손으로 받았다

우리는 레 바롱으로 돌아왔다. 땅에는 야생 미모사가 웃자라 집 벽까지 올라와 있었다. 나는 풀을 베어내고 길을 만들었다. 디나는 니콜을 품에 안고 이 방, 저 방을 돌아다녔다. 나는 큰 낫으로 풀을 베고 땅을 갈았다. 죽은 내 가족들이 주위에서 노래하고 함성을 지르고 웃음을 터뜨리는 것 같았다. 젊은 이탈리아 청년이 벽 내부를 헐어내고 새 지붕을 다는 일을 시작했다. 우리는 시골다운 집을 원했고 지붕에는 오래된 기와를 얹고 싶었다. 집이 서 있는 토양에 완벽하게 어울리는 집을 원했던 것이다. 우리는 일꾼들이 일하는 진도에 따라 이 방, 저 방으로 옮겨가며 잠을 잤다. 나는 나무와 풀을 베어내고 땅을 평평하게 골랐다. 이 땅을 잘 아는 사람들 한 팀을 일꾼으로 뽑아 썼다. 그리고 불도저도 한 대 임대해서 흙을 밀어내고 화단 만들 자리를 두둑하게 쌓았다. 불도저의 엔진이 시끄럽게 진동했지만 그 소리는 생명을 뜻하는 리듬이었다.

과일과 채소만 먹는 우리는 과수원과 밭을 만들었다. 내가 처음으로 복숭아나무 몇 그루를 심었다. 우리 땅의 한 구석에는 이미 봄이 와 있었다. 우리 가족 셋은 그 곁에 앉아 있곤 했다. 나는 니콜과 디나를 지그시 바라보았다. 우리 땅에 그 둘이 있었고, 우리의 요새를 짓는 건축업자들이 내는 소리가 들려왔다.

우리는 동틀 녘부터 해질 때까지 공사를 감독했다. 동틀 녘부터 해질 때까지 하늘이 변하는 모습도 관찰했다. 우리는 수평선과 주위의 광활한 공간에 마음을 빼앗겼다. 우리는 탄느롱의 농부들과 안면을 트기 시작했다. 그들은 정확하고 현명하며 조용한 사람들이었다. 그들은 산맥과 바다의 사람들이었다. 눈과 발이 닿는 가까운 곳에 부유한 도시인 칸이 있었지만, 그들은 그 도시의 소음과 풍광을 굽어볼 수 있는 그들의 땅에 남아 있었다. 우리도 그들과 마찬가지였다.

나는 디나, 니콜과 함께 길을 걸어내려가 마을로 갔다. 마을 사람들은 우리를 '미국인들'로 불렀지만 디나는 마을 사람들과 흉금을 터놓고 지냈다. 디나는 '샴페인 같은 디나'로 불렸다. 디나는 더듬거리는 프랑스어로 마을 사람들을 웃게 만들고 자기도 웃었다. 디나가 니콜을 껴안고 나를 껴안을 때면 탄느롱의 이웃 농부들은 따스한 정이 담긴 눈길을 보냈다.

"여긴 정말 좋아요." 디나는 그렇게 말하곤 했다.

그곳이 우리의 요새였다. 아침이면 우리가 임시로 쓰고 있는 방에서 니콜이 깨어나 옹알거리는 소리가 들렸다. 우리는 나란히 어깨를 맞대고 누운 채 우리의 생명인 딸을 지켜보곤 했다. 때로 잠자리에서 일어나기 전에 디나는 "내게 말해줘요. 알고 싶어요. 당신에 대해 더 알고 싶어요."라고 속삭이기도 했다.

나는 머뭇거리며 기억을 헤집어서 거칠었던 과거 이야기를 꺼냈다. 하지만 내 아내와 딸이 여기 있지 않은가! 나는 그 살육자들을 이긴 것이다.

"날이 갈수록 당신을 더 잘 알게 돼요. 그리고 날이 갈수록 당신을 더 사랑하게 되요." 디나가 말했다.

우리의 요새가 서서히 형태를 갖추어 갔다. 우리는 커다란 거실에 벽난로 작업이 시작되는 걸 구경했다. 디나가 디자인한 넓은 창문도 만들어졌다. 목수는 오래된 참나무로 된 문들을 달고 있었지만 나는 문이 많은 게 싫었다. 우리의 목소리와 음악을 이 방, 저 방에서 들을 수 있는 툭 트인 공간을 갖고 싶었다. 벽과 바깥문만 있으면 족했다. 계단이 만들어지고 키 큰 원뿔 모양 벽난로가 음악 감상실에 설치되었다. 계단 위에 있는 그 방은 기둥 한 개로만 지탱되면서 지붕 끝까지 닿는 방이었다. 디나가 이 층으로 돼 있던 공간을 터서 음악실을 만든 것이었다.

"이곳에는 예술적인 분위기가 풍겨야 해요. 품위 있고 넓어야죠. 성채나 예배당처럼 말이에요. 우리는 거장들의 음악을 여기서 듣게 될 거예요."

우리는 이층에 작은 방을 몇 개 만들었다.

"언젠가 이 방들을 아이들로 채워야죠. 그리고 그 아이들이 원하면 결혼하고도 살 수 있게 만들어요."

방 하나는 벌써 나중에 아이들이 쓸 부엌으로 만들 준비가 돼 있었다. 일꾼들은 디나의 말에 귀 기울이며 그녀와 함께 웃었다.

"그레이 부인은 원하는 걸 분명히 알고 계시는군요. 뭐든 방법을 알고 계세요."

나는 그녀를 바라보았다. 한시도 눈을 떼지 않았다. 그녀가 팔을 움직이는 모습, 그녀의 목소리, 입술의 움직임, 목에서 머리채를 넘기는 모습을 전부 사랑했다. 그녀는 생명 그 자체였고 힘 있고 건강했다. 맨발로 봄빛을 흠뻑 받아들이며 한 그루 나무처럼 자연스러운 아름다움을 뿜어냈다.

우리는 늦여름이 되자 미국으로 돌아왔다. 레 바롱은 아직 겨울을 지낼 준비가 되지 않은데다 나는 아직 사업관계로 잡다한 일을 처리해야 했고 우리의 미래를 위해 투자하고 사들이고 계획을 짜야 했다. 그러나 도착한 첫 날부터 뉴욕은 나를 짓눌렀다. 우리는 이제 더는 이 정신 없이 돌아가는 대도시의 거주자가 아니었다. 디나와 나는 서로 떨어져 있는 건 견디지 못했다. 우리는 평화로운 속에서 우리의 하늘 아래, 우리의 요새에서 마음대로 돌아다니는 니콜의 뒤를 따라다니며 니콜이 넘어지면 웃어대며 그렇게 함께 살아야 했다. 이제 내가 흥미를 느끼는 일은 나무를 심고 채소를 거두고 과일을 따는 일뿐이었다. 우리는 더 이상은 다른 사람들처럼 음식을 가리지 않고 먹을 수 없었고 다른 사람들처럼 살 수 없었다. 우리는 우리의 삶을 창안해냈다. 뉴욕에서 보내는 몇 달은 길기만 했다. 우리는 자주 폴스버그와 레이크우드로 소풍을 나갔지만 그 숲은 우리 것이 아니었다. 우리는 레 바롱과 드넓은 들판, 미모사, 바다가 그리워 향수병이 걸릴 지경이었다.

디나가 또 임신했다는 말을 하면서 "이 아이는 꼭 거기, 우리 집에서 낳아야 해요."라고 덧붙였다.

우리는 봄에 그곳에 도착했다. 나무들과 풀들은 부드럽고 연한 녹색으로 물들어 있었다. 길은 미모사 나무 사이로 구불구불 위로 뻗어 있었다. 우리는 감격에 겨워 말을 잃었다. 우리는 그 공기, 그 고요함, 바다와 맞닿아 있는 하늘에 의지해 살았었다. 모퉁이를 굽어들자 숲에 둘러싸인 우리의 레 바롱이 보였다. 나는 발을 멈추었다. 우리의 요새가 앞에 있었다. 옅은 색 지붕과 돌 벽이 밝은 햇살을 받아 거의 흰색으로 보였다.

"이 아기는 여기서 태어나야 해요."

디나는 내 손을 자기 배에 얹었다.

"나는 우리 집에 당신이 있길 원해요."

우리는 이층의 방으로 이사를 했다. 니콜의 방은 우리 가까이에 두었다. 우리는 출산에 관한 책을 몇 권 읽고 난 후, 아이가 태어날 때 아빠가 보는 것이 좋으므로 내가 조산원의 도움을 받아 아기를 받기로 결정했다. 디나는 출산이 임박할 때까지 가구를 옮기고, 타일 까는 사람들을 감독하고, 부엌을 살펴보았다. 디나는 이곳 자연 속에 늘 살았던 것처럼 자연스럽게 행동해 이미 일꾼들 사이에서는 전설 같은 존재가 되었다. 숲의 자식인 디나는 과일과 채소만 먹고 살았다. 일꾼 한 명이 그녀가 나무 그릇에 자기가 먹을 샐러드를 만드는 모습을 지켜보았다. 그는 자기가 먹을 스튜를 데우고 있던 중이었다.

"믿기지가 않아요. 부인은 고기는 절대 안 드시나요?"

"그럼요. 고기는 죽은 거잖아요. 고기를 먹으려면 짐승을 죽여야 하죠."

그래도 그는 이해하지 못했다.

어느 날 저녁, 조산원이 왔다. 우리는 침실로 올라갔고 디나는 침대에 드러누웠다.

"남편이 아기를 받았으면 해요. 혼자 힘으로요." 디나가 부탁했다.

그래서 나는 바르르 떠는 새 생명을 내 두 손으로 받아냈다. 나는 아기의 첫 움직임을 손가락으로 느끼고 첫 울음소리를 들었다. 내 가족 모두의 얼굴이기도 한 갓 태어난 작은 얼굴을 보았다. 죽음과 죽은 자의 기억들이 더 이상 나를 괴롭히지 못했다. 누런 모래에 무덤을 파는 기억도 떠오르지 않았다.

5월의 그날, 나는 내 두 손으로 직접 새 생명을 받았다.

가족이 늘어나다

새 아기 쉬잔느가 레 바롱에서 태어난 사실이 우리의 요새에 더 큰 행복을 불어넣었다. 행복이 끊임없이 샘솟았다. 분홍색과 라벤더색이 섞인 동틀 녘의 하늘, 편안한 집안에서 디나와 나누는 대화, 그녀의 속삭임, 아이들의 울음소리가 나길 기다리며 둘이 한 몸처럼 나란히 누워 있는 순간, 젖을 달라고 보채는 쉬잔느, 뛰어다니는 니콜, 니콜이 맨발로 타일 위를 타닥타닥 걷는 소리, 그 모든 것이 행복이었다. 니콜이 우리 사이를 비집고 들어오면 우리들의 심장은 한 몸이 되었다. 니콜은 내 손을 잡고는 진지한 표정으로 나무들을 살폈다. 음악도 있었다. 내가 새로이 눈을 뜨게 된 거장들의 음악이 우리와 함께 노래했다. 나는 정원에도 스피커를 설치해 놓았기에 음악은 바람을 타고 멀리 퍼졌다. 대낮에는 태양이 힘과 기쁨을 뿜어내며 타올랐다. 그러면 니콜은 붉은 수박을 크게 베어 먹곤 했다. 바다도 있었다. 니콜을 목말 태우고 쉬잔느는 품에 안은 채 내가 바닷물 속으로 뛰어 들어가면 아이들은 째지는 듯한 비명을 지르며 즐거워했다. 그런 후에는 짙푸른 하늘과 별들을 감상하며 집으로 돌아오곤 했다. 니콜은 디나 곁에서, 우리 쪽으로 떨어지다가 바다 속으로 사라지는 별똥별을 누가 먼저 발견하는지 점치곤 했다. 벽난로 재 속에서는 감자가 익어갔다. 폴란드의 숲 속에서 모닥불 재에 감자가 익어가던 것처럼. 음악이 다시 들리면 나는 잠든 니콜을 품에 안고 침대로 데려갔다. 그러면 시원한 밤이 찾아왔고 디나와 나의 몸은 서로를 위해 다시 생생해졌다.

매일매일이 비슷한 듯 했지만 실은 전부 다 달랐다. 디나는 집에 페인트칠을 했고 똑같은 채소와 과일로 매번 색다른 요리를 만들었다. 디나는 집안 일을 도우러 오는 로렌젤리 부인에게 지방과 고기를 먹지 말라고 설득하곤 했다.

"그렇게 못해요, 그레이 부인. 못해요. 부인은 다르죠. 모든 것을 아시는 분이니까. 부인은 무슨 일을 결심하면 해내시지만 저는……."

아이들은 로렌젤리 부인에게 매달리며 소리쳤다. "아줌마, 엄마 말을 들으세요."

그 부인은 우리 식구처럼 친절하고 다정했다.

디나는 다른 사람들에게도 최선을 다하고 싶어했다. 농부들을 도와주고 때때로 선물도 주었다. 나는 그녀의 말을 귀담아 들으며 한시도 그녀에게서 눈을 떼지 않았다. 디나는 바느질을 하고, 커튼을 달고, 꽃꽂이도 했다. 그녀의 행동 하나 하나가 다 사랑이 깃든 몸짓이었다. 그녀는 사람과 생물, 무생물 할 것 없이 모든 것을 사랑했다. 그녀 자체가 사랑이었다. 디나는 니콜에게 발레의 기본 스텝을 가르쳐주었다. 니콜은 진지하게 듣고 보더니 디나의 몸짓과 똑같아질 때까지 연습했다. 나는 거기서 꼼짝도 않고 그저 내 가족이 움직이는 모습을 언제까지나 바라보고 싶었다. 가끔 지옥 같은 고통이 시작되기 전의 내 어린 시절을 생각해 보았지만 기억나는 건 거의 없었다. 야만적인 회오리바람이 우리 가족과 세나토르스카 가를 휩쓸어 가버렸었다. 그러나 마침내, 우리가 함께 있는 이곳에서 아이들을 통해 행복했던 기억들이 되살아났다.

"마르틴, 나중에 아이들에게 꼭 말해주세요. 당신의 이야기를 아이들에게는 꼭 알려줘야 해요." 디나가 당부했다.

나중에, 아이들이 크면 그렇게 하리라. 그전까지는 내 마음에만 담아두었다. 프랑스에 있는 우리 친구들과 탄느롱의 농부들은 나를 안전한 환경에서 재산을 물려받고 순탄하게만 살아온 '미국인'으로 알고 있었다. 우리 가족은 이제 그들의 만든 민간 설화의 일부가 되었다.

마을 사람들은 1964년 10월 10일, 내가 디나를 도와 우리 맏아들인 샤를을 받아냈다는 사실을 알았다. 그 몇 시간 후 디나가 갓 태어난 아들을 안고 정원으로 나왔다는 것도 알았다. 우리가 고기, 소금, 설탕, 지방, 예방 접종, 의약품, 의사와 인연을 끊었다는 것도 알았다. 그들은 또 우리가 점심에 허브와 레몬으로만 양념을 한 샐러드를 먹는 것을 놓고 갑론을박을 벌이기도 했다. 우리가 행복하다는 걸 그들은 알았다. 우리 집을 와봤던 사람들은 잊지 못했다. 마을 사람들은 우리가 틀어 놓은 음악소리나 쉬잔느가 거실에서 치는 피아노 연주를 들었다. 니콜은 음악에 맞춰 춤을 추었다.

"채식주의자세요?" 니콜은 손님이 올 때마다 그렇게 물었다. 그러면 손님들은 웃음을 터뜨렸다.

"그럼, 고기를 먹으려고 짐승을 죽이시는 거예요?" 니콜은 끈질기게 물어댔다.

우리는 살생을 싫어했다. 우리는 자연의 일부였다. 자연이 우리에게 다가왔다. 우리는 햇빛을 받으며 맨발로 땅을 돌아다녔고 우리 나무들이 자라는 걸 지켜보았으며 딸기와 복숭아를 따곤 했다. 그러다가 바다로 내려갔다. 니콜과 쉬잔느는 칸에 있는 로젤리아 하이타워에게서 무용 교습을 받기 시작했고, 딸들의 진도를 따라가려고 디나도 같이 교습을 받았다. 나는 디나를 사랑했다. 그 많은 아가씨들 속에 있어도 디나는 제일 젊어 보였고 제일 아름다웠으며 제일 생기발랄했다. 우리 딸인 니콜이 디나 옆에서 같이 무용을 했다. 교습이 끝나면 우리는 밤에 다시 집으로 돌아왔다.

나는 해마다 2주일씩 가족을 두고 미국으로 가서 사업을 하고 전화를 걸어대면서 홀로 외로이 거친 현실과 마주해야 했다. 나는 번민했다. 가족은 니스 공항까지 배웅을 왔다. 서로 입맞춤을 하고 헤어진 후 나는 혼자가 됐다. 그들을 다시 못 볼지도 모른다는 생각을 하면 소름이 끼쳤고, 배웅을 마치고 가족이 뒤돌아서 가는 모습을 보면 악몽을 꾸는 것 같았다. 뉴욕에서 나는 하루에 열여섯 시간을 일하면서 한 달 걸릴 일을 이주일 만에 해치웠다. 고뇌를 잊으려고 일에 파묻혔다. 헤디 글루크셀리그를 만나서 가족 이야기를 지치지도 않고 했다. 일요일이면 8시에 이스트사이드에 있는 유대인 가게에서 가족의 옷을 샀다. 블라우스, 스커트, 원피스, 장난감을 무더기로 샀다. 물건을 사노라면 가족과 함께 있는 것 같았고 가족을 위해 뭔가 한다는 기분이 들었다. 드디어 뉴욕에서의 일이 끝나서 프랑스로 돌아가면 니콜이 내 쪽으로 뛰어왔고 그 뒤를 쉬잔느와 샤를을 안은 디나가 따라왔다. 식구들이 나를 안으면 나도 그들을 껴안았다. 우리는 그렇게 다시 한 몸이 된다.

레 바롱에 도착하면 음악이 나를 반겼다. 니콜과 쉬잔느는 9번 교향곡의 일부분을 노래했다. 니콜은 새로 배운 무용 스텝을 선보이기도 했다. 식구들은 새로 배운 것들, 내가 없는 동안 한 일들을 보여주려고 열심이었다. 쉬잔느는 팔을 내밀고 있는 소녀를 그린 그림을 보여주었고 니콜은 선생님이 자기가 탄느롱 학교에서 제일 우수한 학생이라고 써줬다며 연습장을 보여주었다. 나는 편한 옷으로 갈아입고는 목에 매달리는 샤를을 안고 니콜과 쉬잔느는 양 옆에 데리고 맨발로 내 땅과 나무들을 보러 나갔다. 그런 후 아이들에게 뉴욕 이야기를 들려주며 짐 꾸러미를 풀어 거기서 사온 각양각색의 물건들을 꺼냈다. 우리 집 개들인 달링, 레이디, 옐로우도 깡충거리며 내 주위로 모여들었다. 니콜이 개들을 밀어냈지만 개들도 우리 식구 속에 끼고 싶어했다. 특히 덩치 큰 경찰견인 옐로우는 베를린 여행 때 얻은 개였다. 내가 처음 보았을 때 옐로우는 사납고 볼품이 없었지만 나를 보고 즉시 달라붙더니 호텔 방까지 따라와서 나가려 하지 않았다. 개 주인을 몇 시간이나 설득한 후에 마침내 그 개를 얻었고, 그 후 옐로우는 우리와 함께 레 바롱에 살면서 아이들과 뛰어놀았다. 우락부락한 덩치에다 성격도 난폭했지만 아이들이 등을 타고 올라가면 유순하게 서 있었다.

내가 집에 오면 고양이 라이다크도 내가 도착한 걸 안다는 듯 돌아왔다. 옛날 바르샤바의 비슬라강에서 봤던 고양이처럼 혼자 돌아다니는 덩치 큰 라이다크는 시골 구석구석을 오래 돌아다니다가 거만한 태도로 나타나곤 했다. 라이다크는 우리와 거리를 두고 있으면서도 우리가 관심을 기울이지 않으면 야옹야옹 울어대다가 식구 중 누군가가 쓰다듬어주고 안아주면 그제야 뛰어나가 몇 시간, 혹은 며칠 동안 모습을 보이지 않곤 했다.

그렇게 몇 년이 흘러갔다. 행복한 세월은 빠르게 지나가는 법이다. 집 주위와 들판, 화단에는 복숭아나무가 자랐고 길 양쪽에 심은 삼나무들은 둥치가 두터워지고 튼실해졌다. 우리 식구들은 모두 건강했다. 샤를은 나와 씨름을 하고 내 옆에서 달릴 정도로 자랐다. 나는 샤를을 오토바이 뒤에 태우고 들판으로 산책을 나가기도 했다. 그 아이는 내 아들다웠다. 언젠가는 샤를에게 아버지와 율레크 펠트의 이야기를 해주고 우리가 투쟁했던 일, 돌무더기로 게토를 방어했던 이야기 그리고 트레블린카, 숲 속에서의 파르티잔 생활 등을 해줄 작정이었다. 샤를이 두 팔로 내 허리를 잡고 내 등에 머리를 기대는 게 느껴졌다. 그래, 내 아들. 너는 나를 믿어도 돼. 그래, 아들아, 아빠가 여기 있어.

우리가 집 앞에서 오토바이를 멈추면 쉬잔느가 치는 피아노 소리가 들렸다. 나는 샤를에게 조용히 하라고 하고는 맑은 피아노 소리에 귀 기울였다. 내 딸이 손가락으로 생명을 창조해내는 소리였다. 아직 핏덩이로 엄마의 몸에 탯줄로 연결돼 있던 그 아이를 내 손으로 받았었다. 그 아이는 내 딸이었다. 나는 자랑스러웠다.

그런 후 아들 리샤르가 태어났다. 우리는 모두 디나의 주위에 둘러서서 새 생명이 울음을 터뜨리며 이 세상에 태어나는 광경을 지켜보았다. 디나는 미소 지었고 니콜이 탯줄을 잘랐다. 리샤르는 우리를 영원히 묶어줄 터였다. 얼마 지나지 않아 디나는 자리를 털고 일어나서 정원으로 나와 리샤르를 햇볕에 쬐고 바람을 쐬게 했다. 디나는 늘 리샤르를 품에 안고 다녔다. 리샤르는 빨리 자라나 두 손을 흔들어대고 풀 위를 기었으며 붉은 체리 주스를 얼굴에 묻히곤 했다. 그러면 디나는 리샤르를 안아 올려서 꼭 껴안았다. 나는 디나를 흐뭇하게 바라보았다. 그처럼 아름다운 모습은 본 적이 없었다.

나는 매일 리샤르를 데리고 디나와 함께 학교에 간 아이들을 데리러 갔다. 우리 아이들은 학교에서 점심을 먹지 못했기 때문이었다.

"다른 애들은 고기를 먹어요. 자기들이 죽인 짐승을 먹어요." 쉬잔느가 투덜댔다.

"그 아이들은 몰라서 그래." 디나가 차근차근 설명했다.

어느 날 우리는 집안 일을 도와주는 로렌젤리 부인의 나라인 이탈리아로 여행했다. 니콜이 등에 맬 수 있는 멜빵 달린 학생 가방을 갖고 싶어했기에 이탈리아 국경 도시인 벵티밀에서 가방을 사려는 목적도 있었다. 샤를은 신이 나서 차 안으로 뛰어들어 갔다. 샤를에게는 이탈리아가 먼 나라였다. 프랑스와 이탈리아의 국경을 넘어가자 샤를은 자리에 주저앉아 버렸다.

"다른 게 하나도 없어요."

샤를은 그 말을 고집스럽게 되풀이 했다. 그 아이는 사람들을 몰랐고 사람들의 폭력성도 몰랐으며 그들이 뒤에 남기고 간 상처투성이 산하도 본 적이 없었다. 그 아이는 아이답게, 진짜 사람답게 말하는 거였다. 우리는 이태리의 밀라노 식 스프인 미네스트로네를 점심으로 먹었다. 아이들은 짠 음식을 먹고는 입이 따갑다고 징징댔다.

"아빠, 그런데 왜 그렇죠? 왜 입술이 따가워요? 채소는 맛이 참 좋은데. 집에 빨리 가야겠어요." 샤를이 말했다.

그 아이들은 부모의 보호 아래 있어 세상에 물들지 않은 상태였다. 언젠가는 그 아이들도 레 바롱이 아닌 세상에서 삶과 대면해야 한다는 걸 나는 문득 깨달았다. 그래서 나는 집 근처의 땅을 그 아이들을 위해 사두었다. 나중에 아이들이 우리 집 근처에서 설계나 건축을 하며 살 수 있을 터였다. 디나와 나는 벌써부터 아이들의 미래, 우리들의 미래를 그려볼 수 있었다. 우리는 아이들을 위해 준비를 시작했다. 디나는 설계도를 그리고 나는 기초 토대 작업을 감독했다. 샤를이 나와 함께 나와 돌을 자르고 벽이 처음으로 올라가는 걸 구경했다. 나중에 어느 날엔가, 샤를과 리샤르는 자기들이 태어난 땅이며, 부모와 누이들이 살았던 곳 근처에서 살 것이고 자식들과 함께 우리의 요새로 돌아올 것이다.

새벽 동틀 녘이면 나는 가끔 디나에게 밀라 가의 옷장 뒤에 숨어 있던 내 가족 얘기를 했다. 내 아들들은 내 동생들이기도 했고 게토의 모든 아이들이기도 했지만 그들과는 달리 안전했다.

"그 이야기들을 꼭 글로 쓰세요." 디나가 권했다.

나는 미국으로 연례 여행을 계속 했다. 몇 달 동안 계속 날씨는 맑고 건조했다. 뉴욕에 가면 나는 여느 때처럼 일을 하며 시간을 보냈다. 내가 귀국하면 집에서 식구들이 반갑게 맞이해주었다. 한바탕 인사가 끝난 후 디나가 나를 우리 집 한쪽으로 데리고 갔다.

"깜짝 놀랄 걸요."

디나는 햇빛이 잘 드는 방에 서재를 꾸며 놓았던 것이다.

"이제 당신이 본 걸 쓰세요. 당신 가족들과 우리를 위해서요."

나는 디나를 껴안았다. 아이들이 시골 풍광과 숲이 내다보이는 커다란 창문에 바짝 붙어서 서로 장난치며 창을 두드려댔다. 디나가 창 밖에 바람을 피할 수 있는 곳에 놓인 흰색 안락의자를 손으로 가리켰다.

"언제나 나는 저기 당신 가까이에 있을 게요. 당신을 보기는 하겠지만 방해하지는 않을 거예요."

우리의 행복한 여름은 끝없이 이어질 듯했다. 방학이 끝나자 아이들은 마을 학교를 다녔다.

농부들은 몇 주 동안 탄느롱에 비가 내리지 않는다고 걱정했다. 어떤 이들은 여섯 달 동안 비가 오지 않았다고도 했다.

제5부

운명

제16장

안녕, 내 가족들

1970년 10월 3일 토요일, 북서풍인 미스트랄이 불어왔다. 건조한 바람이 과수원을 헤집고 복숭아나무들을 흔들고 누런 색을 띠기 시작하는 풀들을 바싹 마른 땅으로 눕혔다. 멀리 우중충한 바다에는 하얀 포말이 줄지어 일어섰다.

그냥 다른 날처럼 바람이 심한 날이었다. 바람이 하늘을 가로질러 몰아치고 해안과 에스테렐 산맥을 질주했다.

"사방이 화재 이야기예요. 툴롱과 라 갸르드에도 불이 났대요. 이렇게 바람이 부는데." 로렌젤리 부인이 걱정을 늘어놓았다.

부인이 말하는 동안 디나는 콧노래를 했다. 디나는 칸으로 볼일을 보러 가려고 했다. 나는 디나가 어느 친구의 아들이 탄생한 걸 축하하는 엽서를 쓰는 걸 어깨 너머로 훔쳐보았다. '안녕, 미쉘, 이 별난 세상으로 온 것을 축하한다. 네가 이 세상에 뭔가 좋은 일을 하기 바란단다. 아마 세상의 윤기를 보태는 데 한몫 할지도 모르지. 환영한다. 디나 아줌마가.'

우리는 칸으로 갔다. 바람이 하도 세서 나는 운전대에 바싹 붙어서 운전해야 했다. 우리는 정오쯤 돌아왔다.

"엄청난 바람이에요!" 로렌젤리 부인이 자기 집으로 가면서 말했다.

그냥 바람이 많이 부는 날이었을 뿐이었다.

우리는 점심식사를 시작했다. 리샤르는 디나의 무릎에 앉아 있었고 니콜은 온갖 질문을 쏟아냈다. 쉬잔느는 그 질문에 대답하려고 애썼다. 샤를은 신경도 안 썼다.

"언제나 모차르트에요. 차이코프스키는 왜 안 돼요?" 샤를이 물었다. 샤를은 발음이 경쾌한 그 이름을 좋아했다.

아이들은 계속 머릿속에 든 지식을 짜내려고 애썼고 디나는 심판을 맡았다. 갑자기 열린 창문으로 나무 타는 냄새가 실린 뜨뜻한 바람이 불어닥쳤다. 나는 벌떡 일어섰다. 집 뒤의 언덕에 불이 붙어서 불똥이 섞인 연기 기둥들이 하늘로 솟아오르고 누런 불길도 위쪽으로 소용돌이치고 있었다. 소나무에 갑자기 불이 붙고 불길이 벽처럼 집으로 다가오는 게 보였다. 불타는 바르샤바의 게토가 떠올랐다. 불길 속에서 아이를 앞으로 내밀고 있던 여자가 기억났다. 나는 그때 그 여자에게 아이를 떨어뜨리지 말라고 외쳤고 그때 벽이 무너지는 소리를 들었다. 옷에 불이 붙은 채 상반신을 벗고 양손을 허우적거리며 앞으로 달려가던 남자도 기억났다. 그 게토가 여기 있었다. 지옥의 불길이 우리를 향해 다가오고 있었다. 악몽이 되살아났다.

아이들이 비명을 질러댔다. 디나는 아이들을 하나씩 달래고 있었다. 나는 즉시 차고에 넣어둔 차가 생각났다. 차의 연료 탱크가 터지면 몇 미터쯤 기름이 퍼질 우려가 있었다. 아이들이 째지듯 비명을 질렀다. 아이들의 비명이 내 마음을 발기발기 찢었다. 맹렬한 회오리바람이 다시 불어왔다. 나는 지옥을 떠난 게 아니었다. 지옥은 여기야, 미에테크. 사방이 지옥이야.

"차 연료 탱크에 가봐야 해!"

"나는 아이들을 데리고 도망칠게요." 디나가 고함질렀다.

디나는 집 옆에 세워 놓은 자기 차에 아이들을 태웠다. 개 옐로우도 차에 탔다. 디나가 내게 손을 흔들었다. 나는 두 번 고함쳤다.

"망들리유로 가, 망들리유로!"

나는 차고로 달려가 차에 시동을 걸려고 했지만 소용이 없었다. 다시 나와 보니 불길로 된 벽이 더 가까워져 있었다. 이마에 열기가 훅 끼쳐왔다. 불타던 바르샤바 게토에서도 경험했던 그런 열기였다. 집 뒤의 언덕은 용광로 같았다. 아래쪽에는 로렌젤리 부인의 집이 있었다. 여기 레 바롱은 돌밖에 없었다. 내가 하나하나 땀 흘려 쌓은 돌들이었다. 그러나 생명보다 귀한 건 없었다. 나는 오토바이를 타고 불길의 띠를 향해 들판 사이 좁은 길을 달렸다. 돌풍이 나를 감싸고 연기 때문에 눈을 뜨기가 어려웠다. 나는 계속 달렸다. 바람 한 줄기가 연기를 내 정면으로 불어냈다. 나는 숨이 막혔다. 게토야, 미에테크, 바로 게토라고. 나는 오토바이를 옆으로 눕히고 흙을 파서 그 속에 얼굴을 숨긴 채 몇 초 동안 그대로 있었다. 연기가 엷어지고 열기만 남았다. 다시 오토바이를 타고 달려서 로렌젤리 부인의 집에 도착했다. 로렌젤리 부인의 남편은 팔과 어깨에 심한 화상을 입은 채 고개를 절레절레 흔들며 말했다.

"눈이 안 보여요. 보이지가 않아요."

나는 연기 때문일 뿐이라고 그를 안심시켰다. 불꽃이 탁탁 튀는 소리가 들렸다. 바람이 세게 몰아치자 불길이 약해지다가 다시 미모사 수액을 마신 불길이 보랏빛 혀를 날름거리며 밝은 노란색으로 맹렬히 타올랐다. 회오리바람이 우리의 평화롭고 고요한 터전으로 다시 불어왔다.

"로렌젤리 씨, 꼭 병원으로 가십시오. 내가 아래쪽까지 태워줄게요."

나는 고함쳤다. 로렌젤리는 머뭇거리다가 찬성했다가 다시 거절했다. 그때 불길로 된 벽이 우리 집 차고까지 다다른 것이 보였다. 나는 다시 오토바이를 타고 달려갔다. 여기저기 흙 둔덕을 지날 때면 오토바이가 튀어오르곤 했다. 차고에는 포장 상자 무더기가 불타고 있었다. 나는 차에 타 운전대에 앉았다. 시동이 걸렸다. 집 앞으로 차를 몰아갔다가 언덕을 오르지 못하자 차에서 내려 다시 오토바이를 탔다.

불길이 한 농가를 감싸며 옆의 언덕으로 다가왔다. 나는 계속 달렸다. 뜨거워진 나뭇가지들이 내 어깨를 후려쳤고 전선에 목이 걸리기도 했다. 나는 다시 광기로 가득 찬 세상으로 돌아왔다. 나는 드디어 그 농가에 도착했다.

"들판으로 나오세요!" 나는 집안에 있는 사람들을 향해 소리쳤다. "내려와서 도와주세요. 나는 로렌젤리 씨를 도우러 갈 겁니다."

나는 마뉘의 집으로 가야 했다. 길로 나가 연기와 불길의 띠를 통과해 가기 위해 오토바이를 전속력으로 몰았다. 바람이 뒤에서 불어오는 걸 이용해서 속도를 다시 높이고 뛰어들었다. 마뉘의 집에 가보니 부부는 무사했다. 나는 그들에게 길을 내서 로렌젤리를 구하러 가게 도와달라고 했다. 마뉘가 사람들을 모으러 달려갔다. 나는 녹초가 됐다. 목과 양 손, 어깨에 화상을 입었고 옷은 찢어져 있었다. 숨을 들이쉬다가 갑자기 관자놀이, 가슴, 몸 전체에 쇠고리가 옥죄어드는 느낌을 받았다. 안 돼! 안 돼, 미에테크! 미쳤구나, 미에테크! 마음을 가라앉혀, 미에테크! 그러나 상상

속의 쇠고리는 여전히 나를 꼼짝 못하게 했다. 나는 게토에서 어머니와 리브카가 '이주의 광장'으로 가는 모습을 본 미에테크로 되돌아갔다. 다시 트레블린카로 돌아가서 동족들을 무덤 속에 눕히고 있었다. 내가 지르는 고함 소리가 내 몸을 고문했다. 안 돼, 미에테크!

마뉘 부인은 우리 식구들을 못 보았다고 했다. 나는 오토바이를 타고 쇠고리가 죄어오는 듯한 기분을 떨쳐버리려 안간힘을 쓰면서 달렸다. 식구들은 망들리유에 도착했을 터였다. 가족이 무사하면 이 일은 그저 한낱 악몽에 지나지 않을 터였다. 디나와 아이들은 내가 죽지나 않았나 걱정하며 나를 기다리고 있을 것이다.

나는 나뭇가지들이 부서져 덮여 있는 도로를 자욱한 연기를 뚫고 달리면서 고함쳤다. 아파서 고함친 건 아니었다. 숯덩이가 된 나무 둥치들이 군데군데 떨어져 있는 계곡을 따라 계속 갔다. 우리가 짓기 시작한 집이 보였다. 덧문이 닫혀 있었다. 디나가 지나가면서 분명 덧문을 밀어 닫았을 것이다. 나는 희망이 생겼다. 하지만 불타버린 나무들, 혼란스러운 광경을 보고 있자니 누런 모래가 입안에 차고 두 발이 아가리를 벌린 무덤 속으로 빠지고 주위에 시체들이 널려 있는 걸 보는 느낌이었다. 나는 고함쳤다. "안 돼!"

나는 다시 망들리유로 향하는 길로 접어들었다. 연기가 자욱하고 나무 타는 냄새가 물씬 풍겼다. 게토와 트레블린카에서 불어오는 바람 같았다. 당시 게토에서 동료들과 함께 잔해더미 아래 엄폐호에 묻혀 있던 기억이 떠올랐다. 주위를 살피던 나는 골짜기 아래에 차가 한 대 있는 걸 보았다. 나는 흙덩어리와 불타는 나무 그루터기에 걸려 넘어졌다가 땅 위를 기어서 갔다. 차 문은 전부 열려 있었고 차체가 뜨거웠다. 지붕에 짐받이가 있고, 조수석 보관함에 안경이 있는 걸 보니 우리 차가 맞았다. 나는 무덤 속에 들어간 기분이었다. 밤이 되어서 아무것도 보이지 않았다. 시체도 보이지 않았다. 아마 식구들은 도망가지 않았을까? 차가 저절로 골짜기 아래로 굴러 떨어진 건 아닐까? 나는 비탈길을 도로 올라갔다. 돌더미에 손이 찢겼다. 나는 울부짖었다. "도와주세요! 도와주세요!"

마침내 길이 나왔다. 오토바이에 올라탔지만 시동이 걸리지 않았다. 나는 포기하고 우리 집으로 달려갔다. 멀리서 불길이 하늘을 붉게 물들이고 있었다. 경찰 몇 명이 나를 찾아왔다.

"도와주세요! 도와주세요! 식구들을 찾아야 합니다."

나는 그들을 골짜기로 데리고 갔다. 헬리콥터 한 대가 와서 세찬 바람을 일으키며 도로에 착륙했다. 헬리콥터의 엔진이 트레블린카의 굴착기 소리 같이 헐떡이는 소리를 냈다. 다시 트레블린카에 온 것 같았다. 절대 끝나지 않는 전쟁이었다. 나치 친위대 포로들이 가득 탄 낡은 버스가 불타오르던 모습이 떠올랐다. 안녕, 내 가족들이여. 아버지, 안녕. 리브카, 안녕. 안녕, 동생들아. 나는 이반이 내게 퍼붓는 모래를 피하려 안간힘을 쓰던 기억이 났다.

헬리콥터 엔진이 다시 굉음을 내더니 골짜기 아래로 미끄러지듯 날아갔다. 경찰들이 가끔 내게 몇 마디씩 물어보더니 차가 있는 비탈길을 내려갔다.

엔진이 진동하는 소리가 들렸다. 트레블린카의 굴착기 소리가 그 소리에 겹쳐졌다.

"아무것도 찾지 못했습니다." 경찰이 말했다.

그는 방금 골짜기에서 올라왔던 참이었다. 그는 나를 쳐다보지 않았다.

"양 한 마리가 죽어 있더군요. 그 양밖에 못 봤습니다."

나는 그의 말을 믿고 싶었다. 식구들은 망들리유에 있는 게 틀림없었다.

나는 망들리유로 갔다. 망들리유 시청은 고통의 도가니였다. 얼굴이 연기에 그을린 사람들이 삼삼오오 모여 있었다. 그들도 아는 게 하나도 없었다. 내가 질문을 하면 그들은 고개를 돌려버렸다.

그래서 나는 그 골짜기로 다시 갔다.

길 한 쪽에서 경찰들이 내가 오는 걸 보고 옆으로 물러섰다. 나는 고함치지 않았다. 마음속에서만 외치고 울부짖었기에 내 머리만 그 소리를 들을 수 있었다. 안 돼, 안 돼, 미에테크! 내가 앞으로 걸어가자 경찰들이 비켜주었다. 나는 눈빛으로 간청했다. "도와주세요! 도와주세요!" 그러고는 트레블린카의 누런 모래에 주저앉아 버렸다.

한 남자가 내게로 걸어왔다. 탄느롱에서 미모사를 재배하는 오제라는 사람이었다. 그가 내 어깨를 잡았다.

"그레이 씨, 그레이 씨……."

그의 눈에 눈물이 맺혀 있었다. 나는 그의 말을 들었지만 그 사실을 받아들이기 싫었다. 나는 나와 그들을 위해 소리쳤다. "안 돼! 그럴 리가!" 나는 경찰에게서 연발권총을 뺏어 내 속에서 울리는 목소리를 쏘아버리고 싶었다. 그렇게도 오랜 세월 동안 "안녕, 내 가족이여. 안녕, 내 식구들이여, 안녕."이라는 말을 해온 그 목소리들을 이제 그만 그치게 하고 싶었다.

제17장

나는 자살하지 않았다

나는 자살하지 않았다. 그런 마음을 먹기는 했었다. 친구들이 나를 감시했다.

식구들이 남긴 생명 없는 물건들만 눈에 띄었다. 아코디언 세 대, 장난감들, 연습장들, 팔을 내민 소녀를 그린 그림, 그리고 옷들. 내 식구들의 옷……. 나는 아직도 사진 몇 장을 가지고 있지만 그것들은 죽은 물건이며 무의미했다.

누가 생명을 도로 불러올 수 있겠는가? 누가 내게 생기를 되돌려줄 수 있겠는가? 나는 자살하지는 않았다. 나는 말도 하고 음식도 먹고 일도 했다. 죽고 싶은 충동만이 유일한 위안이던 단계를 넘겼다. '왜, 왜 나인가? 왜 내 가족을 뺏어갔는가? 그것도 두 번이나? 내가 인류 혹은 운명에게 진 빚을 다 갚지 못했단 말인가? 이유가 뭔가?'라는 질문만 되뇌던 단계도 지나갔다.

나는 이제 말을 한다. 내 인생을 하나하나 상세히 얘기하면서 광기와 기회의 사슬을 이해하고 나를 짓누르는 불행을 이해하려 한다.

나는 살아 있다. 음식도 먹는다. 일도 한다. 나는 알고 싶었다. 나는 죽음을 있는 그대로 보도록 나를 단련하는 세계, 내 기구한 운명의 세계에서 돌아온 사람이다. 나는 '그들이 고통을 받지는 않았을 겁니다.'라고 말해주는 사람들에게는 관심이 없다. 식구들이 차에서 도망쳐 나와 불길 속에서 달려갈 때 소름끼치도록 고통스러웠으리라는 걸 나는 안다. 디나는 더 빨리 달리려고 하이힐을 벗어던졌고 매달리는 아이들을 안고 불길에서 몇 미터 정도 도망쳤을 터였다. 그러나 갑자기 불길이 닥쳐 죽고 말았다. 나는 디나의 하이힐과 불에 타 색이 바랜 단추 몇 개, 그리고 우리 개 옐로우의 목테를 아직도 가지고 있다.

나는 생명을 부지하고 있지만 입에는 쓰디쓴 모래가 가득한 느낌이다. 죽음의 맛이 나는 모래. 이유가 뭔가?

나를 괴롭히는 건 나의 슬픔이 아니다. 나는 슬픔이 어떤 건지 안다. 슬픔은 내 아이들인 니콜, 쉬잔느, 샤를, 리샤르의 것이다. 그 아이들이 삶에 대해 무엇을 알았겠는가? 아무것도 몰랐다. 나는 그 아이들이 태어날 때 내 손으로 받아냈다. 그 아이들의 어머니인 디나는 젖 먹은 힘까지 다 짜내서 그 아이들을 받아내도록 내게로 밀어냈다. 나는 그 아이들의 발자국을 따라 걸었고, 그 아이들이 자라는 모습을 지켜보았고, 남자다운 남자, 아름다운 여자들로 성장하기도 전에 죽어가는 걸 지켜보았다. 나의 가족. 디나가 활짝 꽃피는 모습도 보았다. 나는 그 모든 것들을 위해 투쟁했다. 나는 기나긴 잔인한 세월을 살아왔고, "안녕, 내 가족이여."라고 소리치며 여기 이렇게 아직도 살아 있다.

나는 이해하려고 애쓰며 말하는 중이다. 가족의 죽음이 과거의 모든 무덤을 다시 열어놓았다. 그들은 다시 생명을 얻은 내 옛 가족이었다. 이제 그들이 죽음으로써 내 가족은 또다시 죽었다. 나는 말하고, 걷고, 집안을 서성거린다. 내 요새는 텅 비었고 나는 나무들과 파괴된 산하를 본다. 그 집은 우리의 요새였다. 그 요새는 생명을 잃었다. 덩치 큰 개인 레이디는 도망갔다. 그 개는 우리 가족을 좋아했고 행복한 가족들 속에서 덩달아 즐거워했다. 레이디가 여기 있을 이유가 뭔가? 고양이 라이다크도 더는 우리 집을 찾지 않는다.

나는 걸으면서 깨질 듯한 머릿속에서 울리는 비명 소리를 듣는다. 나는 살아간다. 나는 다시 두 개로 쪼개졌다. 여기 이 세상에 살아 있지만 내부는 죽어 있는 사람이다. 디나가 디자인한 창문 앞에 둔 가족의 유골단지 맞은편에 앉아 사진들을 보고 아이들의 연습장을 넘겨본다.

나는 울기도 한다. 나 자신이 가여워 우는 건 아니다. 나는 무엇인가? 여전히 목숨을 부지하고 있는 한 남자이다. 나는 가족을 위해 그들의 처지에서 운다. 내가 바로 그들이다. 그들이 겪은 고통, 망가뜨려진 그들의 삶, 그들이 결코 알지 못할 미래 때문에 운다. 나는 그들의 모습을 보고 목소리를 듣는다. 아, 내 식구들이여, 내 모든 가족이여. 태어날 때 처음으로 내 손으로 직접 받아냈던 쉬잔느, 니콜 그리고 리샤르. 나는 그 아이들이 태어났던 방으로 들어가 본다. 눈을 감지 않아도 된다. 나는 그 아이들의 몸이 생명으로 고동치는 모습을 본다. 나는 그들을 보고 그들의 죽은 몸도 본다.

안녕, 내 가족들이여.

나는 테라스로 나가서 주위에 파괴된 채 펼쳐진 숲을 둘러본다. 테라스 구석에는, 그 날 10월 3일 토요일이 지난 며칠 후 내가 스스로 생명을 끝내려고 했던 총이 총집에 담겨 있다. 이제 친구들도 가버렸다. 나를 믿는다는 표시다.

나는 걷고 이야기한다. 잠은 잘 수 없다. 머리가 부서질 듯 아파서다. 나는 살아 있다. 시장이 찾아왔다. 그가 시체들을 옮겨왔다. 그는 안다. 그는 공평하고 정직한 남자다. 그는 점잔 빼며 말하지 않는다. 다른 사람들 여섯 명도 그날 죽었다. 그는 화재 원인을 조사하는 중이다.

나는 며칠 내내 깊디깊은 불행 속에 빠져 있었다. 나는 트레블린카의 막사, 탈의장, 격리 병동으로 돌아가 있는 기분이었다. 모든 게 또렷이 기억났다. 슬픔에 잠긴 상태에서 내 기억들이 수많은 세세한 조각들로 쪼개진 채 떠올랐다. 무덤의 악취, 굴착기 소리, 엷은 색의 눈동자를 가진 나치 친위대 장교의 말들이 기억났다. 아버지, 율레크 펠트를 비롯한 가족들, 내 동족들, 내 친구들이 기억났다. 그리고 다른 사람들, 내 아들, 내 아내, 내 딸들의 기억도 떠올랐다. 나는 아이들의 웃음소리와 책가방을 날리며 초원에서 집을 향해 달려오던 모습, 우리 개들인 달링, 옐로우, 레이디가 그 곁에서 뛰놀던 모습을 회상했다.

나는 행복함과 잔혹함, 삶과 죽음을 다 경험했다. 나는 내 눈으로 직접 보면서 살육자들과 인간들 사이에서는 어떤 일이든 벌어질 수 있다는 걸 알게 되었다. 완전히 성취되는 건 아무것도 없다. 장벽을 하나 넘으면 또 다른 장벽이 기다리고 있다. 게토 한군데를 파괴하고 나면 다른 게토가 생겨난다.

나는 안다. 내 가족은 여기서 내 목소리를 들을 수 없다. 나는 이 서재에서 앞으로는 비어 있을 흰색 안락의자에 홀로 앉아 다시는 우리 아이들이 와서 들여다보지 못하는 창문을 통해 잿빛 수채화 같은 바깥을 내다본다. 나는 안다. 하지만 하고많은 다른 사람들은 모른다. 바르샤바의 게토에서 아버지가 끝까지 버텨내는 남자가 진짜 남자라고 말했던 적이 있었다. 그리고 나는 우리 아이들에게 사람이란 무슨 일을 하는가에 따라 평가된다고 말했다. 그게 내가 아이들에게 가르치고 싶은 말이었다. 그러나 이제 그 아이들은 결코 듣지 못하게 됐다. 나는 이제 그 아이들, 내 모든 가족들에게 책임이 있다. 때문에 나는 테라스 구석에 있는 총으로 자살하지 않고 끝까지 버티며 살아갈 것이다.

또다시 나는 마음속의 트레블린카를 떠났다. 내가 평화를 찾고 나를 반겨주었던 이 나라 사람들의 얼굴에 내 슬픔을 맡겨두었다. 나는 다시 투쟁을 시작했다. 내 가족들, 내가 사랑한 사람들을 위해 싸워서 "너는 알면서도 말하지 않았어."라고 내가 나 자신을 결코 비난할 수 없도록 말이다. 나는 시장들이 참석하는 회의를 열도록 요청해서 화재에 대해서, 사람들의 무지와 태만에 대해 얘기했다. 그리고 아이들이 주의하도록 가르쳐야 한다는 말도 했다. 또 장관들의 집무실도 방문했다. 팸플릿과 포스터를 인쇄해서 준비를 단단히 하고 다녔다. 텔레비전에 나가서도 주장을 폈고 프랑스의 주요 도시를 순회하기도 했다. 그렇다. 나는 내 가족의 시체를 과시했다. 내 가족을 신문과 화면에 보여주었다. 그렇다. 나는 내 슬픔을 공공연히 보여주며 그것을 이용했다. 그러나 나는 디나와 우리 아이들이 헛된 죽음을 맞게 하고 싶지 않았다. 그들이 잊히는 것도 원치 않았다. 나는 그들의 생명을 잃은 일이 경고가 되고 예방 수단이 되기를 원했다. 이것이 내가 벌이는 투쟁이다.

다른 시련도, 다른 고통도 많았지만 나는 그것들도 다 견뎌냈다. 나는 내 가족들, 내가 처음으로 이루었던 가족을 위해 그 불행들을 참아냈다. 그 화재가 내게 너무도 잔인했기에 현재로서는 이 싸움이 내게는 가장 중요하다.

나는 살아가고 일을 하고 적극적으로 행동한다. 나는 트레블린카를 탈출해서 살아남았으며 나만의 요새를 건설했었다. 그러나 요새란 모두 무너지기 쉽고 오래 가지 못한다. 나는 여전히 바쁘게 활동하고 있다. 나 자신만을 위해 살기 싫기 때문이다. 그런 삶이 무슨 소용 있을까? 과거에는 살육자들에 맞서며 내 가족들을 위해 살았다. 현재도 여전히 가족들을 위해 살고 있으며 더 나아가 내 가족과 그 이전의 가족들을 위해 살고 있다. 또 알려지지 않은 사람들, 기억에 남아 있지 않은 먼 옛날의 사람들을 기억하면서 그들 때문에 내 행동 하나하나에 책임을 느끼고 있다. 나는 그 모든 얼굴들을 구별하지 않고 하나로 합친다. 그들이 만들어준 나, 그들이 내게 준 것을 빼면 나는 아무것도 아니다. 나는 그들에게 보답함으로써만 존재 이유를 갖는다.

나는 여러 가지 일을 한다. 몇 달 동안 디나 그레이 재단을 세웠다. 레바롱에서 기자회견을 갖기도 했다. 나는 그들에게 내 가족이 여전히 살아 있다고 말했다. 내 아내, 내 아이들이 보고 있다. 내가 타인을 위해 일하지 않는다면 인생의 의미가 어디 있겠는가?

그래서 나는 내 인생에 대한 기나긴 이야기를 자세히 늘어놓는다. 나 자신을 돌아볼 때마다 나는 끊임없이 "왜 그런가? 이유가 뭔가?"를 따지지만 나는 이야기를 계속 하고 싶고, 밀고 나가고 싶고, 신념을 간직하고 싶다. 살아가고 끝까지 버텨내면 언젠가는 다시 새로운 생명이 태어나 나의 죽음과 내 가족의 죽음을 보상해서, 우리의 생명을 영원히 이어가게 되는 그런 날이 올 것이다. 인간이 살아가는 한 누군가가 남아서 내가 사랑한 사람들을 위해 그 이야기를 전하고 증인이 돼 줄 그런 날이 올 것이다.

이것은 나의 운명이다.

내가 사랑한 것들을 위하여

디나와 아이들이 산불로 죽은 후 나는 더 이상 살고 싶지 않았다. 그런데도 자살을 하지는 않았다. 내 가족들의 죽음을 헛되이 하지 않는 게 중요했던 까닭이다. 나는 디나 그레이 재단을 설립해서 아이들과 가족들을 산불의 피해로부터 보호하고, 그래서 다른 이들이 나처럼 가족을 잃는 아픔을 겪지 않도록 노력했다. 지난 일을 돌아볼 때 산불 방지는 본질적으로 교육의 문제라고 나는 생각했다. 다른 한편으로는 집 근처에서 빽빽한 덤불을 없애고 나무를 다시 심는 것 같이 산불의 원인을 없애는 일이 예방책이 되어야 한다고 생각했다. 디나 그레이 재단은 국가적인 차원에서 아이들을 교육시키고 그 아이들을 통해서 부모들에게도 교육을 시키는 일부터 착수했다.

이처럼 전 국민을 교육시키고 산불에 주의를 기울이게 하기 위한 심층적인 노력을 시작하면서 "화재 방재의 기초 수칙"이라는 제목이 붙은 소책자 800만 부를 배포했다. 교육부와 함께 일하면서 나는 '어린이 한 명에 나무 한 그루'라는 강력한 캠페인을 시작했다. 나무를 심는 아이는 그 나무에 물을 주고 돌보게 될 것이고 결코 파괴하지 않을 것이다. 교육부가 주최한 전국 규모의 대회에서 대상을 받은 학생들과 교사들은 미국 여행을 보내주었다. 수상자들은 교육부의 각료 한 명과 동행했고 백악관에도 초대를 받았다. 이런 활동들을 대중매체를 통해 홍보하고, 나도 프랑스 도시들을 순회 강연하면서 열심히 홍보한 끝에 국민들에게 산불의 문제점을 일깨웠을 뿐만 아니라, 정부도 이 문제를 심각하게 받아들이게 되어 프랑스에서는 유례 없이 산불에 관한 폭넓은 조치를 취하게 됐다.

나는 자서전 《살아야 한다, 나는 살아야 한다》를 출판했고 그 책은 커다란 성공을 거두었다. 내가 성공을 거두었다고 말하는 건 책이 많이 팔려서가 아니다. 나는 책 인세와 영화에 대한 권리는 인권 단체와 환경단체에 기부했다. 나는 책의 성공을 독자들이 자신의 인생이 어떻게 바뀌었는지를 나에게 말해주는 것으로 판단한다. 전 세계의 독자들이 내 책에서 희망을 얻었다는 편지를 보내왔다. 독자들은 내 이야기를 읽고 내 운명과 삶에서 그들 내부에 있는 진실과 용기를 발견하고 감동을 받았다. 그들은 진정어린 마음을 나에게 들려줌으로써 내가 준 것의 수천 배를 내게 돌려주었다. 나는 우리가 바탕은 모두 같다는 것을 깨달았다. 우리 모두 고통을 받는다는 것을 깨달았다. 내 안의 에너지는 독자들의 에너지가 부메랑처럼 나에게 돌아오면서 점점 커져갔다. 내가 삶에 기여한 모든 것이 곱절이 돼 돌아온다는 것을 배웠다. 그것이 《살아야 한다, 나는 살아야 한다》라는 책이 만들어낸 기적이다.

독자들은 인생에 대한 내 생각을 들려달라고 나를 초청했다. 그들은 《살아야 한다, 나는 살아야 한다》에서 시작된 이야기가 계속 이어지길 바랐다. 그들은 내가 스스로에게 던졌던 질문들, 인간이 스스로에게 수천 년 동안 던졌던 질문들을 내게 던졌다. 결국은 죽을 텐데 우리는 왜 사는가? 왜 살인자와 희생자가 생기는가? 왜 행복과 불행이 있는가? 그리고 그것을 초월하는 운명, 운, 하느님이 있는가? 나는 나에 대해 설명하기 위해 그 모든 질문에 대답하고 싶었다. 내 삶의 힘은 어디에서 나오는가? 나는 글을 다시 쓰기 시작했다. 사랑과 고통, 그리고 운명에 대해 쓰면서 나의 사랑, 나의 고통, 나의 운명을 더 잘 이해하게 됐다.

때로는 단어가 그냥 단어가 아니고 음절이 그냥 단순한 음절이 아닐 때가 있다. 말들이 다른 영역에서 올 때, 깊은 곳, 마음에서, 피에서, 뱃속 깊은 곳에서 나올 때는 그 말은 예기치 않은 힘을 가진다. 전쟁 중에 나는 수천 명을 죽음으로 몰아넣는 말들을 들었다. 또한 희망의 말, 내 생명을 살리는 말도 들었다. 가령, 손을 내밀고 "이리 와요, 빵 한 덩이 줄게요." 같은 말이다.

나는 그 때부터 내가 계속 살아가는 이유와 사람이 역경에 대처하는 방법, 그리고 우리에게 일어난 모든 것에도 불구하고 어떻게 용기와 행복, 희망을 찾아내야 하는지를 설명하기 위해 열두 권의 책을 썼다. 이들은 기적을 위한 처방이 아니다. 삶 그 자체가 내게는 유일한 기적이기 때문이다. 삶 속에서 우리는 힘을 찾아내야 하고 그럼으로써 결국 우리가 계속 살아가는 일이 가능해진다.

나는 비극을 여러 번 겪었던 까닭에 새로운 길을 발견했다. 내가 사랑한 사람들 덕분에 나는 사람들이 무한한 힘과 활력을 가지고 있다는 것을 깨달았다. 이 활력은 사람의 내면에서 만들어지고 내면에 존재한다. 사람은 스스로 그 활력의 존재를 인정해야 자신의 삶을 바꿀 수 있다. 나는 내 삶뿐만 아니라 많은 독자들의 삶도 변화시켰다. 우리의 경험과 운명이 우리 스스로를 인도한다고 나는 믿는다. 우리를 전진하게 하고 어떤 일을 하게 만드는 운명 말이다. 만약 독자들이 편지에서 말하는 것처럼 내가 쓰는 글이 독자들의 마음에, 전 세계 사람들의 영혼에 연결된다면 그것은 나의 메시지가 나 자신보다 더 크기 때문이다. 내가 알 수 없는 힘에 영감을 받았다는 뜻이 아니다. 내가 말하고 싶은 것은 내가 내 삶의 숱한 경험과 감정을 중개하는 도구 역할을 하게 되었다는 것이다. 이 경험과 감정들은 내 글에 힘을 실어주고, 내 글들은 독자들에게 힘을 실어준다. 독자들도 알고 있다시피 내 삶이 고통스럽기 때문에 독자들에게서 받는 격려는 내가 운명을 극복할 힘을 준다. 나는 말을 하고, 글을 쓰고, 행동을 하면서 독자들의 지지에 보답하려 노력한다.

만약 내가 손을 내밀어 남을 돕지 않는다면 내 삶에는 아무런 의미가 없을 것이다. 내가 겪고 목격한 수많은 부당함과 위선들은 오늘날에도 여전히 우리를 괴롭히고 있지만 나는 늘 나를 도와주려 내민 손을 발견했다. 그리고 그런 도움을 여러 번 받은 덕택에 나는 여전히 인류에 대한 희망을 가질 수 있게 됐다.

복잡하고 개성적인 한 명의 인간은 인간 공동체라 불리는 전체의 더없이 귀중한 일부분이다. 나는 한때 인간 공동체라는 개념이 새로운 것이라고 믿었었다. 하지만 며칠 전에 로마 황제이자 철학가였던 마르쿠스 아우렐리우스(121~181 A.D.)의 사상이 담긴 책을 읽던 중에 이런 말을 발견했다. "인간 공동체를 받들어야 하고 모든 인간의 복지를 위해서 일해야 한다. 개인의 이익은 공공의 이익이 돼야 하고, 상호의존을 통해 공공의 이익은 개인의 이익이 돼야 한다는 것은 자연이 정한 원칙이다. 사람들 사이에는 자연적으로 형성된 유대감이 있는 공동체가 존재한다는 것을 기억해야 한다." 태초부터 종교적인 사람들, 철학자들, 그리고 현자들은 이

인간 공동체가 언제나 희망의 원칙을 지니고 있다는 점을 알고 있었다.

하지만 그럼에도 마르쿠스 아우렐리우스는 이렇게도 말한다. "곧 당신은 모든 것을 잊게 될 것이다. 곧 모든 이들은 당신을 잊게 될 것이다!" 하지만 그가 틀렸다. 그가 이 글을 쓴 지 2000년이 지난 후에 나는 그의 말을 인용한다. 그의 사상은 정기적으로 재판돼 출간된다. 인간 공동체는 엄청난 기억을 소유하고 있다. 죽음은 종말과는 거리가 멀며 오히려 새로운 시작이다. 그리고 내가 사랑한 모든 사람들, 세상을 떠난 사람들은 모두 내 안에서 살아가고 있다.

몇 년 전에 내 책, 《아이의 기도》에서 나는 열 개의 기도문을 만들었다. 이는 그 중 하나다.

나는 하늘이
저 멀리
바다의 표류자처럼 길을 잃고
마차의 행렬을 타고 멀리 떠나간 이들의
이름으로 가득차길 기도합니다.
그들을 사랑한 내게 그들은
그 어느 때보다도 생생하게 살아 있으며
나의 마지막 날까지 그들과 함께 하리라고
나는 기도합니다.
나는 거대한 미지의 바다를 지난 후
우리가 함께 여행하게 되리라고
기도합니다.

나는 죽은 자들과 산 자들의 결합을 믿는다. 믿지 않는 자라도 인간 공동체가 희망의 원칙으로 가득 차 있다는 것을 알아야 한다. 지구상에는 사람들이 그 어느 때보다도 많다. 인구가 증가한다는 말은 곧 희망의 원칙이 우리 마음에서 너무나 강력해 우리의 사랑으로 태어난 자들이 결국 죽으리라는 것을 알면서도 우리가 생명을 잉태시킨다는 것을 뜻한다. 우리가 본능만 있는 존재인 동물과 다르다는 것은 좋은 일이다. 세상의 비극들을 아는 우리지만 그래도 우리는 아직 희망을 믿는다.

나는 아름다움을 만났기 때문에 희망의 영원성을 믿는다. 아름다움은 여자와 아이들의 얼굴에 있다. 하지만 어떻게 봐야 하는지만 안다면 모든 이의 얼굴에서 아름다움을 찾을 수 있다. 미소나 주름살 뒤에 숨겨 있는 것을 보아야 하고 심지어 추함이라 불리는 표면 아래에 숨겨 있는 비밀도 알아채야 한다. 추함이란 고통의 표현이자 고독과 몰이해에 대한 항의일 뿐인 경우가 많다. 우리는 보는 법을 알아야 한다. 내가 사진작가나 화가들을 좋아하는 까닭은 그들이 예술의 경지에 오르면 사람들의 얼굴에서 인간의 진실을 잡아내고 그 아름다움을 보여주기 때문이다.

내 곁에는 우리 시대의 가장 위대한 사진작가 대열에 선 데이비드 더글러스 던컨의 사진집이 있다. 난 언제나 선뜻 그 책을 열지 못한다. 내 삶이 펼쳐지기 때문이다. 내가 사랑한 사람들의 얼굴이 페이지마다 그들의 아름다움과 선량함을 내비치고 있다. 나는 내 죽은 아이들과 그 이후 태어난 내 아이들의 얼굴을 본다. 데이비드의 사진은 너무나 순수해서 비록 몇몇이 불행한 감정을 불러일으키더라도 마치 데이비드의 저서 제목인 '깨지기 쉬운 기적'처럼 희망이 나타난다.

인간 역사의 모든 비극과 카인이 아벨을 죽인 최초의 살인 이후에 있었던 수많은 살인에도 불구하고, 예술 작품들은 시대를 통틀어 희망의 발자취와도 같은 역할을 했다. 인간은 언제나 카인의 마수에서 벗어나고 있다는 것을 확인하는 책 한 권, 조각 한 점, 그림 한 점, 음악 한 곡을 만들기 위해 스스로의 자유를 유지해 왔다.

렘브란트, 피카소, 모차르트, 볼테르, 브람스, 디킨스의 예술 작품들을 보고, 읽고, 들으라. 나는 쇼팽의 곡을 듣는다. 나는 눈을 감는다. 나처럼 폴란드 유대인이고 내 첫 아내 디나의 친구인 아서 루빈스타인이 쇼팽을 연주하는 모습이 떠오른다. 나는 다시 한 번 프랑스의 칸에서 그가 디나에게 바친 콘서트와 콘서트가 끝난 후 함께 했던 저녁식사를 떠올린다. 죽기는 누가 죽었는가? 그들은 모두 여기 나와 함께 있다. 쇼팽, 루빈스타인, 디나, 모두가. 지금 내 감정이 콘서트가 열렸던 그 날 저녁처럼 생생하고, 내가 경험한 고통 덕분에 더 풍부해졌다면 누가 희망의 원칙을 의심할 수 있는가? 우리의 세계가 폭발을 해서 인류가 사라지지 않는 한 쇼팽과 루빈스타인을 없애지는 못할 것이다. 내가 디나의 이야기를 수십만 독자들에게 전함으로써 그녀 또한 사라지지 않는 것처럼.

책 중의 책인 구약성서는 기원에 대한 이야기와 카인의 이야기, 카인이 아벨을 죽인 이야기를 전하는 예술 작품이다. 성서는 시간의 흐름에도 지지 않고 살아남은 책이다. 또한 살인자 카인에 대한 처벌과 아벨의 영광을 이야기한다. 그 책은 희망의 원칙을 전하는 최초의 책이다.

비록 많은 고통이 있었지만 내 삶에는 활력과 기쁨이 넘치고 있었다. 그리고 바로 마지막 날에 이 기쁨을 외칠 것이다. 우리가 자신의 기쁨을 표현하지 못한다면 카인이 마지막 날에 일어나 승리할 것이기 때문이다.

그렇다. 나는 기쁨을 믿는다. 기쁨은 내 아이들의 몸짓 하나하나에 담겨 있다. 나는 한 남자가 하늘을 쳐다보며 휘파람을 불면서 지나가는 모습을 본다. 이 단순한 행동이야말로 가장 아름답고 독창적인 기적이다.

기쁨은 세상의 색깔이다.

나는 내 기쁨, 사랑, 인류에 대한 나의 신념을 외칠 것이다. 이 기쁨이 바로 나를 생존하게 하는 힘의 원천이다. 만약 내가 분노로 일어선다면 그것은 사람들이 내 기쁨을 저지하거나 사랑을 잊게 하기 때문일 것이다. 아무도, 그 어떤 힘도, 어떤 정권도 인간의 행복에 대한 추구를 파괴해서는 안된다. 나는 파괴를 시도하는 사람에게 대놓고 반항한다. 당신도 그래야 한다.

나는 1971년판 《살아야 한다, 나는 살아야 한다》의 인세를 디나 그레이 재단에 기부했다. 2006년에 나온 이 새 증보판의 인세는 미국의 자연적 건강, 웰빙, 대체 약물을 공부하는 교육자들과 학생들을 위해 쓰일 것이다.

KI신서 1678

살아야 한다, 나는 살아야 한다

1판 1쇄 발행 2009년 2월 27일
1판 8쇄 발행 2010년 10월 22일

지은이 마르틴 그레이 **옮긴이** 김양희 **펴낸이** 김영곤 **펴낸곳** (주)북이십일 21세기북스
기획·편집 강선영 **마케팅·영업** 최창규, 김보미, 김용환, 이경희, 허정민, 김현유, 우세웅
출판등록 2000년 5월 6일 제10-1965호
주소 (우413-756) 경기도 파주시 교하읍 문발리 파주출판단지 518-3
대표전화 031-955-2100 **팩스** 031-955-2151 **이메일** book21@book21.co.kr
홈페이지 www.book21.com

값 15,000원
ISBN 978-89-509-1737-1 03800